Stendhal (d. i. Marie Henri Beyle), geboren am 23. Januar 1783 in Grenoble, ist am 23. März 1842 in Paris gestorben.

Der Titel dieses Romans symbolisiert mit den Farben Rot und Schwarz die beiden mächtigen Stände jener Zeit, das Militär und den Klerus. Der Geschichte des Julien Sorel, der Hauptfigur des Romans, liegt ein authentischer Kriminalfall zugrunde. Erzählt wird, wie ein junger Mann von niederem Stand mittels einer kirchlichen Laufbahn nach Macht und Ansehen strebt und den gesellschaftlichen Aufstieg erlebt. Ohne Zögern nutzt er die Schwächen eitler und prestigegieriger Provinzbürger aus, um voranzukommen. Auf dem Höhepunkt seines Werdeganges, als er geadelt und mit der Tochter eines Marquis liiert ist, holt ihn jedoch seine Vergangenheit ein.

insel·taschenbuch 3506
Stendhal
Rot und Schwarz

Stendhal
Rot und Schwarz

Zeitbild von 1830

Vollständige Ausgabe
Aus dem Französischen
von Arthur Schurig
Bearbeitet von Hugo Beyer

Insel Verlag

insel taschenbuch 3506
Erste Auflage 2006
Insel Verlag Frankfurt am Main und Leipzig
© Insel Verlag Frankfurt am Main 1989
Alle Rechte vorbehalten, insbesondere das
des öffentlichen Vortrags sowie
der Übertragung durch Rundfunk und Fernsehen,
auch einzelner Teile.
Kein Teil des Werkes darf in irgendeiner Form
(durch Fotografie, Mikrofilm oder andere Verfahren)
ohne schriftliche Genehmigung des Verlages reproduziert
oder unter Verwendung elektronischer Systeme
verarbeitet, vervielfältigt oder verbreitet werden.
Hinweise zu dieser Ausgabe am Schluß des Bandes
Vertrieb durch den Suhrkamp Taschenbuch Verlag
Umschlag nach Entwürfen von Willy Fleckhaus
Druck: Ebner & Spiegel, Ulm
Printed in Germany
ISBN 978-3-458-35206-8
ISBN 3-458-35206-6

1 2 3 4 5 6 – 11 10 09 08 07 06

ROT UND SCHWARZ

I

Die Wahrheit,
Die bittere Wahrheit.
Danton

VORBEMERKUNG

Dieses Werk stand kurz vor der Veröffentlichung, als die großen Juli-Ereignisse herannahten, um die Aufmerksamkeit des Zeitgeistes in eine hierfür wenig förderliche Richtung zu lenken. Wir haben Anlaß zu glauben, daß die folgenden Blätter im Jahre 1827 geschrieben wurden.

KAPITEL I

Eine kleine Stadt

Put thousands together / Less bad,
But the cage less gay.
Hobbes

Die kleine Stadt Verrières kann für eine der hübschesten der Freigrafschaft gelten. Ihre weißen Häuser mit Spitzdächern von roten Ziegeln schmiegen sich dem Hang einer Höhe an, deren wellige Silhouette von den Wipfeln mächtiger Kastanien getragen wird. Ein paar hundert Schritt unterhalb der ehedem von den Spaniern erbauten, heute verfallenen Befestigungen fließt der Doubs.

Gegen Norden ist Verrières geschützt durch einen hohen Bergrücken, einen Ausläufer des Juragebirges. Die zackigen Gipfel des Verra sind schon bei den ersten Oktoberfrösten mit Schnee bedeckt. Ein munterer Bach, dem Gebirge entsprungen, durchrauscht das Städtchen und ergießt sich in den Doubs. Sein Wasser treibt eine Menge Sägemühlen. Diese einfache Industrie gewährt dem größeren Teile der mehr städtischen denn ländlichen Einwohnerschaft ein behagliches Dasein. Indessen verdankt das Städtchen seinen Reichtum nicht den Sägemühlen, sondern der Herstellung von bunter sogenannter Mülhauser Leinwand. Infolge der allgemeinen Wohlhabenheit sind seit Napoleons Sturze fast alle Häuserfassaden von Verrières neu erstanden.

Kaum hat man den Ort betreten, so zerreißt einem der laute Lärm einer dröhnenden, gar drohlich aussehenden Maschine die Ohren. Ein paar Dutzend wuchtiger Hämmer erschüttern mit ihrem Auf und Nieder das Straßenpflaster. Sie werden durch ein Rad gehoben, das der Gebirgsbach treibt. Jeder dieser Hämmer stellt täglich viele, viele tausend Nägel her. Frische hübsche Mädchen schieben den Ungetümen Eisenstreifen zu, die im Handumdrehen zu Nägeln verwandelt werden. So grob diese Arbeit ist, sie wird doch immer von den Fremden angestaunt, die zum ersten Male in die Berge zwischen Frankreich und der Schweiz kommen. Fragt man, wem die schöne Nägelfabrik gehöre, die einen halbtaub macht, wenn man die Hauptstraße dahingeht, so erhält man in der breiten Mundart der Gegend die Antwort: »Na, dem Herrn Bürgermeister!«

Wer ihn sehen will, braucht nur auf der Hauptstraße, die vom Doubs zur Höhe führt, eine Weile aufzupassen. Man kann hundert gegen eins wetten, daß alsbald ein großer stattlicher Mann mit gewichtiger Amtsmiene auftaucht, bei dessen Annäherung alle Leute flugs ihre Hüte ziehen.

Sein Haar ist ergraut. Und grau ist auch sein Anzug. Er ist Ritter mehrerer Orden. Er hat eine hohe Stirn, eine Adlernase und ein alles in allem nicht unübles Gesicht. Auf den ersten Blick findet man darin wohl die Würde des Stadtoberhauptes gepaart mit der geselligen Gewandtheit des angehenden Fünfzigers. Weltmännische Augen entdecken allerdings gar bald die unangenehmen Merkmale von Selbstzufriedenheit und Dünkel, denen sich geistige Beschränktheit und Phantasiearmut gesellen. Schließlich kommt man dahinter, daß die ganze Pfiffigkeit dieses Mannes darin besteht, sich prompt bezahlen zu lassen, was man ihm schuldet, seinen eigenen Pflichten dagegen möglichst spät nachzukommen.

So sieht also der Bürgermeister von Verrières aus: Herr von Rênal. Hat er die Straße gravitätisch durchschritten, dann verschwindet er im Rathause. Hundert Schritte weiter bergauf erblickt man ein recht stattliches Haus, daran einen großartigen Garten hinter einem schmiedeeisernen Gitter. Darüber sieht man die Kammlinie der Burgunderberge, wie zur Augenweide hingezaubert. Es ist ein Bild, vor dem der Wanderer den üblen Dunstkreis des kleinlichen Geldsinnes, der ihn eben umfangen wollte, wieder vergißt.

Man erfährt, daß dieses Haus dem Bürgermeister gehört.

Die Erträgnisse seiner großen Nägelfabrik gestatten ihm diesen Prachtbau aus Hausteinen, der unlängst erst fertig geworden ist. Die Familie Rênal, angeblich alter spanischer Herkunft, war längst vor der Eroberung des Landes durch Ludwig XIV. hier ansässig.

Die Restauration von 1815 machte ihn zum Bürgermeister. Seitdem schämt sich Rênal, Fabrikant zu sein. Und doch wären die Mauern, die den herrlichen Garten in verschiedene Terrassen gliedern, bis hinab zum Doubs, ohne das kaufmännische Geschick ihres Besitzers nicht vorhanden.

Man findet in Frankreich bei weitem keine so malerischen Gärten wie im Umkreis von deutschen Handelsstädten wie Leipzig, Frankfurt, Nürnberg und andernorts. In der Freigrafschaft steigt man in der Achtung seiner Mitbürger, je mehr man Steine auf seinem Grundstücke türmt. Der Garten des Herrn von Rênal war voll solcher Bauten, obendrein aber ein Gegenstand der Bewunderung, weil gewisse kleine Parzellen des Gartens bei ihrer Erwerbung buchstäblich mit Gold aufgewogen worden waren. So lag zum Beispiel die Sägemühle, die einem am Eingang von Verrières durch ihre Lage am Doubsufer und durch die am Dache angebrachte Firma mit dem Namen SOREL in Riesenlettern auffällt, noch vor sechs Jahren an der Stelle, wo man zur Zeit die Mauer der vierten Rênalschen Gartenterrasse aufführt.

Der Bürgermeister hat bei all seinem Hochmut manchen Gang zum alten Sorel machen müssen, einem dickköpfigen groben Bauern, und ihm reichliche Goldfüchse auf den Tisch gezählt, ehe er die Verlegung der Mühle erreichte. Dazu mußte er in Paris seinen ganzen Einfluß aufbieten, bis er die Genehmigung zur Ableitung des öffentlichen Baches bekam, der die Mühle trieb. Dieser Gnadenbeweis ward ihm nach den Wahlen von 182* zuteil.

Sorel erhielt fünfhundert Schritt abwärts am Doubs vier Morgen Land für einen. Und obgleich der neue Platz für seinen Bretterhandel weit günstiger war, so verstand es Vater

Sorel – wie er jetzt in seiner Wohlhabenheit allgemein heißt –
doch, seinem ungeduldigen und gebietshungrigen Nachbarn
überdies sechstausend Franken abzuknöpfen.

Dieses Abkommen wurde von den durchtriebenen Spieß-
bürgern viel bekrittelt. Und einmal, an einem Sonntage (es
ist jetzt vier Jahre her), da begegnete Herr von Rênal, als er im
Bürgermeisterstaat aus der Kirche kam, dem alten Sorel samt
seinen drei Söhnen und merkte von weitem, wie er, seiner
ansichtig, lächelte. Bei diesem Lächeln ging dem Bürgermeister eine Erleuchtung auf. Seitdem meint er, den Tausch hätte
er billiger haben können.

Wenn man in Verrières angesehen sein will, dann darf man
– wenn man schon viele Mauern errichtet – keinesfalls nach
einem Plan vorgehen, wie sie die italienischen Maurer mit
sich führen, die im Frühjahr die Juratäler auf dem Weg nach
Paris durchziehen. Eine solche Neuerung würde dem unwei-
sen Bauherrn den bleibenden Ruf eintragen, er sei neue-
rungssüchtig, und er hätte bei den weisen und gemäßigten
Leuten, die in der Freigrafschaft für die öffentliche Meinung
maßgebend sind, für immer verspielt.

Es ist wirklich so: Diese Klugschwätzer üben dort einen
höchst ärgerlichen »Despotismus« aus; und dieser bewirkt,
daß der Aufenthalt in den Kleinstädten für jemanden unerträglich ist, der einmal in der großen Republik, Paris gehei-
ßen, gelebt hat. Die Tyrannei der öffentlichen Meinung
– und was für einer öffentlichen Meinung! – ist in den Kleinstädten Frankreichs genauso beschränkt wie in denen der
Vereinigten Staaten.

KAPITEL II

Ein Bürgermeister

>»Über Einfluß verfügen« – ist das etwa nichts,
>lieber Herr? – Toren werden Sie
>achten, Kinder anstaunen, die Reichen Sie
>beneiden, der Weise wird Sie verachten.
>*Barnave*

Das Glück stand Herrn von Rênal auch in seiner Eigenschaft als Bürgermeister zur Seite. Die Stadtpromenade, die sich mehr als dreißig Meter hoch über dem Flußbett am Berghange hinzieht, bedurfte einer mächtigen Stützmauer. Dank ihrer wunderbaren Lage ist sie einer der malerischsten Aussichtspunkte Frankreichs. Aber jedes Frühjahr überfluteten die Bergwässer den Weg, rissen tiefe Furchen auf und machten ihn ungangbar. Dieser allgemein beklagte Übelstand versetzte Herrn von Rênal in die angenehme Notwendigkeit, seine Amtszeit durch ein Mauerwerk von sechseinhalb Meter Höhe und sechzig bis siebzig Meter Länge zu verewigen.

Das Stadtoberhaupt mußte drei Reisen nach Paris unternehmen, denn der vorige Minister des Innern war der erklärte Todfeind der Promenade von Verrières. Jetzt ist die Mauer mit ihrer mehrere Fuß hohen Brüstung bald fertig. Sie wird – allen ehemaligen und gegenwärtigen Ministern wie zum Trotz – mit grauen, ins Bläuliche spielenden Steinplatten belegt, an die man sich gern lehnt, um den Blick in das Doubstal zu genießen.

Drüben, auf dem andern Ufer, öffnen sich fünf oder sechs Täler, in deren geschlängelten Gründen Bäche glitzern, die immer wieder kleine Wasserfälle bilden, bis sie schließlich in den Doubs laufen. Die Sonne brennt heiß in diesem Berglande. Wenn sie im Zenit steht, muß sich der verträumte Wandrer unter die prächtigen Platanen der Stadtpromenade retten. Diese Bäume verdanken ihr üppiges Gedeihen und ihr schönes Blaugrün ebenfalls dem Herrn Bürgermeister, der beim Bau seiner großen Mauer die Promenade durch Erdanschüttungen um gut zwei Meter hat verbreitern lassen, ungeachtet aller Einreden des Stadtrates.

An besagter Stadtpromenade, dem *Cours de la Fidélité* (zu deutsch: Allee der Treue) – man liest diese patriotische Bezeichnung auf Marmortäfelchen an fünfzehn bis zwanzig Stellen, was Herrn von Rênal einen Orden mehr eingetragen hat – ist nur eines auszusetzen: die barbarische Art, mit der die hohe Obrigkeit die üppig wachsenden Platanen immer wieder stutzen läßt. Geschoren sehen sie mit ihren kugeligen nackten Schädeln wie gemeine Kohlköpfe aus, während sie viel lieber die herrlichen vollen Formen ihrer Schwestern drüben in England hätten. Aber der Wille des Herrn Bürgermeisters ist höchstes Gesetz, und sämtliche Bäume im Stadtgebiet werden alljährlich zweimal erbarmungslos verschnitten. Die Liberalen im Orte behaupten sogar (aber sie übertreiben), daß die Schere des Stadtgärtners noch unerbittlicher geworden sei, seitdem sich der Vikar Maslon den Ertrag der Baumschur anzueignen beliebt.

Das ist ein junger Geistlicher, vor ein paar Jahren von Besançon herversetzt, um dem Abbé Chélan und etlichen andern Pfarrern der Nachbarschaft auf die Finger zu sehen. Ein alter Stabsarzt der ehemaligen *Armee in Italien,* der sich in Verrières zur Ruhe gesetzt hatte und zu seinen Lebzeiten (wie der Bürgermeister zu sagen pflegt) Jakobiner und Bonapartist, alles beides zusammen, gewesen war, erlaubte sich gelegentlich einmal, über die regelmäßig wiederkehrende Verstümmelung der schönen Bäume Beschwerde zu führen.

Mit der leichten Herablassung, die angebracht ist, wenn ein Royalist mit einem napoleonischen Stabsarzt und Ritter der Ehrenlegion spricht, entgegnete Rênal: »*Ich* liebe den Schatten. *Ich* lasse *meine* Bäume verschneiden, damit sie Schatten geben. *Meiner* Ansicht nach sind Bäume zu nichts anderm da. Eine Ausnahme macht der nützliche Nußbaum. Aber die Platanen *bringen ja nichts ein!*«

Etwas einbringen! Das war das geflügelte Wort, das in Verrières allenthalben den Ausschlag gab. Hierin verdichtete sich das Denken und Trachten von mehr als drei Vierteln der Einwohner.

Etwas einbringen! Das ist das Leitmotiv im Betriebe dieser Kleinstadt, die einem so gefällt. Der Fremde, der sie betritt, wird durch die Anmut der kühlen tiefen Täler ringsum bezaubert. Er bildet sich zunächst ein, ihre Bewohner seien empfänglich für das Schöne. Sie reden auch oft genug von den Reizen ihrer Heimat und rühmen sie gar sehr. Aber dies geschieht nur, weil es die Fremden anlockt, die ihr Geld in den Gasthäusern lassen, was, auf dem Umwege der Steuern, der Stadt *etwas einbringt*.

An einem schönen Herbsttage ging Herr von Rênal auf der Stadtpromenade spazieren, seine Frau am Arm. Sie hörte zwar ihrem Manne zu, der in gewichtigem Tone sprach, folgte aber mit ihren Blicken voller Unruhe den Bewegungen ihrer drei Knaben. Der älteste, der elf Jahre alt sein mochte, lief immerfort an die Brüstung und machte Miene, hinaufzuklettern. Jedesmal rief sie mit sanfter Stimme »Adolf!«, worauf der Junge von seinem kecken Vorhaben abließ. Frau von Rênal war offenbar eine Dreißigerin, doch noch sehr hübsch.

Ihr Mann redete immer weiter. Er sah schlechtgelaunt aus und blasser denn sonst.

»Es soll ihm übel bekommen, diesem lieben Herrn aus Paris!« sagte er. »Ich habe auch meine Freunde bei Hofe . . .«

Aber wenn ich Ihnen auch zweihundert Seiten lang von der Provinz erzählen werde, begehe ich doch nicht die Taktlosigkeit, Sie den Längen und den taktischen Winkelzügen eines Zwiegesprächs unter Provinzlern auszusetzen.

Dieser liebe Herr aus Paris, auf den der Bürgermeister so schimpfte, war der bekannte Philanthrop Appert, der es zwei

Tage vorher zuwege gebracht hatte, nicht allein das Stadtgefängnis und das Armen- und Arbeitshaus von Verrières zu besichtigen, sondern auch das Spittel, das vom Bürgermeister und den ersten Grundbesitzern des Ortes ehrenamtlich verwaltet ward.

»Sag einmal«, warf Frau von Rênal bescheiden ein, »was kann dir dieser Herr aus Paris denn anhaben, wo du das Gut der Armen mit peinlichster Gewissenhaftigkeit verwaltest?«

»Solche Leute kommen bloß, um alles mögliche auszuschnüffeln und hinterher in den liberalen Zeitungen zu benörgeln.«

»Die liest du ja nie, mein Lieber!«

»Aber man kriegt sie doch zu hören, diese Jakobinerartikel! Es stört einen *und hindert uns an der sozialen Arbeit.** Was mich anbelangt, ich werde das dem Pfarrer nie und nimmer verzeihen!«

KAPITEL III

Das Gut der Armen

> Ein Pfarrer, der die Tugend liebt und sich
> von Intrigen fernhält, ist für sein Dorf ein
> wahrer Gottessegen.
> *Fleury*

Chélan, der Pfarrer von Verrières, war ein alter Mann von achtzig Jahren, der sich aber in der frischen Bergluft einer Gesundheit erfreute, die ebenso eisern war wie sein Charakter. Er hatte das Recht, das Stadtgefängnis, das Spittel und sogar das Armenhaus zu jeder Stunde zu betreten. Der ihm von Paris aus empfohlene Appert war wohlweislich in der neugierigen Kleinstadt früh Schlag sechs Uhr angekommen und hatte sich schnurstracks in das Pfarrhaus begeben.

Als der alte Mann den Brief las, den der Marquis von La

---

* Historisch

Mole, Pair von Frankreich, der reichste Großgrundbesitzer des Kreises, an ihn richtete, stand er lange nachdenklich da.

»Ich bin alt und beliebt hier«, murmelte er schließlich vor sich hin. »Man wird es nicht wagen!« Alsbald wandte er sich dem Herrn aus Paris zu. In seinen Augen glänzte das heilige Feuer der Freude über eine schöne, nicht ungefährliche Tat.

»Herr Appert, ich werde Sie führen«, sagte er. »Nur bitte ich Sie, sich in Gegenwart des Kerkermeisters und vor allem des Aufsehers im Armenhause nicht über das zu äußern, was wir da sehen werden.« Appert merkte, daß er es mit einem Gemütsmenschen zu tun hatte. Er folgte dem ehrwürdigen Geistlichen und besichtigte das Stadtgefängnis, das Spittel und das Armenhaus. Er stellte häufig Fragen, erlaubte sich jedoch selbst auf die verfänglichsten Auskünfte nicht das geringste Wort des Tadels.

Die Besichtigung dauerte mehrere Stunden. Hierauf lud der Pfarrer den Menschenfreund zu sich zum Mittagsmahl ein. Der entschuldigte sich damit, er habe dringliche Briefe zu schreiben. In Wahrheit wollte er seinen hochherzigen Führer nicht noch mehr in Gefahr bringen. Als die beiden Herren am Nachmittag nochmals nach dem Stadtgefängnis kamen, stand der Kerkermeister, ein baumlanger Kerl mit Säbelbeinen, am Tor. Sein niederträchtiges Gesicht war vor Schreck verzerrt.

»Herr Pfarrer«, sagte er, sobald er ihn erblickte, »ist der Herr in Ihrer Begleitung nicht Herr Appert?«

»Warum?« fragte der Geistliche.

»Ich habe nämlich seit gestern die strengste Order . . . Der Herr Landrat hat extra den Brigadier hergejagt, und der ist die ganze Nacht unterwegs gewesen. Galopp hat er reiten müssen: ich soll Herrn Appert nicht in das Stadtgefängnis lassen.«

»Ich will Ihnen nur sagen, Herr Noiroud«, gab ihm Chélan zur Antwort, »der Fremde, der mich begleitet, ist Herr Appert. Sie wissen wohl, daß ich zu jeder Stunde bei Tag und Nacht das Recht habe, das Gefängnis zu betreten, und daß ich mich dabei begleiten lassen kann, von wem ich will!«

»Jawohl, Herr Pfarrer!« gab der Kerkermeister kleinlaut zu und zog den Kopf ein wie eine Bulldogge, die sich vor dem Stocke duckt. »Aber, Herr Pfarrer, ich habe Frau und Kinder. Wenn es herauskommt, werde ich abgesetzt. Ich habe nichts zum Leben als bloß meine Stelle.«

»Auch mir wäre es sehr schmerzlich, wenn ich meine Stelle verlöre«, sagte der gutmütige alte Mann, und seine Stimme wurde immer weicher.

»Das ist ganz was andres!« erwiderte der Kerkermeister laut. »Sie, Herr Pfarrer, Sie haben bekanntlich eine Rente von achthundert Franken aus dem hübschen Landgütchen.«

Das waren die Geschehnisse, die man in Verrières seit zwei Tagen erörterte und in einem Dutzend verschiedener Lesarten entstellte. Sie hatten den Pfuhl der Leidenschaften des Städtchens bis in den Grund aufgewühlt. Augenblicklich gaben sie den Stoff zu dem kargen Gespräch zwischen Herrn von Rênal und seiner Frau. Der Bürgermeister hatte am Vormittag in Begleitung von Herrn Valenod, dem Vorstand des Armenamts, den Pfarrer aufgesucht und ihm sein größtes Mißfallen ausgedrückt. Der Geistliche, der keinen hohen Gönner hatte, empfand die volle Schwere ihrer Worte.

»Meine Herren«, erwiderte er, »so werde ich denn mit meinen achtzig Jahren der dritte Pfarrer sein, den man in hiesiger Gegend absetzt. Ich bin jetzt sechsundfünfzig Jahre hier und habe nahezu alle Einwohner der Stadt getauft. Als ich herkam, war Verrières nur ein Marktflecken. Es ereignet sich Tag um Tag, daß ich junge Leute traue, deren Großeltern ich auch schon getraut habe. Die Stadt ist meine Familie. Aber als ich vorgestern den Fremden sah, den Herrn aus Paris, da habe ich mir gesagt: möglicherweise ist das ein Liberaler. Deren gibt es ja viel zu viele. Aber was kann er unsern Armen und unsern Gefangenen Böses antun?«

Die Vorwürfe des Bürgermeisters und besonders des Armenamtsvorstandes wurden nur noch heftiger.

»Meine Herren!« rief der alte Pfarrer mit bebender Stimme. »Lassen Sie mich maßregeln! Deswegen werde ich doch im Lande bleiben. Wie Sie wissen, habe ich vor achtundvierzig Jahren ein Grundstück geerbt, das mir achthundert Franken Pacht bringt. Davon werde ich leben. Meine Pfarre gewährt mir auch nur meinen Unterhalt, und so schreckt mich Ihre Drohung, sie mir zu nehmen, nicht besonders.«

Herr von Rênal lebte mit seiner Frau sehr glücklich. Trotzdem wollte er eben heftig werden, da er nicht wußte, was er sagen sollte, als sie ihm bescheiden jenen Einwand wiederholte:

»Was kann dieser Herr aus Paris den Gefangenen denn Böses antun?« Da stieß sie plötzlich einen Schrei aus. Ihr zweites Söhnchen war eben auf die Brustwehr geklettert und lief darauf entlang, ungeachtet, daß die Mauer auf der andern Seite gegen zehn Meter senkrecht in den Weinberg abfiel. Die Furcht, der Junge könne einen Schreck bekommen und hinabstürzen, hinderte sie, ihn zu rufen. Schließlich sah sich das Kind, das an seiner Waghalsigkeit Freude hatte, nach seiner Mutter um und bemerkte ihre Angst. Da sprang es auf die Promenade und rannte zu ihr. Es ward tüchtig ausgescholten.

Der kleine Zwischenfall gab dem Gespräch eine Wendung.

»Auf jeden Fall möchte ich den jungen Sorel, den Sohn des Sägemüllers, zu uns nehmen«, erklärte Herr von Rênal. »Er soll die Kinder beaufsichtigen. Wir können die Racker schon nicht mehr bändigen. Er ist angehender Priester, also ein tüchtiger Lateiner. Er wird sie vorwärtsbringen. Hat er doch einen festen Charakter, wie der Pfarrer meint. Ich werde ihm dreihundert Franken Jahresgehalt und Kost geben. Nur an seiner politischen Gesinnung zweifle ich ein bißchen. Er war nämlich der Liebling des alten Stabsarztes, des Ehrenlegionärs, der bei den Sorels gehaust hat, als angeblicher Vetter von ihnen. Wer weiß, ob das nicht ein verkappter Spion der Liberalen gewesen ist. Er sagte zwar immer, unsre Bergluft wäre gut gegen sein Asthma. Aber weiß man es denn? Er hat alle Feldzüge des *Buonaparte* in Italien mitgemacht. Man munkelt sogar, er habe seinerzeit gegen das Kaiserreich gestimmt. Dieser Jakobiner hat dem jungen Sorel das Latein beigebracht und ihm den Haufen Schmöker hinterlassen, den er mitgebracht hatte. Übrigens wäre es mir niemals eingefallen, diesen Zimmermannssohn zu unsern Jungen zu nehmen, aber der Pfarrer hat mir erzählt – gerade tags vor der Geschichte, die uns für ewig auseinandergebracht hat –, daß der Sorel seit drei Jahren Theologie studiert und in ein Priesterseminar eintreten will. Somit ist er kein Liberaler. Er ist Lateiner.«

»Auch in andrer Hinsicht ist mein Plan nicht übel«, fuhr Rênal fort, indem er seiner Frau einen verschmitzten Blick zuwarf. »Der Valenod protzt neuerdings mit den zwei prächtigen Normannen, die er sich für seine Kutsche gekauft hat. Aber einen Erzieher für seine Kinder hat er nicht.«

»Wenn er uns unsern nur nicht wegschnappt . . .«

»Du bist also auch dafür!« unterbrach Rênal seine Frau und dankte ihr für den trefflichen Einfall mit einem Lächeln. »Gut! Somit ist die Sache abgemacht!«

»Du mein Gott! Du bist recht schnell entschlossen, Bester!«

»Ja, ja! Weil ich weiß, was ich will! Der Pfarrer hat das heute auch verspürt. Wir wollen uns nichts vormachen: wir sind hier von Liberalen umringt! Alle diese Leinwandhändler sind voller Neid auf mich. Darüber bin ich mir ganz klar. Zwei oder drei von ihnen sind nahe daran, reiche Leute zu werden. Es soll mir Spaß machen, wenn sie die Kinder des Herrn von Rênal mit ihrem Erzieher auf der Stadtpromenade erblicken. Das wird ihnen imponieren. Mein Großvater hat uns oft erzählt, daß er in seiner Jugend einen Erzieher hatte . . . Das kostet mich zwar hundert Taler, aber es ist für uns eine notwendige Ausgabe, um standesgemäß aufzutreten.«

Der plötzliche Entschluß versetzte Frau von Rênal in tiefes Nachdenken. Sie war eine große stattliche Erscheinung, ehedem *der Stern der Gegend,* wie man in den Bergen zu sagen pflegt. Ihr Wesen war unsagbar schlicht. Ihr Gang jugendhaft. Ihre unbewußte, keusche und frische Grazie wäre für einen Pariser süße Wollust gewesen. Aber Frau von Rênal hätte sich geschämt, wenn ihr ein solcher Eindruck bekannt geworden wäre. Gefallsucht und Geziertheit waren ihrem Herzen fremde Dinge. Valenod, der Armenamtsvorstand, ein reicher Mann, hatte ihr, wie es hieß, den Hof gemacht, aber ohne Erfolg. Das hatte ihrer Tugend den Heiligenschein verliehen, denn Valenod war ein ansehnlicher junger Mann. Mit seinem kräftigen Körperbau, seinem roten Gesicht und seinem langen schwarzen Backenbart war er einer jener ungeschlachten, dünkelhaften und lärmigen Burschen, die unter Provinzlern für schöne Männer gelten.

Frau von Rênal, eine sehr scheue und sichtlich ganz andersartige Natur, war insbesondere durch die ewige Unruhe und die heftige laute Art Valenods abgeschreckt worden. Da sie sich von allem fernhielt, was in Verrières für lustig galt, war sie in den Ruf gekommen, ungemein adelsstolz zu sein. Derlei kam ihr gar nicht in den Sinn; nur war sie seelenfroh, daß die Verrièrer sie seltener aufsuchten. Übrigens galt sie in den Augen ihrer Bekannten für dumm, dieweil sie ihrem Manne gegenüber so gar keine Diplomatin war und sich die besten Gelegenheiten, einen schönen neuen Hut aus Paris oder Besançon zu bekommen, regelmäßig entgehen ließ. Es war ihr alles recht, wenn sie nur in ihrem herrlichen Garten einsam und allein bleiben durfte.

Bei ihrem harmlosen Gemüt verstieg sie sich weder dahin, ihren Mann zu kritisieren, noch gar, sich einzugestehen, daß er sie langweilte. Ohne es in Worte zu fassen, hatte sie sich damit abgefunden, daß es zwischen Mann und Frau keine weiteren Zärtlichkeiten gäbe. Am meisten liebte sie ihren Gatten, wenn er ihr von seinen Plänen mit den Kindern erzählte. Der eine sollte Offizier, der andre Verwaltungsbeamter und der dritte Geistlicher werden. Alles in allem fand sie ihren Mann weniger langweilig als alle andern Männer, die sie je kennengelernt hatte.

Diese Beurteilung Rênals durch seine Gattin war durchaus verständig. Der Bürgermeister von Verrières galt für witzig und weltmännisch, und zwar, weil er über ein Dutzend spaßiger kleiner Geschichten verfügte. Die hatte er von einem Onkel geerbt, dem Hauptmann a. D. von Rênal, der vor der Revolution im Infanterie-Regiment des Herzogs von Orleans gestanden und in Paris in den Salons des Fürsten verkehrt hatte. Dort war er mit allerhand berühmten und berüchtigten großen Damen und Herren in Berührung gekommen, mit Madame de Montesson, der berühmten Madame de Genlis und mit M. Ducrest, dem Erbauer des Palais-Royal. Diese Persönlichkeiten erschienen nun in den Anekdoten des Bürgermeisters oft genug, wenngleich er die Wiederholung dieser heiklen Geschichten allmählich selber satt bekam. Er gab sie nur noch bei besonderen Gelegenheiten zum besten. Da er außerdem sehr höflich war, abgesehen in Geldangelegenheiten, so galt er mit Recht für den größten Aristokraten von Verrières.

KAPITEL IV

Vater und Sohn

E sarà mia colpa / Se così è?
Machiavelli

»Meine Frau ist wirklich ein gescheites Wesen!« sagte sich
der Bürgermeister, als er am nächsten Morgen um sechs Uhr
zum Vater Sorel nach der Sägemühle hinunterging. »Ich habe
ihr zwar meine Absicht mitgeteilt, um die mir zukommende
Superiorität zu wahren; aber *das* wäre mir beileibe nicht eingefallen! Gewiß! Wenn ich mir den kleinen Abbé, der Latein
können soll wie ein junger Gott, nicht gleich nehme, so kann
der Armenamtsvorstand, dieser Schelm, auf den nämlichen
Gedanken kommen und mir ihn wegschnappen! Mit welcher
Eingebildetheit würde er von dem Erzieher seiner Söhne reden! Hm! Wenn dieser Sorel einmal in meinem Hause ist, ob
er dann jemals Geistlicher wird?«

Rênal grübelte noch über dieses Problem nach, als er von
weitem einen Bauern erblickte, einen auffällig langen Mann,
den Vater Sorel, der seit Tagesgrauen damit beschäftigt war,
Baumstämme zu messen, die am Doubs auf dem Uferpfad
lagen. Das Erscheinen des Bürgermeisters kam dem Alten
ziemlich ungelegen, weil das Holz den Weg versperrte, was
gegen die polizeilichen Vorschriften verstieß.

In hohem Maße überrascht und in noch höherem befriedigt war er aber, als er den sonderbaren Vorschlag vernahm,
den ihm Herr von Rênal in betreff seines Sohnes Julien
machte. Gleichwohl hörte er mit der mürrischen, unzufrie-
denen und gleichgültigen Miene zu, hinter der sich die
Schlauheit des Bergvolkes versteckt. Eine gewisse Ähnlichkeit mit den Fellachen Ägyptens haftet diesem Menschen-
schlage von der Zeit der spanischen Fremdherrschaft her
an.

Die Antwort, die Sorel gab, bestand zunächst in einer Flut

von Höflichkeitsformeln, die er auswendig wußte. Während er diese hohlen Worte herleierte, grinste und greinte er, wodurch der verschmitzte und geradezu spitzbübische Grundzug seines Gesichts noch mehr hervortrat. Der rege Verstand des Alten suchte hinter die Gründe zu kommen, die einen so hohen Herrn wohl veranlaßten, seinen Taugenichts von Sohn in sein Haus nehmen zu wollen. Er war mit seinem Julien sehr unzufrieden, und diesem Bürschchen bot Herr von Rênal urplötzlich ein Gehalt von hundert Talern im Jahr, dazu Kost und Wohnung, ja sogar Bekleidung! Die letzte Bedingung hatte der schlaue Vater Sorel schnell noch gestellt, und Rênal war damit einverstanden.

Der Bürgermeister war verblüfft. Er sagte sich: »Da Sorel von meinem Vorschlage nicht besonders entzückt und überwältigt ist, wie er das doch eigentlich sein müßte, so ist es klar, daß ihm schon von andrer Seite Angebote gemacht worden sind. Und woher können die anders kommen als von Valenod?« Vergebens drang Rênal in den Alten, sich sofort zu entscheiden. Der hinterlistige Sägemüller sträubte sich hartnäckig dagegen. Er wolle erst mit seinem Jungen reden, meinte er, als ob es auf dem Lande Sitte wäre, daß ein vermögender Vater mit einem Sohne, der nichts hat, auch nur *pro forma* unterhandelt.

Eine Sägemühle besteht aus einem Schuppen dicht am Wasser. Das Dach ruht auf einem Gerüst über vier starken Holzpfeilern. Acht bis zehn Fuß über dem Boden, in der Mitte des Schuppens, geht eine Säge auf und nieder, während eine ganz einfache Vorrichtung einen Stamm gegen die Säge drückt. Ein Schaufelrad, das vom Bache getrieben wird, leitet die doppelte Bewegung, sowohl die der Säge, die auf und nieder geht, wie die des Stammes, der sich der Säge langsam nähert und von ihr in Bretter zerteilt wird.

Als sich Vater Sorel seiner Mühle näherte, rief er mit Stentorstimme: »Julien!« Es kam keine Antwort. Er sah niemanden als die Hünengestalten seiner älteren Söhne, die mit schweren Äxten die Fichtenstämme bearbeiteten, ehe diese unter die Säge gelangten. Sie verwandten ihr ganzes Augenmerk darauf, den auf das Holz gezogenen schwarzen Strich genau einzuhalten. Jeder Axtschlag spaltete mächtige Splitter ab. Die jungen Männer hörten den Ruf ihres Vaters nicht. Er wandte sich nach dem Schuppen und betrat ihn. Aber auf dem ihm zugeteilten Posten neben der Säge fand er den Gesuchten nicht. Er bemerkte ihn fünf oder sechs Fuß höher, im Reitsitz auf einem der Dachbalken. Anstatt den Gang des Sägewerks gewissenhaft zu überwachen, las er in einem Buche. Nichts war dem alten Sorel mehr zuwider. Die körperliche Schwäche, die seinen Jüngsten im Gegensatz zu den älteren Brüdern zu schwerer Arbeit untauglich machte, die hätte er ihm vielleicht nachgesehen, aber diese Lesewut haßte er. Er selber konnte nicht lesen.

Umsonst rief er zwei-, dreimal: »Julien!« Das Buch, in das der Junge sich vertieft hatte, war mehr noch denn der Lärm der Säge schuld, daß er die furchtbare Stimme seines Vaters überhörte. Schließlich sprang der Alte trotz seines Alters behend auf den Stamm, der sich der Säge entgegenschob, und von da auf den Querbalken unter dem Dach. Durch einen heftigen Schlag seiner Faust flog dem Leser das Buch aus der Hand, weit weg in den Mühlgraben. Ein zweiter, ebenso heftiger Schlag traf ihn auf den Kopf. Der Mißhandelte verlor das Gleichgewicht. Er wäre die zwölf bis fünfzehn Fuß hinabgestürzt, gerade in die auf- und niedergehende Säge, von der er zerschnitten worden wäre, wenn ihn sein Vater nicht im Fall an der linken Hand gepackt hätte.

»Siehst du, du Faulpelz! Liest immer wieder in deinen verfluchten Büchern, statt auf die Säge aufzupassen! Schmökre gefälligst abends, wo du deine Zeit beim Pfarrer verträdelst!«

Julien war durch den starken Schlag halb betäubt; auch blutete er. Trotzdem schickte er sich an, seinen Posten bei der Säge wieder aufzusuchen. Die Tränen standen ihm in den

Augen, weniger wegen des körperlichen Schmerzes als darüber, daß sein geliebtes Buch dahin war.

»Komm herunter, du Lümmel! Ich habe mit dir zu reden!« schrie der Alte; aber wiederum verschlang das Kreischen der Säge den Befehl. Vater Sorel war bereits hinabgesprungen. Um nicht nochmals hinaufklettern zu müssen, ergriff er eine lange Stange, die zum Nüsseabschlagen diente, und stieß seinen Sohn damit an die Schulter. Kaum war Julien ebenfalls unten, so trieb ihn der Alte unter rohen Stößen nach dem Wohnhause.

»Gott weiß, was er mit mir vorhat!« dachte der junge Mensch und warf im Weglaufen einen wehen Blick nach dem Mühlgraben, in den sein Buch gefallen war, sein Lieblingsbuch: das *Memorial von Sankt Helena.*

Seine Wangen waren erglüht. Er sah zu Boden. Julien war ein Bursche von achtzehn oder neunzehn Jahren, schwächlich von Aussehen, mit unregelmäßigen, aber feinen Zügen und einer Adlernase. Seine großen schwarzen Augen, die im gewöhnlichen ruhigen Zustande versonnen leuchteten, blitzten jetzt voll von wildestem Haß. Sein kastanienbraunes, ziemlich tief angesetztes Haar ließ seine Stirn niedrig erscheinen und verlieh ihm im Moment des Zorns etwas Bösartiges. Unter den zahllosen Varianten des Menschenantlitzes ist keine eindringlicher als die zornig-böse. Seine schlanke, gutgewachsene Figur verriet mehr Gewandtheit denn Kraft. Er war von Kindheit an immer überaus grüblerisch und sehr blaß gewesen; daher hatte sein Vater geglaubt, er werde nicht lange leben oder, wenn er am Leben bliebe, seiner Familie nur eine Last sein. Von jedermann im Hause verachtet, haßte er seinerseits Vater und Brüder. An den Sonntagen, wenn die Jungen auf dem Markte spielten, bekam er immer Schläge.

Erst seit einem Jahre begann ihm sein hübsches Gesicht Wohlwollen unter den jungen Mädchen zu verschaffen. Als Schwächling von aller Welt geringgeschätzt, war er in schwärmerischer Liebe zu jenem alten Stabsarzt entbrannt, der den Bürgermeister einmal wegen der Platanen zur Rede zu stellen gewagt hatte.

Der alte Kriegsmann kaufte ihn zuweilen bei seinem Vater tageweise los und erteilte ihm Unterricht im Latein und in der Geschichte, das heißt in der Geschichte des Feldzuges in Italien von anno 1796. Bei seinem Tode hinterließ er ihm sein Kreuz der Ehrenlegion, die Ersparnisse von seiner dürftigen Pension und dreißig bis vierzig Bücher, deren köstlichstes eben in den öffentlichen Bach geflogen war, dem die Macht des Bürgermeisters einen neuen Lauf gegeben hatte.

Kaum war Julien im Hause, so fühlte er die Hand seines Vaters auf seiner Schulter. Es durchschauerte ihn. Er war auf Schläge gefaßt.

»Antworte mir ohne Lüge!« schrie ihm der Alte grob in die Ohren und drehte ihn dabei herum wie ein Kind einen Zinnsoldaten. Juliens große schwarze tränenvolle Augen sahen sich dicht vor den kleinen grauen bösen Augen des Müllers, die ihn anblickten, als wollten sie sich in den Grund seiner Seele einbohren.

KAPITEL V

Verhandlungen

Cunctando restituit rem.
Ennius

»Antworte mir ohne Lüge, wenn du das kannst, du Leseratte! Woher kennst du die Frau Bürgermeister? Wann hast du mit ihr gesprochen?«

»Ich habe nie mit ihr gesprochen«, antwortete Julien. »Nur in der Kirche habe ich die Dame gesehen.«

»Aber angestarrt hast du sie, du frecher Wicht?«

»Niemals. Sie wissen, in der Kirche schaue ich Gott allein.«

Julien sagte dies demütig und heuchlerisch. Er hoffte, dadurch weitere Maulschellen von sich abzuwenden.

»Das ist mir nicht ganz geheuer«, brummte der durchtriebene Bauer und schwieg einen Augenblick. »Aber aus dir kriegt man ja nichts heraus, verdammter Heuchler! Gott sei Dank, daß ich dich nun bald los bin. Nicht zum Schaden meiner Mühle. Du hast den Pfarrer oder wer weiß wen zum Freunde. Der hat dir die schöne Stelle verschafft. Pack deine Siebensachen ein! Ich werde dich zu Herrn von Rênal bringen. Du sollst der Erzieher seiner Kinder werden. «

»Was bekomme ich dafür?«

»Kost, Kleidung und hundert Taler im Jahre. «

»Ich mag kein Lakai sein!«

»Schafskopf! Wer sagt was von Lakai sein? Glaubst du, ich ließe zu, daß mein Sohn Lakai wird?«

»Aber mit wem am Tische esse ich da?«

Diese Frage brachte den alten Sorel aus dem Gleise. Er hatte das Gefühl, daß er leicht etwas Unvorsichtiges sagen könne, wenn er weiter redete. Maßlos heftig überhäufte er Julien mit Schimpfworten. Er sei ein Leckermaul. Dann ließ er ihn stehen und holte sich Rat bei seinen andern Söhnen.

Alsbald sah Julien, wie sie, auf ihre Äxte gestützt, miteinander berieten. Eine Weile schaute er hin. Da er aber keine Silbe verstehen konnte, nahm er seinen Platz an der Säge wieder ein, jedoch jenseits von ihr, um vor einem weiteren Überfall gedeckt zu sein. Er wollte sich das Angebot, das sein Schicksal mit einem Male änderte, überlegen, aber er war unfähig, dies nüchternen Sinnes zu tun. Seine Phantasie malte ihm immer nur vor, was in dem schönen Rênalschen Hause seiner wohl harrte.

»Lieber auf alles das verzichten«, sagte er sich, »als mich so weit erniedrigen, daß ich zusammen mit den Dienstboten esse! Mein Vater möchte mich offenbar dazu zwingen. Eher sterbe ich! Ich habe fünf Taler und vier Groschen in der Tasche, meine Ersparnisse. Damit laufe ich heute nacht fort. In zwei Tagen gelange ich auf Seitenwegen, wo ich keinen Gendarm zu fürchten habe, nach Besançon. Dort lasse ich mich zu den Soldaten anwerben. Nötigenfalls entwische ich nach der Schweiz. Mit der Karriere ist es dann freilich vorbei. Dann nützt all mein Ehrgeiz nichts. Lebewohl, schöner Priesterstand, der einem alle Wege öffnet!«

Juliens Abscheu vor dem gemeinschaftlichen Essen mit Dienstboten lag nicht in seiner Natur. Um vorwärtszukommen, hätte er noch viel peinlichere Dinge ertragen. Dieser Widerwille rührte aus Rousseaus *Bekenntnissen* her, dem Buche, nach dem er sich einzig und allein ein phantastisches Bild von der Gesellschaft machte. Nur die *Bulletins der Großen Armee* und das *Memorial von Sankt Helena* ergänzten diese seine Bibel. Für diese drei Bücher wäre er in den Tod gegangen. Allen andern mißtraute er. Einem Ausspruch des alten Stabsarztes zufolge hielt er die ganze Weltliteratur für Lug und Trug, für Machwerke von Narren und Strebern.

Zu Juliens Feuerseele gesellte sich ein fabelhaftes Gedächtnis, wie es sonst eher törichte Leute haben. Um den alten Pfarrer Chélan zu gewinnen, von dem sein künftiges Schicksal abhing, wie er wohl wußte, hatte er das *Neue Testament* lateinisch auswendig gelernt, an dessen Echtheit er indessen nicht glaubte. Außerdem kannte er das Papstbuch von Maistre, das er aber auch nicht für Wahrheit nahm.

Wie aus stummer Übereinkunft vermieden es Vater und Sohn, an jenem Tage miteinander zu sprechen. Gegen Abend ging Julien zum Pfarrer, zum theologischen Unterricht. Aus Vorsicht erzählte er ihm nichts von dem sonderbaren Angebot, das man seinem Vater gemacht hatte. »Vielleicht war das nur eine Falle«, sagte er sich. »Ich muß so tun, als hätte ich die Sache gar nicht ernst genommen!«

Am andern Tage früh ließ Herr von Rênal den alten Sorel zu sich bitten. Nach länger denn einer Stunde begab sich der Sägemüller schließlich hin. Schon an der Tür erschöpfte er sich in tausend Entschuldigungen und ebensoviel Bücklingen. Im Laufe der Verhandlung vergewisserte sich Sorel nach allen möglichen Einwänden, daß sein Sohn für gewöhnlich die Mahlzeiten mit dem Herrn und der Frau des Hauses einnehmen, aber an Tagen, wo Gäste da wären, in einem besondern Zimmer zusammen mit den Kindern essen werde. Je mehr er merkte, daß es Rênal eilig hatte, um so mehr Schwierigkeiten machte er. Ebenso mißtrauisch wie verblüfft begehrte er unter anderm den Raum zu sehen, wo sein Sohn schlafen sollte. Es war ein großes, sehr freundlich ausgestattetes Zimmer, in das die Betten der drei Kinder bereits hereingeschafft wurden.

Der alte Bauer schmunzelte insgeheim, verlangte aber nunmehr, dreist geworden, den Anzug zu sehen, den sein Sohn bekäme. Herr von Rênal öffnete sein Schreibpult und nahm hundert Franken heraus.

»Mit diesem Gelde«, sagte er, »wird Ihr Sohn zum Schneider Durand gehen und sich einen kompletten schwarzen Anzug machen lassen.«

»Wenn ich meinen Jungen aber einmal wieder von Ihnen fortnehme, kann er dann den Anzug trotzdem behalten?«

Sorel hatte jedwede Katzbuckelei vergessen.

»Gewiß!«

»Na, schön!« meinte Sorel bedächtig. »So bliebe nur noch eins auszumachen: wieviel Gehalt wollen Sie geben?«

»Was!« fuhr Rênal entrüstet auf. »Darüber sind wir uns doch schon gestern einig geworden! Ich gebe hundert Taler. Ich dächte, das wäre genug, ja übergenug!«

»Das war Ihr Gebot! Sehr richtig!« erwiderte Vater Sorel. Seine Rede ward noch überlegsamer, und indem er Herrn von Rênal scharf anblickte, fügte er hinzu: »Andere Leute zahlen besser.«

Das war so recht die geniale Frechheit eines Bauern der Freigrafschaft! Der Bürgermeister sah im Augenblick ganz verdutzt aus. Er faßte sich jedoch sofort, und nach reichlich zweistündigem Hin- und Hergerede, wobei kein unüberlegtes Wort fiel, siegte die Schlauheit des Bauern über die Schlauheit des Patriziers, dieweil sie bei diesem nicht Daseinsbedingung war. Juliens neue Lebensweise ward in einer langen Reihe von Punkten festgelegt. Sein Gehalt solle vierhundert Franken im Jahre betragen, zahlbar jeden Ersten des Monats im voraus.

»Also zahle ich ihm monatlich fünfunddreißig Franken!« erklärte Herr von Rênal.

»Sagen wir: sechsunddreißig, eine runde Summe.« Und schmeichlerisch fügte der Bauer hinzu: »Ein reicher und freigebiger Mann wie der Herr Bürgermeister wird sich nicht lumpen lassen!«

»Abgemacht!« sagte Rênal. »Aber nun bleibt es dabei!«

Der Zorn verlieh ihm plötzlich den Ton der Bestimmtheit. Der Bauer merkte, daß er nicht weiter gehen durfte. Jetzt gewann wieder Herr von Rênal die Oberhand. Er dachte nicht daran, die sechsunddreißig Franken für den ersten Monat dem Alten anzuvertrauen, der sie am liebsten auf der Stelle für seinen Sohn eingestrichen hätte. Auch fiel Herrn von Rênal ein, daß er seiner Frau etwas Imponierendes über seine Verhandlung mit dem Bauern berichten mußte.

»Geben Sie mir die hundert Franken wieder, die ich Ihnen vorhin eingehändigt habe«, sagte er ärgerlich. »Durand ist mir etwas schuldig. Ich werde mit Ihrem Sohne hingehen und den Anzug selber aussuchen.«

Sorel hatte seine Kraft erprobt; jetzt verschanzte er sich schlauerweise abermals hinter höflichem Gerede. Dies dauerte eine gute Viertelstunde. Als er am Ende aber einsah, daß platterdings nichts mehr zu erreichen war, empfahl er sich. Seine letzte Verbeugung ward von den Worten gekrönt:

»Ich schicke meinen Sohn sofort ins Schloß.«

So nannten die Unterbeamten des Bürgermeisters dessen Haus, wenn sie sich bei ihm einschmeicheln wollten.

Als der alte Sorel in seine Mühle zurückkam, suchte er seinen Sohn vergeblich. Dem ihm Bevorstehenden nicht trauend, war er mitten in der Nacht aufgebrochen, um seine Bücher und das Kreuz der Ehrenlegion in Sicherheit zu bringen. Er schaffte alles zu seinem Freunde, einem jungen Holzhändler namens Fouqué, der in den Bergen oberhalb von Verrières wohnte.

Als er heimkehrte, schrie ihn der Vater an:

»Verfluchter Faulpelz, weiß der Teufel, ob du genug Ehre im Leibe hast, mir je das Geld wiederzuerstatten, das ich für deine Erziehung in den vielen Jahren aufgewendet habe. Jetzt schnür dein Bündel und scher dich zum Bürgermeister!«

Julien wunderte sich, daß er keine Prügel bekam, und trollte sich schleunigst von dannen. Aber kaum war er außer der väterlichen Sehweite, als er seine Schritte verlangsamte. Es fuhr ihm durch den Sinn, daß es von Nutzen sei, wenn er aus Scheinheiligkeit in der Kirche Station machte.

Scheinheiligkeit! Welche umständliche seelische Entwicklung gehört dazu, ehe ein Bauernkind solch ein abscheuliches Wort bewußt gebraucht!

Als kleiner Junge hatte Julien Sechste Dragoner gesehen, in langen weißen Reitermänteln, mit großen schwarzen Haarbüschen auf den Helmen. Sie kamen auf ihrem Rückmarsch aus der Lombardei durch die Stadt, und etliche halfterten ihre Pferde am Fenstergitter seines Vaterhauses an. Dieser Anblick hatte den kleinen Julien für den Soldatenberuf begeistert. Später lauschte er voll Entzücken dem alten Stabsarzte, wenn er ihm von den Schlachten bei Arcole, Lodi und Rivoli erzählte. Die glühenden Blicke, die der alte Mann auf sein Ehrenkreuz warf, vergaß er nie.

Aber als Julien vierzehn Jahre alt war, wurde in Verrières eine Kirche erbaut, die in einem so kleinen Ort für prunkvoll gelten konnte. Besonders staunte er vier Marmorsäulen an. Sie wurden in der ganzen Gegend berühmt, denn sie waren der Anlaß der Todfeindschaft zwischen dem Ortsrichter und dem aus Besançon herversetzten jungen Vikar, der als Spion der Jesuiten galt. Der Ortsrichter hätte beinahe seinen Posten verloren – wenigstens war dies die allgemeine Meinung –, weil er es gewagt, in Zwist mit einem Priester zu geraten, der fast alle vierzehn Tage nach Besançon, offenbar zum Herrn Bischof, fuhr.

In der Folge hatte der Ortsrichter, Vater einer zahlreichen Familie, mehrere Urteile gefällt, die man als Ungerechtigkeit auffaßte, und zwar samt und sonders zuungunsten von Leuten, die den *Constitutionnel,* das Blatt der Liberalen, lasen. Die sogenannte gute Sache hatte also gesiegt! Es handelte sich bei besagten Urteilen allerdings nur um geringfügige Strafen, um ein paar Franken, aber eine dieser Entscheidungen traf einen Paten Juliens, einen Nagelschmied. In seinem Zorn rief der Mann aus: »Ja, ja, die Zeiten haben sich geändert. Zwei Jahrzehnte hindurch galt uns der Ortsrichter als anständiger Mann!« Juliens Freund, der alte Stabsarzt, war tot.

Urplötzlich hörte Julien auf, von Napoleon zu reden. Jetzt erklärte er die Absicht, Priester zu werden. Alsbald sah man ihn beständig in der Schneidemühle seines Vaters beim Auswendiglernen einer lateinischen Bibel, die ihm der Pfarrer geliehen hatte. Verwundert über die Fortschritte des jungen Menschen, verbrachte der alte Mann manchen langen Abend mit ihm, um ihn in der Theologie zu unterweisen. Julien offenbarte ihm nur fromme Regungen. Kein Mensch konnte ahnen, daß dieser bleiche zarte mädchenhafte Bursche den unerschütterlichen Vorsatz in sich trug, tausendmal sein Leben zu riskieren, wenn er nur sein Glück machte.

Sein Glück machen! Das hieß zunächst, aus Verrières hinauskommen. Er haßte seine Heimat. Alles, was er daselbst sah, hemmte seine Phantasie.

Von klein auf hatte er Augenblicke höchster Erregung gehabt. In Wonnen träumte er sich aus, wie er eines Tages die Bekanntschaft hübscher Pariserinnen machen werde, nachdem er ihre Aufmerksamkeit durch eine außerordentliche Tat auf sich gezogen. Warum sollte er nicht von einer von ihnen geliebt werden, wie Bonaparte, noch arm, von der wunderschönen Frau von Beauharnais geliebt worden war? Schon viele Jahre lang war auch nicht eine Stunde verronnen, in der Julien nicht vor Augen gehabt, daß sich Bonaparte, der unbekannte mittellose Artillerieleutnant, durch seinen Degen zum Herrn der Welt gemacht hatte. Der eine Gedanke tröstete ihn in all seinem Ungemach, das er für ein großes Unglück hielt, und durchsonnte die Freuden, die ihm bisweilen zuteil wurden.

Der Kirchenbau und die Urteile des Ortsrichters waren die Ursache, daß es ihm mit einem Schlage wie Schuppen von den Augen fiel. Diese Erleuchtung machte ihn wochenlang toll und durchflammte ihn schließlich mit jener Allgewalt, die die erste selbstgefundene Idee in einer leidenschaftlichen Seele erzeugt.

Er sagte sich: »Als Bonaparte aus dem Dunkel hervortrat, stand Frankreich vor dem Einmarsche der fremden Mächte. Das Soldatentum war notwendig und Mode. Heutzutage sieht man Priester, die mit vierzig Jahren ein Einkommen von hunderttausend Franken haben. Das ist dreimal mehr, als die weltberühmten Divisionsgenerale Napoleons bezogen. Die Priester brauchen Helfershelfer. Da ist zum Beispiel dieser Ortsrichter, ein heller Kopf und bisher ein Ehrenmann – aber auf seine alten Tage entehrt er sich aus Angst vor einem jungen Vikar von dreißig Jahren! Ja, heutzutage muß man Pfaffe werden!«

Einmal freilich verriet sich Julien trotz aller seiner neuen Frömmigkeit, nachdem er bereits zwei Jahre Gottesgelehrter war, durch einen jähen Ausbruch der Glut, die seine Seele heimlich verzehrte. Es war im Hause des Pfarrers Chélan bei einem Priestermahle. Der gute Pfarrer hatte ihn als seinen Musterschüler vorgestellt; da hatte er das Mißgeschick, von Napoleon schwärmerisch zu reden. Zur Strafe und Buße band er sich den Arm in eine Binde, behauptete, er hätte sich ihn beim Wälzen eines Fichtenstammes ausgerenkt, und trug ihn acht Wochen lang in dieser unbequemen

Lage. Nach dieser Selbsttortur verzieh er sich. So war der neunzehnjährige junge Bursche, den man ob seines schwächlichen Aussehens kaum siebzehn Jahre alt schätzte. Sein kleines Bündel unterm Arme, betrat er die prächtige Kirche von Verrières.

Sie war dunkel und menschenleer. Eines Kirchfestes wegen waren sämtliche Fenster des Schiffes mit scharlachrotem Tuch verhängt. An der Sonnenseite schimmerte Licht dahinter und schuf eine feierliche weihevolle Stimmung. Den einsamen Julien durchschauerte es. Er ließ sich auf der Kirchenbank nieder, die ihm am vornehmsten aussah. Sie trug das Wappen des Herrn von Rênal.

Auf dem Brett für das Gebetbuch lag ein Stück bedrucktes Papier, merkwürdig auffällig. Sein Blick fiel darauf, und er las:

»Einzelheiten von der Hinrichtung und den letzten Augenblicken Ludwig Jenrels, enthauptet zu Besançon am . . .«

Das Weitere war abgerissen. Auf der Rückseite standen die Anfangsworte einer Zeile:

»Der erste Schritt . . .«

»Wer mag das Papier hierhin gelegt haben?« fragte sich Julien. »Armer Teufel!« dachte er und seufzte auf. »Sein Name hat dieselbe Endsilbe wie meiner.«

Er knüllte das Papier zusammen.

Beim Wiederhinausgehen kam es Julien vor, als seien Blutflecke am Weihwasserbecken. Es war der Widerschein der Fensterbehänge, der ein paar übergespritzte Wassertropfen blutrot färbte. Da schämte er sich seiner geheimen Angst.

»Bin ich ein Feigling?« fragte er sich. »An die Gewehre!«

Dies Kommandowort, das in den Kriegserinnerungen des alten Stabsarztes eine große Rolle gespielt hatte, war für Julien ein Symbol des Heldentums. Er machte sich auf und ging raschen Schritts nach dem Rênalschen Hause.

Aber so tapfer er sein wollte, er wurde doch beim Anblick des Gebäudes von unüberwindlicher Scheu befallen. Die Gittertür des Vorgartens stand offen. Sie kam ihm prunkvoll vor. Um zur Haustür zu gelangen, mußte er hindurch.

Übrigens war es nicht allein Julien, der in Aufregung war. Die überaus zarte und scheue Frau von Rênal befand sich in der größten Unruhe, seit sie wußte, daß ein Fremdling fortan befugtermaßen zwischen ihr und ihren Kindern stehen sollte. Sie war daran gewöhnt, daß sie mit den drei Jungen zusammen in einem Zimmer schlief. Am Vormittag, als die drei kleinen Betten in das Zimmer getragen wurden, das nunmehr der Erzieher bewohnen sollte, waren viel Tränen geflossen. Vergebens bat sie ihren Mann, wenigstens das Bett von Stanislaus-Xaver, dem Jüngsten, in ihrem Schlafzimmer zu lassen.

Die weibliche Empfindsamkeit war in Frau von Rênal übertrieben entwickelt. Sie machte sich von dem künftigen Hauslehrer das widerlichste Bild, indem sie sich einen groben schlechtgepflegten Gesellen vorstellte, der den Auftrag hätte, ihre Kinder zu malträtieren, und dies aus keinem andern Grunde, als weil er Latein verstand, eine wildfremde unnütze Sprache.

KAPITEL VI

Sorgen

Non sò più cosa son, / Cosa facio.
Mozart, Figaro

Mit der behenden Grazie, die ihr eigen war, sobald sie sich unbeobachtet fühlte, war Frau von Rênal eben durch die Glastüre des nach dem Vorgarten zu gelegenen Salons ins Freie getreten, da bemerkte sie am Tor einen Bauernjungen, der ihr beinahe noch wie ein Kind erschien, mit totenblassem Gesicht und Tränen in den Augen. Er hatte ein schneeweißes Hemd an und eine saubere ärmellose Weste aus rotblauem Wollstoff.

Seine Gesichtsfarbe war so licht und seine Augen so sanft,

daß Frau von Rênal in ihrem ein wenig romantischen Sinn zunächst dachte, es sei ein verkleidetes Mädchen, das dem Bürgermeister irgendein Anliegen vorbringen wolle. Sie bekam Mitleid mit dem armen Wesen, das dort an der Haustür nicht den Mut hatte, die Glocke zu ziehen. Deshalb ging sie hin. Im Augenblick hatte sie Kummer und Sorge über die bevorstehende Ankunft des Erziehers vergessen. Julien stand der Tür zugewandt und bemerkte das Nahen der Frau von Rênal nicht. Beim Klang einer leisen Stimme ganz dicht an seinem Ohre schrak er zusammen.

»Was willst du, mein Kind?« fragte sie.

Er drehte sich rasch um. Frau von Rênals Augen strahlten so viel Güte aus, daß sich ein Teil von Juliens Schüchternheit verlor. Betroffen von ihrer Schönheit vergaß er alles, sogar den Anlaß, warum er hergekommen war. Sie wiederholte ihre Frage.

»Ich soll hier Hauslehrer werden, gnädige Frau«, stotterte er endlich, und voll Scham über seine Tränen machte er den Versuch, sie wegzuwischen.

Frau von Rênal fand kein Wort mehr. Sie blickten einander in die Augen. Julien hatte noch nie eine so gut gekleidete Dame gesehen und vor allem noch nie eine, die so glänzende Haut gehabt und mit so sanfter Stimme zu ihm gesprochen hatte. Und sie, sie schaute auf die dicken Tränen, die auf den eben noch blassen, jetzt aber rosigen Wangen des Bauernburschen standen. Plötzlich begann sie fröhlich und übermütig wie ein junges Mädchen zu lachen. Sie machte sich über sich selbst lustig und vermochte ihr Glück nicht zu fassen. So sah also der Erzieher aus, den sie sich als einen unsauberen und schlecht gekleideten Priester vorgestellt hatte, als Schinder und Quäler ihrer Kinder!

»Aha!« sagte sie schließlich zu ihm. »Herr Sorel, der Lateiner!«

Die Anrede »Herr« war dem jungen Manne so ungewohnt, daß er einen Augenblick nachdachte.

»Jawohl, gnädige Frau!« antwortete er befangen.

In ihrem Glücke wagte Frau Rênal die Frage: »Nicht wahr, Sie werden die armen Kinder nicht grob behandeln?«

»Ich – sie grob behandeln? Aus welchem Grunde?« fragte er erstaunt.

Sie schwieg eine kleine Weile. Dann fuhr sie leise und in wachsender Erregung fort: »Nicht wahr, Herr Sorel, Sie werden gut mit ihnen sein? Versprechen Sie mir das?«

Abermals hörte er sich in vollem Ernste »Herr Sorel« nennen, dazu von einer so vornehmen Dame. Das übertraf seine kühnsten Träume. In seinen jugendlichen Hirngespinsten waren Damen nur dann so gnädig gewesen, mit ihm zu reden, wenn er eine schöne Uniform anhatte. Frau von Rênal war nicht minder überrascht über Juliens zartes Gesicht, seine großen schwarzen Augen und sein hübsches Haar, das heute lockiger denn sonst war, weil er, um sich zu kühlen, eben den Kopf in das Brunnenbecken am Markt gesteckt hatte. Ihre größte Freude aber an diesem fatalen Hauslehrer, vor dessen Strenge und Grobheit ihr so sehr gebangt hatte, war seine mädchenhafte Schüchternheit. Für das friedsame Gemüt der Frau von Rênal war der Widerspruch zwischen dem, was sie eben noch befürchtet hatte, und dem, was sie jetzt sah, ein wahres Ereignis. Endlich gewann sie ihren Gleichmut zurück. Nun erschrak sie, daß sie mit einem Bauernburschen in Hemdsärmeln an der Haustür stand.

Ziemlich verlegen sagte sie: »Kommen Sie mit herein, Herr Sorel!«

Nie in ihrem Leben hatte eine ungetrübt angenehme Empfindung sie so stark erregt, und noch nie war ihr etwas so Erfreuliches plötzlich an die Stelle von Angst und Sorge getreten. Ihre netten Jungen, die sie so hegte und pflegte, sollten also doch keinem schmutzigen und nörglichen Priester in die Hände fallen! Kaum in dem Hausflur, wandte sie sich nach Julien um, der ihr schüchtern folgte. Sie sah sein Staunen beim Anblick des prächtigen Hauses. Auch das gereichte ihm in ihren Augen zum Vorteil. Nur mit etwas konnte sie sich nicht abfinden: sie hatte das Gefühl, als müsse der Erzieher im schwarzen Rocke gehen.

»Können Sie wirklich Lateinisch, Herr Sorel?« begann sie von neuem, indem sie stehenblieb. In all ihrem Glück hatte sie mit einem Male tödliche Angst, es könne doch nicht so sein. Ihre Frage verletzte Juliens Stolz. Das Entzücken, in dem er eine Viertelstunde gelebt hatte, war dahin.

»Gewiß, gnädige Frau«, erwiderte er, wobei er sich Mühe gab, gleichgültig auszusehen. »Ich verstehe Lateinisch ebensogut wie der Herr Pfarrer; ja, wie er manchmal zu sagen beliebt, sogar besser.«

Frau von Rênal fand, Julien sähe recht böse aus. Er stand zwei Schritte von ihr entfernt. Dicht an ihn herantretend, flüsterte sie ihm zu: »Nicht wahr, in den ersten Tagen werden Sie meine Kinder nicht schlagen, auch wenn sie ihre Aufgaben nicht können?«

Beim Klange der sanften, fast flehentlichen Worte einer so schönen Frau vergaß Julien, was er seiner Würde als Lateiner schuldete. Frau von Rênals Gesicht war ganz nahe dem seinen. Er spürte den leisen Duft weiblicher Sommerkleider. Das verwirrte den armen Bauernjungen im höchsten Maße. Er ward feuerrot, und schweratmend sagte er mit bebender Stimme: »Fürchten Sie nichts, gnädige Frau! Ich werde Ihnen in allem folgsam sein!«

Erst jetzt, nachdem sie keine Sorge mehr um ihre Kinder hatte, fiel ihr auf, daß Julien ein sehr schöner Mensch war. Seine fast weiblichen Züge und seine verlegene Miene machten auf sie, die selbst so außerordentlich scheu und schüchtern war, durchaus keinen lächerlichen Eindruck. Im Gegenteil, das echt Männliche, das man gewöhnlich von Mannesschönheit verlangt, hätte Frau von Rênal Furcht eingeflößt.

»Wie alt sind Sie, Herr Sorel?« fragte sie.

»Bald neunzehn, gnädige Frau!«

»Mein Ältester ist elf Jahre«, erzählte sie, nunmehr völlig wieder im Gleichgewicht. »Er könnte beinahe noch Ihr Spielkamerad sein. Sie werden ihm Vernunft beibringen. Sein Vater hat ihn einmal strafen wollen, da ist das Kind eine volle Woche krank gewesen. Und doch war es bloß ein ganz leichter Schlag . . .« – »Wie anders ist es mir doch ergangen!« dachte Julien bei sich. »Noch gestern hat mich mein Vater geschlagen. Die reichen Leute haben es gut!«

Frau von Rênal glaubte bereits, in der Seele Juliens bis in die geringsten Nuancen Bescheid zu wissen. Sie deutete die Betrübtheit, die ihn sichtlich ergriffen hatte, für Schüchternheit und wollte ihn ermutigen.

»Wie ist Ihr voller Name, Herr Sorel?« fragte sie, mit einer Innigkeit im Ton, deren Zauber Julien empfand, ohne sich sagen zu können, warum.

»Ich heiße Julien Sorel, gnädige Frau. Mir ist bange, weil ich zum ersten Male in meinem Leben ein fremdes Haus betrete. Darum bedarf ich Ihrer Fürsprache und in den ersten Tagen in vielen Dingen Ihrer Nachsicht. Ich bin nie in die höhere Schule gegangen. Dazu war ich zu arm. Auch habe ich nie mit andern Menschen gesprochen, außer mit dem Stabsarzt, einem Verwandten von uns. Er war Ritter der Ehrenlegion . . . Und mit dem Herrn Pfarrer Chélan. Er wird Ihnen Gutes über mich sagen. Meine Brüder haben mich immer verprügelt. Denen dürfen Sie keinen Glauben schenken, wenn sie mich schlecht machen! Verzeihen Sie mir meine Fehler, gnädige Frau! Ich werde nie mit Absicht etwas Schlechtes tun.«

Während dieser langen Rede gewann Julien seine Selbstbeherrschung wieder. Er schaute Frau von Rênal an. Wirkliche angeborene Anmut ist allgewaltig, zumal wenn sie einem Menschen eigen ist, der gar nicht an sie denkt. Julien, der sehr wohl wußte, was Weibesschönheit ist, hätte in diesem Augenblick geschworen, Frau von Rênal sei erst zwanzig Jahre alt. Urplötzlich durchzuckte ihn der verwegene Gedanke, ihr die Hand zu küssen. Gleich darauf erschrak er freilich über sich selber. Aber dann wieder sagte er sich: »Es wäre feig von mir, wenn ich eine mir vielleicht nützliche Tat nicht ausführte. Es wird die Mißachtung verringern, die diese schöne Frau gegen mich armen Burschen, der eben der Sägemühle entronnen ist, wahrscheinlich hegt.« Sein Mut wuchs wohl ein wenig, indem er sich erinnerte, daß seit einem halben Jahre bisweilen sonntags von hübschen Mädchen hinter ihm getuschelt ward, er sei *ein hübscher Kerl.* Wie er so mit sich kämpfte, unterwies ihn Frau von Rênal mit ein paar Worten über die Art, wie er sich bei den Kindern einführen solle. Die Gewalt, die er sich antat, machte ihn von neuem leichenblaß. Nur mit Mühe brachte er die Worte heraus: »Gnädige Frau, niemals werde ich Ihre Kinder schlagen. Das schwöre ich bei Gott!« Bei diesen Worten wagte er Frau von Rênals Hand zu erfassen und an seine Lippen zu führen. Die Geste hatte sie überrascht. Im Nachdenken ward sie betroffen. Es war ein sehr heißer Tag. Deshalb trug sie die Arme bloß, nur von einem Schal bedeckt. Als Julien ihre Hand an seinen Mund zog, war der eine ganz nackt gewesen. Alsbald zürnte sie sich selbst. Es dünkte sie, daß sie viel schneller hätte empört sein müssen.

In diesem Augenblick trat Herr von Rênal aus seinem Arbeitszimmer. Er hatte die Stimmen gehört. In dem salbungsvollen und väterlichen Tone, den er annahm, wenn er im Amt eine Trauung vollzog, sprach er zu Julien: »Es ist höchst wichtig, daß ich mit Ihnen rede, ehe die Kinder Sie zu sehen bekommen!«

Damit ließ er Julien in sein Zimmer eintreten. Seine Frau wollte die beiden allein lassen, aber Herr von Rênal hielt sie zurück. Nachdem die Tür geschlossen war, setzte er sich gravitätisch. Sodann begann er:

»Der Herr Pfarrer hat mir gesagt, Sie seien ein tüchtiger Mensch. Es wird Sie hier jedermann mit Achtung behandeln, und wenn ich mit Ihnen zufrieden bin, werde ich Ihnen später behilflich sein, damit Sie einen kleinen festen Posten bekommen. Ich will, daß Sie fortan weder mit Ihren Verwandten noch mit Ihren Bekannten verkehren. Das Gehabe dieser Leute ist nichts für meine Kinder. Hier sind zwölf Taler für den ersten Monat! Aber ich verlange Ihr Ehrenwort, daß Ihr Vater keinen Groschen davon bekommt.«

Der Bürgermeister war auf den alten Sorel schlecht zu sprechen, weil er ihn bei dem Handel doch übertrumpft hatte.

»Zuvörderst, *Herr* Sorel . . . ich habe nämlich den Befehl gegeben, daß Sie hier jedermann mit *Herr* anzureden hat. Sie werden die Vorteile, in ein vornehmes Hauswesen gekommen zu sein, bald verspüren. Was ich sagen wollte, Herr Sorel: Es schickt sich nicht, daß die Kinder Sie in Hemdsärmeln sehen . . . Sind die Dienstboten ihm so begegnet?« Die letzte Frage richtete er an seine Frau.

»Nein, mein Lieber«, erwiderte sie versonnen.

»Um so besser. Hier, ziehen Sie das mal an!« Er reichte dem erstaunten jungen Manne einen Rock von sich. »So! Jetzt geht's zum Schneider Durand!«

Als Herr von Rênal mit dem neuen, nunmehr ganz in Schwarz gekleideten Hauslehrer nach einer reichlichen Stunde zurückkam, fand er seine Frau noch immer auf dem nämlichen Flecke sitzen. In Juliens Gegenwart fühlte sie sich beruhigt. Während sie ihn musterte, verlor sie jede Angst vor ihm. Juliens Gedanken aber weilten nicht bei ihr. Trotz aller seiner Menschen- und Schicksalsverachtung war er in diesem Augenblicke seelisch ein Kind. Es war ihm, als sei in den drei Stunden, seit er voll Hangen und Bangen in der Kirche gesessen, ein jahrelanges Stück Leben vergangen. Da bemerkte er die eisige Miene der Frau von Rênal. Er begriff, daß sie ihm zürnte, weil er ihr die Hand zu küssen gewagt. Aber mit den neuen Kleidern, die so ganz anders waren denn die, die er gewohnt war zu tragen, hatte sich das Gefühl des Stolzes bei ihm eingestellt. Er war über die Maßen erregt,

aber gleichzeitig vom Drange beseelt, seine Freude zu verbergen. Dadurch kam etwas Jähes und Halbverrücktes in
jede seiner Bewegungen. Frau von Rênal betrachtete ihn voll-
ler Erstaunen.

Und Herr von Rênal ermahnte ihn: »Würde, Haltung! Das
ist die Hauptsache, Herr Sorel! Sonst haben die Kinder und
meine Leute keinen Respekt vor Ihnen.«

»Herr Bürgermeister«, entgegnete Julien, »der neue Anzug beengt mich noch. Als armer Bauernsohn habe ich nur
immer Westen getragen. Wenn die Herrschaften gestatten,
ziehe ich mich auf mein Zimmer zurück.«

Als der Ankömmling verschwunden war, fragte Herr von
Rênal seine Frau: »Na, was sagst du zu unsrer neuen Erwerbung?«

Ohne daß sie es wollte und ohne daß sie sich über das Wie
und Warum klar ward, machte Frau von Rênal eine Bewegung, die ihren Mann über ihre wirklichen Empfindungen
täuschen sollte.

»Ich bin durchaus nicht so entzückt wie du von diesem
Bauernjungen. Dein Entgegenkommen wird ihn so dreist
machen, daß du ihn schon nach ein paar Wochen wieder wegschicken mußt.«

»So schicken wir ihn eben wieder weg! Die Sache hat uns
dann hundert und so und so viel Franken gekostet, aber Verrières hat die Kinder des Herrn von Rênal in Begleitung eines
Erziehers gesehen. Besagter Zweck wäre nicht erreicht,
wenn ich Julien in seinem Bauernkittel gelassen hätte. Und
wenn ich ihn wieder wegschicke, so geht er selbstverständlich ohne den kompletten schwarzen Anzug, den ich eben für
ihn bei Durand bestellt habe. Ihm verbleibt nur das Fertig-
Gekaufte, das ich ihn gleich habe anziehen lassen.«

Die Stunde, die Julien in seinem Zimmer verbrachte, verging Frau von Rênal wie ein Augenblick. Die Kinder hatten
die Ankunft des Hauslehrers erfahren und bestürmten ihre
Mutter mit allerlei Fragen. Endlich erschien Julien. Er war

43

wie umgewandelt. Er sah nicht nur würdevoll aus; er war es durch und durch.

Er ward den Kindern vorgestellt, und der Ton, in dem er sie begrüßte, versetzte sogar Herrn von Rênal in Verwunderung.

»Meine jungen Herren«, schloß Julien seine Ansprache, »ich bin hier, euch das Latein zu lehren. Ihr wißt, was es heißt, ein Kapitel auswendig zu lernen. Hier habe ich die Heilige Schrift . . .« Dabei zeigte er ihnen seine schwarz eingebundene Miniaturausgabe der lateinischen Bibel. »Es ist die Geschichte unsers Heilands Jesu Christi, also der Teil, den man das Neue Testament nennt. Ich werde euch oft Kapitel daraus auswendig lernen lassen. Heute will ich selber einmal eins aufsagen.« Adolf, der älteste Junge, hatte das Buch entgegengenommen. »Schlage es aufs Geratewohl auf!« fuhr Julien fort. »Und sage mir das Anfangswort irgendeines Absatzes auf! Ich werde die Heilige Schrift, die unser aller Richtschnur ist, auswendig hersagen, bis ihr mir *Halt* sagt.«

Adolf schlug das Buch auf und las ein Stück vor. Julien sagte die ganze Seite her, mit einer Leichtigkeit, als spräche er Französisch. Herr von Rênal warf seiner Frau einen Blick des Triumphes zu. Die Knaben merkten das Staunen ihrer Eltern und machten große Augen. Ein Diener kam an die Türe des Salons. Julien fuhr fort, Lateinisch zu sprechen. Der Dienstbote blieb eine Weile starr stehen und verschwand dann. Alsbald erschienen die Kammerjungfer der Frau von Rênal und die Köchin an der Tür. Inzwischen hatte Adolf bereits die achte Stelle aufgeschlagen. Julien sagte eine wie die andre glatt auf.

»Ach, du lieber Herrgott!« sagte die Köchin ganz laut, eine brave, sehr fromme Person. »So ein hübscher junger Priester!«

Dem Bürgermeister ging es an seine Eitelkeit. Statt den Hauslehrer weiterhin zu prüfen, suchte er in seinem Gedächtnis eifrigst nach lateinischen Brocken. Daraufhin zitierte er einen Vers aus Horaz.

Juliens Latein beschränkte sich auf die Bibel. Er zog die Stirn hoch und erklärte: »Der fromme Beruf, dem ich mich geweiht habe, verbietet mir das Studium profaner Autoren.«

Herr von Rênal kramte noch eine stattliche Anzahl angeblicher Horazverse aus und erläuterte seinen Kindern, wer Horaz war. Aber sie schenkten seiner Rede keine Aufmerksamkeit. Sie starrten und staunten Julien an.

Da die Dienstboten noch immer an der Tür lauschten, hielt es Julien für angebracht, die Probe zu verlängern.

»Stanislaus-Xaver«, sagte er zu dem jüngsten Knaben, »jetzt mußt auch du mir eine Stelle aus der Heiligen Schrift bezeichnen!«

Der Kleine las schlecht und recht, aber voller Stolz, den Anfang eines Absatzes vor. Julien sagte die ganze Seite her. Um dem Triumph des Bürgermeisters die Krone aufzusetzen, erschienen just während Juliens Rezitation Herr Valenod, der Besitzer der schönen normannischen Pferde, und Herr Charcot von Maugiron, der Landrat des Kreises. Durch diese Episode war der Titel *Herr* anerkannt. Auch keinem der Dienstboten fiel es ein, ihn Julien streitig zu machen.

Am Abend strömten sämtliche Bekannte des Herrn von Rênal herbei, um das Wunder zu schauen. Julien spielte den Unnahbaren und hielt sich alle vom Leibe. Die Kunde seines Wissens verbreitete sich so rasch in der ganzen Stadt, daß Herr von Rênal Angst bekam, Julien könne ihm abspenstig gemacht werden. Bereits in den nächsten Tagen schlug er ihm vor, einen Vertrag auf zwei Jahre zu unterzeichnen.

»Nein, Herr Bürgermeister«, erwiderte Julien kühl, »wenn Sie mich je wegschicken, so muß ich gehen. Was nützt mir also ein Vertrag, der mich bindet, Sie aber zu nichts verpflichtet? Ich kann nicht darauf eingehen.«

In der Folge verstand sich Julien so gut zu benehmen, daß er noch vor Ablauf des ersten Monats sogar die Achtung des

Herrn von Rênal errang. Der Pfarrer hatte sich mit dem Bürgermeister entzweit. Somit konnte niemand seine ehemalige Schwärmerei für Napoleon verraten. Julien selbst sprach von seinem Abgotte nur in verächtlichen Worten.

KAPITEL VII

Wahlverwandtschaften

Nur indem sie es anpacken
wissen sie das Herz zu rühren.
Zeitgenössischer Autor

Die Kinder beteten Julien an. Er liebte sie durchaus nicht. Seine Gedanken waren anderswo. Aber was die Bürschchen auch angeben mochten, er verlor niemals die Geduld. Kalt, streng, gleichgültig, erntete er doch Liebe, weil seine Ankunft immerhin Leben ins Haus gebracht hatte. Er war ein guter Erzieher. Insgeheim aber empfand er nur Haß und Verachtung gegen die gute Gesellschaft, an deren Tisch oder vielmehr an deren Tischende er saß. Letzteres war vielleicht die Begründung seines Hasses und seiner Verachtung. Etliche Male nahm er auch an der Tafel teil, wenn Gäste im Hause waren, wobei er nur unter großer Mühe seinen Haß gegen alles, was ihn umgab, zu verbergen vermochte. Einmal, es war am Sankt-Ludwigs-Tage, als Valenod im Hause des Bürgermeisters das große Wort führte, hätte sich Julien beinahe verraten. Er rettete sich schnell noch in den Garten, indem er vorgab, er wolle nach den Kindern sehen. »Dieses Selbstlob des Spießbürgertums!« knirschte er. »Als ob das des Menschentums Höchstes sei! Dabei genießt dieser Valenod Achtung und hündischen Respekt bei den Leuten, obgleich man allgemein weiß, daß er sein Vermögen verdoppelt und verdreifacht hat, seitdem er das Armengut verwaltet! Ich wette, er bereichert sich sogar durch Gelder, die für die Findelkinder bestimmt sind, die unter den andern Elenden heilig sein sollten. Ihr Raubtiere! Ihr Bestien! Ach, ich bin auch so etwas wie ein Findelkind! Mein Vater, meine Brüder, meine ganze Familie, alle hassen sie mich!«

Etliche Tage zuvor war Julien in dem kleinen Gehölz oberhalb der Stadtpromenade, die *Schöne Aussicht* genannt, in sein Brevier vertieft, spazierengegangen. Auf dem einsamen Fußwege waren ihm seine beiden Brüder begegnet. Ihnen auszuweichen, war unmöglich. Sein schwarzer Rock, sein gepflegtes Aussehen und am allermeisten seine offenkundige Absonderung reizten den Neid der groben Holzknechte dermaßen, daß sie Julien halbtot schlugen. Ohnmächtig und stark blutend blieb er liegen. Zufällig kam Frau Rênal auf einem Spaziergang mit Herrn Valenod und dem Landrat ebendahin. Als sie Julien am Boden sah, glaubte sie, er sei tot. Das ergriff sie so stark, daß Valenod eifersüchtig wurde.

Seine Befürchtung war verfrüht. Julien fand Frau von Rênal zwar bildschön, aber er haßte sie gerade ob ihrer Schönheit. Denn diese war die erste Klippe, die das Schifflein seines Glückes bedrohte. Er sprach möglichst wenig mit ihr, um das Feuer zu ersticken, das ihn am ersten Tage verführt hatte, ihr die Hand zu küssen.

Elise, Frau von Rênals Kammerjungfer, hatte sich ohne weiteres in den jungen Hauslehrer verliebt. Mehrfach gestand sie es ihrer Herrin. Diese Verliebtheit hatte Julien die Feindschaft eines der Diener im Hause eingebracht. Eines Tages hörte er, wie dieser Mensch zu Elise sagte: »Seit dieser dreckige Schulmeister hier ist, bin ich Luft für Sie!« Julien verdiente gerade diesen Vorwurf durchaus nicht, aber fortan verdoppelte er die Pflege seines Äußeren. Ohne daß er sich's eingestand, trachtete er danach, ein hübscher Kerl zu sein. Auch Valenods Ingrimm wuchs. Vor möglichst vielen Leuten erklärte er, Julien sei ungemein eitel. Das gezieme sich nicht für einen angehenden Geistlichen. Julien ging wie ein junger Abbé, nur daß er keine Soutane trug.

Frau von Rênal bemerkte, daß er mehr als früher mit Elise sprach. Es geschah aus Anlaß seiner höchst ärmlichen Garderobe. Er besaß so wenig Leibwäsche, daß er genötigt war, sie in einem fort zur Waschfrau zu schicken. Zu diesen kleinen Besorgungen hatte er Elise nötig. Frau von Rênal, die so übergroße Armut nicht vermutet hatte, war gerührt. Am liebsten hätte sie ihn beschenkt, aber das getraute sie sich nicht. Diese leise Gegenstimme machte sie in ihrer Beziehung zu Julien zum ersten Male vor sich selber stutzig. Bis dahin hatte sie nichts als reine, seelische Freude an ihm gehabt. Der Name Julien war ihr sozusagen eine Bezeichnung des Glückes gewesen. Die Kenntnis von seiner Armut lastete auf ihr, und so bat sie ihren Mann, ihm Wäsche zu schenken.

»Unsinn!« brummte er. »Wozu sollen wir einem Menschen, mit dem wir völlig zufrieden sind, und der seine Sache gut macht, etwas schenken? Das wäre doch nur nötig, wenn er zu wünschen übrigließe, um ihn anzustacheln.«

Diese Auffassung empörte Frau von Rênal. Vor Juliens Ankunft hätte sie derlei gar nicht wahrgenommen. Jedesmal, wenn sie jetzt das äußerst adrette, dabei so schlichte Äußere des jungen Mannes musterte, fragte sie sich: »Wie bringt er dies bei seinen geringen Mitteln nur zuwege?«

Allmählich empfand sie Mitleid bei allem, was an Julien mangelhaft war. Nichts berührte sie dabei unangenehm.

Luise von Rênal war eine jener Frauen der Provinz, die einem in den ersten vierzehn Tagen, wenn man sie kaum kennengelernt hat, leicht beschränkt vorkommen. Sie besaß durchaus keine Lebenserfahrung und hatte kein Bedürfnis, viel zu reden. Im unbewußten Streben nach Glück, das allen Lebewesen innewohnt, lebte ihre feinsinnige und hochmütige Seele still über dem Tun und Treiben der groben Naturen, unter die sie das Schicksal verschlagen hatte.

Sie wäre durch ihren natürlichen regen Verstand aufgefallen, wenn sie die geringste geistige Erziehung genossen

hätte. Aber als reiches junges Mädchen war sie bei den Betschwestern des Sacré-cœur erzogen worden, wo man ihr vor
allem einen wilden Haß gegen alles Jesuitenfeindliche beigebracht hatte. Allerdings war sie klug genug, alles im Kloster
Erlernte für dummes Zeug zu halten und alsbald wieder zu
vergessen. Da aber an diese Lücke nichts trat, wußte sie eigentlich rein gar nichts. Die zu frühen Schmeicheleien, mit
denen sie als Erbin eines großen Vermögens umworben
ward, und ihr beträchtlicher Hang zu leidenschaftlicher
Frömmigkeit hatten sie veranlaßt, sich ganz in ihr Innenleben
zu verkriechen. Scheinbar unterwarf sie sich zwar völlig dem
Willen ihres Gatten, weshalb sie zum nicht geringen Stolze
des Herrn von Rênal von den Ehemännern zu Verrières ihren
Frauen als Muster hingestellt wurde, in Wirklichkeit war
aber ihre Seele eine Hochburg der Unnahbarkeit. Manche ob
ihres Stolzes verschriene Prinzessin schenkt dem Treiben ihres Hofstaates ungleich mehr Beachtung, als diese so sanfte,
sichtlich bescheidene Frau den Worten und Werken ihres
Mannes gönnte. Bis zu Juliens Ankunft hatte sie wirklichen
Anteil nur an ihren Kindern. Ihr Gesundheitszustand, ihre
kleinen Leiden und Freuden beschäftigten allein ihr empfäng-
liches Gemüt, das noch nichts auf der Welt geliebt hatte denn
Gott ehedem im Herz-Jesu-Kloster zu Besançon.

Ohne daß sie sich herabgelassen hätte, es jemandem anzuvertrauen, versetzte sie der Fieberanfall, den einer der Knaben bekam, in einen Leidenszustand, der fast so war, als sei
das Kind gestorben. In den ersten Jahren ihrer Ehe, als sie
noch den Drang hatte, sich mitzuteilen, hatte sie derlei Sorgen ihrem Manne eingestanden, aber immer nur ein rohes
Gelächter, ein Achselzucken, dazu irgendeine triviale Redensart über die Torheit der Weiber geerntet. Bei solchen
Scherzen, zumal wenn sie sich auf die Krankheiten der Kinder bezogen, hatte sich ihr Herz jedesmal wie unter einem
Faustschlag zusammengekrampft. Und das nach dem verführerischen Honigseim des Jesuitenklosters! Der Schmerz

war ihr Erzieher. Zu stolz, ihr Leid auch nur ihrer Freundin, Frau Derville, zu klagen, bildete sie sich ein, alle Männer wären wie der ihre. Roheit und brutale Unempfindlichkeit gegen alles, was nicht Geld, Vorrang oder Auszeichnung hieß, blinde Wut gegen jedwede andre Meinung, hielt sie für Dinge, die zum Manne ebenso unvermeidlich gehören wie Stiefel und Filzhut.

Viele Jahre waren vergangen, und noch immer hatte sich Frau von Rênal nicht an die Geldjäger gewöhnt, in deren Mitte sie leben mußte.

Deshalb machte der Bauernjunge Julien Eindruck auf sie. Sie fand sich seiner edlen und stolzen Seele wahlverwandt. Daß sie eine solche gefunden, war ihr ein süßer, unerwarteter und erhabener Genuß. Daß er gänzlich ungebildet war, verzieh sie ihm sofort. Dies erschien ihr sogar reizvoll. Ebenso sah sie ihm seine ungeschliffenen Manieren nach, und es gelang ihr, sie zu glätten. Es dünkte sie der Mühe wert, ihm zuzuhören, mochte er auch von alltäglichen Dingen reden, wie einmal von einem armen Hunde, der beim Laufen über die Straße von einem im Trabe daherkommenden Bauernwagen überfahren worden war. Ihr Mann hätte roh gelacht, wenn er dergleichen mit angesehen hätte, während Juliens schöne, schwarze, feingeschwungene Brauen vor Schmerz vibrierten. Sie beobachtete es und sagte sich, daß kaum jemand mehr Menschlichkeit und Edelmut hegen könne als dieser angehende Geistliche. Die Zuneigung und die Bewunderung, die solche Tugenden in hochherzigen Seelen erwekken, fühlte sie zum ersten Male in ihrem Leben vor Julien.

In Paris hätten Juliens Beziehungen zu Frau von Rênal eine einfache und rasche Entwicklung gehabt. In den Großstädten ist die Literatur die Verführerin zur Liebschaft. Dem jungen Hauslehrer und seiner scheuen Herrin wäre aus dem oder jenem Roman die Erleuchtung gekommen, und selbst Operettencouplets hätten den beiden die Augen geöffnet. Romangestalten hätten ihnen die Worte vorgesprochen und ihnen die Wege gezeigt. Früher oder später hätte ein solches Vorbild Julien zur Nachahmung gereizt. Er wäre diesem Ideale unbedingt gefolgt, wenn auch vielleicht ohne jeden Genuß, vielleicht sogar mit Widerstreben.

In südlicherer Gegend, etwa am Aveyron oder in den Pyrenäen, hätte die Glut der Sonne das kleinste Ereignis folgenschwer gemacht. In kühleren Himmelsstrichen verkehrt ein junger Mann, dessen sentimentaler Ehrgeiz über die mit Geld zu erlangende Befriedigung kleiner Gelüste nicht hinausgeht, tagtäglich mit einer dreißigjährigen Frau, die wirklich tugendhaft ist und in der Erziehung ihrer Kinder aufgeht, ohne daß es ihm beikommt, wie ein Romanheld zu handeln. Überdies entwickeln sich in ländlichen Gegenden die Dinge langsam und allmählich, aber natürlicher.

Wenn Frau von Rênal über die Armut des jungen Hauslehrers nachdachte, traten ihr zuweilen Tränen der Rührung in die Augen. Eines Tages, als sie so weinte, ward sie von Julien überrascht.

»Ist Ihnen ein Leid widerfahren, gnädige Frau?«

»Nein, mein Lieber«, antwortete sie ihm. »Rufen Sie die Kinder! Wir wollen ausgehen.«

Sie nahm seinen Arm und stützte sich darauf in einer Weise, bei der Julien ganz sonderbar zumute ward. Es war das erste Mal, daß sie ihn *Mein Lieber* nannte.

Gegen Ende des Spazierganges bemerkte er, daß sie ein hochrotes Gesicht hatte. Sie verlangsamte ihre Schritte.

»Es wird Ihnen nicht unbekannt sein«, begann sie, ohne ihn anzublicken, »daß ich die einzige Erbin einer sehr reichen Tante bin, die in Besançon wohnt. Sie überhäuft mich mit Geschenken . . . Meine Söhne machen . . . wirklich erstaunliche Fortschritte . . . und deshalb möchte ich Sie bitten . . . ein kleines Geschenk anzunehmen . . . ein Zeichen meiner Dankbarkeit . . . nur ein paar Goldstücke . . . für die Sie sich neue Wäsche anschaffen könnten . . . Aber . . .«

Sie wurde noch röter und blieb in ihrer Rede stecken.

51

»Gnädige Frau . . .«, erwiderte Julien.

»Aber mein Mann braucht nichts davon zu wissen . . .«, fuhr sie fort, den Blick zu Boden gesenkt.

Julien blieb stehen und richtete sich kerzengerade in die Höhe. Seine Augen blitzten vor Zorn. »Ich bin ein armer Schlucker, gnädige Frau, aber kein Lump! Über den Unterschied haben Sie nicht recht nachgedacht. Ich stände tiefer als ein Lakai, wenn ich Herrn von Rênal etwas verheimlichen wollte, was mein Geld anbeträfe.«

Frau von Rênal fühlte sich tief beschämt.

Julien fuhr fort: »Der Herr Bürgermeister hat mir fünfmal je sechsunddreißig Franken gegeben, seit ich in seinem Hause bin. Ich kann ihm mein Ausgabenbuch jederzeit vorlegen. Ihm wie jedem andern. Selbst Herrn Valenod, meinem Feinde.«

Frau von Rênal blieb blaß und zitternd, bis sie das Haus erreichten. Weder ihr noch ihm fiel bis zur Beendigung des Spazierganges etwas Geeignetes ein, das Gespräch wieder anzuknüpfen. Aus Juliens hochmütigem Herzen floh die Liebe zu Frau von Rênal mehr und mehr, während sie vor ihm Hochachtung, ja Bewunderung hegte: war sie doch von ihm ausgescholten worden! Indem sie sich einredete, sie müsse die Kränkung, die sie Julien ungewollt angetan, wieder gutmachen, erlaubte sie sich die zärtlichste Fürsorge um ihn. Das Neue, das sie hierbei empfand, versetzte sie acht Tage lang in Glück. Der Erfolg war, daß sich sein Zorn etwas abkühlte. Indessen war er weit davon entfernt, die Anteilnahme seiner Herrin etwa gar als persönliche Zuneigung zu deuten.

»So sind die reichen Leute!« sagte er sich. »Erst demütigen sie unsereinen, und dann glauben sie, mit ein bißchen Getue wäre gleich alles wieder gut.«

Frau von Rênal war das Herz allzu schwer, auch war sie noch zu unverdorben, als daß sie die Sache trotz ihres Vorsatzes ihrem Manne verheimlicht hätte. Sie erzählte ihm, was sie Julien angeboten und wie er es zurückgewiesen hatte.

»Was?« fuhr Herr von Rênal ärgerlich auf. »Du hast dir so eine Abfuhr von einem *Dienstboten* gefallen lassen!«

Frau von Rênal beanstandete diese Bezeichnung. Da ward er heftig.

»Meine Verehrteste, ich finde keine andern Worte als die des hochseligen Fürsten von Condé. Als er seiner jungen Gattin seinen Hofstaat vorstellte, sagte er: *Alle diese Leute sind unsre Domestiken!* Ich habe dir die Stelle aus den Denkwürdigkeiten des Barons von Besenval einmal vorgelesen. Sie ist eine gute Richtschnur in Standesfragen. Alles in unserm Hause, was nicht von Adel ist und Gehalt bekommt, ist Dienstbote. Ich werde mit diesem Herrn Julien ein Wörtchen reden und ihm hundert Franken geben.«

»Ach ja«, sagte Frau von Rênal erregt, »aber nur nicht in Gegenwart der Dienstboten!«

»Da hast du recht«, meinte er. »Die könnten neidisch werden. Anlaß hätten sie.«

Damit ging er und überlegte sich, ob hundert Franken nicht eigentlich zu viel sei. Halb bewußtlos vor Schmerz sank Frau von Rênal in einen Lehnstuhl.

»Er wird Julien demütigen, und ich bin schuld daran!« Sie empfand Abscheu vor ihrem Gatten und vergrub ihr Gesicht in den Händen. Sie gelobte sich hoch und heilig, ihm nie wieder etwas zu beichten.

Als sie Julien wiedersah, erbebte sie am ganzen Leibe. Die Kehle war ihr wie zugeschnürt. Sie brachte kein Sterbenswörtchen hervor. In ihrer Verlegenheit ergriff sie seine beiden Hände und drückte sie.

»Sind Sie mit meinem Manne zufrieden?« fragte sie schließlich.

»Ich muß es wohl sein«, erwiderte Julien, bitter lächelnd. »Herr Bürgermeister hat mir hundert Franken geschenkt.«

Frau von Rênal sah ihn unschlüssig an. Dann aber sagte sie zu ihm in festem Tone, wie er ihn an ihr noch nicht erlebt hatte: »Begleiten Sie mich!«

Sie wagte einen Gang zum Buchhändler des Ortes, obgleich dieser Mann in dem schlechten Geruche stand, ein Liberaler zu sein. Daselbst suchte sie sich für zweihundert Franken Bücher aus, die sie ihren Kindern schenkte. Jeder der Knaben mußte an Ort und Stelle seinen Namen in die ihm gehörigen Bücher eintragen. Es waren lauter Bücher, von denen sie wußte, daß Julien sie gerne läse. Während sich Frau von Rênal über die Genugtuung freute, die sie ihm auf diese Art und Weise zu geben den Mut hatte, staunte er die Menge von Büchern an, die er im Laden des Buchhändlers vor sich sah. Er hätte sich niemals erkühnt, einen so unheiligen Ort zu betreten. Das Herz klopfte ihm. Weit entfernt, zu ahnen, was in Frau von Rênals Gemüt vorging, grübelte er darüber nach, auf welchem Wege es ein angehender Theologe fertig bringen könne, etliche von diesen vielen Büchern in die Hände zu bekommen. Endlich hatte er einen guten Gedanken. Mit einiger Geschicklichkeit ließ sich Herr von Rênal gewiß überreden, daß sich seine Söhne mit der »Geschichte der berühmten Edelleute der hiesigen Gegend« beschäftigen sollten. Vier Wochen darauf sah Julien seine Idee verwirklicht, so daß er es nach wieder ein paar Wochen wagte, dem feudalen Bürgermeister weit mehr zuzumuten: nämlich den liberalen Buchhändler abermals in Nahrung zu setzen und ein Abonnement bei ihm zu nehmen. Im Grunde war Herr von Rênal sehr wohl damit einverstanden, daß sein Ältester eine Ahnung von gewissen Werken bekäme, von denen später, auf der Kriegsschule, die Rede sein könnte; aber Julien mußte es erleben, daß sein Gebieter steif und fest behauptete, das gehe zu weit. Julien vermutete einen geheimen Grund, vermochte aber nicht dahinter zu kommen.

Eines Tages fing er abermals davon an.

»Es ist mir hinterher eingefallen«, bemerkte er, »daß der gute Name eines Edelmannes unmöglich in der schmierigen Liste eines Buchhändlers stehen darf.« Des Bürgermeisters Angesicht hellte sich auf. Noch untertäniger fuhr Julien fort:

»Auch für einen armen Studenten der Theologie wäre es ein ziemlich übel Ding, wenn es sich eines Tages herausstellte, daß sein Name in der Liste einer Leihbibliothek figuriert habe. Die Liberalen könnten mich bezichtigen, die niederträchtigsten Bücher entliehen zu haben. Wer weiß, ob sie sich nicht sogar erdreisten, die Titel solcher verderblicher Werke hinter meinen Namen zu setzen?« Julien war über sein Ziel hinausgeschossen. Er bemerkte einen Anflug der Verstimmung und Mißlaune in den Zügen des Bürgermeisters. Er verstummte. »Ich fange meinen Mann schon noch«, sagte er sich.

Etliche Tage darauf wollte der älteste Knabe in des Vaters Gegenwart Näheres über ein Buch wissen, das in der *Quotidienne* angezeigt war.

Der junge Hauslehrer sagte bei dieser Gelegenheit: »Wenn den Jakobinern auch nicht der kleinste Trumpf in die Hände gegeben, mir aber doch Möglichkeit geboten werden soll, Adolf hierüber zu belehren, so könnte ein Abonnement beim Buchhändler auf den Namen des allerletzten Dienstboten des Herrn Bürgermeisters genommen werden.«

»Kein dummer Gedanke!« meinte der Hausherr sichtlich erfreut.

»Nur wäre eine Einschränkung nötig«, fuhr Julien in jenem ernsten, mieserigen Tone fort, dessen sich gewisse Leute gern bedienen, wenn sie vor einem langersehnten Ziele angelangt sind. »Die Einschränkung nämlich, daß der Betreffende keine Romane entleihen darf. Sowie derlei gefährliche Bücher eingeschleppt werden, ist die Sittsamkeit der weiblichen Dienstboten im Hause gefährdet. Ja, auch der Diener . . .«

»Sie vergessen die politischen Schmähschriften!« ergänzte Herr von Rênal. Er sagte dies in hochtrabender Weise, um sich sein Behagen über den schlauen Ausweg, den der Hauslehrer entdeckt, nicht anmerken zu lassen.

So setzte sich Juliens Leben aus einer Kette kleiner Machenschaften zusammen, deren Wege und Ziele seine Gedanken viel mehr beschäftigten als die deutliche Zuneigung der Frau von Rênal, die er ihr nur an den Augen abzulesen brauchte.

Die Weltanschauung, die ihn in seinem bisherigen Leben beherrscht hatte, blieb auch im Rênalschen Hause die nämliche. Hier wie vordem in der väterlichen Sägemühle hegte er tiefe Verachtung gegen die Menschen seines Umkreises. Er sah sich gehaßt. Fast täglich kam es vor, daß er einen Verwaltungsbeamten oder Herrn Valenod oder sonst einen Freund des Hauses über irgendeinen Vorfall reden hörte, der sich vor aller Augen abgespielt hatte, und immer wieder fiel ihm dabei auf, daß sie die Dinge ganz anders hinstellten, als sie in Wirklichkeit gewesen waren. Wenn ihm eine Tat bewunderungswürdig erschien, so konnte er sicher sein, daß sie den Leuten, die ihn umgaben, mißfiel. Im stillen sagte er sich jedesmal: »Entweder sind das Scheusäler oder Schafsköpfe!« Das Spaßhafte bei all seiner Überhebung war der Umstand, daß er von den Dingen, über die man sprach, oft gar nichts verstand.

Er selbst hatte sein Leben lang mit keinem Menschen aufrichtig gesprochen außer mit dem alten Stabsarzte, und kaum über etwas andres denn über Bonapartes Feldzüge in Italien oder über chirurgische Dinge. Sein Jugendmut hatte Gefallen daran, wenn er sich schmerzhafte Operationen bis ins einzelne vorstellte. Dann sagte er sich: »Ich hätte nicht mit der Wimper gezuckt!«

Das erste Mal, als Frau von Rênal eine Unterhaltung mit ihm begann, die sich nicht um Kindererziehung drehte, verfiel er auf die Schilderung einer chirurgischen Operation. Frau von Rênal ward blaß und bat ihn aufzuhören.

Julien wußte von nichts anderm. Daher trat trotz der Gemeinsamkeit ihres Lebens immer eine sonderbare Stille ein, sobald sie beide allein waren. So demütig sein Benehmen in Gegenwart andrer auch war, Frau von Rênal las in seinen

Augen eine gewisse geistige Überlegenheit vor jedwedem, der in ihr Haus kam. Allein aber mit ihm, sah sie seine sichtliche Verlegenheit; sie beunruhigte sich darob, denn ihr Frauensinn sagte ihr, daß diese Verlegenheit keinesfalls ein zärtliches Motiv hatte.

Nach der Erzählung des alten Stabsarztes hatte sich in Julien eine sonderbare Vorstellung von der guten Gesellschaft gebildet; infolge davon bemächtigte sich seiner, wenn in Gegenwart einer Dame die Unterhaltung stockte, ein peinliches Gefühl. Er bildete sich ein, er trage die Schuld an diesem Schweigen. Am qualvollsten war ihm diese Empfindung unter vier Augen. Sein Hirn war der Tummelplatz der abenteuerlichsten und närrischsten Dinge, von denen ein Mann zu reden habe, wenn er mit einer Dame allein sei. Aber was er in seiner Verwirrung herausgriff, war unanbringbar. Seine Seele schwebte in den Sternen, und so vermochte er das ihn so arg demütigende Stillschweigen nicht zu brechen. Durch diese unerträglichen Qualen wurde sein ernstes Wesen auf den Wanderungen, die er mit Frau von Rênal und den Kindern unternahm, noch gemessener. Er verachtete sich bis zum Ekel. Wenn er sich in seinem Unglücke zum Sprechen zwang, sagte er zuweilen das Allerlächerlichste. Und um das Maß seines elenden Zustandes voll zu machen, erkannte er seine eigne Bizarrerie, ja er schaute sie wie in einem Zerrspiegel. Etwas freilich sah er nicht: den Ausdruck seiner eignen Augen. In ihrer Schönheit verriet sich seine Feuerseele. Wie die Augen genialer Schauspieler verliehen sie öfters den Worten, die er redete, einen holden Sinn, den sie gar nicht hatten. Es fiel Frau von Rênal auf, daß er im Alleinsein mit ihr niemals etwas Nettes sagte, außer wenn ihn irgendein plötzlicher Vorfall ablenkte und er völlig vergaß, gekünstelt zu sprechen. Da die Freunde des Hauses sie mit originellen und geistreichen Einfällen nicht verwöhnt hatten, fand sie an diesem Wetterleuchten der Seele Juliens um so köstlichere Freude.

Seit Napoleons Sturz war in den kleinen Städten und auf dem Lande auch die geringste Galanterie streng verpönt. Das hätte Kopf und Kragen kosten können. Die Schelme krochen hinter die Röcke der Geistlichkeit, und die Heuchelei trieb sogar in liberalen Kreisen die schönsten Blüten. Die Langeweile nahm überhand. Man mußte sein bißchen Vergnügen in den Freuden des Landlebens oder in Büchern suchen.

Frau von Rênal war ob ihrer Eigenschaft als dermalige Erbin ihrer Tante, einer reichen Betschwester, schon mit sechzehn Jahren an den erstbesten Edelmann verheiratet worden. In ihrem ganzen Dasein hatte sie von der Liebe nichts erlebt und nichts erfahren. Der erste, der ihr einen Begriff davon beibrachte, war ihr Beichtvater, der gute Pfarrer Chélan. Das war, als Valenod ihr den Hof machte. Der Geistliche stellte ihr eine Liebschaft als etwas ganz Abscheuliches dar, so daß ihr dies Wort den Gipfel der Verworfenheit bedeutete. Wenn sie in den paar Romanen, die ihr der Zufall in die Hände legte, von Liebesdingen las, so hielt sie dergleichen für Ausnahmefälle oder unmögliche Hirngespinste. Dank dieser Unwissenheit war es Frau von Rênals höchstes Glück, sich ohne Unterlaß mit Julien zu beschäftigen. Es kam ihr gar nicht in den Sinn, daß hierbei etwas Tadelhaftes sein könne.

KAPITEL VIII

Unbedeutende Vorfälle

Then there were sighs, the deeper
for suppression,
And stolen glances, sweeter for the theft
And burning blushes, though for
no transgression
Don Juan, Canto 1, st. 74

Frau von Rênals Engelsgüte, eine Frucht ihres Wesens und
ihres gegenwärtigen Glückes, wurde nur dann leicht getrübt,
wenn sie an ihre Kammerjungfer Elise dachte. Das Mädchen
hatte eine Erbschaft gemacht. Sie war zum Pfarrer Chélan
gelaufen und hatte ihm anvertraut, daß sie Julien gern heiraten möchte. Dem Geistlichen bereitete dieses Glück seines
Lieblings aufrichtige Freude. Um so maßloser war sein Erstaunen, als ihm Julien entschieden erklärte, daß er auf Fräulein Elisens Antrag nicht eingehen könne.

»Mein Sohn«, redete ihm der Pfarrer stirnrunzelnd zu,
»lassen Sie Ihr Herz sprechen! Ist es lediglich Ihr heiliger Beruf, dessentwegen Sie ein mehr denn auskömmliches Vermögen ausschlagen wollen, so wünsche ich Ihnen eine glückliche Laufbahn. Es sind jetzt sechsundfünfzig Jahre, daß ich
hier in Verrières bin. Trotzdem hat es ganz den Anschein, als
käme meine baldige Absetzung. Das betrübt mich, obgleich
ich eine kleine Jahresrente von achthundert Franken habe.
Dies alles erzähle ich Ihnen so ausführlich, damit Sie sich
keine falsche Vorstellung von dem machen, was Ihrer im Prie-
sterstande harrt. Wenn Sie die Absicht haben, den Macht-
habern hienieden zu frönen, so ist Ihnen die ewige Verdammnis sicher. Dann machen Sie Ihr Glück, aber auf Kosten der
Unglücklichen. Sie müssen kriechen vor dem Landrat, vor
dem Bürgermeister, vor jedem, der etwas darstellt, und den
Gelüsten aller dieser Leute Vorschub leisten. Man nennt das

Lebensklugheit, und in einem weltlichen Stande schließt dies das Seelenheil nicht unbedingt aus. In unserm Berufe jedoch heißt es: *entweder – oder*. Wir müssen uns entscheiden zwischen dem Glück dieser Welt oder jener. Ein Mittelding gibt es nicht. Gehen Sie, mein lieber Freund, überlegen Sie sich's, und kommen Sie in drei Tagen noch einmal zu mir, mit Ihrer endgültigen Antwort! Zu meinem Schmerze sehe ich in der Tiefe Ihrer Seele eine düstere Glut, die andre Dinge verrät denn das Sichbescheiden und den völligen Verzicht auf irdisches Hab und Gut, wie dies für einen Priester nötig ist. Von Ihren geistigen Fähigkeiten verspreche ich mir viel, aber das muß ich Ihnen als Ihr Seelsorger sagen: Mir bangt um Ihr Seelenheil.«

Dem guten Pfarrer standen die Tränen in den Augen. Julien war gerührt, aber er schämte sich dieser Rührung. Zum ersten Male in seinem Leben fühlte er, daß ihn jemand liebte. Er weinte aus Glückseligkeit und verbarg sich mit seinen Tränen im Walde oberhalb Verrières.

Zu guter Letzt aber fragte er sich: »Was bedeutet mein jetziger Zustand? Ich wäre jede Minute bereit, für diesen braven Mann mein Leben zu lassen, trotzdem er mir eben klargemacht hat, daß ich ein dummer Kerl bin. Er durchschaut mich. Ihn muß ich vor allem täuschen. Die heimliche Glut, von der er gesprochen hat, das ist mein Wunsch und Wille, vorwärtszukommen. Er hält mich des geistlichen Standes für unwürdig, und zwar gerade in dem Augenblicke, wo ich mir einbildete, er sähe wegen meiner Ablehnung eines sicheren Jahreseinkommens von tausend Franken in mir ein Musterbild von Frömmigkeit: den geborenen Priester!«

Weiterhin sagte er sich: »Fortan werde ich mich immer nur auf die Elemente meines Charakters verlassen, die ich erprobt habe. Hätte ich mir wohl zugetraut, daß ich tränenselig sei? Daß ich einen Menschen lieben könne, der mir beweist, daß ich ein törichter Narr bin?«

Drei Tage darauf hatte Julien den Vorwand gefunden, der

ihm zu seinem Leidwesen nicht sogleich eingefallen war. Er verschanzte sich hinter einer Verleumdung, aber das war ihm gleichgültig. Zögernd und zaudernd gestand er dem Pfarrer, er habe einen Grund, den er ihm nicht näher angeben könne. Er wolle keinen Dritten schädigen. Deshalb hätte er von Anfang an von dem Heiratsplane nichts wissen wollen. Dies hieß auf gut deutsch: er verdächtigte Elisens Wandel. Der Pfarrer hatte von neuem den Eindruck, in Julien glühe ein weltlicher Drang und ganz und gar nicht das himmlische Feuer eines angehenden Gottesgelehrten.

Abermals redete er ihm zu: »Bester Freund, werden Sie lieber ein braver, ehrsamer und tüchtiger Bauersmann als ein Priester ohne inneren Beruf!«

Julien gab auf diese neuen Vorhalte Antworten, die trefflich klangen. Er kleidete sie in Worte, wie sie wohl einem wahrhaft begeisterten jungen Theologen entströmt wären. Und doch lag in dem Tone, in dem er sie vorbrachte, und in dem unverkennbaren Fanatismus seiner blitzenden Augen etwas, das den Pfarrer stark beunruhigte.

Man darf Julien nicht vorschnell einen Stümper der Heuchelei heißen. Seine Worte an sich waren durchaus vorsichtige und kluge Lügen. Mehr vermag man in seinem Alter nicht. Was Stimme und Gebärden anbelangt, so muß man bedenken, daß er bisher unter Bauern gelebt hatte. Große Vorbilder waren ihm noch nicht begegnet. Erst durch die Berührung mit den Heuchlern der höheren Gesellschaft sollte er alsbald nicht nur in seinen Worten, sondern auch in seinem ganzen äußeren Wesen ein bewundernswerter Meister werden.

Frau von Rênal wunderte sich, daß ihre Jungfer über die ihr zugefallene Erbschaft so gar keine Freude äußerte. Sie sah sie nur immer wieder in die Pfarre laufen und von da mit verweinten Augen zurückkommen. Endlich gestand ihr Elise ihre Heiratsgedanken.

Da überkam Frau von Rênal eine imaginäre Krankheit. Sie

hatte Fieber und fand keinen Schlaf. Nur wenn sie die Jungfer oder Julien unmittelbar vor Augen hatte, lebte sie sozusagen. Unablässig dachte sie an die beiden und an das ihnen nahe eheliche Glück. Sie malte sich ihren ärmlichen Haushalt, der mit tausend Franken im Jahre bestritten werden sollte, mit verführerischen Farben aus. Übrigens konnte Julien sehr leicht Advokat in Bray werden, dem zwei Wegstunden von Verrières entfernten Landratssitze. Dann verlor sie ihn wenigstens nicht ganz aus den Augen.

Sie bildete sich ernstlich ein, den Verstand zu verlieren, und sagte das auch ihrem Manne. Schließlich wurde sie wirklich krank. Des Abends, als die Jungfer sie bediente, merkte sie, daß sie weinte. Frau von Rênal verabscheute Elise und hatte sie eben ungnädig behandelt. Um es wieder gutzumachen, sagte sie ihr jetzt ein paar gütige Worte, worauf das Mädchen erst recht zu weinen anfing. Wenn die gnädige Frau es ihr erlaube, schluchzte sie, so wolle sie all ihr Unglück erzählen.

»Erzähle!« gebot Frau von Rênal.

»Ach, gnädige Frau, er will mich nicht! Böse Menschen haben mich wohl bei ihm schlecht gemacht, und er glaubt ihnen.«

»Wer will dich nicht?« stieß Frau von Rênal hervor.

»Ach, gnädige Frau, doch der Herr Julien! Nicht einmal der Herr Pfarrer hat bei ihm etwas ausrichten können, wo er ihm doch vorgestellt hat, daß man einem anständigen Mädchen keinen Korb geben darf, bloß weil es in Diensten steht. Herrn Juliens Vater ist ja auch nur Handwerker. Und wie hat sich Herr Julien sein Brot verdient, ehe er zur gnädigen Frau ins Haus kam?«

Frau von Rênal hörte nichts mehr. Vor übergroßem Glück vermochte sie kaum noch klar zu denken. Elise mußte ihr mehrmals versichern, daß Julien ihren Antrag entschieden und ein für allemal abgelehnt hatte.

Darauf erklärte Frau von Rênal: »Ich will trotz alledem

einen letzten Versuch machen und selber einmal mit Julien sprechen.«

Am nächsten Tage, nach dem Frühstück, vertrat Frau von Rênal die Sache ihrer Nebenbuhlerin. Eine Stunde lang hörte sie zu ihrer Wonne, daß Julien Elisens Hand und Habe beharrlich zurückwies.

Nach und nach schwand auch seine Wortkargheit, und schließlich hatten seine Einwände auf ihre klugen Vorstellungen wirklich Sinn und Verstand. Dem Glücksrausche, der ihre Seele nach so vielen Tagen der Verzweiflung überflutete, war Frau von Rênal nicht gewachsen. Nunmehr ward sie tatsächlich sehr krank. Als es ihr wieder besser ging und sie behaglich in ihrem Zimmer saß, blieb sie am liebsten allein. Sie staunte über sich selbst.

»Liebe ich Julien?« fragte sie sich.

Diese Entdeckung, die ihr zu jedem andern Zeitpunkte Gewissensbisse bereitet und sie erschüttert hätte, kam ihr jetzt nur wie ein merkwürdiges Spiel vor, dessen unbeteiligte Zuschauerin sie war. Durch all das überstandene Leid war ihre Seele erschöpft und ihre Sinnlichkeit eingeschläfert.

Sie wollte arbeiten, aber sie schlummerte darüber ein. Als sie aus ihrem tiefen Schlaf erwachte, war sie nicht so erschrocken, wie sie es hätte sein müssen. Sie war viel zu glücklich, als daß sie sich irgendwelcher Sünde bezichtigt hätte. Harmlos und unschuldig, wie sie als Kleinstädterin war, hatte sie sich angesichts einer ihr neuen Stimmung oder eines Unglücks niemals gefühlvolle Momente abgerungen. Vor Juliens Ankunft war sie durch die Arbeitslast, die auf dem Lande eine gute Hausfrau zu bewältigen hat, vollständig in Anspruch genommen. Und in den Leidenschaften sah sie ungefähr dasselbe wie im Lotteriespiel: eine *Fata morgana,* der nur die Dummen nachrennen.

Es schellte zum Mittagessen. Als sie Juliens Stimme vernahm, ward sie glutrot. Er kam mit den Knaben herein. Die Liebe hatte Frau von Rênal bereits gewitzigt, und so sagte sie, zur Entschuldigung ihrer Röte, sie habe gräßliche Kopf-schmerzen.

»So sind die Weiber durch die Bank!« bemerkte der Bür-germeister und lachte rüd. »Ewig ist an ihrer Mechanik etwas nicht in Ordnung.«

Frau von Rênal war zwar an derartige Scherze ihres Man-nes gewöhnt, aber seine Art und Weise verletzte sie doch. Um sich auf andre Gedanken zu bringen, betrachtete sie Ju-liens Gesicht. Und wenn er der häßlichste aller Menschen gewesen wäre: in diesem Augenblick hätte er ihr gefallen.

Herr von Rênal hielt ungemein darauf, in Äußerlichkeiten den Grandseigneur zu spielen. Deshalb pflegte er an den er-sten schönen Frühlingstagen seinen Haushalt nach Vergy zu verlegen, einem Dorfe, das durch das tragische Schicksal der Gabriele von Vergy allbekannt ist. Unweit der malerischen Ruinen einer alten gotischen Kirche lag das Schloß mit seinen vier Türmen, inmitten eines Parkes, der sein Vorbild in den Tuilerien-Gärten hatte, mit Buchsbaumhecken und Kasta-nienalleen, die jährlich zweimal verschnitten wurden. Das angrenzende Stück Land, das mit Apfelbäumen bepflanzt war, diente zum Spazierengehen. Am Ende dieses Obstgar-tens reckte eine Reihe prächtiger haushoher Nußbäume die massigen Wipfel.

Wenn Frau von Rênal von diesen alten Bäumen schwärm-te, brummte ihr Mann jedesmal: »Jedes dieser verflixten Din-ger stiehlt mir den Ertrag eines halben Morgens! In ihrem Schatten gedeiht kein Halm!«

Diesmal kam ihr der Landaufenthalt wie etwas ganz Neues vor. Ihr Entzücken stieg bis zur Ekstase. Die Stimmung, die sie belebte, machte sie erfinderisch und unternehmungslu-stig. Am zweiten Tage nach der Ankunft in Vergy, als Herr von Rênal nach der Stadt zurückgefahren war, um seines Amtes zu walten, ließ sie auf ihre Kosten Arbeiter kommen. Julien hatte sie auf den Gedanken gebracht, einen Kiespfad anzulegen, um den Obstgarten herum und entlang der großen Nußbäume, damit die Kinder schon am Morgen spazierengehen könnten, ohne sich die Schuhe im Tau des Grases naßzumachen. Der Plan war keine vierundzwanzig Stunden alt, da ward er bereits zur Tat. Frau von Rênal und Julien verbrachten den ganzen Tag froh und heiter, indem sie den Wegebau leiteten.

Als der Bürgermeister heimkehrte, sah er zu seiner höchsten Überraschung die fertige Promenade. Nicht minder überrascht war Frau von Rênal. Sie hatte die Existenz ihres Ehegemahls gänzlich vergessen. Acht Wochen lang hörte er nicht auf, die Kühnheit seiner Frau zu tadeln, daß sie, ohne ihn zu befragen, einen so beträchtlichen Umbau ins Werk gesetzt habe. Sein einziger Trost dabei war, daß sie die Kosten bestritten hatte.

Tagtäglich war sie mit ihren Kindern im Baumgarten auf der Schmetterlingsjagd. Man hatte sich große Netze aus heller Gaze hergestellt, mit denen die *Lepidopteren* gefangen wurden. Diesen barbarischen Namen für die armen Tierchen brachte Julien Frau von Rênal bei. Sie hatte das schöne Buch über die Schmetterlinge von Godart aus Besançon kommen lassen. Danach erzählte ihr Julien von dem merkwürdigen Leben und Treiben dieser Geschöpfe.

Sie wurden erbarmungslos auf Nadeln gespießt und in einem großen Kasten gesammelt, den Julien zusammengepappt hatte.

Nunmehr gab es auch Gesprächsstoff zwischen ihm und seiner Gebieterin, und die schreckliche Qual der Schweigsamkeit zu zweit suchte ihn nicht mehr heim.

Sie redeten unaufhörlich miteinander, und zwar mit dem größten Eifer, wenngleich immer von sehr harmlosen Dingen. Dieses rege heitere Leben befriedigte alle; nur Jungfer Elise klagte über zu viel Arbeit. »Nicht einmal zum Karneval«, sagte sie, »wenn in Verrières Ball war, hat die gnädige Frau so viel Sorgfalt auf ihre Kleidung verwandt. Sie zieht sich täglich zwei- bis dreimal anders an.«

Hierzu sei ehrlicherweise bemerkt, daß Frau von Rênal, die wundervolle Haut hatte, mit Vorliebe Kleider trug, die Hals und Arme frei ließen. Da sie prächtig gewachsen war, stand ihr dies entzückend.

Wenn die Verrièrer Freunde als Tischgäste nach Vergy kamen, sagten sie zu ihr: »Gnädige Frau, Sie sehen jünger denn je aus!« Allerdings war das eine stehende Redensart in jener Gegend.

So seltsam es klingen mag: Frau von Rênal hatte durchaus keine besonderen Absichten, wenn sie so viel Sorgfalt auf sich verwandte. Es machte ihr Vergnügen. Das bißchen Zeit, das ihr die Schmetterlingsjagd mit den Kindern übrigließ, arbeitete sie mit Elise an neuen Kleidern. Und das einzige Mal, wo sie nach Verrières fuhr, galt dem Kaufe eines Sommerkostüms, des Allerneuesten aus Mülhausen.

Bei dieser Gelegenheit brachte sie eine entfernte Verwandte von sich mit nach Vergy, Frau Derville, die gleichzeitig mit ihr im Kloster zum Herzen Jesu gewesen war. Nach ihrer Heirat hatte sie sich allmählich mit ihr befreundet.

Frau Derville hatte immer viel Spaß an den drolligen Einfällen (so nannte sie es) ihrer Base. »Wenn ich allein wäre, käme mir so derlei gar nicht in den Sinn«, meinte Frau von Rênal. Vor ihrem Manne schämte sie sich nämlich ihrer unvermittelten Anwandlungen. Sie kamen ihr kindisch vor; in Paris hätte man das Bizarrerien genannt. Aber in Frau Dervilles Gegenwart wuchs ihr Mut. Je länger sie mit ihr allein war, um so mehr ging sie aus sich heraus und desto lebhafter wurde sie. Ein ganzer Vormittag verflog den beiden lustigen Freundinnen gewöhnlich, als wäre es nur ein Augenblick. Diesmal fand die kluge Frau Derville schon während der Fahrt von Verrières nach Vergy, daß ihre Freundin wohl nicht so fröhlich wie sonst, aber viel zufriedener sei.

Julien hingegen war seit Anbeginn des Landaufenthalts wieder ein Kind. Ebenso glücklich wie seine Zöglinge, jagte er mit ihnen hinter den Schmetterlingen her. Nach so viel

Zwang, Berechnung und Politik den Blicken der Menschen entrückt, sich selbst überlassen, und instinktiv sicher, daß er von seiner Herrin nichts zu befürchten hatte, verlor er sich in der Freude am Dasein. Sie ist bei einem Neunzehnjährigen nicht gering, zumal in einer der köstlichsten Berglandschaften der Welt.

Bei Frau Dervilles Ankunft hatte Julien sofort das Gefühl, daß sie seine Freundin sei. Er zeigte ihr alsbald die Fernsicht, die man vom Ende des neuen Weges an den großen Nußbäumen hatte. Wahrhaftig, was man von dort sah, durfte sich mit den herrlichsten Landschaftsbildern in der Schweiz oder an den lombardischen Seen messen! Wer den steilen Hang hinaufklettert, der ein paar Schritte oberhalb der Allee anfängt, gelangt an einen Vorsprung über jähen Klüften. Die Tiefe bis fast hinab zum Fluß erfüllt ein Wald von Eichen. Auf diese Felsenhöhen führte Julien die beiden Freundinnen. Dort fühlte er sich glücklich und frei, als sei er der Herr des Bodens, der König des Landes. Die Schwärmerei der beiden Damen für die Großartigkeit des Ausblickes war sein Ergötzen.

»Das ist mir wie eine Melodie Mozarts!« rief Frau Derville.

Das Land um Verrières war Julien verleidet, weil es ihn an die Feindseligkeit seiner Brüder und die Tyrannei seines mißlaunischen Vaters gemahnte. In Vergy verfolgten ihn keine bitteren Erinnerungen. Zum erstenmal in seinem Leben sah er keinen Feind. Wenn Herr von Rênal in der Stadt weilte, was öfters der Fall war, wagte er zu lesen. Bisher hatte er dies nur nachts getan, wobei er sein Licht vorsichtig in einem großen verkehrt hingestellten Blumentopf verbarg. Jetzt konnte er sich nachts dem Schlummer hingeben. Am Tage, in seinen freien Stunden, ging er mit seinem Lieblingsbuche hinauf in die Felsen. Er vertiefte sich in das Vorbild seiner Lebensführung und schöpfte neue Begeisterung. Nach Stunden der Mutlosigkeit fand er hier Trost im erhabensten Traumglück.

Gewisse Aussprüche des großen Napoleon über die Frauen

sowie über die Moderomane seiner Zeit brachten Julien zum erstenmal auf verliebte Gedanken, wie sie sich in jungen Männern zumeist viel früher regen.

Die heißen Tage kamen. Man verbrachte die Abende gewöhnlich unter einer mächtigen Linde dicht vor dem Herrenhause. Dort war es stockdunkel. Eines Abends redete Julien besonders lebhaft. Es war ihm Lust, so reden zu können: vor den jungen Frauen. Er gestikulierte, und einmal berührte er dabei Frau von Rênals Hand, die auf der Lehne eines der weißlackierten Gartenstühle ruhte.

Die Hand fuhr blitzschnell zurück; da durchfuhr Julien der Gedanke, es wäre seine Pflicht, daß sich diese Hand nicht zurückzöge, wenn er sie berührte. Der Gedanke, er habe eine Pflicht zu erfüllen, dazu das Gefühl, es sei lächerlich, mehr noch, eines höheren Menschen unwürdig, erfolglos zu verzichten – das ertötete im Moment alle Freuden seines Herzens.

KAPITEL IX

Ein Abend auf dem Lande

Die Dido des Herrn Guérin –
Eine entzückende Skizze!
Strombeck

Als Julien am nächsten Morgen Frau von Rênal wiedersah, schaute er sie seltsamen Blickes an. Er beobachtete sie wie einen Feind, mit dem man sich schlagen soll. Diese Blicke, die so ganz anders waren als die am vergangenen Abend, brachten Frau von Rênal beinah um den Verstand. Sie war gütig mit ihm gewesen, und er sah so bös aus! Sie mußte ihn immer von neuem anschauen.

Frau Dervilles Anwesenheit ermöglichte es ihm, wenig zu reden und sich desto mehr mit dem zu beschäftigen, was er sich in den Kopf gesetzt hatte. Diesen ganzen Tag über las er und sog neue Kraft aus dem enthusiastischen Buche. Es erfüllte seine Seele.

Die Unterrichtsstunden der Kinder kürzte er beträchtlich ab, und als er dann wieder mit Frau von Rênal zusammentraf, gemahnte ihn diese Begegnung sofort daran, daß er Sieger sein müsse. Er faßte den Vorsatz, es am Abend so weit zu bringen, daß er ihre Hand in der seinen halten dürfe.

Als die Sonne sank und der entscheidende Augenblick heranrückte, begann Juliens Herz seltsam zu schlagen. Die Nacht brach an, eine dunkle Nacht, wie er zu seiner Freude und unsäglichen Erleichterung wahrnahm. Ein schwüler schwerer Wind ging und trieb dunkle Wolken über den Himmel. Es lag ein Gewitter in der Luft. Die beiden Freundinnen lustwandelten. Es war schon spät. Alles, was sie an diesem Abend taten, dünkte Julien sonderbar. Sie genossen diese Stunden, in denen zarten Seelen die Wollust der Liebe wächst.

Endlich nahm man Platz, Frau von Rênal neben Julien, Frau Derville ihr dicht zur andern Seite. Julien brachte kein Wort über die Lippen. Sein Vorhaben nahm ihn völlig in Anspruch. Die Unterhaltung zu dritt schlich matt dahin.

»Ob ich wohl ebenso zitterte, ob ich ebenso unglücklich wäre, wenn ich vor meinem ersten Duell stände?« So fragte sich Julien. Allzu mißtrauisch gegen sich wie gegen andre, war er sich über seinen Seelenzustand nicht klar.

In seiner Todesangst hätte er jedwede Gefahr vorgezogen. Hundertmal empfand er den heißen Wunsch, daß irgendeine häusliche Pflicht Frau von Rênal veranlasse, aus dem Garten in das Haus zu gehen. Die Gewalt, die sich Julien antat, war so groß, daß seine Stimme tief verändert klang. Bald begann auch Frau von Rênals Stimme zu zittern. Aber das merkte Julien nicht. Der furchtbare Kampf zwischen Pflicht und Schüchternheit tobte derart in ihm, daß er für die Außenwelt gar keinen Sinn hatte. Die Schloßuhr schlug dreiviertel zehn. Noch hatte Julien nicht das geringste gewagt. Empört über seine Feigheit gelobte er sich: »Im Augenblick, wo es zehn Uhr schlägt, führe ich das aus, was ich mir den ganzen Tag über befohlen habe zu tun – oder ich gehe in mein Zimmer und schieße mich tot.«

Die letzte Viertelstunde war voller Hangen und Bangen. Juliens Erregung wuchs so mächtig, daß er fast von Sinnen war, als die Turmuhr hoch über ihnen die zehnte Stunde verkündete. Jeder einzelne Schlag dieser Schicksalsvollzieherin erschütterte sein Herz. Es war ihm, als ob ihn der Glockenschlägel körperlich berührte.

Als der letzte Schlag verhallte, erst da streckte Julien seine Hand aus und ergriff Frau von Rênals Hand. Sie zuckte zurück. Ohne zu wissen, was er tat, erfaßte er sie abermals. Trotz seiner gewaltigen Erregung staunte er über die eisige Kälte der Hand, die er umspannte und krampfhaft drückte. Es erfolgte ein letzter Versuch, sie ihm zu entziehen: dann verblieb ihm die Hand.

Seine Seele jubelte vor Glück, nicht weil er Frau von Rênal liebte, nein, weil die gräßliche Qual überstanden war. Um Frau Derville nichts merken zu lassen, glaubte er reden zu müssen. Seine Stimme klang nun wieder hell und kräftig, während Frau von Rênal kaum zu sprechen vermochte. Ihre Erregung war so unverkennbar, daß Frau Derville glaubte, ihre Freundin sei krank, und den Vorschlag machte, doch lieber ins Haus zu gehen. Sofort fühlte Julien die Gefahr. »Wenn Frau von Rênal jetzt ins Haus geht« – das war sein Gedanke –, »dann verfalle ich abermals in den qualvollen Zustand, der mich den ganzen Tag gepeinigt hat. Ihre Hand hat noch nicht lange genug in der meinen geruht. Ich habe noch keinen rechten Sieg errungen.«

Als Frau Derville ihren Vorschlag, hineinzugehen, wiederholte, drückte Julien ungestüm seiner Herrin Hand, die ihm widerstandslos zu eigen blieb.

Frau von Rênal war eben im Begriffe gewesen, sich zu erheben. Jetzt sank sie zurück und flüsterte kaum hörbar: »Ich fühle mich wirklich ein wenig krank, aber die frische Luft tut mir wohl.«

Diese Worte besiegelten Juliens Glück. In diesem Augenblick war es unermeßlich. Er redete. Er vergaß zu heucheln. Und so erschien er den beiden Freundinnen, die ihm zuhörten, als ein Meister der Liebenswürdigkeit. Gleichwohl ermangelte es dieser Beredsamkeit, die ihn so plötzlich überkommen, ein wenig an Zuversicht. Er hatte ungeheuerliche Angst, Frau Derville könne wegen des stärker gewordenen Windes, dem Vorboten des Gewitters, allein in den Salon gehen. Dann wäre er mit Frau von Rênal unter vier Augen geblieben. Den blinden Mut, der zu einer Tat gehört, den hatte er nur zufällig gefunden. Er hatte das Gefühl, daß es über seine Kraft wäre, auch nur ein paar leise Worte zu Frau von Rênal zu sagen. Wenn er sich im allgemeinen auch kaum etwas vorzuwerfen hatte, so sah er doch, daß er eine Niederlage erleiden und des eben Gewonnenen wieder verlustig gehen würde.

Zu seinem Glücke fand seine empfindsame und überschwengliche Plauderei an diesem Abend Gnade vor Frau Derville, die sich sonst häufig ob seiner Naivität und Unerfahrenheit recht langweilte. Frau von Rênal hingegen saß Hand in Hand mit Julien und dachte an nichts. Sie ließ alles geschehen. Dieser Abend unter der uralten Linde, die der Sage nach Karl der Kühne gepflanzt hatte, war ihr das reinste Glück. Wonnesam lauschte sie dem Winde, der durch das Blätterwerk des mächtigen Baumes rauschte, und dem Aufklatschen der Tropfen, die vereinzelt zu fallen begannen. Ein Umstand entging Julien, der ihm das Selbstbewußtsein gestärkt hätte. Frau von Rênal hatte ihm die Hand entziehen müssen. Sie war aufgestanden, um ihrer Base behilflich zu sein, einen vom Wind umgeworfenen Blumenkübel wieder aufzustellen. Kaum aber saß sie wieder, da legte sie ihre Hand von selber in die seine, als ob dies schon Gewohnheitssache unter ihnen wäre.

Es hatte längst Mitternacht geschlagen. Man mußte endlich den Garten verlassen, und die beiden trennten sich. Im Banne ihres Liebesglückes und in ihrer Unerfahrenheit dachte sie an keinen Selbstvorwurf. Vor Seligkeit vermochte sie nicht einzuschlummern. Julien hingegen fiel in einen bleischweren Schlaf, todmüde von den Kämpfen zwischen Zaghaftigkeit und Stolz, die den ganzen Tag über sein Herz erfüllt hatten.

Am andern Morgen weckte man ihn um fünf Uhr. Keiner seiner Gedanken galt Frau von Rênal. Welch grausame Erkenntnis wäre dies für sie gewesen! *Er hatte seine Pflicht erfüllt: eine Heldenpflicht.* In seinem Glücksgefühl schloß er sich in sein Zimmer ein und vertiefte sich mit gewandeltem Genuß in die Taten seines Herrn und Meisters.

Als es zum Frühstück läutete, hatte er über den *Bulletins* der Großen Armee alle seine eigenen Siege von gestern vergessen. Beim Hinuntergehen nach dem großen Zimmer im Erdgeschoß sagte er leichtfertig zu sich: »Ich muß der Frau sagen, daß ich sie liebe.«

Aber statt der liebesseligen Blicke, die er erwartet, sah er sich vor der gestrengen Miene des Bürgermeisters, der vor zwei Stunden aus Verrières angekommen war und durchaus kein Hehl aus seiner Unzufriedenheit darüber machte, daß Julien den ganzen Vormittag vertrödelt hatte, ohne sich um die Kinder zu kümmern. Der sonst so gravitätische Herr von Rênal war der unangenehmste Mensch, wenn er schlechte Laune hatte und Gelegenheit fand, sie an jemandem auszulassen.

Jedes scharfe Wort ihres Mannes versetzte Frau von Rênal einen Stich ins Herz. Julien indes war in Ekstase. Die gewaltigen Begebnisse, die ihn in den beiden Stunden beschäftigt hatten, flammten noch vor seiner Phantasie. Es fiel ihm schwer, sich so weit herabzulassen, daß er die groben Vorwürfe des Herrn von Rênal aufnahm. Endlich gab er eine Antwort, schroff und jäh: »Mir war nicht wohl.«

Der Ton dieser Ausrede hätte auch einen weit weniger empfindlichen Menschen als den Bürgermeister geärgert. Es fehlte nicht viel, so hätte er ihn daraufhin ohne weiteres von dannen gejagt. Lediglich sein Grundsatz, sich in Geschäftssachen niemals zu übereilen, hielt ihn davon zurück.

Im nächsten Augenblick sagte er sich bereits: »Dieser dumme Junge hat sich in meinem Hause ein gewisses Renommee begründet. Valenod nähme ihn gewiß. Oder er heiratet die Elise. In beiden Fällen lacht er mich insgeheim aus.«

Trotz dieser klugen Überlegung entlud sich seine Unzufriedenheit in einer Flut von Grobheiten über Julien, die diesen allmählich in Zorn brachten. Frau von Rênal war dem Weinen nahe. Kaum war das Frühstück zu Ende, da bat sie Julien, an ihrem Spaziergang teilzunehmen. Unterwegs nahm sie freundschaftlich seinen Arm und plauderte zu ihm. Julien erwiderte nichts als einmal halblaut die Worte: »Ja, so sind sie, die reichen Leute!«

Dicht neben den beiden ging Herr von Rênal. Seine Gegenwart vermehrte Juliens Ingrimm. Und mit einem Male ward er sich bewußt, daß sich Frau von Rênal mehr denn nötig auf ihn stützte. Diese Annäherung widerte ihn an. Er stieß sie brüsk von sich und machte seinen Arm frei.

Glücklicherweise entging Herrn von Rênal diese neue Unverschämtheit. Nur Frau Derville bemerkte den kleinen Vorfall. Ihrer Freundin kamen die Tränen in die Augen. In diesem Augenblick nahm der Bürgermeister ein paar Steine auf und verjagte damit ein Bauernmädchen, das auf einem verbotenen Weg dahinging, quer über einen Zipfel des Obstgartens. Rasch sagte Frau Derville: »Herr Julien, mäßigen Sie sich, bitte! Bedenken Sie, daß wir alle unsre Launen haben!«

Julien warf ihr einen eiskalten Blick zu. In seinen Augen gleißte die souveränste Verachtung.

Frau Derville stutzte. Sie wäre tief erschrocken, wenn sie die volle Bedeutung seines Blickes erfaßt, wenn sie die vage

Hoffnung auf gräßliche Vergeltung daraus gelesen hätte. Solche Momente der Demütigung erzeugen die großen Revolutionäre.

»Euer Julien ist recht rabiat«, flüsterte Frau Derville ihrer Freundin zu. »Mir graut vor ihm.«

»Er hat auch Anlaß, aufgebracht zu sein«, gab Frau von Rênal zur Antwort. »Bei den erstaunlichen Fortschritten, die ihm die Kinder verdanken, kann er schon einmal einen Vormittag sich selber widmen. Die Männer sind wirklich rücksichtslos.«

Zum erstenmal in ihrem Leben empfand Frau von Rênal Rachsucht gegen ihren Mann. Juliens wilder Haß gegen die Reichen war nahe daran, auszubrechen. Zum Glück sah Herr von Rênal just den Gärtner, rief ihn her und machte sich zusammen mit ihm daran, den verbotenen Weg durch eine Dornenhecke zu sperren. Julien erwiderte kein einziges Wort auf alle die Freundlichkeiten, die ihm die beiden Damen auf dem weiteren Spaziergang angedeihen ließen. Der Bürgermeister war kaum aus der Sehweite, als ihn beide, unter dem Vorwande, müde zu sein, um seinen Arm baten.

So schritt Julien zwischen den beiden Frauen hin, die beide vor Erregung und Verlegenheit glühende Wangen bekommen hatten, während er totenblaß aussah, düster und verbissen. Ein eigentümlicher Gegensatz! Er verachtete diese Weiber und alle ihre Empfindsamkeit.

»Ach!« stöhnte er im stillen, »wenn ich nur lumpige fünfhundert Franken Zinsen im Jahre hätte und mein Studium vollenden könnte! Dann pfiff ich auf diesen Rênal!«

In so bitteren Gedanken verloren, dünkte Julien selbst das wenige, was von den freundlichen Reden der beiden Freundinnen überhaupt in sein Gehör drang, sinnlos, albern, fad, mit einem Worte: weibisch.

Frau von Rênal gab sich die größte Mühe, das Gespräch im Fluß zu erhalten. Sie sprach von allem möglichen, und so erzählte sie unter anderm, ihr Mann sei diesmal aus Verrières gekommen, um von einem seiner Pächter Maisstroh zu kaufen. In jener Gegend werden nämlich die Matratzen mit solchem Stroh gefüllt.

»Mein Mann wird uns nicht nachkommen«, erklärte sie. »Er wird jetzt dabei sein, mit dem Gärtner und dem Diener die Matratzen im ganzen Hause frisch zu füllen. Heute vormittag sind sämtliche Betten im ersten Stock fertig geworden. Nun kommen die im zweiten dran.«

Julien ward feuerrot und sah Frau von Rênal mit einem sonderbaren Blick an. Indem er seine Schritte verdoppelte, suchte er allein mit ihr zu sein. Frau Derville ließ die beiden vorausgehen.

»Retten Sie mir die Existenz!« bat er Frau von Rênal. »Sie, nur Sie können es. Sie wissen doch, daß mich der Diener in den Tod haßt. Gnädige Frau, ich muß Ihnen etwas gestehen. Ich habe im Stroh meines Bettes ein Bild versteckt.«

Frau von Rênal wurde bei diesem Geständnis leichenblaß.

Julien fuhr fort: »Nur Sie, gnädige Frau, nur Sie können in mein Zimmer. Wühlen Sie, ohne daß es jemand merkt, in der Ecke des Strohsacks, in der nach dem Fenster zu! Da drinnen finden Sie eine kleine flache schwarze Pappschachtel . . .«

»Mit einem Bild darin?« stammelte Frau von Rênal. Sie vermochte sich kaum noch aufrecht zu erhalten.

Julien bemerkte die Verzweiflung in ihrer Miene und machte sich dies sofort zunutze.

»Ich habe noch eine Bitte, gnädige Frau. Um alles in der Welt, sehen Sie sich das Bild nicht an! Es ist mein Geheimnis.«

»Ein Geheimnis!« wiederholte Frau von Rênal mit ersterbender Stimme.

Sie war zwar unter Leuten aufgewachsen, die auf ihren Reichtum eingebildet und nur im Geldpunkt empfindlich waren, doch zugleich mit der Liebe hatte auch der Edelmut in ihrem Herzen Einzug gehalten. Tiefer Schmerz erfüllte sie, aber im Tone schlichtester Demut bat sie um nochmalige

Unterweisung, um den Auftrag auf jeden Fall erfüllen zu können.

Im Weggehen wiederholte sie: »Also eine kleine runde Schachtel, aus schwarzer Pappe, flach und glatt . . .«

»Jawohl, gnädige Frau!« bestätigte ihr Julien hart und rauh, wie Männer in Gefahr sprechen.

Sie stieg zum zweiten Stock des Schlosses hinauf, bleich, als ginge es in den Tod. Am allerschrecklichsten war es ihr, daß sie sich einer Ohnmacht nahe fühlte. Sie mußte Julien diesen Dienst erweisen: das rief ihr die Kräfte zurück.

»Ich muß das Bild holen!«

Mit dieser Selbstermutigung eilte sie hinauf. Oben hörte sie ihren Mann mit dem Diener sprechen. Sie waren gerade in Juliens Zimmer. Glücklicherweise gingen sie alsbald in das Schlafgemach der Kinder. Frau von Rênal hob die Matratze auf und steckte ihre Hand in das Stroh. Sie tat dies so hastig, daß sie sich die Finger aufriß. Aber obwohl sie sonst gegen kleine Schmerzen sehr empfindlich war, spürte sie die Verletzung gar nicht, denn fast im selben Augenblick fühlte sie das glatte Papier der Schachtel. Sie zog sie hervor und eilte von dannen.

Jetzt, ledig der Furcht, von ihrem Manne überrascht zu werden, gewann das Grauen vor dem Inhalt der Schachtel dermaßen die Oberhand, daß es ihr schwarz vor den Augen ward.

»So liebt Julien eine andre, und ich habe hier das Bild seiner Geliebten!«

In der Vorhalle sank sie auf einen Stuhl, ein Opfer aller Qualen der Eifersucht. Das einzige, was ihr noch Halt gab, war ihre grenzenlose Unkenntnis von Leben und Leidenschaft. Sie staunte vor sich selbst, und dies Erstaunen milderte ihren Schmerz. Julien kam, riß ihr die Schachtel aus der Hand, und ohne ein Wort des Dankes, ohne überhaupt etwas zu sagen, lief er in sein Zimmer, wo er Feuer im Kamin machte und das Bild sofort verbrannte. Er war blaß und er-

schöpft. Die gerade überstandene Gefahr dünkte ihn riesen-
groß.

»Napoleons Bild«, sagte er, indem er ein bedenkliches Gesicht zog, »gefunden im heimlichen Besitze jemandes, der
vor der Welt versichert, den Usurpator zu hassen! Gefunden
von Herrn von Rênal, dem Erzroyalisten, meinem Feinde!
Und als Krone aller meiner Dummheit stehen hinten auf der
weißen Pappe des Bildes Kritzeleien von meiner Hand, die
untrüglichsten Offenbarungen meiner Napoleonsschwär-
merei! Mit den genauen Daten dieser Liebesergüsse! Das
letzte Mal vorgestern!«

Als die Schachtel in Flammen aufging, fuhr er fort: »Im
nächsten Augenblick wäre mein guter Ruf zum Teufel gegangen! Mein guter Ruf, mein einzig Hab und Gut! Ihm
danke ich das Dasein . . . Großer Gott . . . dieses armselige
Dasein!«

Eine Stunde später hatten ihn die Müdigkeit und das Mitleid mit sich selbst milder gestimmt. Als er Frau von Rênal
begegnete, ergriff er ihre Hand und küßte sie, aufrichtig wie
noch nie. Sie ward vor Glück rot, aber fast im nämlichen
Augenblick wehrte sie Julien in aufwallender Eifersucht von
sich ab. Von neuem in seinem Stolz verletzt, gebärdete er sich
diesmal wie ein Narr. Er sah in Frau von Rênal nichts denn
die reiche Dame. Er ließ ihre Hand los und rannte weg. Grü-
belnd lief er im Garten auf und ab, ein bitteres Lächeln um
seine Lippen.

Schließlich kam er zu folgender Erkenntnis: »Hier gehe ich
nun spazieren, als sei ich ganz Herr meiner Zeit. Ich küm-
mere mich nicht um die Kinder. Ich setze mich abermals dem
aus, daß mich Herr von Rênal demütigt, mit Recht demütigt!«

Er eilte ins Kinderzimmer. Die Zärtlichkeiten des Jüngsten,
seines Lieblings, besänftigten ein wenig sein wehes Leid.

»Der mißachtet mich noch nicht!« dachte Julien. Alsbald
aber machte er sich aus dem Nachlassen seines Schmerzes den

Vorwurf, doch ein Schwächling zu sein. Und so sagte er sich: »Die Kinder streicheln mich wie den jungen Dackel, der gestern gekauft worden ist.«

KAPITEL X

Ein großes Herz und ein kleines Vermögen

> But passion most dissembles, yet betrays,
> Even by its darkness; as the blackest sky
> Foretells the heaviest tempest . . .
> *Don Juan, Canto 1, st. 73*

Herr von Rênal kam mit den Dienstboten, die die Matratzen wieder an Ort und Stelle brachten, nach und nach durch alle Räume des Schlosses. So auch abermals in das Kinderzimmer. Sein unerwartetes Erscheinen brachte Juliens Zorn zum Ausbruch.

Bleicher und finsterer denn sonst trat er ihm entgegen. Herr von Rênal blieb stehen und sah seinen Leuten zu.

»Herr Bürgermeister«, begann Julien, »glauben Sie, jeder beliebige Hauslehrer brächte die Kinder so gut vorwärts wie ich?« Und ohne Herrn von Rênal zu Worte kommen zu lassen, fuhr er fort: »Wenn Sie darauf mit *nein* antworten müssen, wieso dürfen Sie mir dann vorwerfen, ich vernachlässigte die Kinder?«

Herr von Rênal war zunächst starr vor Schreck. Dann aber zog er sofort aus dem auffälligen Tone, den sich der Bauernjunge herausnahm, den Schluß, daß er ein vorteilhaftes Angebot in der Tasche haben müsse und das Haus verlassen wolle. Währenddem redete sich Julien immer mehr in die Wut. Seine letzten Worte waren: »Ich komme auch ohne Sie in der Welt weiter, Herr Bürgermeister!«

Herr von Rênal erwiderte, ein wenig stotternd: »Es tut mir wirklich leid, daß Sie so aufgeregt sind.« Die Dienstboten waren, keine zehn Schritte weit, immer noch mit den Betten beschäftigt.

»Das macht die Sache nicht wieder gut!« erwiderte Julien aufgebracht. »Erinnern Sie sich der niederträchtigen Worte, die Sie gegen mich gerichtet haben, und obendrein vor den Damen!«

Herr von Rênal glaubte zu wissen, worauf Julien hinauswollte. Die ganze Geschichte war ihm höchst peinlich. Schließlich verlor Julien jedwede Selbstbeherrschung. Er schrie geradezu.

»Ich weiß, wohin ich gehe, wenn ich dies Haus verlasse, Herr Bürgermeister!«

Herr von Rênal sah seinen Hauslehrer im Geist bereits bei Valenod.

»Hören Sie mal, Herr Sorel!« sagte er nunmehr, beinahe stöhnend und mit einem Gesicht, als stünde er vor einer sehr schmerzhaften ärztlichen Operation. »Ich füge mich Ihrem Wunsche. Übermorgen ist der Erste. Fortan erhöhe ich Ihr Gehalt auf monatlich fünfzig Franken.«

Julien hätte am liebsten laut aufgelacht, aber er verzog keine Miene. All sein Zorn war verlodert.

»Diesen Trottel habe ich noch gar nicht genug verachtet«, sagte er sich. »Zweifellos ist das die höchste Satisfaktion, die einem eine so inferiore Seele zu geben vermag.«

Die Kinder, die bei diesem Auftritt Mund und Ohren aufgesperrt hatten, rannten in den Garten, um ihrer Muter zu vermelden, daß Herr Julien sehr böse geworden sei, aber nun bekäme er monatlich fünfzig Franken.

Julien ging ihnen nach, wie er dies gewohnt war. Herr von Rênal, der keines Blicks gewürdigt ward, schaute ihm ärgerlich nach.

»Der Valenod kostet mich also einhundertachtundsechzig Franken!« schimpfte er bei sich. »Warte nur, ich werde dir bei deinen Findelkindern ein bißchen mehr auf die Finger sehen!«

Ein paar Minuten später stand Julien abermals vor Herrn von Rênal.

»Herr Bürgermeister, ich möchte in einer Gewissenssache zum Herrn Pfarrer«, sagte er, »und ich bitte gehorsamst, mich gütigst auf einige Stunden beurlauben zu wollen.«

»Aber gern, mein lieber Julien«, entgegnete Herr von Rênal mit heuchlerischer Leutseligkeit. »Den ganzen Tag, wenn Sie wollen, auch morgen noch, Verehrtester! Nehmen Sie den Gärtnergaul und reiten Sie nach Verrières!«

»Aha!« dachte er bei sich. »Jetzt will er ins Städtchen, Valenod Bescheid geben. Verpflichtet hat er sich mir nicht. Aber so einem Heißsporn muß man Zeit lassen, wieder vernünftig zu werden.«

Julien machte sich unverzüglich auf den Weg nach Verrières, und zwar zu Fuß, auf dem Höhenpfad durch den Wald. Er hatte es durchaus nicht eilig, zu Chélan zu kommen. Vor dem guten Pfarrer die Komödie der Heuchelei weiterzuspielen, dazu spürte er die geringste Lust. Vielmehr hatte er das Bedürfnis, mit sich selbst ins klare zu kommen und das Chaos in seiner Seele zu belauschen.

»Ich habe eine Schlacht gewonnen!« frohlockte er, als er in der Einsamkeit des Hochwaldes dahinschritt, fern den Blicken der Menschen. »Ich habe eine Schlacht gewonnen!«

Dieser Siegesruf durchsonnte ihm all sein Lebensleid. Etwas wie Frieden zog in seine Brust ein.

»Jetzt habe ich also fünfzig Franken Monatsgehalt. Mich dünkt, Herr von Rênal hat eine Heidenangst vor mir. Wovor denn eigentlich?«

Der Gedanke, einem so glücklichen und mächtigen Manne, auf den er vor kaum einer Stunde wütend gewesen, doch Furcht eingejagt zu haben, stimmte ihn vollends heiter. Einen Augenblick lang ergriff ihn sogar die wunderbare Schönheit des Waldes, durch den er wanderte. Hohe nackte Felsenblöcke, vor Urzeiten vom Kamme der Berge hierher gerollt, reckten sich unter den riesigen Rotbuchen, fast gleich hoch wie diese. Aus dem Gestein drang köstliche Kühle, während ein paar Schritte weiter die unerträglichste Sonnenglut brannte.

Im Schatten der hohen Felsen rastete Julien eine Weile. Dann stieg er weiter, einen schmalen, kaum erkennbaren Saumpfad empor, den nur die Ziegenhirten benutzten. So gelangte er auf einen Vorsprung. Kein Mensch weit und breit. Ungestört stand Julien da droben. Lachend. So frei wie hier körperlich, auch geistig und seelisch zu sein, das war seine heißeste Sehnsucht! Die lichte leichte Höhenluft erfüllte ihn mit heiterem Frieden, ja mit Glückseligkeit. Von neuem erinnerte er sich des Bürgermeisters von Verrières als des Vertreters aller Reichen und aller derer, die sich etwas anmaßten auf Erden. Aber zugleich fühlte Julien, daß sein Haß, so mächtig er ihn durchloderte, nichts mit der Person eines Einen zu tun hatte. Wenn er nie wieder in das Haus des Herrn von Rênal hätte zurückkehren müssen, so hätte er ihn in acht Tagen vergessen, ihn samt seinem Schlosse, seinen Hunden, seinen Kindern und seiner ganzen Familie. »Ich habe ihn, ich weiß selber nicht warum, zu einem Opfer gezwungen«, sagte er sich. »Sechsundfünfzig Taler mehr im Jahre . . . und dies ein paar Minuten nachdem ich der größten Gefahr entronnen! Also zwei Siege an einem Tage! Der zweite ist allerdings nicht mein Verdienst. Ich muß doch noch erspüren, wie das zugegangen ist. Morgen werde ich das erkunden!«

Hochaufgerichtet stand Julien auf seinem Felsen und schaute in den Himmel, den die Augustsonne durchflammte. Zu Füßen der Felswand zirpten die Grillen. Wenn sie zeitweise verstummten, war Totenstille ringsumher. In der Tiefe dehnte sich das Land zwölf Meilen in die Ferne. Ein Weih flog aus den Felsenhängen zu seinen Häupten auf und zog seine weiten Kreise in der endlosen Stille. Juliens Blick folgte dem Raubvogel unwillkürlich. Der ruhige erhabene Flug ergriff ihn. Er beneidete das Tier um seine Kraft. Er beneidete es um seine Einsamkeit.

»Napoleons Schicksal war so!« dachte er bei sich. »Wird dereinst auch das meine so sein?«

KAPITEL XI

Ein Abend

> Yet Julia's very coldness still was kind,
> And tremendously gentle her small hand
> Withdrew itself from his, but left behind
> A little pressure, thrilling, and so bland
> And slight, so very slight that to the mind,
> 'T was but a doubt.
> *Don Juan, Canto 1, st. 71*

Julien mußte sich unbedingt in Verrières zeigen. Als er aus dem Pfarrhause kam, fügte es ein glücklicher Zufall, daß er Herrn Valenod begegnete. Unverzüglich berichtete er ihm die Gehaltserhöhung.

Wieder in Vergy, begab er sich erst nach Anbruch der Dunkelheit hinunter in den Garten. Seine Seele war erschöpft von den vielen Seelenerregungen, die er den Tag über durchgemacht hatte. »Was soll ich ihnen nur sagen?« fragte er sich unruhig, als er der Damen gedachte. Er ahnte nicht, daß er sich in einem Zustande befand, in dem er just für Kleinigkeiten Sinn hatte, also für das, was im Leben der Frauen gewöhnlich die Hauptsache ist. Oftmals war er Frau Derville und sogar ihrer Freundin unverständlich, und er seinerseits begriff häufig nur halb, was ihm die beiden sagten. Das war die Folge der Kraftfülle und, wenn man das so nennen darf, der Großartigkeit des leidenschaftlichen Innenlebens, das die Seele dieses ehrsüchtigen jungen Mannes verwirrte. In diesem Sonderling war fast Tag für Tag Sturm.

An diesem Abend kam Julien in einer Stimmung in den Garten, die ihn befähigte, sich in der Gedankenwelt der beiden hübschen Frauen zurechtzufinden. Sie hatten ihn mit

Ungeduld erwartet. Er nahm seinen gewöhnlichen Platz ein, neben Frau von Rênal. Bald ward es völlig dunkel. Julien wollte die helle Hand ergreifen, die er schon lange neben sich auf der Stuhllehne schimmern sah. Nach einigem Zaudern entwich sie ihm, offenbar zum Zeichen der Ungnade. Julien ließ sich dies gesagt sein, plauderte aber munter weiter, zumal er Herrn von Rênal kommen hörte. Noch lagen ihm die groben Worte vom Vormittag in den Ohren.

»Wäre es nicht die gegebene Verhöhnung dieses Individuums«, sagte er zu sich, »dieses Erbpächters der irdischen Glücksgüter und Vertreters des Mammons, wenn ich ausgerechnet in seiner Gegenwart von der Hand seiner Frau Besitz ergriffe? Ja, das werde ich tun, ich, dem er seine Verachtung genugsam bezeigt hat!«

Fortan war die Ruhe, die Juliens Wesen ohnehin ziemlich fremd war, ganz und gar hin. Das bange Verlangen, Frau von Rênal solle ihm ihre Hand überlassen, ließ ihn an nichts andres mehr denken.

Der Bürgermeister sprach in aufgeregtem Tone von Politik. Ein oder zwei Fabrikbesitzer von Verrières seien nahe daran, reicher zu werden denn er. Sie hätten die Absicht, ihn bei den nächsten Wahlen an die Wand zu drücken. Frau Derville hörte ihm zu. Julien, den diese Rederei ärgerte, rückte seinen Stuhl dicht an den der Frau von Rênal. Die Dunkelheit verbarg jedwede Bewegung. Er wagte seine Hand ihrem schönen Arm anzuschmiegen. Sie ging kurzärmelig. Julien ward wirr zumut. Der Verstand verließ ihn. Er bückte sich und berührte den bloßen Arm mit seiner Wange. Schließlich drückte er seine Lippen darauf.

Frau von Rênal erbebte. Ihr Ehemann saß nur vier Schritte davon. Rasch umfaßte sie Juliens Hand und stieß sie im selben Moment sanft zurück. Währenddem Herr von Rênal fortfuhr, auf die Pfennigfuchser und die hochgekommenen Jakobiner zu schimpfen, bedeckte Julien die ihm nun überlassene Hand mit heißen Küssen. Wenigstens dünkten sie ihr heiß. Noch am Morgen dieses ereignisvollen Tages hatte die arme Frau den greifbaren Beweis in den Händen gehalten, daß der, den sie liebte, ohne es sich einzugestehn, eine andere im Herzen trug. Solange er fort gewesen war, hatte sie sich sterbensunglücklich gefühlt. Sie hatte sich gesagt: »Wie? Sollte ich Julien lieben? Ich verliebt? Ich, eine verheiratete Frau, ich bin verliebt? Niemals habe ich für meinen Mann dieses Hangen und Bangen verspürt, das meine Gedanken immer wieder zu Julien führt. Er ist doch nur ein Kind, voller Respekt zu mir. Und ich bin toll. Es wird vorübergehn. Übrigens: was gehen meinen Mann die Gefühle an, die ich für den jungen Menschen wohl hege? Meinen Mann würden Gespräche, wie ich sie mit Julien führe, über imaginäre Dinge, zu Tode langweilen. Seine Gedanken gelten immer nur seinen Geschäften. Somit nehme ich ihm nichts von dem, was ich Julien gebe.«

Nicht die geringste Heuchelei trübte die Lauterkeit ihrer naiven Seele, die durch die erste erlebte große Leidenschaft verführt wurde. Ahnungslos ward sie deren Opfer, und doch nicht, ohne daß ein dunkles Gefühl sie gewarnt hätte. Als Julien im Garten erschien, hatte es in ihr gekämpft. Sie hörte seine Stimme, und fast zugleich saß er ihr schon zur Seite. Ihre Seele jubelte auf in der Wonne eines Glückes, das sie seit vierzehn Tagen mehr als ein Wunder denn als Verführung empfand. Das alles kam so unerwartet. Immerhin fragte sie sich nach einigen Augenblicken: »Seltsam! Juliens Anwesenheit genügt also, um das Leid, das er mir angetan, wieder gutzumachen?« Erschrocken hatte sie ihm die Hand entzogen.

Die leidenschaftlichen Küsse, wie sie noch nie welche empfangen, ließen sie jäh vergessen, daß er vielleicht eine andre liebte. Er kam ihr schon nicht mehr schuldig vor. Der bittere Schmerz, mit dem ihr Argwohn sie gequält hatte, gab einer Glückseligkeit Raum, die sie nicht einmal aus Träumereien kannte. Liebesrausch umfing sie und tolle Ausgelassenheit. Jedermann fand den Abend wundervoll, nur der Bürgermeister nicht, der sich die reichgewordenen Fabrikanten nicht aus dem Sinn zu schlagen vermochte. Julien hatte seinen düsteren Ehrgeiz vergessen und seine himmelstürmenden Pläne. Zum erstenmal in seinem Leben erlag er der Allmacht der Schönheit. Verloren in weicher wonniglicher Träumerei, wie sie sonst seinem Wesen fremd war, dünkte ihn die Frauenhand, die er sanft umfaßt hielt, das allerhöchste. Und wie im Halbschlummer hörte er das Rauschen der Lindenblätter im leisen Nachtwind und das ferne Hundegebell in der Mühle am Doubs.

Aber alles das war für ihn ein Erlebnis der Sinne, nicht der Seele. Als er dann sein Zimmer betrat, empfand er die höchste Lust darin, sein Lieblingsbuch vorzunehmen. In der Phantasie eines Zwanzigjährigen vertreibt die Illusion von der Welt und der in ihr möglichen Erfolge alles andre.

Gleichwohl legte Julien das Buch bald wieder aus der Hand. Napoleons Siege hatten ihn darauf gebracht, seinen eigenen Sieg von einem neuen Standpunkte aus zu betrachten. »Gewiß!« rief er aus. »Ich habe eine Schlacht gewonnen, aber ich muß sie auch ausnutzen. Ich muß diesem hochmütigen Junker den Stolz brechen, solange er sich noch auf dem Rückzuge befindet. Das ist erst wahrhaft napoleonisch! Ich werde Herrn Rênal um drei Tage Urlaub angehen und meinen alten Freund Fouqué einmal besuchen. Schlägt er mir den Urlaub ab, dann sag ich ihm Valet. Aber er gibt nach.«

Frau von Rênal vermochte kein Auge zu schließen. Ihr war zumute, als hätte sie bis zu diesem Tage überhaupt nicht gelebt. Ihre Einbildungskraft beschäftigte sich fortwährend mit der seligen Erinnerung an die heißen Küsse, die ihr Julien auf die Hand gedrückt hatte.

Plötzlich kam ihr das Schreckenswort *Ehebruch* in den Sinn. Und die allerabscheulichsten Dinge, mit der man die Sinnenliebe schändet, tauchten vor ihr auf. Die Schatten dieser Gedanken verdunkelten das lichte himmlische Traumbild, das sie sich von Julien und dem Glück, ihn zu lieben, gemacht hatte. Sie schaute in eine grausige Zukunft, und sie sah sich selbst in der tiefsten Schmach.

Der Zustand war furchtbar. Ihre Seele geriet in ein unbekanntes Land. Am vergangenen Abend hatte sie eine noch nie verspürte Seligkeit gekostet, und jetzt war sie mit einemmal der gräßlichsten Herzensnot verfallen. Solche Qualen hatte sie für unmöglich gehalten. Sie verlor die Vernunft. Einen Augenblick hegte sie den Plan, ihrem Manne zu gestehen, daß sie fürchte, Julien zu lieben. Aber da hätte sie von ihm reden müssen. Zu ihrem Glück fiel ihr eine gute Lehre ein, die ihr die Tante am Tage vor der Hochzeit gegeben hatte: »Sei vorsichtig mit Geständnissen vor deinem Gatten! Alles in allem ist der Ehemann immer ein Tyrann.« Im Wirrwarr ihres Leids rang sie die Hände.

Sie ward zum Spielball der schmerzlichsten, konträrsten Wahngebilde. Bald fürchtete sie, nicht geliebt zu werden; bald wieder peinigte sie der Gedanke an Schuld und Schande. Es war ihr, als solle sie morgen auf dem Marktplatze von Verrières am Pranger stehen, ihr zu Häupten eine Tafel, die ihren Ehebruch aller Welt verkündete.

Frau von Rênal hatte nicht die geringste Lebenserfahrung, und so hätte sie selbst in normalem Zustand und im vollen Besitz ihres klaren Verstandes den Unterschied nicht herausgefunden zwischen einer nur vor dem höchsten Richter schuldigen Sünderin aus Leidenschaft und einer der allgemeinen Verachtung würdigen Dirne.

Zeitweise ließ der schreckliche Gedanke an den Ehebruch und die Verdammnis, die diesem Vergehen ihrem Glauben nach folgte, von ihr ab. Dann dachte sie daran, wie süß es sein müsse, mit Julien schuldlos weiterzuleben. Aber zugleich packte sie der qualvolle Verdacht, daß Julien eine andre liebe. Vor ihrem geistigen Auge stand er wieder da wie in jenem Augenblick, da er fürchtete, das Bild der Geliebten zu verlieren oder sie bloßzustellen, indem es in fremde Hände kam. Nie vordem hatte sie auf Juliens edlem, immer ruhigem Gesicht Furcht und Angst entdeckt. Nie war er vor ihr oder ihren Kindern so erregt erschienen. In diesem Übermaß von Schmerz empfand sie allen Jammer, den es für ein Menschenherz nur geben kann. Ohne es zu wissen, stieß sie einen lauten Schrei aus, durch den ihre Kammerjungfer erwachte. Plötzlich gewahrte sie vor ihrem Bett hellen Kerzenschein. Elise stand vor ihr.

In ihrem Irrsinn rief Frau von Rênal: »Liebt er dich denn?«

Die Jungfer war erstaunt, ihre Herrin in so sonderbarer Erregung zu überraschen, aber glücklicherweise war ihr die seltsame Frage entgangen. Frau von Rênal ward sich ihrer Unbesonnenheit bewußt. »Ich habe Fieber, Elise«, sagte sie. »Ich glaube, ich habe gar phantasiert. Bleibe bei mir!« Gezwungen, auf sich zu achten, wurde sie völlig wach. Jetzt fühlte sie sich auch nicht mehr so unglücklich. Die Vernunft, die sie im Halbschlafe verloren, kam wieder zur Herrschaft. Um Elisens lauernde Blicke abzulenken, befahl sie ihr, aus der Zeitung vorzulesen. Während die Jungfer mit eintöniger Stimme einen langen Aufsatz aus der *Quotidienne* herleierte, faßte Frau von Rênal den tugendsamen Entschluß, Julien mit eisiger Kälte zu behandeln, sobald sie ihn wiedersähe.

KAPITEL XII

Eine Reise

In Paris findet man Leute von Geschmack,
In der Provinz kann es starke
Persönlichkeiten geben.
Sieyès

Am nächsten Morgen, bereits um fünf Uhr, noch ehe sich Frau von Rênal zeigte, hatte Julien von ihrem Manne einen dreitägigen Urlaub erhalten. Wider sein eignes Erwarten empfand er das Bedürfnis, sie noch zu sehen. Ihre hübsche

Hand kam ihm in den Sinn. Er ging in den Garten hinunter. Frau von Rênal ließ lange auf sich warten; aber wenn Julien wirklich verliebt gewesen wäre, so hätte er erspäht, daß sie hinter der halbgeschlossenen Jalousie eines der Fenster im ersten Stock, die Stirn an die Scheibe gedrückt, nach ihm Ausschau hielt. Ungeachtet ihres Gelöbnisses entschloß sie sich schließlich, im Garten zu erscheinen. Ihre gewöhnliche Blässe war den lebhaftesten Farben gewichen. Die harmlose Frau war sichtlich erregt. Der Wille, sich zu beherrschen, und ein Anflug von Zorn hatten die Sonne ihres Madonnengesichts, die sonst hoch über den Alltagsdingen strahlte, verscheucht.

Julien schritt hastig auf sie zu. Bewundernd sah er ihre schönen Arme, die durch den eilig übergeworfenen dünnen Schal schimmerten. Ihre Haut, nach der aufgeregten Nacht gegen Licht und Luft empfindlicher denn je, leuchtete im frischen Morgen. Die schlichte Schönheit, die so viel inneres Leben verriet, ergriff Julien. Solche Frauen gab es im unteren Volke nicht. Er fühlte, daß eine Saite in seinem Herzen vibrierte, an die bis dahin nie etwas gerührt hatte. Versunken in den Anblick der Reize, an denen sich seine Augen gierig weideten, dachte er gar nicht daran, daß er einen freundlichen Empfang erwartet hatte. Dann aber war er über die eisige Kälte, die ihm unverkennbar zuteil ward, um so mehr betroffen, witterte er doch dahinter die Absicht, ihn in sein Plebejertum zurückzudrängen.

Das Lächeln der Lust erstarb auf seinen Lippen. Er erinnerte sich des Ranges, den er in der menschlichen Gesellschaft einnahm, insbesondere in den Augen dieser vornehmen und reichen Dame. Im Moment lebte in seinen Mienen nichts mehr denn Hochmut und Groll gegen sich selbst. Er empfand heftigen Verdruß, daß er seinen Aufbruch um mehr als eine Stunde hinausgeschoben hatte, um dafür einen so demütigenden Empfang zu ernten.

»Nur ein Tor ärgert sich über die Welt!« tröstete er sich.

»Ein Stein fällt, dieweil er schwer ist! Soll ich ewig ein Kind bleiben? Wann werde ich endlich die treffliche Gewohnheit annehmen, diesen Leuten von meiner Seele nur gegen ihr Geld zu geben? Wenn ich will, daß sie – und damit auch ich – Respekt vor mir haben, dann muß ich ihnen begreiflich machen, daß ich armer Kerl zwar der Sklave ihres Mammons bin, daß ich mit meinem Herzen aber himmelhoch über ihrer frechen Selbstgefälligkeit throne, unsagbar erhaben über die armseligen Zeichen ihrer Gnade oder ihrer Geringschätzung.«

Während diese Gefühle in der Seele des jungen Lehrers wogten und wühlten, gewann sein zuckendes Gesicht die Mienen gekränkten Stolzes und wilder Empörung. Frau von Rênal erschrak zu Tode darüber. Die tugendhafte Kälte, die sie sich für die Wiederbegegnung vorgenommen hatte, wich dem Ausdruck der Teilnahme, eines Mitgefühls, das die Verwunderung über den sichtlichen Umschwung in Julien noch vertiefte. Die leeren Redensarten, die man sich am Morgen über das Befinden und das schöne Wetter zu sagen pflegt, kamen beiden nicht über die Lippen. Julien aber, dessen Hirn keineswegs durch Leidenschaft verwirrt war, fand sofort ein Mittel, Frau von Rênal zu zeigen, daß er an Freundschaft zwischen ihnen nicht recht glaube. Von der kleinen Reise, die er vorhatte, sagte er kein Wort. Er grüßte und ging.

Während sie ihm noch nachsah, niedergedrückt durch den düsteren Hochmut, der ihr aus seinem am Abend zuvor so liebenswerten Gesichte entgegengelodert war, kam ihr ältestes Söhnchen hinten aus dem Garten gelaufen, umschlang sie und berichtete ihr:

»Mutter, wir haben Ferien! Herr Julien verreist.«

Frau von Rênal stand das Herz still. Sie war tief unglücklich ob ihrer Tugendhaftigkeit und mehr noch ob ihrer Schwäche.

Dies neue Ereignis nahm all ihr Denken in Beschlag. Die bedeutsamen Vorsätze, die sie in der vergangenen schrecklichen Nacht gefaßt, verflogen in alle vier Winde. Jetzt galt es nicht mehr, einem inniggeliebten Verliebten zu widerstehen. Sie sah sich in Gefahr, ihn auf ewig zu verlieren.

Sie mußte am Frühstück teilnehmen. Um ihr Herzeleid zu vollenden, redeten Herr von Rênal und Frau Derville fortgesetzt von Juliens Abwesenheit. Er argwöhnte hinter der kategorischen Art, in der ihn Julien um Urlaub gebeten hatte, einen besonderen Anlaß.

»Ohne Zweifel hat dieser Bauernjunge das Angebot von irgend jemandem in der Tasche. Aber diesem Irgendjemand, und wäre es auch Valenod, wird wohl der Appetit vergehen, wenn er hört, daß er sich damit seine jährlichen Ausgaben um zweihundert Taler erhöht. Der Bursche wird sich gestern in Verrières eine Bedenkzeit von drei Tagen ausbedungen haben, und heute ist das Kerlchen in die Berge gelaufen, damit er mir nicht Rede und Antwort zu stehen braucht. Das ist auch ein Zeichen der Zeit, daß man sich die Unverschämtheiten eines ärmlichen Tagelöhners gefallen lassen muß!«

Frau von Rênal dachte bei sich: »Wenn schon mein Mann, der gar nicht weiß, wie tief er Julien verletzt hat, der Meinung ist, daß er uns verlassen wird: was soll ich dann erst glauben? Ach, es ist alles entschieden!«

Um wenigstens ungestört weinen zu können und Frau Dervilles Fragen zu entgehen, gab sie vor, heftige Kopfschmerzen zu haben und legte sich zu Bett.

»So sind die Weiber!« polterte Herr von Rênal gewohntermaßen. »Ewig ist an diesen komplizierten Maschinen etwas nicht im Schwunge.« Spöttisch ging er von dannen.

Während Frau von Rênal alle Qualen der schrecklichen Leidenschaft erduldete, zu deren Opfer der Zufall sie gemacht hatte, wanderte Julien frohgemut durch die Schönheit der Gebirgslandschaft. Der Weg führte quer über den langen Bergrücken im Norden von Vergy. Langsam ansteigend, kroch dieser Pfad durch den mächtigen Buchenwald in schier endlosen Zickzacks zum Kamm des Höhenzuges hinauf, der den nördlichen Hang des Doubstales bildet. Nach einigem Steigen blickte der Wanderer über die unbedeutenderen Erhebungen auf dem südlichen Flußufer hinweg bis weit hinein in die fruchtbaren Ebenen von Burgund und Beaujolais. Wenngleich das Gemüt des ehrgeizigen jungen Menschen für Naturschönheit wenig empfänglich war, so konnte er doch nicht umhin, von Zeit zu Zeit stehenzubleiben, um dem großartigen Fernblick Beachtung zu gönnen.

Endlich erreichte er den Gebirgskamm, den er auf einem Paß überschreiten mußte, um in das entlegene Tal zu kommen, in dem der Holzhändler Fouqué, sein Freund und Altersgenosse, wohnte. Julien beeilte sich durchaus nicht. Er spürte keine Sehnsucht, Menschen zu sehen. Auch den Freund nicht. Hockend wie ein Raubvogel zwischen den nackten Felsen, die den Gebirgszug langhin krönen, konnte er weithin jeden Menschen bemerken, der sich der Höhe genähert hätte. In der Mitte einer beinahe senkrecht emporragenden Felswand erspähte er eine kleine Höhle. Er erkletterte sie und machte sich's in dem Schlupfwinkel bequem. »Hier können mir die Menschen nicht wehe tun!« rief er aus, und seine Augen leuchteten. Er kam auf den Einfall, sich die Freude zu machen, seine Gedanken niederzuschreiben. Das war ihm andernorts zu gefährlich. Ein viereckiger Felsblock diente ihm als Pult. Sein Bleistift flog über das Blatt. Was um ihn war, sah und hörte er nicht. Endlich bemerkte er, daß die Sonne hinter den fernen Bergen von Beaujolais zur Rüste ging.

Da fragte er sich: »Warum sollte ich nicht hier übernachten? Brot habe ich bei mir. Ich bin frei!« Beim Klange dieses großen Wortes jubelte seine Seele. In seinem Heuchlertum hätte er sich selbst bei seinem Freunde Fouqué nicht frei gefühlt. Den Kopf auf beide Hände gestützt, lag er in seiner Höhle. Noch nie in seinem Leben hatte er sich so glücklich gefühlt. Von Träumereien bewegt, schwelgte er selig in seiner Freiheit. Ohne daß er darauf achtete, erstarben allmählich die letzten Schimmer der Dämmerung. Im Schoße der ungeheuren Finsternis dichtete seine Phantasie an den Dingen, die er dermaleinst in Paris zu erleben sich ersehnte. Vor allem erstand in seiner Seele die Gestalt einer Frau, die viel schöner war und viel geistvoller als alle die Frauen, die er bisher zu sehen bekommen hatte. Er würde sie leidenschaftlich lieben und von ihr wieder geliebt werden. Er würde sich nur auf kurze Zeiten von ihr trennen und nur um Ruhm zu erringen und immer liebenswerter zu werden.

Ein junger Mann, mitten im grauen Alltag des Lebens und Treibens einer Großstadt aufgewachsen, wäre an dieser Stelle seines Traumdaseins, selbst wenn er Juliens Einbildungskraft gehabt hätte, von Ironie ergriffen und ernüchtert worden. Der Drang nach großen Taten wäre zu nichts zerronnen vor der banalen Weisheit: »Lässest du deine Geliebte allein, beim Teufel, so riskierst du, daß sie dich zwei- bis dreimal täglich betrügt!« Der Bauernsohn Julien hingegen wähnte, ihm fehle zu den größten Heldentaten nur die gute Gelegenheit.

Inzwischen war es stockfinstre Nacht geworden. Bis zu dem kleinen Dorf, in dem Fouqué hauste, hatte er noch zwei Stunden zu laufen. Ehe er die kleine Höhle verließ, machte er ein Feuer an und verbrannte sorgfältig alle seine Kritzeleien.

Sein Freund war höchst erstaunt, als Julien nachts ein Uhr an seine Tür klopfte. Fouqué war dabei, seine Geschäftsbücher nachzutragen. Er war überlang, nicht besonders wohlgestaltet, und hatte grobe harte Züge, dazu eine Riesennase; aber in dieser abstoßenden Hülle barg sich viel Güte.

»Du hast dich wohl mit dem Bürgermeister überworfen, daß du hier so plötzlich hereinschneist?« fragte er.

Nicht ohne Vorbehalt erzählte Julien, was sich am Tage vorher zugetragen hatte.

»Bleibe bei mir!« schlug ihm Fouqué vor. »Du kennst Herrn von Rênal, Herrn Valenod, den Landrat Maugiron, den Pfarrer Chélan. Du kennst also die Eigenart der Leute unsrer Gegend und kannst mich bei den Versteigerungen vertreten. Das Rechnen verstehst du besser als ich. Du könntest mir die Bücher führen. Mein Handel geht vorzüglich. Ich werde allein nicht mehr fertig, aber ich habe Angst, einen Gauner zum Teilhaber zu bekommen. Deshalb muß ich manches schöne Geschäft schwimmen lassen. Vor vier Wochen habe ich dem Michaud aus Saint-Amand zweitausend Taler zu verdienen gegeben. Ich hatte ihn sechs Jahre nicht gesehen und traf ihn zufällig auf der Holzauktion in Pontarlier. Diese zweitausend Taler hättest du ebensogut einstecken können, oder wenigstens tausend. Wenn ich dich nämlich an jenem Tage bei mir gehabt, so hätte ich auf den ganzen Holzschlag feste geboten, und die andern hätten ihn mir bald gelassen. Werde mein Kompagnon!«

Dies Angebot verstimmte Julien und dämpfte seine tollen Ideen. Während des Nachtmahls, das sich die beiden Freunde gleich Helden Homers selbst bereiteten, weil Fouqué einsam lebte, bewies er Julien an der Hand seiner Geschäftsbücher, wie ertragreich sein Holzhandel war. Fouqué hielt ungemein viel von der Klugheit und Gewissenhaftigkeit seines Freundes.

Als Julien endlich allein in seiner bretterwandigen Dachkammer war, sagte er sich: »Wahrlich, hier könnte ich mir ein paar tausend Taler verdienen und später mit ihrer Hilfe den Beruf des Priesters oder den des Soldaten ergreifen, je nachdem, was dann in Frankreich gerade Mode ist. Das kleine Vermögen, das ich mir hier zusammenscharrte, würde mir dereinst manches kleine Hindernis aus dem Wege räumen. Auch hätte ich hier in den Bergen Muße genug, meiner grauenhaften Ignoranz in den Dingen, die die höhere Gesellschaft beschäftigen, ein wenig abzuhelfen. Fouqué will nicht heiraten, aber er klagt, daß ihn das Alleinsein unglücklich mache. Es ist also klar: wenn er sich einen Teilhaber nimmt, der ihm kein Kapital ins Geschäft bringt, so tut er dies in der Erwartung, daß ihn selbiger nie wieder verläßt . . .«

Mißmutig rief Julien aus: »Soll ich meinem Freund etwas vormachen?« Und er, dem Heuchelei und purer Egoismus die Scheidemünzen waren, mit denen er jeden Schritt vorwärts bezahlte, fand seltsamerweise den Gedanken unerträglich, einen lieben Menschen auch nur im geringsten zu kränken.

Mit einemmal erhellte sich sein Gemüt. Es fiel ihm ein Grund ein, das Angebot ausschlagen zu können. »Aber natürlich!« sagte er sich. »Es wäre Schlappheit von mir, sieben oder acht Jahre zu vertrödeln. Dann wäre ich achtundzwanzig. In diesem Alter hatte Napoleon bereits das Größte vollbracht! Wenn ich mir auf obskure Weise ein bißchen Geld zusammengeschachert habe, indem ich auf die Holzversteigerungen renne und ein paar subalternen Halunken um den Bart gehe, wer weiß, ob ich dann noch das heilige Feuer in mir habe, ohne das keiner berühmt wird.«

Am Morgen erklärte er dem braven Fouqué, der den Eintritt seines Freundes in das Geschäft bereits für eine abgemachte Sache hielt, kaltblütig: er fühle sich so stark zum heiligen Stand berufen, daß er den Vorschlag ablehnen müsse.

Fouqué war starr.

»Aber bedenke doch«, wandte er ein, »ich will dich als Teilhaber aufnehmen, oder wenn dir dies lieber ist, gebe ich dir ein festes Gehalt von viertausend Franken im Jahre. Willst du wirklich zu deinem Bürgermeister zurück, dem du nicht mehr wert bist als der Dreck an seinen Stiefeln? Wenn du dir ein paar tausend Taler erübrigt hast, wird dich niemand hindern, in das Priesterseminar einzutreten. Mehr noch: ich verpflichte mich, dir die beste Pfarre im ganzen Lande zu verschaffen . . .« Fouqué begann leise zu reden. »Ich liefere nämlich das Brennholz an Herrn***, Herrn***, Herrn***. Ich liefere ihnen die allerbeste Ware, berechne ihnen aber nur den Preis der geringsten Qualität. Das ist trotzdem die beste Kapitalanlage.«

Julien ließ sich durch nichts umstimmen, so daß ihn der

Freund schließlich für etwas verrückt hielt. Im Morgengrauen des dritten Tages nahm er Abschied von Fouqué und verbrachte den ganzen Tag in den Felsenklüften oben im Gebirge. Er fand seine kleine Höhle wieder, aber nicht seinen Seelenfrieden. Den hatte ihm Fouqués Angebot geraubt. Wie Herkules stand er am Scheidewege – nicht zwischen Laster und Tugend, sondern zwischen einem wohlgesicherten Durchschnittsdasein und dem Heldentum seiner Jugendträume. »Wirkliche Festigkeit fehlt mir«, gestand er sich in tiefstem Weh über den Zweifel an sich selbst. »Ich bin nicht aus dem harten Holze der großen Männer geschnitzt, wenn ich fürchte, daß mich ein halbes Dutzend Jahre Broterwerb um die göttliche Energie bringt, durch die der Mensch das Außergewöhnliche schafft.«

KAPITEL XIII

Die durchbrochenen Strümpfe

Ein Roman ist wie ein Spiegel, den man
den Wegrand entlangträgt.
Saint-Réal

Als Julien das verfallene Gemäuer der alten Kirche von Vergy wieder vor sich sah, fiel ihm ein, daß er seit vorgestern kein einziges Mal an Frau von Rênal gedacht hatte. »Am Tage, da ich fortging«, sagte er sich, »hat mich diese Frau den ungeheuren Abstand fühlen lassen, der uns trennt. Sie hat mich als den Arbeitersohn behandelt. Ohne Zweifel hat sie mir zeigen wollen, daß es sie gereut, mir an jenem Abend ihre Hand überlassen zu haben . . . Sie ist so schön, diese Hand! Und der Blick dieser Frau: welcher Zauber, welche Vornehmheit lebt darin!«

Die Möglichkeit, durch Fouqué zu Vermögen zu kommen, verlieh Julien eine gewisse Unbefangenheit in seinen

95

Grübeleien. Sie waren nicht mehr so häufig verbittert und bedrückt, weil er arm und von niedrer Herkunft war. Er beurteilte alles von einer höheren Warte aus und sah gleichsam über die Schranke zwischen Armut und Reichtum hinweg. Wenngleich bei weitem nicht imstande, seine Stellung zur Welt philosophisch zu beurteilen, war er doch hellsichtig genug, um zu erkennen, daß ihn sein Ausflug ins Gebirge gewandelt hatte.

Unverständlich war ihm Frau von Rênals starke Unruhe, als er auf ihren Wunsch von seiner kleinen Reise berichtete.

Fouqué hatte Heiratsabsichten und eine unglückliche Liebschaft gehabt. Seine Herzensergießungen über Liebe und Ehe waren der Angelpunkt in den Gesprächen der beiden Freunde. Allzu rasch glücklich, hatte Fouqué bald erfahren, daß er nicht allein geliebt ward. Diese Erlebnisse hatten Julien verwundert. Er lernte manch Neues daraus. In sein eigenes einsames Leben voll Träumerei und Mißtrauen war noch keinerlei Aufklärung gedrungen.

Während seiner Abwesenheit hatte Frau von Rênal nichts als Qualen durchgemacht, die untereinander verschieden waren, aber eine immer unerträglicher als die andre. Sie war richtig krank.

Als Frau Derville Julien ankommen sah, warnte sie die Freundin: »Auf keinen Fall darfst du dich heute abend in den Garten setzen. Dir ist nicht wohl, und die feuchte Luft wäre deinem Zustand geradezu schädlich!«

Zu ihrem Erstaunen bemerkte Frau Derville, daß ihre Freundin, die sich sonst immerfort von ihrem Manne wegen ihrer übereinfachen Kleidung tadeln ließ, durchbrochene Strümpfe und allerliebste aus Paris bezogene Halbschuhe anzog. In den letzten drei Tagen war es Frau von Rênals einzige Zerstreuung gewesen, ein Sommerkleid aus hübschem, neumodischem Stoff zuzuschneiden und in aller Eile von Elise nähen zu lassen. Dieses Kleid war gerade fertig geworden. Ein paar Augenblicke nach Juliens Rückkehr zog Frau von

Rênal es auch schon an. Nun zweifelte die Freundin nicht mehr. »Sie ist verliebt, die Unglückselige!« sagte sie sich. Und mit einemmal wurden ihr alle die sonderbaren Merkmale ihrer Krankheit klar.

Sie sah, wie Frau von Rênal mit Julien sprach. Blässe und dunkle Röte wechselten auf ihrem Gesicht ab. In ihren Augen, die an denen des jungen Hauslehrers hingen, spiegelte sich ihre heimliche Angst. Jeden Augenblick erwartete sie nämlich seine Erklärung, ob er bliebe oder das Haus verließe. Aber Julien sagte über diesen Punkt kein Wort. Daran dachte er überhaupt nicht. Nach einem gräßlichen inneren Kampfe faßte sie sich schließlich ein Herz und fragte ihn mit zitternder Stimme, die ihre ganze Leidenschaft verriet: »Werden Sie Ihre Zöglinge verlassen und anderswo eine Stellung annehmen?«

Frau von Rênals unsichere Sprache und ihr wirrer Blick machten Julien stutzig. »Dieses Weib liebt mich!« sagte er sich. »Aber ihre augenblickliche Schwäche wird vorübergehen. Ihr Stolz wird ihr Vorwürfe machen, und wenn ihre Furcht, ich könnte gehen, weg ist, ist ihr voller Hochmut wieder da.« Die Erkenntnis der beiderseitigen Lage durchfuhr Julien jäh wie ein Blitz. Überlegsam antwortete er ihr: »Es würde mir schwer fallen, so liebe Kinder *aus so guter Familie* verlassen zu sollen. Aber unter Umständen muß es sein. Man hat auch Pflichten gegen sich selber.«

Den Ausdruck *aus guter Familie* hatte er in dem aristokratischen Hause oft gehört. Als er ihn jetzt selbst anwandte, überkam ihn das Gefühl tiefer Erbitterung. »In den Augen dieser Dame«, dachte er bei sich, »bin *ich* nicht aus guter Familie.«

Während ihm Frau von Rênal zuhörte, bewunderte sie seine geistige Überlegenheit und seine Schönheit. Die Möglichkeit seines Wegganges verursachte ihr Herzeleid. Alle die Bekannten, die während seiner Abwesenheit zu Tisch nach Vergy gekommen waren, hatten ihr um die Wette Komplimente über den Wundermann gemacht, den ihr Gatte in seinem Glücke aufgegabelt hatte. Nicht, daß man von den Fortschritten der Kinder etwas wußte; die Tatsache, daß er die Bibel auswendig hersagen konnte, noch dazu lateinisch, hatte die Spießer von Verrières auf immerdar für ihn eingenommen.

Julien, der mit keinem Menschen sprach, ahnte von alledem nichts. Wäre Frau von Rênal nur halbwegs im Besitze ihres klaren Verstandes gewesen, so hätte sie ihm über seine Berühmtheit eine kleine Schmeichelei gesagt. Das hätte ihn eitel gemacht, und er wäre gütig und liebenswürdig gegen sie gewesen, zumal er ihr neues Kleid reizend fand. Dies Kleid gefiel Frau von Rênal selbst, und so war sie mit dem wenigen zufrieden, was Julien ihr darüber sagte. Sie schlug einen Rundgang durch den Garten vor. Nach einer Weile machte sie das Geständnis, es sei ihr unmöglich, weiterzugehen. Sie hatte den Arm des Wiedergekehrten genommen, aber die Berührung mit Julien war ihr keine Stütze. Im Gegenteil: sie nahm ihr die letzte Kraft.

Es ward Nacht. Kaum saß man, als Julien von seinem alten Rechte Gebrauch zu machen wagte: er drückte seine Lippen auf den Arm seiner schönen Nachbarin und nahm ihre Hand. Dabei dachte er an die Libertinage, die sich Fouqué bei seiner Liebsten erlaubt hatte. An Frau von Rênal dachte er nicht. Die Worte *aus guter Familie* lasteten noch auf seinem Gemüt. Der Händedruck ward erwidert, aber dies bereitete ihm kein Vergnügen. Anstatt stolz auf die Zuneigung zu sein, die Frau von Rênal an diesem Abend kaum verhehlte, oder wenigstens dafür dankbar, blieb er beinahe unempfindlich gegen ihre Schönheit, ihre Eleganz, ihre Frische. Ohne Zweifel verlängern Seelenadel und Unberührtheit von jedwedem Bösen die Jugendlichkeit. Bei den meisten hübschen Frauen altert das Gesicht zuerst. Frau von Rênal war jung geblieben.

Julien war den ganzen Abend mürrisch. Bisher hatte er nur dem Schicksal und der Gesellschaft gegrollt, aber seit ihm

Fouqué eine ordinäre Gelegenheit, zu Wohlstand zu kommen, gewiesen hatte, war er auch gegen sich selbst verstimmt. Wenngleich er hin und wieder ein paar Worte zu den Damen sagte, widmete er sich ganz seinen Grübeleien, und ohne daß er es merkte, ließ er schließlich Frau von Rênals Hand los. Als er dies tat, krampfte sich das Herz der armen Frau zusammen. Sie sah eine Verkündigung darin, ein Symbol ihres Schicksals.

Wäre sie der Liebe Juliens sicher gewesen, so hätte ihr die Tugend vielleicht die nötige Kraft zur Überwindung verliehen. So aber zitterte sie davor, ihn auf immerdar zu verlieren. In ihrer Leidenschaft vergaß sie sich so weit, daß sie seine Hand ergriff, die er in der Versonnenheit auf der Stuhllehne gelassen hatte. Diese Tat reizte die Ehrsucht des jungen Mannes. Am liebten hätte er alle die eingebildeten adligen Herren und Damen, die bei Tisch, wo er mit den Kindern am untern Ende saß, mit wohlwollender Herablassung auf ihn blickten, zu Zeugen hergerufen. »Unmöglich kann mich diese Frau verachten!« jubelte er sich zu. »Somit muß ich mich für ihre Schönheit empfänglich zeigen. Ich bin es mir schuldig, ihr Liebhaber zu werden.« Ohne die naiven Bekenntnisse seines Freundes Fouqué wäre er auf eine solche Idee nicht gekommen.

Der so plötzlich gefaßte neue Entschluß bereitete ihm eine angenehme Beschäftigung. »Eine dieser beiden Frauen muß ich haben«, sagte er sich, wobei er zu der Erkenntnis kam, daß er viel lieber Frau Derville den Hof gemacht hätte, nicht, weil sie ihm besser gefiel, sondern weil sie ihn nie anders als den ob seiner Kenntnisse angestaunten Hauslehrer kannte und nicht, wie Frau von Rênal, als den Müllerburschen in wollener Weste und bloßen Hemdsärmeln.

Allerdings ahnte er nicht, daß sich Frau von Rênal zu ihrem Entzücken just immer wieder vergegenwärtigte, wie der Bauernbursche, rot bis hinter die Ohren, vor der Haustür gestanden und nicht an der Klingel zu ziehen gewagt hatte.

Bei weiterer Betrachtung seiner Stellung ward sich Julien klar, daß er an die Eroberung von Frau Derville gar nicht denken durfte, da sie die Neigung ihrer Freundin zu ihm aller Wahrscheinlichkeit nach bereits gemerkt hatte. Er sah sich also gezwungen, auf Frau von Rênal zurückzukommen. Nun fragte er sich: »Was weiß ich eigentlich vom Wesen dieser Frau? Doch nur das eine: vor meinem Urlaub habe ich ihre Hand erfaßt; sie zog sie zurück. Heute ziehe ich sie zurück; sie ergreift sie wieder und drückt sie. Eine vorzügliche Gelegenheit, ihr all die Verachtung heimzuzahlen, die sie ehedem mir gegenüber gehegt! Gott weiß, wie viele Liebhaber sie schon gehabt haben mag! Vielleicht hat sie es nur deshalb auf mich abgesehen, weil ein heimlicher Verkehr zwischen ihr und mir das bequemste ist.«

Himmelweit entfernt von der Ungebundenheit des Naturmenschen, gehörte Julien bereits zu den Sklaven der Überkultur, denen die Liebe nichts ist als eine langweilige konventionelle Sache.

Eitel und kleinlich sagte er sich: »Ich bin es mir unbedingt schuldig, bei dieser Frau zum Ziele zu kommen. Sollte ich je berühmt werden, und es würfe mir jemand diesen armseligen Hauslehrerposten vor, so kann ich andeuten, die Liebe hätte mich in diese Stellung geführt.«

Von neuem entwand sich Julien seiner schönen Nachbarin, und abermals griff diese nach seiner Hand und drückte sie. Als man gegen Mitternacht in den Salon hineinging, fragte Frau von Rênal ihn leise: »Wollen Sie uns wirklich verlassen? Wollen Sie wirklich fort von hier?«

Seufzend gab Julien die Antwort: »Ich muß wohl . . . weil ich Sie von ganzem Herzen liebe . . . und weil dies Sünde ist . . . eine große Sünde für einen jungen Geistlichen!« Frau von Rênal, die an Juliens Arm dahinschritt, schmiegte sich so dicht an ihn, daß sie die Wärme seiner Wange an der ihren spürte.

Die Nacht verbrachten die beiden sehr verschieden. Frau

von Rênal schwelgte in den Verzückungen der höchsten seelischen Wollust. Sie war keins der koketten jungen Mädchen
gewesen, die frühzeitig Liebeleien haben und später, in dem
Alter, wo die große Leidenschaft kommen könnte, schon ab-
gestumpft sind. Sie hatte keine Romane gelesen, und auch
die geringste, leiseste Glückseligkeit war ihr etwas Neues.
Nichts kühlte und schreckte sie ab, weder das Traurige der
Wirklichkeit noch das Gespenst der Zukunft. Sie sah sich in
zehn Jahren ebenso beglückt wie jetzt. Selbst der Gedanke an
die Moral und an die ihrem Manne geschworene eheliche
Treue – Dinge, die sie noch in den letzten Tagen beunruhigt
hatten –, alles das mahnte sie jetzt vergeblich. Das waren un-
gebetene Eindringlinge in ihr Glück, die sie verscheuchte.
Eines jedoch gelobte sie sich: »Niemals werde ich Julien etwas zugestehen. Wir werden so weiterleben, wie wir es seit
vier Wochen tun. Er soll mir ein Freund sein.«

KAPITEL XIV

Die englische Schere

Ein junges sechzehnjähriges Mädchen hatte
eine rosenfarbige Haut – und sie schämte sich!
Polidori

Fouqués Anerbieten hatte Julien aller Zufriedenheit beraubt,
aber er kam zu keinem Entschluß.

»Ach, am Ende fehlt es mir an innerer Kraft!« klagte er sich
an. »Ich hätte nicht das Zeug zu einem napoleonischen Soldaten gehabt . . . Meinetwegen!« fügte er hinzu. »So soll mich
meine Liebelei mit der Quartierwirtin ein wenig entschädigen!«

Zu seinem Glücke stand seine Seele keineswegs im Ein-
klang mit dieser Landsknechtssprache, selbst in dieser neben-
sächlichen Episode nicht. Er empfand Scheu vor Frau von

Rênal: vor ihrem hübschen Kleide. Das war ihm der Vorgeschmack des Pariser Lebens. Hochmütig, wie er war, wollte er dem blinden Zufall und der Eingebung des Augenblicks nichts überlassen. Auf Grund der Geständnisse Fouqués und etwelcher Aphorismen aus seinem Lieblingsbuche, die ihm einfielen, entwarf er sich einen bis ins einzelne gehenden Feldzugsplan. Und da er, ohne es sich einzugestehen, nicht klar und sicher war, so schrieb er diesen Plan nieder.

Am nächsten Morgen fand er sich einen Augenblick im großen Zimmer allein mit Frau von Rênal.

»Haben Sie eigentlich noch einen andern Namen als Julien?« scherzte sie.

Er wußte auf diese schmeichelhafte Neckerei keine Antwort. Dergleichen war in seinem Kriegsplan nicht vorgesehen. Ohne diesen dummen Plan hätte er bei der Beweglichkeit seines Geistes gewiß sofort eine Erwiderung gefunden, und das Überraschende der Frage hätte sein Impromptu um so reizvoller gemacht.

So aber war er unbeholfen, und im Spiegel der Selbstbetrachtung vergrößerte sich diese Unbeholfenheit noch. Frau von Rênal freilich verzieh sie ihm im Moment. Sie hielt sie für ein Kennzeichen seiner Aufrichtigkeit und war entzückt darüber. Offenherzigkeit, das war es, was diesem jungen Menschen, den man allgemein als sehr klug rühmte, ihrer Meinung nach fehlte.

Auch Frau Derville hatte mehrmals gesagt: »Deinem kleinen Hauslehrer traue ich nicht über den Weg. Ich finde, er hat immer etwas zu überlegen und handelt nur aus Berechnung. Er ist heimtückisch.«

Julien war unglücklich und tief gedemütigt, daß er Frau von Rênal nicht zu antworten vermocht hatte. »Ein Mann meines Schlages«, sagte er sich, »muß diese Scharte wieder auswetzen!« Und er befahl sich, Frau von Rênal einen Kuß zu geben. Als sie zusammen das Zimmer verließen, benutzte er diesen Augenblick.

Es war der unpassendste Moment. Keiner von beiden hatte eine angenehme Empfindung. Obendrein handelte er im höchsten Grade unvorsichtig. Es fehlte nicht viel, so hätte man den Vorfall gesehen. Frau von Rênal hielt Julien für toll. Sie war erschrocken und vor allem gekränkt. Valenod und seine alberne Verliebtheit kam ihr in den Sinn.

»Was stünde mir bevor, wenn ich einmal allein mit ihm wäre?« fragte sie sich. Sie gewann ihre ganze Tugendsamkeit wieder. Ihre Liebe war verflogen.

Fortan richtete sie es ein, daß immer eins der Kinder bei ihr blieb.

Der Tag kam Julien langweilig vor. Er verbrachte ihn damit, seinen Verführungsplan in ungeschickter Weise zu verfolgen. Jedesmal, wenn er Frau von Rênal anblickte, hatte er eine Absicht dabei. Aber er war doch nicht Narr genug, um nicht einzusehen, daß es ihm nicht glückte, ein Herzenseroberer zu sein, geschweige denn ein Verführer.

Frau von Rênal staunte ein über das andre Mal, ihn so linkisch und dreist zugleich zu sehen. »Die täppische Verliebtheit des Gelehrten!« dachte sie zu guter Letzt und freute sich nun namenlos darüber. »Ich möchte beinahe glauben, daß meine Rivalin ihn nicht geliebt hat. «

Nach dem Frühstück ging Frau von Rênal in den Salon, um den Besuch des Herrn Charcot von Maugiron, des Landrats von Bray, zu empfangen. Sie arbeitete an einer Stickerei im Rahmen. Frau Derville saß neben ihr. Bei dieser Gruppierung, am hellichten Tage, fand es Julien für angebracht, seinen Fuß vorzurücken und Frau von Rênals hübschen Halbschuh zu berühren. Augenscheinlich hatten der niedliche Fuß und die durchbrochenen Strümpfe der Hausherrin auch den Blick des galanten Landrats auf sich gezogen.

Frau von Rênal bekam einen Todesschreck. Im Moment ließ sie Schere, Wollknäuel und Sticknadel fallen, so daß Juliens Bewegung allenfalls für einen ungeschickten Versuch gelten konnte, die Schere, die er hatte fallen sehen, mit dem

Fuß aufzufangen. Glücklicherweise brach die dünne kleine
Schere aus englischem Stahl entzwei, und Frau von Rênal
beklagte immer wieder, daß Julien ihr nicht rascher zur Hand
gewesen sei. »Sie haben doch vor mir gesehen, daß sie fiel!«
warf sie ihm vor. »Statt mir im blinden Eifer den Fuß zu
zertreten, hätten Sie die Schere aufhalten sollen!« Der Landrat ließ sich täuschen. Nicht so Frau Derville. »Der hübsche
Bursche hat recht törichte Manieren«, dachte sie bei sich. Der
gute Ton der Provinz duldet dergleichen Vertraulichkeiten
nicht. Sobald sich die Gelegenheit bot, flüsterte Frau von Rênal Julien zu: »Seien Sie vernünftig! Ich befehle es Ihnen!«

Julien sah seine Ungeschicklichkeit ein und bekam schlechte Laune. Lange grübelte er darüber nach, ob er sich über die
Worte: *Ich befehle es Ihnen!* ärgern müsse oder nicht. In seiner
Torheit geriet er auf den Gedanken: »Wo es sich um eine päd-
agogische Frage hinsichtlich der Kinder handelt, dann kann
sie mir ›*Ich befehle*‹ sagen. In Dingen der Liebe jedoch muß sie
uns beide für gleichgestellt erachten. Liebe ohne Gleichheit
ist ein Unding!« Nun verlor er sich darin, Aussprüche hierüber auszudenken. Voll Bitternis wiederholte er sich einen
Vers Corneilles, den ihm Frau von Rênal vor ein paar Tagen
einmal hergesagt hatte:

»Die Liebe
erzeugt die Gleichheit, doch sie sucht sie nicht.«

Julien war darauf versessen, den Don Juan zu spielen: er,
der noch nie eine Geliebte gehabt hatte. Er war den ganzen
Tag über halb wahnsinnig. Ein einziger Gedanke beherrschte
ihn. Zerfallen mit sich selbst wie mit Frau von Rênal, graute
es ihm vor dem Abend, wo er im Garten sitzen würde, ihr zur
Seite, im nächtlichen Dunkel. Er meldete Herrn von Rênal,
er wolle nach Verrières gehen, zum Pfarrer. Gegen Abend,
nach Tisch, brach er auf und kehrte erst spät in der Nacht
zurück.

In Verrières fand er den Pfarrer Chélan im Umzuge begriffen. Man hatte ihn endlich in der Tat abgesetzt. Vikar Maslon trat an seine Stelle. Julien war dem guten alten Mann behilflich. Dabei fiel ihm ein, seinem Freunde Fouqué einen Brief zu schreiben. Der unbezwingliche Drang, Geistlicher werden zu wollen, hätte ihn im ersten Augenblick daran gehindert, seinen freundschaftlichen Vorschlag anzunehmen. Jetzt aber, wo er eben ein so überzeugendes Beispiel von Ungerechtigkeit vor Augen habe, jetzt sähe er ein, daß er im Leben weiterkommen werde, wenn er auf den geistlichen Stand verzichte.

Julien bildete sich ein, sehr schlau zu handeln, wenn er die Maßregelung des Pfarrers benutzte und sich die Hintertür, doch noch Kaufmann zu werden, offen hielt für den Fall, daß seine hochfliegenden Pläne am nebeligen Gestade des nüchternen Menschenverstandes scheitern sollten.

KAPITEL XV

Der Hahnenschrei

> Amour en latin fait amor;
> Or donc provient d'amour la mort,
> Et, par avant, soulcy qui mord,
> Deuils, plours, pieges, forfaitz,
> remords . . .
> *Blason d'Amour*

Wäre Julien nur einigermaßen so weltgewandt gewesen, wie er dies zu sein sich schmeichelte, so hätte er sich am nächsten Morgen zu der Wirkung seines Ganges nach Verrières gratulieren können. Seine Abwesenheit hatte sein ungeschicktes Benehmen vergessen gemacht. Wiederum war er den ganzen Tag über mißlaunig. Gegen Abend verfiel er auf eine komische Idee, die er Frau von Rênal in unglaublicher Verwegenheit kundgab.

Kaum saß man, wie immer, im Garten, und noch war es

nicht genügend dunkel, da näherte sich Julien mit seinem Munde Frau von Rênals Ohr und raunte ihr, ungeachtet der Gefahr, sie heillos zu kompromittieren, zu: »Gnädige Frau, heute nacht um zwei Uhr werde ich in Ihr Zimmer kommen. Ich muß Ihnen etwas sagen.«

Julien war voller Angst, sein Verlangen könne abgeschlagen werden. Seine Verführerrolle war ihm schauderhaft lästig, und es wäre seiner innersten Natur viel angenehmer gewesen, wenn er sich ein paar Tage lang in sein Zimmer hätte einschließen dürfen und die beiden Damen nicht zu sehen bekommen hätte. Es war ihm klar, daß er sich gestern durch sein dummes Betragen alle bis dahin errungenen Vorteile wieder verscherzt hatte. Er wußte wirklich nicht mehr ein noch aus.

Frau von Rênal gab ihrer Entrüstung über seinen kecken, schamlosen Antrag in natürlicher, keineswegs übertriebener Weise Ausdruck. Julien glaubte aus ihrer kurzen Antwort Verachtung herauszuhören. Es war ihm, als habe diese leise geflüsterte Abwehr das Wörtchen Pfui! enthalten. Unter dem Vorwande, den Kindern etwas mitzuteilen, ging Julien in die Kinderstube. Als er wiederkam, nahm er neben Frau Derville Platz, möglichst weit ab von Frau von Rênal. Auf diese Weise beseitigte er jede Möglichkeit, ihre Hand zu erfassen. Die Unterhaltung war ernst, und bis auf ein paar Augenblicke des allgemeinen Stillschweigens, währenddem er sein Hirn zermarterte, spielte er seine Rolle recht gut. Einmal durchschoß ihn die Frage: »Warum bin ich unfähig, irgendeinen netten Trick zu erfinden, der Frau von Rênal zwingt, mir diesen unzweideutigen Beweis ihrer Zuneigung zu geben, damit ich wie vor drei Tagen die Überzeugung habe, daß sie mir verfallen ist?«

Julien war verzweifelt, daß er die ganze Sache offenbar verfahren hatte. Andrerseits wäre ihm nichts in der Welt peinlicher gewesen, als einem sicheren Siege entgegenzugehen.

Als man sich um Mitternacht trennte, reizte ihn sein Pessimismus zu der mißtrauischen Vermutung, Frau Derville verachte ihn und wahrscheinlich nicht minder auch Frau von Rênal.

In der übelsten Laune und arg gedemütigt, fand er keinen Schlaf. Unmöglich konnte er sich mit dem Gedanken vertraut machen, unter Verzicht auf seine planmäßige Komödie mit Frau von Rênal ins Blaue hineinzuleben und sich wie ein Kind mit dem Glücke des Zufalls zu begnügen.

Er zerbrach sich den Kopf, um irgendeine raffinierte Kriegslist auszusinnen; aber was er auch ergrübeln mochte, immer dünkte es ihn im nächsten Augenblick albern und banal. Er war der unglücklichste aller Menschen, als die Schloßuhr zwei schlug.

Ihr Schlag rüttelte ihn auf wie den Petrus der Hahnenschrei. Jetzt sah er sich Auge in Auge mit dem allerunangenehmsten Ereignis. Seit dem Augenblick, wo er den unverschämten Antrag gestellt, hatte er nicht mehr daran gedacht. War er doch eigentlich abgeblitzt!

Er sprang von seinem Lager und sagte sich: »Ich habe ihr vermeldet, daß ich um zwei Uhr zu ihr käme. Ich bin möglicherweise ein unerfahrener Tölpel, wie man dies als Sohn eines Bauern eben ist. Frau Derville hat mir dies genug zu verstehen gegeben. Eins will ich aber keinesfalls sein: ein Schwächling!«

Julien hatte allen Grund, auf seinen Mut stolz zu sein. Nie in seinem Leben hatte er sich schlimmeren Zwang auferlegt. Als er seine Tür öffnete, zitterte er dermaßen, daß ihm die Knie wankten und er sich gegen die Wand lehnen mußte.

Er hatte keine Schuhe an. Vor der Tür des Hausherrn horchte er und hörte, wie er drinnen schnarchte. Das brachte ihn in wahre Verzweiflung. So gab es also keine Ausrede mehr, nicht zu ihr zu gehen. Aber, großer Gott! Was wollte er eigentlich dort? Er hatte keinen Plan, und hätte er einen gehabt: in seiner Verwirrung hätte er ihn doch nicht ausführen können.

Tausendmal mehr leidend, als wenn er in den Tod schritte, gelangte er endlich in den Seitengang, der zu Frau von Rênals Schlafzimmer führte. Mit bebender Hand öffnete er die Tür, wobei er schrecklichen Lärm machte.

Das Gemach war matt erleuchtet; ein Nachtlicht brannte auf dem Kamin: ein neues Unglück, auf das er nicht gefaßt war. Als Frau von Rênal ihn eintreten sah, sprang sie aus dem Bett. »Unglücklicher!« rief sie. Beide waren verwirrt. Julien vergaß seine vagen Pläne und fand sich in seine natürliche Rolle. Einem so entzückenden Weibe nicht zu gefallen, das wäre ihm jetzt das höchste Unglück gewesen. Er begegnete ihren Vorwürfen, indem er sich ihr zu Füßen warf und ihre Knie umschlang. Als sie ihm ein sehr hartes Wort sagte, brach er in Tränen aus.

Als Julien etliche Stunden später Frau von Rênals Schlafzimmer verließ, hatte er – wie es im Romanstil heißt – nichts mehr zu wünschen. Der Leidenschaft, die er erregt, und der ungeahnten Wirkung verführerischer Frauenreize verdankte er einen Sieg, zu dem ihm seine täppische Zudringlichkeit niemals verholfen hätte. Trotzdem war er dermaßen vom Teufel des Hochmuts besessen, daß er sich in den Momenten der höchsten Wonne einbildete, die Rolle eines Mannes zu spielen, der es gewöhnt ist, Frauen zu verführen. Er tat das Unglaublichste, um alles, was er Liebenswürdiges an sich hatte, häßlich zu machen. Statt sich am Sinnentaumel zu weiden, den er entfachte, und an der Gewissensnot, die all die Liebesglut noch schürte, *dachte er immerfort an die Pflicht.* Er hegte Furcht vor der gräßlichen Reue und der ewigen Lächerlichkeit, deren Beute er werden würde, wenn er dem Vorbild, das er sich in seinen Träumereien erschaffen, nicht die Treue hielt. Mit einem Worte: gerade das, was Julien zu einem höheren Wesen machte, das ließ ihn nicht zum Genusse des Glückes kommen, das sich ihm darbot. Er machte es wie jene Sechzehnjährigen, die prächtige rote Wangen haben, aber geschminkt zum Balle gehen.

Bei Juliens Erscheinen war Frau von Rênal zu Tode erschrocken. Die qualvollste Angst packte sie, und sein Schluchzen und seine Verzweiflung brachten sie vollends außer Fassung.

Sogar als sie ihm nichts mehr zu versagen hatte, stieß sie Julien von sich, um ihn im nächsten Augenblick von neuem zu umarmen. Ihr Verhalten hatte keinen Sinn und Verstand. Sie glaubte sich ohne Gnade verdammt und suchte die Hölle zu vergessen, indem sie den Geliebten auf das Zärtlichste liebkoste. Mit einem Worte: es fehlte zu Juliens Glück nichts. Er war der Verführer einer empfindsamen Frau, die sich ihm in lodernder Sinnlichkeit ergab. Nur war er unfähig zu genießen. Frau von Rênal hingegen schwelgte in Wollust, auch als Julien längst wieder weg war, so sehr sie sich dagegen wehrte und trotz der Gewissensbisse, die sie wild bestürmten.

Als Julien sein Zimmer betrat, war sein erster Gedanke der: »Mein Gott, glücklich sein und geliebt werden! Das ist's und weiter nichts?« Er befand sich in jenem Zustande der Verwunderung und Nervosität, in den der Mensch verfällt, wenn er etwas lange Ersehntes erreicht hat. Die Sehnsucht ist einem zur Gewohnheit geworden; sie fehlt mit einemmal, und die Erinnerung, die diese Leere ausfüllen könnte, ist noch nicht reif dazu. Wie ein Soldat, der von der Parade nach Hause kommt, vergegenwärtigte sich Julien sein Verhalten bis in die Einzelheiten. »Habe ich nichts unterlassen, was ich zu tun mir schuldig war?« So fragte er sich.

»Habe ich meine Rolle gut gespielt? Die eines genialen Frauenverführers?«

KAPITEL XVI

Der Tag danach

He turn'd his lip to hers, and with his hand
Call'd back the tangles of her wandering hair.
Don Juan, Canto 1, st. 170

Zum Glück und Ruhme Juliens hatte Frau von Rênal in ihrer
ungeheuren Aufregung und Bestürzung gar nicht darauf geachtet, wie töricht sich der Mann benahm, der ihr mit einemmal der liebste aller Menschen geworden war.

Als der Morgen dämmerte, bat sie ihn, zu gehen. »O
Gott«, flüsterte sie ihm zu, »wenn mein Mann etwas hört,
bin ich verloren!« Julien machte gemächlich die Bemerkung:
»Würdest du bedauern, das Leben lassen zu sollen?«

»Ach, jetzt sehr! Aber nimmermehr würde ich es bereuen,
dich an mein Herz gedrückt zu haben.«

Julien hielt es seiner Würde für angemessen, sie erst am
hellen Morgen und ohne besondre Vorsicht zu verlassen.

In seiner verrückten Idee, den Weltmann zu spielen, beobachtete er sich fortgesetzt und studierte sich bis in seine geringste Betätigung. Dies hatte nur den einen Vorteil, daß er
sich beim Frühstück, als er Frau von Rênal wiedersah, meisterhaft klug benahm.

Sie hingegen vermochte Julien nicht anzuschauen, ohne jedesmal über und über rot zu werden. Und doch mußte sie ihn
immer wieder anblicken. Sie ward sich ihrer Haltungslosig-
keit bewußt, aber ihre Versuche, sich zu beherrschen, verwirrten sie nur noch mehr. Julien sah sie ein einziges Mal voll
an. Zuerst bewunderte Frau von Rênal seine Vorsicht, bald
aber, als sie merkte, daß er sich mit diesem einen Blick begnügte, wurde sie besorgt. »Liebt er mich nicht mehr?«
fragte sie sich. »Ach ja, ich bin recht alt für ihn. Zehn Jahre
älter als er!«

Als man vom Eßzimmer in den Garten ging, drückte sie

Julien die Hand. In seiner Überraschung über diesen außergewöhnlichen Liebesbeweis blickte er sie verliebt an. Sie war ihm nämlich beim Frühstück ganz besonders hübsch erschienen. Mit geschlossenen Augen hatte er sie in nackter Schönheit wieder vor sich gesehen. Sein zärtlicher Blick tröstete Frau von Rênal. Das befreite sie zwar nicht ganz von ihrer Besorgnis, aber was davon blieb, bewahrte sie so gut wie ganz vor dem Schuldgefühl ihrem Gatten gegenüber.

Der hatte nicht die leiseste Ahnung; aber auch Frau Derville nicht, die sich allerdings einbildete, ihre Freundin sei auf dem Weg zu unterliegen. Den ganzen Tag über machte sie ihr mit dem Mut und der Ehrlichkeit der Freundschaft allerlei halbverhüllte Anspielungen und malte ihr die Gefahr, der sie entgegenlief, in den gräßlichsten Farben.

Frau von Rênal hatte nichts im Sinn, als mit Julien allein zu sein. Sie sehnte sich danach, ihn zu fragen, ob er sie noch liebe. Trotz ihrer angeborenen Herzensgüte war sie ein paarmal nahe daran, ihrer Freundin begreiflich zu machen, wie lästig sie ihr war.

Abends im Garten wußte es Frau Derville geschickt einzurichten, daß sie zwischen Frau von Rênal und Julien zu sitzen kam. Die Liebende hatte im köstlichsten Vorgefühl seines Händedrucks geschwelgt, und nun konnte sie nicht einmal mit ihm reden.

Diese Mißlichkeit erhöhte ihre Erregung. Und etwas quälte sie ganz besonders. Sie hatte Julien so harte Worte wegen seines unvorsichtigen nächtlichen Kommens gesagt, daß ihr bangte, er könne in der kommenden Nacht ausbleiben. Sehr zeitig verließ sie den Garten und ging in ihr Schlafzimmer. Als sie sich vor Ungeduld nicht mehr halten konnte, schlich sie sich vor Juliens Tür und horchte. Bei aller Besorgnis und trotz ihrer heißen Sinne wagte sie aber doch nicht, zu ihm hineinzugehen. Das wäre ihr dirnenhaft vorgekommen. Ein böses Sprichwort fiel ihr ein.

Da die Dienstboten noch nicht alle oben in ihren Schlafkammern waren, hielt sie es für angebracht, wieder in ihr Zimmer zu gehen. Sie harrte zwei weitere Stunden, die sich ihr wie zwei Jahrhunderte der Qual hindehnten.

Julien war seiner imaginären Pflicht viel zu treu, um nicht Zug für Zug auszuführen, was er sich vorgeschrieben hatte.

Als es ein Uhr schlug, schlich er leise aus seinem Zimmer, vergewisserte sich, daß der Hausherr fest schlief, und erschien bei Frau von Rênal. In dieser Nacht fand er bei seiner Geliebten mehr Glück, dieweil er nicht beständig an die Rolle dachte, die er sich anbefohlen hatte. Seine Augen sahen und seine Ohren hörten. Als Frau von Rênal klagte, sie sei zu alt, wurde er noch ruhiger.

»Ach, zehn Jahre bin ich älter als du! Wie kannst du mich da lieben?« sagte sie immer wieder, ohne daß sie damit mehr als ihren Kummer darüber offenbaren wollte.

Julien verstand ihr Leid nicht, aber er fühlte, daß es echt war, und darum verlor er beinahe seine Angst, lächerlich zu sein.

Ebenso schwand sein törichtes Mißtrauen, wegen seiner plebejischen Herkunft als Liebhaber zweiter Klasse zu gelten. Mit Juliens wachsender Verliebtheit errang seine scheue Geliebte ihre Ruhe wieder und ein wenig Glück sowie die Fähigkeit, ihn zu beurteilen. Zu seinem Glücke war er in dieser Nacht von der Unnatur frei, die ihm das Beieinander der ersten Nacht wohl zu einem Siege, nicht aber zu einem Vergnügen gemacht hatte. Wenn Frau von Rênal seinen Willen verspürt hätte, eine bestimmte Rolle zu spielen, so hätte diese traurige Entdeckung ihr für immerdar alles Glück genommen. Betrübt hätte sie darin die Folge des Altersunterschiedes zu erfahren vermeint.

Nach ein paar Tagen war Julien in der Hitze seiner Jugend sinnlos verliebt.

»Wahrlich«, gestand er sich, »sie ist engelsgut und unvergleichlich hübsch!«

Der Gedanke an seine Rolle entschwand ihm fast ganz. In einem Augenblick der Selbstvergessenheit gestand er Frau von Rênal sogar alle seine Kümmernisse. Diese Offenheit hob ihre Liebe zu ihm auf den Gipfel. Sie wagte die Frage, wessen Bild es gewesen, das ihm damals so große Sorge bereitet habe. Er schwur ihr, daß es sich um das Porträt eines Mannes handle. »So habe ich also keine glückliche Rivalin, auch in der Vergangenheit nicht!« rief sie voller Glückseligkeit.

Gewann sie auch die nötige Kaltblütigkeit zum Nachdenken, so schwand doch ihre Verwunderung nicht, daß es solch ein nie geahntes Glück überhaupt gab.

Von neuem seufzte sie! »Ach, hätte ich Julien vor zehn Jahren kennengelernt, als ich noch wirklich hübsch war!«

Julien hegte gänzlich andre Gedanken. Im Grund war seine Liebe immer noch Ehrgeiz. Es war ihm ein Genuß, ihm, dem armen, elenden, verachteten Bauernjungen, ein so schönes und vornehmes Weib sein eigen zu nennen. Sein Entzücken angesichts ihrer Körperschönheit, seine Liebesworte und Liebkosungen beruhigten sie schließlich auch über den Altersunterschied. Hätte sie freilich die Lebenserfahrung gehabt, die eine Dreißigjährige in kultivierten Gegenden im allgemeinen besitzt, so hätte ihr über die Dauer einer Liebschaft bangen müssen, die nur lebte, weil sie dem Erkorenen eine Überraschung und ein Paradies der Eigenliebe war.

Im Augenblicke, wo Julien seine Ehrsucht vergaß, bewunderte er voller Begeisterung an Frau von Rênal alles, sogar ihre Kleider und Hüte. Er wurde es nicht satt, ihr Parfüm einzuatmen. Er öffnete die Spiegeltür ihres Wäscheschrankes und staunte die schönen und eleganten Dinge darin stundenlang an. Seine Freundin stand dicht an ihn geschmiegt neben ihm und schaute ihm zu, wie er alle die Schmucksachen und duftigen Stoffe anstarrte, als sei es die Ausstattung seiner Braut, vor der Hochzeit ausgestellt.

»So einen Mann hätte ich heiraten sollen!« dachte sie wehmütig. »Welch eine Feuerseele! Mit ihm, das wäre ein wundervolles Leben geworden!«

Es war das erste Mal, daß Julien einen Blick in das schreckliche Arsenal der weiblichen Kriegskunst tun durfte. »Unmöglich«, meinte er bei sich, »gibt es in Paris noch erlesenere Dinge!« In solchen Momenten war sein Glück gegen jeden Einwand gefeit. Die naive Bewunderung und die Sinnlichkeit seiner Geliebten verscheuchten seine grauen Theorien über die Liebe, die ihn zu Beginn seiner Liebschaft zum Rechenkünstler und zur Karikatur gemacht hatten. Es gab Stunden, da er trotz seinem Hange zur Heuchelei holden Genuß darin fand, der Grandedame, die ihn anbetete, seine Unwissenheit über tausend Kleinigkeiten des mondänen Lebens zu beichten. Er hatte das Gefühl, zu ihrer Vornehmheit emporgehoben zu werden. Sie ihrerseits fand eine süße geistige Wollust darin, dieses junge Genie, dem alle Welt eine glänzende Laufbahn prophezeite, in alle die kleinen Geheimnisse einzuweihen. Sogar der Landrat und selbst Valenod mußten ihn bewundern. Seitdem kamen sie ihr ein wenig gescheiter vor. Nur Frau Derville hütete sich, ähnliche Anerkennungen auszusprechen. Sie war außer sich über das, was sie vermutete und erriet; und als sie einsah, daß ihr guter Rat der Freundin, die buchstäblich den Kopf verloren hatte, nur unangenehm war, da reiste sie eines Tages von Vergy ab. Sie gab keinen Grund an, und Frau von Rênal fragte sie wohlweislich nicht danach. Sie vergoß ein paar Abschiedstränen, und alsbald war sie um so glücklicher. Dank der Abreise ihrer Freundin war sie fortan fast den ganzen Tag allein mit ihrem Geliebten.

Julien überließ sich um so lieber dem süßen Beieinander, als ihn jedesmal, wenn er sich zu lange mit sich selbst beschäftigte, der fatale Vorschlag seines Freundes Fouqué beunruhigte. In den ersten Tagen dieses neuen Lebens gab es Momente, wo er, der Einsame, der nie geliebt hatte und nie geliebt worden war, ein so inniges Vergnügen darin fand, offenherzig zu sein, daß er nahe daran war, Frau von Rênal einzugestehen, daß bis dahin der Ehrgeiz das Leitmotiv seines Daseins gewesen war. Auch hätte er gern um Rat gefragt über die seltsame Versuchung, in die ihn Fouqués Angebot gebracht hatte, aber ein kleines Intermezzo verbot ihm jede weitere Aufrichtigkeit.

KAPITEL XVII

Der erste Beigeordnete

O, how this spring of love resembleth
The uncertain glory of an April day:
Which now shows all the beauty of the sun,
And by and by a cloud takes all away!
Two Gentlemen of Verona

Eines Abends, beim Sonnenuntergang, saß Julien zusammen mit seiner Freundin hinten im Baumgarten, fern den lästigen Menschen, in Träumereien verloren. »Was so köstlich ist, wird das immerdar dauern?« dachte er bei sich. Eben hatte er über die Schwierigkeit nachgegrübelt, etwas in der Welt zu werden, und über die Sorgenlast geklagt, die den Kindern armer Leute die Knabenjahre jäh beendet und ihnen die ersten Jünglingsjahre verdüstert.

»Ach!« rief er aus, »Napoleon war der Jugend Frankreichs wirklich ein Gottgesandter! Wer wird ihn ersetzen? Was sollen ohne ihn die Unglücklichen machen, selbst die reicher sind als ich, deren Geld gerade langt, um sich eine gute Schulbildung zu gestatten, die aber nicht genug besitzen, um sich mit zwanzig Jahren einen mannhaften Platz zu erkaufen und von dort aus Karriere zu machen? Was man auch beginnen mag, die verhängnisvolle Erinnerung an den Kaiser läßt einen nimmermehr glücklich werden.«

Er seufzte tief auf. Da sah er, daß Frau von Rênal plötzlich eine betroffene, kühle, spöttische Miene zog. Juliens Gesinnung dünkte sie lakaienhaft. Im Reichtum erzogen, vergaß sie immer wieder, daß der Geliebte nicht auch reich war.

Sie liebte ihn tausendmal mehr als ihr Leben, aber einen richtigen Begriff vom Gelde hatte sie nicht. Diesen Umstand ahnte Julien nicht. Aber ihr Mienenwechsel rief ihn in die Wirklichkeit zurück, und er besaß Geistesgegenwart genug, das Gesagte zu widerrufen und der Aristokratin, die so dicht neben ihm auf der Rasenbank saß, vorzumachen, daß er damit lediglich Dinge wiederholt habe, die er auf seinem Ausflug ins Gebirge bei seinem Freunde, dem Holzhändler, gehört hätte. Fouqué sei ein ruchloser Räsoneur.

»Mein Gott, verkehren Sie doch nicht mehr mit solchen Leuten!« meinte sie, noch ein wenig im Tone der kühlen Zurückhaltung, die ihre vorherige Herzlichkeit so plötzlich verscheucht hatte.

Frau von Rênals Stirnrunzeln oder vielmehr sein Ärger über seine Unvorsichtigkeit war der erste Schlag gegen Juliens Traumwelt. »Luise ist lieb und gut«, sagte er sich. »Sie ist stark verliebt in mich. Aber sie ist im feindlichen Lager erzogen. Diese Aristokraten müssen ja Angst haben vor jedem herzhaften Mann, der eine gute Bildung, aber nicht genug Geld hat, Karriere zu machen. Was würde aus all den Adligen, wenn uns Plebejern die Möglichkeit gegeben wäre, mit gleichen Waffen auf den Kampfplatz zu treten? Ich zum Beispiel, wenn ich Bürgermeister von Verrières wäre, ich, ein Idealist und ein redlicher Mensch (letzteres ist ja Rênal im Grunde auch!) . . . ich wollte diese Spitzbuben bald an die Luft gesetzt haben, diesen Vikar, diesen Valenod und wie sie alle heißen! Die Gerechtigkeit sollte in Verrières triumphieren. Die geistigen Fähigkeiten dieser Leute würden mir keine Hindernisse bereiten. Das Pulver haben sie alle miteinander nicht erfunden!«

Juliens Glück war an diesem Tage nahe daran, beständig zu werden. Er brauchte nur offen und natürlich zu sein. Er hätte den Mut haben müssen, eine Schlacht zu liefern und dies auf der Stelle. Frau von Rênal war über Juliens Rede zunächst betroffen, weil sie durch Mitglieder ihrer Gesellschaftsklasse oft hatte behaupten hören, das Emporkommen eines zweiten Robespierre wäre sehr wohl möglich, da so viele junge Leute aus den niederen Ständen viel zu viel Bildung hätten. Frau von Rênals Verhalten blieb kühl. Julien kam es sogar außerordentlich kühl vor. In Wirklichkeit gesellte sich zu ihrem Abscheu vor Juliens rebellischen Worten der Kummer, ihm ungewollt etwas Häßliches gesagt zu haben. Dieses Unbehagen spiegelte sich in ihrem Gesicht, das so voll Sonne und Unschuld war, wenn sie sich glücklich und dem Alltag fern wähnte.

Julien wagte sich nicht mehr recht in das weite Land seiner Träumereien. Nüchterner und nicht mehr so verliebt, hielt er es für besser, die Geliebte fortan nicht in ihrem Zimmer zu besuchen. Es sei vorsichtiger, wenn sie zu ihm käme. Wenn von den Dienstboten jemand sie nachts durch den Gang laufen sähe, so hätte sie ein Dutzend Möglichkeiten, sich herauszureden.

Allerdings hatte diese Änderung ihre Schattenseiten. Julien hatte sich von Fouqué Bücher geliehen, die er sich als angehender Theologe unmöglich beim Buchhändler besorgen konnte. Er wagte sie nur des Nachts in die Hände zu nehmen. Deshalb wäre er manchmal froh gewesen, wenn ihn die Geliebte nicht mit ihrem Besuche gestört hätte; das heißt: vor der Episode im Obstgarten war er in Erwartung der Liebesstunde gar nicht fähig gewesen zu lesen.

Er verdankte Frau von Rênal ein neues gründlicheres Verständnis der Bücher. Er hatte den Mut gefunden, sie nach tausend Kleinigkeiten zu fragen, die nicht zu wissen den Horizont eines jungen Mannes, der nicht zur Gesellschaft gehört, arg beschränkt, mag er noch so viel sogenannten gesunden Menschenverstand haben.

Diese Erziehung durch die Liebe einer im übrigen unwissenden Dame war Juliens Glück. Dadurch lernte er die Gesellschaft sehen, wie sie zur Zeit war. Die Zustände, wie sie einstmals waren, vor zweitausend Jahren oder auch nur vor sechzig Jahren, zur Zeit Voltaires und Ludwigs XV., hatten seinen Blick verschleiert. Zu seiner unsagbaren Freude fiel es ihm jetzt wie Schuppen von den Augen. Nun begriff er endlich, was in Verrières vorging.

Im Vordergrunde der Ereignisse lag seit zwei Jahren ein Netz von Intrigen, das sich bis zum Regierungspräsidenten von Besançon hinspann und in Paris vermöge eines Briefwechsels mit einer allmächtigen Persönlichkeit einen Rückhalt hatte. Es handelte sich darum, Herrn von Moirod, den größten Duckmäuser im ganzen Lande, in die Stelle des Vizebürgermeisters zu bringen.

Sein Nebenbuhler bei der Wahl war ein steinreicher Fabrikant, der höchstens in die Stelle der zweiten Stütze des Bürgermeisters kommen sollte.

Jetzt verstand Julien auch die Anspielungen, die an sein Ohr gedrungen waren, wenn die Spitzen der Gesellschaft im Rênalschen Hause zum Diner erschienen. Diese gleichsam Privilegierten trafen weitgehende Wahlvorbereitungen, ohne daß die Allgemeinheit und besonders die Liberalen eine Ahnung davon hatten. Das Wichtigste bei der Sache war, wie stadtbekannt, die bevorstehende Verbreiterung der Hauptstraße von Verrières an der Ostseite um zwei Meter. Die Straße war nämlich Staatsstraße geworden.

Wenn nun Moirod, der drei Grundstücke besaß, die bei der Enteignung in Frage kamen, Vizebürgermeister wurde und demnächst – falls Herr von Rênal Landtagsabgeordneter wurde – Bürgermeister, so brauchte er nur ein Auge zuzudrücken. Dann waren an den Häusern, die der Straßenverbreiterung im Wege lagen, wohl ein paar unbedeutende Regulierungen vorzunehmen, sie konnten aber schließlich noch hundert Jahre stehenbleiben. Trotz Moirods großer Frömmigkeit und anerkannter Redlichkeit war man sicher, daß er kein Unmensch sein werde. Er war ja Familienvater. Von den übrigen Häusern, die zurückgerückt werden mußten, gehörten neun den ersten Familien zu Verrières.

Diese Kleinwelt samt ihren Machenschaften erschien Julien mit einem Male weit wichtiger als der Bericht von der Schlacht bei Fontenoy, den er kürzlich als etwas ganz Neues in einem der Fouquéschen Bücher gelesen hatte. In den letzten fünf Jahren, seit er angefangen hatte, abends zum Pfarrer zu gehen, war er in einem fort auf Dinge gestoßen, die ihm Kopfzerbrechen verursachten. Aber da Stumpfsinn und Geistesarmut zu den Kardinaltugenden eines Theologie Studierenden gehören, so hatte er keinerlei Fragen stellen dürfen.

Eines Tages gab Frau von Rênal dem Kammerdiener ihres Gatten, dem Feinde Juliens, einen Auftrag.

»Aber, gnädige Frau, heute ist der letzte Freitag des Monats«, erwiderte der Mann in bedeutsamem Ton.

»Nun, dann gehen Sie schon«, sagte Frau von Rênal.

»Na schön«, sagte Julien, »er geht da in die Scheune, die einst eine Kirche war und jetzt wieder zu Gottesdiensten benützt wird, aber was tut er da? Das ist eines jener Geheimnisse, die ich nie habe ergründen können.«

»Das ist da eine sehr gute, wenn auch kuriose Einrichtung«, antwortete Frau von Rênal, »Frauen sind nicht zugelassen, alles was ich weiß ist, daß sich da alles duzt. So wird zum Beispiel dieser Lakai dort Herrn Valenod antreffen, und dieser stolze und törichte Mensch wird nicht ärgerlich sein, wenn Saint-Jean ihn duzt und wird im gleichen Ton antworten. Wenn es dir wichtig ist zu wissen, was dort vorgeht, werde ich Herrn von Maugiron und Herrn Valenod nach Einzelheiten fragen. Wir zahlen pro Diener zwanzig Franken, damit sie uns eines Tages nicht ermorden.«

Die Zeit ging im Fluge dahin. Im Banne der Reize seiner Geliebten kam Julien von seinem finstern Ehrgeiz ab. Der Zwang, in seinen Gesprächen mit ihr traurige und rein nützliche Dinge zu umgehen (weil die beiden nicht auf dem gleichen sozialen Boden standen), erhöhte, ohne daß er sich dessen bewußt ward, das Glück, das er Frau von Rênal verdankte, und zugleich die Macht, die sie über ihn gewann.

In den Stunden, da es die Gegenwart der aufgeweckten Kinder erheischte, sich in der Sprache kühler Vernunft zu unterhalten, lauschte Julien aufmerksam ihren Bemerkungen über die Gesellschaft und deren Räderwerk, wobei er sie mit funkelnden Augen ansah. Mitunter geriet Frau von Rênal inmitten ihrer Erzählung von einer durchtriebenen Betrügerei, die bei Gelegenheit eines Wegebaus oder einer Verdingung geschehen war, vermöge ihrer Lebhaftigkeit in die reinste Ekstase. Dann fand es Julien für angebracht, sie auszuschelten, daß sie ihn genau so zärtlich wie ihre drei Jungen behandle. In der Tat hatte sie häufig wirklich das Gefühl, er sei ihr Kind. Mußte sie ihm doch fortwährend seine naiven Fragen über tausend einfache Dinge beantworten, die jeder Fünfzehnjährige aus guter Kinderstube längst weiß. Einen Augenblick später freilich bewunderte sie ihn wieder als ihren Herrn und Meister. Manchmal erschrak sie vor seinem Genie. Von Tag zu Tag glaubte sie in dem jungen Abbé den künftigen großen Mann deutlicher zu erkennen. Sie sah ihn als Papst, als Premierminister, als zweiten Richelieu. Einmal fragte sie Julien: »Ob ich deinen Ruhm und Glanz wohl erlebe? Platz für einen großen Mann ist da. Monarchie wie Kirche haben einen nötig.«

KAPITEL XVIII

Ein König in Verrières

Seid ihr nur dazu gut, daß man euch
wegwirft wie den Leichnam eines
seelenlosen Volkes, in dessen Adern kein
Blut mehr fließt?
*Aus der Rede des Bischofs in der Kapelle
des hl. Clemens*

Am 3. September abends zehn Uhr setzte ein Gendarm, der
die Hauptstraße hinaufgaloppierte, die ganze Stadt in Aufruhr. Er brachte die Kunde, daß Seine Majestät der König am
nächsten Sonntag nach Verrières käme. Es war bereits Dienstag. Der Regierungspräsident gestattete, das hieß soviel wie:
er befahl die Aufstellung einer Ehrenwache. Der Empfang
sollte so feierlich wie nur möglich werden. Alsbald ward ein
reitender Bote nach Vergy geschickt. Herr von Rênal traf
noch während der Nacht in der Stadt ein. Die ganze Bürgerschaft war auf den Beinen. Jedermann hatte sein besonderes
Anliegen. Wer nicht unmittelbar beteiligt war, mietete sich
einen Balkon, um den Einzug des Königs zu sehen.

»Wer wird die Ehrenwache führen?« fragte man sich. Der
Bürgermeister war sich sofort klar, daß es im Interesse der zu
enteignenden Grundstücksbesitzer war, wenn Herr von
Moirod den Ehrendienst erhielt. Damit erleichterte man ihm
die Anwartschaft auf den Posten des Vizebürgermeisters. An
Moirods kirchlicher Gesinnung war nicht das geringste auszusetzen; die war über allen Zweifel erhaben. Aber er hatte
noch nie auf einem Gaule gesessen. Er war ein Mann von
sechsunddreißig Jahren und in jeglicher Beziehung ein Ha-
senfuß. Vor dem Herunterfallen fürchtete er sich genau so
wie vor jeder sonstigen Lächerlichkeit.

Frühmorgens um fünf Uhr ließ ihn Herr von Rênal zu sich
bitten.

»Sie sehen, Herr von Moirod, ich hole Ihren Rat bereits ein, als hätten Sie schon den Posten, den Ihnen jeder Gutgesinnte wünscht. In unsrer Unglücksstadt kommt die Industrie bedenklich hoch. Die Liberalen werden Millionäre; sie trachten nach der Macht und wissen aus jedwedem Umstand gegen uns Waffen zu schmieden. Behalten wir das Wohl Seiner Majestät, der Monarchie und vor allem unsrer heiligen Kirche unentwegt im Auge . . . Sagen Sie einmal, Verehrtester, wen könnte man am besten mit dem Kommando der Ehrenwache betrauen?«

Trotz seiner Heidenangst vor dem Pferde nahm Moirod schließlich den Ehrenposten wie eine Märtyrerkrone an. »Ich werde die Sache schon machen«, versicherte er dem Bürgermeister. Man hatte gerade noch Zeit, die Uniformen instand zu setzen, die vor sieben Jahren gelegentlich des Durchzugs eines königlichen Prinzen angeschafft worden waren.

Um sieben Uhr früh kam Frau von Rênal mit den Kindern und dem Hauslehrer aus Vergy an. Sie fand ihren Salon voll von Damen der Liberalen, die von der Versöhnung der Parteien salbaderten und sie dringlichst baten, bei ihrem Gatten ein gutes Wort einzulegen, daß ihre Männer und Söhne zur Ehrenwache befohlen würden. Eine von ihnen behauptete: wenn ihr Mann nicht dazu käme, würde er aus Gram und Kummer Bankrott machen. Frau von Rênal jagte die ganze Sippschaft zum Tempel hinaus. Sie hatte sichtlich besondre Gedanken.

Julien war erstaunt, ja geradezu verstimmt, daß sie ihm nicht anvertraute, was sie so versonnen machte. Voll Bitternis sagte er sich: »Ich habe es immer gewußt. Vor dem Glück, den König in ihrem Hause zu empfangen, ist all ihre Liebe verflogen! Der Jahrmarktslärm benimmt ihr den Kopf. Sie wird mich erst dann wieder lieben, wenn die Ideen ihrer Kaste ihr Hirn nicht mehr verwirren.«

Und doch liebte er sie mehr denn je. »Welch Mirakel!« gestand er sich.

Die Tapezierer begannen sich im ganzen Hause breitzumachen. Lange lauerte Julien vergebens nach einer Gelegenheit, ihr ein paar Worte zu sagen. Endlich traf er sie, als sie gerade aus seinem Zimmer kam, einen seiner Röcke überm Arm. Sie waren allein. Er wollte sie anreden, aber sie entzog sich ihm, ohne ihn anzuhören. »Ich bin ein rechter Narr«, grollte er, »eine solche Frau zu lieben! Der Ehrgeiz macht sie genau so verrückt wie ihren Mann.«

In der Tat war sie es mehr denn er. Schon lange hegte sie den Herzenswunsch, ihren Julien, und sei es auch nur auf einen Tag, einmal nicht in seinem tristen schwarzen Rocke zu sehen. Aus Angst, ihn zu kränken, wollte sie es ihm nur nicht gestehen. Mit wirklicher Verschmitztheit, wie man sie einer so natürlichen Frau gar nicht zutrauen sollte, verstand sie es, zuerst Herrn von Moirod und darauf den Landrat von Maugiron zu überreden, daß Julien mit in die Ehrenwache kam und somit fünf oder sechs reichen Fabrikantensöhnen vorgezogen wurde. Zwei von ihnen waren obendrein exemplarische Frömmler. Herr Valenod, der seine Kutsche ein paar schönen Damen zur Verfügung gestellt hatte, damit seine Normannen bewundert werden sollten, mußte eins dieser Prachttiere an Julien abtreten, den er doch ingrimmig haßte.

Nun fehlte nur noch die Uniform. Sämtliche andern Ehrengardisten hatten feine eigene oder geliehene kornblumenblaue Waffenröcke mit Stabsoffizierepauletten, deren Silberfransen allerdings nicht mehr so glänzten wie vor sieben Jahren. Frau von Rênal wollte Julien in einer neuen Uniform sehen. Vier Tage waren wenig Zeit, um Waffenrock, Achselschuppen, Hut, Säbel und alles, was sonst zur Ausstaffierung eines Ehrengardisten gehört, aus Besançon kommen zu lassen. Sie hielt es für wunder wie klug, alle diese Dinge nicht in Verrières zu bestellen. Julien und die Stadt sollten überrascht werden.

Nachdem die Frage der Ehrenwache und der öffentlichen Stimmung erledigt war, mußte sich der Bürgermeister damit befassen, eine große kirchliche Feier in die Wege zu leiten. Karl X. wollte Verrières nicht passieren, ohne der berühmten Reliquie des heiligen Clemens seinen Besuch abzustatten, die in Hohen-Bray aufbewahrt ward, einem kleinen Orte, eine halbe Stunde von der Stadt entfernt. Ein zahlreicher Klerus sollte zugegen sein. Dies war aber keine einfache Sache. Maslon, der neue Pfarrer, wollte nichts davon wissen, daß man den alten Pfarrer Chélan heranzog. Vergeblich legte ihm der Bürgermeister dar, dies sei unumgänglich. Der Marquis von La Mole, dessen Vorfahren so lange Zeit in dieser Gegend der Freigrafschaft geherrscht hatten, sei als Begleiter des Monarchen befohlen. Er kenne den Abbé Chélan seit dreißig Jahren. Es sei vorauszusehen, daß er bei seiner Anwesenheit in Verrières nach ihm frage, und wenn er von seiner Absetzung erführe, wäre er just der Mann, ihn in dem Häuschen, in das er sich zurückgezogen hatte, aufzusuchen. Er und das ganze Gefolge, über das er verfügte. Das wäre eine Riesenblamage!

»Wenn Chélan unter meinem Klerus erscheint«, jammerte der Abbé Maslon, »dann ist es um mein Ansehen hier und in Besançon geschehen! Ein Jansenist! Großer Gott!«

»Das ist alles schön und gut«, erwiderte ihm Herr von Rênal, »aber ich habe keine Lust, die Behörde der Stadt Verrières der Gefahr auszusetzen, eine scharfe Bemerkung des Herrn Marquis einstecken zu müssen. Sie kennen ihn nicht. Bei Hofe vermuckst er sich nicht, aber hier in der Provinz ist er Witzbold, Spötter. Er bringt die Leute gern in Verlegenheit. Er ist imstande, uns vor den Liberalen lächerlich zu machen; bloß um seinen Spaß daran zu haben.«

Erst in der Nacht vom Sonnabend zum Sonntag, nach drei Tagen des Hin- und Herredens, beugte sich der hochmütige Geistliche vor der zu Mut gewandelten Angst des Stadtoberhauptes. Der Pfarrer Chélan bekam einen honigsüßen Brief, in dem er gebeten ward, dem feierlichen Akt vor der Reliquie von Hohen-Bray beizuwohnen, wenn dies ihm bei seinem hohen Alter und seiner schwachen Gesundheit möglich wäre. Chélan sprach daraufhin den Wunsch aus, Julien als Subdiakon in seiner Begleitung zu haben. So erhielt auch Julien eine Aufforderung, der Zeremonie beizuwohnen.

Am Sonntagvormittag fluteten Tausende von Landleuten, die aus den nahen Bergen kamen, durch die Straßen von Verrières. Es war herrlicher Sonnenschein. Gegen drei Uhr erreichte die Spannung ihren Höhepunkt. Auf einer Höhe, eine Wegstunde vor der Stadt, loderte ein gewaltiges Feuer auf. Das war das Zeichen, daß Seine Majestät die Grenze des Regierungsbezirks überschritten hatte. Alsbald begannen überall die Glocken zu läuten, und die alte spanische Kartaune, die der Stadt gehörte, gab zur Feier des großen Ereignisses Salutschüsse ab. Die Hälfte der Einwohnerschaft war auf die Dächer gestiegen. Alle Balkons waren voller Damen. Die Ehrenwache setzte sich in Bewegung, um den König einzuholen. Alles bewunderte die schmucken Uniformen. Man erkannte in dem und jenem Reiter Verwandte und Bekannte. Die Ängstlichkeit Moirods, der alle Augenblicke mit der Hand nach dem Sattelknopf fuhr, erregte Heiterkeit. Etwas aber übte die allergrößte Wirkung auf die schaulustige Menge aus. Man erblickte im Flügelmanne der neunten Rotte der Ehrengarde, einem bildhübschen überschlanken Burschen, der auf einem der stadtbekannten Valenodschen Pferde saß: *den kleinen Sorel, den Müllersjungen.* Erst hatte man ihn übersehen. Jetzt erkannte man ihn unter Ausrufen der Entrüstung oder unter dem Schweigen der Verblüffung. Das war allgemein eine Sensation. Man schimpfte auf den Bürgermeister, zumal bei den Liberalen. Es sei unglaublich! Weil dieser Handwerkerjunge im Pfaffenrocke der Schulmeister seiner Schlingel war, habe Rênal die Unverschämtheit, ihn in die Ehrenwache zu stecken, zur Benachteiligung so und so vieler reicher Fabrikantensöhne! Die Ehefrau des Bankiers von Verrières meinte: »Man sollte diesem im Dreck geborenen Frechdachs eine ordentliche Lektion erteilen!«

»Er ist hinterlistig und trägt einen Säbel!« warnte ihre Nachbarin. »Er ist imstande und haut zu!«

Schlimmer noch waren die Vorwürfe der adligen Gesellschaft. Die Damen fragten sich, ob der Herr Bürgermeister wohl allein an dem großen Mißgriffe schuld wäre. Eines erkannte man allgemein an: daß er den Standesunterschied nicht hatte gelten lassen.

Derweile war das Opfer all der Klatscherei der glücklichste Mensch der Welt. Von Natur beherzt, saß Julien besser zu Pferde als die meisten jungen Leute der Gebirgsstadt. Daß man über ihn sprach, ersah er aus den Augen der Frauen.

Seine Achselschuppen funkelten in ihrer Neuheit. Zu seiner besondern Freude machte sein Pferd alle Augenblicke Kapriolen; und schier grenzenlos war sein Übermut, als beim Vorüberreiten am Alten Wall das alte Geschütz losdonnerte und der Gaul aus Reih und Glied brach. Es war Zufall, daß Julien im Sattel blieb. Von diesem Augenblick an hatte er das Gefühl, ein Held zu sein. Es war ihm, als sei er ein Ordonnanzoffizier Napoleons, der einer feuernden Batterie Befehl überbrachte.

Jemand war noch glücklicher als er: Frau von Rênal. Zuerst hatte sie ihn von einem Fenster des Rathauses aus vorbeireiten sehen. Dann war sie schnell in den Wagen gestiegen und hatte auf einem Umwege durch seitliche Straßen den Zug überholt. Sie kam gerade zurecht, um zu ihrem Schreck zu sehen, wie Juliens Pferd ausbrach. Zu guter Letzt gelangte sie im stärksten Trab durch ein andres Stadttor auf die Landstraße, auf der Seine Majestät kommen mußte. Ihr Wagen fuhr nun dicht hinter der trabenden Ehrenwache, in einer anständigen Staubwolke. Vor der Stadt hatte der Bürgermeister die Ehre, den König mit einer Ansprache zu begrüßen. Zehntausend Bauern brüllten mit: Es lebe der König! Eine Stunde später hielt er in der Stadt seinen Einzug. Wiederum donnerten die Salutschüsse des alten Geschützes vom Wall herab. Dabei passierte ein Malheur, nicht den Kanonieren, die ihre Feuerprobe bei Leipzig und Montmirail bestanden hatten, wohl aber dem Vizebürgermeister *in spe*, Herrn von Moirod, den sein Gaul sanft in die einzige Pfütze beförderte, die auf der Hauptstraße vorhanden war. Das war besonders peinlich, weil der königliche Wagen erst weiterfahren konnte, als man Moirod auf die Beine geholfen hatte.

Karl X. verließ seine Kutsche an der schönen neuen Kirche, die an diesem Tage im vollen Schmuck ihrer karmesinroten Behänge prangte. Dann sollte der König das Mittagsmahl einnehmen und unmittelbar darauf nach Hohen-Bray fahren, um die berühmte Reliquie des heiligen Clemens zu besuchen. Kaum war er in die Kirche eingetreten, da ritt Julien im Galopp nach dem Rênalschen Hause. Dort legte er seufzend seinen Säbel ab, zog den schmucken kornblumenblauen Waffenrock samt den Achselschuppen aus und kroch wieder in seinen tristen schwarzen Rock. Dann saß er von neuem auf und war in wenigen Minuten in Hohen-Bray, das auf einem anmutigen Hügel thront. »Die Begeisterung stampft Bauern aus der Erde!« scherzte Julien. »In Verrières stehen sie knüppeldick, und um die alte Abtei hier nicht minder!« Die Abtei war durch das Vandalentum der Revolution halb zerstört, in der Restaurationszeit aber prächtig wiederhergestellt worden. Man begann auch bereits von Wundern zu fabeln. Julien meldete sich beim Pfarrer Chélan, der ihm eine tüchtige Strafpredigt hielt und ihm eine Soutane und ein Chorhemd einhändigte. Er machte sich rasch zurecht und folgte Chélan zum Bischof von Agde, dem jugendlichen Kardinal von Rohan. Der Monsignore war ein Neffe des Marquis von La Mole, ehedem napoleonischer Offizier und noch nicht lange in seinem Amte. Der Bischof, der damit betraut war, Seiner Majestät die Reliquie zu zeigen, war aber nicht zu finden.

Der Klerus ward unruhig. Man erwartete das Oberhaupt in dem düstern gotischen Kreuzgang der alten Abtei. Vierundzwanzig Geistliche waren vereint, um das ehemalige

Domkapitel von Hohen-Bray darzustellen, das bis anno 1789 aus vierundzwanzig Domherren bestanden hatte. Nachdem sie drei Viertelstunden lang ein Klagelied über die Jugendlichkeit des Bischofs angestimmt hatten, hielt man es für angebracht, den Dekan zu Seiner Eminenz zu schicken und ihm zu vermelden, daß Seine Majestät jeden Augenblick kommen müsse und es Zeit sei, sich in den Chor zu begeben. Chélan war seines hohen Alters wegen Dekan. Trotz seiner Verstimmung über Julien gab er ihm einen Wink, daß er ihm folge. Julien stand das Chorhemd vorzüglich. Unter Anwendung eines geistlichen Toilettengeheimnisses hatte er sich sein schönes welliges Haar ganz glatt gebürstet, indessen vergessen, die Sporen abzulegen, die unter den langen Falten seines Chorhemdes hervorblinkten, was den Zorn Chélans verdoppelte.

Im Vorzimmer des Bischofs angelangt, gab einer der baumlangen, in ihren Galaröcken herumstehenden Lakaien ziemlich ungnädig die Auskunft, Eminenz sei nicht zu sprechen. Als ihm der alte Pfarrer begreiflich zu machen begann, als Dekan des hochedlen Kapitels von Hohen-Bray habe er das Vorrecht, jederzeit Zutritt zum amtierenden Bischof zu verlangen, da lachte man ihn aus.

In seiner Stimmung war Julien über die Frechheit der Lakaien empört. Er durchschritt die einstigen Schlafsäle der Abtei und rüttelte an allen Türen, an denen er vorbeikam. Eine kleine Pforte sprang auf, und Julien stand in einer Zelle mitten unter einer Schar von bischöflichen Kammerdienern in schwarzer Livree, mit Ketten um den Hals. Da er so ungestüm eintrat, glaubten die Leute, er sei zu Monsignore befohlen und ließen ihn durch. Nach ein paar Schritten befand er sich in einem riesigen, überaus düsteren gotischen Saale, dessen Wände und Decke mit dunklem Eichenholz getäfelt waren. Die Spitzbogenfenster waren mit Ausnahme eines einzigen mit Ziegelsteinen vermauert. Dies rohe Werk bildete einen trübseligen Gegensatz zu dem prächtigen alten Getäfel. An den beiden Langseiten des Saales standen Reihen von reichgeschnitzten Chorstühlen, auf denen man in buntem Holzmosaik sämtliche Mysterien der Apokalypse sehen konnte. Der Saal war unter den burgundischen Antiquaren berühmt. Karl der Kühne hatte ihn um 1470 als Buße für irgendeine Sünde erbaut.

Der wehmütige Prunk dieses durch die nackten Ziegelsteine und ihren grellen Mörtel geschändeten weiten Raumes ergriff Julien. Stumm blieb er stehen. Mit einemmal erblickte er am jenseitigen Ende des Saales, nahe dem einzigen unvermauerten Fenster, durch das helles Tageslicht fiel, einen drehbaren Spiegel in einem Mahagonirahmen. Drei Schritte davor stand ein junger Mann in violettem Meßgewand und einem Chorrock mit Spitzen, ohne Kopfbedeckung. Der Spiegel gehörte offenbar nicht an diesen frommen Ort; zweifellos war er aus der Stadt hergeholt. Julien hatte den Eindruck, daß der junge Mann ein grämliches Gesicht machte. Eben erteilte er, mit der Rechten nach dem Spiegel, würdevoll seinen Segen.

»Was soll das wohl bedeuten?« dachte Julien. »Hält der junge Geistliche da eine Art Generalprobe? Vielleicht ist es der Sekretär des Bischofs . . . ebenso unverschämt wie die Lakaien . . . meinetwegen . . . wir werden ja gleich sehen . . .«

Er ging weiter, ziemlich langsam, und durchquerte den Saal seiner Länge nach, den Blick dem hellen Fenster zugewandt. Er sah, wie der junge Mann immer wieder seinen Segen spendete, gemächlich, aber in einem fort, ohne sich einen Augenblick Rast zu gönnen.

Je näher Julien an ihn herankam, um so deutlicher erkannte er den griesgrämlichen Ausdruck seines Gesichts. Wenige Schritte vor dem Spiegel blieb Julien unwillkürlich stehen, betroffen über die prunkhaften Spitzen am Chorrocke des jungen Priesters.

»Es ist meine Pflicht, ihn anzureden«, sagte sich Julien

schließlich. Aber die Schönheit des Saales hatte es ihm angetan, und darum empfand er im voraus die Häßlichkeit der groben Worte, die er wohl als Antwort zu erwarten hatte.

Da erblickte ihn der junge Mann im Spiegel und kehrte sich nach ihm um. Seine griesgrämliche Miene war mit einemmal verschwunden. Im verbindlichsten Tone sagte er: »Nun, Verehrtester, ist sie endlich fertig?«

Julien war starr. Da sich der junge Mann umgewandt hatte, sah er das Bischofskreuz auf seiner Brust. Das war also der Bischof! »In der Tat: sehr jung!« sagte er sich. »Er ist höchstens sechs bis acht Jahre älter als ich.«

Jetzt schämte sich Julien seiner Sporen.

»Eure Eminenz«, begann er schüchtern, »der Herr Dekan des Kapitels, Herr Chélan, schickt mich . . .«

»Aha! Ein ausgezeichneter Mann, wie man mir gesagt hat«, erwiderte der Bischof in so überaus höflicher Weise, daß Juliens Entzücken noch wuchs. »Aber entschuldigen Sie nur, Herr Abbé, ich hielt Sie versehentlich für die Person, die mir meine Mitra bringen soll. Man hat sie mir in Paris schlecht verpackt. Der Silberbrokat an der Spitze war schrecklich zerknüllt. Sie wird übel aussehen – und nun muß ich auch noch warten.«

Der junge Bischof machte ein betrübtes Gesicht.

»Monsignore«, sagte Julien. »wenn Eure Eminenz es gestatten, werde ich die Mitra holen.«

Juliens schöne Augen taten das ihre.

»Tun Sie es, Herr Abbé!« antwortete der Bischof voll liebenswürdiger Artigkeit. »Ich muß sie sofort haben. Ich bin untröstlich, daß ich die Herren vom Kapitel warten lasse.«

Als Julien in der Mitte des Saales war, drehte er sich nach dem Bischof um und sah, daß er wieder beim Segnen war. »Was soll das?« fragte er sich. »Ohne Zweifel ist das eine Vorbereitung für die in Aussicht stehende Feierlichkeit.« Beim Eintritt in die Zelle, in der sich die Diener aufhielten, bemerkte er die Mitra in ihren Händen. Widerwillig fügten sie

sich dem Herrenblicke Juliens und reichten ihm die Bischofs-
mütze.

Julien war stolz, daß er sie bringen durfte. Als er den Saal
wieder durchquerte, ging er ganz langsam. Er trug sie voll
frommer Scheu. Der Bischof hatte sich gesetzt, und zwar vor
den Spiegel. Seine Rechte war müde geworden, aber hin und
wieder teilte sie immer noch den Segen aus. Julien half ihm
die Mitra aufsetzen. Sodann schüttelte der Bischof mehrmals
mit dem Kopfe.

»So! Jetzt sitzt sie!« meinte er in zufriedenem Tone zu Julien. »Wollen Sie einmal ein wenig zur Seite gehen?«

Mit raschen Schritten ging er in die Mitte des Saales. Dann
schritt er langsamen Ganges wieder auf den Spiegel zu, zog
sein grämliches Gesicht von vorhin und erteilte würdevoll
den Segen.

Julien rührte sich nicht vor Staunen. Er ahnte den Sinn des
Vorganges, traute aber seiner Vermutung nicht recht. Der
Bischof blieb stehen und schaute ihn an. Sein Gesicht verlor
rasch den Ausdruck der Würde.

»Was sagen Sie zu meiner Mitra?« fragte er Julien. »Sitzt sie
gut?«

»Sehr gut, Monsignore!«

»Sitzt sie nicht zu weit nach hinten? Das sähe töricht aus.
Hinwiederum darf man sie auch nicht zu tief ins Gesicht
drücken wie einen Offizierstschako. «

»Meiner Meinung nach sitzt sie vorzüglich!« wiederholte
Julien.

»Majestät ist ehrwürdige und unbedingt ernste Geistliche
gewöhnt. Ich möchte nicht kokett aussehen; gerade weil ich
jung bin, nicht. «

Dabei setzte sich der Kirchenfürst von neuem in Bewegung, wiederum Segen spendend.

»Es ist klar«, sagte sich Julien, der endlich zu verstehen
wagte. »Er übt sich im Segnen. «

Nach einigen Augenblicken erklärte der Bischof: »Ich bin

fertig. Gehen Sie voran, Herr Abbé, und geben Sie dem Herrn Dekan und den Herren vom Kapitel Bescheid!«

Alsbald trat der alte Chélan, gefolgt von den beiden nächstältesten Pfarrern, durch eine große, prächtig geschnitzte Pforte ein, die Julien bisher nicht bemerkt hatte. Seinem Rang entsprechend schloß er sich dem in den Saal dringenden Schwarm der Geistlichkeit als Allerletzter an und konnte den Bischof nur noch über die Schultern der andern sehen.

Der Bischof schritt ihnen langsam entgegen. Jetzt traten die Geistlichen zur Prozession an. Einen Augenblick lief alles durcheinander. Dann setzte sich der Zug unter Anstimmung eines Psalms in Bewegung. Der Bischof, zwischen dem Pfarrer Chélan und einem andern älteren Geistlichen, folgte dem Klerus. Dicht hinter dem Bischof schritt Julien als Subdiakon Chélans. Der Zug ging durch die langen Gänge der Abtei, die trotz des einfallenden Sonnenscheins düster und dumpfig waren. Endlich erreichte man die Vorhalle des Kreuzgangs. Julien war tief ergriffen von der schönen Feier. Sein angesichts des jugendlichen Kirchenfürsten von neuem lodernder phantastischer Ehrgeiz und das feine vornehme Wesen des Prälaten stritten sich um sein Herz. Solche Urbanität war doch etwas andres als die Leutseligkeit des Herrn von Rênal, selbst wenn er seinen guten Tag hatte. »Je höher man die Stufenleiter der Gesellschaft emporsteigt, desto mehr findet man so entzückende Manieren«, sagte sich Julien.

Die Prozession zog durch ein Seitenportal in die Kirche. Plötzlich durchhallte das altertümliche Gewölbe ein fürchterlicher Lärm. Julien wähnte, es stürze ein. Wiederum war es die alte Kanone, die draußen, von acht Pferden gezogen, eben im Galopp in Stellung gegangen war und auch schon durch die Kanoniere von Leipzig in Stellung gebracht worden war. Sie gab ihre fünf Schuß in der Minute ab, als stünden drüben die Preußen.

Der wunderschöne Salutdonner machte aber keinen Eindruck mehr auf Julien. Napoleon und Soldatenruhm waren vergessen. »So jung!« schwärmte er. »Und schon Bischof von Agde! Aber wo ist Agde, und was mag ihm die Stelle einbringen? Wohl zwei- oder dreimal hunderttausend Franken!«

Die Lakaien des Bischofs erschienen mit einem prachtvollen Thronhimmel. Der Pfarrer Chélan ergriff eine der Tragestangen, aber in Wahrheit war Julien der Träger. Der Bischof stellte sich darunter. Es war ihm wirklich gelungen, alt auszusehen. Juliens Bewunderung kannte keine Grenzen mehr. »Was bringt man mit Geschicklichkeit nicht alles fertig!« dachte er.

Der König trat ein. Julien hatte das Glück, ihn ganz aus der Nähe betrachten zu können. Der Kirchenfürst hielt eine weihevolle Ansprache, wobei er nicht vergaß, einen Anflug ehrfürchtiger Befangenheit vor der Majestät zu simulieren.

Eine genaue Schilderung der Hohen-Brayer Feierlichkeit ist nicht vonnöten. Vierzehn Tage lang waren die Spalten der sämtlichen Provinzzeitungen voll davon. Aus der Rede des Bischofs erfuhr Julien unter anderm, daß der König von Karl dem Kühnen abstammte.

Julien hatte später die Kostenberechnung des ganzen Empfanges aufzustellen. Der Marquis von La Mole, der seinem Neffen das Bistum verschafft hatte, erwies ihm obendrein die Höflichkeit, alle Kosten der kirchlichen Zeremonie zu bestreiten, die allein dreitausendachthundert Franken betrugen.

Nach der Rede des Bischofs und den Erwiderungsworten des Königs trat Seine Majestät unter den Thronhimmel und kniete andachtsvoll auf einem Kissen nahe dem Altar nieder. Rings im Chor standen Lehnstühle, zwei Stufen über den Steinfliesen. Auf der untersten Stufe nahm Julien Platz, zu Chélans Füßen, wie in der Sixtinischen Kapelle in Rom die Schleppenträger der Kardinäle. Das Te Deum begann. Qualmende Weihrauchfässer wurden geschwenkt. Und draußen donnerten schier endlose Kanonen- und Flintenschüsse. Die

Bauern waren trunken vor Frömmigkeit und Überschwang. Ein solcher Tag macht die Wühlerei von hundert Nummern der sozialistischen Zeitungen zunichte.

Julien stand sechs Schritte vom König entfernt, der wirklich mit Andacht betete. Zum erstenmal fiel sein Blick auf einen kleinen Herrn mit klugen Augen, dessen Rock beinahe unbestickt war. Als einzigen Schmuck trug er ein breites himmelblaues Ordensband über der Brust. Der so einfach Gekleidete stand näher bei Seiner Majestät als die meisten andern Herren, deren Röcke derart von Gold strotzten, daß Julien kaum das Tuch zu erblicken vermeinte. Ein paar Augenblicke später erfuhr er, daß dies Herr von La Mole war. Es schien ihm, als habe der Marquis ein hochmütiges, fast arrogantes Aussehen.

»Dieser Grandseigneur«, dachte Julien, »ist gewiß nicht so urban wie mein koketter Bischof. Ja, der geistliche Stand macht mild und weise . . . Der König ist doch gekommen, um die Reliquie anzubeten. Ich sehe aber keine. Wo steckt denn der heilige Clemens?«

Sein Nachbar, ein Chorknabe, belehrte ihn, daß sich die heilige Reliquie in einem erleuchteten Katafalk befände, in einem höher gelegenen Raume des Gebäudes.

»Was ist das«, fragte sich Julien, »ein erleuchteter Katafalk?« Er mochte nicht danach fragen; nur seine Neugier ward um so größer.

Wenn ein regierender Fürst eine Reliquie besucht, so will es die Etikette, daß die Geistlichen den Bischof nicht begleiten. Als man sich nach dem Katafalk zu gehen anschickte, winkte der Bischof demungeachtet den alten Chélan heran. Julien wagte sich anzuschließen.

Es ging eine lange Treppe hinauf, bis man vor eine auffallend kleine Tür gelangte, deren gotischer Zierat prunkvoll vergoldet war. Die Vergoldung war offenbar neu.

An dieser Tür knieten vierundzwanzig junge Mädchen aus den besten Familien von Verrières. Ehe der Bischof durch die

Tür schritt, kniete er mitten unter den Jungfrauen nieder. Es waren lauter hübsche Mädchen. Während er mit lauter Stimme betete, bewunderten sie seine schönen Spitzen, sein zierliches Wesen und sein jugendliches, sanftes Gesicht immer wieder von neuem. Vor dieser Szene verlor Julien den Rest seines Verstandes. In diesem Augenblick hätte er sich mit voller Überzeugung für die Inquisition geschlagen.

Plötzlich tat sich die kleine Pforte auf. Eine Flut von Licht drang aus der kleinen Kapelle. Drinnen auf dem Altar brannten mehr denn tausend Kerzen, zu acht Reihen geordnet; dazwischen standen Blumensträuße. Der süße Duft reinsten Weihrauchs drang aus dem Heiligtum. Die Kapelle, deren Vergoldung man erneuert hatte, war ziemlich klein, aber hoch. Julien schätzte die Kerzen auf dem Altar höher als zwei Meter. Die jungen Mädchen wurden zu einem Schrei der Bewunderung hingerissen. Außer den vierundzwanzig Jungfrauen befanden sich im Vorraum der Kapelle nur die beiden Priester und ihr Gefolgsmann.

Alsbald erschien Seine Majestät, nur vom Marquis von La Mole und seinem Oberhofmarschall begleitet. Alle andern, selbst die Ehrenwache, unter präsentiertem Gewehr, blieben draußen auf den Knien.

Der König sank, oder vielmehr er stürzte in den Betstuhl. In diesem Moment erblickte Julien, der dicht an der goldnen Pforte kniete, über den bloßen Arm eines der jungen Mädchen hinweg den schimmernden Leib des heiligen Clemens. In der Tracht eines jungen römischen Kriegers lag er unter dem Altar. Am Hals hatte er eine weite Wunde, aus der Blut zu tropfen schien. Der Verfertiger der Statue war ein großer Realist. Die halbgeschlossenen, brechenden Augen des Heiligen leuchteten in überirdischem Glanz. Ein keimendes Bärtchen schmückte seinen schönen Mund, der, ein wenig geöffnet, aussah, als flüstere er ein letztes Gebet. Bei diesem Anblick begann eine der Jungfrauen, Juliens Nachbarin, zu weinen, und eine ihrer Tränen fiel ihm auf die Hand.

Einen Augenblick betete alles in tiefstem Schweigen, das nur durch das ferne Glockengeläut aus allen Dörfern in der Runde von zwei Wegstunden unterbrochen wurde. Danach bat der Bischof den König, seine Predigt beginnen zu dürfen. Es war eine kurze, sehr rührsame Rede, die mit ein paar schlichten Worten schloß, die starken Eindruck machten.

»Junge Christinnen, vergeßt nie, daß ihr einen der größten Könige der Erde vor einem Diener Gottes des Allmächtigen auf den Knien erblickt habt, vor einem jener schwachen Diener des Herrn, die hienieden verfolgt und gemordet worden, jetzt aber triumphierend an Gottes Thron sitzen. Einer von ihnen ist der heilige Clemens, dessen Wunde ihr hier bluten seht! Gelobt mir, meine jungen Christinnen, nie in eurem Leben dieses Tages zu vergessen! Ihr werdet den Unglauben verabscheuen und immerdar treu bleiben dem Herrn, dessen Rache so fürchterlich und dessen Güte so groß ist.«

Der Bischof richtete sich würdevoll auf.

»Nicht wahr, ihr gelobt es mir?« fuhr er fort, indem er die Rechte erhob und wie in gottseliger Weihe ausstreckte.

»Wir geloben es!« lispelten die jungen Mädchen, in Tränen zerfließend.

»Im Namen Gottes des Herrn«, schloß der Prälat mit Donnerstimme, »nehme ich euer Gelübde an.« Damit war die Feierlichkeit zu Ende.

Selbst der König weinte. Erst lange nachher kam Julien so weit zur Besinnung, daß er sich erkundigte, wo denn eigentlich die Gebeine wären, die Philipp der Großmütige, Herzog von Burgund, aus Rom mitgebracht hatte. Man sagte ihm, sie seien in der schönen Wachsfigur eingeschlossen.

Seine Majestät geruhte, den jungen Mädchen, die ihn in die Kapelle begleitet hatten, das Tragen eines roten Bandes mit der eingestickten Devise:

Haß dem Unglauben in ewiger Anbetung!

allergnädigst zu erlauben.

Der Marquis von La Mole ließ zehntausend Flaschen Wein unter die Bauern verteilen. Die Liberalen benutzten den Anlaß, abends hundertmal schöner zu illuminieren als die Royalisten. Vor seiner Abfahrt stattete der König Herrn von Moirod einen Besuch ab.

KAPITEL XIX

Verstand schafft Leiden

Der groteske Charakter der alltäglichen
Ereignisse verbirgt uns das wahre Unglück
der Leidenschaften.
Barnave

Als sich Julien beim Einräumen der alten Möbel in dem Zimmer umsah, das der Marquis von La Mole innegehabt hatte, fand er einen viermal gebrochenen Bogen starken Kanzleipapiers, auf dessen erster Seite folgendes zu lesen war:

An den
Kammerherrn Seiner Majestät des Königs, Pair von
Frankreich, Ritter höchster Orden,
Herrn Marquis von La Mole,
Exzellenz.

Es war ein Bittgesuch in ungelenker Köchinnenhandschrift:

Hochwohlgeborener Herr Marquis!
Ich habe mein Leben lang religiöse Grundsätze gehabt. Ich war in Lyon zur Zeit der Belagerung, 1793 schrecklichen Angedenkens, unter den Bomben der Jakobiner. Ich gehe zur Kommunion und jeden Sonntag zur Messe in die Pfarrkirche. Ich habe nie meine Osterpflicht versäumt, selbst nicht im Jahre 1793 schrecklichen Angedenkens. Meine Köchin, nur vor der Revolution hielt ich mir Die-

ner, meine Köchin kocht jeden Freitag Fastenspeisen. Ich erfreue mich in Verrières der allgemeinen und, ich darf wohl sagen, verdienten Achtung. Ich gehe bei Prozessionen unter dem Baldachin, neben Herrn Pfarrer und neben Herrn Bürgermeister. Ich trage an den hohen Festen eine große Kerze auf meine eigenen Kosten. Über alles das liegen amtlich beglaubigte Bescheinigungen in Paris im Königlichen Ministerium des Innern.

Eure Exzellenz bitte ich alleruntertänigst um die Lotteriekollektion zu Verrières, die auf die oder jene Weise demnächst frei werden dürfte, da der jetzige Inhaber sehr krank ist und überdies bei den Wahlen schlecht stimmt . . . usw.

Eurer Exzellenz alleruntertänigster

Cholin.

Auf der freien Hälfte der Bittschrift stand, *von Moirod* unterzeichnet, folgende Befürwortung:

Eurer Exzellenz beehre ich mich im Anschluß an das gestern mündlich Vorgebrachte den Gesuchsteller nochmals als guten Untertanen ganz gehorsamst zu empfehlen . . . usw.

Nachdenklich sagte sich Julien: »Also, sogar ein Schwachkopf wie Cholin zeigt einem, wie man es machen muß!«

Noch acht Tage nach der Durchreise des Königs hielt in Verrières eine Tatsache alle Gemüter mehr in Spannung als die unzähligen Lügen, einfältigen Auslegungen und lächerlichen Erörterungen, die der Reihe nach dem Landesherrn, dem Bischof von Agde, dem Marquis von La Mole, den zehntausend Flaschen Wein und dem Herunterfall des armen Moirod gewidmet wurden. (Letzterer ließ sich übrigens erst vier Wochen nach seinem Malheur wieder vor der Öffentlichkeit blicken.) Dies war die unerhörte Taktlosigkeit, daß Julien Sorel, der Müllerssohn, in die Ehrenwache *hineinbugsiert* worden war. Über dieses Thema mußte man die reichen *Bunte-Leinewand-Fabrikanten* hören, die sich von früh bis abends im Kaffeehaus über die soziale Gleichheit heiser redeten. Da hieß es, die *eingebildete Frau Bürgermeister* sei die Anstifterin dieser Schandtat. In den schönen Augen und den roten Backen des Herrn Hauslehrers habe man den nötigen Kommentar.

Kurz nach der Rückkehr nach Vergy bekam Stanislaus-Xaver, der jüngste Knabe, Fieber. Frau von Rênal ward von gräßlichen Gewissensbissen befallen. Zum erstenmal machte sie sich ob ihrer Liebe alle möglichen Vorwürfe. Wie durch ein Wunder gingen ihr plötzlich die Augen auf. Sie erkannte die ganze Größe der Schuld, zu der sie sich hatte verführen lassen. Trotz ihrer tiefen Religiosität war es ihr bisher nicht zum Bewußtsein gekommen, daß sie vor Gott ungeheuerlich gesündigt hatte.

Einstmals, im Herz-Jesu-Kloster, hatte sie Gott inbrünstig geliebt. Jetzt empfand sie im gleichen Maße Furcht vor ihm. Die Kämpfe, die in ihrer Seele entbrannten, waren um so schrecklicher, als sie vor Angst der Vernunft kein Gehör schenkte. Julien sah, daß er die arme Frau nicht beruhigte, sondern nur quälte, wenn er ihr vom Standpunkt des gesunden Menschenverstandes zuredete. Seine Worte klangen ihr wie Einflüsterungen der Hölle. Da Julien den kleinen Stanislaus in sein Herz geschlossen hatte, so sprach er selber schließlich in einem fort von der Krankheit, die mehr und mehr einen ernsten Charakter annahm. Die fortwährende Gewissenspein brachte die Mutter um jedweden Schlaf. Sie wurde schweigsam und grüblerisch. Hätte sie den Mund aufgetan, so wäre es nur gewesen, um sich vor Gott und den Menschen anzuklagen.

»Ich beschwöre dich«, bat Julien, sobald sie allein waren, »sprich zu niemandem! Laß mich den einzigen Vertrauten deines Leids sein! Wenn du mich noch liebhast, dann rede nicht! Geständnisse machen unsern Stanislaus nicht fieberfrei.« Sein Zuspruch hatte keine Wirkung. Allerdings wußte Julien nicht, daß sich Frau von Rênal in den Kopf gesetzt hatte, der eifersüchtige Herrgott fordere in seinem Zorne, daß sie entweder den Geliebten hasse oder ihren Sohn durch den Tod verliere. Julien hassen, das war ihr unmöglich. Und deshalb war sie so namenlos unglücklich.

»Geh von mir! Fliehe!« flüsterte sie ihm einmal zu. »Im Namen Gottes, verlaß mein Haus! Deine Gegenwart mordet mein Kind!«

Und dumpf setzte sie hinzu: »Der Allmächtige straft mich. Und mit Recht. Ich bete seine Gerechtigkeit an. Meine Sünde ist zu schändlich. Nicht einmal Reue empfand ich. Ein Beweis, daß ich bereits von Gott verlassen war. Nun muß ich doppelt büßen.«

Julien war tiefgerührt. Er vermochte in ihren Selbstvorwürfen weder Heuchelei noch Übertreibung zu erkennen. »Sie ist des Glaubens«, sagte er sich, »ihren Sohn zu morden, wenn sie mich liebt. Und doch liebt mich die Unglückselige mehr als ihren eigenen Sohn. Ich darf nicht zweifeln: die Reue tötet sie. Wahrlich, das ist Gefühlsgröße! Wunderbar, daß ich armer, ungeschliffener, dummer, mitunter roher Bauernjunge eine solche Liebe zu erwecken fähig war!«

Eines Nachts stand es mit dem Kinde besonders schlimm. Gegen zwei Uhr kam Herr von Rênal, um nach ihm zu sehen. Der Knabe lag in hohem Fieber, sah scharlachrot aus und erkannte den Vater nicht. Da warf sich Frau von Rênal ihrem Manne plötzlich zu Füßen. Julien, der mit bei dem Kinde wachte, sah sofort, daß sie alles gestehen wollte: zu ihrem ewigen Verderben.

Zum Glück mißfiel dem Hausherrn dies seltsame Gebaren.

»Auf Wiedersehen! Auf Wiedersehen!« sagte er und schickte sich an zu gehen.

»Ach, hör mich doch an!« rief sie, noch immer auf den Knien. »Du sollst alles wahrheitsgetreu erfahren. Ich bin die Mörderin deines Sohnes! Ich, die ich ihm das Leben gegeben, ich nehme es ihm. Das ist die Strafe des Himmels. Vor Gott bin ich Mörderin. Ich muß mich selber verderben und demütigen. Vielleicht macht diese Sühne den lieben Gott gnädig...«

Hätte Herr von Rênal genug Einbildungskraft besessen, so hätte er den Sinn dieser Worte verstanden.

»Überspannter Blödsinn!« brummte er und wehrte seine Frau ab, die seine Knie zu umarmen suchte. »Überspannter Blödsinn! Genug! Julien, lassen Sie bei Tagesanbruch den Doktor holen!« Damit entfernte er sich, um sich wieder zu Bett zu legen. Julien versuchte Frau von Rênal aufzurichten. Halb von Sinnen, fiel sie von neuem auf die Knie und stieß ihn mit einer krampfhaften Bewegung von sich.

Julien stand voll Erstaunen da.

»So ist also der Ehebruch!« dachte er bei sich. »Am Ende haben die Pfaffen, diese Halunken, die selber die größten Sünder sind, das Vorrecht, das innere Triebwerk der Sünde am besten zu kennen? Seltsam!«

Herr von Rênal war schon eine Viertelstunde aus dem Zimmer, und noch immer sah Julien die geliebte Frau, ihr Haupt an das Bett des Kindes gelehnt, unbeweglich und ohne rechte Besinnung auf dem Teppich liegen. »Das ist keine Durchschnittsfrau, die zugrunde gehen will, weil sie Ehebrecherin ist!« sagte er sich.

Eine Stunde verging nach der andern. Julien grübelte darüber nach: »Was kann ich für sie tun? Ich muß einen Entschluß fassen. Hier handelt es sich nicht mehr um mich. Was gehen mich die Leute an und ihre Narrenpossen? Was kann ich für sie tun? Sie verlassen? Nein, dann ist sie einsam und allein mit ihrer gräßlichen Herzensnot. Dieser Automat von Mann schadet ihr eher, als daß er ihr hilft. Grob wie er ist, wird er ihr harte Worte sagen. Sie kann verrückt werden und sich zum Fenster hinunterstürzen.

Wenn ich sie verlasse, wenn ich nicht mehr über sie wache, wird sie ihm alles gestehen. Wer weiß, ob er nicht trotz der Erbschaft, die sie ihm einbringen soll, doch Skandal macht? Auch könnte sie diesem gottverdammten Abbé Maslon beichten. Er benutzt die Krankheit eines sechsjährigen kleinen Jungen, um sich hier im Hause einzunisten. Dabei hat er natürlich seine Absichten. In ihrem Schmerz und aus Furcht vor Gott vergißt sie alles, was sie über diesen Menschen Übles weiß. Sie sieht in ihm nur den Priester . . .«

»Geh! Geh!« rief in diesem Augenblick Frau von Rênal, indem sie die Augen aufschlug.

»Tausendmal gebe ich mein Leben hin«, beteuerte Julien, »wenn man mir dafür sagt, was für dich das beste ist! Ich liebe dich mehr denn je, mein Engel, meine Fee. Glaube mir, erst in dieser Stunde beginne ich dich so anzubeten, wie du es verdienst! Was soll aus mir werden, wenn ich, dir fern, immer daran denken muß, du seiest unglücklich durch mich? Aber was gilt mein Leid? Ich will ja gehen, Geliebteste. Ach, wenn ich dich verlassen habe, wenn ich nicht mehr über dich wache und nicht mehr zwischen dir und deinem Manne stehe, dann wirst du ihm alles sagen und dich zugrunde richten. Denke daran, daß er dich mit Schimpf und Schande aus seinem Hause jagen wird! Ganz Verrières, ganz Besançon wird von diesem Skandale reden. Man wird dir alles in die Schuhe schieben, und nie wirst du diese Schmach überwinden können . . .«

»Das will ich ja gerade!« unterbrach sie ihn fast schreiend, indem sie sich aufrichtete. »Wenn ich leide, um so besser!«

»Durch solch einen schauderhaften Skandal bringst du auch deinen Mann ins Unglück!«

»Was geht das mich an? Wenn ich mich selbst erniedrige, mich in den Staub werfe, so rette ich vielleicht mein Kind. Demütigung vor aller Augen ist für mich wohl die rechte Buße. Wäre das nicht, soweit ich mich in meiner Schwachheit zu verstehen vermag, das größte Opfer, das ich Gott bringen kann? Vielleicht nimmt er meine Selbsterniedrigung gnädig an und läßt mir meinen Sohn. Zeige mir eine andre schwere Sühne! Ich will mich ihrer auf der Stelle unterziehen.«

»Laß mich die Strafe tragen!« bat Julien. »Ich bin der Mitschuldige. Sag, soll ich in das Trappistenkloster gehen? Das strenge Leben dort wird deinen Gott versöhnen . . . Allmächtiger, warum kann ich nicht des Kindes Krankheit auf mich nehmen!«

»Du liebst ihn, du!« rief Frau von Rênal. Sie sprang auf und fiel Julien um den Hals. Aber schon im nämlichen Augenblick stieß sie ihn voll Abscheu wieder von sich. »Ich glaub es dir! Ich glaub es dir!«

Von neuem sank sie zu Boden. »Einzigster Freund! Warum bist *du* nicht der Vater meines Stanislaus! Dann wäre es keine schreckliche Sünde, dich mehr zu lieben als deinen Sohn!«

»Willst du mir erlauben, daß ich hierbleibe und dich fortan liebe wie ein Bruder seine Schwester? Wäre das nicht die allervernünftigste Sühne? Das muß Gottes Grimm besänftigen!«

»Ich«, rief sie aus, indem sie abermals aufstand, Juliens Kopf in ihre Hände nahm und ihn dicht vor ihre Augen hielt, »ich soll dich wie einen Bruder lieben? Vermag ein Weib den Geliebten zu ihrem Bruder zu machen? Ich kann es nicht!«

Julien brach in Tränen aus.

»Ich werde dir gehorchen«, gelobte er und fiel ihr zu Füßen. »Ich werde gehorsam tun, was du mir auch befiehlst. Das ist alles, was ich noch tun kann. Mein Geist ist mit Blindheit geschlagen. Ich sehe nirgends einen Ausweg. Wenn ich dich verlasse, gestehst du deinem Manne alles. Dann bist du verloren und er auch. Nach dieser Blamage wird er niemals Abgeordneter. Bleibe ich aber, so hältst du mich für die Ursache, falls dein Kind stirbt. Und du stirbst vor Gram auch. Willst du erproben, wie es ist, wenn ich dich verlasse? Willst du, daß ich auf acht Tage fortgehe? Es soll eine Strafe meiner Sünde sein. Ich werde diese Zeit in der Abtei Hohen-Bray verbringen oder wo du willst. Aber schwöre mir, daß du während meiner Abwesenheit deinem Manne nichts eingestehst! Bedenke, daß ich dann nie wieder hierherkommen könnte!«

Frau von Rênal versprach es, und Julien reiste ab. Aber bereits nach zwei Tagen ward er zurückgerufen.

»Es ist mir unmöglich«, erklärte sie ihm, »meinen Eid zu halten, wenn du nicht immer bei mir bist. Wenn mir deine Augen nicht Stillschweigen gebieten, sag ich meinem Manne am Ende alles. Jede einzelne Stunde dieses abscheulichen Lebens kommt mir vor wie ein ganzer Tag.«

Endlich hatte der Himmel Erbarmen mit der unglücklichen Mutter. Bald war Stanislaus außer Gefahr. Aber damit war nicht alles beim alten. Frau von Rênal waren die Augen vor ihrer eigenen Sünde aufgegangen. Ihre innere Harmonie war dahin. Ihre Gewissensnot dauerte an; sie wuchs, wie das in einem so lauteren Gemüt nicht anders sein konnte. Ihr Dasein war Himmel und Hölle zugleich: Hölle, wenn sie Julien nicht sah, und Himmel, wenn sie zu seinen Füßen saß. Selbst in den Augenblicken, wo sie sich ganz in ihrer Leidenschaft verlor, sagte sie oft: »Ich mache mir keine Hoffnung mehr. Ich bin verdammt. Rettungslos verdammt. Du bist jung. Du hast meiner Verführung gewillfahrt. Dir kann der Himmel wohl verzeihen. Aber ich bin verloren. Ich erkenne das an einem untrüglichen Zeichen. Ich habe Angst. Wer hätte keine Angst, die Hölle vor Augen? Aber dabei empfinde ich keine Reue. Ich würde sündigen, wenn ich nicht schon gesündigt hätte! Wenn mich Gott nicht schon hienieden an meinen Kindern straft, so ist das mehr Gnade, als ich verdiene.« Und dann wiederum fragte sie: »Aber du, mein lieber Julien, bist du denn wenigstens glücklich? Sag, liebe ich dich genug?«

Angesichts eines so großen, nicht zu bezweifelnden Opfers, das ihm täglich und stündlich gebracht wurde, schmolzen Juliens Mißtrauen und leidvoller Stolz, dem nichts gefehlt hatte als eine opfermütige Liebe. Er betete Frau von Rênal an: »Mag sie Aristokratin sein: mich, den Bauernjungen, mich liebt sie doch!« frohlockte er. »Ich bin ihr kein Kammerdiener, betraut mit der Rolle eines Liebhabers.« Seit er dieses Argwohns enthoben war, ergriff ihn echter Liebeswahnsinn mit allen seinen Zweifelsqualen.

Als sie sah, daß er an ihrer Liebe zweifelte, klagte sie: »Könnte ich dich doch in der Spanne Zeit, die uns beiden noch beschieden, ganz glücklich machen! Nützen wir die Frist aus! Vielleicht gehöre ich dir schon morgen nicht mehr. Straft mich der Himmel an meinen Kindern, so hätte ich nicht die Kraft, dir zuliebe weiterzuleben. Ich könnte den Gedanken nicht von mir abwehren, daß meine Sünde sie gemordet. Ich könnte diesen Schlag nicht überwinden. Selbst wenn ich wollte, könnte ich es nicht. Ich würde den Verstand verlieren. Ach, wenn ich doch deine Sünde auf mich nehmen könnte, wie du mir so großherzig anbotest, das Fieber des kleinen Stanislaus auf dich zu nehmen!«

Ihre wilden inneren Kämpfe läuterten Juliens Liebe. Sie war nicht mehr bloße Bewunderung ihrer Körperschönheit; sie wandelte sich in seelisches Siegesgefühl. Beider Glück war fortan höherer Art als zuvor. Die Glut, die sie verzehrte, ward immer heißer. Der tollste Liebesrausch ergriff sie. Man hätte sie für das glücklichste Paar halten können. Und doch, die sonnige Heiterkeit, die wolkenlose Seligkeit, der lachende Lebensmut der ersten Liebestage war dahin. Damals hatte Frau von Rênal nur die eine Angst gehabt: Julien könne sie nicht genug lieben. Jetzt hatte ihr Glück den Geschmack des Verbrechens.

Selbst in den wonnigsten und friedsamsten Stunden drückte sie manchmal plötzlich die Hände des Geliebten, flüsternd: »Ich bin der Hölle verfallen. Welch schreckliches Los. Aber ich verdiene es.« Und sie schmiegte sich eng an ihn, wie Efeu an die Mauer.

Umsonst versuchte Julien ihr Seelenfieber zu kühlen. Dankbar zog sie seine Hand an sich und bedeckte sie mit Küssen. Dann sank sie wieder in düstere Versonnenheit.

»Die Hölle«, sagte sie, »die Hölle wäre für mich eine Gnade; ich könnte dann noch auf Erden einige Tage mit ihm zusammen verbringen, aber die Hölle schon in dieser Welt, der Tod meiner Kinder . . . Indessen würde mir um diesen

Preis mein Verbrechen vielleicht verziehen . . . O großer Gott, gewähre mir nicht Vergebung um diesen Preis! Diese armen Kinder haben Dich nicht beleidigt; ich, ich bin die einzige Schuldige: Ich liebe einen Mann, der nicht mein Gatte ist.«

Bisweilen schien sie ruhiger zu werden. Wenigstens kam es Julien so vor. Sie versuchte sich zu beherrschen. Der Geliebte sollte nicht auch leiden.

In diesem Wechsel von Liebe, Reue und Sinnenlust flogen die Tage mit Windeseile dahin. Julien kam nicht mehr dazu, über alles nachzugrübeln, wie er das früher getan hatte.

Elise, die Jungfer der Frau von Rênal, wanderte öfters nach Verrières, wo sie in ihrer Erbschaftsangelegenheit einen kleinen Prozeß zu führen hatte. Einmal begegnete ihr Valenod, der nach wie vor schlecht auf Julien zu sprechen war. Sie haßte Sorel, und so äußerten sie einander ihren Groll.

»Ich darf Ihnen nicht alles sagen, Herr Valenod«, sagte sie unter anderm, »denn ich weiß, in wichtigen Dingen halten die Herrschaften immer zusammen. Es wäre mein Verderb. Gewisse Eröffnungen verzeiht man uns armen Dienstboten nie.«

Nach solch herkömmlichem Gerede, das Valenod voll Ungeduld und Neugierde rasch beiseite schob, kamen Dinge zutage, die den eitlen Mann empfindlich kränkten.

Die weit und breit vornehmste Dame, der er sechs Jahre lang den Hof gemacht hatte, noch dazu dummerweise vor aller Welt, diese stolze Frau, vor deren sichtlicher Verachtung er sich so oft klein vorgekommen war, hatte einen als Hauslehrer verkleideten Bauernburschen zum Liebsten! Noch nicht genug des Hohnes: die Unnahbare betete diesen Menschen an! Der Armenamtsvorstand geriet in die übelste Laune. »Ja freilich«, erzählte das Mädchen seufzend weiter, »Herr Julien hat diese Eroberung gemacht ohne jede Mühe. Kalt wie er ist, war er auch mit ihr.«

Elise war ihrer Sache erst sicher geworden, seit sie auf dem

146

Lande wohnten, aber sie glaubte, das *Verhältnis* reiche weiter zurück.

»Jetzt weiß ich auch«, schloß sie ärgerlich, »warum er mich nicht hat heiraten wollen. Und ich Schaf habe die Gnädige auch noch um Rat gefragt und sie gebeten, mit ihm zu reden!«

Noch am selben Abend erhielt Herr von Rênal zugleich mit seiner Zeitung einen langen anonymen Brief, der ihn ausführlich davon unterrichtete, was in seinem Hause vorging. Julien beobachtete, wie er beim Lesen des bläulichen Briefbogens blaß wurde und ihm einen bösen Blick zuwarf. Den ganzen Abend erholte sich der Bürgermeister nicht von seinem Schreck. Vergeblich hofierte ihn Julien, indem er das Gespräch auf die Genealogie der burgundischen Adelsfamilien brachte.

KAPITEL XX

Die anonymen Briefe

> Do not give dalliance
> Too much the rein:
> The strongest oaths are straw
> To the fire i' the blood.
> *The Tempest*

Als man um Mitternacht den Salon verließ, brachte es Julien zuwege, seiner Freundin zuzuraunen: »Wir wollen uns heute nacht nicht besuchen. Dein Mann hat Verdacht geschöpft. Ich möchte darauf schwören: das Schriftstück, das er heute unter Stöhnen gelesen hat, ist ein anonymer Brief!«

Es war beider Glück, daß er sich in sein Zimmer einriegelte. Frau von Rênal bildete sich wahnwitzigerweise ein, Juliens Warnung sei nur ein Vorwand, ihren Besuch abzuwehren. Sie verlor vollständig den Kopf und schlich sich zur gewohnten Stunde an seine Tür. Als er Geräusche auf dem

147

Gange hörte, löschte er rasch seine Lampe aus. Er hörte, wie man sich draußen bemühte, die Tür zu öffnen. War das die Geliebte oder ihr eifersüchtig gewordener Gatte?

Am nächsten Morgen ganz zeitig brachte die Köchin, die Julien wohlgesinnt war, ihm ein Buch, auf dessen Deckel ein paar italienische Worte gekritzelt standen:

Guardate alla pagina 130.

Julien bekam einen heftigen Schreck ob dieser Unvorsichtigkeit. Er schlug die Seite 130 auf und fand daselbst einen tränennassen Brief, der mit einer Stecknadel befestigt war. Er wimmelte von Verstößen gegen die Rechtschreibung. Sonst handhabe Frau von Rênal sie tadellos. Diese Nebensache rührte Julien, und er vergaß darüber beinahe den fürchterlichen Leichtsinn der Schreiberin.

Der Brief lautete:

»Warum hast Du mich diese Nacht nicht haben wollen? Manchmal glaube ich, der Grund Deiner Seele sei mir verschlossen. Deine Blicke erschrecken mich. Ich fürchte mich vor Dir. Allmächtiger, am Ende hast Du mich nie geliebt! Dann mag mein Mann unsre Liebesgeschichte nur entdecken und mich auf dem Gute für ewig einsperren, fern von meinen Kindern. Vielleicht will Gott es so. Ich würde bald sterben, und Du wärest ein Unmensch.

Liebst Du mich nicht? Bist Du meiner Torheit, meiner Gewissensbisse überdrüssig? Böser! Willst Du mich zugrunde richten? Ich mache es Dir leicht. Geh, zeige diesen Brief allen Leuten von Verrières oder auch bloß Herrn Valenod! Sage ihm, daß ich Dich liebe. Oder besser – denn das wäre eine Banalität – sag ihm, daß ich Dich anbete, daß das Leben für mich erst mit dem Tage begonnen hat, da ich Dich sah, daß ich mir das Glück, das ich Dir danke, in meinen tollsten Mädchenträumereien nicht herrlicher ausgedacht habe. Sage ihm, daß ich Dir mein Leben geopfert habe, daß ich Dir meine Seele und Seligkeit opfre. Du weißt ja, daß ich Dir noch viel mehr opfre.

Aber versteht dieser Mann denn, was ein Opfer ist? Sage ihm, um ihn zu reizen, daß ich aller Niedertracht der Welt trotze, daß es auf der ganzen Erde für mich nur ein Unglück gibt: die Untreue des einzigen Menschen, dem zuliebe ich überhaupt noch lebe. Das Leben zu verlieren, es als Opfer dahinzugeben, das ist für mich Glück. Dann brauche ich mich nicht mehr um meine Kinder zu bangen.

Zweifle nicht, Geliebtester: wenn es ein anonymer Brief war, so kommt er von diesem erbärmlichen Gesellen, der mich sechs Jahre lang mit seiner Polterstimme, seinen Stallwitzen, seiner Geckenhaftigkeit und der ewigen Aufzählung seiner eigenen Vorzüge verfolgt hat.

Aber ist denn ein solcher Brief wirklich gekommen? Du Schlimmer, das wollte ich vor allem mit Dir erörtern. Doch nein, Du hast ganz recht. Wenn ich Dich heute in meine Arme geschlossen hätte, vielleicht zum letztenmal, so hätte ich nimmermehr so ruhig überlegen können wie jetzt, wo ich einsam und allein bin. Von Stund an wird unser Glück Fesseln tragen. Wird Dir das leid tun? Höchstens an den Tagen, da Dich keines der Bücher Deines Freundes Fouqué in Beschlag nimmt. Ich bringe das Opfer. Gleichgültig, ob es ein anonymer Brief war oder nicht: morgen werde ich meinem Mann mitteilen, *ich* hätte einen anonymen Brief bekommen. Es sei unverzüglich nötig, Dich unter irgendeinem anständigen Vorwande zu Deinen Eltern zurückzuschicken.

Ach, Geliebtester, wir werden vierzehn Tage voneinander getrennt sein, vielleicht gar vier Wochen! Aber ich lasse Dir Gerechtigkeit widerfahren: Du wirst ebenso leiden wie ich. Wie dem auch sei, das ist das einzige Mittel, dem anonymen Briefe die Spitze abzubrechen. Übrigens ist es nicht der erste, den mein Mann bekommt, insbesondre nicht der erste, der mich verdächtigt. Ehedem, ach, wie habe ich darüber gelacht!

Der Zweck meines Gegenzuges ist der, meinem Mann einzureden, der Brief sei von Valenod. Daß er ihn in der Tat geschrieben hat, ist mir nicht zweifelhaft. Wenn Du unser Haus verlassen hast, richtest Du Dich in Verrières häuslich ein. Ich werde meinen Mann bestimmen, auch auf vierzehn Tage hinzugehen, um den Klatschbasen zu dokumentieren, daß zwischen ihm und mir das beste Einvernehmen besteht. In Verrières verkehre mit aller Welt, auch mit Liberalen! Die Damen werden Dich sicherlich alle in ihr Garn locken wollen.

Überwirf Dich vor allem nicht mit Valenod! Schneide ihm nicht etwa die Ohren ab, wie Du einmal gesagt hast. Im Gegenteil, sei recht nett mit ihm! Du mußt es zuwege bringen, daß alle Welt munkelt, Du würdest nun bei Valenod oder sonstwem Hauslehrer.

Das wird mein Mann niemals zugeben. Sollte er sich jedoch trotzdem dazu entschließen, so bleibst Du wenigstens in Verrières, und ich kann Dich hin und wieder sehen. Und meine Kinder, die so an Dir hängen, können Dich besuchen. Weißt Du, ich liebe meine Kinder mehr denn je, weil sie Dich lieben! Ach, ich Ärmste, wie wird das alles wohl enden? Ich will nicht abschweifen. Mit einem Worte, Du verstehst, wie Du Dich benehmen sollst! Sei liebenswürdig und höflich, ja nicht hochmütig zum Alltagsgesindel! Ich bitte Dich auf den Knien darum. Die Leute haben unser Schicksal in den Händen. Zweifle keinen Augenblick, daß sich mein Mann in seinem Verhalten zu Dir nach der Vorschrift der öffentlichen Meinung richten wird.

Den zweiten anonymen Brief mußt Du mir herrichten. Wappne Dich mit Geduld und einer Schere! Schneide die nötigen Worte aus einem Buche aus und klebe sie mit Gummiarabikum auf den bläulichen Briefbogen, den ich Dir beilege. Er stammt von Valenod. Sei gefaßt auf eine Durchsuchung Deiner Sachen und verbrenne das Buch mit den zerschnittenen Seiten. Solltest Du nicht alle Worte fertig vorfinden, so sei so geduldig und setze sie aus einzelnen Buchstaben zusammen! Um Dir möglichst wenig Mühe zu machen, habe ich

150

den Entwurf kurz gefaßt. Ach, wenn Du mich nicht mehr liebst, wie lang wird Dir dann dieser Brief vorkommen!

Der Entwurf lautete:

Gnädige Frau!
Alle Ihre geheimen Sprünge sind bekannt. Aber auch die Personen, denen daran liegt, daß dem ein Ende gemacht wird, sind benachrichtigt. Mit dem letzten bißchen Zuneigung, das ich für Sie hege, rate ich Ihnen, dem Bauernjungen ein für allemal den Laufpaß zu geben. Wenn Sie klug genug sind, um dies zu tun, wird Ihr Mann glauben, man habe ihn seit der Nachricht, die er erhalten, zum Narren gehabt. Man wird ihn dabei belassen. Denken Sie daran, daß ich Ihr Geheimnis weiß! Zittern Sie, Unglückliche! Sie sollen hinfüro nach meiner Pfeife tanzen!

Sobald Du mit dem Aufkleben der Wörter dieses Briefes fertig sein wirst (habe ich des biederen Armenamtsvorstandes Redeweise leidlich nachgeahmt?), verlässest Du das Haus. Ich werde Dich schon treffen.

Ich werde ins Dorf gehen und mit bestürzter Miene zurückkommen. Dies wird mir nicht schwer fallen. Lieber Gott, was wage ich nicht! Und alles das, weil Du einen anonymen Brief witterst. Ganz verstört werde ich den Brief meinem Manne einhändigen und ihm erzählen, ein Unbekannter hätte mir ihn gereicht. Du gehst mit den Kindern in den Wald spazieren und kommst erst zur Essenszeit heim.

Oben vom Felsenvorsprung kannst Du den Turm mit dem Taubenschlag sehen. Wenn unsre Sache gut geht, hänge ich dort ein weißes Taschentuch auf! Andernfalls nicht.

Undankbarer, wird Dein Herz den Drang verspüren und Mittel und Wege finden, mir zu sagen, daß Du mich liebst, ehe Du den Spaziergang antrittst? Was aber auch geschehen mag, des sei gewiß: den Tag unsrer endgültigen Trennung werde ich nicht überleben, ich Rabenmutter! Ich, Liebster, ich schreibe dieses Wort hin, ohne zu empfinden, wie inhaltsschwer es ist. Ich vermag in dieser Stunde nur an Dich zu denken. Wenn ich nur Dir gefalle! Jetzt, im Augenblick, wo ich Dich vielleicht verliere: wozu sollte ich da heucheln? Dir graut vor meiner Seele. Es sei! Vor dem, den ich über alles in der Welt liebe, will ich nicht lügen. Muß ich doch sonst schon genug Komödie spielen!

Wenn Du mich nicht mehr liebst, verzeihe ich Dir. Ich habe keine Zeit mehr, meinen Brief nochmals durchzulesen. Es soll mir ein leichtes sein, die glückseligen Tage, die ich in Deinen Armen verlebt, mit dem Tode zu büßen. Und Du weißt doch, daß ich auf ewig verdammt bin!«

KAPITEL XXI

Gespräch mit dem Herrn des Hauses

Alas, our frailty is the cause, not we:
For such as we are made of, such we be.
Twelfth Night

Mit kindlichem Vergnügen sammelte Julien eine Stunde lang die Wörter. Als er dann aus seinem Zimmer trat, begegnete er seinen Zöglingen und ihrer Mutter. Sie nahm ihm den Brief mit Selbstverständlichkeit und Kaltblütigkeit ab.

»Ist der Klebestoff auch schon trocken?« fragte sie.

Er war verblüfft. »Ist das die Frau, die vor Reue beinahe den Verstand verlieren wollte?« dachte er. »Was hat sie vor?« Er war zu stolz, sie darob zu fragen. Aber nie hatte sie ihm so gut gefallen.

»Wenn die Sache schief geht«, sagte sie in gleichgültigem Tone, »so wäre ich mittellos. Vergraben Sie diese Wertsachen irgendwo in den Bergen! Vielleicht ist das eines Tages meine letzte Rettung.«

Dabei steckte sie ihm ein niedliches Juchtenledertäschchen mit ein paar Goldstücken und Brillanten zu.

»Geht jetzt!« befahl sie, nachdem sie die Kinder geküßt hatte, den Jüngsten zweimal.

Julien rührte sich nicht. Raschen Schrittes verließ sie ihn, ohne ihn noch einmal anzusehen.

Von dem Augenblick an, wo Herr von Rênal den anonymen Brief geöffnet hatte, war ihm das Dasein eine Qual. Seit dem Duell, das er 1816 beinahe gehabt hätte, war er nicht wieder dermaßen in Erregung gewesen. Unleugbar hatte ihn der Gedanke, niedergeschossen zu werden, damals lange nicht so unglücklich gemacht wie jetzt der Brief. Er untersuchte ihn nach allen Richtungen. »Ist das nicht die Handschrift einer Frau?« fragte er sich. »Und wenn dem so wäre, welches Frauenzimmer hat das geschrieben?« Er ging sämtliche ihm bekannten Frauen von Verrières durch, ohne einen bestimmten Verdacht zu schöpfen. »Sollte ein Mann den Wisch diktiert haben? Aber wer?« Auch diese Erwägung brachte kein Ergebnis. Er wußte, daß fast alle seine Bekannten ihm nichts Gutes und alles Schlechte gönnten. »Ich muß einmal meine Frau fragen«, sagte er sich schließlich, wie er dies gewohnt war. Er erhob sich von dem Lehnstuhle, in den er gesunken war.

Kaum aufgestanden, schlug er sich vor die Stirn. »Beim Teufel!« sagte er sich. »Der muß ich doch vor allem mißtrauen! Sie ist jetzt mein Feind!« Tränen der Wut traten ihm in die Augen.

Es war eine gerechte Vergeltung, daß dieser herzlose Mensch, dieser echte Provinzler, an den beiden Menschen, die seine besten Freunde waren, in diesem Augenblick am meisten zweifelte.

»Des weiteren habe ich etwa zehn Freunde!« murmelte er vor sich hin. Er hieß sie im Geiste an sich vorüberziehen, wobei er bei jedem abwog, wie er ihn mehr oder weniger trösten würde. »Unsinn!« knirschte er. »Allen miteinander wird mein schändliches Mißgeschick eine Riesenfreude bereiten!« Dann wieder dachte er daran, daß er ein vielbeneideter Mann war. Wohlbegründetermaßen. Außer seinem prächtigen Stadthause, das durch den Aufenthalt Seiner Majestät auf ewig berühmt geworden war, besaß er das schmucke Schloß Vergy. Er hatte es blendendweiß anstreichen und die Fenster mit freundlichen grünen Läden schmücken lassen. Man sah das Schloß in einem Umkreise von drei bis vier Wegstunden. Es stach alle andern Landhäuser und sogenannten *Schlösser* der Nachbarschaft aus in ihrer altersgrauen Armseligkeit. Der Gedanke an alle diese Herrlichkeit tröstete ihn im Moment.

Herr von Rênal konnte höchstens auf das Mitleid eines einzigen Freundes rechnen, nämlich des Kirchenvorstands von Verrières. Aber das war ein alter Schwachkopf, der bei jeder Gelegenheit in Tränen schwamm. Und dieser Mann sollte seine Zuflucht sein?

»Ich bin das unglücklichste aller Menschenkinder!« rief er voll Grimm und Bitternis. »Ach, wie bin ich einsam!«

Er seufzte tief auf. »Soll ich in meinem Unglück keinen einzigen Freund haben, mit dem ich mich beraten kann? Ich selber verliere ja den Verstand. Ich fühle es. O Falcoz, o Ducros, ihr seid gerächt!« Das waren zwei Jugendfreunde, die er sich in seinem Dünkel 1814 entfremdet hatte. Sie waren nicht adelig, und er hatte die Kameradschaft, die zwischen ihnen von jeher gewaltet hatte, eindämmen wollen.

Der eine der beiden, Falcoz, ein kluger und wackerer Mensch, war erst Papierhändler in Verrières gewesen; später hatte er sich in Besançon eine Buchdruckerei gekauft und eine Zeitung gegründet. Aber die Pfaffen beschlossen seinen Untergang. Infolgedessen wurde ihm die Druckerlaubnis entzogen und sein Blatt unterdrückt. Unter so traurigen Verhältnissen hatte Falcoz es gewagt, zum erstenmal nach zehn Jahren wieder an Herrn von Rênal zu schreiben. Der Bürgermeister von Verrières hielt sich für verpflichtet, ihm im Stil eines alten Römers zu antworten: »Wenn das Königliche Ministerium des Innern mein Gutachten hierüber einzuverlangen geruhen wollte, so würde ich es wie folgt formulieren: Man muß ohne Gnade und Barmherzigkeit sämtlichen Provinzdruckereien ein Ende bereiten und aus dem Druckgewerbe ebenso ein Staatsmonopol machen wie aus der Tabakfabrikation.« Jetzt erinnerte sich Rênal schaudernd seiner Antwort an den ehemaligen Freund, den damals ganz Verrières bedauerte. »Das hätte mir keiner gesagt, daß ich, der Bürgermeister, Großgrundbesitzer und Ritter, dies einmal bereuen würde!« In solchen Zornesanfällen, bald gegen sich selbst, bald gegen seine gesamte Umgebung, verbrachte er eine schreckliche Nacht. Auf den Gedanken aber, seine Frau zu belauern, kam er zum Glück nicht.

»Ich bin an Luise gewöhnt. Sie ist in alle meine Angelegenheiten eingeweiht. Wenn ich morgen frei wäre und wieder heiraten wollte, fände ich keine, die sie mir ersetzte.« Nun umschmeichelte ihn der Gedanke, seine Frau sei schuldlos. Bei dieser Annahme sah er sich nicht mehr gezwungen, den Mann von Charakter zu spielen. Gab es eine einfachere Lösung? »Welche Frau hätte man nicht schon verleumdet?« fragte er sich.

»Das hat aber auch seinen Haken!« rief er plötzlich aus und ging nervös auf und ab. »Soll ich gar dulden, wie ein obskurer armer Teufel, daß sie sich mitsamt ihrem Liebsten über mich lustig macht? Soll sich ganz Verrières über meine Trottelhaftigkeit ins Fäustchen lachen? Soll ich einen zweiten Charmier abgeben?« (Charmier war ein Mann, den seine Ehefrau tatsächlich hinterging.) »Zieht nicht ein Grinsen über aller Mienen, wenn die Rede auf ihn kommt? Er ist ein guter Advokat, aber wer rühmt seine forensischen Talente? Spricht man nicht immer bloß: *Charmier, ach der! Das ist doch der mit den Hörnern!*«

Dann sagte er sich wieder: »Gott sei Dank, daß ich keine Tochter habe. Wenn ich meine Frau gehörig bestrafe, so schadet das wenigstens meinen Kindern nicht. Ich kann diesen Bauernlümmel bei meiner Frau überraschen. Sie alle beide erdolchen! In diesem Falle beseitigt die Tragik alles Lächerliche.« Die Idee gefiel ihm. Er überlegte sie sich bis in die Einzelheiten. »Das Strafgesetzbuch habe ich auf meiner Seite«, sagte er sich, »und was auch geschehen mag, die Geistlichkeit und meine Freunde unter den Geschworenen werden mir zum Freispruche verhelfen.« Er prüfte seinen Hirschfänger. Er war haarscharf, aber bei dem Gedanken an Blut gruselte es ihn.

»Ich könnte diesen frechen Hauslehrer lendenlahm prügeln und aus dem Hause jagen. Aber was gäbe das für einen Skandal in Verrières und im ganzen Kreise! Nach dem Prozesse gegen die Falcozsche Zeitung, als ihr Hauptschriftleiter aus dem Gefängnis entlassen wurde, da habe ich dabei geholfen, daß er seine Stellung mit zweihundert Talern Gehalt nicht wieder bekam. Neuerdings soll sich der Schmierifax in Besançon wieder mausig gemacht haben. Er kann mich geschickt anpöbeln, und zwar so, daß es unmöglich ist, ihn gerichtlich zu fassen. Und wenn man es versucht, so fabelt der unverschämte Kerl vor den Schöffen gar vom Wahrheitsbeweis usw. Ein hochgeborener Mann, der seinen Rang wahrt wie ich, wird naturgemäß von allen Plebejern gehaßt. Ich würde durch alle Schandblätter von Paris gezerrt! Allmächtiger, welch ein Sturz von der Höhe! Der gute alte Name derer von Rênal im Schmutze der Lächerlichkeit! Wenn ich dann einmal eine Reise mache, muß ich es unter falschem Namen tun. Ich meinen Namen lassen, der mein Stolz, mein ein und alles ist! Wie bin ich unglücklich!

Wenn ich meine Frau aber nicht töte, sondern bloß mit Schimpf und Schande von dannen jage, so hat sie in Besançon die alte Tante, die ihr ohne weiteres ihr Vermögen zur Verfügung stellt. Luise und Julien werden kreuzvergnügt in Paris wohnen. Man wird es in Verrières erfahren, und ich bin auch wieder der Geprellte . . .« Am trüben Schein seiner Lampe merkte der unglückliche Mann, daß der Morgen graute. Er ging in den Garten, um frische Luft zu schöpfen. Schon war er so gut wie entschlossen, einen Skandal zu vermeiden, denn er bedachte, daß seine guten Freunde eine Riesenfreude daran haben würden.

Der Spaziergang durch den Garten machte ihn ruhiger. »Nein«, murmelte er vor sich hin, »von meiner Frau trenne ich mich auf keinen Fall. Sie ist mir viel zu nützlich.« Und voll Grauen stellte er sich vor, was aus seinem Hause ohne seine Frau werden sollte. Er hatte nur eine einzige Verwandte, die Marquise von Tourvel, eine halbblöde alte boshafte Person.

Plötzlich kam ihm ein, wie ihn dünkte, grundgescheiter Gedanke. Allerdings ihn auszuführen, erforderte etwas mehr Energie, als sich der Ärmste zutraute. »Ich kenne mich«, meinte er. »Wenn ich meine Frau behalte, so werde ich ihr eines Tages, wenn mich etwas an ihr ärgert, ihren Seitensprung vorwerfen. Sie hat ihren Stolz, und so werden wir uns überwerfen, und zwar, ehe wir die Tante beerbt haben. Dann bin ich in den Augen der Leute der Dumme. Ich bekomme keinen roten Heller; höchstens einmal meine Kinder, die sie ja liebt. Mich wird alle Welt auslachen. Seht! wird es heißen. Er hat sich von seiner Frau alles gefallen lassen! Somit ist es offenbar das beste, wenn ich den Verdacht auf sich beruhen lasse und ihn gar nicht erst auf die Wahrheit hin untersuche. Allerdings binde ich mir damit die Hände. Ich darf ihr niemals einen Vorwurf machen.«

Eine kleine Weile später regte sich seine verletzte Eitelkeit von neuem. Er suchte sich aller der Histörchen zu entsinnen, die beim Billard in der *Harmonie* und in der *Adelsressource* von losen Zungen erzählt zu werden pflegten, um sich auf Kosten irgendeines betrogenen Ehemannes zu belustigen. Solche Witze kamen ihm mit einemmal inhuman vor.

»Warum habe ich überhaupt noch eine Frau? Sie könnte längst gestorben sein. Dann käme eine solche Blamage für mich nicht mehr in Frage. Dann wäre ich Witwer und verbrächte das halbe Jahr in Paris in der ersten Gesellschaft.« Der

Gedanke an dies Witwertum stimmte ihn einen Moment glücklich. Alsbald aber geriet er in Nachgrübeln, wie er hinter die Wahrheit kommen könne. Ob er nachts, wenn alles schlief, vor Juliens Zimmer eine dünne Schicht Kleie streuen solle? Dann wären frühmorgens Fußspuren zu sehen.

»Unsinn! Das Mittel taugt nichts!« widersprach er sich selber. »Elise, der Racker, merkt es sicher auch, und dann wissen sämtliche Dienstboten, daß ich eifersüchtig bin.«

Aus einer Stammtischgeschichte fiel ihm ein, daß sich ein Ehemann seiner Hahnreischaft dadurch vergewissert hatte, daß er an der Tür seiner Frau ein Haar derartig mit Wachs befestigt hatte, daß es beim Öffnen zerreißen mußte. Nach so stundenlanger Unentschlossenheit dünkte Herrn von Rênal dieses Aufklärungsmittel probat. Eben beschloß er, es zu versuchen, als seine Frau, die er lieber tot gesehen hätte, hinter den Bäumen auftauchte und auf ihn zugeschritten kam.

Sie war im Dorf gewesen. In der Kirche hatte sie die Messe gehört. Nach der legendären Überlieferung gehörte die kleine Dorfkirche von Vergy ehedem zum Schlosse des Ritters von Vergy. Als Frau von Rênal zu beten begann, fiel ihr die alte Sage ein. Und eine Vorstellung ließ sie nicht wieder aus dem Banne. Immerfort sah sie im Geiste ihren Mann, der auf der Jagd scheinbar zufällig Julien gemordet hatte und sie abends zwang, sein Herz zu essen.

Als sie die Kirche verließ, sagte sie sich: »Mein Schicksal hängt davon ab, was er bei sich denkt, wenn er mich angehört hat. Wer weiß, ob ich nach dieser verhängnisvollen Viertelstunde je wieder Gelegenheit habe, mit ihm zu sprechen. Mein Mann ist kein bedachtsamer und überlegener Kopf. Wenn ich meinen schwachen Verstand anstrengte, wüßte ich wohl, was er sagen und tun wird. Er hat die Macht, über sein und mein ferneres Schicksal zu entscheiden. Diese Entscheidung hängt von meiner Geschicklichkeit ab. Es muß mir gelingen, diesen Hitzkopf zu leiten. Er ist in der Wut blind und sieht dann alle Dinge nur halb. Großer Gott, ich habe Gewandtheit und Kaltblütigkeit nötig. Woher soll ich die nehmen?«

Wie durch ein Wunder fand sie Gleichmut und Ruhe, als sie den Garten betrat und von weitem ihren Mann erblickte. Seine unordentliche Kleidung und sein wirres Haar verrieten ihr, daß er nachts nicht geschlafen hatte.

Sie reichte ihm einen erbrochenen, wieder zusammengefalteten Brief. Herr von Rênal sah seine Frau verstört an.

»Eine wahre Schande!« erklärte Frau von Rênal. »Ein Mann, der verdächtig aussah, der dich angeblich kennt und dir Dank schuldig zu sein behauptet, hat mir diesen Brief soeben zugesteckt, als ich hinterm Garten des Notars vorüberging. Eins verlange ich von dir: daß du Herrn Sorel zu seinen Eltern zurückschickst, und zwar auf der Stelle!« Diese Forderung Frau von Rênals war vielleicht voreilig. Sie wollte die ihr entsetzliche Notwendigkeit, zu reden, möglichst schnell hinter sich haben.

Als sie wahrnahm, daß ihre Worte in ihrem Mann Freude erweckten, war sie selig. Aus seinen starren, auf sie gerichteten Blicken schloß sie, daß Julien richtig vermutet hatte. Anstatt über diese im Grunde unheilvolle Tatsache betrübt zu sein, dachte sie lediglich: »Wie klug ist doch Julien! Wie feinfühlig! So jung und solche Menschenkenntnis! Wie weit wird er es noch bringen! Aber dann, ach, dann wird er mich vergessen!«

Ihre heimliche Bewunderung des Mannes, den sie über alles schätzte, nahm ihr den letzten Rest von Aufregung.

Sie frohlockte über ihren Mut. »Ich bin seiner nicht unwürdig!« lobte sie sich in stiller inniger Wonne.

Aus Furcht, sich zu binden, sagte Herr von Rênal kein Wort, sondern machte sich zunächst an das Studium des zweiten anonymen Briefes, des zusammengeklebten. Darnach meinte er müden Tones: »Man macht sich in jeder Weise über mich lustig.«

Bei sich setzte er hinzu: »Abermals Beschuldigungen, die

zu untersuchen wären! Immer wieder wegen meiner Frau!« Es fehlte nicht viel, so hätte er sie auf das gröblichste beschimpft. Nur die Aussicht auf die Erbschaft in Besançon hinderte ihn mühselig daran. Er mußte seinen Zorn an irgend etwas auslassen, und so zerknüllte er diese zweite Denunziation, wobei er mit großen Schritten auf und ab lief. Er hatte das Bedürfnis, allein zu sein. Ein Weilchen darauf, ruhiger geworden, kam er wieder zu seiner Frau.

Sie ergriff sofort das Wort: »Es bedarf eines Entschlusses. Julien muß fort! Besondre Rücksicht ist bei so einem Bauernjungen nicht nötig. Du zahlst ihm ein paar Taler Abfindung. Er ist ein gescheiter Mensch und wird leicht woanders unterkommen. Zum Beispiel bei Valenod oder beim Landrat von Maugiron, die beide Kinder haben. Somit schädigst du ihn gar nicht...«

»Da kommt so recht deine Beschränktheit zutage!« unterbrach Herr von Rênal sie heftig und grob. »Weiber haben wirklich kein bißchen gesunden Menschenverstand! Nie kriegt ihr das Wesentliche einer Sache heraus! Zu nichts seid ihr nütze! Gleichgültig seid ihr, träge, höchstens zur Schmetterlingsjagd zu gebrauchen! Klägliche Geschöpfe! Es ist ein Elend, euch im Hause zu haben...«

Frau von Rênal ließ ihn reden, und er redete lange. Er redete sich sozusagen den Ärger vom Leibe.

»Verehrtester«, erwiderte sie, »ich spreche als Frau, die im Heiligsten verletzt ist, was sie besitzt, in ihrer Ehre!«

Während dieses ganzen ihr peinlichen Auftrittes blieb sie unerschütterlich kaltblütig. Hing doch davon die Möglichkeit ab, weiterhin unter einem Dache mit Julien zu leben. Unempfänglich gegen alle die kränkenden Worte, die ihr entgegengeschleudert wurden, suchte sie nach Motiven, die imstande waren, ihren vor Jähzorn blinden Gatten zu düpieren. Was er ihr sagte, hörte sie gar nicht. Sie dachte nur an den Geliebten: »Wird er mit mir zufrieden sein?«

»Vielleicht kann er nichts dafür«, sagte sie, »der kleine

Bauer, dem wir so sehr viel Gutes angetan haben. Aber auf jeden Fall ist er der Anlaß, daß man mich zum erstenmal in meinem Leben beleidigt hat . . . Als ich den niederträchtigen Zettel da las, habe ich mir geschworen, daß eins von uns beiden das Haus verlassen wird: er oder ich!«

»Willst du einen Skandal in die Welt setzen? Mich und dich blamieren? Das wäre für so manchen in Verrières ein gefundenes Fressen!«

»Ich gebe zu: die Leute beneiden dich allgemein, weil du es mit Umsicht und Klugheit verstanden hast, deine, deiner Familie und der Stadt Interessen zu fördern. Also gut! Dann werde ich unsern Hauslehrer veranlassen, sich von dir vier Wochen Urlaub zu erbitten. Er kann sich ja zu seinem guten Freunde, dem Holzhändler oben im Gebirge, begeben. «

Herr von Rênal war inzwischen besonnener geworden. »Ich bitte mir aus«, entgegnete er ihr, »daß du dies mir überläßt! Vor allem verlange ich, daß du nicht mit ihm sprichst. Deine Aufgeregtheit macht die Sache nur noch schlimmer und bringt mich bloß mit ihm in Differenzen. Du weißt, wie vorsichtig man das Herrchen behandeln muß. «

»Der Bursche hat keine Manieren«, gab sie zu. »So gescheit er auch sein mag. Das weißt du am besten. Alles in allem ist er ein richtiger Bauer. Seit er Elisens Heiratsantrag ausgeschlagen hat, ist es mit meiner guten Meinung über ihn vorbei. Damit hätte er sich seine Zukunft gesichert. Und bloß, weil sie ein heimliches Techtelmechtel mit Valenod haben soll . . . «

»Wie? Was?« unterbrach Herr von Rênal, indem er die Augen gewaltig aufriß. »Hat dir das Julien gesagt?«

»Das nicht gerade. Er hat mir immer nur erklärt, er fühle heilige Pflichten in sich. Hirngespinst! Die heiligste Pflicht eines armen Schluckers ist, sich das tägliche Brot zu sichern! Habe ich da nicht recht? Allerdings hat er mir einmal angedeutet, daß er von den heimlichen Beziehungen Elisens wisse. «

»So! So!« rief Rênal, von neuem in heller Wut, und jedes Wort betonend, fuhr er fort: »In – meinem – Hause – gehen – also – Dinge – vor, – von – denen – ich – nichts – erfahre! Ist das Tatsache, daß Valenod und Elise etwas miteinander haben?«

»Aber das ist doch eine alte Geschichte, Verehrtester!« rief Frau von Rênal lachend. »Vielleicht war weiter nichts Schlimmes dabei. Das war damals, wo dein guter Freund Valenod gar nicht böse gewesen wäre, wenn man in Verrières geglaubt hätte, daß sich zwischen ihm und mir ein kleiner Flirt entsponnen hätte.«

»Hm! Das ist mir ja nicht ganz entgangen . . .«, meinte Herr von Rênal und schlug sich wütend auf die Stirn. Er fiel von einer Überraschung in die andre. »Und das hast du mir auch nicht gesagt!«

»Sollte ich wegen einer kleinen galanten Anwandelung deines geliebten Armenamtsvorstandes Zwietracht zwischen zwei alte Freunde säen? Sag mir mal, an welche Dame der Gesellschaft hätte dieser eitle Geck noch keine geistreich-gefühlvollen Episteln gerichtet?«

»Er hat dir Briefe geschickt?«

»Einen ganzen Stoß!«

»Zeig mir diese Briefe! Augenblicklich! Ich befehle es dir!«

Herr von Rênal reckte sich in seiner ganzen Länge auf.

»Ich werde mich hüten«, antwortete sie mit kühler Artigkeit. »Wenn du wieder vernünftig bist, werde ich sie dir gelegentlich geben.«

»Nein, auf der Stelle, Schockschwerenot!« schrie er in wilder Wut, aber doch in glücklicherer Verfassung denn je in den letzten vierundzwanzig Stunden.

»Schwöre mir«, sagte Frau von Rênal feierlich, »daß du mit dem Armenamtsvorstand niemals seiner Briefe wegen Streit beginnen wirst!«

»Streit oder nicht Streit! Ich kann ihm sein Amt entziehen.

Und unbedingt muß ich die Briefe auf der Stelle haben! Wo sind sie?«

»In einem Schubfach meines Schreibtisches. Aber den Schlüssel gebe ich auf keinen Fall her.«

»Ich werde ihn schon aufkriegen!« rief er und rannte in das Zimmer seiner Frau.

In der Tat erbrach er mit einem Stemmeisen den kostbaren, schön gemaserten Mahagonischreibtisch. Er war in Paris gekauft, und oft hatte Herr von Rênal ihn mit dem Rockzipfel abgewischt, wenn er nur einen Hauch auf der Politur zu bemerken glaubte.

Frau von Rênal flog die einhundertundzwanzig Stufen im Turm hinauf zum Taubenschlag und knüpfte ihr weißes Taschentuch ans Guckfenstergitter. Sie war überglücklich. Tränen in den Augen, spähte sie nach dem Bergwald. »Gewiß«, dachte sie, »harrt Julien dort unter einer der buschigen alten Buchen meines glücklichen Zeichens.« Lange lauschte sie. Sie verwünschte das eintönige Gezirp der Grillen und das Gurren der Tauben. Ohne dieses störende Geräusch hätte sie gewiß einen Jodler vom Felsenvorsprung her vernommen. Ihr sehnsüchtiges Auge überflog die Höhen, an denen das Wipfelmeer wie eine endlose Wiese hing. »Er könnte doch so gescheit sein und mir durch irgendein Zeichen kundtun, daß sein Glück dem meinen gleicht«, dachte sie tieftraurig. Sie blieb auf dem Turm, bis sie Angst bekam, ihr Mann könne sie oben suchen.

Sie fand ihn in grimmiger Stimmung. Er war dabei, die Tiraden Valenods zu überfliegen, die wenig geeignet waren, in aufgeregter Verfassung gelesen zu werden.

Frau von Rênal paßte einen Augenblick ab, wo ihr Mann in seinem lauten Schimpfen innehielt, um zu Worte zu kommen: »Ich kann mich nicht beruhigen. Julien muß aus dem Hause! Mag er ein noch so guter Lateiner sein, ein grober Bauer ist und bleibt er doch. Zuweilen läßt er es am Takt fehlen. Er bildet sich ein, wunder wie artig zu sein, wenn er

163

einem überschwengliche geschmacklose Komplimente macht. Und das tut er häufig. Wahrscheinlich hat er sie aus irgendwelchen Romanen...«

»Unsinn! Er liest ja gar keine«, fuhr Herr von Rênal dazwischen. »Das weiß ich bestimmt. Denke nur nicht etwa, ich sei so blind, daß ich gar nicht wüßte, was in seiner Stube vorgeht!«

»So! Um so schlimmer für ihn! Wenn er seine törichten Komplimente aus keinem Romane hat, dann erfindet er sie eben selber. In dem Tone wird er von mir auch in Verrières gesprochen haben. Aber das brauchen wir nicht einmal anzunehmen ...« Frau von Rênal machte eine kleine Pause und tat, als ginge ihr ein Licht auf. Sodann fuhr sie fort: »Julien braucht in dem Stile nur mit Elise geschwatzt zu haben. Das ist genau dasselbe, als hätte er es Valenod ins Gesicht gesagt ...«

»Donner und Doria!« schrie Rênal und schlug so derb auf den Tisch, daß alles im Zimmer wackelte. »Der anonyme Brief mit der verfluchten Kleberei und Valenods Süßholzgeraspel haben das gleiche Papier!«

»Das hat lange gedauert!« dachte Frau von Rênal. Sie gab sich den Anschein, als drücke diese Entdeckung sie zu Boden. Gleichsam sprachlos setzte sie sich still in der andern Ecke des Salons auf das Sofa.

Die Schlacht war so gut wie gewonnen. Nur hatte Frau von Rênal viel Mühe, ihren Mann daran zu hindern, zu dem vermeintlichen Schreiber des anonymen Briefes zu laufen und ihn zur Rede zu stellen.

»Sagst du dir nicht selbst, daß es das allerverkehrteste wäre, Valenod ohne genügende Beweise eine Szene zu machen? Du bist vielbeneidet. Und warum? Wegen deiner Fähigkeiten. Wegen deiner vorzüglichen Amtstätigkeit. Wegen deiner geschmackvollen Bauten. Wegen der Mitgift, die ich dir eingebracht habe und ganz besonders wegen der großen Erbschaft, die uns von unsrer guten Tante her winkt, wenn-

gleich man sie wohl stark überschätzt. Alles das hat dich zur
Hauptperson von Verrières gemacht . . .«

»Du vergißt meine Herkunft«, fügte Herr von Rênal
hinzu. Er sah nicht mehr so finster aus.

»Nein, nein!« fuhr sie eifrigst fort. »Du bist einer der
vornehmsten Edelleute der Gegend. Wenn der König machen könnte, was er möchte, wenn er den Aristokraten zu
ihren Rechten verhelfen könnte, so würdest du zweifellos
in der Pairs-Kammer sitzen und wer weiß was sein. Und
bei dieser Superiorität willst du deinen Neidern eine Blöße
bieten?

Mit Valenod von seinem anonymen Briefe sprechen, das
hieße vor ganz Verrières, – was sag ich! – vor Besançon und
dem ganzen Regierungsbezirk öffentlich kundgeben, daß
dieser Spießbürger, den ein Rênal unbedachterweise seiner
Freundschaft gewürdigt hat, imstande war, ihn zu beleidigen. Wenn die Briefe, die du dir gewaltsam angeeignet hast,
ein Beweis wären, daß ich Valenods Liebe erwidert hätte, so
müßtest du mich töten. Das hätte ich dann tausendfach verdient. Aber zum Zeugen deines Zornes darfst du ihn niemals
machen. Vergegenwärtige dir, daß alle unsre Nachbarn nur
auf einen Anlaß lauern, über dich herzufallen! Vergegenwärtige dir, daß du im Jahre 1816 der Urheber gewisser Verhaf-
tungen warst. Der Mann, der sich auf das Dach seines Hauses
geflüchtet hatte . . .«

»Ich vergegenwärtige mir«, unterbrach Rênal sie heftig,
»daß du gegen mich weder Rücksicht noch Freundschaft
kennst!« Die volle Bitternis der Erinnerung an jene Dinge
sprach aus ihm. »Wenn ich wenigstens Pair geworden wäre!«

»Ich denke, mein Lieber«, erwiderte Frau von Rênal lächelnd, »daß ich einmal reicher sein werde denn du, daß ich
seit zwölf Jahren deine Kameradin bin, und daß ich dadurch
auch ein Wörtchen im Hause mitzureden habe, zumal in einer
Angelegenheit wie der heutigen . . .« Und mit kaum verhohlener Entrüstung setzte sie hinzu: »Wenn dir Julien mehr

wert ist als ich, so bin ich bereit, den Winter bei meiner Tante zuzubringen.«

Die letzten Worte brachte sie meisterhaft heraus. Es lag bei aller Höflichkeit Bestimmtheit in ihrem Auftreten. Herr von Rênal fügte sich innerlich. Aber wie das Kleinstädter machen: er redete noch lange hin und her und kam auf sämtliche Argumente noch einmal zurück. Seine Frau ließ ihn räsonieren. Endlich, nach zwei Stunden nutzloser Rederei, bekam er es selber satt. Seine Kräfte waren zu Ende, zumal er die ganze Nacht vor Wut nicht geschlafen hatte. Sein Plan, wie er sich Valenod, Julien und schließlich Elisen gegenüber verhalten wollte, war gefaßt.

Ein- oder zweimal während dieser großen Szene war Frau von Rênal nahe daran, mit dem Manne, der zwölf Jahre lang ihr Lebensgefährte gewesen, Mitgefühl zu empfinden. Aber große Leidenschaft ist egoistisch. Ihre fortwährende Erwartung, er werde den gestern abend eingegangenen Brief erwähnen, erfüllte sich nicht. Frau von Rênal fühlte sich nicht völlig sicher, ehe sie nicht wußte, was man ihrem Manne alles aufgeredet hatte. Ein Ehemann hat das Schicksal seiner Frau in der Hand.

Die Odaliske im Serail kann den Großherrn von ganzer Seele lieben; er ist allmächtig, sie kann nicht hoffen, ihm die Autorität durch Schliche und Ränke entwinden zu können. Der Gegenschlag des Großherrn ist furchtbar und blutig, aber auch eines Kriegers würdig und nicht ohne Großmut. Ein Dolchstoß macht allem ein Ende. Durch die öffentliche Verachtung mordet der Gatte im 19. Jahrhundert seine Frau. Dies geschieht, wenn sich ihr alle Salons verschließen.

Dieses Gefühl der Gefahr war so mächtig in Frau von Rênal, daß sie sich in ihr Zimmer zurückzog. Die Unordnung, in der sie es fand, entsetzte sie. Die Schlösser aller Schubfächer ihres Schreibtisches waren erbrochen. »Daran sieht man, wie erbarmungslos er gewesen wäre!« sagte sie sich. Der Anblick dieser Brutalität verscheuchte ihre letzten Skrupel.

Kurz vor Essenszeit kam Julien zurück. Beim Nachtisch, als sich die Dienstboten entfernt hatten, sagte Frau von Rênal trocknen Tones zu ihm: »Sie haben mich gebeten, Herr Sorel, auf vierzehn Tage nach Verrières gehen zu dürfen. Herr von Rênal hat Ihnen diesen Urlaub bewilligt. Sie können ihn antreten, wann es Ihnen beliebt. Aber damit die Kinder nichts versäumen, werden Ihnen ihre Arbeiten täglich zur Durchsicht zugehen.«

Herr von Rênal fügte griesgrämig hinzu: »Das heißt: Von mir aus haben Sie nur acht Tage!«

Julien ersah aus seinem Gesicht die Nervosität eines arg gequälten Mannes.

»Er hat noch immer keinen festen Entschluß«, meinte Julien zu seiner Freundin, als sie einen Augenblick allein im Salon waren. Sie erzählte ihm rasch alles. »Heute nacht Näheres!« schloß sie vergnügt.

»Sind die Weiber doch verdorben!« dachte Julien. »Es ist ihnen ein Genuß, uns zu hintergehen. Sie tun es triebmäßig.« Laut sagte er, nicht ohne leichte Kühle, zu Frau von Rênal: »Ich finde, die Liebe hat dich scharfäugig und blind zugleich gemacht. Du hast dich heute bewundernswert benommen. Ist es aber klug, uns heute nacht zu sehen? Das Haus wimmelt von Feinden. Denke nur an Elisens leidenschaftlichen Haß gegen mich!«

»Dieser Haß hat große Ähnlichkeit mit deiner leidenschaftlichen Gleichgültigkeit gegen mich!«

»Gleichgültig oder nicht gleichgültig: Ich muß dich retten aus der Gefahr, in die ich dich gestürzt habe. Elise kann deinem Mann mit einem einzigen Worte alles verraten. Und was hindert ihn, in der Nähe meines Zimmers zu lauern, eine Waffe in der Hand?«

»Also nicht einmal Mut!« warf sie mit dem ganzen Hochmut einer vornehmen Dame hin.

Julien erwiderte kalt: »Niemals werde ich mich erniedrigen, von meinem Mut zu reden. Das wäre ordinär. Die Welt wird mich nach meiner Tat beurteilen!« Aber dann fügte er hinzu, indem er ihre Hand ergriff: »Ach, du ahnst ja nicht, wie sehr ich an dir hänge und wie groß meine Freude ist, daß ich dir vor dieser grausamen Trennung Lebewohl sagen darf!«

KAPITEL XXII

Geselliges Leben um 1830

Dem Menschen wurde die Rede gegeben, damit
er seine Gedanken verbergen könne.
R. P. Malagrida

Kaum war Julien in Verrières, als er sich bereits Vorwürfe machte, gegen Frau von Rênal ungerecht gewesen zu sein. »Wenn sie bei ihrem Auftritt mit ihrem Manne versagt hätte, aus Inferiorität, so hätte ich sie als dummes Frauenzimmer verachtet. Aber sie hat sich meisterhaft diplomatisch benommen, und schon habe ich Mitleid mit dem Besiegten, obgleich er mein Feind ist. Es ist nicht gerade weltmännisch von mir. Ich fühle mich in meiner Eitelkeit verletzt. Schließlich ist Herr von Rênal ein Mann, das heißt Mitglied der großen erlauchten Körperschaft, der ich die Ehre habe anzugehören. Ich armer Schelm!«

Chélan hatte die Unterkunft abgelehnt, die ihm von den Liberalen des Ortes schier um die Wette angeboten worden war, als er bei seiner Amtsentsetzung das Pfarrhaus verlassen mußte. Die beiden Stuben, die er sich gemietet, standen voller Bücherkisten. Julien, der den Leuten zeigen wollte, daß sie sich um ihren alten Pfarrer zu kümmern hätten, holte bei seinem Vater ein Dutzend Tannenbretter, die er selber auf den Schultern durch die Hauptstraße schleppte, borgte sich bei einem Schulfreunde Handwerkszeug und zimmerte Bücherregale, in denen er die Bibliothek Chélans aufstellte.

Unter Freudentränen dankte ihm der alte Mann: »Ich hielt

dich für verdorben durch die eitle Welt, mein Sohn. Aber dies macht die Kinderei mit dem bunten Ehrengarderock wieder gut. Das hat dir viele Feinde bereitet.«

Herr von Rênal hatte Julien befohlen, im Rênalschen Hause zu wohnen. Kein Mensch ahnte, was vorgefallen war. Drei Tage nach seiner Ankunft wurde Julien in seinem Zimmer von keinem Geringeren als dem Landrat von Maugiron aufgesucht. Nach einem ewig langen Geschwätz über die Schlechtigkeit und Unredlichkeit der Menschen heutzutage, woran das arme Frankreich schließlich zugrunde gehen werde, kam Julien endlich hinter den Grund des Besuches. Schon waren die beiden im Flur an der Treppe, der armselige halbentlassene Hauslehrer und der hochmögende künftige Regierungspräsident, als dieser geruhte, auf Juliens Zukunft anzuspielen und seine Genügsamkeit hinsichtlich Gehalt usw. zu loben. Schließlich drückte Maugiron ihm väterlich die Hand und machte ihm den Vorschlag, Herrn von Rênal zu kündigen und zu einem *Regierungsbeamten* zu gehen, der einen Erzieher für seine Kinder brauche und der – wie der König Philipp – dem Himmel nicht nur dafür dankbar war, daß er sie ihm geschenkt hatte, sondern zusätzlich noch dafür, daß sie in der Gegend Juliens geboren worden seien. Das dortige Gehalt betrage achthundert Franken, die nicht monatlich gezahlt würden, was nicht fein sei, sondern vierteljährlich und immer im voraus.

Jetzt ergriff Julien das Wort, auf das er lange genug hatte warten müssen. Was er erwiderte, war musterhaft, dazu langatmig wie eine Oberlandesgerichtsentscheidung. Er ließ allerlei durchblicken, sagte aber nichts Bestimmtes. Nach Belieben konnte Maugiron Ehrerbietung vor Herrn von Rênal, ungemeine Schätzung der öffentlichen Meinung von Verrières und tiefe Dankbarkeit gegen den hochwohllöblichen Landrat heraushören. Herr von Maugiron war erstaunt, einen noch größeren Jesuiten gefunden zu haben, als er selber war. Vergeblich gab er sich Mühe, etwas Greifbares aus ihm herauszubekommen. Zu seinem innigsten Vergnügen fand Julien Gelegenheit, sich im Disputieren zu üben. Er gab die nämliche Antwort immer wieder in neuer Fassung. Noch nie hat ein beredter Minister, der das Ende einer Sitzung nutzt, in der Zeit, in der die Abgeordneten aus dem Schlaf erwachen, mit so vielen Worten so wenig gesagt. Als der Landrat gegangen, fing Julien an, wie ein Verrückter zu lachen. Um seine schöne Jesuitenstimmung auszunutzen, schrieb er unverzüglich einen neun Seiten langen Brief an Herrn von Rênal, in dem er ihm berichtete, was ihm eben angeboten worden war, und ihn untertänigst um Rat bat. Dabei sagte er sich: »Dieser Schlaumeier hat mir aber doch nicht verraten, wer mir das Angebot eigentlich machen läßt! Höchstwahrscheinlich Valenod. Er vermutet in meiner Verbannung nach Verrières die erste Wirkung seines anonymen Briefes.«

Als der Brief aufgegeben war, ging Julien, gutgelaunt wie ein Jäger, der in der Frühe eines schönen Herbstmorgens ein wildreiches Jagdgelände betritt, zum Pfarrer Chélan, sich dessen Rat zu erbitten. Aber ehe er zu dem alten Mann gelangte, führte ihm der ihm heute so gütige Himmel Herrn Valenod in den Weg. Ihm vertraute Julien den Zwiespalt seines Herzens an. Ein armer Bursche wie er, heuchelte er ihm vor, müsse sich dem Berufe, dem ihn eine Stimme von oben zuführe, mit Leib und Seele widmen. Doch genüge es in diesem irdischen Jammertale nicht, sich berufen zu fühlen. Um ein würdiger Arbeiter im Weinberge des Herrn zu sein und so vieler gelehrter Mitarbeiter nicht gänzlich unebenbürtig, brauche man Kenntnisse. Zwei kostspielige Jahre im Seminar zu Besançon seien unumgänglich. Dies müsse er sich durch Ersparnisse ermöglichen, und solche wären bei einem Gehalt von achthundert Franken, vierteljährlich im voraus gezahlt, leichter zu machen als bei sechshundert Franken, die sich bei monatsweiser Zahlung verkrümelten. Hinwiederum käme es ihm vor, als ob Gott der Allmächtige, der ihn zu den jungen Rênals geleitet und ihn mit besonderer Liebe für sie erfüllt habe, ihm deutlich genug zeige, daß er unrecht täte, wenn er die Erziehung dieser Kinder um andrer willen aufgäbe . . .

Julien besaß bereits so große Virtuosität in der Beredsamkeit, die in Frankreich seit 1815 an die Stelle der Tatenlust der napoleonischen Zeit getreten war, daß ihn sein eigener Klingklang schließlich selber anödete.

Als er wieder nach Hause kam, fand er einen Diener Valenods in großer Livree vor. Der Mann hatte ihn in der ganzen Stadt gesucht, um ihm eine Einladung zu Tisch für den selben Tag zu überbringen.

Julien war noch nie im Valenodschen Hause gewesen. Erst vor ein paar Tagen hatte er sich überlegt, wie er den Armenamtsvorsteher einmal nach Herzenslust verwamsen könne, ohne es hinterher mit der Polizei zu tun zu haben. Die Einladung lautete auf ein Uhr; aber Julien fand es für angebracht, Herrn Valenod eine halbe Stunde vorher in dessen Arbeitszimmer einen Respektsbesuch abzustatten. Er fand ihn in voller Breitspurigkeit inmitten von Aktenstößen. Sein Gesicht war von einem mächtigen schwarzen Backenbart umrahmt. Auf dem Wust seines Haupthaars thronte eine phrygische Mütze, schief über das eine Ohr gezogen. Im Munde hielt er eine riesige Tabakspfeife. Er hatte gestickte Pantoffeln an, und über der Weste spreizte sich eine mordsmäßig lange dicke goldne Uhrkette. Mit einem Wort, er war in allen Stükken der echte eingebildete Provinzprotz. Julien imponierte das alles nicht. Er hatte keinen andern Gedanken als den, daß er diesem Menschen eine ordentliche Tracht Prügel schuldete.

Er bat um die Ehre, Frau Valenod vorgestellt zu werden. Aber sie war noch beim Ankleiden und konnte keinen Besuch empfangen. Zur Entschädigung durfte Julien der Toilette des Herrn Armenamtsvorstandes beiwohnen. Hierauf ging es zu Frau Valenod, die ihm, Tränen in den Augen, ihre Kinder vorführte. Sie war eine der wichtigsten Damen von

171

Verrières. Sie hatte ein grobes Mannsgesicht. Zur Feier des Tages war sie geschminkt. Ihre pathetische Mütterlichkeit fiel Julien auf die Nerven.

Er mußte an Frau von Rênal denken. Mißtrauisch wie er war, kamen Erinnerungen bei ihm nur dann zu rechter Wirkung, wenn sie durch Kontrasteindrücke erweckt wurden. Dann aber war er gerührt bis in die tiefste Seele. In Valenods Hause packte ihn der Gegensatz mächtiger denn sonstwo.

Man zeigte es ihm von oben bis unten. Alles war funkelnagelneu, und er bekam bei jedem Stück den Kaufpreis zu hören. Ein Dunst von Unvornehmheit umfing Julien. Es war ihm, als röche er gestohlenes Geld. Es kam ihm vor, als sei hier alles, bis herab auf die Dienstboten, im Verteidigungszustande vor dem Verachtetwerden.

Die übrigen Gäste erschienen mit ihren Frauen: der Steuerinspektor, der Zolldirektor, der Gendarmerieoffizier und ein paar andre Beamte. Einige reiche Liberale folgten. Ein Diener meldete, das Essen sei angerichtet. Julien war sowieso verstimmt. Jetzt fiel ihm auch noch ein, daß jenseits der Wand des Eßzimmers arme Gefangene saßen, denen man vielleicht ihre Portionen geschmälert hatte, um den geschmacklosen Luxus dieser Wohnung zu bestreiten, der ihn betören sollte.

»Vielleicht hungern die armen Teufel«, dachte er bei sich. Die Kehle war ihm wie zugeschnürt. Es war ihm unmöglich, einen Bissen hinunterzuwürgen. Sogar das Sprechen fiel ihm schwer. Nach einer Weile kam es noch schlimmer. Ein Lied erklang in der Ferne, ein Gassenhauer, offenbar von einem Sträfling geträllert. Valenod warf einem der betreßten Diener einen Blick zu. Der Lakai verschwand, und alsbald verstummte der Gesang. In diesem Augenblick präsentierte ein Diener Rheinwein in Römern. Julien nahm einen. Frau Valenod verfehlte nicht, ihn darauf aufmerksam zu machen, daß von diesem Wein an Ort und Stelle die Flasche neun Franken kostete.

Den Römer in der Hand, bemerkte Julien zu Herrn Valenod:

»Das garstige Lied hat aufgehört . . .«

»Das will ich meinen«, schmunzelte der Armenamtsvorstand. »Ich habe dem Saukerl das Maul stopfen lassen.«

Das war zu viel für Julien. Wohl hatte er bereits die Manieren der höheren Gesellschaft, aber noch nicht ihr Herz. Trotzdem er längst ein Meister der Heuchelei war, rann ihm eine dicke Träne über die Wange. Er versuchte, sie mit seinem grünen Römer zu verdecken, aber den Rheinwein zu trinken, das war ihm unmöglich. »Er hat dem Ärmsten das Singen verboten«, sagte er sich, »und Gott läßt es ruhig geschehen!«

Zum Glück bemerkte niemand seine unpassende Rührseligkeit. Der Steuerinspektor hatte ein royalistisches Lied angestimmt. Den Kehrreim brüllte man im Chor mit. »Schau!« rief Juliens Gewissen ihm zu. »Diesem dreckigen Glück strebst du zu. Du erringst es nur, wenn du dich diesen Genossen und ihren Weltanschauungen beugst. Dann ergatterst du unter Umständen einen Posten mit 20 000 Franken Gehalt; aber, während du dir den Bauch vollschlägst, mußt du es fertig bekommen, einem armen Sträfling das Singen zu verbieten. Du gibst Diners von dem Gelde, das du seiner kargen Kost abknappst, und während du tafelst, muß er mehr denn sonst leiden. Großer Napoleon«, fuhr er in seinen Gedanken fort, »wie herrlich war deine Zeit! Damals kam man durch die Gefahren der Schlachten vorwärts; heutzutage, indem man stumm und feig zusieht, wie Unglückliche geknechtet werden!«

Ich gebe zu, daß Julien durch die Schwäche, die in diesem unserem Monolog an den Tag tritt, in meiner guten Meinung sinkt. Er zeigt sich da als ein würdiger Kollege jener Verschwörer in gelben Lederhandschuhen, die den totalen Umsturz in einem großen Land betreiben, sich dabei aber nicht die kleinste Gewalttat zuschulden kommen lassen wollen.

Sehr bald sollte Julien unsanft an die Rolle gemahnt werden, die er zu spielen hatte. Er war in so gute Gesellschaft nicht eingeladen worden, damit er träume und kein Wort rede.

Ein reicher Leinwandfabrikant, korrespondierendes Mitglied der Akademien von Besançon und von Uzès, sprach ihn über den Tisch hinweg an, um ihn zu befragen, ob es Tatsache wäre, daß er im Neuen Testament so ungemein bewandert sei, wie man überall erzähle.

Es wurde plötzlich still im Zimmer. Im Nu war ein lateinisches Neues Testament in den Händen des Fragestellers; es war Herr Rubigneau. Auf Juliens Aufforderung wurden die Anfangsworte einer beliebigen Stelle vorgelesen. Daraufhin sagte er die Fortsetzung aus dem Gedächtnis her. Es verließ ihn auch diesmal nicht. In der lärmigen Stimmung, wie sie zu Ende eines Festmahles zu herrschen pflegt, wurde dies Wunder laut gepriesen. Julien sah die Gesichter der Damen um sich herum strahlen. Etliche waren nicht häßlich. Eine gefiel ihm sogar: die Frau des sangeslustigen Steuerinspektors.

»Ich schäme mich, vor den Damen so lange Lateinisch zu reden«, sagte er mit einem Blicke auf diese Frau. »Wenn Herr Rubigneau so gütig wäre, den erstbesten lateinischen Satz vorzulesen, so will ich versuchen, ihn aus dem Stegreif zu übersetzen.«

Diese zweite Probe seines Könnens setzte seinem Ruhme die Krone auf. Es wurde weiterhin viel gelacht.

Es waren mehrere reiche Liberale anwesend, glückliche Väter hoffnungsvoller Sprößlinge, deshalb auch – seit der letzten Einkehrwoche – wieder kirchlich. Trotz der darin bewiesenen feinen, politischen Nase hatte Herr von Rênal sie nicht bei sich empfangen wollen. Diese guten Leute, die Julien nur vom Hörensagen kannten und ihn auch beim Empfang des Königs als Reiter in der Ehrengarde gesehen hatten, waren seine lautesten Bewunderer. »Wann wird diesen Dummköpfen nur diese Bibelsprache zuviel werden, von der

174

sie doch kein Wort verstehen«, fragte er sich. Aber das Gegenteil war der Fall. Diese Sprache faszinierte sie durch ihre Fremdartigkeit. Sie lachten darüber, und Julien wurde müde. Als es sechs Uhr schlug, erhob er sich gewichtig und sprach von einem Kapitel der Neuen Theologie von Alphons von Lignori, das er noch auswendig lernen müsse, um es am folgenden Tag Herrn Pfarrer Chélan aufsagen zu können, denn, so fügte er entgegenkommend hinzu, meine Lebensaufgabe ist es, Gelerntes vorzutragen und mir Gelerntes vortragen zu lassen.

Es wurde viel gelacht und viel bewundert – so ist es in Verrières nun einmal üblich. Julien stand auf, und alle erhoben sich vor der Zeit – so setzt das Genie sich durch. Als er sich empfehlen wollte, wurde Julien von Frau Valenod noch ein Viertelstündchen zurückgehalten. Die Kinder mußten ihm den Katechismus vorleiern, wobei sie die lächerlichsten Fehler machten, die außer ihm niemand bemerkte. Er hütete sich wohlweislich, sie zu verbessern. Von neuem machte er sodann Anstalt, sich zu verabschieden, aber er mußte noch eine Fabel von Lafontaine über sich ergehen lassen.

»Das ist ein sehr unmoralischer Dichter«, sagte er zu Frau Valenod. »Mitunter wagt er das Erhabenste in den Staub zu ziehen. Er ist von den besten Beurteilern scharf getadelt worden.«

Beim Weggang hatte Julien vier oder fünf Dinereinladungen einzuheimsen. »Der junge Mann macht dem ganzen Bezirk Ehre«, meinten einstimmig die stark angeheiterten Gäste. Irgendwer ging sogar so weit, davon zu reden, man solle ihm die Fortsetzung seiner Studien in Paris auf Gemeindekosten ermöglichen.

Diese unausgegorene Idee wurde noch weiter in aller Lautstärke im Eßzimmer behandelt, auch noch, als Julien endlich vor der Haustür stand, voll Genuß die frische Luft einatmete und drei- oder viermal nacheinander leise vor sich hinrief: »Schweinebande!«

In diesem Augenblick war er durch und durch Aristokrat, er, den Herrn von Rênals hochmütige Überlegenheit und gnädige Höflichkeit, hinter der sich doch nur Geringschätzung verbarg, tausendmal zu Tode gekränkt hatte. Mit einem Male ward ihm der ungeheure Unterschied zwischen einem Rênal und einem Valenod klar. Im Nachhauseschlendern sagte er sich: »Ganz abgesehen davon, daß sich Valenod auf Kosten der Armen und Gefangenen bereichert: wann wäre es Herrn von Rênal jemals eingefallen, seinen Gästen zu verraten, was ihn eine Flasche Wein kostet, die er ihnen vorsetzt?« Und es fiel ihm ein, wie unzählig viele Male Valenod von seinem Hause, seinem Landgut usw. gesprochen hatte, und daß Frau Valenod während des Essens einem der Diener eine schreckliche Szene gemacht hatte, weil er ein Sektglas *aus dem Dutzend* zerbrochen hatte. Obendrein hatte der Lümmel dreist geantwortet.

»Eine nette Gesellschaft!« sagte Julien bei sich. »Und, wenn mir diese Valenods die Hälfte abgeben wollten von alledem, was sie stehlen: Ich möchte nicht bei ihnen leben. Eines schönen Tages könnte ich mich doch nicht halten und müßte ihnen ins Gesicht sagen, daß ich sie verachte.«

Auf Frau von Rênals Wunsch mußte er gleichwohl mehrere solche Gastereien mitmachen. Julien war Mode geworden. Man verzieh ihm die Geschichte mit der Ehrenwache. Ja, im Grunde war diese Torheit der Anlaß seiner jetzigen Erfolge. Bald wurde im ganzen Städtchen von nichts weiter geredet als davon, wer im Wettstreit um den gelehrten Mann den Endsieg erringen werde: Herr von Rênal oder der Armenamtsvorstand. Diese Herren bildeten – gemeinsam mit Herrn Maslon – ein Triumvirat, das seit Jahren die Stadt tyrannisierte. Man beneidete den Bürgermeister – die Liberalen konnten sich zu Recht über ihn beklagen; aber schließlich war er von Adel und für ein Herrendasein geboren, während der Vater von Herrn Valenod diesem keine sechshundert Franken Jahreseinkommen hinterlassen hatte. Einst hatte man – wegen seines schäbigen apfelgrünen Rockes, in dem ihn jeder in seiner Jugend gekannt hatte – Mitleid haben müssen. Erst dann war der Neid gekommen – auf die Pferde aus der Normandie, auf die Goldketten, seine Anzüge von Pariser Schneidern, auf seinen ganzen gegenwärtigen Wohlstand.

Im Tun und Treiben dieser ihm neuen Welt entdeckte Julien einen Mann, den er für ehrenwert hielt. Es war ein Landvermesser namens Gros, ein Jakobiner, wie man sagte. Julien, der sich geschworen hatte, nur Dinge zu sagen, an die er selber nicht glaubte, war im Verkehr mit ihm in arger Verlegenheit. Aus Vergy bekam er dicke Pakete von Schularbeiten. Auch war ihm geraten worden, seinen Vater hin und wieder aufzusuchen. Er fügte sich dieser traurigen Notwendigkeit. Mit einem Worte, er stellte seinen guten Ruf in jeder Beziehung wieder her. Eines Morgens wurde er zu seiner größten Überraschung aus dem Schlummer geweckt, indem sich zwei Hände auf seine Augen legten.

Es war Frau von Rênal, die nach der Stadt gefahren war. Vier Treppenstufen auf einmal nehmend, war sie hinaufgeeilt. Die Kinder stiegen mit ihrem Lieblingskaninchen, das die Reise hatte mitmachen müssen, langsamer. So war sie eine Weile vor ihnen in Juliens Zimmer. Diese Weile war kurz, aber köstlich. Als die Knaben mit dem Tiere, das sie ihrem Freunde zeigen wollten, heraufkamen, war die Mutter bereits wieder vor der Tür. Julien nahm die kleine Gesellschaft samt dem Kaninchen freundlichst auf. Es war ihm, als habe er seine Familie wieder um sich. Er fühlte so recht, wie er die Kinder liebte und wie gern er mit ihnen schwatzte. Er war erstaunt über ihre wohlklingende Sprache, über ihr einfaches und vornehmes Benehmen. Das alles wusch ihm die Phantasie wieder rein von den Eindrücken der Kleinstadtwelt, ihren rüden Umgangsformen und ihrem häßlichen, ihm so widerlichen Ideenkreise, der keinen andern Pol hatte als die Furcht vor dem Mißerfolg und nichts weiter war als der uralte Kampf zwischen Elend und Überfluß. Bei ihren

177

Schmausereien offenbarten sie einander Dinge, bei deren Erbärmlichkeit den Zuhörern übel ward.

»Ihr Adligen habt wirklich Grund, hochmütig zu sein«, gestand er Frau von Rênal, als er alles das erzählte, was er in der letzten Zeit erlebt und erduldet hatte.

»Du bist also Mode geworden!« sagte sie belustigt und konnte sich nicht satt lachen über die Schminke, die sich Frau Valenod Julien zu Ehren aufgelegt hatte. »Es scheint mir, sie hat ein Auge auf dich geworfen.«

Das Frühstück war herrlich. Das Dabeisein der Kinder, ein Umstand, der eigentlich lästig war, erhöhte schließlich die glückliche Stimmung. Die kleinen Wichte waren unerschöpflich, Julien ihre Freude über das Wiedersehen immer wieder zu bekunden. Durch die Dienstboten hatten sie natürlich erfahren, daß Julien zweihundert Franken mehr bekommen sollte, wenn er Hauslehrer bei den Valenodschen Kindern würde.

Während Stanislaus-Xaver, der von seiner Krankheit her noch recht blaß aussah, seine Brötchen verzehrte, fragte er plötzlich seine Mutter, wieviel sein silbernes Besteck und der Becher, aus dem er gerade trank, wert seien.

»Warum denn?«

»Ich will es verkaufen und das Geld Herrn Julien geben. Er soll nicht *der Dumme* sein, wenn er bei uns bleibt.«

Tränen in den Augen, gab ihm Julien einen Kuß. Die Mutter weinte tatsächlich. Da nahm er den Jungen auf den Schoß und erklärte ihm, diesen volkstümlichen Ausdruck dürfe man in *dem* Sinne hier nicht gebrauchen. Und weil er sah, daß Frau von Rênal ihre Freude daran hatte, versuchte er den Kindern durch anschauliche Beispiele darzulegen, was es heißt: *der Dumme sein.*

»Ich verstehe«, meinte Stanislaus. »Der Rabe, der den Käse fallen läßt, den dann der schlaue Fuchs nimmt, der ihm geschmeichelt hat, das ist *der Dumme.*«

Überglücklich zog Frau von Rênal den Kleinen an sich und

küßte ihn, was nicht möglich war, ohne daß sie sich an Julien schmiegte.

Mit einem Male tat sich die Tür auf, und herein trat Herr von Rênal. Seine strenge mißvergnügte Miene verscheuchte im Nu die fröhliche Stimmung. Frau von Rênal ward blaß. Sie wäre nicht imstande gewesen, auch nur das geringste zu leugnen. Julien ergriff sofort das Wort und erzählte dem Bürgermeister ungeniert die kleine Geschichte von Stanislaus und seinem Becher. Er wußte genau, daß dies seinen Brotherrn verschnupfte. In der Tat zog Herr von Rênal wie immer die Augenbrauen hoch, als das Wort Geld fiel. Es war seine innerste Überzeugung: »Dies Wörtchen ist immer das Signal zum Angriff auf meinen Geldbeutel.«

Aber hier handelte es sich nicht bloß um Geld. Sein Verdacht wuchs. Die strahlenden Gesichter von Frau und Kindern während seiner Abwesenheit waren nicht angetan, den Argwohn des in seiner Eitelkeit überempfindlichen Mannes zu beseitigen.

Als Frau von Rênal Juliens feine und kluge Art lobte, wie er seinen Schülern neue Begriffe beibrachte, brummte er: »Weiß schon. Er verekelt mich meinen Kindern. Natürlich erscheint er ihnen hundertmal liebenswürdiger als ich, der Herr und Gebieter. In unsrer Zeit geht ja alles darauf aus, die legitime Macht zu untergraben. Armes Frankreich!«

Frau von Rênal gab sich keine Mühe, über das mißlaunige Benehmen ihres Mannes lange nachzudenken. Die Gewißheit, einen halben Tag mit Julien zu verleben, genügte ihr. Sie hatte eine Menge Besorgungen in der Stadt zu machen und erklärte, sie wolle im Gasthause zu Mittag essen. Der Bürgermeister mochte einwenden, was er wollte: Sie blieb dabei. Das Wort *Gasthaus* versetzte die Kinder in die höchste Freude.

Am ersten Konfektionsgeschäft trennte sich Herr von Rênal von seiner Frau. Er hatte ein paar Besuche zu machen. Als er zurückkam, war er noch mürrischer als am Morgen. Jetzt war er überzeugt, daß sich die ganze Stadt mit ihm und Julien beschäftigte. Allerdings hatte ihn kein Mensch das Ehrenrührige des Klatsches merken lassen. Mit dem, was man sagte, wollte man lediglich herausbekommen, ob Julien mit sechshundert Franken bei ihm bleiben oder mit achthundert Franken zu Valenod gehen werde.

Der Bürgermeister und der Armenamtsvorstand, ehedem Verbündete, waren mehr und mehr Rivalen geworden. Wenn sie sich gesellschaftlich begegneten, verhielt sich Valenod sehr zugeknöpft vor Herrn von Rênal. Das war nicht ungeschickt. In der Provinz gibt es überhaupt selten unbesonnene Menschen. Man erlebt wenig, aber um so gründlicher.

Valenod war ein sogenannter Schwerenöter, etwas typisch Kleinstädtisches, im Grunde ein unverschämter Patron. Im Jahre 1815 emporgekommen, hatte er seine üblen Eigenschaften mehr und mehr entwickelt. Schon bildete er in Verrières sozusagen die Nebenregierung. Aber er war viel betriebsamer als Herr von Rênal, skrupellos, sich in alles mengend, immer auf den Beinen, redselig und schreibgewandt, dickfellig gegen Demütigungen, ohne persönliche Ansprüche. Schließlich hielt er es gar mit den Pfaffen, um seinem Vorgesetzten das Wasser abzugraben. Es war gerade, als ob Valenod zu den Krämern der Gegend gesagt hätte: *Schickt mir eure beiden größten Schafsköpfe!* – zu den Juristen: *Schickt mir eure zwei größten Ignoranten!* – zu den Medizinern: *Nennt mir eure zwei größten Scharlatane!* – Und als er die Unfähigsten von jedem Metier zusammen hatte, hatte er zu ihnen gesagt: *Herrschen wir miteinander!*

Herrn von Rênal war dieses Treiben stark zuwider. Dickhäutig wie er war, war Valenod kaum zu packen, auch nicht durch öffentliche Demütigungen, wie sie ihm der kleine Abbé Maslon nicht ersparte.

Aber während dieser fetten Jahre spürte Herr Valenod das Bedürfnis, sich durch kleine Übergriffe und Unverschämtheiten zu bestätigen, da er wohl um die schwerwiegenden Vorwürfe wußte, die man ihm machen konnte. Nach den Ängsten, die der Besuch des Herrn Appert bei ihm hinterlassen hatte, war seine Tätigkeit noch hektischer geworden. Er hatte drei Reisen nach Besançon unternommen, mit jeder Post schickte er drei Briefe ab und sandte noch weitere durch unbekannte Boten, die erst in der Dunkelheit bei ihm erschienen. Vielleicht hatte er falsch gehandelt, als er den alten Pfarrer Chélan absetzen ließ, denn dieser Racheakt hatte zur Folge, daß er von mehreren hochgeborenen Betschwestern für einen bitterbösen Menschen gehalten wurde. Zudem hatte die Amtsenthebung des alten Pfarrers Chélan Valenod in Abhängigkeit vom Großvikar von Frilair in Besançon gebracht, der ihm geheimnisvolle Aufträge zukommen ließ. Auf dem Gipfel dieser Politik hatte er sich unterfangen, den anonymen Brief zu schreiben; und um seine Verlegenheit voll zu machen, äußerte Frau Valenod hartnäckig den Wunsch, Julien ins Haus zu nehmen.

Bei dieser Lage der Dinge sah Herr Valenod eine entscheidende Auseinandersetzung mit seinem ehemaligen Verbündeten, Herrn von Rênal, voraus. Dieser gebrauchte ihm gegenüber harte Worte – was ihm gleich war –, aber er könnte auch nach Besançon oder selbst nach Paris schreiben, irgendein Ministerneffe könnte plötzlich in Verrières einfallen und die Armenpflege übernehmen. Herr Valenod dachte daran, sich an die Liberalen anzuschließen: Deshalb waren auch einige von ihnen zu dem Essen eingeladen worden, an dem Julien teilnahm. Von ihnen hätte er sich eine massive Unterstützung gegen den Bürgermeister erwarten können, aber es könnte Wahlen geben, und es war nur zu klar, daß die Armenpflege und ein schlechtes Wahlergebnis einfach nicht zusammenpaßten. Dies und andres erfuhr Julien durch Frau von Rênal, die Valenods feindselige Politik ihrem Manne gegenüber sehr wohl durchschaute, während sie beide, Arm in Arm, von Laden zu Laden schlenderten. Schließlich endeten

181

ihre Besorgungen auf der Stadtpromenade, wo sie ein paar Stunden genau so ungestört verbrachten wie in Vergy.

Währenddem hatten Rênal und Valenod ein kleines Renkontre. Der Bürgermeister sagte Valenod ein paar Grobheiten, die dieser kaltblütig einsteckte. Vorläufig riskierte er nur ein paar kleine Unverschämtheiten.

Noch nie hat die Eitelkeit im Kampf mit der nackten und niedrigen Geldgier einem Menschen so zugesetzt, wie es bei Herrn von Rênal der Fall war, als er im verabredeten Gasthof eintraf. Im Gegensatz zu seiner Hundelaune waren seine Kinder noch nie so vergnügt und munter gewesen. Das erbitterte ihn vollends.

Gleich beim Eintreten brummte er in einem Tone, der Eindruck machen sollte: »Ich sehe schon, ich bin meiner Familie lästig.«

Als einzige Antwort nahm ihn seine Frau beiseite und erklärte ihm, Julien müsse entlassen werden. Die frohen Stunden, die sie eben verlebt, hatten ihr die Ruhe und Sicherheit wiedergegeben, die nötig waren, ihren seit vierzehn Tagen gefaßten Plan zur Verwirklichung zu bringen.

Schließlich verwirrte den armen Bürgermeister von Verrières völlig die Tatsache, daß es ihm wohl bewußt war, daß man sich in der Stadt öffentlich über seine Geldgier mokierte. Herr Valenod war freigebig gewesen – wie es ein Dieb sein muß – und hatte sich bei den fünf oder sechs letzten Sammlungen für die Bruderschaft vom Heiligen Joseph, für die Marienkongregation, für die Kongregation zu Ehren des Heiligen Altarsakraments u. a. hervorgetan.

Unter den Landedelleuten von Verrières und Umgebung, die auf den Sammellisten wirkungsvoll je nach der Höhe ihrer Beiträge angeordnet waren, hatte man mehr als einmal den Namen des Herrn von Rênal am Ende des Registers sehen können. Vergeblich wandte er ein, daß er ja keine Einnahmen hätte. In diesem Punkt läßt die Geistlichkeit nicht mit sich scherzen.

KAPITEL XXIII

Ärgerliches für einen Beamten

Il piacere di alzar la testa tutto
l'anno è ben pagato da certi quarti d'ora
che bisogna passar.
Casti

Aber überlassen wir ruhig diesen kleinen Geist seinen kleinlichen Sorgen; warum hat er auch einen Mann von Herz in
sein Haus aufgenommen? Was er brauchte, war eine Lakaien-
seele. Warum versteht er es nicht, eine bessere Wahl zu treffen? Der normale Vorgang im 19. Jahrhundert ist doch der,
daß, wenn ein mächtiger Mensch aus den oberen Gesell-
schaftsklassen auf einen Mann von Herz stößt, er diesen tötet, verbannt, einkerkert oder dermaßen demütigt, daß dieser töricht genug ist, vor innerem Schmerz zu sterben. Der
Zufall will es, daß es hier noch nicht der Mann von Herz ist,
der leidet. Das große Unglück in den kleinen Städten Frankreichs und in den gewählten Stadtregierungen – wie der von
New York – ist es, daß man nicht davon absehen kann, daß es
auf der Welt Menschen wie Herrn von Rênal gibt. In einer
Stadt von etwa zwanzigtausend Seelen formen solche Leute
die öffentliche Meinung, und die öffentliche Meinung ist in
einem Verfassungsstaat eine gewaltige Macht.

Ein edler, großmütiger Mensch, der vielleicht dein Freund
hätte sein können, der aber hundert Meilen von dir entfernt
wohnt, urteilt über dich gemäß der öffentlichen Meinung in
deiner Stadt, die von Dummköpfen, zufällig hochgeboren,
reich und politisch auf der richtigen Linie, zusammenge-
kocht wird. Wehe dem, der sich hervortut!

Sogleich nach dem Abendessen reiste die Familie nach
Vergy ab, aber schon am zweiten Tag sah Julien alle wieder
nach Verrières zurückkehren.

Es war noch keine Stunde verflossen, als er zu seinem

größten Erstaunen bemerkte, daß Frau von Rênal irgend etwas vor ihm verbarg. Wenn er erschien, unterbrach sie ihr Gespräch mit ihrem Mann und schien zu wünschen, daß er sich entfernte. Julien reagierte auf diese Andeutung sogleich und verhielt sich kalt und reserviert. Frau von Rênal bemerkte das und suchte keine Aussprache.

»Will sie mir einen Nachfolger geben?« dachte Julien. »Noch vorgestern waren wir so innig vereit: Aber man sagt ja, daß die großen Damen so vorgehen. Es ist wie bei den Königen. Nie erhält der Minister, der beim Nachhausekommen seinen Abschied vorfindet, irgendeine Vorwarnung.«

Julien bemerkte, daß es bei den Unterhaltungen, die bei seinem Herannahen abrupt abbrachen, oft um ein großes Haus ging, das der Gemeinde Verrières gehörte. Es war alt, aber geräumig und bequem, der Kirche gegenüber gelegen, in der besten Geschäftslage der Stadt. »Wie passen dieses Haus und ein neuer Liebhaber zusammen?« fragte sich Julien. In seiner Verärgerung wiederholte er bei sich folgende Verse Franz I., die ihm ganz neu erschienen, weil Frau von Rênal sie ihm erst vor einem Monat beigebracht hatte – indem sie allerdings mit vielen Zärtlichkeiten und Schwüren diese beiden Verse wieder Lügen strafte:

> *Souvent femme varie*
> *Bien fol est qui s'y fie!*
> Unbeständig sind die Frauen
> Nur ein Tor wird ihnen trauen!

Herr von Rênal reiste mit der Post nach Besançon ab. Zwei Stunden lang hatte er mit sich gerungen, bis er sich zu dieser Reise entschloß, er schien innerlich stark bewegt. Bei der Rückkehr warf er ein großes, in graues Papier eingeschlagenes Konvolut auf den Tisch: »Das ist es also«, sagte er seiner Frau.

Eine Stunde später sah Julien, wie der Stadtbote, der auch

die öffentlichen Anschläge besorgte, das dicke Paket weg-
trug. Eilig folgte er ihm. »Ich werde das Geheimnis an der
nächsten Straßenecke erfahren.«

Ungeduldig wartete er hinter dem Boten, der mit breitem
Pinsel die Rückseite des Plakats bekleisterte. Kaum war dieses an seinem Ort, als Julien darauf lesen konnte, daß die
Pacht für das große alte Haus, dessen Name so oft in den
Unterhaltungen Herrn von Rênals mit seiner Frau vorgekommen war, öffentlich zur Versteigerung stand. Die An-
kündigung enthielt sehr genaue Angaben. Der Zuschlag für
den Pachtvertrag war für zwei Uhr am nächsten Tag ange-
setzt. Ort: der Gemeindesaal, Frist: das Erlöschen der dritten
Kerze. Julien war sehr enttäuscht; er fand die Frist ein wenig
kurz! Wie sollten alle Interessenten noch rechtzeitig benachrichtigt werden? Aber im übrigen sagte ihm dieser öffentliche Anschlag, der vierzehn Tage vordatiert war, und den er
dreimal an verschiedenen Stellen ganz durchlas, nicht das
mindeste.

Er wollte sich das Haus, das zum Vermieten anstand, einmal ansehen. Der Portier, der sein Kommen nicht bemerkte,
sagte gerade verstohlen zu einem Nachbarn: »Ah bah, verlor'ne Liebesmüh. Herr Maslon hat ihm gesagt, daß er es für
dreihundert Franken bekommt, und weil der Bürgermeister
noch Sperenzien machte, hat ihn der Generalvikar von Frilair
zum Bischof geschickt.«

Als Julien nähertrat, schien das die beiden Freunde, die
kein Wort mehr sagten, sehr zu stören.

Julien fehlte bei der Versteigerung nicht. In dem schlecht
erleuchteten Saal drängten sich die Leute; aber sie schienen
einander ganz eigenartig mit den Blicken zu messen. Aller
Augen hingen an einem Tisch, auf dem Julien in einem
Zinnteller drei brennende Kerzenstümpfchen erblickte. Der
Gerichtsvollzieher rief: »Dreihundert Franken, meine Herren!«

»Dreihundert Franken? Das ist zu stark«, sagte ein Mann

mit gedämpfter Stimme zu seinem Nachbarn. Julien stand zwischen den beiden. »Das Grundstück ist mehr als Achthundert wert. Ich werde höher gehen.«

»Das heißt doch nach oben spucken. Was hast du denn davon, daß du dir die Herren Maslon, Valenod, den Bischof, seinen schrecklichen Generalvikar von Frilair und die ganze Clique zu Feinden machst?«

»Dreihundertundzwanzig Franken!« schrie der andere.

»Blödes Rindvieh«, meinte der Nachbar. »Und dabei ist hier ein Spitzel des Bürgermeisters«, fügte er hinzu und deutete auf Julien. Julien drehte sich mit Heftigkeit um, um zu zeigen, daß er solche Reden als Unverschämtheit wertete; aber die beiden Freigrafschaftler beachteten ihn schon gar nicht mehr. Ihre Kaltblütigkeit gab ihm die seine wieder. In diesem Augenblick erlosch der letzte Kerzenstumpf, und die schleppende Stimme des Gerichtsvollziehers sprach das Haus für die Dauer von neun Jahren dem Herrn von Saint-Giraud zu, dem Vorsteher der Präfektur in ***, und zwar für dreihundertunddreißig Franken.

Kaum hatte der Bürgermeister den Saal verlassen, begannen die Kommentare.

»Immerhin hat die Keckheit Grogeots der Gemeinde dreißig Franken eingebracht«, sagte jemand.

»Aber Herr von Saint-Giraud«, kam die Antwort, »wird sich an Grogeot rächen. Er bekommt's noch zu spüren.«

»Was für eine Schande«, sagte ein kräftiger Mann zur Rechten von Julien, »ein Haus, für das ich selbst, ich persönlich, achthundert Franken gezahlt hätte, um es für meinen Betrieb zu nutzen – und ich wäre noch gut dabei weggekommen!«

»Ach was«, antwortete ihm ein junger liberaler Fabrikant, »gehört Herr von Saint-Giraud nicht etwa dem Förderkreis des Jesuitenordens an, haben seine vier Kinder nicht etwa Freistellen? Der arme Mensch, die Gemeinde Verrières muß ihm einfach ein Zusatzgehalt von fünfhundert Franken zahlen. Das ist es.«

»Und dann ist da der Bürgermeister, der das nicht hat verhindern können. Gut, er steht rechtsaußen, aber er stiehlt nicht.«

»Er stiehlt nicht?« entgegnete ein anderer.

»Nein, es stiehlt überhaupt kein einzelner, alles kommt in die große gemeinsame Kasse, und am Jahresende wird geteilt. Aber da ist der kleine Sorel, gehen wir weiter!«

Julien kam schlechtgelaunt nach Hause und traf Frau von Rênal sehr traurig an.

»Kommen Sie von der Versteigerung?« sagte sie.

»Ja, gnädige Frau, und ich habe die Ehre gehabt, als Spitzel des Herrn Bürgermeisters zu gelten.«

»Wenn er auf mich gehört hätte, hätte er eine Reise unternommen.« Gerade da erschien Herr von Rênal. Er blickte finster um sich. Das Abendessen ging vorbei, ohne daß ein Wort gewechselt wurde. Herr von Rênal gab Julien die Anweisung, den Kindern nach Vergy nachzureisen, die Fahrt verlief in gedrückter Stimmung. Frau von Rênal tröstete ihren Mann.

»Lieber Freund, daran müßtest du gewöhnt sein!«

Am Abend saß alles stumm und still am häuslichen Herde. Das Knistern der glimmenden Buchenhölzer im Kamin gab die einzige Unterhaltung. Durch diese trübselige Stimmung, wie sie in den einträchtigsten Familien vorkommt, jubelte plötzlich eines der Kinder: »Es klingelt! Es klingelt!«

»Zum Donnerwetter! Das ist sicher wieder dieser Herr von Saint-Giraud, der mir mit seinen Dankadressen auf den Hals rückt. Das ist doch ein starkes Stück. Ich werde ihm Bescheid sagen. Dem Valenod verdankt er das Geschäft, und ich stehe kompromittiert da. Was soll ich tun, wenn diese verflixten Jakobinerblätter die Sache aufgreifen und ich als Herr Fünfundneunzigprozent dastehe?«

Der Diener trat ins Zimmer; hinter ihm ein auffällig schöner Mann mit mächtigem, schwarzem Backenbart.

»Herr Bürgermeister«, begann er, »ich bin Signor Geronimo. Herr Chevalier von Beauvaisis, Attaché an der Gesandtschaft zu Neapel, hat mir diesen Brief an Sie bei meiner
Abreise nach Frankreich ausgehändigt. Das ist neun Tage
her«, setzte er vergnügt hinzu und blickte Frau von Rênal
an. »Herr von Beauvaisis, Ihr Herr Vetter, gnädige Frau, ein
guter Freund von mir, hat mir erzählt, Sie sprächen Italie-
nisch.«

Der heitere Sinn des Neapolitaners machte aus dem tristen
Abend den allervergnügtesten. Frau von Rênal lud ihn zum
Abendessen ein und setzte das ganze Haus in Bewegung. Es
war ihr eine erwünschte Gelegenheit, Julien aufzuheitern, der
an diesem Tag schon zweimal hatte hören müssen, daß er ein
Spitzel sei. Signor Geronimo war ein weltberühmter Sänger,
ein Mann der besten Gesellschaft, dabei ein sehr lustiger
Mensch. Er einte somit Dinge, die in Frankreich unvereinbar
sind. Nach dem Abendessen sang er mit Frau von Rênal ein
kleines Duettino. Sodann erzählte er reizende kleine Geschichten. Es schlug ein Uhr, als Julien die Kinder ermahnte,
zu Bett zu gehen. Sie wollten durchaus nicht.

»Nur noch eine Geschichte!« bat der Älteste.

»Und zwar eine aus meinem Leben, Signorino«, sagte
der Italiener und begann: »Vor acht Jahren war ich Schüler
auf dem Conservatorio zu Neapel. War just so alt, wie du
bist, nur hatte ich nicht die Ehre, der Sohn des hochwohllöblichen Bürgermeisters einer so hübschen Stadt wie Verrières
zu sein.« Bei diesem Worte entfuhr Herrn von Rênal ein
Seufzer, und ein vielsagender Blick irrte zu seiner Frau hin-
über.

»Signor Zingarelli«, fuhr der junge Sänger fort, und zwar
mit einem karikierenden Akzent, bei dem die Kinder alle drei
auflachten, »Signor Zingarelli war ein riesig strenger Meister. Er war unter den Konservatoristen gar nicht beliebt,
aber er hielt darauf, daß man sich immer so betrug, als habe
man ihn gern. Ich ging aus, sooft ich nur konnte. Meistens

wanderte ich nach dem kleinen Teatro di San Carlino, wo es eine Göttermusik zu hören gab. Aber o Himmel, das schwierigste bei der Sache war, das Eintrittsgeld zu erschwingen. Der Parkettplatz kostete vier Groschen. Eine kolossale Summe, nicht?« Er blinzelte die Kinder an, die laut lachten. »Signor Giovannone, der Herr Direktor von San Carlino, hörte mich eines schönen Tages singen. Ich war nun sechzehn Jahr alt. ›Du bist ein Goldkerl!‹ erklärte er und fragte mich: ›Soll ich dich engagieren, Verehrtester?‹ – ›Was wollen Sie mir zahlen?‹ erwiderte ich ihm. – ›Vierzig Dukaten Monatsgage!‹ Meine Herren, vierzig Dukaten sind einhundertundsechzig Franken! Ich war im siebenten Himmel.

›Sagen Sie mir mal‹, entgegnete ich, ›wie komme ich aber von dem gestrengen Signor Zingarelli los?‹ – ›Lascia fare a me!‹ Wißt ihr, was das heißt?«

»Lassen Sie mich nur machen!« rief der älteste kleine Rênal.

»Richtig, mein Junge! Des weiteren sagte mir Signor Giovannone: ›Caro, erst mal ein Verträgelchen!‹ Ich unterschreibe das Ding und bekomme drei Dukaten Draufgeld. Noch nie in meinem ganzen Leben hatte ich so viel Mammon auf einem Haufen gesehen. Sodann instruierte er mich, wie ich mich verhalten sollte.

Am andern Tage bitte ich um eine Audienz beim schrecklichen Signor Zingarelli. Sein uralter Leibkammerdiener läßt mich eintreten. ›Was willst du von mir, du Galgenstrick?‹ brüllt mich der Meister an. – ›Maestro‹, sag ich, ›ich bereue meine Sünden. Ich will nie wieder aus dem Conservatorio ausrücken, über das eiserne Staket weg. Ich will der Allerfleißigste werden.‹

›Wenn ich nicht Angst hätte, den schönsten Baß, den ich je gehört, zu verderben, würde ich dich bei Wasser und Brot vierzehn Tage einsperren, du Schlingel!‹

›Maestro‹, sage ich wiederum, ›ich will das Musterbild der

ganzen Schule werden. *Credete a me!* Nur um eine Gnade bitte ich ganz gehorsamst: wenn jemand kommt und mich haben will, damit ich draußen singe – dann geben Sie mich um keinen Preis der Welt her! Ich bitte Sie flehentlichst: sagen Sie, Sie könnten nicht!‹

›Wer zum Teufel sollte denn einen Taugenichts wie dich haben wollen? Übrigens entlasse ich dich noch lange nicht aus dem Conservatorio. Du willst dich wohl über mich lustig machen? Raus!‹ Er will mir einen Tritt in den Allerwertesten verabreichen. ›Raus!‹ wiederholt er. ›Oder ich sperr dich ein!‹

Eine Stunde später kommt mein Signor Giovannone zum Direktor. ›Ich möchte Sie bitten‹, beginnt er, ›mir zum Millionär zu verhelfen. Geben Sie mir Geronimo! Er soll an meinem Theater singen. Diesen Winter wird meine Tochter heiratsfähig.‹

›Was wollen Sie mit dem Racker?‹ fährt ihn Meister Zingarelli grob an. ›Da wird nichts draus. Ich geb ihn nicht her. Und wenn ich's auch erlaubte: er wird das Conservatorio nie und nimmer verlassen wollen. Eben erst hat er mir's hoch und heilig geschworen.‹

›Wenn sich's nur darum handelt, ob er will‹, meint Giovannone gravitätisch und zieht meinen Kontrakt aus der Tasche. ›*Carta canta!* Hier ist seine Unterschrift!‹

Zingarelli reißt wütend an der Klingel. Der Hausdiener erscheint und erhält den Befehl zugebrüllt: ›Geronimo fliegt zum Conservatorio hinaus! Auf der Stelle!‹

So war ich hinausgeflogen und lachte mir ins Fäustchen. Am selben Abend sang ich die Arie *del Moltiplico*. Polichinell will heiraten und zählt alle Gegenstände, die er in seinem Haushalt braucht, an den Fingern auf, wobei er sich fortwährend verrechnet . . .«

»Ach, singen Sie uns doch diese Arie!« bat Frau von Rênal.

Geronimo tat es, und alles lachte bis zu Tränen. Erst nachts um zwei Uhr ging man schlafen. Die ganze Familie war von den guten Manieren, der Liebenswürdigkeit und dem Frohsinn des Sängers bezaubert.

Am andern Tage händigten ihm Herr und Frau von Rênal die Briefe aus, die er zur Einführung in die Pariser Hofgesellschaft brauchte.

»Also überall Lug und Trug!« seufzte Julien. »Jetzt geht dieser Signor Geronimo nach London gegen sechzigtausend Franken Honorar. Ohne die Gerissenheit des Direktors von San Carlino wäre seine göttliche Stimme vielleicht erst zehn Jahre später bekannt und berühmt geworden. Beim Teufel, ich wäre lieber ein Geronimo als ein Rênal. Gesellschaftlich gilt ein Rênal ja mehr, dafür hat ein Geronimo weniger Verdruß mit dem großen Haufen, und seine Tage sind voller Sonne.«

Über etwas war Julien sehr erstaunt. Die letzten Wochen, die er allein in Verrières verbracht hatte, waren ihm eine Zeit des Glückes gewesen. Verstimmung und Trübsal hatten ihn nur heimgesucht, wenn er zu den Diners eingeladen war, die seinetwegen gegeben wurden. Aber im einsamen Rênalschen Hause hatte er nach Herzenslust lesen, schreiben und grübeln können, ohne dabei gestört zu werden. Nicht wie sonst wurde er alle Augenblicke aus seinem leuchtenden Traumlande gejagt und in die Notwendigkeit versetzt, das Gangwerk von Alltagsseelen zu ergründen und sich durch Heucheleien in Wort und Tat vor ihnen zu schützen.

»Liegt das Gestade des Glücks so nahe?« fragte er sich. »Das Fahrgeld dorthin ist eigentlich gering. Ich brauchte bloß Elise zu heiraten oder Fouqués Teilhaber zu werden. Ja, der Wandersmann, der das Hochgebirge erklimmt, ist wohl glücklich, wenn er einmal gemütlich rasten darf. Sollte er aber ewig verweilen, so wäre er todunglücklich.«

Frau von Rênal kam auf viel gefährlichere Gedanken. Ihren festen Entschlüssen zum Trotz hatte sie Julien in die Hintergründe der Versteigerungsangelegenheit eingeweiht. – »Ihm gegenüber vergesse ich alle meine Schwüre«, dachte sie.

Sie hätte ihrem Manne ohne Besinnen ihr Leben geopfert, wenn sie ihn in Gefahr gesehen hätte, denn sie war eine jener hochherzigen Romantikerinnen, die sich verpaßte Gelegenheiten zu edlen Taten ebenso vorwerfen, als hätten sie ein Verbrechen begangen. Gleichwohl hatte sie düstre Tage, an denen sie sich der glückhaften Vorstellung, plötzlich Witwe werden und Julien heiraten zu können, nicht erwehren konnte.

Julien liebte ihre Söhne weit zärtlicher als der eigne Vater, und trotz seiner strengen Gerechtigkeit waren sie vernarrt in ihn. Sie fand sich damit ab, ihr geliebtes waldumrauschtes Vergy verlassen zu müssen, wenn sie Juliens Frau würde. Im Geiste sah sie sich in Paris wohnen, mit der Erziehung ihrer Kinder beschäftigt, von aller Welt darob bewundert. Die Kinder, sie selbst und Julien, alle waren glücklich . . .

Die moderne Ehe hat sonderbare Begleiterscheinungen. Ist vor der Heirat Liebe vorhanden, so stirbt sie sicher in der Langeweile des ehelichen Beieinanders. Zumal bei Eheleuten, die reich genug sind, um nicht arbeiten zu müssen, stellt sich gründlicher Widerwille gegen das geruhsame Eheglück ein. Und nur die phantasielosen Frauen gehen an Liebschaften und Liebeleien vorbei, anstatt sich kopfüber in sie zu stürzen.

Diese philosophische Bemerkung entschuldigt Frau von Rênal wohl in meinen Augen, aber in Verrières entschuldigte man sie nicht; und die ganze Stadt beschäftigte sich – ohne daß sie etwas davon wußte – mit dem Skandal ihres Verhältnisses. Wegen dieser großen Affäre langweilte man sich dort weniger als sonst.

Der Herbst und der Anfang des Winters gingen rasch vorüber. Endlich mußte man den Wäldern von Vergy Lebewohl sagen. Die gute Gesellschaft von Verrières war längst entrüstet, daß ihr Bannspruch so wenig Eindruck auf den Bürgermeister machte. Die ganze Stadt war voll des Klatsches über den Skandal im Rênalschen Hause. Kaum war Herr von Rênal in Verrières, als sich seine ehrsamsten Mitbürger an die ihren gewohnten Stumpfsinn genußreich unterbrechende Mission machten, ihm in höchst gewichtigen Ausdrücken den schlimmsten Verdacht gegen seine Frau beizubringen.

Valenod, der vorsichtige Schlaumeier, hatte Elise in einem angesehenen Hause untergebracht, einem Haushalt mit fünf Frauen. Elise, die, wie sie sagte, fürchtete, im Winter keine neue Stelle mehr zu finden, hatte von dieser Familie nur ungefähr zwei Drittel des Lohns gefordert, den sie bei dem Herrn Bürgermeister erhalten hatte. Von selbst kam sie auf den nützlichen Gedanken, dem alten wie dem neuen Pfarrer bis in alle Einzelheiten zu beichten, was sie über Juliens Liebschaft wußte.

Am Tage nach der Ankunft der Familie Rênal in Verrières ließ Chélan Julien bereits früh um sechs Uhr zu sich kommen.

»Ich will nichts Näheres hören«, sagte er zu ihm, »ja, ich wünsche, oder wenn es sein muß, ich befehle Ihnen, daß Sie mir kein Wort sagen. Ich verlange nur, daß Sie binnen drei Tagen entweder nach Besançon in das Seminar oder zu Ihrem Freunde Fouqué gehen. Er ist nach wie vor bereit, Ihnen eine glänzende Zukunft zu schaffen. Ich habe alles vorgesehen und vorbereitet. *Sie müssen fort von hier.* Und vor einem Jahre lassen Sie sich in Verrières nicht wieder sehen.«

Julien entgegnete nichts. Er überlegte sich, ob er diese starke Bevormundung durch Chélan, der doch schließlich nicht sein Vater war, als Kränkung auffassen solle.

»Morgen um dieselbe Zeit werde ich mir die Ehre nehmen, wiederzukommen«, erklärte er endlich.

Im Wahne, es sei ein leichtes, einen so jungen Menschen zu dirigieren, hielt ihm Chélan eine lange Rede. Mit demütigster Miene und Haltung hörte Julien zu, ohne den Mund aufzutun.

Als er endlich entlassen ward, eilte er zu Frau von Rênal, um sie zu verständigen. Er fand sie in heller Verzweiflung.

Ihr Mann hatte eben ein ziemlich offnes Wort mit ihr gesprochen. Infolge seiner kraftlosen Natur und aus Rücksicht auf die Erbtante in Besançon hatte er sich entschlossen, seine Frau als völlig schuldlos zu betrachten. Er hatte ihr erzählt, wie es um ihren Ruf im Munde der Leute stand. Er wisse, es sei unwahr, neidischer Klatsch; immerhin müsse etwas geschehen.

Einen Augenblick lang hatte sich Frau von Rênal eingebildet, Julien könne Valenods Anerbieten annehmen und somit in Verrières verbleiben. Aber sie war nicht mehr die naive scheue Frau wie noch im Jahre vorher. Ihre verhängnisvolle Leidenschaft und die Stürme ihres Gewissens hatten ihr den Blick geschärft. Während ihr Mann noch redete, ward es ihr zu ihrem Schmerze von selber klar, daß zum mindesten eine vorübergehende Trennung unvermeidlich geworden war. »Fern von mir«, sagte sie sich, »wird ihn der Ehrgeiz von neuem packen. Das ist ganz natürlich bei einem Menschen, der nichts besitzt. Und ich – großer Gott – ich bin so reich! Reich und doch nicht glücklich! Draußen in der Welt wird er mich vergessen. Andre werden ihn lieben. Er wird wiederlieben. Ach, ich Ärmste! Aber darf ich klagen? Der Himmel ist gerecht. Meine Sünde hat mich blind gemacht. Ich bin eine verstockte Sünderin geblieben, und der Himmel hat meinen Verstand getrübt. Ich hätte Elise durch Geld zum Schweigen verpflichten müssen. Nichts war leichter. Aber ich habe mir nicht die Mühe gemacht, darüber auch nur einen Augenblick nachzudenken. Meine tolle Liebesträumerei nahm alle meine Zeit in Anspruch. Nun bin ich dem Untergang geweiht.«

Über etwas war Julien stark verwundert. Als er der Geliebten die schreckliche Mitteilung machte, daß er scheiden müsse, begegnete er keinem selbstsüchtigen Widerspruch. Offenbar aber hielt sie nur mit Mühe ihre Tränen zurück.

»Wir müssen gefaßt sein, mein lieber Freund!« sagte sie und schnitt sich eine Haarlocke ab. »Ich weiß nicht, was aus mir werden wird, aber wenn ich sterben sollte, so versprich mir, meine Kinder niemals zu vergessen. Ihnen fern und nah, mußt du sorgen, daß sie tüchtige Menschen werden. Sollte eine neue Revolution ausbrechen, so macht man allen Adligen den Prozeß. Dann ist ihr Vater am Ende gezwungen, ins Exil zu wandern, wegen des Bauern vielleicht, den man von seinem Dache heruntergeschossen hat. Wache über die Meinen! Gib mir deine Hand! Lebe wohl, mein lieber Freund! Unsre letzte Stunde ist gekommen. Habe ich das überwunden, dann werde ich auch die Kraft haben, den rechten Weg wiederzufinden.«

Julien hatte Verzweiflungsausbrüche erwartet. Die Schlichtheit dieses Abschiedes rührte ihn tief.

»Nein!« rief er aus. »So wollen wir nicht voneinander gehen! Ich verlasse dich. Die Menschen wollen es so. Du selbst willst es. In drei Tagen aber komme ich ein letztes Mal heimlich zu dir.«

Frau von Rênal war wie gewandelt. Julien liebte sie also wirklich! Würde er sonst auf den Gedanken kommen, sie noch einmal zu besuchen? Ihr gräßlicher Schmerz schlug in die höchste Freude um, die sie je in ihrem Leben empfunden hatte. Sie fühlte sich von aller Last befreit. Die Gewißheit, den Geliebten noch einmal zu besitzen, nahm der Trennungsstunde alle Bitternis. Von diesem Moment an war sie in Wesen und Haltung durch und durch edel, fest und vornehm.

Herr von Rênal kam bald zurück; er war außer sich. Zum ersten Male erwähnte er seiner Frau gegenüber jenen anonymen Brief, den er vor acht Wochen erhalten hatte.

»Ich werde den Wisch mit in den Klub nehmen und aller Welt kundtun, daß er von Valenod herrührt, diesem Lumpen, dem ich geholfen habe, vom Habenichts zu einem der reichsten Bürger von Verrières emporzukommen. Ich werde ihm vor Zeugen ins Gesicht sagen, daß er den Brief geschrieben hat, und mich mit ihm schießen. Ich habe die Sache satt.«

»Ich kann Witwe werden! Allmächtiger!« dachte Frau

von Rênal. Aber schon im nämlichen Augenblick sagte sie sich: »Wenn ich dieses Duell nicht verhindere – und das kann ich auf jeden Fall –, dann bin ich die Mörderin meines Mannes!«

Noch nie hatte sie ihn so geschickt bei seiner Eitelkeit gefaßt wie jetzt. In kaum zwei Stunden brachte sie es zuwege, daß er durch Gründe, die er selbst zu finden sich einbildete, der Meinung ward, gegen Valenod liebenswürdiger denn je sein zu müssen. Sogar Elise müsse wieder ins Haus genommen werden. (Dies vorzuschlagen, fiel ihr sehr schwer; denn das Mädchen trug die Schuld an all ihrem Unglück. Der Gedanke kam von Julien.)

Zu guter Letzt gelangte er ohne weitere Nachhilfe zu der ihm allerdings pekuniär wenig erfreulichen Einsicht, daß es angesichts des allgemeinen erbitterten Klatsches das allermißlichste wäre, wenn Julien – etwa als Hauslehrer im Hause Valenods – in Verrières verblieb. Rein wirtschaftlich betrachtet, konnte Julien kaum Besseres tun, als das Angebot des Armenamtsvorstandes anzunehmen. Das war klar. Das Beste hingegen für Herrn von Rênal war es, wenn Julien Verrières verließ und nach Besançon oder Dijon auf das Priesterseminar ging. Aber wie sollte man den jungen Mann dazu bringen? Und wovon sollte er dort seinen Unterhalt bestreiten?

Als Rênal die Notwendigkeit eines Geldopfers erkannte, verfiel er weit größerer Verzweiflung als vordem seine Frau. Sie hatte sich mit ihrem Schicksal abgefunden. Nach der Unterredung mit ihrem Mann hatte sie den Zustand errungen, in dem sich ein mutiger Mann befindet, der, müde des Lebens, eben Gift genommen hat. Er steht dem Leben neutral gegenüber. Schon schaut er die Welt in der Verklärung. In diesem Sinne hat Ludwig der Vierzehnte in seiner Todesstunde gesagt: »Als ich König *war . . .*« Ein großartiges Wort!

Ganz früh am nächsten Morgen erhielt Herr von Rênal einen anonymen Brief, der von Beleidigungen strotzte. In jeder Zeile wurde mit den gröbsten Ausdrücken auf sein Eheunglück angespielt. Man bemerkte darin den Stil eines neidischen zweitklassigen Menschen. Der Brief brachte ihn wieder zu seinem Vorsatz zurück, sich mit Herrn Valenod zu schlagen. Bald gab sein Mut ihm ein, das auch alsbald zu tun. Er ging allein aus dem Haus zum Waffenhändler, um Pistolen zu besorgen, die er an Ort und Stelle laden ließ.

Käme selbst, sagte er sich, das strenge Verbot des Kaisers Napoleon, sich zu duellieren, wieder zum Tragen, ich hätte mir keine Leichtfertigkeiten vorzuwerfen. Höchstens habe ich zu lange die Augen geschlossen, in meinem Sekretär liegen jedoch Beweise, die mich zu allem berechtigen.

Frau von Rênal erschrak vor der kalten Wut ihres Gatten. Sie rollte vor ihm das leidvolle Bild ihres Witwentums auf. Sie schloß sich mit ihm ein, sprach einige Stunden lang vergeblich auf ihn ein. Der anonyme Brief hatte ihn störrisch gemacht. Es war kein leichtes Stück Arbeit, Herrn von Rênal von dem Vorsatz, Valenod zu brüskieren, dahin umzustimmen, daß er Julien zunächst für ein Jahr sechshundert Franken Seminarzuschuß auszusetzen bereit war. Tausendfach verwünschte er den Tag, an dem er den so verhängnisvollen Plan gefaßt hatte, einen Hauslehrer zu nehmen, und vergaß den anonymen Brief.

Sein einziger Trost war ein Gedanke, den er seiner Frau verheimlichte. Durch Geschicklichkeit und mit Hilfe der romantischen Phantasie Juliens hoffte er ihn dahin zu bringen, daß er sich schon für eine geringere Summe verpflichtete, Valenods Angebot auszuschlagen.

Noch mehr Mühe hatte Frau von Rênal, als sie Julien beweisen mußte, daß er eine Entschädigung ohne Bedenken annehmen könne, da er ja der Ehre ihres Mannes ein Opfer bringe, wenn er auf die ihm vor Zeugen angebotene Stelle mit achthundert Franken Gehalt im Hause Valenods verzichte.

»Aber ich habe doch nie einen Augenblick daran gedacht, die Stelle anzunehmen«, wandte Julien immer wieder ein. »Du hast mich zu sehr an das aristokratische Leben gewöhnt. Ich würde unter diesen groben Leuten zugrunde gehen.«

Die grausame Notwendigkeit beugte schließlich Juliens Eigensinn mit eiserner Faust. Aber in seinem Hochmute gedachte er die ihm vom Bürgermeister gebotene Summe höchstens als Darlehn zu nehmen und ihm dafür einen Schuldschein auszustellen, der samt Zinsen in fünf Jahren fällig sein sollte.

Frau von Rênal erinnerte sich, daß noch einige tausend Franken in der Grotte oben in den Bergen vergraben lagen. Obwohl sie wußte, daß Julien dieses Geld voll Entrüstung ablehnen werde, bot sie es ihm doch zaghaft an.

»Willst du mir die Erinnerung an unsre Liebe vergällen?« fragte er.

So verließ Julien das Städtchen. Herr von Rênal war selig. Im schicksalsreichen Augenblicke des Abschiedes brachte es Julien nicht übers Herz, Geld von ihm zu nehmen. Er wies es kurz und würdig ab. Der Bürgermeister fiel ihm tränenden Auges um den Hals. Julien hatte ihn um ein Zeugnis gebeten. In seiner Begeisterung fand Rênal nicht hochtrabende Worte genug, Juliens Fähigkeiten und seine Führung ins rechte Licht zu setzen. Der Scheidende besaß hundert Franken Ersparnisse. Die gleiche Summe nahm er sich vor, von seinem Freunde Fouqué zu leihen.

Tiefbewegt ging er. Aber kaum war er von Verrières, wo er so viel Liebe zurückließ, eine Wegstunde entfernt, da dachte er nur noch an das Glück, Besançon, die berühmte Stadt und Feste, kennen zu lernen.

Drei Tage hielt er sich in den Bergen auf. Währenddem war Frau von Rênal die Beute der grausamsten Liebestäuschung. Wie friedsam dünkte sie das Leben! Und doch stand ihr das höchste Unglück bevor: das letzte Stelldichein mit einem Geliebten. Sie zählte die Stunden und die Minuten, die sie von der letzten Nacht mit Julien trennten. Endlich in der Nacht vom dritten zum vierten Tage vernahm sie von ferne das verabredete Zeichen. Umgeben von tausend Gefahren erschien Julien.

Von diesem Augenblick an hegte sie nur den einen einzigen Gedanken: »Ich sehe ihn zum allerletzten Male!« In der heißen Umarmung des Geliebten lag sie wie ein kaum noch lebender Körper. Ein paarmal zwang sie sich, Liebesworte zu flüstern, aber es geschah so linkisch, daß es fast lieblos klang, was sie stammelte. Immer wieder mußte sie dem entsetzlichen Gedanken nachhängen, daß es Abschied sei auf immerdar. Bei seiner mißtrauischen Natur wähnte Julien, sie habe ihn bereits vergessen. Sie vermochte auf seine kränkenden Vorwürfe keine Worte zu erwidern, sondern nur große stille Tränen und fast krampfartige Händedrücke.

»Wie soll ich dir glauben?« entgegnete Julien auf eine ihrer wortarmen Beteuerungen.

Sie war zu Tode getroffen und fand keine Antwort. »Unmöglich kann man noch unglücklicher sein . . . Hoffentlich sterbe ich bald . . . Ich fühle, mein Herz steht still . . .«

Das waren die längsten Sätze, die Julien zuteil wurden.

Als der Morgen dämmerte und sie scheiden mußten, konnte sie nicht einmal mehr weinen. Stumm sah sie zu, wie er ein Seil mit Knoten am Fenster befestigte. Seine Worte, seine Küsse vermochte sie nicht zu erwidern. Vergeblich sagte Julien zu ihr: »Jetzt sind wir endlich an dem Punkte, den du so sehr ersehnt hast. Fortan werden dich keine Gewissensbisse mehr quälen, und wenn eins deiner Kinder einmal ein wenig unwohl ist, wirst du dir nicht gleich einbilden, es müsse meinetwegen sterben!«

»Es tut mir leid, daß dir Stanislaus nicht Lebewohl sagen kann«, flüsterte sie tonlos.

Die kalten Liebkosungen der Halbtoten rührten Julien am Ende doch bis tief in sein Herz. Stundenlang kam er von dem Gedanken daran nicht los. Er war unsagbar traurig. Auf der

Höhe des Kammes drehte er sich wieder und wieder um, bis
der Kirchturm von Verrières seinem Blick entschwand.

KAPITEL XXIV

Eine Hauptstadt

Was für ein Leben! Was·für geschäftige Leute!
Wie viele Zukunftshoffnungen in
diesem zwanzigjährigen Kopf. Wie viele
Ablenkungen für den Liebenden!
Barnave

Endlich erkannte Julien auf einer noch fernen Anhöhe
schwärzliche Mauern: die Zitadelle von Besançon. »Wie
herrlich wäre es«, seufzte er, »wenn ich diese stolze Feste begrüßte, um als Leutnant in eins der Regimenter einzutreten,
die den Platz zu verteidigen haben!«

Besançon ist nicht nur eine der hübschesten Städte Frankreichs. Es ist auch reich an guten gebildeten Menchen. Aber
Julien, das arme Bauernkind, hatte nicht die Mittel, sich vornehmen Leuten zu nähern.

Er hatte sich von seinem Freunde Fouqué einen bürgerlichen Rock geliehen, und so überschritt er die Zugbrücke
der Festung nicht in geistlicher Tracht. Den Kopf voll von
der Geschichte der Belagerung von Besançon im Jahre 1674,
wollte er die Burg und die Wälle besichtigen, ehe er sich im
Seminar einkerkern ließ. Beinahe hätten ihn die Posten arre-
tiert, weil er sich bis in Gebiete wagte, die der Militarismus
der Allgemeinheit verbot, um daselbst für vier bis fünf Taler
Heu im Jahre zu ernten.

Die Höhe der Mauern, die Tiefe der Gräben und der droh-
liche Anblick der Geschütze fesselten ihn mehrere Stunden.
Alsdann begab er sich nach dem Boulevard. Vor einem Kaf-
feehause blieb er staunend stehen und las das ihm rätselhafte
Wort CAFÉ, das in Riesenbuchstaben über den beiden breiten

Eingangstüren des Lokals prangte. Das war ihm etwas ganz
Wunderbares. Nach einem Kampfe mit seiner Schüchternheit nahm er sich ein Herz und trat ein. Es war ein dreißig bis
vierzig Schritt langer, mindestens sechs Meter hoher Saal.
An diesem Tage kam sich Julien sowieso wie in einem Märchen vor.

Auf zwei Billards wurde gespielt. Die Kellner riefen die
Points aus, und die Spieler liefen um die von Zuschauern um-
lagerten Billards. Dichter Tabaksqualm umgab die Menschen mit einer bläulichen Wolke. Jedermann rauchte. Julien
konnte sich nicht satt sehen. Die stattlichen Männergestalten,
ihre massigen Schultern, ihr schwerfälliger Gang, ihre riesigen Backenbärte und ihre langschößigen Röcke, alles das fes-
selte ihn. Die edlen Bürger des alten Bisontium redeten nicht
wie gewöhnliche Menschen: sie schrien wie Wilde auf dem
Kriegspfade. Regungslos stand Julien da. Das war also die
Kreishauptstadt Besançon! Welche Pracht und Herrlichkeit!
In seiner Bewunderung traute er sich nicht, einen der hochmütigen Herren, die die *Points* ausriefen, um eine Tasse Kaffee zu bitten.

Dem Fräulein am Büfett war das hübsche Gesicht des ländlichen jungen Mannes nicht entgangen, der, seinen kleinen
Rucksack am Arm, drei Schritt vom Ofen entfernt dastand
und die an der Wand postierte weiße Gipsbüste des Landesherrn anstaunte. Sie war eine Freigrafschaftlerin, groß, von
prächtiger Figur und nett gekleidet, wie das ein gutes Kaffeehaus heischt. Schon zweimal hatte sie Julien mit leiser
Stimme, die nur er hören sollte, angerufen: »Pst! Pst!« Er
wandte sich um, blickte in ein paar große blaue, gar zärtliche
Augen und merkte, daß der Zuruf ihm galt.

Rasch näherte er sich dem Büfett und dem hübschen Mädchen, als marschiere er gegen einen Feind. Dabei verlor er im
Eifer seinen Rucksack.

Wie bemitleidenswürdig würde unser Provinzler unseren
jungen Pariser Oberschülern erscheinen, die sich beim Betre-

ten eines Cafés so weltgewandt zu geben wissen. Aber diese Kinder, die mit Fünfzehn Lebensstil zeigen, verwandeln sich mit Achtzehn in Durchschnittsmenschen. Die Schüchternheit, die Leidenschaftlichkeit verbirgt und die man in der Provinz antrifft, überwindet sich gelegentlich selbst, und dann gibt sie einem entschiedenen Willen den Weg frei. Als er an dieses so schöne junge Mädchen herantrat, das sich herabgelassen hatte, ihn anzusprechen, dachte Julien, der, nachdem er die Schüchternheit überwunden hatte, voller Mut war: »Ich muß offen zu ihr sein.«

»Verehrtes Fräulein«, begann er, »ich bin zum erstenmal in meinem Leben in Besançon. Ich möchte gern gegen Bezahlung eine Tasse Kaffee und ein Brötchen.«

Das Fräulein lächelte ein wenig und wurde rot. Es hätte ihr leid getan, wenn der hübsche junge Mensch den Spott und die Witze der Billardspieler auf sich gezogen hätte. Das konnte ihn auf Nimmerwiederkehr verscheuchen.

»Setzen Sie sich hierher in meine Nähe!« sagte sie und wies auf einen kleinen Marmortisch, der neben dem riesigen, in den Saal hineinstehenden Mahagonibüfett fast verschwand.

Sie beugte sich heraus, wobei sie Gelegenheit hatte, ihre prächtige Figur zu zeigen. Julien schaute sie an und bekam verliebte Gedanken. Das schöne Mädchen stellte ihm eine Tasse, Zucker und ein Brötchen hin. Nur zögerte sie, einen der Kellner herbeizurufen, die das Einschenken des Kaffees besorgten. Sie wußte, daß ihr Alleinsein mit dem jungen Manne dann zu Ende war.

Julien war nachdenklich geworden. Unwillkürlich verglich er die blonde fröhliche Schönheit mit gewissen Erinnerungen, die ihn häufig heimsuchten. Der Gedanke an die leidenschaftliche Liebe, die ihm in Verrières und Vergy zuteil geworden war, nahm ihm fast alle Schüchternheit. Die schöne Blondine schaute ihm einen Moment in die Augen und wußte Bescheid.

»Es ist rauchig hier. Sie werden Husten bekommen«, sagte

sie. »Kommen Sie morgen früh vor acht zum Frühstück her! Da bin ich so gut wie allein.«

»Wie heißen Sie?« fragte Julien mit dem schmeichlerischen Lächeln beglückter Schüchternheit.

»Amanda Binet.«

»Erlauben Sie mir, daß ich Ihnen etwa in einer Stunde ein kleines Paket, etwa so groß wie dieser Rucksack, zur Aufbewahrung sende?«

Die schöne Amanda dachte einen Augenblick nach.

»Ich werde überwacht«, sagte sie, »und so könnte mir Ihre Bitte Unannehmlichkeiten bereiten. Ich will Ihnen aber meine Wohnung auf eine Karte schreiben. Schicken Sie das Paket getrost dorthin!«

»Mein Name ist Julien Sorel«, erklärte Julien. »Ich habe in Besançon weder Verwandte noch Bekannte.«

»Ich verstehe«, erwiderte ihm das junge Mädchen erfreut. »Sie wollen hier Rechtswissenschaft studieren?«

»Ach nein«, antwortete er. »Ich soll aufs Seminar.«

Amandas Gesicht spiegelte ihre tiefste Enttäuschung. Sie rief einen der Kellner. Jetzt hatte sie den Mut dazu. Der Herbeigerufene goß dem Gast den Kaffee ein, ohne ihn weiter anzusehen.

Amanda hatte Geld einzukassieren, und Julien war stolz darüber, daß er ehrlich zu reden gewagt hatte. An einem der Billards entstand Streit. Der Lärm und die lauten Erörterungen der Spieler schallten durch den hohen Raum. Es herrschte ein Mordsspektakel, wie ihn Julien noch nie erlebt hatte. Amanda träumte mit halbgeschlossenen Augen.

»Wenn es Ihnen recht ist, Fräulein«, begann Julien von neuem, voll impulsiver Entschlossenheit, »so will ich sagen, ich sei ein Vetter von Ihnen.«

Dieser beinahe befehlerisch klingende Vorschlag gefiel Amanda. »Das ist kein dummer Mensch!« dachte sie. Ihre Augen spähten nach allen Seiten aus, ob sich jemand ihrem Schanktische nähere. Ohne Julien anzusehen, gab sie hastig die Antwort: »Ich bin aus Genlis gebürtig, aus der Nähe von Dijon. Sagen Sie, Sie seien auch aus Genlis. Sie seien ein Neffe meiner Mutter.«

»Das werde ich tun.«

»Die Seminaristen kommen im Sommer jeden Donnerstag um fünf Uhr an unserm Café vorüber«, erzählte sie.

»Wenn Sie noch an mich denken, dann halten Sie ein Veilchensträußchen in der Hand, wenn ich vorbeigehe.«

Amanda sah ihn erstaunt an. Ihr Blick steigerte Juliens Mut zur Verwegenheit. Trotzdem ward er über und über rot, als er hinzufügte: »Ich kann Ihnen gar nicht sagen, wie sehr Sie mir gefallen. Ich liebe Sie.«

»Reden Sie nur nicht so laut!« bat sie erschrocken.

Julien bemühte sich, verliebte Wendungen aus der *Neuen Heloise,* von der er in Vergy eine zerlesene alte Ausgabe gefunden hatte, in die Erinnerung zurückzurufen. Sein vorzügliches Gedächtnis ließ ihn nie im Stich. Zehn Minuten lang trug er der schönen Amanda aus Rousseaus Roman vor. Er war selig, solchen Mut zu haben, als die hübsche Freigrafschaftlerin plötzlich ein unnahbares Gesicht aufzog. Einer ihrer Verehrer erschien in der Tür des Cafés.

Pfeifend und mit den Schultern wiegend ging der Ankömmling auf das Büfett zu. Julien bekam einen scharfen Blick zugeworfen. Im Nu füllte sich seine Phantasie, die mit Vorliebe in das Extreme sprang, mit Duellgedanken. Er ward leichenblaß, schob seine Tasse beiseite, nahm eine dreiste Miene an und blickte seinem Rivalen fest in die Augen. Der senkte den Blick und goß sich am Schanktische gelassen ein Glas Schnaps ein. Diesen Moment benutzte Amanda, Julien durch einen Blick zu bedeuten, daß er den neuen Gast nicht fixieren solle. Er gehorchte und saß in den nächsten Minuten unbeweglich auf seinem Platze. Blaß und entschlossen, dachte er nur an die Weiterentwicklung der Szene. Dabei sah er wirklich forsch aus. Der andre war über Juliens Anstarren betroffen gewesen. Nachdem er seinen Likör in einem

Zuge hintergegossen hatte, sagte er ein paar Worte zu Amanda, steckte beide Hände in die Seitentaschen seines langen Rockes und schritt, von neuem pfeifend, auf eins der Billards zu, wobei er Julien scharf ansah. Der sprang zornig auf, wußte aber nicht, wie er seinen Rivalen reizen könne. Seinen Rucksack im Stiche lassend, schlenderte er so geckenhaft wie nur möglich ebenfalls an das Billard.

Umsonst warnte ihn seine Vernunft: »Wenn du gleich bei deiner Ankunft in Besançon in Händel gerätst, so verdirbst du dir deine geistliche Laufbahn von vornherein!

Meinetwegen!« sagte er sich trotzig. »Aber man kann mir wenigstens nicht nachsagen, ich ließe mir Unverschämtheiten gefallen!«

Amanda durchschaute seine Absicht. Sie fand, sein Mut bilde einen reizenden Gegensatz zu seinem schlichten Wesen. Im Moment gefiel ihr Julien mehr als der bessere junge Herr im langen Rocke. Sie erhob sich von ihrem Stuhle und tat so, als schaue sie jemandem draußen auf der Straße nach. Dabei vertrat sie Julien behend den Weg zum Billard. »Vermeiden Sie einen Streit mit dem Herrn da! Es ist mein Schwager!«

»Was geht mich das an? Er hat mich fixiert!«

»Wollen Sie mich unglücklich machen?« flehte sie ihn an. »Gewiß hat er Sie angesehen. Vielleicht spricht er Sie sogar an. Ich habe ihm gesagt, Sie wären ein Verwandter meiner Mutter und aus Genlis gekommen. Er ist auch aus der Freigrafschaft, ist aber nie über Dôle hinaus ins Burgundische gekommen. Sagen Sie ihm, was Sie wollen! Sie brauchen keine Angst zu haben...«

Noch überlegte Julien, aber sie redete rasch weiter. Ihr Geschäft brachte es mit sich, daß sie jederzeit eine Menge Lügen zur Hand hatte.

»Er hat Sie allerdings angesehen, aber nur im Augenblick, als er mich fragte, wer Sie seien. Er ist gegen jedermann flegelhaft. Er hat Sie nicht beleidigen wollen.«

Julien verfolgte den angeblichen Schwager mit seinem Blicke. Er sah, wie er sich eine Nummer zur Poule am hintern Billard kaufte, und vernahm, wie er in herausforderndem Tone rief: »Auf zum Kampf!« Sofort wollte Julien an Amanda vorbei nach dem Billard stürzen. – Da faßte sie ihn am Ärmel: »Bitte, erst zahlen!«

»So, so!« dachte Julien bei sich. »Sie hat Angst, ich könne durchbrennen.« Amanda war ebenso erregt wie er und hochrot geworden. Indem sie ihm, so langsam sie nur konnte, Kleingeld herausgab, flüsterte sie ihm zu: »Verlassen Sie augenblicklich das Café – oder ich will nichts mehr von Ihnen wissen. Ich habe Sie sehr gern.«

In der Tat ging Julien, wenn auch zögernd. »Wäre es nicht meine Pflicht«, fragte er sich, »diesen frechen Lümmel zu stellen und ihm ordentlich die Meinung zu sagen?« Er wußte sich selber keinen Bescheid zu geben. Unschlüssig blieb er noch eine ganze Stunde auf der Straße vor dem Café stehen und paßte auf, ob der Mensch nicht herauskäme. Aber er kam nicht, und so ging Julien schließlich.

Er war erst wenige Stunden in Besançon, und schon war er nicht mit sich zufrieden. Der alte Stabsarzt hatte ihm seinerzeit trotz seiner Gicht etwas Fechtunterricht erteilt. Was er da gelernt hatte, das war die ganze Kunst, die ihm bei einem Ehrenhandel zu Gebote gestanden hätte. Das wäre ihm indessen völlig gleichgültig gewesen, wenn er nur gewußt hätte, wie man jemanden zu einer Forderung nötigt, ohne ihm gerade eine Ohrfeige zu verabreichen. Wenn es bloß zu einer Prügelei gekommen wäre, hätte ihn sein Rivale, ein Riesenkerl, einfach verhauen und auf der Straße liegen lassen.

Da fiel ihm das Seminar ein. »Für einen armen Schlucker meines Schlages, ohne Gönner und ohne Geld, ist das Seminar ein Gefängnis. Ich muß meine Zivilkleider in irgendeinem Gasthof lassen, wo ich mich umziehe. Wenn ich einmal ausgehen darf, auf ein paar Stunden, könnte ich Fräulein

Amanda in Zivil besuchen.« Das war gut und schön; nur wagte sich Julien in keinen Gasthof hinein, obwohl er an mehreren vorüberkam.

Schließlich ging er am *Hôtel des Ambassadeurs* vorbei. Da begegneten seine spähenden Blicke denen der Wirtin, die am Tore stand, einer behäbigen, noch ziemlich jungen Frau. Aus ihrem frischen Gesicht strahlte Glück und Frohsinn. Er ging auf sie zu und trug ihr sein Begehren vor.

»Sehr gern«, sagte sie, »mein lieber kleiner Abbé, sehr gern hebe ich Ihnen Ihre Zivilkleider auf. Ich werde sie sogar öfters ausklopfen lassen. Im Sommer ist es nicht ratsam, einen Tuchanzug einfach hängen zu lassen.« Sie nahm einen Schlüssel vom Brett und führte Julien selbst in ein Zimmer. Dann riet sie ihm, ein Verzeichnis aller der Sachen anzufertigen, die er dalassen wolle.

»Bei Gott! So sehen Sie wirklich nett aus!« sagte sie zu Julien, als er nach einer kleinen Weile im schwarzen Rock in die Küche herunterkam. »Jetzt will ich Ihnen etwas Ordentliches zu essen vorsetzen.« Und leise fuhr sie fort: »Was andre mit einem Taler bezahlen, soll Sie nur zehn Groschen kosten! Ich möchte Sie nicht Ihrer Ersparnisse berauben.«

»Ich besitze zweihundert Franken«, entgegnete Julien nicht ohne Stolz.

»Allmächtiger!« erwiderte die Dicke ängstlich. »Sagen Sie das nicht so laut! Hier in Besançon gibt es sehr viele Gauner. Man maust Ihnen Ihr Geld im Handumdrehen. Meiden Sie vor allem die Kaffeehäuser! Dort wimmelt es von Spitzbuben.«

»Das will ich glauben!« meinte Julien mit einem Male nachdenklich.

»Kommen Sie nur immer zu mir! Ich werde Ihnen einen guten Kaffee kochen. Vergessen Sie nicht, daß Sie hier stets eine Freundin und ein anständiges Mittagessen für einen Franken finden. Das lassen Sie sich hoffentlich gesagt sein. Jetzt setzen Sie sich zu Tisch. Ich werde Sie selbst bedienen.«

»Ich werde nicht viel essen können«, entgegnete er. »Ich
bin zu aufgeregt. Wenn ich Sie verlassen habe, trete ich in das
Seminar ein.« Die brave Frau entließ ihn nicht, ohne ihm die
Taschen mit allerlei Vorräten vollgestopft zu haben. Endlich
machte er sich auf nach dem Schreckensort. Die Wirtin wies
ihm vor dem Tore den Weg.

KAPITEL XXV

Das Priesterseminar

Dreihundertundsechsunddreißig Mittagessen
zu 83 Centimes, dreihundertundsechsunddreißig
Abendessen zu 58 Centimes, Schokolade
für jeden, der dazu berechtigt ist. Wieviel kann
ich bei einer solchen Summe für mich
herausschlagen?
Der Valenod von Besançon

Schon von weitem erblickte Julien das vergoldete Eisen-
kreuz über dem Portal. Langsam schritt er darauf zu. Seine
Beine versagten ihm geradezu den Dienst. »Hier stehe ich
also vor der Hölle auf Erden, der ich nicht mehr entrinnen
kann!« seufzte er. Nach langem Zögern entschloß er sich, an
der Klingel zu ziehen. Der Klang der Glocke hallte unheimlich laut wie durch ein verlassenes Haus. Nach zehn Minuten
erschien ein blasser schwarzgekleideter Mann und öffnete.
Julien sah ihn an und schlug sofort die Augen nieder. Es war
der Türhüter. Er hatte ein sonderbares Gesicht. Seine vorge-
quollenen grünen Augen hatten längliche Pupillen wie die
einer Katze, und die unbeweglichen Lider verrieten vollkommenen Mangel an Mitgefühl. Seine vorstehenden Zähne waren von dünnen gähnenden Lippen umrahmt. Auf einen
jungen Menschen wirkt ein Verbrechergesicht nicht so
schrecklich wie das eines völlig Gefühllosen. Mit dem einen
raschen Blick in sein mageres frommes Gesicht hatte Julien

erkannt, daß dieser Mann alles verachtete, was nichts mit dem Himmel zu tun hatte.

Julien zwang sich, seine Augen wieder aufzuschlagen, und erklärte mit zitternder Stimme, vor Herzklopfen, daß er den Herrn Abbé Pirard, den Direktor des Seminars, zu sprechen wünsche. Ohne ein Wort zu erwidern, bedeutete der Schwarzröckige, ihm zu folgen. Sie gingen eine breite Treppe hinauf; sie hatte ein Holzgeländer und ausgetretene Stufen, die auf der Innenseite so schief waren, daß es aussah, als wollten sie einstürzen. Oben öffnete der Pförtner eine kleine knarrende Tür, über der ein hohes, schwarz angestrichenes Kirchhofskreuz aus gewöhnlichem Holze angebracht war, und ließ Julien in ein niedriges dunkles Zimmer treten, an dessen weißgetünchten Wänden zwei große von der Zeit gedunkelte Gemälde hingen. Julien blieb allein. Sein Herz pochte heftig. Er war halbtot. Am liebsten hätte er geweint. Im ganzen Gebäude herrschte Totenstille.

Nach einer Viertelstunde, die ihm so lange vorkam wie ein ganzer Tag, erschien der Pförtner finsteren Gesichts an der entgegengesetzten Seite des Gemaches wieder, auf der Schwelle einer Tür, und winkte ihm, ohne ihn eines Wortes zu würdigen. Julien trat in ein saalartiges, wiederum sehr düsteres Zimmer. Auch hier waren die Wände weiß getüncht. Im ersten Moment kam ihm der Raum unmöbliert vor. Aber im Weitergehen erblickte er in einer Ecke an der Tür eine Holzbettstelle, zwei Stühle mit Strohgeflecht und einen Lehnstuhl aus blankem Holz ohne Polsterung. Am andern Ende des Zimmers schimmerte ein kleines Fenster mit verwitterten Scheiben. Auf dem Fensterbrett standen ein paar vernachlässigte Blumenstöcke. Dort, an einem Tische, saß ein Mann in einem fadenscheinigen Priesterrocke. Offenbar mißgelaunt, hantierte er mit einem Stoß viereckiger Kärtchen. Auf jedes kritzelte er nacheinander ein paar Worte. Von der Anwesenheit der beiden Eintretenden nahm er keine Kenntnis. Unbeweglich verharrte Julien mitten im Zimmer auf dem Flecke,

209

wo ihn der Pförtner stehengelassen hatte, ehe er wieder ging und die Tür hinter sich schloß.

So verstrichen zehn Minuten. Der Mann in der schäbigen Soutane schrieb immer weiter. Juliens Aufregung und Grauen wurden so stark, daß er nahe am Umsinken war. Ein Philosoph hätte – vielleicht irrigerweise – gesagt: durch den Ansturm des Häßlichen auf eine zur Schönheit gerichtete Seele.

Jetzt hob der Schreibende den Kopf. Julien bemerkte es erst einen Augenblick später, und selbst nach dieser Wahrnehmung blieb er stumm und starr stehen, als hätte ihn der schreckliche Blick, der ihn getroffen, versteinert. Es schwamm ihm vor den Augen. Kaum erkannte er ein schmales Gesicht, das über und über mit roten Flecken bedeckt war. Nur die Stirn war frei davon und totenbleich. Zwischen dem Rot der Backen und dem Weiß der Stirn funkelten zwei kleine schwarze Augen, vor denen auch der Tapferste erschrocken wäre. Um die maßlos hohe Stirn hing dichtes flachgestrichenes rabenschwarzes Haar.

»Wollen Sie näher kommen oder nicht?« herrschte ihn der Mann nach einer Weile ungeduldig an.

Unsicheren Schrittes ging Julien näher an ihn heran. Es war ihm, als solle er umfallen. In seinem ganzen Leben war er nicht so blaß gewesen. Drei Schritte vor dem rohen Holztische, auf dem die Papiere lagen, blieb er stehen.

»Näher heran!« gebot der Mann.

Julien trat dicht heran und streckte unwillkürlich eine Hand vor, wie um sich auf etwas stützen zu wollen.

»Sie heißen?«

»Julien Sorel.«

»Sie treffen recht spät ein«, brummte der Mann und sah ihn abermals mit einem bösen Blick an.

Den konnte Julien nicht ertragen. Er streckte von neuem die Hand aus, als ob er sich an irgend etwas festhalten wolle, und fiel der Länge nach auf den Fußboden.

Der Mann klingelte. Julien hatte das Sehvermögen und die Bewegungskräfte verloren. Aber er hörte, wie jemand kam.

Man hob ihn auf und setzte ihn in den hölzernen Lehnstuhl. Dabei hörte er, wie der schreckliche Mann zu der andern Person sagte: »Er hat offenbar die Fallsucht. So einen können wir gerade gebrauchen!«

Als Julien seine Augen zu öffnen imstande war, saß der Mann mit dem roten Gesichte wieder beim Schreiben. Der Pförtner war verschwunden. »Ich muß mich zusammenraffen«, nahm sich Julien vor, »und mir vor allem nicht anmerken lassen, was in mir vorgeht!« Es war ihm hundeelend zumute. »Wenn mir etwas zustößt: was wird man von mir denken?«

Endlich hörte der Mann auf zu schreiben und sah Julien von der Seite an.

»Sind Sie so weit, daß Sie mir antworten können?« fragte er.

»Jawohl ...«, erwiderte Julien mit schwacher Stimme.

»Na, das ist ja schön!«

Der Schwarzröckige hatte sich halb erhoben und wühlte ungeduldig im Schubfache seines Tannenholztisches, das knarrend aufging. Er suchte nach einem Briefe. Als er ihn gefunden, setzte er sich langsam wieder hin und warf Julien nochmals einen Blick zu, der ihm das bißchen Leben, das er noch im Leibe hatte, beinahe nahm.

»Sie sind mir vom Pfarrer Chélan empfohlen«, brummte er. »Ein Mustermensch ohnegleichen, dieser Chélan, seit dreißig Jahren mein Freund.«

»So habe ich die Ehre, mit Herrn Abbé Pirard zu sprechen«, lispelte Julien, kaum imstande zu reden.

»Allerdings«, erwiderte der Seminardirektor mir ärgerlicher Miene.

Seine kleinen Augen blitzten noch mehr denn erst, wobei ihm unwillkürlich die Muskeln um die Mundwinkel zuckten. Julien hatte die Empfindung, vor einem Raubtier zu stehen, das im Vorgefühl des Genusses schwelgt, eine Beute zu verschlingen.

»Der Brief des Pfarrers Chélan ist kurz«, fuhr er wie im Selbstgespräch fort. »*Intelligenti pauca!* Heutzutage kann man sich nie kurz genug fassen.«

Sodann las er laut vor:

Lieber Pirard,
ich schicke Ihnen Julien Sorel aus unsrer Gemeinde. Ich habe ihn vor nun bald zwanzig Jahren getauft. Er ist der Sohn eines wohlhabenden Schneidemüllers, aber sein Vater gibt ihm kein Geld. Julien wird einmal ein tüchtiger Arbeiter im Weinberge des Herrn werden. An Gedächtnis und Auffassungsgabe fehlt es ihm nicht. Er versteht zu denken. Ob sein Drang zum geistlichen Stande ausdauert? Ist er aufrichtig?

Hier unterbrach sich Pirard: »Aufrichtig?« wiederholte er im Tone der Befremdnis und sah Julien scharf an. Aber schon war sein Blick menschenfreundlicher. »Aufrichtig?« brummte er nochmals. Dann las er weiter:

Ich bitte Sie um eine Freistelle für Julien Sorel. Er wird sich ihrer würdig erweisen, indem er die vorgeschriebenen Examina besteht. Ich habe ihm etwas Theologie beigebracht, etwas von der guten alten Gottesgelahrtheit von Bossuet, Arnault und Fleury. Wenn er Ihnen nicht zusagt, so schicken Sie mir ihn zurück. Der Vorstand des hiesigen Armenamtshauses, den Sie ja kennen, bietet ihm eine Hauslehrerstelle mit achthundert Franken im Jahre. – Meine Seele hat ihren Frieden. Gottlob, ich überwinde den schweren Schlag nach und nach.

Vale et ama me!   *Ihr Chélan.*

Gegen das Ende des Briefes las der Abbé Pirard immer langsamer. Den Namen seines Freundes sprach er mit einem Seufzer aus.

»Er hat seinen Frieden!« murmelte er vor sich hin. »Wahrlich, seine Tugend verdient diese Gnade. Wolle Gott mir das gleiche bescheren, wenn es mit mir so weit ist!« Er blickte gen Himmel und bekreuzigte sich. Beim Anblick dieser frommen Gebärde wich das tiefe Grauen, das ihn seit dem Eintritt in dieses Haus gelähmt hatte, allmählich von Julien.

»Ich habe hier dreihunderteinundzwanzig Anwärter für den heiligen Stand«, sagte der Abbé Pirard nach einer kleinen Weile in strengem, doch nicht bösartigem Tone. »Davon sind mir sieben oder acht von ähnlichen Männern wie dem Pfarrer Chélan empfohlen. Somit sind Sie der neunte unter den dreihunderteinundzwanzig. Meine Protektion besteht nun aber nicht in Begünstigung und Nachsicht, sondern in doppelter Achtgabe auf Sie und in doppelter Strenge gegen die Sünde... Schließen Sie die Tür da ab!«

Julien strengte sich an, zur Tür zu gehen. Es gelang ihm, ohne hinzusinken. Dabei bemerkte er, daß ein kleines Fenster neben der Tür hinaus ins Freie ging. Er sah Baumwipfel. Dieser Anblick tat ihm wohl, als grüßten ihn alte Freunde.

»*Loquerisne linguam latinam?* (zu deutsch: Sprichst du Lateinisch?)« fragte der Abbé, als Julien wieder vor ihm stand.

»*Ita, pater optime!* (Jawohl, ehrwürdiger Vater!)« antwortete Julien, nunmehr einigermaßen erholt. Noch nie in seinem Leben war ihm ein Mensch weniger *ehrwürdig* vorgekommen als der, vor dem er sich seit einer halben Stunde befand.

Die Unterhaltung setzte sich auf lateinisch fort. Die Augen des Direktors blickten Julien sichtlich sanfter an. Mehr und mehr gewann er seine Selbstbeherrschung wieder. »Ich bin doch gar kein Held«, sagte er sich, »wenn ich mich durch diesen Scheinheiligen ins Bockshorn jagen lasse! Er wird ganz genau so ein Spitzbube sein wie in Verrières der Abbé Maslon.« Jetzt freute sich Julien, daß er den größten Teil seiner Barschaft in seinen Stiefeln versteckt trug.

Pirard stellte mit ihm eine kurze theologische Prüfung an, wobei ihn Juliens umfangreiche Kenntnisse überraschten.

213

Seine Verwunderung steigerte sich, als er ihn über die Heilige Schrift befragte. Als er aber auf die Kirchenväter und ihre Dogmen zu sprechen kam, stellte er fest, daß Julien den heiligen Hieronymus, den heiligen Augustin, den heiligen Basilius und den heiligen Bonaventura kaum dem Namen nach kannte.

»Ja, ja«, dachte Pirard bei sich, »da haben wir wieder die verhängnisvolle Neigung zum Protestantismus, die ich Chélan immer vorgeworfen habe: eine gründliche, viel zu gründliche Kenntnis der Bibel!«

Julien hatte nämlich, ohne danach gefragt zu sein, von der wissenschaftlichen Entstehungsgeschichte der Genesis, des Pentateuch usw. gesprochen. »Wohin führt dies ewige Deuteln an der Heiligen Schrift?« dachte Pirard weiter. »Zu nichts denn zum Selbstkult, zum ärgsten Protestantismus! Wenn diesem bedenklichen Wissen wenigstens kirchengeschichtliche und dogmatische Kenntnisse die Waagschale hielten!«

Den Höhepunkt aber erreichte des Direktors Erstaunen, als er Julien über die Autorität des Papstes examinierte. Er erwartete die Grundlehren der gallikanischen Kirche zu Gehör zu bekommen. Statt dessen sagte ihm der Prüfling das halbe Papstbuch von de Maistre her.

»Ein sonderbarer Kauz, dieser Chélan!« sagte sich der Abbé im stillen. »Hat er ihm dieses Buch in die Hände gegeben, um ihn zum Spötter hierüber zu machen?«

Die Fragen, die er stellte, um herauszubekommen, ob Julien wirklich an die Doktrin de Maistres glaubte, blieben erfolglos. Was der junge Mann gesagt, war offenbar nur gedächtnismäßig gewesen. Julien war inzwischen wieder in den Vollbesitz seiner körperlichen und geistigen Kräfte gelangt. Er fühlte, daß er wieder Herr seiner selbst war. Als die langwierige Prüfung ihr Ende fand, hatte er den Eindruck, als sei die Strenge des Herrn Seminardirektors gegen ihn kaum mehr echt. In der Tat, hätte Pirard nicht seit fünfzehn Jahren

214

seinen Schülern gegenüber höchste Gemessenheit als unbedingt nötig erachtet, so hätte er den Neuling im Namen der Logik an sein Herz gedrückt. Die Klarheit und Knappheit seiner Antworten hatte ihn entzückt.

»Ein gesunder und kühner Geist!« dachte er bei sich. »Allerdings: *corpus debile.*« (leiblich schwach.)

»Fallen Sie öfters so hin?« fragte er auf französisch und wies mit der Hand nach der Diele.

»Es war das erste Mal in meinem Leben«, entgegnete Julien. »Ich war über das Gesicht des Pförtners so erschrocken.« Dabei errötete er wie ein Kind.

Der Abbé Pirard lächelte unmerklich.

»Aha! Die Suggestion des weltlichen Getues!« meinte er. »Sie sind an lachende Gesichter gewöhnt. Aber das sind Masken der Lüge. Die Wahrheit ist ernst, mein Lieber. Und ist unser Beruf hienieden nicht auch ernst? Sie müssen sich bemühen, jener Schwäche Herr zu werden. Sie sind zu empfänglich für das eitle Äußerliche!«

Im weiteren ging er mit sichtlichem Vergnügen abermals zu lateinischer Rede über. »Wenn Sie mir nicht durch einen Mann von der Art des Pfarrers Chélan empfohlen wären, würde ich mit Ihnen in der Sprache der profanen Menschheit sprechen, an die Sie allzusehr gewöhnt sind. Eine volle Freistelle im Seminar, die Sie haben möchten, wird nur höchst selten gewährt. Aber der Pfarrer Chélan, ein Mann, der sechsundfünfzig Jahre apostolischer Arbeit gewidmet hat, verfügt selbstverständlich über eine volle Freistelle.«

Sodann warnte der Abbé Pirard den nunmehrigen Seminaristen, ohne seine Genehmigung in eine Kongregation oder sonstwelche geheime Gesellschaft einzutreten.

»Ich gebe Euer Hochehrwürden mein Ehrenwort«, versicherte Julien, in der Offenherzigkeit des Ehrenmannes.

Der Seminardirektor lächelte zum ersten Male deutlich.

»Ihr Ehrenwort? Das gibt es hier nicht«, sagte er. »Das ist etwas allzu Weltliches. Die selbstgefällige Ehre der Weltkinder führt zu so vielen Sünden und oft gar zu Verbrechen. Sie schulden mir Gehorsam nach Punkt 17 der päpstlichen Bulle *Unam ecclesiam* Seiner Heiligkeit Pius des Fünften. Ich bin Ihr geistlicher Vorgesetzter. In diesem Haus, mein lieber Sohn, ist Befehl und Gehorsam eins . . . Wieviel Geld besitzen Sie übrigens?«

»Aha!« dachte Julien. »Hab ich's nicht gleich gesagt!« Laut erwiderte er: »Fünfunddreißig Franken, Euer Hochehrwürden!«

»Führen Sie genau Buch über Ihr Geld!« mahnte der Abbé. »Das ist Ihre Pflicht.«

Dieses hochnotpeinliche Verhör hatte insgesamt drei Stunden gedauert. Julien mußte schließlich den Pförtner holen.

»Führen Sie Julien Sorel nach Zelle 103!« befahl der Direktor dem Manne.

Es war eine besondere Auszeichnung, eine Stube für sich allein zu bekommen.

»Bringen Sie ihm auch seinen Koffer!«

Julien blickte verlegen zu Boden, just auf seinen kleinen Rucksack, der dort lag. In den eben vergangenen drei Stunden hatte er ihn gänzlich vergessen. Er war ihm etwas Fremdes geworden.

Als er in Nummer 103 ankam, einem Stübchen im obersten Stocke von kaum drei Meter im Geviert, bemerkte er, daß das Fenster nach dem Wall hinaus ging. Darüber hinweg blickte er in die lachende Ebene zwischen der Stadt und dem Doubs.

»Welch wunderschöne Aussicht!« rief Julien aus, doch ohne eigentlich zu empfinden, was er in diese Worte faßte. Die starken Eindrücke, die ihm in der kurzen Zeit seines Aufenthalts in Besançon zuteil geworden, hatten seine Kräfte erschöpft. Er setzte sich ans Fenster auf den einzigen Holzstuhl, der in der Zelle stand, und schlief alsbald fest ein. Es läutete zum Abendessen. Dann zum *Salus*. Julien hörte es nicht. Niemand holte ihn.

Anderntags, als ihn der erste Morgensonnenstrahl weckte, merkte er, daß er auf dem Fußboden lag.

KAPITEL XXVI

Die Welt, oder: Was dem Reichen fehlt

Ich bin alleine auf der Welt, niemand läßt sich einfallen,
an mich zu denken. Alle, die ich ihr Glück machen
sehe, haben eine Unverschämtheit und Härte, wie ich sie
nicht besitze. Und sie hassen mich
wegen meiner natürlichen Güte. Ach – bald werde
ich dahingehen, sei es aus Hunger, sei es in
tiefem Harm, beim Anblick dieser so
harten Menschen.
Young

Julien bürstete rasch seinen Rock ab und eilte hinunter. Er kam zu spät. Der Aufsichthabende fuhr ihn grob an. Anstatt sich zu entschuldigen, kreuzte Julien die Arme über der Brust und sagte in reuigem Tone: *»Peccavi, pater optime!«*

Sein derartiges erstes Auftreten machte großen Eindruck. Die Gescheiteren unter den Seminaristen merkten, daß sie es mit keinem Anfänger zu tun hatten. In der Erholungspause bildete Julien den Mittelpunkt der allgemeinen Neugier, aber er antwortete mit Zurückhaltung und Schweigen. Nach den Grundsätzen, die er sich aufgestellt hatte, betrachtete er seine dreihunderteinundzwanzig Kameraden als Feinde. Den allergefährlichsten aber sah er im Abbé Pirard.

Nach einigen Tagen mußte Julien seinen Beichtvater wählen. Man legte ihm eine Liste vor.

»Du mein Gott«, seufzte er, »für was hält man mich denn! Glaubt man, ich wüßte nicht, was das bedeutet?«

Er schrieb *Pirard* in die Liste. Ohne daß er es ahnte, beging er damit eine bedeutsame Tat. Ein kleiner, ganz junger Seminarist, der auch aus Verrières gebürtig war und ihm vom er-

217

sten Tage an Freundschaft bewiesen hatte, belehrte ihn, daß er wohl besser getan hätte, wenn er den Abbé Castanède, den Unterdirektor des Seminars, gewählt hätte.

»Castanède ist Pirards Feind«, flüsterte er ihm zu, »und Pirard steht im Geruche, Jansenist zu sein.«

Ebenso wie die Wahl des Beichtvaters war zunächst alles, was Julien, der sich für so klug und weise hielt, tat, töricht und ungeschickt. Phantasiemensch, der er war, ließ er sich durch seinen Dünkel betören. In seinen Absichten erblickte er bereits Taten. Er hielt sich für einen Meister der Heuchelei. Ja, seine Narrheit ging so weit, daß er sich seiner eingebildeten Erfolge in dieser Kunst der Schwäche schämte.

»Ach«, entschuldigte er sich vor sich selber, »die Heuchelei ist meine einzige Waffe! Zu einer andern Epoche hätte ich mir mein Brot durch Taten vor dem Feinde verdient!«

Zufrieden mit seinem Verhalten, beobachtete er das Tun und Treiben der andern. Alles, was er um sich sah, trug die Maske der lauteren Jugend.

Acht oder zehn seiner Kameraden galten als *Heilige*. Sie hatten Visionen wie die heilige Therese und der heilige Franz von Assisi. Aber das war ein großes Geheimnis, das ihre Freunde streng wahrten. Diese jungen armen Visionäre lagen fast beständig in der Krankenstube. Etwa hundert andre einten in sich handfesten Glauben mit unermüdlichem Fleiß. Ohne merklich vorwärts zu kommen, rackerten sie sich halbkrank. Nur zwei oder drei der Seminaristen ragten durch wirkliche Begabung hervor. Einer von diesen hieß Chazel. Indessen fühlte sich Julien ihnen gegenüber fremd, wie sie sich vor ihm.

Die übrigen von den dreihunderteinundzwanzig Kameraden waren gewöhnlichsten Schlags. Man war bei ihnen nicht sicher, ob sie die lateinischen Brocken, die sie immerfort im Munde führten, wirklich verstanden. Fast alle waren Bauernsöhne, die ihr Brot lieber durch das Herleiern lateinischer Worte als im Schweiße ihres Angesichts bei der Feldarbeit

218

verdienen wollten. Auf Grund dieser Wahrnehmung, die Julien sehr bald zu machen begann, versprach er sich rasche Erfolge. »In jedem Berufe«, sagte er sich, »werden helle Köpfe gebraucht. Überall ist Arbeit zu leisten. Zu Zeiten Napoleons wäre ich Wachtmeister geworden. Unter diesen künftigen Dorfpfarrern werde ich's zum Großvikar bringen.

Alle diese armen Teufel haben von Kind auf mit ihren Händen gearbeitet und, ehe sie hierher gekommen sind, von saurer Milch und Schwarzbrot gelebt. Fleisch haben sie in ihren Hütten keine sechs Mal im Jahre gegessen. Jetzt sind diese Lümmels von den Herrlichkeiten des Seminars entzückt. Es geht ihnen wie den römischen Soldaten, denen der Krieg eine Erholung war.«

In ihren stupiden Augen las Julien nichts als: *vor* den Mahlzeiten *hungrige* Leibesbedürfnisse, und *nach* den Mahlzeiten *befriedigte* Leibesbedürfnisse. Unter solch einer Gesellschaft mußte er sich also hervortun! »Kinderspiel!« dachte er. Eins wußte er aber nicht, und man hütete sich wohl, es ihm zu verraten: der Erste zu sein in der Dogmatik, der Kirchengeschichte und gewissen andern Unterrichtsfächern, galt allgemein als *kolossale Sünde.* Seit Voltaire und der Erfindung des konstitutionellen Staates, der im Grunde nichts weiter ist als *Zweifel und Selbstkult,* ist die schlechte Angewohnheit des Einander-Mißtrauens den Massen in Fleisch und Blut übergegangen. Seitdem hat die Kirche aber offenbar begriffen, daß die Literatur ihre tüchtigste Feindin ist. Im Seminar galt die Demut des Herzens über alles. Fortschritte in den Wissenschaften, selbst in der Theologie, hielt man mit gutem Grunde für verdächtig. Wer kann einen *homme supérieur* hindern, ins feindliche Lager abzuschwenken wie die Abbés Sieyès und Grégoire? Die um ihre Existenz bangende Kirche klammert sich an das Papsttum wie an den letzten Notanker. Lediglich der Papst kann den Versuch machen, die Zweifelsucht im modernen Menschen zu bannen, indem er die seelisch müden und kranken Weltkinder mit dem frommen Pomp des römischen Kults fasziniert.

Diese und ähnliche Erkenntnisse, zu denen alles, was im Seminar offiziell gesagt ward, im Widerspruche stand, gingen Julien allmählich auf und drückten ihn in tiefe Schwermut. Er war sehr fleißig, und er eignete sich mit Leichtigkeit eine Menge Dinge an, die für einen Geistlichen sehr nützlich sind, wiewohl sie ihn insgeheim unwahr und unrichtig dünkten und ihn im Ureigensten gar nicht ergriffen. Er glaubte, nichts andres tun zu dürfen.

Er hielt sich für völlig vergessen von der Welt, in der er ehedem gelebt, wußte er doch nicht, daß der Seminardirektor mehrere Briefe mit dem Poststempel Dijon erhalten und ins Feuer geworfen hatte, Briefe, die bei aller Gemessenheit in der Form die wildeste Leidenschaft der mit einem einzigen Buchstaben unterzeichneten Absenderin verrieten. Unverkennbar war ihre Reue so groß wie ihre Liebe. »Gott sei Dank«, dachte Pirard, »es war wenigstens keine Gottlose, die der junge Mann geliebt hat!«

Eines Tages kam wiederum ein Brief, dessen Schriftzüge sichtlich von Tränen halbverwischt waren. Es war ein Lebewohl für immer. »Endlich« – hieß es darin – »schenkt mir der Himmel Gnade, die Gnade des Hasses, nicht gegen den Urheber meiner Sünde, denn der wird mir stets das Liebste auf Erden bleiben, aber gegen meine Sünde selbst. Das Opfer ist vollbracht, nicht ohne Tränen, wie Du siehst. Das Wohl derer, für die ich weiterleben muß, und die auch Du so geliebt hast, siegt über meine Sehnsucht. Der gerechte, aber strenge Gott kann die Verfehlungen ihrer Mutter nicht mehr an ihnen rächen. Lebe wohl, Julien! Sei gerecht gegen die Menschen!«

Der Schluß des Briefes war beinahe unleserlich. In der Nachschrift stand eine Adresse in Dijon. Jedoch hoffe die Schreiberin, daß sie keine Antwort erhalte oder nur eine, die eine zur Tugend zurückgekehrte Frau ohne Scham lesen könne.

Julien erhielt auch diesen Brief nicht.

Seine Melancholie verschlimmerte sich durch die mäßige Kost im Seminar, die ein Pachtwirt für dreiundachtzig Centimes den Tag lieferte. Seine Gesundheit begann zu verfallen. Da erschien eines Morgens sein alter Freund Fouqué in seiner Zelle.

»Endlich hat man mich hereingelassen«, sagte er. »Ich mache dir keinen Vorwurf daraus, aber ich bin schon fünfmal nach Besançon gekommen, um dich zu besuchen. Von Einlaß keine Rede. Vergeblich habe ich einen Posten vor dem Seminar aufgestellt. Zum Kuckuck, warum gehst du nie aus?«

»Weil ich mir als Probe auferlegt habe, es nicht zu tun.«

»Ich finde dich sehr verändert. Habe dich lange nicht gesehen. Diesmal haben mir zwei blanke Taler das Tor geöffnet. Ich Esel hätte dieses Mittel gleich beim erstenmal anwenden sollen!«

Sie unterhielten sich über tausend Dinge. Mit einemmal ward Julien verlegen, als Fouqué harmlos berichtete:

»Übrigens, weißt du schon, die Mutter deiner Zöglinge ist überfromm geworden?«

Julien hatte das eigentümliche Gefühl, das glühenden Seelen widerfährt, wenn jemand ahnungslos an ihr Heiligtum rührt.

»Ja, ja, mein Lieber«, erzählte der Freund weiter. »Toll fromm ist sie geworden. Man sagt, sie mache Wallfahrten. Nur vom Abbé Maslon, der dem armen alten Chélan immer nachspioniert hat, will sie zu seiner unauslöschlichen Schande nichts wissen. Sie geht nach Dijon oder Besançon zur Beichte . . .«

»Nach Besançon geht sie?« unterbrach ihn Julien, dunkelrot werdend.

»Ziemlich häufig«, erwiderte Fouqué.

Er wurde stutzig.

»Hast du ein paar Nummern vom *Constitutionnel* bei dir?«

»Was sagst du?«

»Ich frage dich, ob du ein paar *Constitutionnels* bei dir hast?«
wiederholte Julien im ruhigsten Tone der Welt. »Man muß
hier drei Groschen für die Nummer zahlen.«

Fouqué lachte.

»Also sogar im Priesterseminar gibt's Liberale!« Und in
der Heuchlerart des Abbé Maslon setzte er hinzu: »Armes
Frankreich!«

Dieser Besuch hätte eine große Wirkung auf Julien gehabt,
wenn er nicht schon am nächsten Tage durch eine Bemerkung seines kleinen Landsmannes, der ihm wie ein Kind vorkam, zu einer wichtigen Selbsterkenntnis gelangt wäre. Mit
einemmal sah er in seinem Benehmen, seit er im Seminar
war, eine Reihe verfehlter Maßregeln. Bitter spottete er über
sich selbst.

In Wirklichkeit war seine Aufführung im großen und ganzen klug gewesen. Nur hatte er bisher den Kleinigkeiten zu
wenig Wert beigemessen. Die Schlauen im Seminar sahen in
den Kleinigkeiten die Hauptsache. Sie hatten ihn in Hinsicht
auf diese kleinen Dinge beobachtet und hatten festgestellt,
daß er Grütze im Kopf hatte.

Gleichwohl erklärte man ihn eines Riesenfehlers für überführt: er dachte und verriet ein selbständiges Urteil, statt daß
er Autorität und Tradition blind anerkannte. Der Abbé Pirard hatte Julien nichts genützt. Außerhalb des Beichtstuhles
hatte ihn der Direktor kein einziges Mal angesprochen, und
selbst bei der Beichte hatte er ihm mehr zugehört denn selbst
etwas gesagt. Das wäre ganz anders gewesen, wenn sich Julien den Abbé Castanède zum Beichtvater gewählt hätte.

Von dem Augenblick an, wo Julien seine Unklugheit erkannte, langweilte und ärgerte er sich nicht mehr. Er wollte
das Übel an der Wurzel fassen, und so gab er sein beharrliches
und hochmütiges Sichabsondern auf, durch das er seine Kameraden vor den Kopf gestoßen hatte. Aber jetzt rächten sich
seine früheren Fehler. Man nahm sein Entgegenkommen mit

Verachtung, ja mit Hohn auf. Jetzt sah Julien, daß seit seinem Eintritt in das Seminar keine Stunde verstrichen war, besonders in den Pausen, in denen man nicht für oder wider ihn Stellung genommen hatte. Er hatte sich viele Feinde gemacht, wenn er sich auch das Wohlwollen einzelner, die wirklich fromm und nicht so ordinär wie die Mehrzahl waren, erworben hatte. Es war ungeheuer viel wiedergutzumachen, und das war durchaus nicht leicht. Fortan war er unablässig auf seiner Hut. Sein Ziel war es nun, sich als völlig gewandelter Mensch zu präsentieren.

Er hatte schwere Arbeit an sich selbst. Zum Beispiel machten ihm seine Augen viel zu schaffen. »Man muß sie wohlweislich an frommen Orten zu Boden schlagen. Wie dünkelhaft war ich doch in Verrières«, gestand er sich. »Ich glaubte in der Welt zu sein, aber dort, das war nur eine Vorstufe. Hier erst bin ich in der Welt, so wie ich sie vor mir haben werde, bis ich meine Rolle ausgespielt habe. In der Welt sein, heißt von wahren Feinden umgeben sein. In allen Augenblicken heucheln zu müssen, ist maßlos schwer. Die Arbeiten des Herkules sind nichts dagegen. Ein moderner Herkules war Papst Sixtus der Fünfte, gegen Ende des Cinquecento. Fünfzehn Jahre lang hat er vierzig Kardinäle getäuscht, die ihn als hochmütigen lebhaften jungen Mann gekannt hatten, indem er vor ihnen den Demütigen spielte.«

Ärgerlich fuhr er fort: »Die Wissenschaften gelten also in diesem Hause nichts. Fortschritte in der Dogmatik und in der Kirchengeschichte werden nur zum Schein anerkannt. In Wirklichkeit hat alles, was in diesen Gebieten vorgetragen wird, nur den Zweck, Narren wie mich in die Falle zu locken. Zum Teufel, gerade diesem Plunder gegenüber habe ich rasche Fortschritte gemacht und Auffassungsfähigkeit gezeigt. Das war meine einzige Leistung. Und darauf war ich stolz, ich Tor! Die guten Zensuren, die ich regelmäßig bekomme, haben mir nichts eingebracht als bittere Feinde. Chazel, der mehr Kenntnisse hat denn ich, macht in seine

Arbeiten immer absichtlich Fehler hinein, damit er eine mittelmäßige Zensur erhält. Bekommt er einmal die Eins, so ist seine Unachtsamkeit daran schuld . . . Ach, wie nützlich wären mir ein paar Fingerzeige Pirards gewesen!«

Von der Stunde an, da er klar sah, wandelten sich ihm die langwierigen Übungen in frommer Askese, das Rosenkranzbeten fünfmal in der Woche, das Absingen der Herz-Jesu-Lieder und ähnliche Verrichtungen, die ihm früher zum Sterben öde vorgekommen waren, zu höchst interessanten Betätigungen. Indem er streng über sich nachdachte und sich insbesondre vor der Überschätzung seiner Kräfte hütete, war es ihm nicht wie den Seminaristen, die den andern zum Vorbild dienten, glattweg darum zu tun, jeden Augenblick etwas *Bezeichnendes* zu vollbringen, d. h. christliche Vollkommenheit an den Tag zu legen. Im Seminar versuchte man durch die Art, das Ei in der Schale zu essen, Fortschritt in der Heiligkeit zu dokumentieren.

Der Leser, der hierüber lächelt, möge sich an den Abbé Debille erinnern und an dessen zahlreiche Fehler beim Verzehren eines Eies, als er einst bei einer großen Dame am Hof Ludwigs XVI. zum Frühstück eingeladen war.

Juliens Streben ging zunächst dahin, das *non culpa* zu erreichen, also das Niveau des jungen Seminaristen, dessen Gang, Arm- und Augenbewegungen nichts eigentlich Weltliches zeigen, aber auch noch nicht von dem Glauben an das Leben im Jenseits und an die absolute Nichtigkeit dieser Welt völlig beherrscht werden.

An die Wände der Gänge waren allerlei Sprüche gekritzelt, zum Beispiel: »Was sind sechzig Jahre Prüfung im Vergleich zur Ewigkeit im Paradiese oder zur Ewigkeit im siedenden Öl der Hölle?« Er hatte dergleichen Sätze früher belächelt. Jetzt begriff er, daß man sie immerdar vor Augen haben müsse. »Was wird denn meine Beschäftigung lebenslang sein?« fragte er sich. »Ich werde den Frommen Plätze im Himmel verkaufen. Und wie kann man sie überzeugen, daß diese Plätze wirklich existieren? Doch nur dadurch, daß man sich selber äußerlich anders zeigt, als der Laie aussieht.«

Nach mehreren Monaten beständiger Selbstzucht sah man Julien immer noch an, daß er *dachte*. Seine Art, die Augen zu bewegen, den Mund zu verziehen, zeigten noch nichts von jener Glaubenseinfalt, die imstande ist, alles zu glauben und alles zu dulden, und wäre es das Martyrium. Voll Ingrimm erlebte es Julien, daß die dümmsten Bauerntölpel ihn in dieser Kunst übertrafen. Es war allerdings kein Wunder, daß diese Burschen nicht aussahen wie Denker.

Julien gab sich unsägliche Mühe, den Gesichtsausdruck jenes blinden fanatischen Glaubens zu erringen, den man unter den italienischen Mönchen so häufig antrifft. Meister Guercino führt ihn dem Laien in seinen Kirchenbildern wunderbar wahrheitsgetreu vor Augen.*

An den hohen Festtagen gab es im Seminar Bratwurst mit Sauerkraut. Juliens Tischnachbarn bemerkten, daß er keinen Sinn für diesen Hochgenuß hatte. Das war wieder ein Kapitalverbrechen. Seine Kameraden erblickten darin häßliche dumme Heuchelei. Nichts schuf ihm mehr Feinde. »Seht den eingebildeten Bourgeois!« tuschelten sie untereinander. »Er tut so, als verachte er Bratwurst und Sauerkraut! Diese Delikatesse! Zum Teufel mit so einem gottverdammten albernen Fatzken!«

»Ach«, rief Julien aus, wenn er gedrückter Stimmung war, »die Unwissenheit meiner Kameraden, dieser jungen Bauern, gibt ihnen einen enormen Vorsprung. Wenn sie ins Seminar eintreten, braucht ihnen der Professor gar nicht erst eine so ungeheuerliche Menge von Vorstellungen über Welt und Gesellschaft, wie ich sie mit mir herumtrage, auszureden. Dazu sehen sie mir diese Vorstellungen auch noch an der Nase an, ich kann tun, was ich will.«

---

* Vgl. im Louvre: François, Herzog von Aquitanien, wie er den Brustpanzer ablegt und das Mönchsgewand anlegt.

Julien widmete den gröbsten der kleinen Bauern, die im Seminar anlangten, eine durch den Neid geschärfte Aufmerksamkeit. Bis zu dem Augenblick, da man ihnen ihre flauschigen Wämser abnahm, damit sie die Soutane anlegen konnten, hatte sich ihre ganze Bildung darauf beschränkt, daß sie sich einen gewaltigen und unbegrenzten Respekt vor Vermögen und Bargeld erworben hatten – wie man in der Freigrafschaft sagt.

Diese Idee des Bargelds hat hier etwas Erhabenes, beinahe Sakramentales. Das Glück für diese Seminaristen besteht – ebenso wie das der Helden der Voltaireschen Romane – hauptsächlich im guten Essen. Ferner entdeckte Julien bei beinahe allen die Hochachtung vor Männern, die Anzüge aus guten Stoffen trugen. Dieses Gefühl schätzt die ausgleichende Gerechtigkeit, wie sie von unseren Gerichten ausgehen soll, nach ihrem wahren Wert ein, vielleicht sogar zu niedrig. Oft hieß es bei ihnen im Gespräch: »Wie kann man denn einen Prozeß gegen einen Großmächtigen gewinnen?«

So werden in den Juratälern die Reichen genannt. Man stelle sich ihre Ehrfurcht gegenüber den Reichsten von allen vor: der Regierung.

Wenn man bei der bloßen Erwähnung des Regierungspräsidenten nicht gleich achtungsvoll lächelt, so ist das in den Augen der Bauern der Freigrafschaft schon unklug – und Mangel an Weisheit wird bei den Armen prompt durch Nahrungsentzug bestraft!

Nachdem Julien in der ersten Zeit an einem Gefühl der Verachtung beinahe erstickt wäre, empfand er schließlich eher Mitleid. Oft hatten die Väter der meisten seiner Kameraden im Winter bei der abendlichen Heimkehr in die Strohhütte dort weder Brot noch Kastanien, noch Kartoffeln vorgefunden. Was ist also so erstaunlich daran, sagte sich Julien, daß in ihren Augen der Glückliche jemand ist, der eine gute Mahlzeit zu sich genommen hat und dazu noch der Besitzer eines guten Anzugs! Meine Kameraden haben eine feste Berufung zum geistlichen Stand, das heißt, sie sehen darin die Möglichkeit zu einer lange andauernden Fortsetzung eines glücklichen Lebens dieser Art: gutes Essen und einen warmen Anzug im Winter.

Julien hörte einmal einen mit Einbildungskraft begabten jungen Seminaristen zu einem Freund sagen:

»Ich könnte schließlich auch Papst werden wie Sixtus V., der ein Schweinehirt war.« Darauf der andere:

»Nur Italiener werden Päpste, aber sicherlich ist es Zufallssache, ob man Generalvikar, Domherr und – vielleicht auch Bischof wird. Monsignore P., der Bischof von Châlons, ist der Sohn eines Küfers – genau wie ich.«

Eines Tages ließ der Direktor Pirard Julien zu sich rufen. Es war mitten in der Kirchenlehre-Stunde. Der Ärmste war froh, der körperlichen und geistigen Enge des Unterrichts entrinnen zu dürfen.

Der Abbé empfing ihn in der nämlichen furchterweckenden Art und Weise wie damals, als Julien in das Seminar eintrat.

»Erklären Sie mir, was auf dieser Spielkarte steht!« befahl er mit einer Miene, als wolle er seinen Zögling morden.

Julien las: *Amanda Binet. Café zur Giraffe. Vor acht Uhr. Sagen, aus Genlis gebürtig und Vetter meiner Mutter.*

Julien erkannte die ungeheure Gefahr. Ein Spion des Abbé Castanède hatte ihm diesen Merkzettel gestohlen.

»Am Tage, als ich ins Seminar eintrat . . .«, berichtete er, und weil es ihm unmöglich war, dem Direktor in seine gräßlichen Augen zu schauen, richtete er seinen Blick auf Pirards Stirn, ». . . da war mir ängstlich zumute. Der Herr Pfarrer Chélan hatte mir gesagt, es wimmele hier von Angebern und bösen Menschen, und Spioniererei und Verdächtigungen seien unter den Seminaristen gang und gäbe. Der Himmel wolle es so, um den angehenden Priestern das Leben zu zeigen, so wie es ist, und sie mit Abscheu vor dieser Welt und ihrem Gepränge zu erfüllen . . .«

»Wollen Sie mir eine Predigt halten, jugendlicher Schelm, Sie?« unterbrach ihn der Abbé zornig.

»In Verrières«, fuhr Julien kaltblütig fort, »schlugen mich meine Brüder, wenn sie irgendwie neidisch auf mich waren . . .«

»Zur Sache! Zur Sache!« rief Pirard fast außer sich.

Julien ließ sich nicht im geringsten einschüchtern. Er erzählte ruhig weiter.

»Es war am Tage meiner Ankunft hier in Besançon. Gegen Mittag bekam ich Hunger und ging in ein Kaffeehaus. Zwar empfand ich Widerwillen in mir, einen so profanen Ort zu betreten, aber ich dachte, mein Frühstück würde mich dort billiger kommen als im Gasthof. Eine Dame, wahrscheinlich die Besitzerin des Lokals, hatte Mitleid mit meiner Unerfahrenheit. ›Besançon ist voll von schlechten Menschen‹, sagte sie zu mir. ›Ich habe Angst um Sie. Wenn Ihnen etwas Mißliches zustoßen sollte, so wenden Sie sich nur an mich. Schikken Sie vor acht Uhr zu mir. Wenn sich der Pförtner im Seminar weigert, Ihren Auftrag zu übernehmen, so sagen Sie, Sie wären ein Vetter von mir und aus Genlis gebürtig‹ . . .«

»Wir werden ja sehen, ob dieses Geschwätz wahr ist«, meinte Pirard, der vor Erregung von seinem Stuhle aufgestanden war und im Zimmer umherlief. »Jetzt marsch in Ihre Zelle!«

Der Abbé folgte Julien und schloß ihn ein. Sogleich fing dieser an, seinen Koffer zu untersuchen, in dem die verhängnisvolle Karte ganz zuunterst, sorgfältig versteckt, gelegen hatte. Es fehlte nichts; nur waren die Sachen etwas in Unordnung geraten. Und doch hatte er den Schlüssel stets bei sich getragen! »Es ist noch ein Glück«, dachte Julien bei sich, »daß ich in der Zeit meiner Blindheit von der Erlaubnis, auszugehen, niemals Gebrauch gemacht habe. Der Abbé Castanède hat mich wiederholt auffällig freundlich dazu aufgefordert. Jetzt begreife ich, warum. Vielleicht wäre ich schwach genug gewesen, Zivil anzuziehen, um die schöne Amanda zu besuchen. Dann war ich verloren! Als sich die Erwartung meiner Feinde nicht erfüllte, haben sie sich begnügt, mich zu denunzieren.«

Zwei Stunden später ließ ihn der Direktor abermals kommen.

»Gelogen haben Sie nicht!« sagte er in nicht mehr so strengem Tone. »Aber eine solche Adresse aufzubewahren, war eine Unvorsichtigkeit, deren Tragweite Sie gar nicht ermessen können. Unter Umständen kann Ihnen diese dumme Geschichte noch in zehn Jahren schaden.«

KAPITEL XXVII

Erste Lebenserfahrung

Unsere Gegenwart – du lieber Gott, das ist
so etwas wie die Bundeslade: wehe dem,
der daran rührt!
Diderot

Der Leser möge uns gestatten, von dieser Epoche im Leben Juliens nur sehr wenige – klare und genaue – Fakten aufzuzeichnen. Es fehlt keineswegs daran, ganz im Gegenteil; aber vielleicht ist das, was er im Seminar sah, zu finster, als daß es in den Kontext der gemäßigten Farben, die wir in diesen Blättern durchweg verwendet haben, hineinpaßt. Die Zeitgenossen, die noch jetzt an bestimmten Dingen leiden, können sich nur mit solchem Grauen daran erinnern, daß jedes Vergnügen, selbst das, das man an einer Geschichte finden mag, ausgelöscht wird.

Julien hatte mit seiner Scheinheiligkeit wenig Erfolg. Zeitweilig hatte er Anfälle von Ekel, ja völliger Verzweiflung. Er kam nicht vorwärts. Um so widerlicher dünkte ihn der geistliche Beruf. Der geringste Zuspruch von außen hätte genügt, ihm das Herz auf den rechten Fleck zu setzen. Die Schwierig-

keiten, die er zu bekämpfen hatte, waren nicht unüberwind-
lich, aber er segelte allein dahin wie ein einsames Schifflein im
Weltenmeer. »Und wenn ich auch vorwärts komme«, sagte
er sich, »so habe ich doch ein ganzes Leben in so übler Gesellschaft vor mir. Ich konkurriere mit Vielfraßen, die an nichts
denken als an die Speckpfannenkuchen, die sie zu Mittag verschlingen werden, oder mit Halunken, denen wie dem Abbé
Castanède kein Verbrechen zu schwarz ist . . . Diese Leute
gelangen zur Macht. Ja, aber um welchen Preis!

Der feste Wille eines Menschen vermag viel. Das weiß ich.
Aber genügt der Wille, um so starken Ekel zu überwinden?
Die großen Männer der Geschichte hatten es leicht. So
schrecklich auch die Gefahren waren: sie fanden sie schön.
Aber niemand außer mir kennt die häßlichen Dinge, die mich
umstarren!«

Er befand sich im Stadium der schwersten Prüfung. Ohne
Mühe wäre es ihm möglich gewesen, in eins der schönen Regimenter, die in Besançon in Garnison standen, einzutreten.
Auch hätte er Lateinlehrer werden können. Zu seinem Unterhalt hätte er blutwenig nötig gehabt. Aber dann war es mit
der Priesterlaufbahn aus und mit jedweder höheren Zukunft.
Nicht mehr hoch hinaus wollen, war ihm gleichviel wie Sterben.

»In meinem Dünkel habe ich mich oft erhaben gefühlt,
weil ich anders bin als alle diese Bauernjungen«, sagte er sich
eines Morgens. »Aber ich bin doch alt genug, um eines zu
erkennen: Anderssein zeugt Haß!« Zu dieser großen Wahrheit kam er durch einen seiner schmerzlichsten Mißerfolge.
Er hatte sich eine volle Woche lang Mühe gegeben, einem
Kameraden zu gefallen, der im Rufe der Heiligkeit stand. Er
ging mit ihm im Hofe spazieren und hörte ergeben seinen
dummen und sterbenslangweiligen Reden zu. Plötzlich zog
ein Gewitter auf. Es donnerte. Da stieß ihn der Heilige derb
von sich und schrie ihm zu: »Hören Sie das Gewitter? In dieser Welt ist jeder sich selbst der Nächste! Ich habe keine Lust,

vom Blitz erschlagen zu werden. Weiß ich, ob Gott Sie nicht niederschmettern will als einen Gottlosen, als einen Voltaire?«

Julien knirschte vor Wut mit den Zähnen. Mit aufgerissenen Augen starrte er gen Himmel, den ein greller Blitz zerriß. »Wahrlich«, rief er aus, »wenn ich während des Sturmes schlafe, verdiene ich weggeschwemmt zu werden! Versuchen wir es mit einem andern Pedanten!«

Es läutete zur Biblischen Geschichte beim Abbé Castanède.

Die Bauernjungen, diese durch die Armut und Arbeit ihrer Väter belasteten Duckmäuser, wurden von Castanède belehrt, daß die ihnen so schreckliche Einrichtung, die weltliche Obrigkeit, wirkliche rechtmäßige Macht lediglich aus der Hand des Stellvertreters Christi auf Erden habe. Dabei dozierte der Abbé:

»Zeigt euch der Gnade Seiner Heiligkeit würdig durch frommen gottgefälligen Lebenswandel! Seid gehorsam, seid ein Stab in der Hand des Papstes! Dann werdet ihr herrliche Stellen erhalten, wo ihr als Oberhaupt schaltet, aller Aufsicht ledig. Diese Stellen, von denen ihr nicht abgesetzt werden könnt, werden zum dritten Teile von der Regierung bezahlt; die beiden andern Drittel tragen die Gläubigen, die ihr euch durch euer Wort selber erzieht.«

Nach dem Unterricht blieb Castanède im Hofe stehen. Seine Schüler umdrängten ihn im Kreise. Er redete von neuem:

»Von einem Pfarrer kann man mit besonderem Recht sagen: Was der Mann wert ist, ist seine Stelle wert! Ich, der ich mit euch hier rede, ich habe aus eigener Anschauung Dorfgemeinden kennen gelernt, wo sich der Pfarrer bei weitem besser stand als mancher Stadtgeistliche. Das Gehalt war gleich hoch, aber es kamen dazu gemästete Kapaune, Eier, frische Butter und tausend kleine Annehmlichkeiten. Auf dem Lande ist der Pfarrer unbestritten der erste Mann. Es findet kein Schmaus statt, wo er nicht zu Gaste geladen und gefeiert wird . . .« In dem Tone ging es weiter.

Kaum war der Abbé in sein Zimmer hinaufgegangen, da teilten sich die Seminaristen in Gruppen. Julien gehörte zu keiner; man mied ihn wie ein räudiges Schaf. In allen Gruppen sah er Studenten Geldstücke in die Luft werfen, und er vermutete, daß seine Kameraden bei dem Spiel »Zahl oder Wappen« dem erfolgreichen Spieler eine einträgliche Pfründe voraussagten.

Man erzählte sich kleine Geschichten. Irgendein junger Priester, der erst vor einem Jahre die Weihen empfangen, hatte der Wirtschafterin eines alten Pfarrers insgeheim ein Kaninchen geschenkt. Daraufhin war er Vikar geworden. Als der Pfarrer ein paar Monate später plötzlich starb, übernahm er seine Stelle in dem reichen Kirchspiel. Einem andern war es geglückt, das Pfarramt in einem großen, sehr reichen Ort zu erhalten, weil er der tägliche Tischgenosse seines Vorgängers, eines alten gelähmten Pfarrers, gewesen war und ihm seine Hühnchen besonders geschickt zerlegt hatte.

Wie in allen Berufen, überschätzten auch die Seminaristen die Bedeutung solcher kleinen Machenschaften, die sich fabelhaft anhören und phantastisch wirken.

»An solchen Unterhaltungen sollte ich teilnehmen!« sagte sich Julien. Wenn man nicht von Bratwürsten und fetten Pfründen redete, schwatzte man über die weltliche Seite des geistlichen Berufes, so etwa über Rangstreitereien zwischen einem Bischof und einem Regierungspräsidenten, zwischen dem Bürgermeister und dem Pfarrer einer Stadt und über ähnliches. Julien bekam den Eindruck: ein zweiter Gott stehe über der Erde, aber ein weit fürchterlicherer und mächtigerer als der himmlische: der Papst. Leise und nur wenn man sicher war, daß es der Direktor nicht hörte, behauptete man: wenn sich der Papst nicht die Mühe gäbe, alle Regierungspräsidenten und alle Bürgermeister höchstselbst zu ernennen, so geschähe das nur, weil er diese Mühe dem König von Frankreich anvertraut habe, indem er ihn zum *ältesten Sohn der Heiligen Römischen Kirche* ernannt habe.

Julien glaubte, diese Gespräche seien eine gute Gelegenheit, das Papstbuch von Maistre hervorzukramen, um sein Ansehen zu heben. In der Tat setzte er seine Kameraden in Erstaunen, aber wiederum nicht zu seinem Vorteil. Es mißfiel allgemein, daß er ihre Meinungen besser in Worte faßte als sie selber. Der alte Pfarrer Chélan war als Lehrer Juliens ebenso unvorsichtig gewesen wie für sich persönlich. Er hatte ihn daran gewöhnt, sich klar auszudrücken und sich nicht durch Phrasen täuschen zu lassen. Er hatte es jedoch nicht für nötig erachtet, Julien zu sagen, daß freimütiges Urteil ein Verbrechen ist, solange man in der Welt nichts bedeutet. Denn jedwede Wahrheit erregt Anstoß.

Juliens kluge Reden wurden ihm also als weiteres Verbrechen vorgeworfen. Seine Kameraden beschäftigten sich viel mit ihm. Das Endergebnis all des Abscheus, den er ihnen einflößte, floß in den Spitznamen aus, den Julien bekam: *Martin Luther*. Vornehmlich wegen der Teufelslogik, mit der er sich brüstete, hieß es.

Etliche der Seminaristen hatten frischere Farben als Julien und konnten für hübscher gelten. Dafür besaß er weiße Hände und ein unverkennbares Reinlichkeitsbedürfnis. Diese Eigenschaften wurden ihm arg verübelt. Die schmutzigen Bauern, unter denen er lebte, erklärten, er sei ein lockerer Bursche. Von tausend Widerwärtigkeiten sind dies nur Beispiele. Man machte sogar Miene, ihn zu verprügeln. Julien bewaffnete sich deshalb mit einem eisernen Meßstab und gab zu verstehen, wenn auch nur durch Gesten, daß er sich damit wehren werde. Gesten nehmen sich im Tatbericht eines Denunzianten nicht so gefährlich aus wie Worte.

KAPITEL XXVIII

Eine Prozession

Alle Herzen waren gerührt. Gott selbst
schien in diesen engen gotischen Gassen
– die mit Tuchbehängen geschmückt und von
den Gläubigen mit Sand bestreut worden
waren – gegenwärtig zu sein.
Young

Umsonst suchte Julien dumm und klein zu erscheinen. Er gewann niemanden. Er war allzusehr anders. »Merkwürdig!« sagte er sich. »Meine Lehrer sind doch sehr gescheite Menschen, unter Tausenden erkoren! Warum würdigen sie meine Demut nicht?« Ein einziger, so schien es Julien, machte sich seinen guten Willen zunutze, indem er seiner Komödie glaubte oder so tat. Das war der Abbé Chas-Bernard, der Zeremonienmeister an der Kathedrale, der seit fünfzehn Jahren auf eine Domherrnstelle wartete. Bis dahin war er Lehrer der geistlichen Beredsamkeit am Seminar. Zur Zeit seiner Blindheit war Julien auch in diesem Unterrichtsfache einer der ersten gewesen. Das hatte ihm die Freundschaft des Abbé eingetragen. Nach der Stunde nahm er ihn manchmal am Arm und wandelte mit ihm durch den Garten.

»Ob er dabei eine Absicht hat?« fragte sich Julien. Er wunderte sich, wenn ihm der Abbé stundenlang von den Prunkgewändern erzählte, die im Besitze der Kathedrale waren. Es gab da siebzehn goldbestickte Kaseln – daneben noch die liturgischen Gewänder für die Totenmessen. Man erhoffte sich viel von der alten Präsidentin von Rubempré; diese neunzigjährige Dame hatte seit wenigstens siebzig Jahren ihre Hochzeitskleider – erlesene Lyoner Brokatstoffe – aufbewahrt.

»Denk dir nur, mein Freund«, sagte der Abbé Chas, blieb stehen und öffnete die Augen weit, »diese Stoffe stehen aufrecht, so dick sind sie mit Gold bestickt. In ganz Besançon

234

nimmt man an, daß der Schatz der Kathedrale durch das Testament der Präsidentin um mehr als zehn Kaseln – von den vier oder fünf Chormänteln für die großen Feste ganz zu schweigen – vermehrt werden wird. Ich gehe noch weiter«, fügte der Abbé Chas mit leiser Stimme hinzu, »ich habe Grund zu der Annahme, daß die Präsidentin uns acht prächtige vergoldete Silberleuchter hinterlassen wird, von denen man glaubt, daß sie Karl der Kühne, Herzog von Burgund, aus Italien hatte kommen lassen. Einer der Ahnen der Präsidentin war sein Minister und Günstling gewesen.«

»Was bezweckt der Mann mit der langweiligen Aufzählung all dieses Trödels?« dachte Julien. »Das kommt mir wie eine schlaue Vorrede vor. Aber immer wieder dasselbe? Es folgt nichts. Er muß mir stark mißtrauen. Allerdings, er ist klüger als alle die andern, die man nach vierzehn Tagen bis in ihre geheimsten Gedanken durchschaut. Auch weiß ich, daß sein Ehrgeiz seit anderthalb Jahrzehnten leidet.«

Eines Abends, mitten in der Fechtstunde, wurde Julien zum Direktor gerufen.

»Morgen ist Fronleichnamsfest«, sagte Pirard. »Herr Abbé Chas-Bernard wünscht, daß Sie ihm beim Ausschmücken der Kathedrale helfen. Gehen Sie und gehorchen Sie!« Dann rief er ihn noch einmal zurück und sagte ihm in mitleidigem Tone: »Wenn Sie sich bei dieser Gelegenheit ein wenig in der Stadt umsehen wollen, habe ich nichts dagegen.«

Julien erwiderte: »*Incedo per ignes!* (zu deutsch: Ich habe verborgene Feinde!)«

Am nächsten Morgen, in aller Frühe, ging er mit gesenktem Blick nach der Kathedrale. Der Anblick der Straße und des beginnenden Lebens in der Stadt tat ihm wohl. Überall sah er, daß man die Häuserfassaden für die Prozession behing. Es war ihm zumute, als sei er erst gestern in das Seminar gekommen. Das Schloß Vergy erstand vor seiner Phantasie. Dann fiel ihm die hübsche Amanda ein. Ob er ihr begegnen würde? Das Kaffeehaus war in der Nähe. Da er-

235

blickte er von weitem, am Portal seiner geliebten Kathedrale, die wohlbeleibte Gestalt des Abbé Chas-Bernard, dessen freundliches offenes Gesicht heute leuchtete. »Ich warte schon auf Sie, mein lieber Sohn!« rief der Abbé dem Seminaristen aus großer Entfernung entgegen, sobald er ihn erkannt hatte. »Willkommen! Wir haben heute viel und schwere Arbeit. Stärken wir uns durch einen Imbiß. Das richtige Frühstück folgt um zehn Uhr, während des Hochamts.«

»Euer Hochehrwürden bitte ich«, sagte Julien ernst, »mich keinen Augenblick allein zu lassen. Wollen Sie gütigst feststellen, daß ich eine Minute vor fünf Uhr zur Stelle bin?« Dabei zeigte er nach der Turmuhr über ihren Häuptern.

»Aha!« meinte der Abbé. »Sie haben Angst vor Ihren Kollegen! Sie tun den kleinen Bösewichtern zu viel Ehre an. Ein schöner Weg bleibt schön, auch wenn ihn Hecken mit Dornen umstehn. Der brave Wandersmann geht seinen Pfad und läßt die bösen Dornen Dornen sein . . . Jetzt aber ans Werk, mein lieber Freund! Ans Werk!«

Der Abbé hatte mit seiner Voraussage, die Arbeit sei schwer, nicht unrecht. Am Tage vorher war in der Kirche eine große Trauerfeier abgehalten worden. Man hatte nichts vorbereiten können, und so galt es, an einem Vormittag die gotischen Pfeiler, die die drei Kirchenschiffe bildeten, bis zu einer Höhe von beinahe zehn Metern mit rotem Damast zu bekleiden. Wohl hatte der Bischof vier Tapezierer mit der Eilpost aus Paris kommen lassen. Doch vermochten diese Leute nicht allein mit allem fertig zu werden. Dazu kam, daß sie die schwerfälligen Besançoner Handwerker, die ihnen helfen sollten, durch ihre spöttischen Anweisungen verwirrten, statt sie verständig anzustellen.

Julien sah, daß er selber auf die Leiter steigen mußte. Seine Behendigkeit kam ihm hierbei zugute. Er übernahm die Leitung der einheimischen Arbeiter. Der Abbé schaute ihm voll Freude zu, wie er von einer Leiter auf die andere kletterte. Als alle Pfeiler mit Damast umkleidet waren, galt es, den Baldachin über dem Hauptaltar mit fünf riesigen Federbüschen zu schmücken. Das reichvergoldete Dach ruhte auf acht hohen gewundenen Säulen aus italienischem Marmor. Wenn man nach der Spitze des Baldachins, über dem Tabernakel, wollte, mußte man in einer Höhe von mehr denn zwölf Metern über einen alten, vielleicht morschen Holzsims hingehen.

Angesichts dieses gefährlichen Steges verloren die Pariser Tapezierer ihre strahlende Heiterkeit. Sie schauten empor, diskutierten lang und breit, aber keiner von ihnen stieg hinauf. Julien ergriff die Federbüsche, kletterte flugs die Leiter hinan und befestigte die Büsche säuberlichst in Form einer Krone auf der Dachspitze des Baldachins. Als er wieder unten anlangte, schloß ihn der Abbé gerührt in die Arme.

»*Optime!*« rief der biedere Priester. »*Optime!* Das werde ich Seiner Hochwürden vermelden.«

Das Zehn-Uhr-Frühstück verlief in frohester Stimmung. Abbé Chas-Bernard hatte seine Kirche noch nie so schön gesehen.

Er begann zu erzählen: »Mein lieber Schüler, hier in dieser ehrwürdigen Basilika war meine selige Mutter Stuhlvermieterin. Ich bin also in diesen hohen Hallen aufgewachsen. Dann kam die Schreckensherrschaft Robespierres und richtete uns zugrunde. Bereits als kleiner Bursche von acht Jahren ministrierte ich bei den Messen. An solchen Tagen gab man mir das Mittagessen. Niemand verstand ein Meßgewand so gut zusammenzulegen wie ich. Nie wurden die Goldborten geknickt. Seit der Wiedereinführung des Gottesdienstes durch Napoleon habe ich das Glück, die Zeremonien in dieser ehrwürdigen Kathedrale zu leiten. Fünfmal im Jahre sehen meine Augen die Kirche in diesem herrlichen Schmuck. Aber niemals hat sie so prächtig ausgesehen. Niemals lag der Damast so glatt an den Säulen . . .«

»Endlich«, dachte Julien, »wird er sich mir anvertrauen. Er fängt an, von sich zu reden. Er wird mir sein Herz ausschütten.«

Aber es kam nichts Unbedachtes über die Lippen des so sichtlich begeisterten Mannes. »Er ist glücklich«, sagte sich Julian. »Das ist ein Mann! Ein Vorbild für mich. Ehre, wem Ehre gebührt!«

Diese Redensart war eine Erinnerung an den alten Stabsarzt, den Freund seiner Kindheit.

Als es dann beim Hochamt zum Sanktus klingelte, wollte Julien ein Chorhemd anziehen und sich dem Bischof und der herrlichen Prozession anschließen.

»Die Diebe, mein lieber Freund! Die Diebe!« rief der Abbé. »Daran denken Sie nicht! Die Prozession wird gleich da sein. Wir müssen achtgeben, Sie und ich. Wir können froh sein, wenn uns hinterher bloß ein paar Ellen von der schönen Borte fehlen, die unten um die Säulen läuft. Echte Goldborte, Verehrtester! Auch das ist ein Geschenk der Frau von Rubempré; er kommt von dem berühmten Grafen, ihrem Urgroßvater; es ist reines Gold, mein lieber Freund«, fügte der Abbé hinzu, indem er ihm ins Ohr flüsterte; er war außer sich, nichts Falsches! »Sie werden das nördliche Seitenschiff beaufsichtigen. Bleiben Sie ja dort! Ich nehme das Hauptschiff und das südliche Seitenschiff. Passen Sie auf die Beichtstühle auf! Daselbst lauern die Helferinnen der Diebe auf den Moment, wo wir den Rücken kehren.«

In diesem Augenblick schlug es drei Viertel zwölf. Die große Glocke begann zu läuten, laut und wuchtig. Diese vollen feierlichen Klänge erschütterten Julien. Seine Gedanken vergaßen die Erde.

Der Duft des Weihrauchs und der Rosenblätter, von kleinen Kindern vor den Altar hingestreut, brachte ihn vollends in Verzückung.

Um bei Verstand zu bleiben, hätte er nur daran zu denken brauchen, daß die Glocken von einem Dutzend armer Schlucker um einen Hundelohn in Bewegung gesetzt wurden. Er hätte an die Abnützung der Glockenseile denken müssen, an die Beanspruchung des Glockenstuhls, an die Gefahr für die Glocke selbst, die alle zweihundert Jahre abstürzt, und er hätte darüber nachdenken müssen, wie man die Bezahlung der Glöckner mindern könnte, oder wie man sie mit einem Ablaß oder einer anderen Gnade aus dem Gnadenschatz der Kirche entschädigen könnte, der ihre Börse nicht weiter erschlaffen läßt.

Statt dessen schweifte Juliens Seele, begeistert durch das mächtige Geläute, in phantastische Ferne. Auch daran dachte er nicht, daß aus einem Träumer, wie er einer war, niemals ein tüchtiger Priester, niemals ein großer Organisator werden kann. Eine so leicht erregbare Seele taugt höchstens zum Künstler. Julien, dem Phantasten, fehlte der Blick für die reale Seite des Lebens. Hier tritt das ganze Ausmaß der Selbstüberschätzung Juliens an den Tag. Vielleicht fünfzig der Seminaristen, der Kameraden Juliens, denen die Lebenswirklichkeit durch den Haß der Öffentlichkeit und den Jakobinismus, den man ihnen als hinter jeder Hecke auf der Lauer liegend vorstellte, nahegebracht wurde, hätten beim Klang der großen Glocke der Kathedrale an die Bezahlung der Glöckner gedacht. Sie hätten im Geist des Barème erwogen, ob der Grad der Erschütterung der Menschen die Bezahlung der Glöckner wert wäre. Hätte Julien über die materiellen Bedürfnisse des Kathedralenbetriebes nachgedacht, wäre er übers Ziel hinausgeschossen und hätte an die vierzig Franken Ersparnis bei den Baukosten gedacht und hätte dabei die Gelegenheit einer gegenwärtigen Ersparnis von fünfundzwanzig Centimes übersehen.

Während die Prozession bei wunderschönem Wetter gemächlich durch die Straßen von Besançon zog, an allen den prächtigen Ruhealtären verweilend, die weltlicher Wetteifer errichtet hatte, herrschte in der Kirche tiefes Schweigen. Es war Halbdunkel darin und köstlich kühl, voll Rosen- und Weihrauchduft.

Die Stille, die unendliche Einsamkeit und die frische Luft des langen Raumes umspannen Julien mit holder Träumerei.

Der Abbé hielt sich im andern Seitenschiff auf. Nichts störte Julien. Seine Seele hatte den Erdenleib verlassen, der langsam im ihm anvertrauten Nordschiffe hin und her wandelte. Er war um so ruhiger, weil er sich überzeugt hatte, daß in den Beichtstühlen nur ein paar fromme Frauen knieten. Seine Augen schauten, ohne zu sehen.

Gleichwohl wurde er ein wenig aufmerksam, als sein Blick auf zwei elegant gekleidete Damen fiel. Eine von ihnen kniete vor einem Beichtstuhl, die andere daneben an der Kirchenbank. Er sah sie zunächst nur von ungefähr. Da nahm er plötzlich wahr, daß in dem Beichtstuhl kein Geistlicher saß. Vages Pflichtgefühl ließ ihn schärfer zusehen. Oder gefiel ihm die einfache vornehme Kleidung der beiden Frauen? »Merkwürdig!« dachte er bei sich. »Wenn es vornehme Damen sind, warum sehen sie sich die Prozession nicht bequem vom Sitzplatze eines Balkons an? Oder wenn sie so fromm sind, warum beten sie nicht an einer der vielen Betstellen, an denen die Prozession vorbeikommt? Das Kleid der Knienden da ist gut gemacht. Eine graziöse Gestalt!«

Er ging ganz langsam an den beiden Damen vorüber, um sie genau betrachten zu können.

Die im Beichtstuhle Kniende wandte ein wenig den Kopf, als sie den Schall von Juliens Tritten in der gewaltigen Stille ringsum vernahm. Mit einem Male stieß sie einen leisen Schrei aus, ward ohnmächtig und sank rückwärts um.

Die Freundin, die unweit kniete, sprang ihr bei. Jetzt wurde Julien stutzig und bemerkte eine Halskette aus gewundenen Perlenschnüren, die ihm wohlbekannt vorkam. Im Augenblick darauf erkannte er die Haartracht, wie Frau von Rênal sie zu tragen pflegte. Sie war es. Die andre, die ihr den Kopf stützte und sie vor dem gänzlichen Umsinken zu bewahren suchte, war Frau Derville. Außer sich vor Schreck, eilte Julien hinzu. Frau von Rênal hätte im Fall vielleicht die Freundin mitgerissen, wenn Julien nicht beide aufgefangen hätte. Er sah, wie Frau von Rênals Kopf blaß und leblos zur

240

Schulter herabhing. Er kniete zu Boden und half Frau Derville, das geliebte Haupt an die Lehne eines Rohrstuhles zu betten.

Frau Derville drehte sich um und erkannte Julien.

»Gehen Sie schnell weg, Herr Sorel! Gehen Sie!« gebot sie mit zorniger Stimme. »Auf keinen Fall dürfen Sie von ihr gesehen werden. Sie sind das Schreckgespenst meiner Freundin. Vor Ihrer Zeit war sie so glücklich. Sie haben sich abscheulich aufgeführt. Machen Sie, daß Sie fortkommen! Wenn Sie eine Spur von Schamgefühl im Leibe haben, so entfernen Sie sich!«

Das alles sagte sie in gebieterischem Tone. Julien war in diesem Moment so schwach, daß er wegging. »Die Derville hat mich immer gehaßt!« sagte er sich, todtraurig.

In demselben Augenblicke ertönte der näselnde Gesang der Priester, die an der Spitze der Prozession schritten. Sie kamen in die Kirche. Der Abbé Chas-Bernard rief mehrere Male nach Julien. Er hörte es nicht. Da kam der Abbé selbst und zog ihn am Arm hinter dem Pfeiler hervor, an dem Julien halb von Sinnen lehnte. »Ich will Sie dem Bischof vorstellen. Kommen Sie!« sagte der Abbé.

»Ist Ihnen nicht wohl, mein Sohn?« setzte er hinzu, als er bemerkte, daß der junge Mann blaß aussah und sichtlich unfähig war zu gehen. »Sie haben sich überanstrengt.« Er reichte ihm den Arm. »Kommen Sie! Setzen Sie sich hinter mich auf das Bänkchen am Weihwasserbecken! Ich werde mich davorstellen.« Sie nahmen dicht am Hauptportal Platz. »Ruhen Sie sich aus! Wir haben noch gut zwanzig Minuten Zeit, ehe Hochwürden kommt. Vielleicht erholen Sie sich. Wenn der Bischof vorüberkommt, werde ich Sie stützen. Ich bin stark und kräftig, trotz meiner Jahre.«

Als der Prälat vorüberschritt, zitterte Julien dermaßen, daß es der Abbé aufgeben mußte, ihn vorzustellen.

»Grämen Sie sich nicht weiter darüber!« meinte er gutmütig. »Ich werde eine andre Gelegenheit finden.«

241

Gegen Abend schickte er zehn Pfund Kerzen für die Seminarkapelle, wozu er sagen ließ, sie seien erspart worden, weil die Kerzen in der Kathedrale durch Juliens Umsicht und Eifer sofort nach der Prozession ausgelöscht worden wären. Nichts war weniger wahr. Der arme Kerl war selbst ausgelöscht – seit er Frau von Rênal gesehen hatte, konnte er keinen klaren Gedanken mehr fassen.

KAPITEL XXIX

Die erste Beförderung

Er kannte sein Jahrhundert, er kannte
seinen Regierungsbezirk, und er ist reich.
Le Précurseur

Julien war noch immer wie gelähmt durch die Episode in der Kathedrale, als ihn der gestrenge Abbé Pirard eines Morgens zu sich rufen ließ.

»Der Herr Abbé Chas-Bernard empfiehlt Sie mir durch dieses Schreiben ganz besonders«, begann er. »Ich bin mit Ihrer Führung im ganzen recht zufrieden. Aber Sie sind äußerst unvorsichtig, ja unbesonnen. Mir ist es nicht entgangen. Immerhin, bis jetzt ist Ihr Herz gut, sogar edel. Und Sie besitzen einen überlegenen Geist. Mit einem Worte: es glüht ein Funken in Ihnen, den man nicht ausgehen lassen darf.

Nach fünfzehn Jahren voller Arbeit stehe ich im Begriffe, dies Haus zu verlassen. Man beschuldigt mich, den Seminaristen zu viel Freiheit gelassen und nichts für und nichts gegen die geheime Verbindung getan zu haben, von der Sie mir im Beichtstuhl berichtet haben. Ehe ich fortgehe, will ich etwas für Sie tun. Ich hätte es bereits vor acht Wochen gemacht, denn Sie haben es verdient, wenn nicht die Denunziation wegen der Adresse der Amanda Binet dazwischen gekommen wäre. Ich ernenne Sie hiermit zum Repetitor für das Alte und Neue Testament.«

Im Überschwange seiner Dankbarkeit durchzuckte Julien die Idee, er müsse in die Knie sinken und Gott danken. Doch er folgte einem aufrichtigeren Drange. Er ging auf den Abbé zu, ergriff seine Hand und führte sie an die Lippen.

»Was soll das?« rief der Direktor ärgerlich; aber da sah er, daß Juliens Augen noch mehr verrieten als das, was er eben getan. Er war tief verwundert, just wie ein Mensch, der es im Laufe der Jahre aufgegeben hat, Herzensregungen zu begegnen. Dieses Erstaunen sah man dem Abbé an, und es lag ein seltsamer Klang in seiner Stimme, als er sagte:

»Gewiß, mein Sohn, ich bin dir zugetan. Gott ist mein Zeuge, daß es wider meinen Willen ist, denn ich weiß, daß es meine Pflicht ist, gerecht zu sein, keinem zuliebe, keinem zuleide. Deine Laufbahn wird voller Mühen sein. Denn in dir lebt und webt etwas, das den großen Haufen verletzt. Neid und Verleumdung werden nicht von dir lassen. Wohin die Vorsehung dich auch stellen mag: Deine Gefährten werden dich nie ohne Haß betrachten. Selbst wenn sie tun, als hätten sie dich gern, so geschieht dies nur, um dich desto sicherer zu verraten. Dagegen hilft nur eines: Nimm deine Zuflucht zu Gott! Er ist es, der dir zur Strafe für deinen wissentlichen und unwissentlichen Hochmut den Haß der andern bereitet. Sei lauter in Handel und Wandel! Anders kommst du nimmer zu deinem Frieden. Wenn du unverbrüchlich und unablässig zur Wahrheit hältst, werden deine Widersacher früher oder später ermatten.«

Die Stimme eines Freundes hatte Julien sehr lange nicht vernommen, und so muß man ihm die Schwäche nachsehen, daß er in Tränen ausbrach. Gerührt schloß ihn der Abbé in die Arme. Es war ein Moment, gleich wonnesam für beide.

Julien war toll vor Freude. Das war seine erste Beförderung. Die Vorteile waren beträchtlich. Um sie zu ermessen, muß man dazu verdammt gewesen sein, monatelang, ohne eine Minute des Alleinseins, im engsten Verkehr mit Kameraden zu leben, die zum mindesten lästig, zumeist aber unerträglich sind. Schon ihr Geschrei reichte hin, eine sensible Natur zu verstimmen. Alle diese wohlgenährten und gutgekleideten Bauernjungen empfanden erst dann den vollen Genuß ihrer animalischen Fröhlichkeit, wenn sie recht lärmen, brüllen und toben konnten.

Fortan bekam Julien seine Mahlzeiten eine Stunde später als die andern Seminaristen, zunächst allein. Er erhielt einen Schlüssel zum Garten, wo er sich ergehen durfte, wenn kein Mensch darin war.

Zu seinem großen Erstaunen nahm er wahr, daß er jetzt weniger gehaßt wurde. Er hatte auf eine Verdoppelung des Hasses gerechnet. Sein geheimer, aber zu leicht erkennbarer Wunsch, von niemandem angeredet zu werden, hatte ihm ehedem manchen zum Feinde gemacht. Jetzt wurde das nicht mehr als Zeichen lächerlichen Hochmuts aufgefaßt. Jetzt war dies den Rohlingen, die ihn umgaben, eine berechtigte Äußerung seiner Würde. Die Feindseligkeit gegen ihn nahm zusehends ab, besonders unter den jüngeren Kameraden, die nun seine Schüler wurden und die er sehr höflich behandelte. Nach und nach gewann er sogar Anhänger, und bald galt es für unmanierlich, ihn *Martin Luther* zu nennen.

Seit Julien seine neue Würde bekleidete, sprach der Direktor Pirard absichtlich nur noch vor Zeugen mit ihm. Das war klug gehandelt, sowohl in Hinsicht auf den Lehrer wie auf den Schüler. Vor allem aber sollte es eine Prüfung sein. Als strenger Jansenist hatte Pirard folgenden Hauptgrundsatz: »Je mehr Verdienste ein Untergebener in unsern Augen hat, um so mehr muß man ihm all sein Tun und Trachten erschweren. Ist er wirklich etwas wert, so wird er die Schwierigkeiten umgehen oder überwinden.«

Zur Jagdzeit hatte Fouqué den Einfall, dem Seminar als angebliches Geschenk von Juliens Eltern einen Hirsch und ein Wildschwein zu schicken. Dies Wildbret hing im Gang zwischen Küche und Refektorium, so daß alle Seminaristen es sehen mußten, wenn sie zum Essen gingen. Das war ein Ereignis, das die allgemeine Neugierde erregte. Der Eber – tot, wie er war – machte den Jüngeren angst; sie berührten seine Hauer. Acht Tage lang redete man von nichts anderm.

Diese Schenkung machte Juliens Eltern zu Respektspersonen und beseitigte den Rest des Hasses gegen Julien. Der Reichtum seiner Familie sanktionierte seine Überlegenheit. Chazel und andre Größen der Seminaristenschaft suchten sichtlich den nähern Verkehr mit ihm. Beinahe hätten sie ihm einen Vorwurf daraus gemacht, daß er sie bisher vom Wohlstande seiner Familie nicht gehörig in Kenntnis gesetzt und sie in die peinliche Lage gebracht hatte, ihm die einem reichen Manne gebührende Hochachtung versagt zu haben.

Um diese Zeit fand eine Rekrutenaushebung in Besançon statt. In seiner Eigenschaft als Priesterschüler kam Julien frei. Dies bewegte ihn tief. »Ich bin zwanzig Jahre zu spät geboren! So habe ich die Zeit verpaßt, in der ich ein Held hätte werden können! Nie kehrt sie wieder!«

Als er an diesem Tage allein im Garten spazierenging, hörte er, wie einer der Arbeiter, die an der Umfassungsmauer zu tun hatten, bemerkte: »Na, nun müssen wir fort! Uns heben sie sicher aus.«

Ein andrer meinte: »Zu des Kaisers Zeit, ja, da wurde unsereiner wenigstens was, Offizier, sogar General. Man hat Beispiele!«

»Das war einmal!« lachte ein dritter. »Wer wird denn heutzutage Soldat? Arme Schlucker! Wer was hat, bleibt daheim!«

»Und wer im Dreck geboren ist, der bleibt im Dreck!«

»Sagt! Ist es denn eigentlich wahr, was man so sagt, daß er tot ist?«

»Die Angstmeier behaupten es.«

»Wie hat sich die Welt geändert! Zu seiner Zeit, das war ein

245

ander Ding! Aber seine Marschälle haben ihn verraten. Die Schufte!«

Dies Gespräch tröstete Julien einigermaßen. Im Weitergehen seufzte er:

»Der Einzige, den nie sein Volk vergißt!«

Die Examenszeit kam heran. Die Examinatoren waren von dem berüchtigten Großvikar von Frilair ernannt worden. Julien gab ausgezeichnete Antworten. Er machte die Wahrnehmung, daß selbst Chazel sein Licht nicht unter den Scheffel stellte.

Am ersten Prüfungstage mußten die Examinatoren Julien Sorel, der ihnen als Lieblingsschüler des Abbé Pirard bezeichnet worden war, zu ihrem Leidwesen allenthalben als Besten oder Zweitbesten in ihre Listen eintragen. Schon wettete man im Seminar, Julien werde in der Schlußliste als Allererster stehen, was die Ehre nach sich zog, zu Seiner Hochwürden dem Bischof zu Tisch befohlen zu werden. Gegen das Ende der Prüfung kam die Rede auf die Kirchenväter. Nachdem der betreffende gewandte Examinator vom heiligen Hieronymus und dessen Vorliebe für Cicero gesprochen hatte, schwenkte er auf Horaz, Virgil und andre profane Dichter über. Ohne Wissen seiner Mitschüler hatte Julien eine stattliche Anzahl Stellen aus diesen Autoren auswendig gelernt. Von seinen Erfolgen hingerissen, vergaß er den Ort, an dem er stand, und sagte auf wiederholtes Befragen des Prüfenden mehrere Oden des Horaz auf und erläuterte sie voll Begeisterung.

Zwanzig Minuten lang ließ ihn der Examinator sich begeistert aussprechen. Dann zog er plötzlich eine andre Miene auf und tadelte Julien scharf, daß er seine Zeit mit so weltlichen Studien vergeudet und sich den Kopf mit so unnützen und sündhaften Dingen beschwert habe.

»Es war töricht, Euer Hochwürden; ich sehe es ein«, erwiderte Julien bescheiden. Er erkannte, in welche schlau gelegte Falle er gegangen war.

Die Hinterlist des Examinators wurde unter den Seminaristen allgemein verurteilt. Der Abbé von Frilair aber, der Oberexaminator, der die Fäden der geheimen Kongregation zu Besançon in seiner geschickten Hand hielt, ein Intrigant, vor dessen Berichten nach Paris die Regierungsoberbeamten, die Richter, ja sogar hohe Offiziere der Garnison zitterten, setzte, mächtig wie er war, in gewichtigen Zügen die Ziffer 198 neben Juliens Namen in die Schlußliste. Es bereitete ihm Vergnügen, seinem Feinde, dem Jansenisten Pirard, wieder einmal eins auszuwischen.

Seit einem Jahrzehnt war es das Ziel seiner Umtriebe, dem Abbé die Seminarleitung zu entreißen. Pirard hatte die Grundsätze, die er Julien vorgeschrieben, in seinem eignen Lebenswandel streng befolgt; er war wahrheitsliebend, fromm, ehrlich und pflichtgetreu. Aber der Himmel in seinem Zorne hatte ihm das Temperament eines Cholerikers gegeben. Gegen Beleidigungen und Gehässigkeit war er überempfindlich. Seine Feuerseele nahm jede Kränkung auf. Hundertmal schon wäre er freiwillig von seinem Posten gegangen, wenn er nicht den Glauben gehabt hätte, daß er auf dem Platze, an den die Vorsehung ihn gestellt, eine Aufgabe zu erfüllen habe. »Ich bin ein Prellstein gegen das Weitervordringen von Jesuitentum und Götzendienerei«, sagte er sich.

Zur Zeit der Examina war es etwa zwei Monate her, daß er mit Julien gesprochen hatte, und doch war er acht Tage lang krank, als er den Prüfungsbericht des Oberexaminators durchlas und neben dem Namen des Schülers, den er für die Leuchte seiner Schule hielt, die Zensur 198 fand. Der strenge Moralist suchte seinen einzigen Trost darin, daß er sein Augenmerk auf Julien verdoppelte. Zu seiner Herzensfreude sah er ihn weder voll Wut noch voll Rachgier und auch nicht mutlos.

Ein paar Wochen später bekam Julien zu seinem Schreck einen Brief aus Paris. »Endlich«, dachte er, als er den Poststempel las, »endlich erinnert sich Luise ihres Versprechens.«

Ein angeblicher Verwandter, als Paul Sorel unterzeichnet, sandte ihm einen Scheck auf fünfhundert Franken und stellte die nämliche Summe alljährlich in Aussicht, wenn sich Julien weiterhin mit Erfolg dem Studium der lateinischen Klassiker widme.

»Das ist sie! Das ist ihre Güte!« sagte sich Julien gerührt. »Sie will mich trösten. Aber warum sagt sie mir kein einziges liebes Wort?«

Julien irrte sich in seiner Vermutung über den Absender des Briefes. Frau von Rênal lebte unter dem Einflusse ihrer Freundin Frau Derville einzig und allein noch ihrer Reue. Zwar mußte sie manchmal des seltsamen Menschen gedenken, dessen Erscheinung ihr ganzes Sein bis in den Grund umgewandelt hatte, aber sie hütete sich, ihm zu schreiben.

Die Zusendung des Geldes war ein wundersamer Zufall, und niemand anders war ahnungslos der Anlaß als der Großvikar von Frilair.

Vor zwölf Jahren war er in Besançon eingezogen, mit einem leichten Ränzlein, von dem die Sage ging, es habe sein gesamtes Hab und Gut geborgen. Jetzt war er einer der reichsten Grundbesitzer im Regierungsbezirk. Unter anderm besaß er ein Gut, dessen andre Hälfte durch Erbschaft an den Marquis von La Mole gefallen war. Hierüber hatte sich ein großer Prozeß zwischen den beiden entsponnen.

Trotz seiner glänzenden Stellung in der Residenz und seiner Hofämter erfuhr der Marquis am eigenen Leibe, wie gefährlich es war, mit einem Besançoner Großvikar, der Regierungspräsidenten ein- und absetzte, im Streit zu liegen. Anstatt sich mit einer Vergleichssumme von fünfzigtausend Franken zu begnügen, die sich irgendwie im Budget hätte unterbringen lassen, hatte sich der Marquis in die Sache verbissen. Er glaubte im Recht zu sein. Ein schöner Grund.

Wo in der Welt gibt es einen Richter, der nicht einen Sohn oder wenigstens einen Neffen vorwärts bringen will?

Nachdem der Großvikar in der ersten Instanz ein Urteil zu

seinen Gunsten durchgesetzt hatte, genierte er sich durchaus nicht, in der Kutsche des Bischofs bei seinem Rechtsanwalt vorzufahren und ihm eigenhändig das Kreuz der Ehrenlegion zu überbringen. Einem Blinden hätten da die Augen aufgehen müssen! Der Marquis von La Mole war über das Gebaren seines Prozeßgegners ein wenig betroffen. Es kam ihm vor, als erlahmten seine Anwälte. Deshalb wandte er sich an den Abbé Chélan mit der Bitte um seinen Rat. Chélan setzte ihn mit Pirard in Verbindung.

Das war vor mehreren Jahren. Der Abbé Pirard hatte seinen Wahrheitseifer auch auf diese Sache übertragen. In steter Verbindung mit den Anwälten des Marquis, hatte er sich in die Akten vertieft, hatte gefunden, daß das Recht auf der Seite des Marquis war, und war vor aller Welt sein Geschäftsträger gegen den allmächtigen Großvikar geworden. Der war über diese Unverschämtheit eines armseligen Jansenisten empört, und höhnisch äußerte er sich im Kreise seiner Vertrauten:

»Da sieht man übrigens, wie es mit dem Hofadel, der sich für so mächtig hält, in Wahrheit steht! Dieser Marquis hat seinem Helfershelfer hier in Besançon noch nicht einmal den lumpigsten Orden verschafft. Ja, er sieht ruhig zu, wie er abgehalftert wird. Dabei schreibt man mir, daß der edle Pair keine Woche verstreichen läßt, ohne sich beim Justizminister im Schmucke seiner Orden und Würden sehen zu lassen.«

In der Tat erreichte der Marquis trotz der Rührigkeit des Abbé Pirard und trotz seiner vorzüglichen Beziehungen zu dem Justizminister und den ihm unterstellten Beamten innerhalb von sechs Jahren nichts weiter, als daß er seinen Prozeß nicht endgültig verlor.

Sein ununterbrochener Briefwechsel mit Pirard in einer Sache, die sie beide mit Passion verfochten, war der Anlaß, daß der Marquis von La Mole schließlich persönliches Gefallen an Charakter und Gesinnung des Abbé fand. Trotz des großen Abstandes ihrer gesellschaftlichen Stellung wurde

249

der Ton ihrer Briefe allmählich freundschaftlich. Pirard klagte dem Marquis gelegentlich, daß man ihn durch Schikanen dazu dränge, seinen Abschied einzureichen. In seinem Zorn erzählte er ihm auch die niederträchtige Art und Weise, die man offenbar gegen Julien Sorel angewendet hatte, und dessen ganze Lebensgeschichte.

Der große Herr war bei allem Reichtum durchaus nicht geizig. Er hatte den Abbé niemals dazu bewegen können, sich auch nur seine Auslagen im Prozesse zurückerstatten zu lassen. Darum kam er auf den Gedanken, Pirards Lieblingsschüler fünfhundert Franken zu schicken.

Der Marquis machte sich die Mühe, die Begleitzeilen eigenhändig zu schreiben. Auch den Abbé selber vergaß er nicht.

Eines Tages erhielt Pirard die kurze Aufforderung, sich in einer dringlichen Angelegenheit unverzüglich in einem Vorstadtgasthof von Besançon einzufinden. Dort fand er den Intendanten des Marquis von La Mole, der ihm eröffnete:

»Seine Exzellenz hat mich beauftragt, Ihnen seinen Reisewagen zur Verfügung zu stellen. Der Herr Marquis hofft, daß Sie sich nach Kenntnisnahme des beiliegenden Briefes bereit erklären, in vier oder fünf Tagen nach Paris zu fahren. Ich werde die Zeit bis zum Tage der Abreise, den Sie gütigst bestimmen wollen, dazu benutzen, den Grundbesitz des Herrn Marquis in der Freigrafenschaft zu besichtigen. Danach fahren wir an dem Ihnen passenden Tage zusammen nach Paris. «

Der Brief war kurz. Er lautete:

Lieber Herr Abbé!
Entrinnen Sie endlich allen Provinzstänkereien und atmen Sie in der Pariser Luft auf. Ich schicke Ihnen meinen Wagen mit dem Auftrage, vier Tage auf Ihren Entschluß zu warten. Ich hoffe, Sie spätestens am Dienstag hier zu sehen. Es bedarf Ihrerseits nur der Zusage, mein Verehrtester, und ich nehme in Ihrem Namen eine der

ersten Pfarren in der Umgegend von Paris an. Der Machthaber in Ihrer künftigen Gemeinde hat Sie zwar von Angesicht zu Angesicht noch nie gesehen, ist Ihnen aber ergebener, als Sie ahnen. Es ist Ihr

Marquis von La Mole

Trotz aller Widersacher hing der strenge Direktor Pirard an seinem Seminar, das vor allem Feinde beherbergte, mehr, als er selber geglaubt hatte. Seit fünfzehn Jahren ging er in seinem Amt auf. Und so stand er dem Briefe seines Gönners gegenüber wie einem Arzte, der zur Ausführung einer schmerzhaften, aber nötigen Operation eingetroffen ist. Seine Amtsenthebung war unabwendbar. Er vereinbarte mit dem Intendanten eine zweite Zusammenkunft in drei Tagen.

Achtundvierzig Stunden lag er im Fieber der Unentschlossenheit. Schließlich setzte er an den Marquis einen Brief auf sowie ein Schreiben an den Bischof, ein wahres Meisterwerk des pfäffischen Stiles, nur etwas weitschweifig. Trefflichere Ausdrücke voll aufrichtigerer Hochachtung waren unmöglich. Und doch enthüllte die Beschwerdeschrift, die dem Großvikar von Frilair ein hochnotpeinliches Stündlein im Audienzzimmer des Bischofs einbringen sollte, eine lange Reihe von schweren Schädigungen bis hinab zu den kleinsten gemeinsten Schikanen, die der Abbé Pirard in den letzten sechs Jahren geduldig ertragen hatte, bis sie ihn am Ende nötigten, die Diözese zu verlassen.

Unter anderm hatte man ihm das Holz aus dem Schuppen gestohlen, ihm seinen Hund vergiftet und dergleichen mehr.

Als dies Schreiben fertig war, ließ Pirard Julien wecken, der, wie im Seminar üblich, bereits um acht Uhr schlafen gegangen war.

»Du weißt, wo der bischöfliche Palast ist«, sagte Pirard im besten Latein. »Bringe diesen Brief zum Bischof. Ich will dir nicht verhehlen, daß ich dich mitten unter die Wölfe schicke. Halte Augen und Ohren offen! Sei in deinen Antworten unbedingt frei von Unwahrheit, doch bedenke immer, daß der Fragesteller vielleicht sein teuflisches Vergnügen daran hat, dir zu schaden. Ich freue mich, mein Sohn, daß ich dir vor meinem Scheiden Gelegenheit geben kann, diese Erfahrung zu machen. Ich will dir offen und ehrlich sagen: Dies Schreiben, das du zum Bischof trägst, ist mein Entlassungsgesuch.«

Julien stand stumm da. Er liebte den Abbé. Vergebens flüsterte ihm die Klugheit ins Ohr:

»Nach dem Weggange dieses Ehrenmannes wird dich die Jesuitenpartei degradieren und vielleicht gar von dannen jagen.«

Es war ihm unmöglich, an sich selber zu denken. Seine Verlegenheit hatte ein andres Motiv. Er wollte einen Gedanken in erlesene Worte kleiden; aber der nötige Geist stellte sich nicht ein.

»Sag an, mein lieber Freund, worauf wartest du noch?« fragte Pirard.

Zaghaft erwiderte Julien: »Man sagt, Herr Abbé, Sie hätten während Ihrer langjährigen Amtszeit keine Ersparnisse gemacht. Ich besitze sechshundert Franken . . .«

Tränen hinderten ihn am Weitersprechen.

»Das soll dir nicht vergessen werden!« sagte der Exdirektor kühl. »Gehen Sie jetzt zu Seiner Hochwürden! Es wird sonst zu spät.«

Der Zufall wollte es, daß der Großvikar von Frilair an jenem Abend den Dienst im bischöflichen Palast hatte. Der Bischof selbst war zur Tafel des Regierungspräsidenten geladen. So überreichte Julien das Schreiben dem Großvikar, den er von Person nicht kannte. Zu seinem Erstaunen sah er, wie dieser das an den Bischof gerichtete Schreiben ungeniert öffnete und zu lesen begann. Das bildhübsche Gesicht des Großvikars verriet alsbald den Ausdruck der Überraschung, vermischt mit unverhohlener Freude; sodann ward es doppelt ernst. Julien studierte dieses Mienenspiel mit Muße. Ein frap-

252

pant schöner Kopf! Das Hoheitsvolle darin wäre mehr zur Geltung gekommen, wenn nicht gewisse Merkmale durchtriebene Schlauheit verraten hätten. Wenn der Besitzer dieses Gesichtes nur einen Moment die Selbstherrschaft verloren hätte, wäre das Kennzeichen der Falschheit zur Dominante geworden. Die weit vorspringende geradlinige Nase verlieh dem sonst vornehmen Profil die unleugbare Ähnlichkeit mit der Physiognomie des Fuchses. Im übrigen war der Abbé, den das Entlassungsgesuch des Seminardirektors sichtlich stark interessierte, überaus elegant gekleidet. Dies fiel Julien um so mehr auf, als er ähnliches noch an keinem Geistlichen bemerkt hatte, mit Ausnahme jenes Kardinals in Hohen-Bray.

Erst später erfuhr Julien, worin das Haupttalent des Großvikars lag: in seinem Geschick nämlich, den Bischof, einen liebenswürdigen alten Herrn, auf das beste zu unterhalten. Der Prälat war für das Pariser Leben geboren und betrachtete Besançon als Exil. Er war sehr kurzsichtig und ein leidenschaftlicher Fischesser. Der Abbé von Frilair entgrätete den Fisch, ehe man ihn Seiner Hochwürden reichte.

Noch war Julien bei seiner stummen Beobachtung des Abbé, der das Gesuch zum zweiten Male studierte, als plötzlich die Eintrittstür geräuschvoll aufging. Ein reichbetreßter Lakai stürzte vorüber. Julien hatte gerade Zeit, Front nach der Tür zu machen. Einen kleinen alten Mann mit dem Bischofskreuz auf der Brust erblickend, sank er in die Knie. Der Kirchenfürst schenkte ihm ein gnädiges Lächeln und schritt vorüber. Der schöne Abbé folgte ihm, und Julien blieb allein im Salon zurück, dessen weihevolle Pracht er nun in Ruhe betrachten konnte.

Der Bischof von Besançon war über fünfundsiebzig Jahre alt. Das große Elend der Emigrantenzeit hatte ihn gebeugt, aber nicht gebrochen. Was in zehn Jahren einmal geschehen sollte, kümmerte ihn unsagbar wenig.

»Wer war der Seminarist mit den klugen Augen, den ich

253

im Vorbeigehen gesehen zu haben glaube?« fragte er den Großvikar. »Sollen die jungen Leute meinem Befehl gemäß um diese Zeit nicht längst im Bette liegen?«

»Eurer Hochwürden versichre ich«, erwiderte der Abbé von Frilair, »dieser Seminarist ist ganz gewiß keine Schlafmütze! Er bringt eine große Neuigkeit: das Abschiedsgesuch des einzigen Jansenisten in der Diözese Eurer Hochwürden. Der gräßliche Direktor Pirard hat endlich kapiert.«

»So, so!« erwiderte der Bischof lachend. »Aber einen, der so viel taugt wie er, den haben Sie doch nicht! Um Ihnen den Mann in seinem Glanz zu zeigen, bitte ich ihn für morgen zu Tisch.«

Der Großvikar wollte ein paar Worte über die Wahl des Nachfolgers anbringen, aber der Prälat war nicht aufgelegt, über geschäftliche Dinge zu reden. Er meinte:

»Ehe wir den Neuen kommen lassen, wollen wir uns ein wenig ansehen, wie der Alte geht. Lassen Sie den Seminaristen ein! Kinder reden die Wahrheit.«

Julien wurde gerufen. »Jetzt werde ich zwischen zwei Inquisitoren stehen«, sagte er sich. Nie hatte er mehr Mut in sich gespürt.

Als er eintrat, waren zwei Kammerdiener, die gefälliger angezogen waren als selbst ein Valenod, dabei beschäftigt, den Bischof zu entkleiden. Der Prälat hielt es für angebracht, ehe er auf den Direktor zu sprechen kam, Julien über seine Studien zu befragen. Er berührte die Kirchenlehre und war erstaunt. Alsbald ging er auf die klassischen Profanschriftsteller über, auf Virgil, Horaz und Cicero.

»Diese alten Herren«, dachte Julien bei sich, »haben mir die Nummer 198 eingetragen. Ich habe nichts zu verlieren. Lassen wir also unser Licht leuchten!« Er hatte Glück. Der Prälat, selbst ein vortrefflicher Humanist, war entzückt.

Übrigens war er gerade in literarischer Stimmung. Es dauerte nicht lange, so hatte er den Abbé Pirard und alles Dienstliche vergessen, um mit dem Seminaristen zu erörtern, ob

Horaz reich oder arm gewesen wäre. Er zitierte einige Oden, aber sein Gedächtnis ließ ihn mehrfach im Stich. In bescheidenem Tone trug Julien jedesmal die betreffende Ode vorzüglich von Anfang bis Ende vor, wobei dem Bischof auffiel, daß er dies im Plaudertone tat. Er sagte zwanzig, dreißig lateinische Verse auf, als spräche er von Seminarerlebnissen. Lange plauderte man von Virgil und Cicero. Schließlich konnte der Bischof nicht umhin, Julien ein Kompliment zu machen.

»Mehr kann ein Seminarist nicht wissen«, erklärte er.

»Euer Hochwürden«, wandte Julien ein, »das Seminar hat einhundertsiebenundneunzig Schüler, die Eurer Hochwürden Lob mehr verdienen als ich.«

»Wieso?« fragte der Prälat erstaunt.

»Was ich vor Eurer Hochwürden die Ehre habe zu behaupten, kann ich dokumentarisch beweisen.

Bei der Jahresprüfung bin ich genau über die gleichen Themen befragt worden, die mir eben die Anerkennung Eurer Hochwürden eingetragen haben. Dabei habe ich die Nummer 198 bekommen.«

Der Bischof begann zu lachen und warf dem Großvikar von Frilair einen Blick zu. »Aha! Der Lieblingsschüler des Abbé Pirard! Das hätte ich mir denken können. Im Kriege ist alles erlaubt!« Und zu Julien gewandt, fügte er hinzu: »Man hat Sie zu diesem Botengange aus dem Bett geholt?«

»Jawohl, Euer Hochwürden! Seit meinem Eintritt in das Seminar ist dies das zweite Mal, daß ich herauskomme. Das erste Mal war am Fronleichnamsfest, um dem Herrn Abbé Chas-Bernard bei der Ausschmückung der Kathedrale behilflich zu sein.«

»*Optime!*« sagte der Prälat. »Sie waren es also, der den Mut gehabt, die Federbüsche auf den Baldachin zu stecken! Wegen dieser Dinger zittre ich alle Jahre. Ich habe immer Angst, sie kosten uns ein Menschenleben. Mein lieber Freund, Sie werden es weit bringen. Zunächst will ich für Ihre glänzende Zukunft insofern sorgen, als ich Sie hier nicht verhungern lasse.«

Auf des Bischofs Befehl wurden Zwieback und Malaga aufgetragen, denen Julien alle Ehre antat, noch mehr aber der Abbé von Frilair, der wohl wußte, daß es der Bischof gern sah, wenn man munter und mit gutem Appetit zulangte.

Der Prälat, den der Verlauf des Abends immer zufriedener stimmte, versuchte es auch einmal mit der Kirchenge-schichte. Er sah aber, daß Julien nichts davon verstand. Des-halb ging er auf den Sittenzustand im römischen Kaiserreiche im Jahrhundert Konstantins über. Das Ende des Heidentums hat die nämlichen Kennzeichen wie die nachnapoleonische Zeit des neunzehnten Jahrhunderts: Unrast und Zweifel-sucht in trübsinnigen und mißlaunigen Seelen. Der Bischof stellte fest, daß Julien den Tacitus kaum dem Namen nach kannte.

Zur Verwunderung des Prälaten erklärte Julien in seinem Freimut, dieser Autor sei in der Seminarbibliothek nicht vor-handen.

»Das freut mich ungemein«, sagte der Bischof vergnügt. »Es hilft mir aus der Verlegenheit. Ich sinne nämlich seit zehn Minuten nach, wie ich mich Ihnen erkenntlich zeigen könnte für den angenehmen Abend, den Sie mir unverhoffterweise bereitet haben. Ich hätte nicht gedacht, in einem Schüler mei-nes Seminars einen Gelehrten zu entdecken. Wenngleich die Gabe nicht besonders kanonisch ist, so will ich Ihnen doch einen Tacitus verehren.«

Er ließ sich acht prächtig gebundene Bände bringen und schrieb eigenhändig auf das Titelblatt von Band I eine lobes-volle lateinische Widmung für Julien Sorel. Er war stolz auf sein gutes Latein.

Zu guter Letzt sagte er zu Julien in einem Tone, dessen Ernst in merklichem Gegensatz zu seinem bisherigen Plau-dertone stand: »Junger Mann, wenn Sie klug und weise sind, so werden Sie eines Tages die beste Pfarre meiner Diözese bekommen, in allernächster Nähe meines Bischofssitzes. Aber Sie müssen klug und weise sein!«

In seltsamer Stimmung, seine acht Bände unterm Arme, verließ Julien um Mitternacht den bischöflichen Palast.

Der Kirchenfürst hatte in seiner Gegenwart den Abbé Pirard auch nicht mit einer Silbe erwähnt. Vor allem war Julien voller Bewunderung über die Urbanität des Bischofs. Eine solche Feinheit der äußeren Formen, gepaart mit so würdesamer Natürlichkeit, war ihm etwas gänzlich Neues. Dies kam ihm noch mehr zum Bewußtsein, als er im Gegensatz hierzu wieder vor dem griesgrämigen Abbé Pirard stand, der ihn ungeduldig erwartet hatte.

»*Quid tibi dixerunt?* (zu deutsch: Was hat man Ihnen gesagt?)«, rief er ihm laut schon von weitem entgegen, sobald er ihn kommen sah.

Julien begann seine Plauderei mit dem Kirchenfürsten in ziemlich konfuses Lateinisch zu übertragen.

»Sprechen Sie französisch und wiederholen Sie mir wörtlich, was Seine Hochwürden alles gesagt hat, ohne etwas hinzuzufügen oder wegzulassen!« gebot der Exdirektor in rauhem Ton und in seiner Art, die alles andre denn weltmännisch war.

»Eine merkwürdige Dedikation von einem Bischof an einen Seminaristen!« brummte Pirard, indem er die prächtigen Tacitusbände durchblätterte, deren Goldschnitt ihm sichtlich mißfiel.

Es schlug zwei Uhr, als er nach genauer Berichterstattung seinem Lieblingsschüler erlaubte, seine Stube wieder aufzusuchen.

»Das lateinische Lob da von der Hand Seiner Hochwürden wird Ihnen nach meinem Weggang ein Schutzschild sein. *Erit tibi, fili mi, successor meus tanquam leo quaerens quem devoret.*« (Das heißt zu deutsch: Denn mein Nachfolger wird für dich, mein Sohn, ein Löwe sein, der da suchet, wen er verschlinge.)

Am nächsten Morgen kam Julien das Benehmen seiner Mitschüler nicht wie sonst vor. Er hielt sich desto mehr zurück. »Pirards Entlassung beginnt zu wirken«, dachte er. »Offenbar ist sie bereits allbekannt, und ich gelte ja für seinen Liebling.« Er vermeinte Kränkungen entgegenzugehen; aber er vermochte keine zu erspüren. Im Gegenteil, in keinem Auge aller derer, denen er auf dem Gang durch die Schlafsäle begegnete, fand er eine Spur von Haß. »Was bedeutet das?« fragte er sich. »Das ist gewiß eine Falle. Also Vorsicht!« Da lachte ihn sein kleiner Landsmann aus Verrières an: »*Cornelii Taciti opera omnia!* (Des Tacitus sämtliche Werke!)«

Auf diese lauten Worte hin beglückwünschte man Julien um die Wette zu dem schönen Geschenk Seiner Hochwürden und besonders ob der zweistündigen Unterhaltung, mit der er ausgezeichnet worden war. Man wußte sogar Einzelheiten. Offenbar hatten die Wände Ohren gehabt, als Julien dem Direktor Bericht erstattete. Fortan war vom Neid nichts mehr zu merken. Julien ward in der niedrigsten Weise hofiert. Der Abbé Castanède, der ihn noch am Tage vorher unglaublich grob behandelt hatte, nahm ihn am Arm und lud ihn zum Frühstück ein.

Es war ein verhängnisvolles Element in Juliens Charakter, daß ihm die Unverschämtheit der groben Naturen Qual und Leid bereitet hatte. Vor ihrer gemeinen Kriecherei empfand er Ekel und keinerlei Genuß.

Gegen Mittag nahm Abbé Pirard Abschied von seinen Schülern, nicht ohne eine ernste Ansprache an sie zu halten. »Wollt ihr die Ehren der Welt einheimsen«, predigte er, »wollt ihr alle sozialen Vorteile, den Genuß zu herrschen und zu gebieten, sich über die Gesetze hinwegzusetzen und gegen jedermann ungestraft zu überheben? Wollt ihr das, oder wollt ihr euer Seelenheil? Auch der Beschränkteste unter euch ist imstande, klar den Scheideweg zu erkennen . . .«

Kaum hatte er das Seminar verlassen, als der Frömmler-

bund zum Herzen Jesu in der Kapelle ein Te Deum an-
stimmte. Die Abschiedsworte des ehemaligen Direktors
hatte niemand ernst genommen. »Seine Dienstentlassung
wurmt ihn tüchtig«, hieß es allgemein. Kein einziger Seminarist glaubte an den freiwilligen Abgang Pirards aus einem
Amt, das den Inhaber mit reichen Lieferanten in Beziehung
bringt.

Der Abbé Pirard nahm Quartier im besten Gasthofe der
Stadt, wo er noch zwei Tage verblieb, angeblich um Geschäfte zu erledigen. Er hatte keine. Der Bischof lud ihn zum
Mittagessen ein. Um den Großvikar zu ärgern, bemühte er
sich, seinen Gast in das hellste Licht zu setzen. Als man beim
Nachtisch war, lief von Paris die merkwürdige Kunde ein,
der Abbé Pirard habe die herrliche Pfarre von N***, drei
Meilen vor Paris, erhalten. Der gutmütige Bischof beglückwünschte ihn aufrichtig. Er sah in der ganzen Geschichte einen *feinen Schachzug,* der ihn in die beste Laune brachte und
ihm eine hohe Meinung vom Machiavellismus des Abbé einflößte. Er stellte ihm eine vorzügliche lateinische Konduite
aus, wobei er dem Großvikar, der Einwände versuchte, Stillschweigen gebot.

Abends, in einem der vornehmen Häuser der Stadt, wo er
eingeladen war, verlieh der Kirchenfürst seiner Bewunderung freimütigst Ausdruck. Das war eine bedeutsame Neuigkeit. Man erging sich in allen möglichen Vermutungen
über eine so außergewöhnliche Hervorhebung. Schon sah
man den Abbé Pirard als Bischof. Besondere Schlauköpfe
glaubten, der Marquis von La Mole werde demnächst Minister, und gestatteten sich an diesem Abend ein leises Lächeln
über die Wichtigtuerei, die der Abbé von Frilair nicht lassen
konnte.

Am nächsten Vormittag lief man dem Abbé Pirard förmlich auf der Straße nach. Die Kaufleute traten an ihre Ladentüren. Pirard begab sich auf das Gericht, wo er zum ersten
Male, seit er mit dem Prozeß des Marquis zu tun hatte, höf-

lich empfangen wurde. Der strenge Jansenist, dem nichts entging, war empört über alles das. Nachdem er lange mit den Anwälten des Marquis gearbeitet hatte, fuhr er ab nach Paris. Beim Abschiednehmen von ein paar guten Bekannten hatte er die Schwäche, zu bekennen, daß er sich während der fünfzehnjährigen Leitung des Seminars genau hundertfünfundsiebzig Taler gespart habe. Da umarmten ihn die Freunde unter Tränen. Hinterher sagten sie zueinander: »Diese Flunkerei hätte sich der gute Abbé sparen können. Sie ist wirklich zu lächerlich.«

Die von Geldgier blinden Durchschnittskreaturen vermochten nicht zu begreifen, daß Pirard die Kraft zu dem zehnjährigen Kampfe gegen Maria Alacogne, das Heiligste Herz Jesu, die Jesuiten und seinen Bischof just aus seiner Ehrlichkeit geschöpft hatte.

KAPITEL XXX

Ein Ehrgeiziger

Es gibt eigentlich nur einen Adelstitel:
den des Herzogs; »Marquis« ist zum Lachen;
wenn das Wort »Herzog« erklingt, dreht
man sich um.
Edinburgh Review

Der Marquis von La Mole empfing den Abbé Pirard ohne die gewisse Umständlichkeit des Grandseigneurs, die bei aller Höflichkeit dem Kenner doch die Unnahbarkeit verrät. Dazu nahm er sich gar nicht die Zeit. Seine großen Pläne waren so weit gediehen, daß er es nun eilig hatte.

Seit einem halben Jahre intrigierte er, um König wie Volk auf ein bestimmt zusammengesetztes Ministerium hinzudrängen. Als Gegenleistung erhoffte er den Herzogstitel.

Vergebens forderte der Marquis seit Jahren von seinem Rechtsvertreter in Besançon ein ausführliches und klares

Gutachten über den Stand seines in der Freigrafschaft geführten Prozesses. Er hatte einen berühmten Advokaten. Aber auch ein solcher kann nicht klar über Dinge berichten, die ihm selber unklar sind.

Das kleine Blatt Papier, das ihm der Abbé überreichte, brachte die Aufklärung mit einem Male.

»Mein verehrter Abbé«, sagte der Marquis zu ihm, nachdem er in kaum fünf Minuten sämtliche Höflichkeitsdinge und persönlichen Fragen erledigt hatte, »inmitten meines sogenannten Glückes gebricht es mir an Zeit, mich ernstlich mit ein paar Kleinigkeiten zu beschäftigen, die immerhin nicht so ganz unwichtig sind: mit meiner Familie und meinen Geschäften. Ich sorge im großen ganzen für das Gedeihen meines Hauses. Es ließe sich mehr tun. Ich sorge für mein Vergnügen. Das ist unbedingt die Hauptsache . . . in meinen Augen wenigstens. « Diese letzten vier Worte setzte er hinzu, als er den verwunderten Blick des Abbé wahrnahm, der bei aller Lebensklugheit in der Tat erstaunt war, einen alten Mann so offen und ehrlich von seinem Vergnügen reden zu hören.

Sodann fuhr der hohe Herr fort: »Ohne Zweifel wird in Paris gearbeitet. Aber die Arbeit wohnt im Dachstübchen. Jedesmal wenn ich mir jemanden heranziehe, nimmt er alsbald eine Wohnung im ersten Stock, und seine Frau richtet sich Empfangstage ein. Dann ist es vorbei mit der Arbeit. Der Betreffende geht nur noch darauf aus, ein Mann der Welt zu sein oder zu scheinen. Sobald die Leute ihr Brot haben, frönen sie ihrer Eitelkeit.

Um zur Sache zu kommen: ich habe für jeden meiner Prozesse einen besondern Anwalt. Diese Leute schinden sich für mich zu Tode. Erst vorgestern ist mir einer an der Lungenschwindsucht gestorben. Aber für meine Geschäfte *en bloc* habe ich seit drei Jahren jedwede Hoffnung aufgegeben – Sie werden es mir kaum glauben, Herr Abbé –, einen Menschen zu finden, der bei der Arbeit, die er für mich macht, mit seinen Gedanken einigermaßen wirklich dabei zu sein geruht. Übrigens ist das alles nur die Vorrede.

Ihnen gehört meine Hochachtung, ja, ich wage zu sagen, obgleich ich Sie heute zum ersten Male sehe: meine Verehrung! Wollen Sie mein Sekretär werden? Mit achttausend Franken im Jahre, oder was Sie verlangen? Selbst wenn ich das Doppelte zahle, mache ich immer noch ein Geschäft. Das versichere ich Ihnen. Dabei werde ich es mir angelegen sein lassen, Ihnen Ihre schöne Pfarre offen zu halten, falls wir eines Tages nicht mehr zusammenpassen sollten.«

Der Abbé lehnte ab. Doch brachte ihn die offensichtliche Verstimmung des Marquis am Ende auf einen Gedanken.

»Ich habe im Seminar einen armen jungen Menschen zurückgelassen, der, wenn ich mich nicht täusche, das Opfer aller möglichen Feindseligkeiten wird. Wäre er nicht ein simpler Seminarist, so ruhte er bereits *in pace*.

Vorläufig versteht der junge Mann nur Latein und die Heilige Schrift. Aber vermutlich wird er eines Tages große Fähigkeiten entfalten, sei es als Prediger, sei es als Seelsorger. Es ist mir unbekannt, was er werden will. Aber es glüht in ihm das heilige Feuer. Er kann es weit bringen. Ich hatte die Absicht, ihn unserm Bischof zu empfehlen, das heißt, wenn wir einmal einen bekommen, der die Menschen und die Dinge einigermaßen so sieht wie Eure Exzellenz.«

»Wo stammt der junge Mann her?« fragte der Marquis.

»Er soll der Sohn eines Holzmüllers aus unsern Bergen sein, aber ich möchte ihn eher für den illegitimen Sprößling irgendeines reichen Mannes halten. Ich habe ihm einmal im Seminar einen Brief eingehändigt mit einem Scheck auf fünfhundert Franken von einem ungenannten oder pseudonymen Absender . . .«

»Aha!« unterbrach ihn der Marquis. »Heißt er Julien Sorel?«

»Woher wissen Eure Exzellenz seinen Namen?« fragte der Abbé betroffen, schämte sich aber alsbald seiner Frage.

»Das möchte ich Ihnen nicht verraten, Herr Abbé!«

»Wie dem auch sei«, fuhr Pirard fort, »das wäre vielleicht ein Sekretär für Eure Exzellenz. Der junge Mann hat Energie und Verstand. Kurzum, es käme auf einen Versuch an.«

»Warum nicht?« meinte der Marquis. »Hoffentlich ist er keiner von der Sorte, die sich von der Polizei oder von sonstwem bestechen läßt und einem das ganze Haus durchschnüffelt. Das wäre mein einziges Bedenken.«

Der Abbé Pirard versicherte, dies werde nicht der Fall sein. Der Marquis nahm einen Tausendfrankenschein zur Hand und sagte: »Bitte, senden Sie dies als Reisegeld an Julien Sorel und lassen Sie ihn mir kommen!«

»Eure Exzellenz sind Pariser«, sagte Pirard, »und kennen die Tyrannei nicht, die auf uns armen Kleinstädtern lastet, insbesondre auf uns Geistlichen, die wir nicht Jesuiten sind. Man wird Julien Sorel nicht fortlassen. Man wird mir allerlei Ausflüchte schreiben. Man wird mir vorlügen, er sei krank. Oder mein Brief sei gar nicht angekommen . . .«

»Ich werde dem Bischof von Besançon schreiben«, erklärte der Marquis.

»Und dann möchte ich noch eine Vorsichtsmaßregel anraten«, begann der Abbé von neuem. »Der junge Mann ist zwar von einfacher Herkunft, aber er hat ein überempfindliches Gemüt. Wenn man sein Ehrgefühl verletzt, ist mit ihm nichts mehr zu machen. Dann wird er halsstarrig.«

»Das gefällt mir«, meinte der Marquis. »Ich werde ihn meinem Sohn als Kameraden beigeben. Wird das genügen?«

Einige Zeit darauf erhielt Julien einen Brief von unbekannter Hand mit dem Poststempel Châlons. Er enthielt einen Scheck auf einen Kaufmann in Besançon und die Aufforderung, sich unverzüglich nach Paris zu begeben. Der Brief war offenbar mit einem fingierten Namen unterzeichnet. Beim Öffnen erbebte Julien. Ein Baumblatt fiel heraus. Das war ein mit dem Abbé Pirard verabredetes Zeichen.

Kaum eine Stunde später wurde er zum Bischof befohlen

und von ihm mit geradezu väterlichem Wohlwollen empfangen. Unter Zitaten aus Horaz machte ihm der Prälat geistreiche Komplimente über die glänzende Zukunft, die seiner in Paris harre. Als Dank erwartete er eine Aufklärung. Julien machte keine, vornehmlich weil er gar nichts wußte, aber dem Monsignore imponierte die Verschwiegenheit. Einer der niedrigen Geistlichen der bischöflichen Kanzlei schrieb an den Bürgermeister. Dieser beeilte sich, einen ausgefertigten Reisepaß, auf dem der Name des Reisenden noch einzutragen war, eigenhändig zu überreichen.

Noch vor Mitternacht war Julien bei Fouqué, der in seiner nüchternen Art über die Wendung im Leben seines Freundes erstaunt, aber nicht entzückt war.

»Das Ende vom Liede wird sein«, meinte er vom Standpunkt seiner politischen Liberalität, »daß du in den Dienst der Regierung trittst. Man wird dich eines schönen Tages zu Dingen mißbrauchen, die in der Presse gebrandmarkt werden. Wenn du am Pranger stehst, werde ich wieder von dir hören. Meiner Ansicht nach ist es selbst in materieller Hinsicht besser, in einem anständigen Holzgeschäft zweitausend Franken im Jahre zu verdienen, dabei aber sein eigner Herr zu bleiben, als viertausend Franken von einer Regierung zu beziehen, und wäre es die des Königs Salomo.«

In diesen Einreden sah Julien nur die Beschränktheit des kleinen Mannes. Ihm aber schien sich endlich der Weg in die große Welt aufzutun. Nach Paris zu kommen, das er sich von Intriganten und Heuchlern höherer Art bevölkert vorstellte, von Leuten, die ebenso höflich waren wie der Bischof von Besançon und jener Kardinal, der ihm in Hohen-Bray begegnet war: dies Glück verscheuchte ihm alle Bedenken. Er log seinem Freunde vor, er habe sich bereits verpflichtet.

Am folgenden Tag, gegen Mittag, kam er in der glücklichsten Stimmung in Verrières an. Er war sicher, Frau von Rênal wiederzusehen. Zunächst ging er zu seinem ersten Gönner, dem alten Pfarrer Chélan. Der empfing ihn sehr ernst.

»Glauben Sie mir irgendwelchen Dank schuldig zu sein?« fragte er, ohne Juliens Gruß zu erwidern. »Sie werden mit mir frühstücken. Inzwischen wird man Ihnen ein frisches Pferd besorgen, auf dem Sie Verrières verlassen werden, ohne hier irgendeinen Besuch gemacht zu haben.«

»Befehl und Gehorsam ist eins!« antwortete Julien im Seminaristentone. Des weitern war nur von theologischen Dingen und der alten lateinischen Literatur die Rede.

Nach dem Frühstück saß Julien auf, trabte eine Stunde weit, bis er an einen Wald kam. Sich vergewissernd, daß ihn niemand beobachtete, ritt er hinein. Als die Sonne unterging, ließ er das Pferd nach der Stadt zu laufen. Etwas später trat er bei einem Bauern ein, erhandelte von ihm eine Leiter und bewog ihn, sie ihm bis an das kleine Gehölz oberhalb der Stadtpromenade von Verrières zu tragen.

»Wahrscheinlich helfe ich einem fahnenflüchtigen armen Rekruten oder einem Schmuggler«, dachte der Bauer bei sich, als er sich von Julien verabschiedete. »Aber was geht mich das an! Meine Leiter ist gut bezahlt, und ich habe selber in meinem Leben so manchen Sturm erlebt!«

Die Nacht war stockdunkel. Gegen ein Uhr morgens kam Julien mit seiner Leiter in die Nähe des Rênalschen Hauses. Dort stieg er hinab in die Schlucht des Gebirgsbaches, der in einem zu beiden Seiten ausgemauerten, etwa drei Meter tiefen Bett das Grundstück des Bürgermeisters durchfloß. Mit Hilfe seiner Leiter gelangte er in den schönen Garten.

Während er Terrasse auf Terrasse, deren Gittertüren alle geschlossen waren, erkletterte, dachte er bei sich: »Wie werden sich die Hunde verhalten? Davon hängt alles ab.«

Die Hunde, die am Hause lagen, schlugen von weitem an und kamen ihm in großen Sprüngen entgegen. Julien rief sie leise. Wedelnd näherten sie sich ihm. Schließlich stand er unter Frau von Rênals Schlafzimmer, das nach der Gartenseite zu nur zwei bis drei Meter über dem Erdboden gelegen war.

Die Läden des Fensters hatten einen herzförmigen Ausschnitt. Julien wußte das. Zu seiner großen Betrübnis schimmerte durch dieses Loch kein Nachtlampenschein.

»Allmächtiger!« sagte er sich. »Sollte sie heute nacht woanders schlafen? Wo aber? Die Familie ist offenbar da. Wäre sie in Vergy, so wären die Hunde mit. In ein dunkles Zimmer kann ich unmöglich eindringen. Herr von Rênal oder ein Gast könnte drin schlafen. Das gäbe einen Mordsskandal!«

Das klügste wäre der Rückzug gewesen, aber den hielt Julien für schimpflich. »Wenn ein Gast drin liegt«, überlegte er, »dann lasse ich meine Leiter stehen und drücke mich schleunigst wieder. Und wenn sie drin ist: wie wird sie mich empfangen? Sie ist reumütig und sehr fromm geworden. Das darf ich nicht bezweifeln. Aber schließlich muß sie doch noch an mich denken. Sonst hätte sie mir nicht neulich den Geldbrief gesandt.«

Das gab den Ausschlag.

Klopfenden Herzens, aber fest entschlossen, sie in seine Arme zu drücken und wenn er dabei umkommen sollte, warf er ein Steinchen gegen den Laden. Keine Antwort. Er legte seine Leiter seitwärts vom Fenster an, stieg hinauf und klopfte mit der Hand an den Laden, erst ganz leise, dann stärker. »So dunkel es ist: schießen könnte man doch auf mich«, dachte er, und der Gedanke an diese Möglichkeit machte ihm sein tolles Abenteuer zu einem Bravourstück.

»Das Zimmer ist heute nacht offenbar unbewohnt«, sagte er weiter, »denn wenn jemand drin schläft, muß er nun wach sein. Hier ist keine Vorsicht mehr nötig. Nur muß ich mich in acht nehmen, daß ich niemanden aufwecke, der in einem der Zimmer nebenan schläft.«

Er kletterte wieder hinunter, lehnte die Leiter gegen einen der Fensterflügel und stieg abermals hinauf. Jetzt steckte er einen Arm durch die herzförmige Öffnung und suchte nach dem eisernen Haken, durch den der Flügel am Fensterkreuz befestigt war. Zum Glück fand er ihn rasch. Er zog den Haken hoch und merkte zu seiner unsäglichen Freude, daß dieser Flügel nicht mehr festsaß und ohne weiteres geöffnet werden konnte. »Ich muß ihn leise aufmachen und mich durch meine Stimme zu erkennen geben«, beschloß er. Er öffnete den Flügel so weit, daß er den Kopf hindurchstecken konnte. Mit gedämpfter Stimmte rief er zwei-, dreimal: »Gut Freund!«

Er horchte gespannt und überzeugte sich, daß sich in der tiefen Stille drinnen auch nicht das leiseste rührte. Es brannte wirklich kein Nachtlicht auf dem Kamin, nicht einmal ein verglimmendes. Das war ihm ein schlimmes Zeichen.

»Wie schön könnte mich einer abschießen!« dachte er abermals. Er überlegte sich, was zu tun sei; dann wagte er es, mit dem Zeigefinger an die Scheibe zu klopfen. Es rührte sich noch nichts. Er klopfte stärker. »Zum Teufel!« dachte er. »Und wenn ich die Scheibe zerschlagen sollte. Ich muß wissen, woran ich bin.« Als er nun ganz laut klopfte, kam es ihm vor, als husche drinnen ein lichter Schatten durch das Dunkel. Kein Zweifel. Er sah eine weiße Gestalt, die sich langsam dem Fenster näherte. Plötzlich erblickte er ein Gesicht hinter der Scheibe, durch die sein Blick spähte.

Er erschrak und fuhr ein wenig zurück. Die Nacht war so finster, daß er sogar auf die nahe Entfernung nicht bestimmt erkennen konnte, ob es Frau von Rênal sei. Er hatte Angst, man könne um Hilfe rufen. Die Hunde umschnupperten das Fußende seiner Leiter und knurrten dumpf. Er hörte es. Abermals flüsterte er: »Ich bin es! Dein Freund!« Alles blieb still und stumm. Der weiße Schatten war verschwunden. »Um alles in der Welt: öffne mir!« bat Julien. »Ich muß dich sprechen. Ich bin zu unglücklich!«

Nochmals pochte er derb an die Scheibe. Sie sollte zerspringen. Da vernahm er ein kurzes hartes Geräusch. Der Fensterriegel war aufgesprungen. Julien stieß das Fenster auf und sprang behend in das Zimmer.

Die weiße Gestalt wich vor ihm in die Tiefe des Gemachs. Julien faßte sie beim Arm. Es war eine Frau. Alle seine tapferen Gedanken waren weg. »Wenn sie es ist: was wird sie sagen?« fuhr es ihm durch das Hirn. Als er an einem leisen Schrei erkannte, daß es die Gesuchte war, verließen ihn fast die Sinne.

Er preßte Frau von Rênal in seine Arme. Sie zitterte und stieß ihn mühsam zurück.

»Unseliger! Was tun Sie?«

Diese Worte waren kaum vernehmbar, aber Julien hörte aus ihnen die echteste Entrüstung.

»Nach vierzehn Monaten grausamer Trennung komme ich wieder zu dir!« flüsterte er.

»Fort! Verlassen Sie mich auf der Stelle!« Sie stieß ihn mit ungewöhnlicher Kraft von sich. »Ach, warum hat mich Chélan abgehalten, ihm zu schreiben? Dann wäre mir diese Abscheulichkeit erspart geblieben! Ich bereue meine Sünde. Der Himmel hat die Gnade gehabt, mir die Augen zu öffnen.« Und mit ersterbender Stimme wiederholte sie: »Fort! Fliehen Sie!«

»Nein!« sagte Julien ernst und fest. »Nach vierzehn Monaten des Leids gehe ich nicht von dir, ohne mit dir gesprochen zu haben. Ich will wissen, wie es dir ergangen ist. Ich habe dir genug Liebe bewiesen, um dies Vertrauen zu verdienen. Ich muß alles wissen.«

Sein gebieterischer Ton drang ihr ins Herz, so sehr sie sich dagegen sträubte.

Bis jetzt hatte Julien sie fest in seinen Armen gehalten und ihre Befreiungsversuche abgewehrt. Nun ließ er sie los. Das beruhigte Frau von Rênal ein wenig.

»Ich will die Leiter heraufziehen«, sagte er. »Sie könnte uns verraten, falls einer der Leute durch den Lärm aufgewacht sein sollte und einen Rundgang macht.«

»Nein! Gehen Sie! Gehen Sie!« gebot Frau von Rênal in wundervollem Zorn. »Was kümmern mich die Leute? Gott sieht die schändliche Szene doch, die Sie mir bereiten! Er wird mich dafür strafen. Sie nützen in unritterlicher Weise eine Zuneigung aus, die ich einmal für Sie gehegt habe, aber nicht mehr hege. Verstehen Sie mich, Herr Julien?«

Behutsam, um keinen Lärm zu verursachen, zog er die Leiter ins Zimmer.

»Dein Mann ist in der Stadt?« fragte er, nicht um sie zu höhnen, sondern ganz wie ehedem.

»Ich bitte Sie inständig, sprechen Sie nicht so zu mir. Oder ich rufe meinen Mann. Ich bin schon schuldig genug, daß ich Sie nicht sogleich weggewiesen habe, gleichgültig, was geschehen wäre. Ich habe Mitleid mit Ihnen.«

Mit den letzten Worten wollte sie seinen Stolz verletzen, dessen Empfindsamkeit sie so gut kannte.

Die Verweigerung des Du, dieses unbarmherzige Zerreißen eines zärtlichen Bandes steigerte seiner Liebe Überschwang zur Raserei.

»So! Also lieben Sie mich nicht mehr!« klagte er in rührendem Herzeleid.

Frau von Rênal blieb stumm.

Er weinte bitterlich. Tatsächlich hatte er nicht mehr die Kraft zu reden.

Nach einer Weile sagte er: »So bin ich also ganz vergessen von dem einzigen Wesen, das mich jemals geliebt hat! Wozu weiterleben?« All sein Mut war von ihm gewichen, seitdem er die Gefahr der Begegnung mit einem Manne nicht mehr zu fürchten hatte. Nichts war in seinem Herzen, nur noch die Liebe.

Lange weinte er vor sich hin. Er nahm ihre Hand. Sie wollte sie ihm entziehen, aber nach ein paar krampfhaften Versuchen ließ sie sie ihm. Es war stockfinster. Sie hatten sich nebeneinander auf Frau von Rênals Bett gesetzt.

»Wie anders war es vor vierzehn Monaten!« dachte Julien, und seine Tränen flossen noch stärker. »So vernichtet das Fernsein erbarmungslos jedes Gefühl im Menschen!«

269

»Seien Sie so gütig und erzählen Sie mir, wie es Ihnen ergangen ist!« bat er schließlich mit tränenerstickter Stimme, als ihn sein Schweigen zu quälen begann.

Frau von Rênal erwiderte in einem Tone, dessen harter Klang Julien lieblos und vorwurfsvoll berührte. »Als Sie fortgingen von Verrières, war meine Verfehlung stadtbekannt. Ihr Verhalten war ja vielfach unvorsichtig gewesen. Bald darauf, als ich nahe daran war, völlig zu verzweifeln, suchte mich der ehrwürdige Pfarrer Chélan auf. Lange Zeit bemühte er sich vergeblich, mich zum Geständnis zu bringen. Eines Tages kam er auf den Gedanken, mich in die Kirche von Dijon zu führen, wo ich eingesegnet worden bin. Dort fand ich den Mut, ihm zum ersten Male . . .«

Frau von Rênal vermochte vor Tränen nicht weiterzureden.

»Ach, welch eine Stunde der Schmach! Ich habe ihm alles gestanden. Der Gute schmetterte mich nicht mit seiner Verachtung zu Boden. Er war mild. Er teilte meinen Schmerz. Bis dahin hatte ich Ihnen Tag für Tag einen Brief geschrieben, aber niemals abzuschicken gewagt. Ich hatte diese Briefe sorgsam aufbewahrt. Und wenn ich ganz unglücklich war, schloß ich mich in mein Zimmer und las in meinen eigenen Briefen . . . Der Pfarrer Chélan setzte es durch, daß ich ihm die Blätter einhändigte. Etliche, die vorsichtigeren, die hatte ich Ihnen geschickt. Aber Sie haben nie geantwortet . . .«

»Nie«, unterbrach Julien sie, »das schwöre ich dir, nie habe ich im Seminar einen Brief von dir erhalten!«

»Großer Gott! Wer mag sie aufgefangen haben?«

»Stelle dir mein Leid vor! Bis zu dem Tage, da ich dich in der Kathedrale sah, wußte ich nicht, ob du noch lebtest!«

»Gott war gnädig und ließ mich erkennen, wie sehr ich mich an ihm versündigt hatte, an ihm, an meinen Kindern und an meinem Gatten. Er hat mich niemals so geliebt, wie ich damals von Ihnen geliebt zu werden glaubte . . .«

Julien umarmte sie, ohne jedwede Absicht, willenlos.

Aber Frau von Rênal stieß ihn zurück und, immer noch leidlich fest, fuhr sie fort:

»Mein ehrwürdiger Freund Chélan hat es mir begreiflich gemacht, daß ich mich Herrn von Rênal, seit ich seine Ehefrau geworden, mit Leib und Seele verschrieben habe, bis in die höchsten Gefühle, die mir unbekannt waren, ehe ich sie in meiner sündigen Liebe erlebte . . . Seit der schmerzlichen Hingabe der mir so teuren Briefe ist mein Dasein, wenn auch nicht glücklich, so doch einigermaßen ruhig. Stören Sie meinen Frieden nicht! Seien Sie mein Freund . . . mein bester Freund!« Julien bedeckte ihre Hände mit Küssen. Da merkte sie, daß er noch immer weinte. »Weinen Sie nicht!« bat sie. »Machen Sie es mir nicht so schwer! Erzählen Sie mir nun auch, wie es Ihnen ergangen ist.« Julien vermochte nicht zu sprechen. »Ich möchte wissen«, begann sie von neuem, »wie Sie im Seminar gelebt haben. Dann aber müssen Sie gehen.«

Ohne daß sich Julien klar ward, was er sagte, erzählte er von den zahllosen Ränken und Eifersüchteleien, deren Opfer er zunächst gewesen, und von seinem ruhigeren Dasein, als er dann Repetitor geworden war.

»Gerade um diese Zeit«, berichtete er, »brachen Sie Ihr langes Schweigen, das mir wohl begreiflich machen sollte, was ich heute nur zu gut erkenne: daß Sie mich nicht mehr lieben, daß ich Ihnen gleichgültig geworden bin . . .« Frau von Rênal drückte ihm die Hände. »Damals erhielt ich von Ihnen die fünfhundert Franken . . .«

»Von mir? Niemals!« beteuerte Frau von Rênal.

»In einem Briefe mit dem Poststempel Paris, unterzeichnet ›Paul Sorel‹, offenbar um jeden Verdacht abzulenken.«

Es entstand eine kleine Erörterung, wer den Brief wohl abgesandt habe. Dadurch änderte sich die ganze Stimmung. Unbewußt gaben Frau von Rênal sowohl wie Julien das Pathetische auf. Sie fanden sich beide in die Art und Weise ihrer alten zärtlichen Freundschaft zurück. Sie sahen einander nicht, so dicht war die Dunkelheit, aber der Klang ihrer

Stimmen sagte alles. Julien legte den Arm um seine Freundin. Sie fühlte, wie gefährlich dies war, und so versuchte sie sich wieder freizumachen. Aber durch eine spannende Einzelheit seiner Erzählung gewann Julien recht geschickt gerade jetzt ihre volle Aufmerksamkeit, so daß die Abwehr des Armes wie aus Vergeßlichkeit unterblieb.

Nach langem Hin- und Herraten über den Ursprung des Briefes und der fünfhundert Franken setzte Julien seinen Lebensbericht fort. Dabei wurde er mehr und mehr wieder Herr seiner selbst. Die Vergangenheit, von der er sprach, bewegte ihn angesichts dessen, was er eben erlebte, nur wenig. Der Strom seiner Gedanken richtete sich einmütig auf den Ausgang seines nächtlichen Besuches. Von Zeit zu Zeit wurde ihm kurzerhand wiederholt: »Sie müssen gehen!«

»Was für eine Schande wäre es für mich, wenn ich mich hinauskomplimentieren ließe!« sagte er sich. »Die Reue darüber würde mir mein ganzes Leben vergiften. Sie wird mir nie schreiben, und Gott weiß, wann ich je wieder in diese Gegend komme!« Von diesem Augenblick an war alles Hohe und Hehre aus seinem Herzen gewichen. Ein angebetetes Weib dicht neben sich, saß er in demselben Gemache, in dem er einst so glücklich war, in tiefdunkler stiller Nacht; er wußte, daß sie seit einer Weile weinte; er fühlte am Wogen ihres Busens, daß sie krampfhaft schluchzte, und doch wurde er mit einemmal ein kalter, herzloser, lauernder Beobachter, kaum anders als im Seminarhofe unter den schlechten Witzen seiner ihm körperlich überlegenen Kameraden. Er zog seine Erzählung in die Länge und schilderte das unselige Leben, das er seit seinem Scheiden aus Verrières geführt hatte. Frau von Rênal dachte sich: »Also hat er noch nach einem Jahre der Trennung, ohne Beweise, ob ich seiner gedachte, nur an die glücklichen Tage von Vergy gedacht! Und ich, ich hatte ihn vergessen!« Ihr Schluchzen ward heftiger. Julien erkannte den Erfolg seiner Erzählung. Er ward sich klar, daß er das letzte Mittel versuchen mußte, und ohne Übergang begann

272

er von dem Briefe zu reden, der ihn nach Paris berief. »Ich habe mich von Seiner Hochwürden dem Bischof verabschiedet . . .«, sagte er.

»Wie? Sie gehen nicht nach Besançon zurück? Sie verlassen uns auf immer?«

»So ist es«, entgegnete er in festestem Tone. »Ich verlasse ein Land, wo ich selbst von *der* vergessen bin, die ich über alles in der Welt geliebt habe. Ich verlasse es auf Nimmerwiedersehn. Ich gehe nach Paris . . .«

»Du gehst nach Paris?« fragte Frau von Rênal erschrocken.

In Tränen erstickend, vermochte sie diese Worte kaum hervorzubringen. Dies Zeichen ihrer höchsten Verwirrung brauchte Julien zu seiner Ermutigung. Er stand im Begriff, etwas zu wagen, was ihm leicht alles verderben konnte. Da er vor Dunkelheit nichts sehen konnte, so wußte er vor ihrem Aufschrei nicht, welchen Erfolg er bisher hatte. Nun zögerte er nicht mehr. Die Furcht vor späterer Reue gab ihm die volle Selbstbeherrschung wieder. Er erhob sich und sagte kühl:

»Jawohl, gnädige Frau, ich verlasse Sie für immer. Seien Sie glücklich! Leben Sie wohl!«

Er machte ein paar Schritte dem Fenster zu. Er öffnete es bereits. Da stürzte ihm Frau von Rênal nach und hing sich an seinen Hals.

So erreichte Julien nach dreistündigem Gespräch das Ziel, das er in den beiden ersten Stunden ihres Beisammenseins so leidenschaftlich begehrt hatte. Frau von Rênal hätte ihm ein wenig früher die Zärtlichkeit der alten Liebe gewähren und ihrer sittsamen Bedenken eher Herr werden sollen; dann hätte er ein göttliches Glück genossen. Was er nunmehr durch Diplomatie erlangte, war ihm nichts als Sinnenlust. Er bestand darauf, trotz der Einwände seiner Geliebten, daß ein Nachtlicht angezündet ward.

»Soll ich gar keine Erinnerung an dein Gesicht mit in die Fremde nehmen?« klagte er. »Soll die Liebe, die in deinen süßen Augen leuchtet, ewig für mich verloren sein? Soll mir deine liebe weiße Hand nicht durch meine Träumereien schimmern? Denke daran, daß ich dich vielleicht für sehr lange verlasse!«

Frau von Rênal vermochte diese Bitte nicht mehr abzuwehren, deren Begründung sie zu neuen Tränen rührte. Aber schon begann der Morgen zu dämmern. Im Osten, am Horizont, bekamen die Fichten auf der Gebirgssilhouette haarscharfe Umrisse. Jetzt hätte Julien gehen müssen. Statt dessen bat er im Banne der Wollust Frau von Rênal, sie solle ihn den ganzen Tag über im Zimmer versteckt halten und ihn erst in der nächsten Nacht scheiden lassen.

»Warum nicht?« gab sie zur Antwort. »Mein schlimmer Rückfall in die alte Sünde nimmt mir alle Selbstachtung und bringt mir für immerdar Unglück.« Sie drückte den Geliebten an ihr Herz. »Mein Mann ist nicht mehr wie früher. Er ist argwöhnisch und immer gereizt gegen mich. Er kann nicht vergessen; er glaubt, ich hätte ihn hintergangen. Wenn er das geringste Geräusch hört, bin ich verloren. Er würde mich aus dem Hause jagen. Ach, bin ich unglücklich!«

»Ich höre den Pfarrer Chélan reden«, spottete Julien. »Vor unsrer grausamen Trennung, ehe ich ins Seminar ging, da hättest du nicht so gesprochen! Damals liebtest du mich!«

Die Kaltblütigkeit, mit der er diese Worte hervorbrachte, belohnte sich. Er sah, wie seine Freundin plötzlich die Gefahr vergaß, die ihres Mannes Nähe ihr bereitete, eine viel größere Gefahr vor Augen: Juliens Zweifel an ihrer Liebe. Das Tageslicht nahm rasch zu. Schon war das Zimmer völlig hell. Aufs neue schwelgte Julien in allen Lüsten seines Stolzes, als er dieses entzückende Weib in seinen Armen und fast zu seinen Füßen erblickte, das einzige menschliche Wesen, das er je geliebt, und das noch vor wenigen Stunden aus grenzenloser Furcht vor Gottes Rache nichts anerkennen wollte als die Pflichten ihrer Ehe. Die durch ein ganzes Jahr der Standhaftigkeit gefestigten Vorsätze hatten sich vor seinem Mute nicht behaupten können.

Bald ward es im Hause lebendig. Frau von Rênal hatte an eines nicht gedacht, und das beunruhigte sie jetzt.

»Wenn Elise das Zimmer betritt, wird das boshafte Ding deine Riesenleiter bemerken. Wo verstecken wir sie? Ich werde sie auf den Boden tragen. Was denkst du?« Sie lachte in einer plötzlichen Anwandlung von Heiterkeit.

Erstaunt entgegnete Julien: »Da müßtest du doch durch die Stube des Dieners.«

»Ich stelle die Leiter einstweilen in den Gang, rufe den Diener heraus und schicke ihn mit einem Auftrag fort.«

»Vergiß auch nicht, dir eine Ausrede zu überlegen für den Fall, daß der Mensch die Leiter stehen sieht, wenn er daran vorbeigeht.«

»Gewiß, mein Engel«, sagte Frau von Rênal und gab ihm einen Kuß. »Und vergiß du nicht, dich schnell unter das Bett zu verstecken, wenn Elise in meiner Abwesenheit hereinkäme.«

Julien war über Frau von Rênals plötzliche Fröhlichkeit betroffen. »Merkwürdig!« sagte er sich. »Die Nähe einer handgreiflichen Gefahr erweckt nicht Unruhe in ihr, sondern Frohsinn. Offenbar, weil sie dabei ihre Reue vergißt. Wahrlich, eine hochgemute Frau! Welch ein Triumph, in solch einem Herzen zu herrschen!«

Julien war begeistert.

Frau von Rênal ergriff die Leiter. Julien, im Glauben, sie sei zu schwer für sie, sprang ihr bei. Aber sie nahm sie ohne seine Hilfe, als hebe sie einen Stuhl. Julien bewunderte ihre schlanke Gestalt, die so viel Kraft nicht verriet. Sie trug die Leiter rasch in den Gang des zweiten Stocks und legte sie daselbst an der Wand zu Boden. Dann rief sie den Diener. Um ihm Zeit zum Ankleiden zu geben, stieg sie bis zum Taubenschlag. Als sie nach fünf Minuten wieder in den Gang kam, war die Leiter nicht mehr da. »Wo ist sie hin?« fragte sie sich. Wenn Julien nicht mehr im Hause gewesen wäre, hätte sie dies nicht beunruhigt. So aber, wenn ihrem Manne die

Leiter auffiel: was dann? Dieser Nebenumstand konnte die schrecklichsten Folgen haben. Frau von Rênal suchte das ganze Haus ab. Endlich entdeckte sie die Leiter unter dem Dache. Der Diener hatte sie dorthin getragen, offenbar um sie zu verstecken. Das dünkte Frau von Rênal sonderbar, aber sie behielt ihre Ruhe.

»Was kümmert's mich«, dachte sie bei sich. »In vierundzwanzig Stunden ist Julien über alle Berge. Mag dann geschehen, was will! Für mich gibt es sowieso nur Qual und Pein.«

Sie hatte die vage Vorstellung, daß sie ihr Leben lassen müsse. Was lag ihr am Dasein? Sie hatte geglaubt, von ihrem Geliebten auf immerdar getrennt zu sein, und doch war er ihr noch einmal wiedergeschenkt worden. Sie hatte ihn von neuem in ihren Armen gehabt. Und was alles er gewagt, um zu ihr zu dringen, bewies das nicht große Liebe?

Sie berichtete Julien, was sich mit der Leiter ereignet hatte. Sodann fragte sie ihn: »Was soll ich meinem Manne sagen, wenn er durch den Diener erfährt, daß sich im Hause eine fremde Leiter gefunden hat?« Sie sann eine kleine Weile nach. »Vielleicht bekommt er heraus, woher die Leiter ist. Aber vor vierundzwanzig Stunden auf keinen Fall!« Sie warf sich in Juliens Arme und drückte ihn krampfhaft an sich. »Ach, so sterben!« rief sie und küßte ihn inbrünstig. Mit einemmal lachte sie wieder und meinte: »Deswegen sollst du aber hier nicht verhungern! Komm! Zunächst stecke ich dich in Frau Dervilles Zimmer, das stets verschlossen ist.«

Sie ging an das Ende des Ganges, um zu erspähen, ob jemand komme. Julien lief flink in die Fremdenstube. »Mach ja nicht auf, wenn jemand klopfen sollte! Es wären höchstens die Kinder aus Unsinn bei ihrem Spiele.«

»Laß die Jungen einmal in den Garten unter das Fenster kommen! Ich möchte sie gern sehen. Laß sie sprechen!«

»Ja, ja!« rief Frau von Rênal im Hinausgehen und schloß den Geliebten ein.

Nach kurzer Zeit kam sie wieder, mit Apfelsinen, Zwieback und einer Flasche Malaga. Brot beiseite zu schaffen war ihr nicht möglich gewesen.

»Was macht dein Mann?« fragte Julien.

»Er setzt mit ein paar Bauern Kaufverträge auf.«

Es schlug acht Uhr. Jetzt ward es laut im Hause. Wenn die Hausherrin nicht zu sehen gewesen wäre, hätte man sie überall gesucht. Somit war sie gezwungen, Julien zu verlassen. Nach einer Weile kam sie abermals zu ihm herauf und brachte ihm, jedweder Vorsicht zum Trotz, eine Tasse Kaffee. Sie fürchtete, er könne Hunger leiden. Nach dem Frühstück lockte sie die Kinder unter das Fenster des Gastzimmers. Julien fand, sie seien gewachsen, aber sie kamen ihm gewöhnlich vor. »Ist es so, oder habe ich sie früher mit andern Augen angeschaut?« fragte er sich. Er hörte, wie ihre Mutter mit ihnen von ihm sprach. Der Älteste bekundete Freundschaft und Verlangen nach dem früheren Hauslehrer, aber die beiden jüngeren hatten ihn wohl schon halb vergessen.

Herr von Rênal ging an diesem Vormittag nicht aus. Fortwährend lief er im Hause umher, treppauf, treppab, damit beschäftigt, Lieferungsverträge mit Bauern abzuschließen, die ihm seine Kartofelernte abnehmen sollten. Bis zur Hauptmahlzeit konnte Frau von Rênal ihrem Gefangenen keinen Augenblick widmen. Als zu Tisch geläutet wurde und angerichtet war, geriet sie auf den Gedanken, ihm einen Teller heißer Suppe hinaufzuschaffen. Vorsichtig tat sie das, aber im Gange, als sie sich leise der Türe näherte, hinter der Julien eingeschlossen war, erblickte sie plötzlich den Diener, der am Morgen die Leiter versteckt hatte. Er kam ebenfalls leise durch den Gang, als ob er horchen wollte. Wahrscheinlich war Julien unvorsichtig hin und her gegangen. Verlegen entfernte sich der Diener. Frau von Rênal betrat kühn das Zimmer. Julien erschrak, als er von der Begegnung vernahm.

»Du hast Angst!« sagte sie. »Ich werde allen Gefahren der Welt trotzen, ohne mit der Wimper zu zucken. Nur eines fürchte ich: den Augenblick, wo ich wieder allein bin, wenn du fort bist.«

Rasch war sie wieder hinaus.

»Ach!« sagte Julien begeistert. »Die Reue ist die einzige Gefahr, vor der dieser erhabenen Seele bangt.«

Endlich ward es Abend. Herr von Rênal begab sich in den Klub.

Frau von Rênal schützte heftige Kopfschmerzen vor und zog sich in ihr Zimmer zurück. Elise wurde baldigst entlassen. Dann machte sich Frau von Rênal rasch wieder zurecht und ließ Julien ein.

Er war in der Tat halb verhungert. Sie ging in die Speisekammer, um Brot zu holen. Kaum war sie fort, da hörte Julien einen lauten Schrei. Sie kam zurück und erzählte ihm, sie sei ohne Licht in die Speisekammer gegangen. Da habe sie plötzlich am Brotschrank einen weiblichen Arm gefaßt. Es sei Elise gewesen, deren Schrei er wohl gehört habe.

»Was machte sie dort?«

»Entweder war sie beim Naschen, oder sie spioniert«, meinte Frau von Rênal mit völliger Gleichgültigkeit. »Glücklicherweise habe ich eine Pastete und ein Schwarzbrot erwischt.«

»Und was hast du darin?« fragte er, auf ihre Schürzentaschen deutend.

Frau von Rênal hatte vergessen, daß sie nach Tisch Brötchen eingesteckt hatte.

Leidenschaftlich verliebt schloß Julien seine Freundin in die Arme. Noch nie war sie ihm so schön erschienen. Wie vor einer Vision dachte er: »Selbst in Paris werde ich keiner so großen Seele begegnen.« In ihr einte sich das unbeholfene Wesen einer Frau, die an derartige Abenteuer nicht gewöhnt ist, mit dem echten Mut eines Menschen, der irdischer Gefahren nicht achtet.

Julien aß mit großem Appetit, während seine Freundin über sein frugales Mahl scherzte. Es graute ihr, ernste Dinge zu sagen. Da wurde plötzlich kräftig an der Tür gerüttelt. Es war Herr von Rênal.

»Warum hast du dich eingeschlossen?« fragte er grob.

Julien hatte kaum Zeit, unter das Sofa zu kriechen.

»Noch völlig angezogen?« sagte der in das Zimmer Eintretende. »Du ißt zu Abend und riegelst dich ein?«

Frau von Rênal verlor ihre Ruhe nicht. An jedem andern Tage hätte die barsch-ehemännische Frage sie empört und verwirrt. So aber dachte sie kaltblütig daran, daß sich ihr Gatte nur wenig zu bücken brauchte, um Julien zu erblicken. Hatte er sich doch in den Lehnstuhl gesetzt, der dem Sofa gegenüberstand. Eben noch hatte Julien daselbst gesessen.

»Du weißt, ich habe Kopfschmerzen«, sagte sie kurz.

Nun erzählte ihr Herr von Rênal lang und breit von der Billardpoule, die er im Klub gewonnen hatte. »Ich sage dir, eine Poule von neunzehn Franken! Das war eine Sache!« Gerade als er dies sagte, sah sie Juliens Hut auf dem andern Lehnstuhle. Ihre Ruhe verdoppelte sich. Sie begann sich auszukleiden. Im rechten Augenblick schlüpfte sie hinter den Gatten und warf ein Kleidungsstück über den Stuhl mit dem Hut.

Endlich ging Herr von Rênal. Sie bat Julien, ihr noch einmal sein Leben im Seminar zu schildern. »Gestern habe ich dir gar nicht recht zugehört. Während du erzähltest, habe ich nur daran gedacht, mich zu zwingen, dich fortzuschicken.«

Sie ließ jede Vorsicht außer acht. Beide unterhielten sich ziemlich laut. Es mochte nachts zwei Uhr sein, als es zu ihrem Schreck plötzlich gegen die Türe donnerte. Wiederum war es Herr von Rênal.

»Mach schnell auf!« rief er. »Es sind Einbrecher im Hause. Ich habe Stimmen gehört. Saint-Jean hat heute früh eine fremde Leiter gefunden.«

»Jetzt ist alles aus!« flüsterte Frau von Rênal und fiel in Juliens Arme. »Er wird uns alle beide töten. Das mit den Einbrechern, das sagte er bloß so. Ich will in deinen Armen sterben, glücklicher im Tode als ich im Leben war!« Ihrem

Manne gab sie keine Antwort. Er schimpfte draußen, während sie Julien innig an sich drückte.

»Erhalte deinem Stanislaus die Mutter!« gebot ihr Julien in herrischem Tone. »Ich werde durch das Fenster im Kabinett nebenan in den Hof springen und mich durch den Garten retten. Die Hunde tun mir nichts. Sie haben mich wiedererkannt. Binde meine Kleider zu einem Bündel und wirf sie, sobald du kannst, in den Garten! Laß ihn nur die Türe eintreten. Und vor allem nichts eingestehen! Das verbiete ich dir! Verdacht ist immer besser als Gewißheit.«

»Du wirst beim Hinabspringen das Genick brechen!« Das war ihre einzige Antwort und ihre einzige Sorge.

Sie geleitete ihn an das Fenster des Kabinetts, dann versteckte sie bedächtig seine Kleider, und schließlich öffnete sie ihrem wutschnaubenden Manne. Ohne ein Wort zu sagen, blickte er sich im Zimmer um, ebenso im Kabinett. Dann verschwand er wieder.

Julien bekam seine Sachen nachgeworfen. Er fing sie auf und eilte durch den Garten, abwärts dem Doubs zu.

Im Laufen hörte er eine Kugel pfeifen und gleichzeitig den Knall eines Flintenschusses.

»Das ist Rênal nicht!« dachte er. »So gut schießt der nicht!« Die Hunde liefen mit ihm, ohne zu bellen. Ein zweiter Schuß knallte. Offenbar war einer der Hunde in die Pfote getroffen, denn er begann kläglich zu heulen. Julien sprang eine Terrassenmauer hinunter und lief etwa fünfzig Schritte in der Deckung hin. Dann lief er wieder abwärts. Er vernahm Stimmen, die sich gegenseitig zuriefen, und deutlich erkannte er den Diener, seinen alten Feind, wie er einen Schuß auf ihn abgab. Aber schon hatte Julien den Fluß erreicht. Dort zog er sich an.

Eine Stunde später war er bereits ein beträchtliches Stück von Verrières fort, auf der Landstraße nach Genf.

»Wenn man mich verfolgt, so sucht man mich auf der Straße nach Paris!« sagte er sich.

ROT UND SCHWARZ
II

Sie ist nicht hübsch,
sie hat überhaupt kein Wangenrot.
Sainte-Beuve

KAPITEL I

Die Freuden des Landlebens

O rus quando ego te aspiciam
Vergil

»Der Herr wartet gewiß auf die Eilpost nach Paris?« fragte die Wirtin des Gasthofes, in dem Julien einkehrte, um zu frühstücken.

»Es eilt nicht«, erwiderte Julien. »Heute oder morgen.«

Während er so den Gleichgültigen spielte, traf die Post gerade ein. Zwei Plätze waren frei.

»Was sehe ich? Meinen lieben alten Falcoz!« rief einer der Insassen, der von Genf her kam, dem zugleich mit Julien Einsteigenden zu.

»Ich glaubte, du hättest dich in der Gegend von Lyon angesiedelt«, erwiderte der Angesprochene, »in einem der lieblichen Seitentäler der Rhône.«

»Schön angesiedelt. Ich mache, daß ich hier fortkomme.«

»Du, Saint-Giraud, der du kein Wässerchen trübst, was hast du denn Schlimmes verbrochen?« lachte der andre.

»Gerade genug. Ich fliehe das schauderhafte Provinzleben. Ich liebe ländliche Ruhe und Waldeskühle. Das weißt du ja. Du hast mir oft vorgeworfen, ich sei Romantiker. Ich habe mein Lebtag nichts von Politik wissen wollen. Und gerade die Politik vertreibt mich.«

»Zu welcher Partei gehörst du denn?«

»Zu keiner. Das ist eben mein Unglück. Meine ganze Politik ist die: Ich bin ein Liebhaber von Musik und Malerei. Ein gutes Buch ist mir ein Erlebnis. Nächstens werde ich vierundvierzig Jahre alt. Wie lange habe ich noch zu leben? Fünfzehn, zwanzig, höchstens dreißig Jahre. Ich will einmal annehmen, die Minister seien in dreißig Jahren ein bißchen gescheitere Kerle als heutzutage. Englands Geschichte flößt mir für unsre Zukunft einige Hoffnung ein. Aber immer

283

wird es Monarchen geben, die ihre Vorrechte vermehren wollen, immer Streber, die Abgeordnete zu werden trachten. Mirabeaus Ruhm und die Hunderttausende von Franken, die er verdient hat, lassen die reichen Provinzler nicht schlafen. Das nennen sie Liberalismus und Liebe zum Volke. Und was die Konservativen anbelangt: zum Kammerherrn ernannt oder ins Herrenhaus berufen zu werden, wird immerdar ihr Ideal bleiben. Jedermann will auf dem Staatsschiffe zu tun haben, denn das wird vorzüglich bezahlt. Für einen schlichten Passagier bleibt nirgends ein armseliges Plätzchen.«

»Man sollte meinen, einem so ruhigen Manne sollte das ein leichtes sein! Was vertreibt dich insbesondre? Die letzten Wahlen?«

»Mein Unglück liegt tiefer. Vor fünf Jahren war ich vierzig und besaß fünfhunderttausend Franken. Jetzt bin ich vier Jahre älter und bin um etwa fünfzigtausend Franken ärmer – die werde ich beim Verkauf meines Schlosses Monfleury – Rhônenähe, herrliche Lage – verlieren.

Ich hatte Paris und die ewige Komödie satt, zu der einen die sogenannte Kultur des neunzehnten Jahrhunderts zwingt. Ich hatte wahren Durst nach schlichtem gemütlichem Leben. Und so kaufte ich mir das Gut Monfleury in den Bergen an der Rhône. Einen schöneren Sitz gibt es nicht unter der Sonne.

Ein halbes Jahr lang machten mir der Pfarrer und die Krautjunker der Nachbarschaft den Hof. Ich gab ihnen zu essen und zu trinken. Ich erklärte ihnen: Ich habe Paris verlassen, um den Rest meines Daseins nichts mehr von Politik zu hören und zu reden. Ich halte mir nicht einmal eine Tageszeitung. Je weniger Briefe mir der Briefträger bringt, um so glücklicher bin ich.

Der Pfarrer war andrer Meinung. Sehr bald war ich das Ziel von tausend aufdringlichen Bittgesuchen und Scherereien. Ich hatte die Absicht, jährlich zwei- bis dreihundert Franken für die Armen zu geben. Man ging mich darüber hinaus für allerlei fromme Gesellschaften an: für die Heiligen-Josephs-Brüder, für die Marien-Schwestern usw. Ich schlug es ab, und von Stund an war ich hundert Unverschämtheiten ausgesetzt. In meiner Dummheit ärgere ich mich darüber. Ich kann morgens nicht mehr spazierengehen, um die Schönheit unserer Berglandschaft zu genießen, ohne irgendeinen Verdruß zu erleben, der mich aus meinen Träumereien aufscheucht und mich unsanft an die Alltagswelt und ihre Gemeinheit gemahnt. Bei den Bittprozessionen zum Beispiel, deren Gesang ich gern höre – wahrscheinlich haben sich in seiner Melodie altgriechische Motive erhalten –, werden meine Felder nicht mehr gesegnet, weil sie einem Gottlosen gehören, wie der Pfarrer zu sagen beliebt. Oder einer alten bigotten Bäuerin stirbt die Kuh. Das kommt natürlich daher, weil das Tier einmal im Teiche des Gutes getränkt worden ist, das dem aus Paris hergezogenen Erzheiden gehört. Acht Tage darauf schwimmen meine Karpfen auf dem Rücken. Man hat sie mir mit Kalk vergiftet. Solche Schikanen umringen mich in jeglicher Gestalt. Der Ortsrichter ist sonst ein ganz anständiger Mensch, aber er hat Angst, abgesetzt zu werden. Er gibt mir immerzu unrecht. So wird mir der ländliche Friede zur Hölle. Sobald es ruchbar ward, daß mich der Pfarrer, das Oberhaupt der Kongregation des Ortes, fallen gelassen, und daß mir der Hauptmann a. D., die Seele der Liberalen, wegen meiner politischen Nonchalance nicht mehr die Stange hielt, fiel man allgemein über mich her, selbst der Maurer, dem ich ein Jahr lang das Brot gegeben, und der Stellmacher, der mich unbestraft beim Ausbessern meines Ackergeräts hat beschwindeln dürfen.

Um wenigstens einen Rückhalt zu haben und nicht ganz rechtlos dazustehen, hielt ich zu den Liberalen. Aber, wie du richtig sagst, die Wahlen kamen, und man bat mich um meine Stimme . . .«

»Für einen dir Unbekannten?«

»Nein, nein! Für einen, den ich nur zu gut kannte. Ich

lehnte ab. Welch große Torheit! Nun habe ich auch die Liberalen auf dem Halse. Meine Stellung ist unerträglich. Wenn es dem Pfarrer in den Sinn gekommen wäre, mich zu bezichtigen, ich hätte meine Wirtschafterin ermordet, ich glaube, es hätten sich unter den Klerikalen wie unter den Liberalen je ein Dutzend Zeugen gefunden, die vor Gericht beschworen hätten, die verbrecherische Tat mit angesehen zu haben.«

»Du wolltest auf dem Lande leben«, meinte der andre, »ohne am Leben und Treiben deiner Nachbarn Interesse zu zeigen, ja ohne ihr Geschwätz anzuhören, das war ein Riesenfehler!«

»Er soll wiedergutgemacht werden. Schloß Monfleury steht zum Verkauf. Wenn's sein muß, will ich fünfzigtausend Franken dabei fahren lassen. Ich werde froh sein, wenn ich diese Teufelsecke der Niedertracht und Heuchelei hinter mir habe. Ich will mir Frieden und Einsiedlertum dort suchen, wo sie einzig und allein in Frankreich gedeihen: im Dachstock eines Hauses von Paris mit dem Blick auf die Champs-Elysées. Und ich überlege mir noch, ob ich nicht eine politische Laufbahn im Viertel Le Roule beginnen werde, um der Kirche Gleiches mit Gleichem heimzuzahlen.«

»Unter Bonaparte wäre dir alles das nicht widerfahren!« rief Falcoz. Seine Augen funkelten vor Empörung und Bedauern.

»Mag sein!« sagte Saint-Giraud. »Aber warum hat er sich nicht zu behaupten vermocht, dein Bonaparte? Alles, was ich heute zu leiden habe, hat er verschuldet!«

Jetzt verdoppelte sich Juliens Aufmerksamkeit. Seit dem ersten Wort hatte er begriffen, daß der Bonapartist Falcoz der Jugendfreund des Herrn von Rênal war, derselbe, mit dem er im Jahre 1816 gebrochen hatte, und der Philosoph Saint-Giraud mußte der Bruder jenes Amtsvorstehers beim Regierungspräsidenten sein, der sich Gemeindehäuser zu einem Spottpreis zuschlagen ließ.

»Ja, an alledem ist dein Bonaparte schuld!« wiederholte

Saint-Giraud. »Seine Geistlichen, seine Edelleute vertreiben einen ehrenwerten wohlhabenden Mann gesetzten Alters aus seinem Ruhesitz!«

»Ach, sprich nicht schlecht von ihm!« rief Falcoz. »Zu keiner Zeit hat Frankreich so hoch in der Achtung der Völker gestanden wie in den dreizehn Jahren seiner Herrschaft. Es war Größe in allem, was geschah!«

»Dein Kaiser, den der Teufel holen soll«, widersprach der andre, »war nur groß auf den Schlachtfeldern und damals, als er Frankreichs Finanzen gesund machte, 1802. Doch was soll man zu seiner späteren Aufführung sagen? Sein Hofstaat, sein Prunk, seine Empfänge in den Tuilerien waren eine Neuauflage der monarchischen Maskerade, mit etlichen Verbesserungen, durch die sie sich ein, zwei Jahrhunderte hätte halten können. Aber dem Adel und den Pfaffen war die alte Monarchie lieber, aber sie haben nicht die eiserne Faust, die nötig ist, um dergleichen dem Volk aufzuzwingen.«

»Du sprichst da so recht wie ein ehemaliger Buchdrucker!« Der andre ließ sich nicht beirren.

»Wer verjagt mich denn von meinem Landgute: Die Pfaffen, die Napoleon durch sein Konkordat zurückgerufen hat, anstatt daß er sie wie der Staat die Ärzte, Advokaten und Sterngucker als Privatleute behandelte, die ein Gewerbe betreiben, das den Staat nichts angeht. Und gäbe es heute freche Adelige, wenn dein Bonaparte nicht Barone und Grafen gemacht hätte? Nein! Sie waren abgeschafft! Neben den Geistlichen waren es die kleinen Landedelleute, die mich am meisten schikaniert und mich den Liberalen in die Arme gejagt haben!«

Diese trübselige Unterhaltung über die politischen Zustände ging ins Endlose weiter. Der Gegenstand hätte in Frankreich noch für ein halbes Jahrhundert Gesprächsstoff abgegeben. Da Saint-Giraud immer wiederholte, daß es unmöglich wäre, in der Provinz zu leben, brachte Julien schüchtern die Rede auf Herrn von Rênal.

»Bei Gott, junger Mann, Sie sind gut!« rief Falcoz aus, »der hat sich zum Hammer gemacht, um nicht Amboß zu werden, und zu was für einem Hammer! Aber ich bemerke, daß er durch Valenod überholt wird. Kennen Sie diesen Erzspitzbuben? Was wird Ihr Herr von Rênal sagen, wenn er sich eines nicht fernen Morgens abgesetzt und durch Valenod ersetzt findet?

Dann sitzt er da, belastet durch seine Verbrechen! Sie kennen Verrières, junger Mann? Nun wohl: Bonaparte, den der Teufel holen möge, der und seine monarchistischen Maskeraden haben die Herrschaft der Chélan und der Rênal begründet, die ihrerseits zur Herrschaft der Valenod und der Maslon geführt haben.«

Dieses Reden über den politischen Gewitterhimmel erstaunte Julien, und seine wonnevollen Utopien verflogen.

Als die Türme von Paris am Horizont auftauchten, machte dieser Anblick kaum Eindruck auf ihn. Die hohen Erwartungen, die er an seine Zukunft stellte, hatten die frischen Erinnerungen an die letzte Nacht in Verrières noch nicht niedergekämpft. Er gelobte sich, die Kinder seiner Herzensfreundin nie zu vergessen und alles daranzusetzen, sie zu schützen, wenn der Übermut der Pfaffen je wieder eine Revolution und damit eine Verfolgung des Adels heraufbeschwören sollte.

Immer wieder träumte er sich nach Verrières zurück. Was wäre wohl geschehen, wenn er nach dem Einstieg auf der Leiter das Schlafzimmer der Geliebten von einem Fremden oder gar von Herrn von Rênal besetzt gefunden hätte?

Ach, die beiden ersten Stunden, da ihn Frau von Rênal ernstlich wegschicken wollte, als er auf ihrem Bett im Finstern neben ihr saß und sich verteidigte: wie köstlich war das doch!

Eine Seele wie die seine konnte solche Erinnerungen nimmermehr vergessen. Die übrigen Stunden der Liebesnacht vermischten sich in seinem Gedächtnisse mit den ersten Zeiten ihrer Liebschaft, vierzehn Monate vordem.

Aus diesen tiefen Träumereien wurde Julien gerissen, als die Postkutsche haltmachte. Man war eben in den Posthof in der Rousseau-Straße eingefahren.

Er nahm eine Droschke.

»Ich möchte nach Malmaison!« rief er dem Kutscher zu.

»Zu dieser Stunde? Was wollen Sie dort?«

»Was geht Sie das an? Vorwärts!«

Jede wahre Leidenschaft ist in sich beschlossen. Deshalb scheint es mir, daß die Leidenschaften in Paris völlig fehl am Platze sind, da der Nachbar sich einem aufdrängt. Ich werde mich hüten, von den Ekstasen Juliens in Malmaison zu sprechen. Er weinte – und das trotz der in diesem Jahr neu erbauten weißen Mauern, die den Park zerschneiden? – Jawohl, für Julien wie für die Nachwelt gab es zwischen Arcole, Sainte Hélène und Malmaison kaum einen Unterschied. In Malmaison war er außer sich vor Schwärmerei.

Am Abend ging Julien nach langem Zaudern in das Theater. Er hatte sonderbare Ansichten über diesen Ort der Verderbnis.

Überhaupt ließ ihn tiefes Mißtrauen zu keiner rechten Bewunderung des zeitgenössischen Zustandes von Paris gelangen. Nur die Denkmäler, die sein Heros hinterlassen, hielten ihn in ihrem Banne.

»Jetzt bin ich also im Mittelpunkt der Kabale und der Heuchelei!« sagte er sich. »Hier herrschen die Gönner des Abbé von Frilair und seiner Geistesbrüder!«

Am Abende des dritten Tages siegte die Neugier über seine ursprüngliche Absicht, sich erst einmal Paris gründlich anzusehen, ehe er sich beim Abbé Pirard meldete. In kühlem Tone setzte ihm sein ehemaliger Seminardirektor auseinander, welche Lebensverhältnisse ihn im Hause des Marquis von La Mole erwarteten.

»Sollten Sie sich dort nach ein paar Monaten nicht als brauchbar erweisen«, sagte er unter anderm, »so gehen Sie ins Seminar zurück, ohne daß Sie dabei einen Nachteil erlei-

289

den werden. Sie wohnen fortan im Hause des Marquis, eines der Grandseigneurs des Landes. Sie werden schwarz gehen, indessen nicht wie ein Geistlicher, sondern wie jemand, der Trauer hat. Ich verlange, daß Sie sich dreimal in der Woche in einem Seminar einstellen, wo ich Sie einführen werde. Dort setzen Sie nebenbei Ihre theologischen Studien fort. Täglich um zwölf Uhr haben Sie sich in der Bibliothek des Marquis einzufinden. Er beabsichtigt, seine gesamte Geschäftskorrespondenz durch Sie führen zu lassen. An den Rand jedes einlaufenden Briefes macht er ein paar knappe Notizen über die Beantwortung. Ich habe ihm versichert, in einem Vierteljahre seien Sie imstande, die Antworten so aufzusetzen, daß der Marquis von zwölf ihm zur Unterschrift vorgelegten Schreiben mindestens acht oder neun unterzeichnen könne. Abends um acht Uhr haben Sie seinen Schreibtisch in Ordnung zu bringen. Um zehn Uhr sind Sie frei.

Möglicherweise«, fuhr Pirard fort, »macht Ihnen irgendeine alte Dame oder ein freundlich redender Herr große Versprechungen oder bietet Ihnen einfach Geld, damit Sie die Korrespondenz des Marquis verraten . . .«

»Herr Abbé!« unterbrach ihn Julien, schamrot geworden.

»Merkwürdig!« murmelte der Abbé mit einem Lächeln voll Bitternis. »So arm wie Sie sind, und obgleich Sie ein volles Jahr im Seminar gelebt haben, können Sie sich noch so ehrbar entrüsten! Sie müssen recht blind gewesen sein!

Sollte das die Macht des Blutes sein?« fuhr er wie mit sich selbst redend fort. »Es ist doch sehr sonderbar, daß der Marquis Sie kennt. Woher, weiß ich nicht . . . Für den Anfang bekommen Sie zweitausend Franken Gehalt. Der Marquis ist ein Mann, der ganz nach seiner Laune handelt. Das ist sein Fehler. Er wird sich mit Ihnen um Kindereien streiten. Ist er mit Ihnen zufrieden, so wird Ihr Gehalt nach und nach auf achttausend Franken steigen.

Aber eins merken Sie sich: der Marquis gibt Ihnen all dies Geld nicht um Ihrer schönen Augen willen. Sie müssen etwas leisten. An Ihrer Stelle würde ich sehr wenig reden und vor allem niemals über Dinge, von denen ich nichts verstehe.

Und nun will ich Ihnen noch etwas über die Familie des Herrn von La Mole sagen. Ich habe mich für Sie darüber erkundigt. Er hat zwei Kinder: eine Tochter und einen neunzehnjährigen Sohn, einen Dandy ersten Ranges, eine Art Sonderling, der um zwölf Uhr noch nicht weiß, was er um zwei tun will. Er besitzt Witz und Mut und hat die Expedition nach Spanien anno 1823 mitgemacht. Aus einem mir unbekannten Grunde erwartet der Marquis, daß sich sein Sohn Norbert kameradschaftlich zu Ihnen stellt. Ich habe ihm erzählt, daß Sie ein guter Lateiner sind. Vielleicht rechnet er damit, daß Sie seinem Sohn ein paar fertige Redensarten über Cicero und Virgil beibringen.

An Ihrer Stelle würde ich dem vornehmen jungen Herrn gegenüber zunächst sehr zurückhaltend sein und seinem wahrscheinlich ausgesucht höflichen, aber doch leise ironischen Entgegenkommen nur zögernd Folge leisten.

Ich will Ihnen nicht verhehlen, daß der junge Graf Sie zunächst insgeheim verachten wird, denn Sie sind bloß ein Bürgerlicher. Wohingegen einer seiner Vorfahren eine große Rolle am Hofe gespielt und die Ehre gehabt hat, wegen politischer Umtriebe am 6. April 1574 auf dem Grève-Platz um einen Kopf kürzer gemacht zu werden.

Sie sind der Sohn des Müllers von Verrières, obendrein im Dienste seines Vaters. Machen Sie sich diesen gewaltigen Unterschied möglichst klar, und studieren Sie die Geschichte der Familie von La Mole im Werke von Moreri. Die Schmeichler, die im Hause verkehren, machen von Zeit zu Zeit zarte historische Anspielungen.

Seien Sie auch vorsichtig, wenn Sie auf die Scherze des Grafen Norbert antworten. Er ist Rittmeister und Eskadronchef bei den Husaren und dermaleinst Pair von Frankreich. Kommen Sie mir hinterher nicht mit Klagen!«

Julien hatte einen feuerroten Kopf bekommen. »Ich bin der

Meinung«, erwiderte er, »einem Menschen, der einen verächtlich behandelt, antwortet man am besten überhaupt nicht.«

»Da haben Sie nicht die richtige Vorstellung von aristokratischer Verachtung«, wandte Pirard ein. »Sie dürfte sich kaum anders denn in übertriebenen Komplimenten äußern. Ein Dummkopf nimmt das für bare Münze. Einer, der sein Glück machen will, muß so tun.«

»Wird man mich für undankbar halten«, fragte Julien, »wenn ich an dem Tage, da mir dies alles nicht mehr gefällt, in meine kleine Zelle Nummer 103 zurückkehre?«

»Allerdings«, entgegnete der Abbé. »Alle Schmeichler des Hauses werden Sie verleumden. Aber dann werde ich auf dem Posten sein. *Adsum, qui feci.* Ich werde sagen, ich hätte Sie dazu veranlaßt.«

Julien war verletzt durch den bitteren, beinahe bösen Ton, den Pirard während der ganzen Unterredung anschlug. Das brachte ihn um den Inhalt der letzten Worte des Abbé.

In Wirklichkeit machte sich Pirard schwere Vorwürfe ob seiner Vorliebe für Julien. Auch war es ihm *contre cœur,* sich so unmittelbar in das Geschick eines Mitmenschen zu mischen.

Mit der nämlichen Mißlaune, als entledige er sich einer unangenehmen Pflicht, fuhr er fort: »Sie werden auch die Frau Marquise von La Mole kennenlernen, eine stattliche Blondine, eine fromme, hochmütige, äußerst verbindliche Dame, aber eine Frau ohne die geringste Bedeutung. Sie ist eine Tochter des alten Herzogs von Chaulnes, der wegen seines Adelsstolzes allbekannt ist. Diese Grandedame ist sozusagen der Extrakt ihrer sämtlichen Ranggenossinnen. Sie macht kein Hehl daraus, daß der einzige Vorzug, den sie anerkennt, der ist, Ahnen zu haben, die die Kreuzzüge mitgemacht haben. Reichtum steht tief unter dem. Das wundert Sie? Ja, mein Lieber, wir sind nicht mehr in der Provinz.

Sie werden in den Salons des Hauses von La Mole manchen hohen Herrn in sonderbar leichtfertigem Tone von unserm

Herrscherhause reden hören. Die Frau Marquise hingegen zerfließt in Verehrung des Gottesgnadentums. Ich rate Ihnen nicht, in ihrer Gegenwart zu behaupten, Philipp der Zweite oder Heinrich der Achte seien Unmenschen gewesen. Diese Herren waren *Majestäten*! Das gibt ihnen ewige Rechte auf die Ehrerbietung sämtlicher Menschen, insbesondere sämtlicher Menschen ohne Ahnen, wie wir welche sind, Sie und ich. Allerdings sind wir beide Priester. Als solcher werden Sie von ihr behandelt werden. Wir sind sozusagen die Kammerdiener ihres Seelenheils.«

»Herr Abbé«, erklärte Julien, »ich glaube, ich werde nicht lange in Paris bleiben.«

»Wir werden ja sehen. Aber vergessen Sie nicht, daß unsereiner nur durch die großen Herren Karriere machen kann. Sie haben, zum mindesten für mich, in Ihrem Wesen etwas Geheimnisvolles und Seltsames. Darum bilde ich mir ein, entweder werden Sie sehr hoch kommen oder sehr viel zu leiden haben. Ein Zwischending gibt es für Sie nicht. Des seien Sie sich immer klar. Die Leute merken, daß Sie am liebsten nicht angeredet sein wollen. In einem sozialen Lande wie Frankreich sind Sie verloren, wenn Sie nicht vor jedermann Respekt zeigen, der Anspruch darauf erhebt.

Was wäre in Besançon aus Ihnen geworden, wenn die Laune des Marquis nicht auf Sie geraten wäre? Eines Tages werden Sie begreifen, wie außergewöhnlich das ist, was er für Sie tut, und wenn Sie nicht gerade ein Ungeheuer sind, werden Sie ihm und seiner Familie ewig dankbar sein. Wie viele arme Abbés, gelehrtere Köpfe als Sie, haben lange, lange Jahre ihr Leben in Paris gefristet von den paar Groschen fürs Messelesen und die zehn Groschen für die Teilnahme an Diskussionen an der Universität. Denken Sie an das, was ich Ihnen im letzten Winter über die ersten Jahre dieses Schurken, des Kardinals Dubois, erzählt habe! Glauben Sie in Ihrem Stolz etwa, mehr Talent zu haben, als er es hatte?

Ich zum Beispiel, ein ruhiger und mittelmäßiger Mensch,

rechnete damit, in meinem Seminar zu sterben; ich war so kindlich, mich ihm verbunden zu fühlen. Nun wohl, ich wäre an den Bettelstab gekommen, als ich demissionierte. Wissen Sie, was ich besaß? Ich hatte fünfhundertundzwanzig Franken Kapital – nicht mehr und nicht weniger; keinen Freund, kaum zwei bis drei Bekannte. Herr de la Mole, den ich nie gesehen hatte, hat mich aus dieser verzweifelten Lage befreit; er hat nur ein Wort zu sagen brauchen, und man hat mir eine Pfarre gegeben, deren Gemeindemitglieder wohlhabende Leute sind, die über gemeine Laster erhaben sind, und die Einkünfte verursachen bei mir ein schlechtes Gewissen, so weit übertreffen sie das, was meine Arbeit wert ist. Ich spreche nur deshalb so ausführlich mit Ihnen, um Sie ein wenig vorsichtig zu stimmen.

Noch eins: ich bin unglücklicherweise ein jähzorniger Mensch, und so könnte es sich ereignen, daß wir uns eines Tages entzweien.

Wenn Ihnen der Hochmut der Marquise oder die schlechten Späße ihres Sohnes den Aufenthalt in diesem Hause ein für allemal verleiden sollten, so gebe ich Ihnen den Rat: Beenden Sie Ihre Studien in einem Seminar nicht allzuweit entfernt von Paris, und zwar lieber im Norden denn im Süden. Im Norden herrscht feinere Kultur, und weniger Ungerechtigkeit, und«, das Folgende flüsterte er, »ich muß sagen, die Nähe der Pariser Zeitungen hält die kleinen Tyrannen im Zaume.

Sollten wir aber, was ich hoffe, weiterhin Freude daran finden, miteinander zu verkehren, und das Haus des Marquis gefällt Ihnen eines Tages nicht mehr, so mache ich Ihnen den Vorschlag, mein Vikar zu werden. Wir teilen dann brüderlich, was mir meine Pfarre einbringt. Mein jetziges Einkommen beschämt mich sowieso. Es steht nicht recht im Verhältnis zu meiner Arbeit. Das bin ich Ihnen schuldig, das und noch mehr.« Julien beteuerte, daß *er* der zum Dank Verpflichtete sei. »Erinnern Sie sich des sonderbaren Anerbietens, das Sie mir in Besançon gemacht haben, als ich mein Amt aufgab? Ich besaß einhundertfünfundsiebzig Taler Ersparnisse, keinen roten Heller mehr oder weniger. Hätte ich nicht einmal die gehabt – und nicht Herrn von La Mole, so wären Sie meine Zuflucht gewesen.«

Der harte Ton des Abbés war verflogen. Zu seiner größten Verlegenheit vermochte Julien seine Tränen nicht zurückzuhalten. Am liebsten wäre er seinem Freunde um den Hals gefallen. Er nahm sich jedoch zusammen und begnügte sich, ihm so männlich wie möglich zu antworten:

»Mein Vater hat mich bereits gehaßt, als ich noch in der Wiege lag. Damit fing das Unglück meines Lebens an. Fortan aber will ich dem Schicksal nicht mehr grollen, denn ich habe in Ihnen, Herr Abbé, einen wirklichen Vater gefunden.«

»Schon gut! Schon gut!« unterbrach ihn Pirard verlegen. Just zur rechten Zeit fiel ihm etwas aus seiner Seminardirektorzeit ein. »Übrigens, mein lieber Sohn, dürfen Sie nie sagen: das Schicksal. Sagen Sie immer: die Vorsehung!«

In diesem Augenblick hielt die Droschke. Der Kutscher hob den bronzenen Türklopfer eines mächtigen Tores. Man war vor dem Palais La Mole. Über dem Portal leuchteten auf schwarzem Marmor die Worte: Hôtel de la Mole.

Die auffällige Schrift mißfiel Julien. »Diese Leute haben eine Heidenangst vor den Jakobinern. Hinter jeder Hecke sehen sie einen Robespierre mit seinem Henkerskarren. Das ist zum Totlachen. Und dann wieder stellen sie so ihre Paläste zur Schau, damit der plündernde Mob bei einem Umsturz nicht erst lange zu suchen braucht.« Er teilte dem Abbé mit, was er eben gedacht hatte.

»Ärmster«, entgegnete dieser, »Sie werden mein Vikar allzu bald sein. Was haben Sie für schauderhafte Einfälle!«

»Der Gedanke liegt aber doch nahe«, meinte Julien.

Das würdevolle Benehmen des Pförtners und mehr noch

die peinliche Sauberkeit des Hofes riefen seine Bewunderung hervor. Es war heller Sonnenschein.

»Ein großartiger Bau!« sagte er zu seinem Freunde.

Der Palast war eins jener langweiligen mächtigen Häuser der Vorstadt Saint-Germain, wie sie zur Zeit von Voltaires Tod erbaut wurden. Niemals sind Mode und Schönheit voneinander weiter entfernt gewesen.

KAPITEL II

Eintritt in die große Welt

Lächerliche und rührende Erinnerung: Der erste
Salon, den man mit achtzehn Jahren allein und ohne
Schutz betritt! Der Blick einer Frau genügte, um
mich einzuschüchtern. Je mehr ich mir Mühe gab,
zu gefallen, um so linkischer wurde ich. Ich
machte mir über alles die irrigsten Vorstellungen:
entweder war ich ohne jeden Grund überschwenglich offen, oder aber ich sah in
einem Menschen einen Feind, bloß weil er
mich ein wenig streng angeblickt hatte.
Doch damals in der gräßlichen
Qual meiner Schüchternheit, wie schön
war da ein schöner Tag!
Kant

Voller Staunen blieb Julien mitten im Hofe stehen.

»Seien Sie doch nicht so kindisch«, ermahnte ihn Pirard. »Erst haben Sie die gräßlichsten Einfälle, und dann stehen Sie da wie die Kuh vorm neuen Tore. Wo bleibt da das *Nil admirari* (das Nichtsbewundern) des Horaz? Bedenken Sie, daß sich der Schwarm der Lakaien über Sie lustig macht, wenn man Sie so dastehen sieht. Dann haben Sie es von vornherein bei den Leuten verspielt. Sie sehen dann in Ihnen einen ihresgleichen, der ungerechterweise über sie erhoben wurde. Unter dem Vorwand, Ihnen Gutes tun zu wollen, Ihnen gute

Ratschläge geben zu wollen, Sie leiten zu wollen, werden sie versuchen, Sie dazu zu bringen, irgendeine unverzeihliche Dummheit zu begehen.«

»Ich möchte es keinem raten, mich nicht zu respektieren«, sagte Julien, sich auf die Lippen beißend. All sein Mißtrauen war wieder da.

Um in das Arbeitszimmer des Hausherrn zu gelangen, durchschritten sie die Säle des ersten Stockes, öde, unwohnliche, trübselige Prunkzimmer. Wenn man sie Ihnen schenkte, lieber Leser, würden Sie es abschlagen, darin wohnen zu wollen; Gähnen und tristes Räsonieren sind darin zu Hause. Juliens Bewunderung ward noch größer. »Wer hier wohnt, kann nie unglücklich sein«, dachte er bei sich.

Endlich erreichten sie den schlichtesten, nicht einmal gut belichteten Raum des prächtigen Palastes. Drin befand sich ein kleiner schmächtiger Herr mit lebhaften Augen und einer blonden Perücke. Der Abbé wandte sich nach Julien um und stellte ihn vor. Es war der Marquis. Julien kannte ihn kaum wieder. Dieser so höfliche Herr war ein ganz andrer als der, den er in seiner Erinnerung hatte. Das war nicht wie damals in der Abtei Hohen-Bray der Grandseigneur mit der hochmütigen Miene. Julien kam es vor, als habe die Perücke des Marquis zu viel Haare. Diese ihn ablenkende Beobachtung hatte die Folge, daß er nicht im geringsten schüchtern war. Der Nachkomme des Freundes von Heinrich dem Dritten machte ihm innerhalb seiner vier Pfähle einen geradezu armseligen Eindruck. Der überaus hagere Marquis gestikulierte viel. Des weiteren stellte Julien bei sich fest, daß er von einer Urbanität war, die auf den, der mit ihm zu tun hatte, noch verführerischer wirkte als selbst die, die er am Bischof von Besançon so bewundert hatte. Die Audienz währte keine drei Minuten. Als sie das Zimmer verlassen hatten, sagte der Abbé zu Julien:

»Sie haben den Marquis angeschaut, als sollten Sie sein Porträt malen. Ich bin ein Stümper in der sogenannten Kunst des Umganges. Darin werden Sie mir sehr bald über sein. Aber Ihr dreistes Anstarren ist mir doch ein wenig zu unhöflich vorgekommen.«

Sie stiegen wieder in ihre Droschke. Am Boulevard hielt der Kutscher. Der Abbé führte Julien durch eine Flucht von hohen Sälen. Julien fiel es auf, daß keine Möbel darin standen. Er war in die Betrachtung einer prachtvollen vergoldeten Stutzuhr versunken, die etwas seiner Meinung nach recht Anstößiges darstellte, als ein höchst elegant gekleideter Herr mit lächelnder Miene auf ihn zutrat. Julien grüßte leichthin.

Der Herr lächelte weiter und legte ihm eine Hand auf die Schulter. Julien zuckte zusammen und fuhr einen Schritt zurück. Er war vor Zorn rot geworden. Der Abbé vergaß seinen würdesamen Ernst und lachte, daß ihm die Tränen kamen. Der Herr war der Schneider.

Beim Wiedergehen sagte der Abbé zu Julien: »In den nächsten zwei Tagen sind Sie Ihr eigener Herr. Der Frau Marquise werden Sie erst vorgestellt, wenn alles fertig ist. Ich denke nicht daran, Sie bei Ihrem Debüt im Seine-Babel wie ein junges Mädchen zu überwachen. Verlieren Sie Ihre Unschuld nur gleich, wenn Sie sie noch zu verlieren haben! Dann brauche ich keine Angst mehr um Sie zu haben. Übermorgen früh wird Ihnen der Schneider zwei Anzüge schicken. Dem Zuschneider, der sie Ihnen anprobiert, geben Sie fünf Franken Trinkgeld! Übrigens: reden Sie mit diesen Pariser Spottvögeln nicht in Ihrem Provinzfranzösisch. Ein Wort – und Sie sind verraten und verkauft. Darin haben die Leute etwas los. Übermorgen mittag kommen Sie zu mir. So, jetzt gehen Sie . . . und sündigen Sie . . . Noch eins: besorgen Sie sich Schuhe, Hemden und einen neuen Hut. Hier sind die nötigen Adressen!«

Julien betrachtete die Handschrift des Zettels.

»Eigenhändig geschrieben!« sagte der Abbé. »Der Marquis ist ein tätiger und weitblickender Herr, der lieber selber handelt, statt daß er bloß befiehlt. Er nimmt Sie in seinen

Dienst, um sich die kleinen Mühen zu ersparen. Werden Sie Auffassungsgabe genug haben, alles, was dieser lebhafte Mensch kurz andeutet, richtig auszuführen? Die Zukunft wird diese Frage beantworten. Passen Sie gut auf!«

Ohne viel zu reden, suchte Julien die ihm aufgeschriebenen Geschäfte auf. Dabei machte er die Wahrnehmung, daß man ihn überall respektvoll empfing. Der Schuhmacher trug seinen Namen als *Herr Julien von Sorel* in sein Buch ein.

Unter anderm suchte Julien den Friedhof Père-Lachaise auf. Ein ungemein höflicher und in seinen Reden riesig liberaler Herr hatte die Gefälligkeit, ihn an das Grab des Marschalls Ney zu führen, des Treuesten der Treuen unter Napoleons Generalen. Die hochwohlweise Regierung jener Zeit versagte ihm die Ehre einer Grabschrift. Als sich Julien von dem freundlichen liberalen Herrn getrennt hatte, der ihm, Tränen in den Augen, fast um den Hals gefallen war, hatte er keine Taschenuhr mehr. Um eine Erfahrung reicher geworden, stellte er sich am übernächsten Tage Punkt zwölf Uhr beim Abbé Pirard ein, der ihn einer genauen Besichtigung unterzog.

»Sie haben Anlage, ein Dandy zu werden«, meinte er in strengem Tone.

Julien sah wirklich ganz leidlich aus, wie ein junger Herr in Trauer. Nur war der brave Abbé selber zu sehr Provinzler, als daß er bemerkt hätte, daß sein Schützling die Schultern noch immer in der Art trug, die in der Provinz Eleganz und Würde bedeuten soll. Der Marquis, der ihn gleich darauf musterte, urteilte etwas anders.

»Haben Sie etwas dagegen, Herr Pfarrer, wenn Herr Sorel Tanzstunden nimmt?«

Der Abbé war starr.

»Nein, Euer Exzellenz«, erwiderte er schließlich. »Julien ist nicht Priester.«

Der Marquis betrat eine Geheimtreppe und führte seinen neuen Sekretär, immer zwei Stufen auf einmal nehmend, hinauf in eine freundliche Dachstube, deren Aussicht auf den großen Park des Hauses ging.

Oben fragte er, wieviel Hemden Julien im Wäschegeschäft bestellt habe.

»Zwei Stück, Euer Exzellenz«, gab er zur Antwort, etwas befangen darüber, daß sich ein so hoher Herr um derartige Kleinigkeiten zu kümmern geruhte.

»Schön!« sagte der Marquis mit ernster Miene und in kurzem Befehlstone, der Julien nachdenklich stimmte. »Bestellen Sie noch zweiundzwanzig dazu! Hier haben Sie das Gehalt des ersten Vierteljahres.«

Nachdem sie zusammen wieder hinuntergestiegen waren, rief der Marquis einen älteren Diener: »Arsen«, befahl er ihm, »Sie übernehmen die Bedienung des Herrn Sorel!« Ein paar Minuten später befand sich Julien allein in der herrlichen Bibliothek. Eine köstliche Augenweide! Um in seiner Erregung nicht etwa überrascht zu werden, setzte er sich in die dunkelste Ecke. Von hier aus betrachtete er voller Entzücken die glänzenden Bücherrücken. »Das darf ich alles lesen!« frohlockte er. »Hier muß es mir ja gefallen! Herr von Rênal hätte sich auf immerdar für entehrt gehalten, wenn er für mich nur den hundertsten Teil dessen getan hätte, was der Marquis tut.

. . . Ah, da liegen die Briefschaften, die ich zu erledigen habe!« Als Julien mit seiner Arbeit fertig war, wagte er sich an die Bücher. Er ward fast närrisch vor Freude, als er eine Voltaire-Ausgabe entdeckte. Schnell lief er nach der Tür des Bibliothekzimmers und blickte hinaus, ob ihn auch niemand stören werde. Dann machte er sich das Vergnügen, jeden einzelnen der achtzig Bände aufzuschlagen. Die kostbaren Einbände waren die Meisterleistung eines der geschicktesten Londoner Buchbinder. Juliens Bewunderung war grenzenlos.

Eine Stunde darauf trat der Marquis ein. Er sah die Reinschriften durch und nahm zu seiner Verblüffung wahr, daß

Julien *dieses* mit »ss« geschrieben hatte. »Sollte mir der Abbé ein Märchen aufgebunden haben, als er mir die Kenntnisse des jungen Mannes rühmte?« dachte er.

Arg enttäuscht, fragte er Julien in mildem Tone: »In der Rechtschreibung sind Sie wohl nicht firm?«

»Leider nein, Eure Exzellenz«, gab Julien zu, ohne im geringsten zu bedenken, wie sehr er sich damit schadete. Er war allzu gerührt von der Güte des Marquis, bei der ihm die hochfahrende Art und Weise des Herrn von Rênal deutlich in die Erinnerung trat.

»Dann hat es eigentlich keinen Zweck, es mit diesem kleinen Abbé aus der Freigrafschaft zu versuchen«, dachte der Marquis. »Ich brauche einen in jeder Beziehung zuverlässigen Menschen.« Laut sagte er: »*Dieses* wird mit einem s geschrieben. Wenn Sie eine Reinschrift anfertigen, müssen Sie die Wörter, über deren Schreibweise Sie sich unklar sind, im Wörterbuche nachschlagen.«

Um sechs Uhr ließ der Marquis Julien rufen. Sein erster – betroffener – Blick fiel auf dessen Schuhe.

»Ich muß mich einer Vergeßlichkeit zeihen«, bemerkte er. »Ich habe Ihnen noch nicht gesagt, daß Sie sich alle Tage einhalb sechs Uhr umkleiden müssen.«

Julien sah ihn verständnislos an.

»Ich meine: Kniehosen und Strümpfe anziehen. Arsen wird Sie immer daran erinnern. Für heute sind Sie entschuldigt.«

Mit diesen Worten ließ der Marquis seinen Sekretär in einen goldschimmernden Saal eintreten. Herr von Rênal hätte bei dieser Gelegenheit nicht versäumt, seinen Gang zu beschleunigen, um den Vortritt zu haben. In Erinnerung der kleinlichen Eitelkeit seines ehemaligen Herrn trat Julien dem Marquis auf die Füße und verursachte dem an Gicht Leidenden großen Schmerz. »Ein Tölpel ist er also auch!« stöhnte der Marquis. Er stellte ihn einer stattlichen Dame von imposanter Erscheinung vor. Es war die Marquise. Sie machte Julien einen sehr eingebildeten Eindruck. Sie erinnerte ihn an Frau von Maugiron, die Gattin des Landrates von Bray, wenn sie irgendeiner offiziellen Festlichkeit beiwohnte.

Julien geriet durch die ungemeine Pracht des Saales ein wenig in Verwirrung. Er hörte nicht, was Herr von La Mole sagte. Die Marquise würdigte ihn kaum eines Blickes. Es waren noch einige Herren anwesend, unter denen Julien zu seiner unaussprechlichen Freude den Bischof von Agde erkannte, der vor einigen Monaten bei der Zeremonie von Hohen-Bray so liebenswürdig mit ihm gesprochen hatte. Der junge Prälat war zweifellos erschrocken über die zärtlichen Blicke, die Julien voll Schüchternheit auf ihn warf, ließ sich aber nicht anmerken, daß er den Provinzler wiedererkannte.

Alle im Salon Versammelten schienen Julien etwas Gedrücktes und Gezwungenes an sich zu haben. Man spricht leise in Paris und macht von Kleinigkeiten nicht viel Aufhebens.

Ein hübscher junger Herr mit einem Schnurrbärtchen und sehr blassem Gesicht erschien um halb sieben Uhr als letzter. Er war hoch aufgeschossen und hatte einen auffällig kleinen Kopf.

»Du läßt stets auf dich warten!« bemerkte die Marquise, als ihr der Spätling die Hand küßte.

Julien ward sich klar, daß dies Graf Norbert von La Mole war. Vom ersten Augenblick an fand er ihn entzückend.

»Kaum möglich«, sagte er sich, »das soll der Mensch sein, dessen beleidigende Scherze mich aus dem Hause vertreiben könnten?«

Bei näherer Betrachtung bemerkte er, daß der Graf hohe Stiefel und Sporen trug. »Und ich soll Schuhe und Strümpfe tragen wie ein besserer Dienstbote!« Man ging zu Tische. Julien hörte, wie die Marquise ein paar tadelnde Worte sagte. Dabei sprach sie ziemlich laut. Fast zu gleicher Zeit bemerkte er eine sehr hellblonde und auffällig wohlgestaltete junge

302

Dame, die sich ihm gegenüber setzte. Sie gefiel ihm gar nicht. Aber als er sie genauer anschaute, hatte er die Empfindung, noch nie so schöne Augen gesehen zu haben. Nur verrieten sie große Seelenkälte. In der Folge fand Julien, daß sie einen scharfen und gelangweilten Ausdruck hatten, als wolle die junge Dame damit ihre Überlegenheit andeuten. »Frau von Rênal hatte gewiß wunderschöne Augen«, dachte er bei sich. »Alle Welt machte ihr Komplimente darüber, aber sie waren so ganz anders als diese.« Er besaß nicht Menschenkenntnis genug, um zu merken, daß in den Augen von Fräulein Mathilde – so hörte er sie nennen – hin und wieder Funken von Geist aufblitzten. Wenn Frau von Rênals Augen leuchteten, so war es im Feuer der Leidenschaft oder in edler Entrüstung über eine gemeine Handlung gewesen. Gegen Ende der Mahlzeit fand Julien eine Bezeichnung für diese Art von Schönheit, die er an Fräulein von La Mole wahrnahm. »Sie hat Blinkfeueraugen!« sagte er bei sich. Übrigens kam es ihm vor, als habe sie eine gräßliche Ähnlichkeit mit ihrer Mutter, die ihm immer mehr mißfiel. Er hörte auf, Mathilde heimlich zu betrachten. Im Gegensatz zu ihr dünkte ihn Graf Norbert in jeder Hinsicht bewundernswert. Julien war so von ihm bezaubert, daß es ihm nicht in den Sinn kam, ihn zu beneiden oder zu hassen, weil er reicher oder vornehmer war als er selbst.

Es schien ihm, als sähe der Marquis gelangweilt aus. Beim zweiten Gang sagte er zu seinem Sohne: »Norbert, deinem Wohlwollen empfehle ich Herrn Julien Sorel, meinen Adjutanten. Ich werde einen Mann aus ihm machen, wenn *dies-ses* möglich ist.«

»Mein Sekretär«, erläuterte er seinem Nachbarn. »Er schreibt *dieses* mit zwei s.«

Alles blickte auf Julien, der sich etwas übertrieben gegen Norbert verbeugte. Im allgemeinen jedoch war der erste Eindruck, den er machte, leidlich.

Der Marquis mußte wohl von Juliens Gelehrsamkeit ein

Wort haben fallen lassen, denn einer der Tischgäste sprach ihn auf Horaz an. »Gerade meine Horazkenntnisse waren es, mit denen ich beim Bischof von Besançon so viel Glück hatte«, sagte sich Julien im stillen. »Man kennt augenscheinlich keinen andern Autor.« Fortan war er Herr seiner selbst, und zwar um so leichter, als er sich eben darüber klar geworden war, daß Fräulein von La Mole nie und nimmermehr ein Weib nach seinem Geschmack sei. Seit seiner Seminarzeit schätzte er die Menschen sehr gering und ließ sich nicht leicht von ihnen einschüchtern. Er hätte sich seiner Kaltblütigkeit gefreut, wenn die Einrichtung des Speisesaales etwas weniger prunkhaft gewesen wäre. Besonders störten ihn zwei acht Fuß hohe Spiegel, in denen er den Herrn, der von Horaz sprach, von Zeit zu Zeit erblickte. Was er selbst sagte, war für einen Provinzler nicht zu langatmig. Dazu hatte er ein Paar schöne Augen, deren Glanz vor schüchterner Glückseligkeit zunahm, wenn er eine gute Antwort gegeben zu haben vermeinte. Man fand ihn annehmbar. Die klassische Prüfung brachte ein gewisses Leben in die würdevolle Stimmung der Mahlzeit. Der Marquis gab dem Fragesteller ein Zeichen, Julien ordentlich auf den Zahn zu fühlen. »Sollte er am Ende doch einige Kenntnisse haben?« dachte er.

Julien antwortete mit eignen Ideen und verlor seine Schüchternheit fast gänzlich. Er vermochte zwar nicht geistreich zu sein, was ganz unmöglich ist, wenn man die in Paris übliche Redeweise nicht kennt, aber er brachte doch neue Gedanken, freilich ungewandt und nicht immer am rechten Fleck. Vor allem erkannte man, daß er das Latein vollkommen beherrschte.

Juliens Gegner war Mitglied der *Académie des Inscriptions* und konnte zufällig Lateinisch. Da er in Julien einen sattelfesten Humanisten fand, fürchtete er nicht mehr, ihn lächerlich zu machen, und nun versuchte er allen Ernstes, ihn in die Enge zu treiben. In der Hitze des Gefechts vergaß Julien endlich die prunkvolle Umgebung, und es gelang ihm, über die

304

lateinischen Dichter einige Gedanken zu äußern, die sein Partner noch nirgendwo gelesen hatte. Als ehrlicher Mensch erwies er dem jungen Sekretär die gebührende Ehre. Glücklicherweise kam die Unterhaltung auch noch auf die Frage, ob Horaz arm oder reich gewesen sei, ein liebenswürdiger sorgloser Lebenskünstler, der zu seinem Vergnügen schöne Verse machte, wie Chapelle, der Freund von Molière und Lafontaine, oder ein armer Teufel von *poeta laureatus,* der am Hofe lebte und zu Königs Geburtstag Oden fabrizierte, etwa wie Southey, der Ankläger des Lord Byron. Man sprach sodann von den sozialen Verhältnissen unter Augustus im alten Rom und unter Georg IV. in England. In beiden Epochen war der Adel allmächtig; aber in Rom sah er sich seiner Macht durch einen Mäcenas beraubt, der ein bloßer Ritter war, und in England hatte er Georg IV. auf einen Stand gebracht, der dem eines venezianischen Dogen entsprach. Diese Unterhaltung rüttelte den Marquis sichtlich aus dem Geistesschlaf auf, in den ihn die Langeweile bei Beginn der Mahlzeit versenkt hatte.

Julien wußte nicht das geringste von all den modernen Namen wie Southey, Lord Byron, Georg IV. Er hörte sie heute zum ersten Male. Aber es entging niemandem, daß er jedesmal, wenn das Gespräch auf Tatsachen aus der römischen Geschichte kam, die sich aus den Werken des Horaz, Martial, Tacitus usw. schöpfen ließen, eine unzweifelhafte Überlegenheit bewies. Auch benutzte er unbedenklich mehrere Ideen, die er sich aus der denkwürdigen Unterhaltung mit dem Bischof von Besançon angeeignet hatte. Sie wurden nicht am schlechtesten aufgenommen.

Als man der Unterhaltung über die Poeten müde war, geruhte die Marquise, die es sich zum Grundsatz gemacht hatte, alles zu bewundern, was ihrem Gatten Vergnügen bereitete, Julien anzublicken. »Hinter den noch linkischen Manieren dieses jungen Abbé verbirgt sich vielleicht echte Gelehrsamkeit«, meinte der Akademiker, der neben ihr saß. Julien hörte es undeutlich. Fertige Redensarten waren nach dem Geschmack der Hausherrin, und so machte sie sich auch die über Julien zu eigen. Sie freute sich, daß sie den Akademiker eingeladen hatte. »Er amüsiert meinen Mann«, dachte sie bei sich.

KAPITEL III

Die ersten Schritte

Dieses von hellen Lichtern und so vielen
Tausenden von Menschen erfüllte weite Tal ließ
mich bewundernd staunen. Niemand kennt
mich dort; alle sind mir überlegen.
Mir schwindelt.
Poemi dell' Av. Reina

Am nächsten Morgen in aller Frühe fertigte Julien in der Bibliothek Reinschriften von Briefen an, als Fräulein von La Mole durch eine kleine, geschickt durch Bücherrücken verdeckte Geheimtür eintrat. Während Julien diese Einrichtung bewunderte, war Fräulein Mathilde sichtlich überrascht und recht unangenehm berührt, ihn hier zu finden. Mit ihren Lockenwickeln machte sie einen harten, hochmütigen, fast männlichen Eindruck. Sie hatte die heimliche Angewohnheit, aus der Bibliothek ihres Vaters Bücher zu entwenden, ohne daß es jemand merkte. Juliens Anwesenheit vereitelte ihr Vorhaben an diesem Morgen, und das verdroß sie um so mehr, als sie sich den zweiten Band von Voltaires »Prinzessin von Babylon« holen wollte, eine würdige Ergänzung zu ihrer außerordentlich monarchischen und frommen Erziehung, einer Meisterleistung des Sacré-Cœur! Das gute Kind verlangte schon mit neunzehn Jahren von einem Romane, wenn er ihr gefallen sollte: Esprit.

Gegen drei Uhr erschien Graf Norbert in der Bibliothek. Er wollte eine Zeitung lesen, um abends über Politik reden zu können, und war sehr zufrieden, Julien zu treffen, dessen

Vorhandensein er schon vergessen hatte. Er benahm sich tadellos gegen ihn und forderte ihn auf, mit auszureiten.

»Mein Vater gibt uns Urlaub bis zu Tisch«, sagte er.

Julien hatte Verständnis für dieses *uns* und fand es reizend.

»Ich muß allerdings gestehen, Herr Graf«, sagte er, »wenn es darauf ankäme, einen zwanzig Meter hohen Baum zu fällen, abzuschälen und zu Brettern zu zersägen, so würde ich das leidlich machen, wie ich wohl sagen darf; aber ich habe in meinem Leben vielleicht sechsmal zu Pferde gesessen.«

»Dann wird dies das siebente Mal sein!« meinte Norbert.

Insgeheim dachte Julien an den Einzug des Königs in Verrières und bildete sich ein, ein brillanter Reiter zu sein. Aber beim Zurückreiten aus dem *Bois de Boulogne* fiel er mitten in der *Rue du Bac* vom Pferde, als er einem Kabriolett kurz ausbiegen wollte. Schmutzbedeckt kam er heim. Zum Glück hatte er zwei Anzüge. Beim Diner wollte der Marquis ihn durch eine Anrede auszeichnen und fragte ihn, wie der Spazierritt verlaufen sei. Norbert antwortete rasch für ihn mit einer allgemeinen Redensart.

»Der Herr Graf ist überaus gütig«, fügte Julien hinzu. »Ich bin ihm dafür sehr verbunden und weiß es zu schätzen. Er war so liebenswürdig, mir das frömmste und hübscheste Pferd geben zu lassen. Aber schließlich konnte er mich nicht darauf festbinden, und so bin ich mitten in der Straße dicht an der Brücke heruntergefallen.« Fräulein Mathilde versuchte vergeblich, einen Lachanfall zu unterdrücken, und erkundigte sich schließlich rücksichtslos nach den Einzelheiten. Julien zog sich mit großer Natürlichkeit aus der Geschichte. Es lag Anmut in seinem Benehmen, ohne daß er es wußte. Er erzählte ihr den Unfall in der spaßigsten Weise.

»Ich prophezeie dem kleinen Priester alles mögliche«, sagte der Marquis zum Akademiker. »Ein Provinzler, der sich in solcher Lage natürlich benimmt! Das ist noch nie dagewesen und wird auch nie wieder vorkommen. Obendrein erzählt er sein Mißgeschick vor den *Damen*!«

Julien erging sich so humorvoll über sein Pech beim Reiten, daß gegen Ende des Essens – als die Unterhaltung sich anderen Gegenständen zuwandte – Fräulein Mathilde ihren Bruder über Einzelheiten des Mißgeschicks eingehender befragte. Als ihre Fragen drängender wurden und Julien ihre Augen mehrfach auf sich ruhen fühlte, wagte er unmittelbar zu antworten – obgleich man ihn nicht gefragt hatte –, und alle drei brachen in ein Gelächter aus, wie es drei junge Leute aus einem Dorf bei einer Landpartie auch getan hätten.

Am nächsten Tage hörte Julien zwei theologische Vorlesungen und kehrte danach heim, um einige zwanzig Briefe abzuschreiben. Er fand in der Bibliothek neben seinem Platze einen sehr sorgfältig gekleideten jungen Herrn, der aber unvornehme Bewegungen hatte und ihn mißgünstig anglotzte.

Der Marquis erschien. »Was suchen Sie hier, Herr Tanbeau?« fragte er den jungen Herrn in strengem Tone.

»Ich dachte . . .«, antwortete der Gefragte mit untertänigem Lächeln.

»Nein, Herr Tanbeau, Sie haben nicht *gedacht*. Es war nur ein Versuch, und er ist mißglückt.«

Der junge Tanbeau stand wütend auf und verschwand. Er war ein Neffe des Akademikers, des Freundes der Marquise, angehender Literat. Der Akademiker hatte es beim Marquis durchgesetzt, daß dieser ihn zum Sekretär genommen hatte. Tanbeau arbeitete in einem abgelegenen Stübchen. Als er von der Gunst hörte, die Julien genoß, wollte er ihrer teilhaftig werden, und so hatte er sich am Morgen mit seinem Schreibzeug in der Bibliothek niedergelassen.

Um vier Uhr wagte Julien sich nach kurzem Bedenken beim Grafen Norbert zu melden. Der war gerade im Begriff auszureiten und geriet infolgedessen in Verlegenheit, denn er war ein durch und durch höflicher Mensch.

»Ich meine«, sagte er zu Julien, »Sie werden erst einmal in der Bahn reiten. In ein paar Wochen wird es mir ein Vergnügen sein, mit Ihnen auszureiten.«

»Ich wollte mir die Ehre geben«, antwortete Julien, »Ihnen für die mir gestern bewiesene Güte zu danken. Seien Sie überzeugt, Herr Graf«, setzte er mit ernster Miene hinzu, »daß ich sehr wohl weiß, was ich Ihnen schuldig bin. Wenn das Pferd durch mein gestriges Ungeschick nicht verletzt worden ist und nicht anderweitig gebraucht wird, möchte ich es gern heute wieder reiten . . .«

»Also gut, lieber Sorel, aber auf Ihre Gefahr hin! Nehmen Sie an, ich hätte Ihnen die nötigen Vorhaltungen gemacht. Es ist schon vier Uhr. Wir haben keine Zeit zu verlieren.«

Sobald Julien im Sattel saß, fragte er den Grafen: »Was muß man tun, um oben zu bleiben?«

»Allerhand!« entgegnete Norbert laut auflachend. »Zum Beispiel nicht vornüber sitzen!«

Julien begann in flottem Tempo zu traben.

»Sie junger Tollkopf!« sagte Norbert. Sie ritten über die *Place Louis XVI.* »Hier fahren zu viele Wagen, noch dazu solche, die unvorsichtig kutschiert werden. Wenn Sie in den Dreck fliegen, werden Ihnen die Dogcarts über den Bauch fahren. Es fällt den Leuten nicht ein, ihre Gäule am Maule zu reißen, um sie auf dem Flecke zu parieren.«

Zwanzigmal sah Norbert seinen Begleiter nahe am Herunterfallen; aber schließlich verlief der Spazierritt ohne Katastrophe. Als sie wieder zu Hause waren, sagte Norbert zu seiner Schwester: »Hir stelle ich dir einen der größten Draufgänger vor!«

Bei Tisch erzählte er seinem Vater über die ganze Tafel weg von Juliens Schneid. Das war allerdings das einzige, was an seiner Reitkunst zu loben war. Der junge Graf hatte am Morgen im Hofe gehört, wie sich die Stallknechte beim Pferdeputzen über Juliens Sturz lustig machten und böse Witze darüber rissen.

Trotz so vielen Wohlwollens fühlte sich Julien inmitten der Familie La Mole doch bald völlig vereinsamt. Alle ihre Gewohnheiten schienen ihm sonderbar, und in keine konnte er sich finden. Seine Verstöße erregten die Heiterkeit der Diener.

Der Abbé Pirard war nach seiner Pfarre abgereist. »Ist Julien ein schwankendes Rohr, so mag er zerbrechen. ist er ein beherzter Mensch, so wird er sich selber helfen«, dachte er.

KAPITEL IV

Das Palais de La Mole

Was tut er hier? Gefällt es ihm? Bemüht
er sich, zu gefallen?
Ronsard

Wie Julien alles in dem vornehmen Salon des Hauses La Mole seltsam dünkte, ebenso sonderbar erschien der blasse schwarzgekleidete junge Mann allen, die ihn eines Blickes würdigten. Frau von La Mole schlug ihrem Gatten vor, ihn an den Tagen, wo gewisse Persönlichkeiten zu Tisch da seien, mit irgendwelchem Auftrage fortzuschicken.

»Ich möchte ihn lieber in jeder Lage erproben«, antwortete der Marquis. »Der Abbé Pirard meint, man täte unrecht, die Individualität derer, die man in seinen Kreis zieht, zu brechen. Man stützt sich gerade auf das, was Widerstand leistet. Der junge Mann fällt lediglich auf, weil ihn noch niemand kennt. Im übrigen ist er ja taubstumm.«

»Um mich hier zurechtzufinden«, dachte Julien, »muß ich mir die Namen der Leute, die im Hause verkehren, aufschreiben und mir ihre Charaktere mit ein paar Worten skizzieren.«

Da waren zunächst fünf oder sechs Freunde des Hauses, die dem neuen Sekretär für alle Fälle den Hof machten, denn sie glaubten, der Marquis begünstige ihn aus irgendeiner Laune. Es waren arme Schlucker und mehr oder minder unterwürfige Gesellen. Doch sei zur Ehre dieser Schmarotzer, von denen die aristokratischen Salons wimmelten, gesagt, daß sie sich nicht allen gegenüber in gleicher Weise benahmen. Mancher, der sich vom Marquis alles gefallen ließ, zeigte die Zähne, wenn ihn die Marquise schlecht behandelte.

Im Charakter der Familie La Mole lag allzuviel Hochmut und Mißlaune. Man war es allzu gewohnt, andern weh zu tun, um sich zu zerstreuen. So konnten sie nie auf echte Freundschaft rechnen. Höflich aber waren sie allezeit, ausgenommen an Regentagen und in Augenblicken völliger Verstimmung, was selten der Fall war.

Ohne den Schwarm der Schmarotzer, die gegenüber Julien väterliche Gefühle bezeugten, wäre die Marquise vereinsamt gewesen. Damen von hohem Range empfinden die Einsamkeit als etwas Schreckliches. Sie kommen sich dann wie in Ungnade gefallen vor.

Der Marquis tat für seine Frau alles. So sorgte er auch dafür, daß ihr Salon stets genügend besucht war, wenn auch nicht immer von Pairs, denn er fand manche seiner neuerlichen Kollegen nicht vornehm genug, um sie als Hausfreunde, und nicht unterhaltend genug, um sie als untergeordnete Gäste bei sich zu sehen.

Julien kam erst spät hinter alle diese Geheimnisse. Die Politik, die den Hauptgesprächsstoff in bürgerlichen Familien bildet, kommt in Häusern vom Range des La Moleschen nur in Augenblicken der Not zur Geltung.

Obgleich man im Jahrhundert der Lebensunlust weilte, war die Vergnügungssucht so stark, daß selbst an den Dinertagen alles augenblicklich aufbrach, sobald der Marquis den Salon verließ. In der Unterhaltung bei Tisch galt es, keine Scherze zu machen, die Gott und die Geistlichkeit berührten, oder den König, oder Leute von Rang und Einfluß, oder die am Hofe beliebten Künstler, überhaupt irgend etwas Anerkanntes. Es war unstatthaft, Béranger und die Oppositionsblätter, Voltaire und Rousseau zu erwähnen. Man durfte niemandem, der sich in der Öffentlichkeit eine freiere Sprache herausnahm, Gutes nachsagen. Unbedingt unschicklich war es, von Politik zu sprechen. Sonst konnte man über alles frei reden.

Weder hunderttausend Taler Einkommen noch das blaue Ordensband vermochten etwas gegen die Salongesetze. Der geringste lebendige Gedanke wurde als grobe Unmanierlichkeit aufgefaßt. Trotz des guten Tons, der ausgesuchten Höflichkeit und des Wunsches, sich angenehm zu machen, gähnte die Langeweile auf allen Gesichtern. Die jungen Leute, die pflichtgemäß erschienen, schwiegen nach einigen gezierten Redensarten über Rossini oder das Wetter still, denn sie fürchteten, bei weiterem Sprechen einen verpönten Gedanken oder verbotene Lektüre zu verraten.

Es fiel Julien auf, daß die Tischunterhaltung gewöhnlich von zwei Vicomten und fünf Baronen aufrechterhalten wurde, die der Marquis in der Emigrationszeit kennen gelernt hatte. Diese Herren hatten ein Einkommen von höchstens achttausend Franken. Vier von ihnen hielten zur *Quotidienne* und drei zur *Gazette de France*. Einer brachte täglich ein paar Anekdoten aus dem Königlichen Schlosse mit, in denen die Bezeichnung *großartig* tausendmal vorkam. Julien bemerkte, daß er fünf Orden hatte, während die andern durchschnittlich nur drei besaßen.

Im Vorzimmer sah man zehn Lakaien in Livree. Den ganzen Abend über wurde alle Viertelstunde Eis und Tee herumgereicht. Gegen Mitternacht setzte man sich zu einem kleinen Souper mit Champagner.

Aus diesem Grunde hielt Julien manchmal bis zuletzt aus. Im übrigen begriff er kaum, wie man der üblichen Unterhaltung in diesem so prächtig vergoldeten Saale ernstlich Gehör schenken konnte. Zuweilen beobachtete er die Sprecher, um sich zu vergewissern, ob sie sich nicht über ihre eigenen Worte lustig machten. »Mein Maistre, den ich auswendig weiß, hat das hundertmal besser ausgedrückt«, dachte er, »und der ist doch schon reichlich langweilig!«

Julien war nicht der einzige, der diese geistige Öde bemerkte. Die einen setzten sich darüber hinweg, indem sie viel Eis aßen, die andern, indem sie sich schon im voraus darauf freuten, hinterher renommieren zu können: »Ich komme eben aus dem Hause La Mole, wo ich gehört habe, daß Rußland usw. . . . «

Julien erfuhr von einem der Schmarotzer, daß Frau von La Mole vor noch nicht sechs Monaten die mehr als zwanzigjährige Ausdauer eines Getreuen belohnt hatte. Sie hatte nämlich dem armen Baron Le Bourguignon, der seit der Restauration Unterpräfekt war, zur Beförderung zum Präfekten verholfen.

Dieses große Ereignis hatte den Eifer aller andern neu belebt. Hatten sie sich vorher kaum über etwas zu ärgern vermocht, so ärgerten sie sich fortan über gar nichts mehr. Selten verriet sich ein offenbarer Mangel an Rücksicht, aber Julien hatte bei Tisch schon zwei oder drei kurze Gespräche zwischen dem Marquis und seiner Frau mit angehört, die für den oder jenen Tischgenossen peinlich waren. Dieses adelsstolze Ehepaar machte kein Hehl aus seiner aufrichtigen Mißachtung gegen jedermann, dessen Vorfahren nicht bereits zum höchsten Hofadel gehört hatten. Julien machte die Wahrnehmung, daß das Wort »Kreuzzug« das einzige war, was den Ausdruck tiefen Ernstes und echter Hochachtung auf ihre Gesichter lockte. Die gewöhnliche Achtung hatte immer einen Anflug von Herablassung.

Im Bannkreis all dieser Pracht und Langenweile hatte Julien eigentlich nur für Herrn von La Mole Interesse. Mit Vergnügen vernahm er gelegentlich, wie sich der Marquis dagegen verwahrte, irgend etwas zur Beförderung des armen Le Bourguignon getan zu haben. Das war in der Tat nur eine Aufmerksamkeit gegen die Marquise gewesen. Julien wußte die Wahrheit durch den Abbé Pirard.

Es war eines Morgens in der Bibliothek, während der Abbé mit Julien an dem ewigen Prozeß Frilair arbeitete, da fragte Julien plötzlich: »Herr Abbé, ist es eine meiner Pflichten, täglich an der Tafelrunde der Frau Marquise teilzunehmen, oder ist es eine Gnade, die man mir vergönnt?«

»Es ist eine außerordentliche Ehre«, erwiderte der Abbé betroffen. »Herr N***, der Akademiker, der Frau von La Mole seit fünfzehn Jahren treu den Hof macht, hat sie seinem Neffen, Herrn Tanbeau, nicht verschaffen können.«

»Herr Abbé, für mich ist es die peinlichste Obliegenheit meines Amtes. Im Seminar habe ich mich weniger gelangweilt. Ich sehe alles gähnen, selbst Fräulein von La Mole, die doch an die Liebenswürdigkeit der Hausfreunde gewöhnt sein muß. Ich fürchte immer einzuschlafen. Bitte, erwirken Sie mir doch die Erlaubnis, in irgendeiner obskuren Herberge für zwei Franken essen zu dürfen.«

Der Abbé war als echter Emporkömmling sehr empfänglich für die Ehre, am Tische eines hohen Herrn sitzen zu dürfen. Er bemühte sich lebhaft, dieses Gefühl auch auf Julien zu übertragen, als sich plötzlich ein leichtes Geräusch hinter ihnen vernehmbar machte. Julien drehte sich um und erblickte Fräulein von La Mole, die offenbar gehorcht hatte. Er wurde rot. Sie war gekommen, um ein Buch zu holen, und hatte alles mit angehört. Julien gewann in ihren Augen. »Er ist nicht auf den Knien geboren«, dachte sie, »wie der alte Abbé. Gott, wie häßlich der ist!«

Bei Tisch wagte Julien kaum, Fräulein von La Mole anzusehen, aber sie geruhte, ihn anzureden. An diesem Tage erwartete man viele Gäste. Sie forderte ihn auf, zu bleiben. Die jungen Pariserinnen lieben Herren eines gewissen Alters durchaus nicht, besonders, wenn sie unsorgfältig gekleidet sind. Julien brauchte keinen großen Scharfsinn aufzuwenden, um zu merken, daß die Genossen des Herrn Le Bourguignon, die im Salon zurückgeblieben waren, die Ehre hatten, Fräulein Mathildens Witzen zur Zielscheibe zu dienen. An diesem Abend war sie aus irgendeiner Laune besonders spöttisch gegen die langweilige Gilde.

Fräulein von La Mole war der Mittelpunkt eines kleinen Kreises, der sich fast allabendlich hinter dem mächtigen Lehnstuhle der Marquise bildete. Dort fanden sich ein: der Marquis von Croisenois, der Graf Caylus, der Vicomte de Luz und zwei bis drei andre junge Offiziere und Freunde Norberts oder seiner Schwester. Die Herren saßen allesamt auf einem langen blauen Sofa. An dem einen Ende davon saß Julien schweigsam auf einem kleinen niedrigen Stuhl mit Strohgeflecht. Ihm gegenüber, ebenfalls auf einem Stuhl, thronte die strahlende Mathilde. Um dieses bescheidene Plätzchen wurde Julien von all den Schmeichlern des Hauses beneidet. Norbert hielt den jungen Sekretär seines Vaters in unauffälliger Weise dort fest, indem er hin und wieder das Wort an ihn richtete oder ein- oder zweimal seinen Namen nannte. Im Laufe des Abends erkundigte sich Fräulein von La Mole bei Julien, wie hoch der Berg sei, auf dem die Zitadelle von Besançon liegt. Julien konnte nicht sagen, ob der Berg höher sei als der Montmartre oder nicht. Öfters lachte er von ganzem Herzen über das, was man in der kleinen Gruppe plauderte; aber er fühlte sich unfähig ähnlicher eigener Einfälle. Das war ihm wie eine fremde Sprache, die er wohl verstand, aber nicht selber sprechen konnte.

An diesem Tage führten Mathildens Freunde einen fortwährenden Krieg gegen die Leute, die im großen Saale auftauchten. Die Freunde des Hauses kamen zunächst dran, da man sie am besten kannte. Julien war begreiflicherweise ganz Auge und Ohr. Alles das interessierte ihn, sowohl die Opfer der Spöttereien wie die Art, sich zu mokieren.

»Ah, da ist Herr Descoulis!« sagte Mathilde. »Er hat auf die Perücke verzichtet. Wahrscheinlich will er es durch Genialität zum Präsidenten bringen. Der kahle Schädel soll die hohen Gedanken, die angeblich darin sind, anzeigen!«

»Der Mensch kennt alle Welt«, warf der Marquis von Croisenois ein. »Er verkehrt auch bei meinem Onkel, dem Kardinal. Er ist imstande, bei jedem seiner Freunde - und er hat deren zwei- bis dreihundert – jahrelang eine andre Maske zu tragen. Er versteht, sich Freundschaften in Schwung zu halten. Das ist sein Talent. Wie Sie ihn da sehen, hat er schon um sieben Uhr morgens vor der Tür eines seiner Freunde im Schmutz gestanden, und wir haben Winter.

Er entzweit sich von Zeit zu Zeit und schreibt dann ein halbes Dutzend Streitbriefe. Dann versöhnt er sich wieder und schreibt abermals ein halbes Dutzend Briefe, diesmal voller Freundschaftsbeteuerungen. Sein Haupttrick aber ist der Herzenserguß des freimütigen Biedermannes, der nichts bei sich behalten kann. Dieses Manöver kommt zur Anwendung, wenn er jemanden um einen Dienst bitten will. Einer der Großvikare meines Onkels ist unübertrefflich in der Schilderung des Lebenslaufes dieses Herrn Descoulis seit der Restauration. Ich muß ihn einmal mitbringen. «

»Du mein Gott, ich glaube nicht an solche Klatscherei! Das ist Brotneid zwischen kleinen Leuten«, behauptete Graf Caylus.

»Herr Descoulis wird dermaleinst eine geschichtliche Größe sein«, fügte Croisenois hinzu. »Er hat zusammen mit dem Abbé de Pradt und den Herren von Talleyrand und Pozzo di Borgo die Restauration inszeniert. «

»Der Mann hat Millionen in den Händen gehabt«, sagte Norbert, »und ich begreife nicht, warum er hierherkommt, um die zuweilen abscheulichen Bemerkungen meines Vaters einzustecken. ›Wie oft haben Sie Ihre Freunde verraten, lieber Descoulis?‹ hat er ihm neulich über den ganzen Tisch zugerufen. «

»War er denn wirklich ein Verräter?« fragte Fräulein von La Mole. »Ach, wer wäre kein Verräter!«

»Was sehe ich da?« sagte Graf Caylus zu Norbert. »Bei Ihnen verkehrt Sainclair, der berüchtigte Liberale? Zum Teufel, was tut der hier? Ich muß mich an ihn heranmachen, mit ihm reden, ihn zum Sprechen bringen. Man sagt, er wäre ein Genie . . .«

»Ich bin nur neugierig, wie ihn deine Mutter empfangen wird«, sagte der Marquis von Croisenois zu Norbert. »Er hat so überspannte, hochherzige, selbständige Ideen . . .«

»Aufgepaßt!« unterbrach ihn Fräulein von La Mole. »Dort beugt sich der selbständige Herr von Descoulis bis zur Erde und drückt ihr die Hand. Es sieht beinahe aus, als wolle er sie küssen.«

»Offenbar ist der Descoulis oben besser angeschrieben, als wir glauben«, meinte Croisenois.

»Sainclair kommt hierher, weil er Akademiker werden will«, behauptete Norbert. »Sehen Sie nur, Croisenois, wie er vor dem Baron L*** katzbuckelt!«

»Es wäre doch viel bequemer, wenn er gleich vor ihm niederkniete«, scherzte Herr von Luz.

»Mein lieber Sorel«, bemerkte Norbert zu Julien, »Sie sind ein gescheiter Kerl, aber Sie kommen aus den Bergen. Verfallen Sie nie darauf, jemanden so zu grüßen, wie es der große Dichter da tut, und wäre es der liebe Gott höchstselbst.«

»Ah, da kommt ein Phänomen von Geist und Witz: Herr Baron von Stock«, höhnte Fräulein von La Mole, wobei sie die Stimme des anmeldenden Lakaien nachahmte.

»Ich glaube, selbst die Diener machen sich über ihn lustig. Was ist das auch für ein Name: Baron von Stock!« spöttelte Herr von Caylus.

»Was tut der Name? hat er uns neulich erklärt«, fuhr Mathilde fort. »Stellen Sie sich vor, wie der Herzog von Bouillon zum ersten Male gemeldet wurde! Die Welt gewöhnt sich an alles!«

Julien verließ den Kreis des blauen Sofas. Er hatte noch zu wenig Sinn für die entzückenden Feinheiten einer mokanten Unterhaltung, um sich über derartige Spöttereien amüsieren zu können. Er verlangte, daß ein Scherz seinen vernünftigen Kern habe. Aus dem Geplauder dieser jungen Leute hörte er nichts heraus als die Absicht, alles in den Staub zu ziehen. Das empörte ihn. In seiner provinzlerhaften, gleichsam eng-

lischen Prüderie ging er sogar so weit, Neid darin zu erblik-
ken, worin er sich sicherlich täuschte.

»Graf Norbert«, dachte er, »den ich beobachtet habe, wie
er eine Meldung von zwanzig Zeilen an seinen Oberst dreimal aufgesetzt hat, der könnte froh sein, wenn er in seinem Leben eine einzige Seite so geschrieben hätte wie Sainclair.«

Da keiner auf ihn in seiner Bedeutungslosigkeit achtete,
konnte sich Julien einer Gruppe nach der andern nähern. Er
blieb in der Nähe des Barons von Stock und wollte ihn sprechen hören. Der geistreiche Mann hatte eine nervöse Miene,
und Julien sah ihn erst ruhiger werden, als er vier oder fünf
anzügliche Redensarten gemacht hatte. Es schien Julien, als
ob diese Art Geist viel Raum beanspruche.

Es war dem Baron unmöglich, in Aphorismen zu sprechen. Er brauchte immer ein paar sechszeilige Sätze, um etwas Glänzendes zu sagen.

»Dieser Mensch doziert. Er plaudert nicht«, sagte jemand
hinter ihm. Er drehte sich um und errötete vor Freude, als er
den Namen des Grafen Chalvet hörte. Das war der klügste
Mann seiner Zeit. Julien hatte seinen Namen mehrfach im
Memorial von Sankt Helena und in den von Napoleon dem
Ersten diktierten Dokumenten gefunden. Graf Chalvet äußerte sich in knappster Form. Seine Worte waren Blitze,
grell, wuchtig und gründlich. Wovon er auch sprach, die
Unterhaltung kam sofort in Fluß. Er brachte sie auf Tatsachen. Es war ein Vergnügen, ihm zuzuhören. In politischen
Dingen war er übrigens der frechste Zyniker.

»Ich bin unabhängig«, sagte er zu einem dreifach dekorier-
ten Herrn, über den er sich offenbar lustig machte. »Warum
soll ich heute derselben Meinung sein wie vor sechs Wochen?
Dann wäre ich ja der Sklave meiner Meinung!«

Vier ernste junge Leute, die ihn umstanden, zogen dumme
Gesichter. Sie liebten die Ironie nicht. Der Graf sah, daß er zu
weit gegangen war. Zum Glück bemerkte er Herrn Balland,

einen Biedermann und Tartüff. Er begann sich mit ihm zu unterhalten. Andre traten näher. Man ahnte, daß der arme Balland erledigt werden sollte. Balland hatte aus lauter Moral und Moralität, obgleich er abstoßend häßlich war, nach seinem ersten unerzählbaren Auftreten in der Gesellschaft eine schwerreiche Frau geheiratet, und als diese gestorben, abermals eine schwerreiche Frau, die aber nicht gesellschaftsfähig war. Jetzt erfreute er sich in aller Demut eines Einkommens von sechzigtausend Franken und hatte sogar seine eignen Schmarotzer. Graf Chalvet machte über dies alles erbarmungslose Anspielungen, und bald hatte sich ein Kreis von etwa dreißig Personen um die beiden gebildet. Jedermann lächelte, selbst die ernsten jungen Herren, die Hoffnung des Jahrhunderts.

»Warum kommt er in dieses Haus, wo er doch offenbar nur zum Gespött dient?« dachte Julien. Er gesellte sich zum Abbé Pirard, um sich danach zu erkundigen.

Balland verschwand.

»Bravo!« sagte Norbert. »Einer von meines Vaters Spionen ist fort! Nur der kleine lahme Napier ist noch da!«

»Ist das des Rätsels Lösung?« dachte Julien. »Aber wenn dem so ist, warum empfängt ihn der Marquis?«

Der gestrenge Abbé Pirard stand mürrisch in einer Ecke des Saales und hörte zu, wen die Lakaien anmeldeten.

»Die wahre Räuberhöhle!« brummte er. »Ich sehe nur verrufene Leute kommen!«

Der gestrenge Abbé hatte keine Ahnung, aus welchen Elementen sich die gute Gesellschaft zusammensetzt. Aber durch seine Freunde, die Jansenisten, war er aufmerksam gemacht worden auf etliche Typen des Gesindels, das nur durch die große Geschicklichkeit, mit der es allen Parteien dient, oder durch übel erworbenen Reichtum in die Salons eingedrungen ist. Eine Weile antwortete er Julien auf seine eifrigen Fragen mit übervollem Herzen. Plötzlich hielt er inne, trostlos, daß er von jedem immer nur Böses sagen mußte; er rech-

319

nete sich das als Sünde an. Für den galligen Jansenisten, der an die Pflicht der christlichen Nächstenliebe glaubte, war das Leben in der großen Welt ein steter Kampf.

»Was dieser Abbé Pirard für ein Gesicht zieht!« sagte Fräulein von La Mole, als Julien wieder an das Sofa trat.

Er fühlte sich gereizt. Gleichwohl hatte sie recht. Der Pfarrer Pirard war ohne Zweifel der ehrlichste Mann in diesem Salon, aber sein Kupfergesicht sah in diesem Augenblick, wo es von Gewissensskrupeln verzerrt wurde, wirklich abschreckend aus. »Glaube noch einer an Physiognomien!« dachte Julien. »In diesem Moment zeiht sich der Abbé in seinem Zartgefühl einer kleinen Sünde, und sein Gesicht ist finster; während auf der Stirn dieses Napier, den jeder als Halunken kennt, friedsames reines Glück strahlt.« Übrigens hatte der Abbé der sündhaften Welt große Zugeständnisse gemacht. Er hatte sich einen Diener genommen und ging gut gekleidet.

Julien merkte, daß im Salon etwas Besonderes vorging. Aller Augen richteten sich auf die Tür, und plötzlich trat beinahe Stille ein. Der Lakai meldete den berüchtigten Baron von Tolly, auf den sich anläßlich der Wahlen alle Aufmerksamkeit richtete. Julien trat etwas vor und konnte ihn sehr gut sehen. Der Baron hatte als Wahlvorsteher den genialen Einfall gehabt, die in seinem Wahllokal abgegebenen Stimmzettel der einen Partei verschwinden und durch Zettel ersetzen zu lassen, die einen brauchbareren Namen trugen. Dieses entscheidende Manöver war von einigen Wählern bemerkt worden, die sich beeilten, dem Baron von Tolly zu gratulieren. Der Biedermann war noch ganz blaß von dieser Staatsaktion. Böse Menschen hatten das Wort Zuchthaus fallen lassen. Herr von La Mole empfing ihn kalt, und der arme Baron empfahl sich wieder.

»Er hat es eilig. Wer weiß, zu welcher Zaubersoiree er geht!« witzelte Graf Chalvet, und alles lachte.

Unter etlichen stummen Würdenträgern und zumeist anrüchigen, aber durchweg geistreichen Intriganten, die heute abend die Säle des Hauses La Mole füllten (man munkelte, der Marquis bekäme ein Ministerium), machte der kleine Tanbeau seine ersten Versuche. Wenn es seinen Bemerkungen auch noch an Feinheit gebrach, so bot er seinen Zuhörern dafür wuchtige Worte.

»Warum verurteilt man den Kerl nicht zu zehn Jahren Gefängnis?« sagte er im Augenblick, als sich Julien der Gruppe näherte. »In das tiefste Verlies müßten solche Reptile eingesperrt werden. Man sollte sie im Dunkeln krepieren lassen; sonst quillt ihr Gift über, und sie werden gemeingefährlich. Was hat es für einen Zweck, ihn zu tausend Talern Geldstrafe zu verurteilen? Er ist arm. Um so besser. Aber seine Partei wird für ihn zahlen. Viel dienlicher wären fünfhundert Franken Geldstrafe und zehn Jahre Zuchthaus!«

»Du mein Gott, wer ist denn das Scheusal, von dem da die Rede ist?« dachte Julien, verwundert über den heftigen Ton und die ruckweisen Bewegungen seines Kollegen. Das schmale magere verzerrte Gesicht, das der Neffe des Akademikers hatte, sah in diesem Augenblick geradezu widerlich aus. Julien merkte bald, daß es sich um den größten Dichter der Zeit handelte, um Béranger.

»Bestie, du!« rief er halblaut, und Tränen des Edelmutes traten ihm in die Augen. »Warte nur, du Halunke! Dein heutiges Gerede will ich dir heimzahlen!

Das sind also die Sturmtrupps der Partei, zu deren Führern der Marquis zählt! Und der berühmte Mann, den er verleumdet! Wieviel Orden und Sinekuren hätte er einheimsen können, wenn er sich verkauft hätte. Nicht gerade dem niedrigen Ministerium des Herrn von Nerval, aber irgendeinem in der Reihe der leidlich anständigen Minister.«

Der Abbé Pirard winkte Julien von weitem. Herr von La Mole hatte eben ein paar Worte mit ihm geredet. Als Julien, der in diesem Augenblick mit niedergeschlagenen Augen der Jeremiade eines Bischofs zuhörte, endlich von ihm loskam und sich seinem Freunde widmen konnte, fand er ihn von dem abscheulichen kleinen Tanbeau mit Beschlag belegt. Dies kleine Scheusal haßte Pirard als den Quell von Juliens guter Karriere und machte ihm nun den Hof.

»Wann wird der Tod uns von dieser Pestbeule befreien?« In derlei Ausdrücken von biblischer Kraftfülle wetterte der kleine Literat gerade wider den ehrenwerten Lord Holland. Seine Stärke war, daß er in der Lebensgeschichte seiner Zeitgenossen vorzüglich Bescheid wußte. Soeben hatte er alle Persönlichkeiten, die unter dem unlängst in England zur Regierung gekommenen Wilhelm IV. zu einigem Einfluß gelangen konnten, einer flüchtigen Musterung unterzogen.

Der Abbé ging in den angrenzenden Salon, und Julien folgte ihm.

»Der Marquis liebt die Literaten nicht. Ich sage Ihnen dies ausdrücklich. Es ist seine einzige Abneigung. Wenn Sie sich auf Latein oder Griechisch verstehen, wenn Sie in der persischen, ägyptischen und indischen Geschichte bewandert sind, so wird er Sie ob Ihrer Gelehrsamkeit schätzen und fördern. Aber schreiben Sie nie eine Seite Französisch, und besonders nicht über schwierige Dinge, die über Ihre gesellschaftliche Stellung hinausgehen. Dann sind Sie ihm ein Federfuchser, ein Ekel . . . Wie? Sie wohnen im Hause eines Grandseigneurs und kennen den Ausspruch des Herzogs von Castries über d'Alembert und Rousseau nicht? ›So einer will über alles urteilen und hat keine tausend Taler Rente!‹«

»Es gibt keine Geheimnisse!« dachte Julien, »hier ebensowenig wie im Seminar.« Er besaß acht oder zehn Seiten eines Herzensergusses, eine Art Nachruf auf den alten Stabsarzt, der ihn, wie er glaubte, zum Manne gemacht hatte. »Und dies kleine Heft«, sagte Julien sich, »ist immer eingeschlossen gewesen.« Er ging auf sein Zimmer, verbrannte das Manuskript und kehrte in den Salon zurück. Die geistreichen Halunken hatten ihn inzwischen verlassen; nur die Leute mit Orden waren noch da.

Eine Tafel ward vollständig gedeckt hereingetragen. Man setzte sich. Zugegen waren unter anderen sieben oder acht sehr adlige, sehr fromme und sehr gezierte Damen im Alter von dreißig bis fünfunddreißig Jahren. Die Marschallin von Fervaques, eine glänzende Erscheinung, kam noch und entschuldigte sich wegen ihres späten Kommens. Es war nach Mitternacht. Sie nahm neben der Marquise Platz. Julien war tief bewegt. Sie hatte dieselben Augen und ganz den Blick wie Frau von Rênal.

Der Kreis um Fräulein von La Mole war noch ziemlich groß. Sie und ihre Freunde vertrieben sich die Zeit mit Witzen über den bedauernswerten Grafen Thaler, den einzigen Sohn eines berüchtigten Juden, der zu allbekanntem Reichtum gekommen war, indem er den Königen Geld lieh, damit sie die Völker in Kriege stürzen konnten. Als der Jude starb, hinterließ er seinem Sohn neben einem nur zu bekannten Namen eine Monatsrente von hunderttausend Talern. Diese heiklen Lebensumstände hätten entweder einen schlichten Charakter oder große Willenskraft erheischt.

Aber unglücklicherweise war der Graf ein Alltagsmensch mit allerhand Prätentionen, die ihm seine Schmeichler eingeredet hatten.

Graf Caylus behauptete, man hätte ihn auf die Absicht gebracht, sich um Fräulein von La Mole zu bewerben! (Es sei bemerkt, daß sich um sie schon der Marquis von Croisenois, künftiger Herzog mit hunderttausend Franken Rente, bemühte.)

»Ach, beschuldigen Sie ihn doch nicht, Absichten zu haben!« bemerkte Norbert mitleidig.

Was dem armen Grafen Thaler wohl am meisten fehlte, das war in der Tat die Fähigkeit, etwas zu wollen. Somit wäre er würdig gewesen, auf einem Throne zu sitzen. Indem er von jedermann Rat annahm, hatte er niemals den Mut, irgend etwas durchzuführen.

Allein sein Gesichtsausdruck reiche hin, sie immerfort vergnügt zu machen, meinte Fräulein Mathilde. Es lag ein sonderbares Gemisch von Erwartung und Enttäuschung darin, aber von Zeit zu Zeit konnte man deutliche Spuren seines Dünkels aus dem scharfen Ton heraushören, den der reichste Mann Frankreichs sich leisten konnte, zumal er erst sechsunddreißig Jahre alt und sonst keine unüble Erscheinung war. »Er ist schüchtern-frech«, meinte Croisenois. Graf Caylus, Norbert und zwei, drei andre junge Dandys verulkten ihn nach Herzenslust, ohne daß er es merkte, und ekelten ihn schließlich weg, als es ein Uhr schlug.

»Lassen Sie Ihre berühmten Araber bei dem Wetter vor der Tür warten?« fragte Norbert.

»Nein, heute holt mich ein neues Gespann ab, das nicht so teuer ist«, antwortete Herr von Thaler. »Das Sattelpferd kostet mich fünftausend Franken. Das Handpferd ist nur zweitausend wert. Natürlich benutze ich diese Pferde nur bei Nacht. Sie traben aber genau so wie meine Araber.«

Norberts Bemerkung erinnerte den semitischen Grafen daran, daß ein Gentleman wie er Pferdefreund sein müsse, und daß man seine Tiere im Regen nicht so lange stehen lassen dürfe. Daraufhin brach Thaler auf. Unter Spötteleien über ihn gingen die andern Herren einen Augenblick später.

»So war es mir vergönnt«, dachte Julien, als er sie auf der Treppe lachen hörte, »mein Gegenstück zu sehen. Ich habe keine hundert Taler Zinsen im Jahre und stand eben neben einem Manne, der in jeder Stunde so viel zu verzehren hat. Und doch machte man sich über ihn lustig! Das kuriert einen vom Neid.«

KAPITEL V

Die Empfindsamkeit
und eine vornehme fromme Dame

Ein auch nur ein wenig lebhaft
vorgetragener Gedanke wirkt dort wie eine
Grobheit – so sehr ist man dort an
Gemeinplätze gewöhnt. Wehe dem, der
improvisiert!
Faublas

Nach mehrmonatiger Probezeit hatte Julien vom Intendanten des Hauses soeben die dritte Vierteljahresrate seines Ge-
halts empfangen. Es stand jetzt folgendermaßen um ihn.
Herr von La Mole hatte ihn zur Verwaltung seiner Güter in
der Bretagne und Normandie herangezogen, so daß er häu-
fige Reisen dorthin machen mußte. Auch war ihm die Führung des Briefwechsels in dem berühmten Prozeß mit dem
Abbé von Frilair anvertraut. Pirard hatte ihn hierüber genau
unterrichtet.

Aus den kurzen Bemerkungen, die der Marquis auf den
Rand aller möglichen ihm zugesandten Schriftstücke kritzelte, setzte Julien Briefe auf, die vom Marquis fast immer
ohne weiteres unterzeichnet wurden.

In der Priesterschule klagten Juliens Lehrer oft über seinen
geringen Fleiß, sahen ihn aber trotzdem als einen ihrer begab-
testen Schüler an. Die mannigfachen Arbeiten, die Julien mit
dem Eifer passionierten Ehrgeizes erledigte, beraubten ihn
sehr bald seiner frischen Farben, die er aus der Provinz mitgebracht hatte. Seine Blässe war in den Augen seiner Mitschüler ein Vorzug. Übrigens fand Julien, daß sie viel weniger
boshaft waren und viel weniger vor dem Gelde knieten als die
in Besançon.

Der Marquis hatte ihm ein Pferd zur Verfügung gestellt.
Da Julien aber befürchtete, auf seinen Spazierritten Semina-

risten zu begegnen, hatte er ihnen gesagt, dieser Sport sei ihm vom Arzte verordnet. Der Abbé Pirard hatte ihn in verschiedene Gesellschaften von Jansenisten eingeführt. Julien war erstaunt. Der Begriff Religion war in seinem Geiste unzertrennlich mit Heuchelei und Hoffnung auf Geldgewinn verbunden. Um so mehr bewunderte er diese frommen und sittenstrengen Männer, die nie an ihren Beutel dachten. Mehrere Jansenisten hatten ihn ins Herz geschlossen und gaben ihm Ratschläge. Eine neue Welt erschloß sich ihm. Er lernte in diesem Kreise auch einen Grafen Altamira kennen, einen sechs Fuß langen Mann, den man in seiner Heimat als Karbonaro zum Tode verurteilt hatte. Er war eine tiefreligiöse Natur. Die merkwürdige Mischung von Frömmigkeit und Freiheitsliebe, die Julien noch nie kennengelernt, dünkte ihn ein Wunder.

Mit Norbert von La Mole stand Julien auf kühlem Fuße. Der junge Graf hatte gefunden, daß Julien auf die Scherze einiger seiner Freunde allzu lebhaft Bescheid gab. Ein- oder zweimal hatte Julien eine Taktlosigkeit begangen. Seitdem war er darauf bedacht, Fräulein von La Mole nie anzureden. Man war im Hause La Mole stets von ausgesuchter Höflichkeit gegen ihn, aber er fühlte, daß sein Ansehen ein wenig gesunken war. Sein gesunder Provinzialwitz erklärte sich diese Tatsache mit dem bekannten Sprichwort: »Solange neu, solange treu!«

Wohl sah er auch bereits schärfer als in den ersten Tagen. Und vor allem war sein anfängliches Entzücken über die Pariser Urbanität verflogen.

Sobald er seine Tagesarbeit erledigt hatte, verfiel er dem tödlichsten Stumpfsinn. Das ist die ausdörrende Wirkung der so bewundernswerten, aber gemessenen Höflichkeit der höchsten Gesellschaft, in der die Stellung eines jeden nach seinem Range haarscharf abgezirkelt wird. Ein empfindsames Herz fühlt bald die Unnatur heraus.

Man kann der Provinz ohne Zweifel einen gewöhnlichen

oder wenig höflichen Ton vorwerfen, aber dort ereifert man sich noch bei Rede und Antwort. Juliens Eigenliebe wurde im Hause La Mole niemals verletzt, aber am Ende des Tages war ihm oft zum Weinen zumute. In der Provinz ist der Kellner voller Teilnahme, wenn einem beim Betreten des Kaffeehauses irgendein Mißgeschick zustößt. Aber wenn ihm dies Ereignis an die Eigenliebe geht, wenn man sich beschwert, so wird er das Wort, das einen verletzt, zehnmal in seine Beileidsbezeigung einflechten. In Paris ist jeder so rücksichtsvoll, beiseite zu gehen, um zu lachen, aber man bleibt ewig ein Fremdling.

Es gab eine Menge kleiner Begebenheiten, die Julien lächerlich gemacht hätten, wenn man ihn auf das Lächerliche hin betrachtet hätte. In seiner tollen Empfindsamkeit beging er tausend Ungeschicklichkeiten. Alle seine Zerstreuungen waren Vorsichtsmaßregeln. Er schoß täglich mit der Pistole und gehörte zu den besten Schülern des berühmtesten Fechtmeisters. Statt wie früher zu lesen, wenn er einen freien Augenblick hatte, ging er in die Reitbahn und ließ sich die verdorbensten Pferde geben. Auf den Spazierritten mit dem Stallmeister wurde er fast regelmäßig abgeworfen.

Der Marquis fand ihn wegen seiner Arbeitskraft, seiner Schweigsamkeit und seines Verstandes sehr brauchbar. Nach und nach vertraute er ihm die verwickeltsten Geschäfte an. Wenn Herr von La Mole bei seinem weitgehenden politischen Ehrgeiz Muße dazu fand, machte er mit viel Geschick kaufmännische Geschäfte. Da er in der Lage war, das Neueste zu wissen, gelang ihm manche Spekulation. Er kaufte Häuser und Wälder, aber er war leicht ärgerlich. Er warf tausend Taler zum Fenster hinaus, aber prozessierte mitunter um hundert Franken. Großherzige reiche Leute lieben an Geschäften die Unterhaltung, nicht die Ergebnisse. Der Marquis brauchte einen Adjutanten, der seine Geldangelegenheiten gut und übersichtlich in Ordnung hielt.

Frau von La Mole mokierte sich trotz ihres gemessenen

Wesens zuweilen über Julien. Alles Unerwartete, das seine Quelle in der Sensibilität hat, ist der Schrecken jeder vornehmen Dame, denn Plötzlichkeiten sind das Gegenteil der Konvenienz. Zwei- oder dreimal nahm der Marquis für ihn Partei. »Wenn er in deinem Salon lächerlich erscheint, so triumphiert er dafür in meinem Arbeitszimmer!« Julien glaubte das Geheimnis der Marquise zu durchschauen. Sie geruhte ihre Teilnahmslosigkeit aufzugeben, sobald der Baron von La Joumate gemeldet wurde. Das war eine kalte Natur mit undurchdringlichen Zügen, groß, hager, häßlich und tadellos gekleidet. Er brachte sein ganzes Leben im königlichen Schloß zu. Wenn er sprach, sagte er Belanglosigkeiten. Genauso farblos war auch seine Gesinnung. Frau von La Mole wäre überglücklich gewesen, und dies zum erstenmal in ihrem Dasein, wenn sie den Baron zu ihrem Schwiegersohne hätte machen können.

KAPITEL VI

Verschiedenheiten im Ausdruck

Ihre hohe Aufgabe ist es, die kleinen Ereignisse
im täglichen Leben der Völker in aller Ruhe zu bewerten.
Ihre Weisheit muß dem Ausbruch großer Volkswut
wegen Nichtigkeiten zuvorkommen, oder
auch voraussehen, welche Ereignisse,
durch das Gerücht entstellt, in
alle Welt getragen werden.
Gratius

Für einen Neuling aus der Provinz, der aus Stolz nie Fragen stellte, war Juliens Benehmen nicht zu reich an großen Dummheiten. Eines Tages flüchtete er vor einem Platzregen in ein Café in der Rue Saint-Honoré. Ein Herr in einem langen Rock aus Kastorin, dem Juliens finstrer Blick aufgefallen war, starrte ihn genau so an wie damals in Besançon der Liebhaber von Fräulein Amanda. Julien hatte sich viel zu oft Vorwürfe darüber gemacht, daß er jene Beleidigung eingesteckt, als daß er diesen Blick ertragen hätte. Er verlangte eine Erklärung. Der Mann im langen Rock antwortete ihm mit ein paar gemeinen Schimpfworten. Alle im Café Anwesenden umringten die beiden; draußen blieben die Vorübergehenden stehen. Vorsichtig, wie Provinzler sind, trug Julien immer ein paar kleine Pistolen bei sich. Krampfhaft griff er in die Tasche nach einer. Doch war er vernünftig genug, seinem Gegner nur immer wieder zuzurufen: »Ihre Adresse, mein Herr! Ich finde Sie verächtlich!«

Die Beharrlichkeit, mit der er sich an diese Worte klammerte, fiel den Umstehenden schließlich auf.

»Zum Donnerwetter, der andre, der erst das große Maul gehabt hat, der soll ihm doch seine Adresse geben!«

Schließlich warf der Mann im langen Rock Julien fünf oder sechs Karten ins Gesicht. Zum Glück traf keine. Julien hatte sich nämlich gelobt, von seinen Pistolen nur Gebrauch zu machen, wenn er angerührt würde. Der Mensch ging, nicht ohne sich mehrfach umzudrehen, mit der Faust zu drohen und ihm Schimpfworte zuzurufen.

Julien war in Schweiß gebadet. »So steht es in der Macht des lumpigsten Menschen, mich dermaßen aufzuregen!« sagte er sich voller Wut. »Wie kann ich mir diese demütigende Empfindlichkeit nur abgewöhnen?«

Er hätte sich unverzüglich schlagen wollen, aber eine Schwierigkeit tat sich auf. Woher sollte er einen Sekundanten nehmen? Er besaß keinen Freund. Wohl hatte er mehrere Bekanntschaften gemacht, aber sie hatten sich nach sechs Wochen regelmäßig wieder gelöst. »Ich bin ungesellig und werde jetzt grausam dafür gestraft«, dachte er. Endlich kam er auf den Gedanken, einen Leutnant a. D. vom 96. Regiment namens Liéven aufzusuchen, einen armen Teufel, mit dem er oft gefochten hatte. Julien beichtete ihm die Geschichte.

»Ich will gern Ihr Sekundant sein«, sagte Liéven, »aber un-

329

ter einer Bedingung: wenn Sie Ihren Gegner nicht verwunden, so müssen Sie sich dann auf der Stelle mit mir schlagen!«

»Einverstanden!« sagte Julien voller Entzücken. Beide suchten zufolge der auf der Karte bezeichneten Adresse mitten im Faubourg Saint-Germain einen Herrn Karl von Beauvaisis auf.

Es war um sieben Uhr morgens. Erst im Moment, wo sich Julien anmelden ließ, fiel ihm ein, daß dieser Herr der junge Verwandte von Frau von Rênal sein könnte, der früher bei der Gesandtschaft in Rom oder Neapel gewesen war und dem Sänger Geronimo ein Empfehlungsschreiben an die Familie Rênal mitgegeben hatte.

Julien gab einem Riesen von Kammerdiener eine der ihm gestern zugeworfenen Karten und eine der seinigen.

Man ließ ihn und seinen Sekundanten volle drei Viertelstunden warten. Endlich wurden sie in ein wundervoll elegantes Zimmer geführt. Dort empfing sie ein junger Herr, der wie eine Puppe angezogen war. Seine Züge erinnerten an die Vollkommenheit der altgriechischen Schönheit. Er hatte einen merkwürdig schmalen Kopf und das schönste Blondhaar, das mit großer Sorgfalt frisiert war. Nicht ein einziges Härchen lag anders als das andere. »Dies verdammte Gigerl hat uns so lange warten lassen, bloß um sich zu frisieren!« dachte der Leutnant. Der karierte Hausrock, die weiten Morgenbeinkleider, die gestickten Pantoffeln, alles war tadellos und erlesen. Das vornehme ausdruckslose Gesicht ließ auf spärliche, doch höchst korrekte Gedanken schließen. Es war das Muster eines Metternichschen Diplomaten. Napoleon wollte unter den Beamten seiner Umgebung auch keine Denker haben.

Julien, dem sein Leutnant erklärt hatte, dieses Wartenlassen von seiten einer Person, die ihm die Karten gröblich ins Gesicht geschleudert hatte, sei eine neue Beleidigung, war brüsk ins Zimmer getreten. Er wollte unverschämt sein; zugleich wünschte er freilich den guten Ton zu wahren.

Über die Maßen verblüfft über die milden Manieren des Herrn von Beauvaisis, über sein gemessenes, würdevolles und selbstzufriedenes Aussehen und über die bewundernswürdige Eleganz um ihn herum, gab Julien sofort jeden Gedanken an Unverschämtheit auf. Das war nicht sein Mann von gestern abend! Sein Erstaunen, statt des gesuchten Flegels ein so distinguiertes Wesen anzutreffen, war so groß, daß er keines Wortes mächtig war. Er händigte ihm eine der ihm gestern an den Kopf geworfenen Karten ein.

»Das ist allerdings mein Name«, sagte der Dandy, dem Juliens schwarzer Rock früh um sieben Uhr wenig Respekt einflößte. »Aber ich verstehe nicht, auf Ehre . . .«

Die Manieriertheit in der Aussprache dieser Worte versetzte Julien von neuem in schlechte Laune.

»Ich komme, um mich mit Ihnen zu schlagen, Herr von Beauvaisis!« sagte er und erläuterte kurz die Vorgeschichte.

Der Chevalier Karl von Beauvaisis war nach reiflichem Erwägen mit dem Schnitt von Juliens schwarzem Rock ganz zufrieden. »Ohne Zweifel: er ist von Staub«, sagte er sich, indem er ihm zuhörte. Staub war der fashionable Kleiderkünstler von Paris. »Die Weste verrät Geschmack; die Stiefel sind schick . . ., aber hinwiederum: schwarzer Rock so früh am Morgen? Wahrscheinlich um der Kugel möglichst zu entgehen.«

Nachdem er sich hierüber klar geworden, ward er wieder ausgesucht höflich und behandelte Julien fast wie seinesgleichen. Die Unterredung dauerte ziemlich lange. Die Angelegenheit war nicht so einfach. Schließlich konnte sich Julien dem Augenschein nicht verschließen. Der vornehme junge Herr da vor ihm hatte nicht die geringste Ähnlichkeit mit dem groben Patron, der ihn gestern beschimpft hatte.

Julien empfand unbezwinglichen Widerwillen vor dem Wiedergehen, und so zog er das Gespräch in die Länge. Die Selbstgefälligkeit des *Chevaliers* entging ihm nicht. So hatte

331

er sich nämlich selbst genannt, als Julien ihn einfach mit *Herr von Beauvaisis* angeredet hatte.

Er bewunderte die merkwürdige Mischung von Würde, Zurückhaltung und Geckentum, die den Chevalier nicht einen Augenblick verließ. Auch war er erstaunt über sein sonderbares Anstoßen mit der Zunge beim Sprechen. Aber schließlich lag in alledem nicht der geringste Anlaß, Streit mit ihm zu suchen.

Der junge Diplomat stellte sich mit viel Grazie zum Zweikampf zur Verfügung, aber der ehemalige Sechsundneunziger, der seit einer Stunde mit gespreizten Beinen dasaß, die Hände auf den Schenkeln und die Ellbogen vorgestreckt, entschied, daß sein Freund Herr Sorel kein Recht habe, mit einem Gentleman einen Streit vom Zaune zu brechen, bloß weil ihm Visitenkarten gestohlen worden waren.

Höchst verstimmt empfahl sich Julien. Der Wagen des Chevaliers von Beauvaisis hielt gerade im Hof vor der Freitreppe. Zufällig blickte Julien auf und erkannte im Kutscher seinen Mann von gestern abend.

Ihn sehen, ihn an seinem langen Rock zerren, so daß er vom Bocke fiel, und ihn mit der Peitsche bearbeiten, war eins. Zwei Lakaien wollten ihren Kameraden verteidigen. Julien bekam ein paar Faustschläge, aber im Nu hatte er eine seiner Pistolen gespannt und gab einen Schuß auf die beiden ab, so daß sie die Flucht ergriffen. Das alles war das Werk eines Augenblicks.

Der Chevalier von Beauvaisis kam drollig-prätentiös die Treppe herunter und fragte im Tone des Grandseigneurs mehrere Male: »Was ist denn los? Was ist denn los?« Augenscheinlich war er sehr neugierig, aber seine staatsmännische Gewichtigkeit erlaubte ihm nicht, mehr Anteilnahme zu verraten. Als er erfuhr, um was es sich handelte, stritt in seinen Zügen der Hochmut mit der etwas spöttischen Gelassenheit, die einen Diplomaten nie verlassen darf.

Der Leutnant vom 96. Regiment begriff, daß Beauvaisis

Lust bekam, sich zu schlagen. Politiker, der er war, wollte er seinem Freunde den Vorteil der Initiative sichern. »Na, da hätten wir ja Grund zum Duell!« rief er. »Das will ich meinen!« erwiderte der Chevalier.

»Der Kerl ist entlassen!« sagte er zu seinen Lakaien. »Ein andrer auf den Bock!«

Der Wagenschlag wurde geöffnet, und der Chevalier nötigte Julien und seinen Sekundanten einzusteigen. Man fuhr zu einem Freunde des Chevaliers, der einen ungestörten Ort zum Zweikampf angab. Das Gespräch während der Fahrt war charmant. Nur nahm sich der Diplomat in seinem karierten Hausrock etwas sonderbar aus.

»Diese Herren«, dachte Julien, »sind auch von gutem Adel, aber bei weitem nicht so langweilig wie alle, die im Hause La Mole verkehren. Und ich weiß auch, warum«, setzte er einen Augenblick später hinzu. »Sie erlauben sich Unanständigkeiten.« Die Plauderei war nämlich auf die Ballettänzerinnen gekommen, denen das Publikum am Abend vorher eine Ovation bereitet hatte. Die Herren machten Andeutungen auf pikante Vorfälle, die Julien und seinem Freunde, dem Leutnant vom 96. Regiment, völlig unbekannt waren. Julien war nicht so albern, zu tun, als seien sie ihm bekannt, sondern gab seine Unkenntnis freimütig zu. Diese Aufrichtigkeit gefiel dem Sekundanten des Chevaliers, und er erzählte die Anekdote mit allen Einzelheiten, und zwar vorzüglich.

Über etwas wunderte sich Julien maßlos. Ein Altar, den man zur Fronleichnamsprozession mitten auf der Straße baute, hielt den Wagen einen Augenblick auf. Die Herren erlaubten sich allerlei Scherze. Der Pfarrer, so sagten sie, sei der Sohn eines Erzbischofs. Niemals hätte jemand gewagt, beim Marquis von La Mole, der Herzog werden wollte, ein derartiges Wort fallen zu lassen.

Das Duell wurde im Handumdrehen ausgetragen. Julien erhielt einen Schuß in den Arm. Man verband ihn mit Taschentüchern, die mit Branntwein durchtränkt waren. Der Chevalier von Beauvaisis bat Julien sehr höflich, ihm zu gestatten, daß er ihn in demselben Wagen, in dem sie gekommen waren, nach Hause bringen dürfe. Als Julien das Hôtel La Mole nannte, wechselte der junge Diplomat mit seinem Freunde einen Blick. Juliens Droschke war gefolgt, aber er fand die Plauderei der beiden Herren viel unterhaltsamer als die des braven Sechsundneunzigers.

»Mein Gott!« dachte er. »Weiter ist ein Duell nichts! Wie froh bin ich, den Kutscher gefunden zu haben! Wie groß wäre mein Unglück, wenn ich zum zweitenmal eine Kaffeehaus-Beleidigung hätte einstecken müssen!« Das amüsante Gespräch hatte kaum einen Augenblick gestockt. Julien kam zu der Ansicht, daß das Diplomaten-Dandytum schließlich auch seine guten Seiten habe.

»Langweiligkeit ist also nicht allen Leuten von vornehmer Geburt eigen«, sagte er sich. »Diese beiden scherzen über die Prozession am Fronleichnamsfest und wagen höchst anstößige Anekdoten mit drastischen Einzelheiten zu erzählen. Von politischen Dingen verstehen sie ja nicht das geringste, aber dieser Mangel wird durch ihre elegante Art und durch ihre äußerst treffende Ausdrucksweise mehr als aufgewogen.« Julien fühlte eine lebhafte Zuneigung zu den beiden Herren. »Wie glücklich wäre ich, wenn ich öfters mit ihnen zusammen sein könnte!« dachte er.

Kaum hatte man sich getrennt, als der Chevalier von Beauvaisis Erkundigungen über seinen Gegner einzog. Sie lauteten nicht gerade glänzend.

Auch er war begierig, seinen Mann näher kennen zu lernen. Aber konnte er ihm schicklicherweise einen Besuch machen? Die knappe Auskunft, die er erhalten hatte, war nicht ermutigend.

»Das ist eine schauderhafte Geschichte!« sagte er zu seinem Sekundanten. »Ich kann unmöglich zugeben, daß ich mich mit einem simplen Sekretär des Herrn von La Mole geschos-

sen habe, noch dazu, weil mein Kutscher mir meine Visitenkarten gestohlen hat.«

»Sicher gibt alles das Anlaß zur Lächerlichkeit«, meinte er.

Noch am selben Abend erzählten der Chevalier und
ebenso sein Freund aller Welt, daß Herr Sorel der natürliche
Sohn eines guten Freundes des Marquis von La Mole sei und
übrigens ein ganz tadelloser junger Mann. Dies Märchen
fand allgemein Glauben. Sobald es Wurzel geschlagen hatte,
würdigten der Diplomat und sein Freund den Verwundeten
während der vierzehn Tage, wo er das Zimmer hüten mußte,
etlicher Besuche. Julien gestand ihnen, daß er erst einmal in
seinem Leben in der Oper gewesen sei.

»Das ist ja entsetzlich! Man geht nie woanders hin. Ihr erster Ausgang muß Sie in den *Comte Ory* führen.«

In der Oper stellte Beauvaisis ihn dem berühmten Sänger
Geronimo vor, der damals Riesenerfolge hatte.

Julien machte dem Chevalier fast den Hof. Dies Gemisch
von Selbstverherrlichung, geheimnisvoller Wichtigtuerei
und jugendlicher Blasiertheit bezauberte ihn. Wie schon gesagt, stieß der Chevalier etwas mit der Zunge an, und zwar
bloß, weil er die Ehre hatte, oft mit einem hohen Herrn zu
verkehren, der stotterte. Julien hatte noch nie einen Menschen gesehen, dessen amüsant-komische Seite sich so mit
der vollendeten Urbanität paarte, die auf einen armen Provinzler so verführerisch wirkt.

Als er in der Oper in Gesellschaft des Chevaliers gesehen
ward, begann man von ihm zu sprechen.

»So, so«, sagte eines Tages Herr von La Mole zu ihm. »Sie
sind also der natürliche Sohn eines reichen Edelmannes aus
der Freigrafschaft, eines guten Freundes von mir!«

Der Marquis schnitt Julien das Wort ab, als er sich dagegen
verwahren wollte, daß er zur Verbreitung dieses Gerüchtes
irgendwie beigetragen hätte.

»Herr von Beauvaisis hat mit dem Sohne eines Sägemüllers kein Duell haben wollen . . .«

335

»Ich weiß, ich weiß«, unterbrach ihn der Marquis. »Es ist an mir, dieser Legende eine Bestätigung zu geben, denn sie gefällt mir. Aber eine Bitte habe ich an Sie, die Ihnen nur ein halbes Stündchen Zeit kosten wird. Gehen Sie allabendlich um halb zwölf ins Vestibül der Großen Oper, und sehen Sie dort zu, wie die vornehme Welt herauskommt. Sie haben hin und wieder noch Provinzmanieren. Die müssen Sie ablegen! Übrigens ist es ganz gut, wenn Sie die großen Persönlichkeiten, zu denen ich Sie vielleicht eines Tages mit einem Auftrag sende, wenigstens vom Ansehen bereits kennen. Gehen Sie in die Theaterkanzlei, und weisen Sie sich daselbst aus. Sie bekommen eine freie Dauerkarte!«

KAPITEL VII

Ein Gichtanfall

Ich wurde nicht wegen meiner Verdienste
befördert, sondern deshalb, weil mein
Dienstherr die Gicht hatte.
Bertolotti

Der Leser ist vielleicht durch diesen freimütigen, fast familiären Ton überrascht, aber wir vergaßen zu sagen, daß der Marquis seit etwa sechs Wochen durch seine Gicht ans Haus gefesselt war.

Fräulein von La Mole war mit ihrer Mutter in Hyères bei der Mutter der Marquise. Graf Norbert sah seinen Vater nur für Augenblicke. Sie standen sehr gut miteinander, hatten sich aber nichts zu sagen. Herr von La Mole, auf Julien allein angewiesen, war erstaunt, ihn voller Ideen zu finden. Er ließ sich von ihm die Zeitungen vorlesen. Bald war der junge Sekretär imstande, die dem Marquis interessanten Stellen herauszufinden. Eine gewisse moderne Zeitung verabscheute der Marquis. Er hatte geschworen, sie nie zu lesen, sprach

336

aber alle Tage davon. Julien lachte und amüsierte sich über die Schwäche, die hier der Mächtige gegenüber dem Gedanken zeigte. Diese Kleinmütigkeit des Marquis gab ihm die ganze Kaltblütigkeit wieder, die er im Begriff war zu verlieren. Schließlich brachte er ganze Abende in Gesellschaft eines sehr großen Herrn zu. Von der Gegenwart angewidert, ließ sich der Marquis aus Livius vorlesen. Juliens Übersetzung aus dem Stegreif machte ihm Spaß.

Eines Tages sagte der Marquis in seiner übertriebenen Höflichkeit, die Julien oft unangenehm war:

»Erlauben Sie mir, mein lieber Sorel, daß ich Ihnen einen blauen Anzug verehre. Wenn Sie ihn annehmen und darin vor mir erscheinen wollen, werden Sie in meinen Augen der jüngere Bruder des Grafen von Chaulnes sein, das heißt der Sohn meines Freundes, des alten Herzogs.«

Julien verstand zunächst nicht, worauf dies ausging. Noch am selben Abend versuchte er einen Besuch in dem blauen Anzuge. Der Marquis behandelte ihn wie seinesgleichen. Juliens Herz vermochte echte Liebenswürdigkeit herauszufühlen, aber er verstand sich noch nicht auf die Nuancen. Vor diesem sonderbaren Einfall des Marquis hätte Julien geschworen, daß es unmöglich wäre, mit noch mehr Zuvorkommenheit von ihm behandelt zu werden. »Welch bewundernswerte Fähigkeit!« sagte er sich. Als er sich erhob, um zu gehen, sprach der Marquis sein Bedauern aus, daß er ihm seiner Gicht wegen nicht das Geleit geben könne.

Julien hatte einen sonderbaren Gedanken. »Macht er sich vielleicht über mich lustig?« dachte er. Er ging zum Abbé Pirard, um sich Rat zu holen. Aber dieser war weniger höflich als der Marquis. Er pfiff vor sich hin und sprach von andern Dingen. Am nächsten Morgen erschien Julien vor dem Marquis wieder im schwarzen Anzug mit seiner Briefmappe. Er wurde in gewohnter Weise empfangen. Am Abend, als er im blauen Rocke kam, war der Ton völlig anders und ganz genau so freundlich wie am Abend zuvor.

»Da Sie sich bei den Besuchen nicht zu sehr langweilen, die Sie so gütig sind, einem armen kranken Greise zu machen, sollten Sie ihm nun auch alle die kleinen Ereignisse Ihres Lebens berichten, aber ehrlich und ohne einen andern Hintergedanken als den, klar und amüsant erzählen zu wollen. Denn man muß sich amüsieren«, setzte der Marquis hinzu. »Das ist die Quintessenz des Lebens. Es kann mir nicht alle Tage einer im Gefecht das Leben retten oder eine Million schenken, aber wenn ich Rivarol hier neben meinem Lehnstuhl hätte, so würde er mir täglich eine Stunde Schmerz und Langeweile vertreiben. Ich habe ihn einst sehr gut gekannt. Das war in Hamburg während der Emigrationszeit.«

Sodann erzählte der Marquis Rivarols Anekdote von den Hamburgern, die sich zu viert zusammentaten, um einen Witz zu verstehen.

Herr von La Mole wollte den kleinen Abbé, auf dessen Gesellschaft er angewiesen war, etwas aufmuntern. Er stachelte Juliens Ehrgeiz an. Da die Wahrheit von ihm verlangt wurde, entschloß sich Julien, alles zu sagen und nur zweierlei zu verschweigen: seine leidenschaftliche Bewunderung für Napoleon Bonaparte, den der Marquis nicht leiden konnte, und seinen vollkommenen Unglauben, der einem künftigen Pfarrer nicht gut stand. Sein kleiner Ehrenhandel mit dem Chevalier von Beauvaisis kam ihm sehr zustatten. Der Marquis lachte Tränen über die Szene im Café in der Rue Saint-Honoré, mit dem Kutscher, der Julien mit schmutzigen Schimpfworten überhäuft hatte. Das war eine Zeit der vollkommensten Freimütigkeit in den Beziehungen zwischen Vorgesetztem und Untergebenem.

Herr von La Mole begann sich für Juliens eigenartigen Charakter zu interessieren. Anfangs leistete er dem Lächerlichen an ihm Vorschub, um sich darüber zu ergötzen; doch bald fand er mehr Gefallen daran, die mangelhaften Manieren des jungen Mannes behutsam zu verbessern. »Im allgemeinen bewundern Provinzler, die nach Paris kommen, alles«, dachte der Marquis. »Der hier haßt alles. Die andern sind zu sehr geziert. Er ist es zu wenig. Dumme halten ihn für dumm. «

Der Gichtanfall zog sich infolge des strengen Winters in die Länge und dauerte fast drei Monate.

»Man hängt sein Herz an einen schönen Schäferhund«, sagte sich der Marquis. »Warum schäme ich mich so, daß ich eine Vorliebe für den kleinen Abbé habe? Er ist ein Original. Ich behandle ihn wie einen Sohn. Gut! Was ist da weiter dabei? Wenn meine Laune von Dauer ist, kostet sie mich höchstens ein Legat von zehntausend Franken in meinem Testament. «

Als der Marquis den festen Charakter seines Schützlings erkannt hatte, betraute er ihn täglich mit einem neuen Auftrage.

Julien bemerkte mit Schrecken, daß es dem großen Herrn passierte, ihm manchmal widersprechende Weisungen über ein und denselben Gegenstand zu geben.

Das konnte ihn ernstlich kompromittieren. Fortan arbeitete er mit ihm nie ohne ein Briefbuch, in dem er die Entscheidungen vermerkte und vom Marquis unterschreiben ließ. Auch hatte er sich einen Schreiber genommen, der die Entscheidungen über jede Angelegenheit in ein besondres Buch abschrieb, in das auch die Abschrift aller Briefe eingetragen wurde.

Diese Neuerungen erschienen dem Marquis zunächst im höchsten Grade langweilig und lächerlich. Aber in kaum acht Wochen verspürte er ihre guten Seiten. Julien schlug ihm vor, einen Beamten aus einem Bankgeschäft anzunehmen, der über alle Einnahmen und Ausgaben aus den Gütern, die Julien zu verwalten hatte, doppelt Buch führen sollte. Diese Maßnahme klärte den Marquis über den Stand seiner eigenen Angelegenheiten derart auf, daß er sich das Vergnügen machen konnte, zwei oder drei neue Spekulationen zu unternehmen, ohne dabei einen Vermittler nötig zu haben, der ihn nur betrog.

»Nehmen Sie dreitausend Franken für sich«, sagte er eines Tages zu seinem jungen Sekretär.

»Exzellenz, man könnte mich verdächtigen!«

»Was soll das heißen?« fragte der Marquis mißlaunig.

»Daß ich Eure Exzellenz ganz gehorsamst bitte, gütigst die dreitausend Franken eigenhändig als an mich geschenkt hier in dieses Buch eintragen zu wollen. Übrigens ist Abbé Pirard der eigentliche Veranlasser dieses neuen Rechnungswesens.« Der Marquis erfüllte Juliens Begehr mit dem gelangweilten Gesichtsausdruck eines Marquis de Moncada, der die Rechnungslegung des Herrn Poisson, seines Verwalters, anhört.

Abends, wenn Julien im blauen Rock erschien, war niemals von Geschäften die Rede. Die Gunstbeweise des Marquis waren so schmeichelhaft für Juliens stets leidende Eigenliebe, daß er bald gegen seinen Willen eine gewisse Zuneigung für den liebenswürdigen alten Herrn empfand. Julien war nicht gefühlvoll, wie man so sagt, aber er war auch kein Unmensch. Hatte doch seit dem Tode des alten Stabsarztes niemand so gütig mit ihm gesprochen. Zu seinem Erstaunen bemerkte er, daß der Marquis seine Eigenliebe aus Höflichkeit schonte, was der alte Feldscher niemals getan hatte. Auch erkannte er, daß der Stabsarzt stolzer auf sein schlichtes Kriegskreuz gewesen war als der Marquis auf sein breites blaues Ordensband. Leicht erklärlich: der Vater des Marquis war ein Grandseigneur.

Eines Tages, nach dem geschäftlichen Vormittagsvortrag im schwarzen Anzug, unterhielt Julien den Marquis so gut, daß er ihn zwei Stunden lang zurückhielt und ihm durchaus einige Banknoten aufdrängen wollte, die ihm sein Agent von der Börse mitgebracht hatte.

»Euer Exzellenz, ich hoffe, daß es nicht gegen den tiefen Respekt verstößt, den ich Eurer Exzellenz schulde, wenn ich untertänigst bitte, mir ein Wort zu erlauben.«

»Ich bitte, Verehrter!«

»Wollen Eure Exzellenz mir gnädigst erlauben, daß ich dies Geschenk ausschlage. Mir im schwarzen Rock gilt es nicht, und doch würde es zweifellos die Art und Weise beeinträchtigen, die Eure Exzellenz mir im blauen Rock allergütigst zugestanden haben.«

Damit verbeugte er sich ehrerbietigst und ging hinaus, ohne sich umzusehen.

Dieser Zug belustigte den Marquis. Er erzählte ihn am Abend dem Abbé Pirard.

»Ich muß Ihnen endlich etwas gestehen, mein lieber Abbé. Mir ist nämlich Juliens Herkunft bekannt. Ich ermächtige Sie, diese vertrauliche Mitteilung nicht geheimzuhalten.« Bei sich dachte La Mole: »Juliens Verhalten heute vormittag war das eines Edelmannes. Machen wir ihn zum Edelmanne!«

Nach einiger Zeit konnte der Marquis endlich wieder ausgehen.

»Sie müssen auf zwei Monate nach London«, sagte er zu Julien. »Die Briefe, die hier eingehen, werden Ihnen, mit meinen Bemerkungen versehen, expreß oder mit gewöhnlicher Post nachgesandt. Sie schreiben die Antworten und schicken mir alles zurück, immer Brief und Antwort zusammen. Ich habe mir ausgerechnet, daß der dadurch entstehende Zeitverlust nur fünf Tage betragen kann.«

Während Julien in der Eilpost die Straße nach Calais dahinfuhr, fiel es ihm auf, daß die Geschäfte, derentwegen er über den Kanal geschickt wurde, eigentlich recht unbedeutend waren.

Es braucht nicht besonders gesagt zu werden, mit welchem Gefühl von Haß, ja fast Abscheu Julien Englands Boden betrat. Daran war seine wahnsinnige Leidenschaft für Bonaparte schuld. Er sah in jedem Offizier einen Sir Hudson Lowe, in jedem vornehmen Herrn einen Lord Bathurst, den Anstifter der Schändlichkeiten auf Sankt Helena, der zur Belohnung dafür zehn Jahre lang ein Ministerportefeuille innehatte.

341

In London kam er in eine Hochschule des Dandytums. Er lernte etliche junge russische Edelleute kennen und befreundete sich mit ihnen. Sie weihten ihn in die letzten Geheimnisse der Lebenskunst ein.

»Sie haben geniale Anlagen, mein lieber Sorel«, sagte man ihm. »Sie haben von Natur jenes eiskalte Benehmen, das einem vom ersten Augenblick an zuruft: ›Bitte, zehn Schritte vom Leibe!‹ Mancher erreicht das erst nach mühevoller Selbstschulung.«

»Das neunzehnte Jahrhundert haben Sie aber noch nicht recht begriffen«, erklärte ihm Fürst Korasoff. »Tun Sie immer das Gegenteil von dem, was man von Ihnen erwartet! Ich gebe Ihnen mein Wort: Damit kommen Sie heutzutage am weitesten. Seien Sie weder überspannt noch unnatürlich! Sonst erwartet man von Ihnen Narrheiten oder Zierereien, und dann ist das ganze Rezept hinfällig.«

Julien bedeckte sich mit Ruhm eines Tages im Salon des Herzogs von Fitze-Folke, der ihn zusammen mit dem Fürsten Korasoff zum Diner eingeladen hatte. Man mußte eine Stunde lang warten. Die Art, wie sich Julien inmitten von zwanzig Geduldigen benahm, bildete noch lange das Gespräch der jungen Diplomaten Londons. Seine Miene war unbezahlbar.

Trotzdem ihm seine Freunde, die Dandys, davon abredeten, bestand Julien darauf, den berühmten Philipp Vane zu sehen, den einzigen Philosophen, den England seit Locke gehabt hat. Julien besuchte ihn, als gerade das siebente Jahr seiner Gefangenschaft zu Ende war. »Die Aristokratie läßt in England nicht mit sich spaßen!« dachte er bei sich. »Mehr noch! Vane ist entehrt, verächtlich gemacht . . .«

Er fand Vane gesund und munter. Die Wut der Aristokratie hatte ihm den Humor erhalten. Als Julien das Gefängnis wieder verließ, meinte er: »Das ist der einzige fröhliche Mensch, den ich in England gesehen habe!«

Vane hatte unter anderem zu ihm gesagt: »Das Despoten-

tum hat keine besseren Helfershelfer als den Gottesbe-
griff . . .«

Genug! Er war Zyniker.

Bei seiner Rückkehr fragte ihn Herr von La Mole: »Welche
ergötzliche Charakteristik bringen Sie mir aus England
mit?«

Julien schwieg.

»Welche Charakteristik bringen Sie mit, gleichviel ob er-
götzlich oder nicht?« wiederholte der Marquis lebhaft.

»Erstens«, begann Julien, »der vernünftigste Engländer ist
eine Stunde am Tage verrückt. Er wird vom Dämon des
Selbstmordes geplagt, dem eigentlichen Gotte des Landes.

Zweitens: Geist und Genie verlieren fünfundzwanzig Pro-
zent ihres Wertes, wenn man sie nach England exportiert.

Und drittens: nichts auf der Welt ist so schön, wunderbar
und rührend wie die englische Landschaft.«

»Nun will *ich* Ihnen einmal was sagen«, erwiderte der
Marquis. »Erstens, warum haben Sie auf dem Ball beim russischen Botschafter gesagt, daß es in Frankreich dreimalhun-
derttausend junge Leute von fünfundzwanzig Jahren gäbe,
die leidenschaftlich den Krieg herbeiwünschten? Glauben
Sie, daß Monarchen derlei gerne hören?«

»Man weiß nicht, was man mit unsern großen Diplomaten
reden soll«, antwortete Julien. »Sie haben die Manie, ernst-
hafte Diskussionen zu führen. Wenn man sich nun an die Gemeinplätze der Zeitungen hält, so gilt man für geistlos. Erlaubt man sich aber etwas Wahres und Neues, dann sind sie
erstaunt, und am andern Morgen um sieben Uhr lassen sie
einem durch den ersten Botschaftssekretär sagen, daß man
sich unpassend benommen habe.«

»Nicht übel!« lachte der Marquis. »Übrigens wette ich,
Herr Psycholog, daß Sie nicht erraten haben, weswegen Sie
eigentlich in England gewesen sind.«

»Verzeihen Euer Exzellenz«, erwiderte Julien, »ich bin
dort gewesen, um einmal wöchentlich bei Seiner Majestät

343

Botschafter zu dinieren, dem höflichsten Menschen auf Gottes Erdboden . . .«

»Sie sind dort gewesen, um sich diesen Orden zu holen«, sagte der Marquis. »Ich will nicht, daß Sie Ihren schwarzen Rock an den Nagel hängen, und bin doch an den amüsanten Ton gewöhnt, auf den ich mit Ihnen im blauen Rocke gekommen bin. Bis auf weiteres merken Sie sich dies: Wenn ich das rote Bändchen sehe, sind Sie der jüngste Sohn meines Freundes, des Herzogs von Chaulnes, der, ohne es zu ahnen, seit einem halben Jahre angehender Diplomat ist . . . Verstehen Sie mich wohl«, setzte der Marquis sehr ernst hinzu, indem er Juliens Dankesbezeigungen unterbrach. »Ich will Sie durchaus nicht aus Ihrer Laufbahn herausreißen. Es ist das immer ein Fehler und Nachteil, sowohl für den Beschützer wie für den Schützling. Wenn Sie meiner Geschäftsangelegenheiten überdrüssig sind, oder wenn Sie mir nicht mehr behagen, werde ich Ihnen eine gute Pfarre verschaffen wie unserm Freunde, dem Abbé Pirard, und die Sache ist erledigt.«

Des Marquis letzte Worte klangen überaus trocken. Der Orden kam Juliens Stolz zugute. Fortan redete er viel mehr; er fühlte sich weniger oft verletzt und wähnte seltener, die Zielscheibe gewisser Bemerkungen zu sein, die nicht gerade schmeichelhaft sind und bei lebhafter Unterhaltung doch dem und jenem entschlüpfen.

Dem Orden verdankte er auch einen sonderbaren Besuch: den des Barons von Valenod, der nach Paris kam, um dem Minister für seine Erhebung in den Adelsstand zu danken und sich mit ihm zu verständigen. Er sollte an Herrn von Rênals Stelle Bürgermeister von Verrières werden.

Julien hätte laut auflachen mögen, als Valenod ihm erzählte, Herr von Rênal habe sich als Jakobiner entpuppt. Tatsächlich war der neubackene Baron bei den bevorstehenden Neuwahlen der Kandidat der Regierung, während bei der großen Wahlversammlung des eigentlich stark legitimistischen Kreises Herr von Rênal von den Liberalen aufgestellt war.

Vergeblich versuchte Julien etwas über Frau von Rênal zu erfahren. Der Baron erinnerte sich offenbar ihrer alten Rivalität und hüllte sich in undurchdringliches Schweigen. Schließlich bat er Julien um die Stimme seines Vaters bei den in Aussicht stehenden Wahlen. Julien versprach zu schreiben.

»Sie sollten mich dem Herrn Marquis von La Mole vorstellen, Herr Ritter!«

»Wirklich, das *sollte* ich!« dachte Julien. »Aber solch einen Schurken?«

»Offengestanden«, antwortete er, »ich stelle im Hause La Mole zu wenig vor, um jemanden einführen zu können.«

Julien pflegte dem Marquis alles zu sagen. Am Abend erzählte er ihm von Valenods Wunsch und seinem Tun und Treiben seit 1814.

Mit sehr ernster Miene sagte der Marquis: »Sie werden mir den neuen Baron nicht nur morgen vorstellen, sondern ich werde ihn auch zu übermorgen zum Diner einladen. Er ist einer unsrer künftigen Landräte . . .«

»In diesem Falle«, erwiderte Julien kalt, »bitte ich für meinen Vater um die Stelle des Armenamtsvorstands.«

»Sehr gut!« sagte der Marquis belustigt. »Bewilligt! Ich war auf Moralitäten gefaßt. Sie machen sich.«

Valenod erzählte unter anderem, daß der Lotterieeinnehmer von Verrières kürzlich gestorben war. Julien machte sich den Spaß, die Stelle Herrn Cholin zu verschaffen, jenem alten Schwachkopf, dessen Bittschrift er damals im Zimmer des Herrn von La Mole gefunden hatte. Während er das Empfehlungsschreiben an den Finanzminister zur Unterzeichnung vorlegte, sagte er die Bittschrift aus dem Gedächtnisse her. Der Marquis mußte herzlich lachen.

Kaum war Cholin ernannt, da erfuhr Julien, daß der Kreisausschuß den Antrag gestellt hatte, die Lotterieeinnahme

345

dem verdienstvollen Landvermesser Gros zu geben. Der hochherzige Mann hatte nur 1400 Franken zu verzehren, und jedes Jahr verlieh er von dieser Summe sechshundert Franken an die Familie verstorbener Beamter, um die Ausbildung der Kinder zu sichern.

Betroffen sah Julien, was er angerichtet hatte. Wie werden die Familien verstorbener Beamter von jetzt an leben? Der Gedanke daran drückte ihm das Herz ab. »Das ist gar nichts!« rief er aus. »Ich werde noch ganz andre Ungerechtigkeiten begehen müssen, wenn ich es zu etwas gebracht habe, und obendrein genötigt sein, sie hinter gefühlvoller Schönrederei zu verbergen. Armer Gros! Du hast den Orden verdient, und ich habe ihn bekommen! Und ich muß im Sinne der Regierung handeln, die ihn mir verliehen hat!«

KAPITEL VIII

Welcher Orden
ist wahrhaft eine Auszeichnung?

Dein Wasser erfrischt mich nicht, sagte der
verärgerte Geist – und doch ist es der kühlste
Brunnen in ganz Diar-Bekir.
Pellico

Eines Tages kam Julien von dem reizenden Gute Villequier am Ufer der Seine zurück, für das Herr von La Mole allezeit besondere Vorliebe hegte, weil es von allen seinen Besitzungen die einzige war, die dem berühmten Bonifaz von La Mole gehört hatte. Er fand die Marquise und ihre Tochter zu Hause. Sie waren eben aus Hyères zurückgekehrt.

Julien war jetzt Dandy und verstand sich auf die Kunst, in Paris zu leben. Er war gegen Fräulein von La Mole von vollkommener Kühle und schien nicht die geringste Erinnerung an die Zeit bewahrt zu haben, wo sie sich so fröhlich nach den Einzelheiten seines Herunterfalls vom Pferde erkundigte.

Fräulein von La Mole fand ihn größer und blasser geworden. Seine Haltung und sein Benehmen hatten nichts Kleinstädtisches mehr. Anders seine Unterhaltung. Es war noch zu viel Ernst, zu viel Positivismus darin. Trotz dieser schulmeisterlichen Eigenschaften lag nichts Unterwürfiges in seinem Gespräche. Dazu war er zu stolz. Man fühlte nur, daß er noch zu vielerlei als wichtig betrachtete. Aber man sah, daß er ein Mann war, der für seine Meinung einstand.

»Es fehlt ihm an Leichtigkeit, nicht an Geist«, sagte Fräulein von La Mole zu ihrem Vater, als sie mit ihm über den Orden scherzte, den er Julien verschafft hatte. »Mein Bruder hat dich anderthalb Jahre darum bitten müssen: und er ist ein La Mole.«

»Ja, aber Julien hat unerwartete Einfälle. Die hat der La Mole, von dem du sprichst, nicht.«

Der Herzog von Retz wurde gemeldet.

Mathilde fühlte sich von einem unüberwindlichen Drang, gähnen zu müssen, befallen, als sie die alten Vergoldungen und die alten Stammgäste des väterlichen Salons wiedersah. Sie machte sich ein trostlos langweiliges Bild von dem Leben, das ihrer in Paris von neuem harrte, trotzdem sie in Hyères Paris vermißt hatte.

»Und dabei bin ich neunzehn Jahre!« dachte sie. »Das ist das Alter des Glücks, singen alle die Idioten in Goldschnitt!« Sie blätterte in den acht bis zehn neuen Gedichtbänden, die sich während ihrer Reise nach der Provence auf dem Spiegeltische des Salons angesammelt hatten. Es war ihr Unglück, mehr Geist zu besitzen als Croisenois, Caylus, Luz und ihre andern Freunde. Im voraus wußte sie, was sie ihr alles sagen würden: über den schönen Himmel der Provence, die Poesie des Südens usw.

Ihre schonen Augen, in denen der gründlichste Überdruß lag, ja, mehr noch, die Hoffnungslosigkeit, je Vergnügen zu

347

finden, blieben auf Julien haften. Er war wenigstens nicht aus demselben Holze wie die andern geschnitzt.

»Herr Sorel«, sagte sie mit dem kurzen, lebhaften und so ganz unweiblichen Tone, dessen sich die jungen Damen der höchsten Gesellschaft zu bedienen pflegen. »Herr Sorel, kommen Sie heute abend auf den Ball bei Herrn von Retz?«

»Gnädiges Fräulein, ich habe nicht die Ehre, bei Seiner Durchlaucht eingeführt zu sein.« Sie hatte den Eindruck, daß es dem hochmütigen Provinzler schwer fiel, diese Worte und Titulaturen herauszubringen.

»Er hat meinem Bruder aufgetragen, Sie mitzubringen, und wenn Sie mitgehen wollen, könnten Sie mir Näheres über Villequier erzählen. Es ist die Rede davon, daß wir es im Frühjahr aufsuchen. Ich möchte wissen, ob das Schloß wohnlich ist und die Umgegend wirklich so reizend, wie man sagt. Es gibt ja so manchen unverdienten Ruf.«

Julien schwieg.

»Kommen Sie mit meinem Bruder auf den Ball!« schloß sie in sehr trocknem Tone.

Julien verneigte sich respektvoll. »Also selbst auf dem Balle bin ich jedwedem Familienmitgliede Bericht schuldig. Werde ich doch bezahlt wie ein lumpiger Rechtsanwalt.« Und mißlaunig brummte er weiter: »Wenn ich nur wenigstens wüßte, ob das, was ich der Tochter sagen werde, den Plänen des Vaters, der Mutter oder des Bruders nicht zuwider läuft. Es geht hier wahrscheinlich wie am Hofe eines regierenden Fürsten zu. Man muß eine vollkommene Null sein, dabei doch ein kleiner Machiavell.«

»Dies große Mädel gefällt mir nicht«, dachte er, wie er Fräulein von La Mole nachsah. Sie war von ihrer Mutter gerufen worden, damit sie sich etlichen Freundinnen der Marquise zeige. »Sie übertreibt alle Moden. Ihr Kleid entgleitet den Schultern. Sie sieht noch blasser aus als vor ihrer Reise. Ihre Haare sind wie farblos: so blond sind sie. Man möchte

348

meinen, daß das Licht hindurchscheint. Welcher Hochmut in ihrer Art zu grüßen und im Blick! Dazu die Gesten einer Königin!«

Fräulein von La Mole rief ihren Bruder, als er gerade den Salon verlassen wollte.

Graf Norbert kam auf Julien zu.

»Mein lieber Sorel«, sagte er, »wo darf ich Sie um Mitternacht zum Balle bei Herrn von Retz abholen? Er hat mir ausdrücklich aufgetragen, Sie mitzubringen.«

»Ich weiß wohl, wem ich so viel Güte verdanke«, antwortete Julien mit einer übertrieben tiefen Verbeugung.

Da er an dem Höflichkeit und sogar Anteilnahme bezeigenden Tone Norberts nichts auszusetzen fand, so nörgelte er in seiner üblen Laune an der eignen Antwort, die er auf diese verbindliche Aufforderung gegeben hatte. Er fand ein Körnchen Gemeinheit darin.

Abends, als er auf den Ball kam, war er vom Prunk des Retzschen Hauses wie geblendet. Den Hof vor dem Eingang überspannte ein riesiges purpurrotes Segeltuch mit goldenen Sternen. Ein köstlicher Anblick! Der Hof unter diesem Zeltdache war in einen Hain von Orangen- und Rosenlorbeerbäumen verwandelt. Die Töpfe und Kübel waren so tief eingegraben, daß die Bäume aus dem Boden zu wachsen schienen. Die Auffahrt war mit Sand bestreut.

Die ganze Szenerie kam dem Provinzler wie ein Märchenbild vor. Er hatte solche Herrlichkeit noch nie geschaut, und im Nu hatte seine entflammte Einbildungskraft seine vorherige üble Laune verjagt. Im Wagen, als sie zum Ball fuhren, war Norbert fröhlich gewesen; Julien aber sah alles gleichsam durch eine schwarze Brille. Kaum waren sie im Hofe, als sie die Rollen tauschten.

Norbert hatte nur Augen für einige kleine Mängel, die all der Prachtentfaltung unterlaufen waren. Er veranschlagte die Kosten der ganzen Ausschmückung bis ins einzelne, und je höher seine Berechnung stieg, desto schlechter war seine

Laune. Julien bemerkte dies. Es kam ihm vor, als sei Norbert beinahe eifersüchtig.

Er hingegen war wie berauscht. Voller Bewunderung und vor Erregung fast befangen trat er in den ersten Saal, in dem getanzt ward. Alles drängte zur Tür nach dem zweiten Raume. Die Menge der Geladenen war so groß, daß es Julien unmöglich war, weiter vorzudringen. Die Ausschmückung des zweiten Saales stellte die Alhambra von Granada vor.

»Sie ist die Ballkönigin! Das muß man ihr lassen!« meinte ein schnurrbärtiger junger Herr, dessen Schulter im Gewühle gegen Juliens Brust gedrückt ward.

Sein Nachbar antwortete dem Sprecher: »Fräulein Fourmont, den ganzen Winter die Schönste, begreift offenbar, daß sie auf den zweiten Platz verdrängt ist. Sieh nur ihre sonderbare Miene!«

»Tatsächlich, sie gibt sich die allergrößte Mühe, Eindruck zu machen! Sieh bloß, dies holde Lächeln in dem Augenblick, wo sie im Contre allein tanzt. Auf Ehre, unbezahlbar!«

»Fräulein von La Mole dagegen drückt ihre Freude über ihren unverkennbaren Triumph nach außen nieder. Es macht beinahe den Eindruck, als fürchte sie, dem zu gefallen, mit dem sie spricht.«

»Sehr gut! Das ist die höhere Verführungskunst!«

Julien machte vergebliche Anstrengungen, die Verführerische zu erblicken. Sechs oder acht Herren, die größer waren als er, verdeckten sie ihm.

»Keine üble Koketterie, diese vornehme Zurückhaltung!« sagte der junge Herr mit dem Schnurrbart.

»Und diese großen blauen Augen, die sie so langsam niederschlägt, gerade wenn man glaubt, daß sie sich verraten werden«, erwiderte der Nachbar. »Wahrlich, größere Raffinerie gibt's nicht!«

»Sieh nur, wie gewöhnlich die schöne Fourmont neben ihr aussieht!« bemerkte ein Dritter.

»Ihre zurückhaltende Miene bedeutet: Welche Liebenswürdigkeit würde ich entfalten, wenn du der Mann wärest, der meiner würdig ist!«

»Und wer wäre der himmlischen Mathilde würdig?« sagte der erste. »Irgendein souveräner Fürst, schön, geistreich und wohlgestaltet, ein Held im Kriege und höchstens zwanzig Jahre alt.«

»Der natürliche Sohn des russischen Zaren, dem man bei solcher Gelegenheit eine souveräne Herrschaft übertrüge, oder aber – der Graf von Thaler, der Bauer im Frack . . .«

Die Tür wurde frei; Julien konnte hindurchgehen.

»Da sie in den Augen dieser Laffen für etwas so Besonderes gilt, ist es schon der Mühe wert, daß ich sie mir daraufhin einmal ansehe«, dachte er. »Ich werde dadurch lernen, was in den Augen dieser Leute Vollkommenheit ist.«

Als er Mathilde mit den Augen suchte, sah sie ihn an. »Die Pflicht ruft!« sagte sich Julien, der zwar noch übellaunig aussah, es aber nicht mehr war. Die Neugier trieb ihn, und seine Lebensfreude ward durch Mathildens tief ausgeschnittenes Kleid noch erhöht. Für seine Eigenliebe war das allerdings wenig schmeichelhaft. »Wie jugendlich ist ihre Schönheit«, dachte er. Fünf oder sechs junge Herren, unter denen er die wiedererkannte, die vorhin an der Tür geplaudert hatten, standen zwischen ihm und ihr.

»Sie sind den ganzen Winter hier in Paris gewesen, Herr Sorel. Sie können mir also gewiß sagen, ob dieser Ball der schönste der Saison ist?« fragte sie ihn.

Julien gab keine Antwort. Sie fuhr fort: »Diese Quadrille kommt mir wundervoll vor. Die Damen tanzen sie tadellos.« Die jungen Herren drehten sich um, um zu sehen, wer der Glückliche sei, von dem Fräulein von La Mole durchaus eine Antwort haben wollte. Sie lautete wenig ermutigend.

»Ich bin kein guter Beurteiler, gnädiges Fräulein. Ich bringe mein Leben am Schreibtisch zu, und dies ist der erste Ball von solcher Pracht, den ich sehe.«

Die eleganten jungen Herren waren starr.

»Sie sind ein Weltweiser, Herr Sorel!« erwiderte Mathilde mit sichtlich stärker werdendem Anteil. »Sie sehen alle Bälle, alle Festlichkeiten an wie ein Philosoph, wie Jean Jacques Rousseau. Die Narretei verwundert Sie, ohne Sie zu verlokken.«

Der eben ausgesprochene Name raubte Julien alle Phantasie und verscheuchte alle Illusion aus seinem Herzen. Sein Mund nahm den Ausdruck stark übertriebener Geringschätzung an.

»Jean Jacques Rousseau«, antwortete er, »ist in meinen Augen ein Tor, wenn er sich erkühnt, die große Welt zu verurteilen. Er hat sie nie verstanden, und er hat das Herz eines emporgekommenen Lakaien in sie getragen.«

»Er hat den *Gesellschaftsvertrag* geschrieben«, erwiderte Mathilde im Tone der Verehrung.

»Er hat die Republik und den Umsturz aller monarchischen Einrichtungen gepredigt. Und dabei war dieser Emporkömmling toll vor Freude, als ein Herzog das Ziel seiner Nachmittagspromenade änderte, um einen seiner Freunde zu begleiten.«

»Ach ja, der Herzog von Luxemburg begleitete in Montmorency einen simplen Herrn Coindet in der Richtung nach Paris«, ergänzte Fräulein von La Mole mit der ganzen Wonne und Andacht jugendlicher Schulgelehrsamkeit. Sie war glückselig vor Freude über ihr Wissen, ungefähr wie jener Akademiker, der die Existenz des Königs Feretrius entdeckte. Juliens Augen blieben streng und undurchdringlich. Mathilde war einen Moment voller Begeisterung gewesen; die Kälte ihres Partners ernüchterte sie beträchtlich. Sie war um so mehr darüber erstaunt, als *sie* es sonst war, die diese Wirkung auf andre hervorbrachte.

In diesem Augenblick kam der Marquis von Croisenois diensteifrig auf Mathilde zu. Er stand eine kleine Weile drei Schritte vor ihr, ohne durch die Menge dringen zu können, und lächelte ihr über dieses Hindernis hinweg zu. Neben ihm stand die junge Marquise von Rouvroy, eine Base Mathildens, am Arm ihres Gatten, mit dem sie erst seit vierzehn Tagen verheiratet war. Der Marquis, gleichfalls sehr jung, war kindisch verliebt in seine Frau, just wie ein Mann, der eine von Notaren zustande gebrachte Konvenienzheirat eingegangen ist und eine idealschöne Frau findet.

Croisenois blickte Mathilde, da er nicht zu ihr gelangen konnte, lachend an, während sie ihre großen Türkisenaugen auf ihm und dem neben ihm stehenden Paare ruhen ließ. »Was gibt es Faderes«, dachte sie, »als diese ganze Gruppe. Da ist Croisenois, der mich heiraten möchte; er ist sanft, höflich und hat die nämlichen tadellosen Manieren wie Rouvroy. Wenn diese Herren nicht so langweilig wären, so wären sie höchst liebenswert. Croisenois würde mit genau derselben beschränkten und zufriedenen Miene auf dem Balle an mir hängen. Ein Jahr nach der Heirat sind meine Equipage, meine Pferde, meine Toiletten, mein Schloß vor der Stadt so elegant wie nur möglich, sind der Inbegriff dessen, was eine Emporgekommene, die Gräfin von Roiville zum Beispiel, vor Neid platzen läßt. Und dann . . .?«

Mathilde langweilte sich in der Aussicht auf ihre Zukunft. Endlich hatte sich der Marquis von Croisenois bis zu ihr durch die Menge gearbeitet und sprach sie an. Aber sie träumte und hörte ihn nicht. Der Klang seiner Stimme verlor sich für sie im Stimmengewirr des Balles. Mechanisch folgte sie Julien mit den Augen. Er hatte sich ehrerbietig, aber stolz und unzufrieden zurückgezogen. In einer Ecke, fern der wirbelnden Menge, erblickte sie den Grafen Altamira. Wie bereits erzählt, war er in seiner Heimat zum Tode verurteilt. Eine seiner Urgroßmütter hatte unter Ludwig XIV. einen Fürsten Conti geheiratet. Dieser Umstand schützte ihn einigermaßen vor den Nachstellungen der Jesuiten.

»Ich sehe, nur ein Todesurteil zeichnet einen Mann wirklich aus«, dachte Mathilde. »Das ist das einzige, was sich nicht kaufen läßt.

Übrigens eine gute Bemerkung, die ich mir da eben sage! Schade, daß sie mir nicht in einem Augenblick einfiel, wo ich damit hätte glänzen können!« Mathilde hatte zu viel Geschmack, um ein zurechtgemachtes Bonmot in ihre Plauderei einzuflechten, aber sie war zu eitel, um über ihren Einfall nicht entzückt zu sein. Ihre sichtlich gelangweilten Züge nahmen plötzlich einen glücklichen Ausdruck an. Der Marquis von Croisenois, der immer noch redete, wähnte darin den Erfolg seiner Worte zu erkennen und ließ den Strom seiner Worte noch mehr fluten.

»Was könnte ein Böswilliger an meiner Bemerkung aussetzen?« dachte Mathilde. »Ich würde dem Krittler sagen: der Titel Baron oder Vicomte läßt sich kaufen. Orden sind leicht zu haben. Mein Bruder hat eben einen bekommen. Was hat er geleistet? Avancieren ist Zeitfrage. Zehn Dienstjahre oder den Kriegsminister zum Verwandten – und man ist Eskadronchef wie Norbert. Ein großes Vermögen . . . Das ist noch das Schwierigste und folglich auch das Verdienstvollste. Drollig! Die Bücher sagen gerade das Gegenteil. Das heißt, es kann einer auch Millionär werden, wenn er ein Fräulein Rothschild heiratet.

Wirklich, mein Witz ist tiefsinnig. Ein Todesurteil ist das einzige, worum sich noch keiner beworben hat.«

»Kennen Sie den Grafen Altamira?« fragte sie Herrn von Croisenois.

Sie machte einen so geistesabwesenden Eindruck, und diese Frage stand dermaßen außer Beziehung zu dem, was der arme Marquis seit fünf Minuten vortrug, daß seine Liebenswürdigkeit in Verblüffung umschlug. Er war doch ein kluger Mann und galt für einen solchen.

»Mathilde hat ihre Eigenheiten«, dachte er. »Das ist unbequem, aber sie sichert ihrem Ehemanne die schönste gesellschaftliche Stellung! Ich weiß nicht, wie es der Marquis von La Mole anfängt: er hat Beziehungen zu den Führern aller Parteien. Er ist ein Mann, der nicht untergehen kann. Überdies kann Mathildens Eigenart für Genie gelten. Bei hoher Geburt und großem Vermögen ist Genie nichts Lächerliches. Dann ist es ein hoher Vorzug! Zudem verfügt sie, wenn sie will, über eine Mischung von Geist, Charakter und Schlagfertigkeit, die ihre Liebenswürdigkeit ideal macht . . .« Da es schwer ist, zweierlei auf einmal zu tun, antwortete der Marquis mit leerem Gesichtsausdruck, als ob er eine Lektion hersagte:

»Wer kennt den armen Altamira nicht?« Und er erzählte ihr die Geschichte seiner verfehlten, lächerlichen, unsinnigen Verschwörung.

»Höchst unsinnig!« sagte Mathilde, wie zu sich selber sprechend. »Aber er ist doch ein Tatenmensch. Ich will einen Mann sehen. Bringen Sie ihn mir her!« bat sie den ganz erschrockenen Marquis.

Graf Altamira war einer der erklärten Bewunderer der hochfahrenden und fast anmaßlichen Miene des Fräuleins von La Mole. In seinen Augen war sie eine der größten Schönheiten von Paris.

»Wie schön wäre sie auf einem Throne!« sagte er zu Croisenois und ließ sich ohne Zögern zu ihr führen.

Es fehlt nicht an Leuten in der Gesellschaft, denen nichts für inkorrekter gilt als eine moderne Verschwörung. Das riecht nach Jakobinertum. Und was gibt es Häßlicheres als einen Jakobiner ohne Erfolg?

Mathilde und Croisenois sahen sich an, beide etwas Spott in den Augen. Gleichwohl hörte sie den Grafen, dem er galt, vergnügt an.

»Ein Verschwörer auf dem Ball!« dachte sie. »Das ist ein netter Widerspruch.« Es kam ihr vor, als habe Altamira mit seinem schwarzen Schnurrbart das Gesicht eines friedlichen Löwen; aber sie merkte bald, daß sein Geist an Einseitigkeit litt: am Kult der Nützlichkeit.

Außer der Bewegung, die seiner Heimat eine Verfassung verschaffen wollte, fand der junge Graf nichts seiner Auf-

355

merksamkeit würdig. Und so verließ er Mathilde, die schönste Dame des Balles, mit Freuden, als er einen peruanischen General eintreten sah.

Da er an Europa im Metternichschen Zustande verzweifelte, blieb dem armen Altamira nichts als die Hoffnung, daß die südamerikanischen Staaten, sobald sie stark und mächtig geworden, Europa die Freiheit wiederbringen könnten, zu der ihnen Mirabeau verholfen hat.[*]

Ein Schwarm junger Herren hatte sich Mathilden genähert. Es war ihr nicht entgangen, daß sie Altamira nicht bezaubert hatte, und so war sie über seinen Weggang verstimmt. Jetzt, als er mit dem exotischen General sprach, sah sie seine schwarzen Augen leuchten. Da schaute sie sich die jungen Franzosen mit tiefem Ernst an, wie ihn ihr keine Nebenbuhlerin nachahmen konnte. »Wer unter ihnen«, dachte sie, »möchte sich zum Tode verurteilen lassen, selbst wenn sich ihm die beste Gelegenheit dazu darböte?«

Ihr eigentümlicher Blick schmeichelte solchen, die wenig Geist hatten, und beunruhigte die andern. Sie fürchteten immer irgendeine urplötzliche scharfe Bemerkung, der sie schwerlich gewachsen waren.

»Hohe Geburt bringt hundert Eigenschaften mit sich, deren Nichtvorhandensein mir unerträglich ist. Ich sehe es an Julien«, dachte Mathilde. »Aber hinwiederum verkümmert sie alle die seelischen Eigenschaften, um derentwillen man zum Tode verurteilt werden kann.«

In dem Augenblick sagte jemand neben ihr: »Graf Altamira ist der zweite Sohn des Fürsten von San Nazaro-Pimentel. Ein Pimentel versuchte die Rettung Konradins, der 1268 enthauptet worden ist. Die Pimentels sind eine der vornehmsten Familien Neapels.«

»Schau, schau!« sagte sich Mathilde im stillen. »Ein schö-

---

[*] Diese Seite, abgesetzt am 25. Juli 1830, ist am 4. August gedruckt worden (Anmerkung des Verlags [der französischen Erstausgabe]).

ner Beweis für meine Behauptung, hohe Geburt nähme dem Charakter die Energie, ohne die man nicht zum Tode verurteilt werden kann! Offenbar ist es heute abend mein Schicksal, dummes Zeug zu reden . . . Seien wir Weib und tanzen wir!« Sie gab der Werbung des Marquis von Croisenois nach, der sie seit einer Stunde um einen Galopp bat. Um sich über ihr Mißglück in der Philosophie zu trösten, nahm sie sich vor, als Weib unwiderstehlich zu sein. Croisenois war entzückt.

Aber weder der Tanz noch der Wunsch, einem der hübschesten Kavaliere zu gefallen, konnte Mathilde zerstreuen. Ihr Triumph war vollkommen: Sie war die Königin des Balles. Sie wußte es, aber sie blieb kalt.

»Was für ein schales Leben werde ich mit einem Manne wie Croisenois führen!« sagte sie sich, als er sie eine Stunde später auf ihren Platz zurückgeleitete. »Wo könnte ich nach den sechs Monaten meiner Abwesenheit ein Vergnügen finden«, seufzte sie niedergeschlagen, »wenn nicht auf dem Balle, der den Ehrgeiz aller Pariserinnen reizt! Zudem werde ich von einer Gesellschaft, wie ich sie mir nicht vornehmer wünschen kann, mit Huldigungen überhäuft. Es sind keine Bürgerlichen hier, außer einigen Pairs und ein oder zwei Juliens. Und doch«, setzte sie mit wachsender Schwermut hinzu, »alle Vorzüge hat mir das Schicksal gegeben, hohe Geburt, Reichtum, Jugend, nur das Glück nicht.

Am zweifelhaftesten sind mir von meinen Vorzügen noch die, von denen man mir den ganzen Abend gesprochen hat. Geist – glaube ich –, den hab ich, denn ich jage offenbar jedem Manne Furcht ein. Wenn sich einer an ein ernstes Thema wagt, so ist er nach fünf Minuten außer Atem; aber wenn er endlich versteht, was ich ihm eine geschlagene Stunde lang immer wieder vorgepredigt habe, dann tut er, als habe er den Nordpol entdeckt. Ich bin schön; ich besitze diesen Vorzug, für den Frau von Staël alles geopfert hätte, und doch sterbe ich tatsächlich vor Langeweile. Ist Aussicht vorhanden, daß ich mich weniger langweilen werden, wenn ich meinen Namen mit dem des Marquis von Croisenois vertauscht habe?

Aber, du mein Gott«, fuhr sie fort, und am liebsten hätte sie geweint, »ist er nicht ein tadelloser Mann? Er ist das Musterstück der Erziehung unsres Jahrhunderts. Man kann ihn nicht ansehen, ohne daß er etwas Liebenswürdiges und sogar Gescheites zu sagen weiß. Und Mut besitzt er auch . . . Übrigens: ein sonderbarer Mensch, dieser Sorel . . .« Ihr Auge verlor seinen matten Ausdruck und funkelte vor Ärger. »Ich habe ihm gesagt, daß ich mit ihm zu sprechen hätte, und er geruht nicht wieder zum Vorschein zu kommen.«

KAPITEL IX

Der Ball

Der Kleiderluxus, der Glanz der Kerzen,
die Düfte; so viele schön geformte Arme, schöne
Schultern! Blumensträuße! Rossini-Melodien,
die einen mitreißen, Gemälde von Ciceri!
Ich bin ganz hingerissen!
Uzeris Reisen

»Du bist schlechter Laune«, sagte die Marquise zu ihrer Tochter. »Ich mache dich darauf aufmerksam: das sieht auf einem Balle nicht gut aus.«

»Ich habe nur Kopfschmerzen«, antwortete Mathilde mit ungnädiger Miene. »Es ist zu heiß hier.«

In diesem Augenblick fiel der alte Baron Tolly, als ob er Mathildens Ausspruch bestätigen wollte, in Ohnmacht und mußte hinausgetragen werden. Man sprach von einem Schlaganfall. Das Ereignis war peinlich.

Mathilde hatte nicht den geringsten Anteil daran. Es war einer ihrer Grundsätze, alte Leute ebenso wie Menschen, die Trauriges erzählten, einfach zu übersehen.

Sie tanzte, um der Unterhaltung über den Schlaganfall zu

entgehen, der übrigens keiner war, denn zwei Tage darauf erschien der Baron wieder auf der Bildfläche.

»Sorel kommt einfach nicht!« sagte sie sich nach dem Tanze. Sie suchte ihn mit den Augen. Da erblickte sie ihn in einem der andern Säle. »Sonderbar! Er scheint die Blasiertheit und Kälte, die so natürlich an ihm waren, abgelegt zu haben. Er sieht gar nicht mehr wie ein Engländer aus . . .

Er unterhält sich mit dem Grafen Altamira, meinem ehemaligen Todeskandidaten!« fuhr sie in ihrem Selbstgespräch fort. »Sein Auge glüht von düsterem Feuer. Er sieht aus wie ein verkappter Prinz. Sein Blick ist noch einmal so hochmütig wie sonst . . .«

Julien näherte sich dem Platze, wo Mathilde stand, noch immer im Gespräch mit Altamira. Sie sah ihm fest und forschend ins Gesicht und suchte in seinen Zügen nach den hohen Eigenschaften, die einem Manne die Ehre verschaffen können, zum Tode verurteilt zu werden.

»Ja«, sagte er eben zum Grafen Altamira, als er an Mathilde vorbeikam, »Danton, das war ein Mann!«

»Himmel!« sagte sich Mathilde. »Sollte er ein zweiter Danton sein? Aber er hat ein so edles Gesicht, und Danton war mordshäßlich, ein Schlächter, wenn ich nicht irre . . .« Julien war ganz in ihrer Nähe. Ohne Zaudern rief sie ihn an. Sie war sich klar und stolz darauf, daß sie eine für eine junge Dame außergewöhnliche Frage stellen wollte.

»War Danton nicht ein Schlächter?« fragte sie ihn.

»Ja, für gewisse Leute«, antwortete Julien mit kaum verhohlener Verachtung und noch immer flammenden Augen. »Zum Leidwesen der hochwohlgeborenen Leute war er Advokat in Méry an der Seine; das heißt, gnädiges Fräulein«, setzte er in boshaftem Tone hinzu, »er hat genau so angefangen wie verschiedene Pairs, die hier zu sehen sind. Allerdings hatte Danton in den Augen von Ästheten einen Riesenfehler: er war grundhäßlich.«

Die letzten Worte stieß er hastig hervor, in einer ungewöhnlichen und zweifellos nicht besonders höflichen Art und Weise.

Julien wartete einen Augenblick, den Oberkörper leicht vorgebeugt, mit stolz-demütigem Ausdruck. Sichtlich wollte er sagen: »Ich werde bezahlt, um Ihnen Rede und Antwort zu stehen, und ich lebe von meinem Gehalte.« Er würdigte Mathilde keines Blickes. Sie stand mit ihren schönen weitgeöffneten Augen, die auf ihm ruhten, wie eine Sklavin vor ihm. Endlich, als das Schweigen kein Ende nahm, blickte er sie an, wie ein Knecht seinen Herrn anblickt, um dessen Befehle entgegenzunehmen. Seine Augen begegneten dem vollen Blick Mathildens, der immer noch mit seltsamem Ausdruck auf ihm lag. Trotzdem entfernte er sich von ihr mit merkbarer Eile.

»Er, der wirklich schön ist«, sagte sich Mathilde, als sie endlich aus ihrer Träumerei erwachte, »er singt solch ein Loblied auf die Häßlichkeit! Niemals zieht er seine eigne Person in Betracht. Er ist nicht wie Caylus oder Croisenois. Dieser Sorel hat etwas von der Art und Weise meines Vaters, wenn er Napoleon auf dem Balle so schön nachmacht.« Sie hatte Danton ganz und gar vergessen. »Heute abend langweile ich mich entschieden!« Sie ergriff den Arm ihres Bruders und zwang ihn zu seinem großen Kummer, mit ihr einen Rundgang durch den Saal zu machen. Sie hatte den Einfall, Juliens Unterhaltung mit dem zum Tode Verurteilten zu verfolgen.

Das Gedränge war überaus groß. Dennoch gelang es ihr, die beiden einzuholen, gerade als Altamira zwei Schritte vor ihr an eine Kredenz trat, um sich Eis zu nehmen. Halb umgewandt, sprach er mit Julien weiter. Da erblickte er einen betreßten Arm, der sich Eis von derselben Stelle nahm. Die Stickerei erregte offenbar seine Aufmerksamkeit, denn er drehte sich ganz um, in der Absicht, die Person zu sehen, die zu dem Ärmel gehörte. Alsbald nahmen seine edlen treuherzigen Augen einen etwas verächtlichen Ausdruck an.

»Sehen Sie diesen Herrn«, sagte er ziemlich leise zu Julien, »das ist der Fürst von Araceli, der sardinische Gesandte. Heute vormittag hat er Ihren Minister des Auswärtigen, Herrn von Nerval, um meine Auslieferung gebeten. Dort drüben sitzt er und spielt Whist. Herr von Nerval ist nicht abgeneigt, mich auszuliefern, denn wir haben euch Franzosen anno 1816 auch zwei oder drei Verschwörer ausgeliefert. Wenn man mich meinem König überliefert, so werde ich binnen vierundzwanzig Stunden gehenkt. Einer von den netten schnurrbärtigen Herren da wird mich festnehmen . . .«

»Die Schufte!« rief Julien halblaut.

Mathilde hatte keine Silbe des Gespräches verloren. Ihre Langeweile war verflogen.

»Schufte nicht gerade . . .«, erwiderte Altamira. »Ich habe Ihnen von mir erzählt, um Ihnen ein lebhaftes Bild zu geben. Sehen Sie sich einmal den Fürsten näher an! Alle fünf Minuten liebäugelt er mit seinem Goldnen Vlies. Er freut sich immer wieder von neuem, daß er diesen Firlefanz auf seiner Brust trägt. Im Grunde ist der arme Mensch ein leibhaftiger Anachronismus. Vor hundert Jahren war das Goldne Vlies eine hohe Auszeichnung, aber damals hätte er es sicher nicht gekriegt. Heutzutage muß man unter wirklichen Aristokraten ein Araceli sein, um sich über den Orden zu freuen. Er hätte die Bürgerschaft einer ganzen Stadt an den Galgen knüpfen lassen, um ihn zu bekommen.«

»Hat er ihn um einen solchen Preis erlangt?« fragte Julien beklommen.

»Wohl nicht!« antwortete Altamira kühl. »Vermutlich hat er etliche dreißig Großgrundbesitzer seines Landes, die für Liberale galten, ins Wasser werfen lassen . . .«

»So eine Bestie!« unterbrach ihn Julien.

Fräulein von La Mole neigte ihren Kopf mit dem lebhaftesten Interesse vor, so daß ihr schönes Haar fast Juliens Schulter streifte.

»Sie sind noch sehr jung!« meinte Altamira. »Ich habe Ihnen schon einmal erzählt, daß ich eine verheiratete Schwester in der Provence habe. Sie ist noch hübsch, jung und sanft, eine ausgezeichnete Familienmutter, pflichttreu und fromm, doch nicht bigott.«

»Worauf will er wohl hinaus?« dachte Fräulein von La Mole bei sich.

»Eine glückliche Natur!« fuhr Graf Altamira fort. »Im Jahre 1815 hielt ich mich auf ihrem Gute bei Antibes verborgen. In dem Augenblick, wo sie die Hinrichtung des Marschalls Ney erfuhr, fing sie an zu tanzen.«

»Wie ist das möglich?« rief Julien bestürzt.

»Das ist die Parteiwut!« erklärte Altamira. »Im neunzehnten Jahrhundert gibt es keine wirklichen Leidenschaften mehr. Darum langweilt man sich in Frankreich so sehr. Man begeht die größten Grausamkeiten, doch ohne Grausamkeit.«

»Das ist das Allerschlimmste!« sagte Julien. »Wenn man schon Verbrechen begeht, so soll man wenigstens Genuß daran haben. Das ist ihr einziger Wert. Dann kann man sie zur Not sogar rechtfertigen.«

Fräulein von La Mole vergaß vollständig, was sie sich schuldig war. Sie hatte sich fast zwischen Altamira und Julien gestellt. Ihr Bruder, der sie führte und gewohnt war, ihr zu gehorchen, sah nach der andern Seite des Saales und tat, um sich eine Haltung zu geben, als ob ihn die Menge zurückdrängte.

»Sie haben recht«, sagte Altamira. »Was man heutzutage vollbringt, begeht man ohne Genuß und ohne spätere Erinnerung, selbst die Verbrechen. Ich kann Ihnen hier auf dem Balle etwa zehn Leute zeigen, die als Mörder verurteilt sein müßten. Sie haben es vergessen und die Welt auch.*

Einige darunter werden zu Tränen gerührt, wenn ihr Hund sich das Bein bricht. Wenn man ihnen dann auf dem

---

* Hier spricht ein Unglücklicher (Anmerkung von Molière im Tartüff).

Père-Lachaise ›Blumen auf das Grab nachwirft‹, wie man so gefällig in Paris sagt, dann wird in aller Öffentlichkeit gesagt, daß sie alle Tugenden eines Ritters ohne Furcht und Tadel in sich vereinigt hätten, und man spricht von den großen Taten ihres Urahnen, der unter Heinrich IV. lebte. Wenn ich trotz der guten Dienste des Fürsten Araceli nicht gehenkt werde, und wenn ich eines Tages hier in Paris wieder zum Genuß meines Vermögens kommen sollte, will ich Sie einmal mit acht oder zehn hochangesehenen und von Gewissensbissen völlig freien Mördern zu Tisch einladen.

Wir beide, Sie und ich, werden bei diesem Diner die einzigen nicht Blutbefleckten sein. Ich aber werde verachtet und beinahe gehaßt als blutdürstiges jakobinisches Ungeheuer, und Sie werden verachtet, weil Sie ein Mann aus dem Volke sind, der in die gute Gesellschaft eingedrungen ist.«

»Nicht zu leugnen!« sagte Fräulein von La Mole.

Altamira blickte sie erstaunt an. Julien würdigte sie keines Blicks.

Altamira fuhr fort: »Sie müssen bedenken, daß die Revolution, an deren Spitze ich stand, nur deshalb gescheitert ist, weil ich nicht gewillt war, drei Köpfe zu opfern und unsern Parteigängern sieben oder acht Millionen zu überlassen, zu denen ich die Schlüssel besaß. Mein Landesherr, der heute darauf brennt, mich am Galgen zu sehen, hat mich vor dem Aufstand geduzt. Er hätte mir das Großkreuz seines Hausordens um den Hals gehängt, wenn diese drei Köpfe gefallen und die Gelder aus den betreffenden Kassen verteilt worden wären. Denn dann hätte ich wenigstens einen halben Erfolg gehabt, und mein Land hätte die übliche Verfassung . . . Das ist der Gang der Welt! Schachspiel, weiter nichts!«

»Damals«, rief Julien mit glühenden Augen, »waren Sie noch kein Meisterspieler. Aber jetzt . . .«

»Jetzt würde ich die drei Köpfe ruhig opfern, wollen Sie sagen, und nicht den Girondisten spielen, wie Sie mir neulich zu verstehen gegeben haben.« Und in schwermütigem Tone fügte Altamira hinzu: »Ich werde Ihnen antworten, wenn Sie einmal jemanden im Zweikampf getötet haben, was gewiß viel weniger häßlich ist, als einen durch den Henker hinrichten zu lassen.«

»Offengestanden«, sagte Julien, »der Zweck heiligt das Mittel! Wenn ich nicht bloß Statist wäre, sondern einige Macht hätte, würde ich drei Menschen hängen lassen, um vieren das Leben zu retten.«

In seinen Augen flammten die Selbstschätzung und die Verachtung der eitlen Urteile der Menschen. Sein Blick begegnete dem Mathildens, die dicht neben ihm stand, und die Verachtung darin, weit entfernt, sich in Höflichkeit und Demut zu verwandeln, wuchs noch.

Sie fühlte sich tief gekränkt, aber es lag nicht mehr in ihrer Macht, Julien zu vergessen. Verdrossen ging sie weg und zog ihren Bruder mit sich fort.

»Ich muß Punsch trinken und viel tanzen«, sagte sie sich. »Ich will das bessere Teil erwählen und um jeden Preis Aufsehen machen. Famos! Da kommt der durch seine Unverschämtheit berühmte Graf von Fervaques.« Sie nahm seine Aufforderung an und tanzte mit ihm. »Wir wollen einmal sehen«, dachte sie, »wer von uns beiden mehr anmaßend ist. Aber damit ich meinen Spaß habe, muß ich ihn zum Reden bringen.«

Bald tanzten alle andern Paare die Quadrille nur noch mechanisch weiter. Niemand wollte sich eine von Mathildens pikanten Antworten entgehen lassen. Herr von Fervaques verlor die Ruhe. Er fand statt guter Einfälle nur gekünstelte Worte und schnitt Gesichter. Mathilde ließ ihre Laune an ihm aus; sie behandelte ihn niederträchtig, wodurch sie sich ihn zum Feinde machte. Sie tanzte bis in den Morgen hinein und brach dann tief erschöpft auf. Als sie im Wagen saß, benutzte sie ihre letzte Kraft dazu, sich traurig und unglücklich zu stimmen. Sie war von Julien verachtet worden und hatte keinen Grund, ihn zu verachten.

Julien war auf dem Gipfel des Glücks. Ohne sich dessen bewußt zu werden, war er entzückt von der Musik, den Blumen, den schönen Frauen, der Vornehmheit ringsumher und am allermeisten von seiner eignen Einbildungskraft, die ihm Auszeichnungen für sich und die Freiheit für alle vorgaukelte. »Welch ein schöner Ball!« sagte er zum Grafen. »Es fehlt nichts.«

»Doch! Es fehlt der Gedanke«, erwiderte Altamira.

Und seine Züge verrieten jene Verachtung, die um so schärfer wirkt, weil man erkennt, daß die Höflichkeit es sich zur Pflicht macht, sie zu verhüllen.

»Sie sind doch da, Graf. Der verkörperte Gedanke! Der Gedanke des Umsturzes!«

»Ich bin nur eingeladen meines Namens wegen. Man haßt den Gedanken in euren Salons. Er darf sich nicht über die Höhe eines Gassenhauers wagen. Dann wird man belohnt. Aber ein denkender Mensch, dessen Einfälle kraftvoll und neu sind, der gilt als Zyniker. Ist Courier nicht von einem Ihrer Richter so bezeichnet worden? Sie haben ihn ins Gefängnis geworfen, ebenso Béranger. Alles, was sich bei euch durch Geist einigermaßen hervortut, wird von den Pfaffen dem Staatsanwalt überantwortet, und die gute Gesellschaft klatscht Beifall.

Das kommt daher, daß eure altgewordene Gesellschaft die Konvenienz über alles stellt. Ihr werdet euch nie über die soldatische Tüchtigkeit hinausschwingen. Ihr werdet Murats haben, aber keine Washingtons. Ich sehe in Frankreich nichts als Eitelkeit. Ein Mann, der beim Reden Einfälle hat, sagt leicht ein unvorsichtiges treffendes Wort, und der Gastgeber empfindet das als Schändung seines Hauses.«

In diesem Augenblick hielt der Wagen des Grafen, in dem Julien mit saß, vor dem Haus La Mole. Julien war verliebt in seinen Karbonaro. Altamira hatte ihm das schöne und offenbar urehrliche Kompliment gemacht: »Sie sind frei von der französischen Oberflächlichkeit, und Sie verstehen das Nütz-

365

lichkeitsprinzip.« Zufällig hatte Julien vor zwei Tagen das Trauerspiel »Marino Faliero« von Kasimir Delavigne gesehen.

»Hatte Bertuccio Isarello nicht mehr Charakter als alle die venezianischen Dogen?« dachte der rebellische Plebejer bei sich. »Und doch waren das Leute, deren Stammbaum bis ins Jahr 700 hinaufreicht, also noch hundert Jahre über Karl den Großen hinaus, während der vornehmste Adel auf dem Balle des Herrn von Retz sich mit Müh und Not bis ins dreizehnte Jahrhundert nachweisen läßt. Und an keinen von all diesen venezianischen Edlen jener Tage erinnert man sich noch; nur an Bertuccio Isarello.

Eine Verschwörung beseitigt alle Titel, welche die gesellschaftliche Willkür geschaffen. Je nachdem einer dem Tod ins Antlitz schaut, bekommt er Rang und Würde. Selbst der Geist verliert sein Ansehen.

Was wäre Danton heute im Jahrhundert der Valenods und Rênals? Nichts! Nicht einmal Staatsanwalt!

Und doch! Er hätte sich den Pfaffen verkauft und wäre Minister. Denn im Grunde hat auch der große Danton gestohlen. Auch Mirabeau hat sich verkauft. Und Napoleon hat in Italien Millionen gestohlen. Sonst wäre er an der Armut gescheitert wie Pichegru. Nur Lafayette hat nie gestohlen. Muß man stehlen? Muß man sich verkaufen?« dachte Julien. Diese Frage ließ ihn nicht wieder los. Er verbrachte den Rest der Nacht damit, die Geschichte der Revolution zu lesen.

Als er am anderen Morgen in der Bibliothek seine Briefe schrieb, dachte er immer noch an nichts als an sein gestriges Gespräch mit dem Grafen Altamira.

»Das muß man zugeben«, sagte er sich nach langem Grübeln, »wenn die spanischen Liberalen das Volk durch Verbrechen bloßgestellt hätten, hätte man sie nicht mit dieser Leichtigkeit hinweggefegt. Es waren hochfahrende und schwatzhafte Kinder . . . wie ich!« rief er plötzlich aus, als ob er aus dem Schlafe erwachte. »Was habe ich Großes geleistet, daß ich mir das Recht nehme, über jene armen Teufel zu Gericht zu sitzen, die doch wenigstens einmal im Leben etwas gewagt, eine Tat unternommen haben? Ich bin wie einer, der vom Tisch aufsteht und sagt: Morgen will ich nicht essen und doch stark und froh sein wie heute. – Weiß ich, wie einem zumut ist auf dem halben Wege zu einer großen Tat? Denn so etwas ist mehr als das Abfeuern einer Pistole.« Juliens Gedankenflug ward gestört, als unverhofft Fräulein von La Mole in der Bibliothek erschien. Die Bewunderung der großen Eigenschaften eines Danton, eines Mirabeau, eines Carnot, die alle ungebrochen blieben, hatte ihn dermaßen mit Begeisterung erfüllt, daß er seine Blicke auf Fräulein von La Mole richtete, ohne seine Gedanken auf sie zu richten, ohne sie zu grüßen, ja ohne sie zu sehen. Als seine weitgeöffneten großen Augen endlich ihrer Anwesenheit innewurden, erlosch ihr Glanz. Fräulein von La Mole nahm es voll Bitternis wahr.

Sie ersuchte ihn um einen Band der Geschichte Frankreichs von Vély, die auf dem obersten Regal stand, so daß Julien die größere der beiden Leitern herbeiholen mußte. Er stieg auf die Leiter, holte den Band herunter und händigte ihn ihr ein, noch immer ohne zu dem Bewußtsein zu kommen, daß er Mathilde vor sich hatte. Beim Wiederwegstellen der Leiter stieß er aus Übereile mit dem Ellenbogen in einen der Spiegel. Das Klirren der Glassplitter, die auf das Parkett fielen, brachte ihn endlich zur Besinnung. Rasch stammelte er ein paar Entschuldigungsworte. Er wollte höflich sein; aber das war er kaum. Mathilde begriff, daß sie ihn gestört hatte, und daß er, statt mit ihr zu sprechen, lieber weiter über das nachgedacht hätte, was ihn vor ihrem Erscheinen beschäftigte. Nachdem sie ihn eine Weile angeschaut hatte, ging sie langsam wieder. Julien sah ihr nach. Er genoß den Gegensatz zwischen der Schlichtheit ihres heutigen Kleides und der kostbaren Pracht ihrer Gesellschaftstoilette am gestrigen Abend. Der Unterschied in ihrem Gesichtsausdruck war fast ebenso auffällig. Die junge Dame, die sich auf dem Balle des Herzogs von Retz so hochmütig benommen, hatte in diesem Augenblick fast etwas Bittendes im Blick. »Ohne Zweifel«, sagte Julien bei sich, »dieses schwarze Kleid läßt die Schönheit ihrer Gestalt noch mehr zur Geltung kommen. Sie hat die Haltung einer Königin. Aber warum ist sie in Trauer?

Wenn ich mich bei irgendwem nach dem Anlaß erkundige, begehe ich am Ende wieder eine Ungeschicklichkeit.« Julien hatte seine schwärmerische Stimmung völlig verloren. »Ich muß alle Briefe, die ich heute morgen geschrieben habe, noch einmal durchsehen. Gott weiß, was für Lücken und Schnitzer ich darin finden werde.« Als er das erste Schreiben mit gespannter Aufmerksamkeit durchlas, hörte er neben sich das Knistern eines Seidenkleides. Schnell wandte er sich um. Fräulein von La Mole stand zwei Schritte hinter seinem Tisch und lachte. Die abermalige Störung ärgerte Julien.

Mathilde ihrerseits empfand lebhaft, daß sie dem jungen Manne nichts bedeutete. Ihr Lachen sollte nur ihre Verlegenheit bemänteln, und dies gelang ihr.

»Sie denken augenscheinlich an etwas ungemein Interessantes, Herr Sorel«, sagte sie. »Wohl an irgendeine merkwürdige Einzelheit der Verschwörung, der wir die Anwesenheit des Grafen Altamira in Paris verdanken? Erzählen Sie mir, um was es sich handelt! Ich bin begierig, es zu erfahren. Ich werde verschwiegen sein; das schwöre ich Ihnen.« Sie war selbst erstaunt, als sie sich das Wort aussprechen hörte. Was? Sie hatte eine Bitte an einen Untergebenen ihres Vaters? Ihre Verlegenheit wuchs. In leichtem Tone setzte sie hinzu: »Wer hat Sie denn zu einem begeisterten Wesen, zu einem Propheten aus Michelangelos Jüngstem Gericht gemacht, Sie, der Sie sonst so blasiert sind?«

Die lebhafte und indiskrete Frage verletzte Julien tief und gab ihm seine ganze Tollheit wieder.

»Hat Danton recht getan, als er stahl?« fragte er Mathilde unvermittelt mit zusehends wilder werdender Miene. »Hätten die piemontesischen und spanischen Revolutionäre ihr Volk durch Verbrechen bloßstellen sollen? Hätten sie alle Stellen im Heere und alle Orden selbst an Leute ohne Verdienst verteilen; den Schatz in Turin der Plünderung preisgeben sollen? Mit einem Worte, gnädiges Fräulein«, sagte er, indem er mit furchtbarem Blick näher an sie herantrat: »Soll der Mensch, der die Dummheit und das Verbrechen von der Erde vertilgen will, wie ein Sturmwetter daherbrausen und Unheil anrichten, wie es gerade kommt?«

Mathilde erschrak. Sie konnte seinen Blick nicht ertragen und wich etliche Schritte zurück. Einen Augenblick lang schaute sie ihn an. Dann schämte sie sich ihrer Furcht und verließ leichten Schrittes die Bibliothek.

KAPITEL X

Die Königin Margarete

Liebe! Welche Torheit begehen wir nicht
um deinetwillen mit Vergnügen?
Briefe einer portugiesischen Nonne

Julien las seine Briefe noch einmal. Als es zu Tisch läutete, sagte er sich: »Wie lächerlich muß ich dieser Pariser Puppe erschienen sein! Welche Tollheit war es, ihr ehrlich zu sagen, was ich dachte? Aber vielleicht war die Tollheit nicht so groß. Die Wahrheit war in diesem Falle meiner würdig.

Was hat sie mich über vertrauliche Dinge auszufragen? Das war taktlos von ihr. Gegen die gute Sitte. Meine Gedanken über Danton gehören nicht zu dem Amt, für das mich ihr Vater bezahlt.«

Als Julien in den Eßsaal trat, vergaß er seine schlechte Laune über der Verwunderung, Fräulein von La Mole in

Trauerkleidung zu sehen, im übrigen aber niemanden von der Familie in Schwarz.

Nachdem die Tafel aufgehoben war, verspürte er überhaupt nichts mehr von der Begeisterung, die ihn den Tag über erfüllt hatte. Zum Glück war der lateinkundige Akademiker Tischgast. »Dieser Mann wird sich am wenigsten über mich aufhalten«, dachte Julien, »wenn meine Frage über Fräulein von La Moles Trauer, wie ich vermute, eine Ungeschicklichkeit wäre.«

Mathilde sah ihn mit einem sonderbaren Ausdruck an. »Das ist wohl pariserische Koketterie, wie Frau von Rênal sie mir geschildert hat?« sagte er sich. »Ich war heute morgen nicht liebenswürdig gegen Mathilde. Ich bin auf ihre Laune, mit mir plaudern zu wollen, nicht eingegangen. Dadurch bin ich in ihrer Achtung gestiegen. Der Teufel kommt ja stets auf seine Rechnung. Gelegentlich wird sie sich durch hochmütige Geringschätzung schon zu rächen wissen. Ich traue ihr alles zu. Was für ein Unterschied gegen das, was ich verloren habe! Wie reizend natürlich war Luise! Wie harmlos! Ich kannte ihre Gedanken immer früher als sie selbst. Ich sah sie entstehen. Es war keine Gegenströmung in ihr, außer der Furcht, ihre Sünde könne sich an ihren Kindern rächen. Das war eine vernünftige, natürliche Zuneigung, eine Wonne selbst für mich, wiewohl ich darunter litt. Ich war ein rechter Tor! Die falsche Vorstellung, die ich mir damals von Paris machte, war schuld daran, daß ich dieses herrliche Weib nicht voll gewürdigt habe.

Großer Gott, welch ein Unterschied! Was finde ich hier? Nichts als eisige, hochmütige Eitelkeit, alle Spielarten der Eigenliebe – und weiter nichts!«

Man stand vom Tisch auf. »Daß mir nur mein Akademiker nicht weggeschnappt wird!« sagte sich Julien. Als man in den Garten ging, näherte er sich ihm, machte ein sanftmütiges und unterwürfiges Gesicht und teilte in dem sich entspinnenden Gespräche seine Wut ob des Erfolges von Viktor

Hugos *Hernani*, der eben, im Februar des Jahres 1830, seine Uraufführung erlebt hatte.

»Lebten wir doch noch in der Zeit der *Lettres de cachet*!« heuchelte Julien.

»Dann hätte er sich nicht erfrecht!« rief der Akademiker mit einer Handbewegung frei nach Talma.

Als die Rede auf irgendeine Blume kam, zitierte Julien etliche Stellen aus Virgils *Georgica*. Des weiteren bemerkte er, nichts ließe sich mit den Versen des Abbé Delille vergleichen. Mit einem Worte, er schmeichelte dem Akademiker auf jede Weise. Schließlich sagte er im gleichgültigsten Tone: »Ich vermute, Fräulein von La Mole hat einen Onkel beerbt. Sie trägt Trauer.«

»Was!« sagte der Akademiker, indem er plötzlich stehenblieb. »Sie gehören zum Hause und kennen ihre Verschrobenheiten noch nicht? Es ist in der Tat sonderbar, daß ihre Mutter dergleichen nachsieht. Aber, unter uns gesagt, es ist mit der Charakterstärke in diesem Hause so eine Sache. Fräulein Mathilde besitzt sie für alle andern mit, und so regiert sie über alle. Heute haben wir nämlich den 30. April . . .« Damit brach der Akademiker ab und sah Julien an. Dieser lächelte möglichst verständnisinnig.

»Welchen Zusammenhang mag es zwischen der Hegemonie im Hause, dem Tragen eines schwarzen Kleides und dem 30. April geben? Ich muß doch viel dümmer sein, als ich dachte.«

»Ich muß Ihnen gestehen . . .«, sagte er zu dem Akademiker und sah ihn fragend an. »Machen wir einen Gang durch den Garten«, schlug dieser vor und nahm mit Entzücken die Gelegenheit wahr, eine lange feingedrechselte Erzählung vom Stapel lassen zu können.

»Sollte es wirklich der Fall sein, daß Sie nicht wissen, was sich am 30. April 1574 ereignet hat?«

»Wo?« fragte Julien verwirrt.

»Auf dem Grève-Platz.«

Julien war so erstaunt, daß ihm selbst diese Ortsbezeichnung nicht auf die Spur half. Der Grève-Platz war von uralters her der Ort der öffentlichen Hinrichtungen. Neugier und die Erwartung, irgendeine tragische Begebenheit zu hören, die so recht zu seinem Charakter paßte, brachten in seine Augen jenes Flackern, das ein Erzähler so gern bei seinen Zuhörern sieht. Der Akademiker war entzückt, ein jungfräuliches Ohr zu finden, und erzählte nun lang und breit, warum der schönste junge Mann seines Jahrhunderts, Bonifaz von La Mole, und sein Freund, Hannibal von Coconasso, ein piemontesischer Edelmann, am 30. April 1574 auf dem Grève-Platz enthauptet worden waren. »La Mole war der heißgeliebte Favorit der Königin Margarete von Navarra – und beachten Sie«, setzte der Akademiker hinzu, »daß sich Fräulein von La Mole Mathilde-Margarete nennt. La Mole war zugleich der Günstling des Herzogs von Alençon und der Busenfreund des Königs von Navarra, des späteren Heinrichs IV., des Ehemannes seiner Geliebten. Am Fastnachtstage des Jahres 1574 weilte der Hof mit dem unglücklichen König Karl IX., der im Sterben lag, in Saint-Germain. La Mole wollte die ihm befreundeten Prinzen entführen, die von der Königin Katharina von Medici am Hofe gefangen gehalten wurden. Er ließ zweihundert Reiter vor die Mauern von Saint-Germain rücken. Aber der Herzog von Alençon hatte keinen Mut, und La Mole verfiel dem Henker.

Was nun Fräulein Mathilde ganz besonders rührt, wie sie mir selbst vor sechs oder sieben Jahren einmal eingestanden hat, als sie zwölf Jahre alt war . . . Schon damals war sie ein Mordsmädel . . . sage ich Ihnen . . .« Der Akademiker seufzte und blickte gen Himmel. »Was sie bei dieser politischen Katastrophe geradezu erschüttert hat, das ist die Tatsache, daß die Königin Margarete von Navarra, die sich in einem Hause am Grève-Platz verborgen gehalten hatte, es wagte, den Henker um das Haupt ihres Geliebten bitten zu lassen. In der Nacht darauf, um Mitternacht, nahm sie das

Haupt mit in ihren Wagen und begrub es eigenhändig in einer Kapelle am Fuße des Montmartre.«

»Großartig!« rief Julien ergriffen.

»Fräulein Mathilde verachtet ihren Bruder, weil er, wie Sie sehen, die alte Historie nicht in Ehren hält und am 30. April keine Trauer anlegt. Seit dieser berühmten Hinrichtung tragen übrigens alle männlichen Mitglieder der Familie zum Andenken an die Freundschaft von La Mole und Coconasso, der sich, als echter Italiener, *Hannibal* nannte, die Vornamen Bonifaz und Hannibal. Es bleibe nicht unerwähnt . . .«, setzte der Akademiker hinzu, indem er seine Stimme dämpfte, »der Coconasso war, nach Karls IX. eigenem Ausspruch, einer der grausamsten Mordgesellen der Bartholomäusnacht, am 24. August 1572 . . . Aber wie ist es möglich, mein lieber Sorel, daß Sie, ein Mitglied dieses Hauses, von alledem nichts wissen?«

»Also deshalb hat Fräulein von La Mole ihren Bruder heute bei Tisch zweimal *Hannibal* genannt. Ich glaubte mich verhört zu haben.«

»Das sollte ein Vorwurf sein. Wie gesagt, es ist merkwürdig, daß die Marquise derartige Narrheiten duldet . . . Der dereinstige Gatte dieser großartigen jungen Dame wird schöne Dinge erleben.«

Es folgten ein paar satirische Bemerkungen. Die gehässige Freude, die in den Augen des Akademikers gleißte, berührte Julien unangenehm. »Wir benehmen uns wie zwei Dienstboten, die über ihre Herrschaft klatschen«, dachte er. »Aber an so einem Akademiker darf mich nichts verwundern.« Julien hatte ihn nämlich eines Tages auf den Knien vor der Marquise überrascht, wie er sie bat, einem seiner Neffen in der Provinz einen Tabakverschleiß zu erwirken.

Am Abend machte es eine kleine Kammerjungfer des Fräuleins von La Mole, die Julien nachstellte wie ehemals Elise, ihm klar, daß die Trauer ihrer Herrin durchaus nicht den Zweck habe, die Blicke auf sich zu ziehen. Dies seltsame

373

Gebaren wurzelte in ihrem Charakter. Sie hegte wirkliche Liebe für den heißgeliebten Favoriten der geistreichsten Königin ihres Jahrhunderts, für Bonifaz von La Mole, der den Tod erlitten, weil er seine fürstlichen Freunde befreien wollte. Und welche Freunde! Den Herzog von Alençon und Heinrich IV.!

An vollkommene Natürlichkeit gewöhnt, wie sie ihm aus Frau von Rênals ganzem Wesen entgegengetreten war, glaubte Julien an allen Pariser Damen immer nur Affektiertheit zu erblicken. Wenn er nur im geringsten trüb gestimmt war, wußte er ihnen nichts zu sagen. Fräulein von La Mole machte eine Ausnahme.

Julien fing an, die besondere Art von Schönheit, die sich aus vornehmem Wesen ergibt, nicht mehr für Herzlosigkeit zu halten, und führte längere Gespräche mit ihr, wenn sie an schönen Frühlingstagen nach Tisch im Garten vor den offenen Salonfenstern zusammen auf und ab gingen. Eines Tages gestand sie ihm, daß sie sich mit der Lektüre des *Leben galanter Damen* vom Seigneur de Brantôme beschäftigte und mit Agrippa d'Aubigné. »Sonderbare Lektüre!« dachte Julien. »Zumal, da ihr die Marquise nicht einmal gestattet, die Romane von Walter Scott zu lesen!«

Ein andermal erzählte sie ihm mit freudestrahlenden Augen, die von der Aufrichtigkeit ihrer Bewunderung zeugten, von einer jungen Dame unter der Regierung Heinrichs III., die ihren Gatten erdolchte, nachdem sie ihn der ehelichen Untreue überführt hatte. Das hatte sie eben in den *Denkwürdigkeiten* von L'Etoile gelesen.

Julien fühlte sich in seiner Eigenliebe geschmeichelt. Ein so viel mit Respekt umworbenes Wesen, das nach dem Ausspruche des Akademikers das ganze Haus regierte, geruhte, sich mit ihm auf eine Art und Weise zu unterhalten, die an Freundschaft streifte.

»Ich habe mich geirrt!« sagte er sich aber alsbald. »Das ist nicht Vertraulichkeit. Ich spiele die Rolle des Vertrauten im klassischen Trauerspiel. Weiter nichts. Sie hat das Bedürfnis zu plaudern. Ich gelte in dieser Familie für literaturkundig. Ich muß mich an Brantôme, L'Etoile, d'Aubigné machen. Etliche der Anekdoten, die mir Fräulein von La Mole erzählt, werde ich in Zweifel ziehen. Die Rolle des passiven Vertrauten genügt mir nicht!«

Allmählich nahmen Juliens Gespräche mit dem imponierenden und dabei ungezwungenen jungen Mädchen einen reizvolleren Charakter an. Er vergaß seine traurige Rolle als rebellischer Plebejer. Er fand Mathilde unterrichtet, ja sogar klug. Ihre Ansichten im Garten waren allerdings ganz anders als die, die sie im Salon äußerte. Einige Male war sie ihm gegenüber von einer Begeisterung und Offenherzigkeit, die im vollkommenen Gegensatz zu ihrem gewöhnlich so hochmütigen und kühlen Benehmen standen.

»Die Kriege der Liga sind die heroischen Zeiten Frankreichs«, erklärte sie ihm eines Tages mit geistsprühenden und enthusiastisch leuchtenden Augen. »Damals kämpfte jeder für irgendeine Sache, die er sich ersehnte. Er kämpfte, um seiner Partei zum Siege zu verhelfen, und nicht um einen Orden zu ergattern, wie zur Zeit Ihres Kaisers. Geben Sie nur zu, daß es damals weniger Selbstsucht und Kleinlichkeit gab! Ich liebe das *Cinquecento*!«

»Und Bonifaz von La Mole war ein Held jenes Jahrhunderts!« entgegnete Julien.

»Zum mindesten wurde er geliebt, wie man zärtlicher kaum geliebt werden kann! Welche heutige Frau würde nicht davor zurückschaudern, den Kopf ihres enthaupteten Geliebten anzufassen?«

Frau von La Mole rief ihre Tochter. Heuchelei, die Zweck haben soll, darf sich nie verraten. Julien aber hatte Fräulein von La Mole halb und halb zur Vertrauten seiner Bewunderung für Napoleon gemacht.

»Das ist der ungeheure Vorteil, den die Abkömmlinge alter Familien vor uns Plebejern haben«, sagte sich Julien, als er

375

allein im Garten zurückblieb. »Die Geschichte ihrer Vorfahren hebt sie empor über die Gefühlswelt der Alltäglichkeit. Überdies brauchen sie nicht immer an ihren Unterhalt zu denken. Und wie kläglich!« setzte er bitter hinzu. »Ich bin unwürdig, über jene höhere Weltanschauung zu räsonieren. Mein Leben ist nichts als eine Kette von Heucheleien, weil ich keine tausend Franken Rente habe, um wenigstens mein täglich Brot gesichert zu sehen.«

»Wovon träumen Sie?« fragte ihn Mathilde, die eiligst zurückkam.

Julien war müde seiner Selbstverachtung. Stolz und offen äußerte er seine Gedanken. Allerdings ward er purpurrot, als er vor der so reichen jungen Dame von seiner Armut sprach. Aber gerade durch diesen stolzen Ton wollte er hervorheben, daß er um nichts bat. Niemals war er Mathilden so schön erschienen wie in diesem Ausdruck von Feingefühl und Freimut, der ihm oft fehlte.

Etwa vier Wochen später ging Julien im Park des Hauses La Mole nachdenklich auf und ab, aber seine Züge trugen nicht mehr den Ausdruck der Verbitterung und hochmütigen Resignation, den das beständige Gefühl seiner Niedrigkeit ihm aufgeprägt hatte. Eben hatte er Fräulein von La Mole, die sich angeblich beim Laufen mit ihrem Bruder den Fuß verstaucht hatte, bis an die Tür des Salons zurückbegleitet.

»Sie hat sich auf eine recht sonderbare Art auf meinen Arm gestützt«, dachte Julien. »Bin ich ein Narr? Oder sollte es wahr sein, daß sie Geschmack an mir findet? Sie hört mir mit so sanfter Miene zu, selbst wenn ich ihr alle Leiden meines Hochmutes bekenne! Sie, die gegen alle Welt so stolz ist! Man würde im Salon sehr erstaunt sein, wenn man einmal diesen Gesichtsausdruck an ihr sähe. Ganz gewiß, diese sanfte und gütige Miene hat sie sonst vor niemandem.«

Julien hütete sich, die seltsame Freundschaft zu überschätzen. Er verglich sie mit dem bewaffneten Frieden. Jedesmal, wenn man sich wieder traf, fragte man sich sozusagen, ehe man den nahezu vertraulichen Ton des vorhergehenden Abends wieder anschlug: »Sind wir heute Freunde oder Feinde?« Bei den ersten Sätzen, die man austauschte, ging es nicht um das Thema, nur um die darin ausgedrückte Haltung. Julien war überzeugt, daß er ein für allemal verlor, wenn er sich von diesem stolzen Mädchen nur ein einziges Mal ungestraft beleidigen ließ. »Aber wenn ich früher oder später doch mit ihr brechen muß«, sagte er sich, »ist es da nicht besser, ich tue es gleich? Jetzt wahre ich meinen berechtigten Stolz ihr gegenüber, während ich mich später gegen ihre Verachtung zu wehren habe, die sich sofort zeigen wird, sobald ich im geringsten auf das verzichte, was ich meiner persönlichen Würde schulde.«

Mehrmals versuchte Mathilde an Tagen, wo sie schlecht gelaunt war, vor ihm den Ton der Grandedame anzuschlagen. Sie machte diese Versuche auf die findigste Weise, aber Julien ließ sie brüsk von sich abgleiten.

Eines Tages unterbrach er sie heftig: »Hat das gnädige Fräulein irgendwelchen Auftrag für den Sekretär Ihres Herrn Vaters?« fragte er sie. »Er muß Ihre Befehle anhören und sie ganz gehorsamst ausführen. Im übrigen hat er kein Wort an Sie zu richten. Er wird nicht bezahlt, um Ihr seine Gedanken mitzuteilen.«

Die merkwürdigen kleinen Zwischenfälle und die sonderbaren Zweifel, die Julien beschlichen, hielten die Langeweile von ihm fern, die er ehedem in diesem prunkvollen Saale regelmäßig empfunden hatte, weil man sich dort vor allem und jedem fürchtete und weil es daselbst nicht schicklich war, über irgend etwas zu scherzen.

»Es wäre spaßhaft, wenn sie mich liebte! Aber mag sie mich lieben oder nicht«, setzte Julien hinzu, »ich habe zur Vertrauten eine geistreiche junge Dame, vor der ich das ganze Haus zittern sehe und allen andern voran den Marquis von Croisenois, einen so höflichen, milden, wackeren jungen Mann. Er besitzt sämtliche Vorteile der Geburt und des

Reichtums, von denen ein einziger mein Herz hoch erfreuen würde. Er ist wahnsinnig verliebt in Mathilde. Er soll sie heiraten. Wieviel Briefe hat mich Herr von La Mole nicht an die Notare schreiben lassen, um den Ehevertrag zustande zu bringen! Und ich inferiorer Federfuchser, ich triumphiere zwei Stunden später hier im Garten über diesen liebenswürdigen jungen Herrn? Denn alles in allem sind ihre Gunstbeweise auffällig und unleugbar. Vielleicht haßt sie Croisenois als ihren künftigen Gatten. Hochmütig genug ist sie dazu. Und die Aufmerksamkeiten, die sie mir erweist, empfange ich als vertrauter Untergebener!

Aber nein! Entweder bin ich ein Narr, oder sie macht mir den Hof. Je kälter und ehrerbietiger ich mich gegen sie zeige, um so mehr bemüht sie sich um mich. Es könnte ja ein Spiel sein? Aber ich sehe ihre Augen aufleuchten, wenn ich unerwartet erscheine. Sind die Pariserinnen so ausgezeichnete Komödiantinnen? Doch was liegt daran? Mich umgaukelt eine Illusion. Genießen wir sie! Mein Gott, wie schön ist Mathilde! Wie gefallen mir ihre großen blauen Augen, wenn ich sie dicht vor mir schaue, und sie auf mir ruhen, wie sie dies oft tun! Was für ein Unterschied zwischen diesem Frühling und dem des vergangenen Jahres, als ich unter dreihundert boshaften und schmutzigen Heuchlern lebte und mich in meinem Unglück nur durch Charakterstärke aufrechterhielt. Ich war beinahe ebenso boshaft wie diese Gesellen.«

In den Tagen des Mißtrauens dachte Julien: »Dies junge Mädchen macht sich über mich lustig. Sie ist mit ihrem Bruder im Bunde, mich zum besten zu haben. Und doch scheint sie Norberts Mangel an Energie arg zu verachten. Er ist ein anständiger Kerl; das ist aber auch alles, hat sie mir einmal gesagt. Und tapfer auch nur gegenüber den spanischen Degen. In Paris macht ihm alles angst; überall sieht er die Gefahr, sich lächerlich zu machen. Er habe nicht einen von der Mode unabhängigen Gedanken. Ich bin dann immer gezwungen, ihn zu verteidigen. Sie ist ein junges Mädchen von neunzehn Jahren. Kann man in diesem Alter jeden Augenblick eine bestimmte Rolle erheucheln?

Andrerseits, wenn Fräulein von La Mole ihre großen blauen Augen mit einem gewissen eigentümlichen Ausdruck auf mich richtet, geht Graf Norbert immer weg. Das macht mich argwöhnisch. Müßte er nicht entrüstet sein, daß seine Schwester einen *Domestiken* des Hauses auszeichnet? So habe ich nämlich den Herzog von Chaulnes von mir sprechen hören.« Bei dieser Erinnerung verdrängte der Zorn jedes andre Gefühl. »Ist das Vorliebe für altertümliche Ausdrücke bei diesem idiotischen Herzog?

Jawohl, sie ist hübsch«, fuhr Julien mit Tigerblicken fort. »Ich werde sie besitzen. Dann mache ich mich aus dem Staube, und wehe dem, der mich in meiner Flucht aufhalten will!«

Dieser Gedanke ward allmählich zur fixen Idee in ihm. Er vermochte an nichts weiter zu denken. Die Tage vergingen ihm wie Stunden.

Jeden Augenblick, wenn er sich mit etwas Ernsthaftem zu beschäftigen suchte, irrten seine Gedanken ab. Nach einer Viertelstunde kam er wieder zu sich, mit klopfendem Herzen, wirrem Kopf, brütend über dem einzigen Gedanken: »Liebt sie mich?«

KAPITEL XI

Die Herrschaft einer jungen Dame!

Ich bewundere ihre Schönheit, aber ich
fürchte ihren Geist.
Mérimée

Wenn Julien, statt von Mathildens Schönheit zu schwärmen
und sich über ihren Hochmut zu ereifern, der in ihrem natürlichen Stand wurzelte und den sie um seinetwillen vergaß,
seine Zeit dazu verwendet hätte, die Vorgänge im Salon zu
beobachten, so hätte er erkannt, wodurch sie ihre Umgebung so beherrschte. Wenn jemand dem Fräulein von La
Mole mißfiel, so verstand sie den Betreffenden durch ein genau abgemessenes, feingewähltes, den guten Ton wahrendes
und im rechten Moment abgeschnelltes Witzwort derart zu
treffen, daß die geschlagene Wunde größer und tiefer wurde,
je mehr man darüber nachdachte. So war Mathilde nach und
nach der Schrecken eitler Leute geworden. Da ihr vieles, was
die übrige Familie hoch und heilig hielt, durchaus gleichgültig war, so erschien sie den Ihrigen immer kalt. Aristokratische Salons gewähren einem die Freude, hinterher von ihnen
sprechen zu können. Aber das ist auch alles. Die völlige Bedeutungslosigkeit vor allem der Gemeinplätze, die noch
nicht einmal bewußte Heuchelei sind, bringen durch ihre ab-
stoßende Süßlichkeit auch den Geduldigsten zum Rasen.
Urbanität an sich ist dem, der sie nicht von Jugend auf kennt,
nur in den ersten Tagen etwas Besonderes. Auch Julien
machte diese Erfahrung. Nachdem sein erstes Entzücken,
seine erste Verwunderung vorüber war, sagte er sich: »Urbanität ist nichts als die überlegene Unfähigkeit, sich über die
schlechten Manieren andrer zu ärgern. « Mathilde langweilte
sich oft; vielleicht hätte sie sich überall gelangweilt. So war es
eine Zerstreuung für sie und ein wahres Vergnügen, sich epi-
grammatisch zu äußern.

Vielleicht hatte sie dem Marquis von Croisenois, dem Grafen von Caylus und zwei, drei andern hochadligen jungen Herren nur Hoffnungen gemacht, um ein paar ergötzlichere Opfer zu haben als bloß immer ihre Großeltern, den Akademiker und die sechs oder sieben untergeordneten Persönlichkeiten, die ihr den Hof machten. Sie waren ihr allesamt nichts als neue Zielscheiben für spöttische Bemerkungen.

Gegen die Sitte ihrer Zeit pflegte sie von ihren Verehrern Briefe zu empfangen und bisweilen zu beantworten. Den im adligen Kloster des *Sacré-Coeur* erzogenen jungen Damen konnte man sonst im allgemeinen Mangel an Vorsicht nicht vorwerfen.

Eines Tages gab der Marquis von Croisenois ihr einen die Absenderin reichlich bloßstellenden Brief zurück, den sie ihm tags zuvor geschrieben hatte. Durch diese diplomatische Maßregel wähnte er seine Sache erheblich gefördert zu haben. Aber Mathilde liebte in ihrem Briefwechsel gerade die Unvorsichtigkeit. Es machte ihr Vergnügen, mit dem Schicksal zu spielen. Sechs Wochen lang gönnte sie dem Marquis kein Wort.

Die Briefe der jungen Herren ihres Kreises belustigten sie. Es kam ihr vor, als glichen sie sich wie ein Ei dem andern; alle waren sie voll Leidenschaftsbeteuerungen und tiefer Melancholie.

»Immer und immer der tadellose Mann, stets bereit, wie weiland die Troubadoure, nach Palästina zu pilgern«, sagte sie zu ihrer Cousine. »Kennst du etwas Abgeschmackteres? So sehen die Briefe aus, die ich mein ganzes Leben hindurch erhalten soll? Alle zwanzig Jahre ändert sich ihr Stil, je nach der Art der Beschäftigung, die gerade Mode ist. Zur Zeit des Kaiserreichs war er notgedrungen weniger aufgeschminkt. Damals hatten alle jungen Leute der guten Gesellschaft wirklich große Taten gesehen oder selbst verrichtet. Mein Onkel, der Herzog von N***, zum Beispiel hat bei Wagram mitgefochten.«

»Sich an die Front zu stellen, dazu gehört kein Geist«, warf die Cousine, Fräulein von Saint-Hérédité, ein. »Und wer dergleichen mitgemacht hat, erzählt zu oft davon.«

»Ja, aber diese Geschichten machen mir Vergnügen. In einer wirklichen Schlacht zu sein, einer napoleonischen Schlacht, in der zehntausend auf der Walstatt bleiben, das beweist Mut. Sich der Gefahr aussetzen, trägt die Seele empor und reißt sie aus der langweiligen Alltäglichkeit, in die meine armen Verehrer sichtlich samt und sonders versunken sind. Langeweile ist ansteckend. Wer von ihnen kommt auf die Idee, etwas Außerordentliches vollbringen zu wollen. Sie bemühen sich um meine Hand. Eine schöne Heldentat! Ich bin reich, und mein Vater wird seinen Schwiegersohn vorwärts bringen. Ach, wenn er doch nur einen ausfindig machte, der ein klein wenig amüsant wäre!«

Mathildens lebhafte, knappe und anschauliche Art zu reden, nahm keine Rücksicht auf Anmut. Es geschah oft, daß einer ihrer Ausdrücke ihren so korrekten Freunden anstößig erschien. Wenn sie weniger in Mode gewesen wäre, so hätte man sich wohl eingestanden, daß ihre Sprechweise unweiblich, unzart, etwas zu drastisch sei. Mathilde ihrerseits ließ den hübschen Kavalieren, die das *Bois de Boulogne* bevölkern, sehr wenig Gerechtigkeit widerfahren. Sie sah der Zukunft nicht gerade mit Grauen entgegen – das wäre ein zu lebhaftes Gefühl gewesen –, wohl aber mit einem für ihr Alter recht ungewöhnlichen Widerwillen. Was sollte sie sich wünschen? Vermögen, hohe Geburt, Witz, Schönheit (die vielgerühmte, an die sie selber glaubte!), alles hatte ihr der Zufall mit vollen Händen gespendet.

So stand es um das Innenleben der am meisten beneideten Erbin im Faubourg Saint-Germain, als sie an den Spaziergängen mit Julien Geschmack zu finden begann. Sie war erstaunt über seinen Stolz und bewunderte die geistige Gewandtheit dieses Kleinbürgers. »Er wird es bis zum Bischof bringen!« sagte sie sich.

Der aufrichtige, keineswegs gespielte Widerstand, den Julien mancher Idee Mathildens entgegensetzte, gab ihr zu denken. Sie sann darüber nach. Sie erzählte ihrer Freundin die geringsten Einzelheiten ihrer Gespräche, und dabei fand sie, daß sich gerade das Eigentümliche daran gar nicht wiedergeben ließ.

Ein Gedanke durchleuchtete sie plötzlich. »Ich habe das Glück zu lieben«, sagte sie sich eines Tages in einem Ausbruch ungeheurer Freude. »Ich liebe! Ich liebe! Das ist klar! Worin könnte ein junges, schönes, kluges Mädchen in meinem Alter innere Erlebnisse finden, wenn nicht in der Liebe? Ich mag tun, was ich will: für Croisenois, Caylus und *tutti quanti* werde ich niemals Liebe empfinden. Sie sind tadellos, zu tadellos vielleicht. Mit einem Worte: sie langweilen mich.«

Sie ging in ihrem Kopfe alle Schilderungen der Leidenschaft durch, die sie in der *»Manon Lescaut«*, in der *»Neuen Heloise«*, in den *»Briefen einer portugiesischen Nonne«* usw. gelesen hatte, wohlverstanden der großen Leidenschaft. Die Liebelei war einer jungen Dame ihres Alters und ihrer Geburt unwürdig. Den Namen Liebe gönnte sie allein jenem heroischen Gefühl, dem man in Frankreich zur Zeit Heinrichs III. und des Marschalls von Bassompierre begegnete. Diese Liebe wich nicht feig vor Hindernissen zurück, im Gegenteil, führte zu großen Taten. »Welch ein Unglück für mich«, dachte sie, »daß es heute keinen wirklichen Hof gibt wie den der Katharina von Medici oder Ludwigs XIII.! Ich fühle mich den größten und kühnsten Dingen der Welt gewachsen. Zu was könnte ich einen Fürsten und Helden begeistern, der zu meinen Füßen schmachtete, einen Mann vom Schlage Ludwigs XIII. Ich würde ihn in die Vendée führen, und von da sollte er sein Königreich wiedererobern. Dann gäbe es keine Verfassung mehr . . . Und Julien sollte mir zur Seite stehen! Was fehlt ihm? Name und Geld. Er würde sich einen Namen machen und Reichtum erwerben.

Dem Croisenois fehlt nichts, aber er wird sein Lebtag nichts weiter sein als ein halb liberaler, halb royalistischer Herzog, ein farbloser Mensch, jedwedem Extrem stets fern. Folglich wird er immer und überall die zweite Rolle spielen.

Welche große Tat ist im Augenblick, wo man sie unternimmt, nicht ein Extrem, eine Utopie? Erst wenn sie vollführt ist, erscheint sie dem Durchschnittsmenschen überhaupt möglich. Ach, in meinem Herzen soll die Liebe nur mit allen ihren Wundern herrschen. Das fühle ich an dem Feuer, das in mir glüht. Der Himmel war mir diese Gnade schuldig. Dann hat er ein Sonderwesen nicht umsonst mit allen Vorzügen geschmückt. Mein Glück wird meiner würdig sein. Meine Tage werden nicht kalt und nüchtern einer dem andern gleichen. Schon darin liegt Größe und Kühnheit, daß ich einen Mann zu lieben wage, der durch seine gesellschaftliche Stellung so fern von mir steht. Es kommt nun darauf an, ob er auch künftig meiner wert ist. Bei der ersten Schwäche, die ich an ihm entdecke, wende ich mich von ihm. Eine junge Dame von meiner Herkunft und so ritterlichem Charakter, wie er tief in mir steckt . . . (das war ein Ausspruch ihres Vaters), die darf sich nicht wie eine Törin benehmen.

Und würde ich nicht die Rolle einer Törin spielen, wenn ich den Marquis von Croisenois liebte? Das wäre nichts weiter als ein Abklatsch des Glückes meiner Cousinen, das ich so gründlich verachte. Alles, was mir der gute Marquis sagen könnte, alles, was ich ihm zu antworten hätte, alles das weiß ich im voraus. Was ist das für eine Liebe, die zum Gähnen reizt? Ebensogut könnte ich eine Betschwester werden. Bei der Unterzeichnung meines Ehevertrags mit dem Marquis würde es genau so sein wie bei dem meiner jüngeren Cousine. Die Großeltern wären vor Rührung zerflossen, wenn sie sich nicht über eine Klausel geärgert hätten, die der Notar der Gegenpartei im letzten Augenblick eingeschmuggelt hatte. «

KAPITEL XII

Ist er etwa doch ein Danton?

Das Bedürfnis mit der Gefahr zu spielen, das war ein
wesentlicher Charakterzug meiner Tante,
der schönen Margarete von Valois, die dann den König
von Navarra heiratete, den wir heute unter dem Namen
Heinrich IV. von Frankreich regieren sehen.
Die Herrschaft des Spielteufels war der Schlüssel zum
Charakter dieser liebenswürdigen Fürstin; daher
kamen ihre Streitereien und Wiederversöhnungen mit
ihren Brüdern seit sie sechzehn war. Aber was
kann ein junges Mädchen als Pfand einsetzen?
Nun, das Kostbarste, was sie
hat: ihren guten Ruf, etwas was ihr ganzes
Leben bestimmen wird.
Memoiren des Herzogs von Angoulème,
eines natürlichen Sohns Karls IX.

»Zwischen Julien und mir gibt es keine Vertragsunterzeich-
nung, keinen Notar für eine bürgerliche Zeremonie. Alles ist
heroisch, alles ein Gefüge des Zufalls. Wäre er ein Edelmann,
so wäre es die Liebe der Margarete von Valois für den jungen
La Mole, den hervorragendsten Mann seiner Zeit. Kann ich
dafür, wenn die hoffähigen jungen Herren von heute so
große Anhänger des Herkömmlichen sind und bei dem bloßen Gedanken an das geringste außergewöhnliche Abenteuer
erbleichen? Eine kleine Reise nach Griechenland oder Afrika
ist für sie der Gipfel der Waghalsigkeit. Und selbst das voll-
führen sie nur im Trupp. Sowie sie sich allein sehen, fürchten
sie sich, nicht vor den Lanzen der Beduinen, aber davor, sich
lächerlich zu machen. Und diese Angst macht sie verrückt.

Mein kleiner Julien hingegen vollbringt eine Tat am liebsten allein. Niemals kommt diesem Ausnahmegeschöpf der
Gedanke, Beistand und Hilfe bei andern zu suchen. Er verachtet die andern. Gerade darum verachte ich ihn nicht.

Wäre Julien bei seiner Armut vom Adel, so wäre meine

385

Liebe nichts als eine Alltagstorheit, eine fade Mesalliance. Dafür danke ich! Dann wäre dabei nichts von dem, was die großen Leidenschaften ausmacht: nichts von der Riesenhaftigkeit der zu überwindenden Schwierigkeiten, nichts von der düsteren Ungewißheit des Ausganges.«

Diese und ähnliche schöne Betrachtungen hatten es Fräulein von La Mole dermaßen angetan, daß sie Julien am andern Morgen, ohne es zu wollen, vor dem Marquis von Croisenois und ihrem Bruder rühmte. Ihre Beredsamkeit ging so weit, daß sie verletzend wirkte.

»Nimm dich nur in acht vor diesem jungen Manne und seiner großen Tatkraft!« rief ihr Bruder aus. »Wenn es wieder zur Revolution kommt, wird er uns allesamt köpfen lassen!«

Mathilde hütete sich zu antworten und beeilte sich, ihren Bruder und den Marquis von Croisenois ob ihrer Furcht vor der Tatkraft zu verspotten. »Furcht vor der Tatkraft ist im Grunde nur Furcht vor dem Unvorhergesehenen, Furcht, den kürzeren zu ziehen, wenn man mit Unvorhergesehenem zusammentrifft«, dachte sie bei sich.

»Treibt sie denn noch immer ihr Unwesen, die Furcht vor der Lächerlichkeit? Ich dachte, das Ungeheuer sei anno 1816 unglücklich verschieden«, höhnte sie.

»In diesem Land, in dem es zwei Parteien gibt, ist die Lächerlichkeit ohne Bedeutung«, sagte Herr von La Mole.

Seine Tochter hatte dieses Wort verstanden.

»Also, meine Herren«, sagte sie diesen Gegnern Juliens, »Sie haben Ihr ganzes Leben lang Angst, und am Schluß heißt es dann:

›Es war gar nicht der Wolf, es war ein Schatten!‹«

Mathilde verließ die jungen Herren alsbald. Der Ausspruch ihres Bruders hatte ihr Schrecken eingeflößt und beunruhigte sie sehr. Aber am andern Morgen war sie sich klar, daß er ein schöneres Lob nicht hätte sagen können.

»In unserm Jahrhundert, wo alle Tatkraft tot ist, flößt die seine ihnen Angst ein. Ich werde ihm erzählen, was mein

Bruder gesagt hat. Ich will einmal sehen, was er darauf antwortet. Aber ich werde mir dazu einen der Augenblicke aussuchen, wo seine Augen leuchten. Dann kann er mir nichts vorlügen.

Er wäre ein zweiter Danton!« fuhr sie nach langem, vagem Sinnen fort. »Trefflich! Mag eine Revolution kommen! Welche Rollen werden Croisenois und mein Bruder wohl dabei spielen? Ich weiß es genau. Sie werden die großartigste Gelassenheit zur Schau tragen. Heldenhaft wie Hammel werden sie sich abschlachten lassen, ohne ein Wort zu sagen. Ihre einzige Furcht beim Sterben wäre die, sich stillos zu benehmen. Mein kleiner Julien hingegen würde den Jakobiner, der ihn festzunehmen versuchte, niederknallen, wenn er auch noch so wenig Hoffnung hätte, sich dadurch zu retten. *Er* hat keine Angst davor, stillos zu sein!«

Dies letzte Wort stimmte sie nachdenklich. Es erweckte gewisse peinliche Erinnerungen in ihr und nahm ihr alle Kühnheit; es gemahnte sie an die Spottworte ihres Bruders und der Herren Caylus, Croisenois und Luz, die Julien allesamt den Pfaffen nannten, das hieß, ihm kriecherisches, heuchlerisches Wesen vorwarfen.

»Trotz alledem«, fuhr sie plötzlich fort, und ihre Blicke leuchteten vor Freude, »die Bitternis und Häufigkeit ihrer spöttischen Bemerkungen beweisen gerade, daß er der hervorragendste Mensch ist, den wir diesen Winter in unserm Hause gesehen haben. Was schaden seine Fehler und Lächerlichkeiten? Es liegt etwas Großes in ihm, und das ist es, worüber sie entsetzt sind, sie, die sich sonst so gütig und nachsichtig gebaren. Gewiß, er ist arm, ein armer Student der Theologie. Sie sind Eskadronchefs. Sie haben es nicht nötig, zu studieren. Das ist bequemer.

Trotz aller Schattenseiten seines ewigen schwarzen Rockes und seiner Priestermiene, die er nun einmal haben muß, der arme Junge, wenn er nicht verhungern will, empfinden diese eleganten Offiziere Furcht vor seinem innern Werte. Das ist unleugbar. Und dann: Er verliert seine Priestermiene, sowie wir einige Augenblicke allein zusammen sind. Wenn die Herren irgend etwas sagen, was sie für ein geniales Impromptu halten, fällt ihr erster Blick nicht immer auf Julien? Das ist mir nicht entgangen. Und doch wissen sie sehr gut, daß er nie mit ihnen spricht, wenn sie ihn nicht fragen. Nur an mich richtet er das Wort. Mich hält er für eine große Seele. Auf ihre Einwürfe erwidert er nur das Allernötigste, um höflich zu sein. Er zieht sich stets sofort wieder in sein respektvolles Schweigen zurück. Mit mir spricht er ganze Stunden lang, und er ist seiner eignen Ideen nicht sicher, wenn ich den geringsten Einwand habe. Schließlich war diesen Winter keine Gelegenheit zu tapferen Taten. Es kam nur darauf an, die Aufmerksamkeit durch Worte auf sich zu lenken. Sei es, wie es sei! Mein Vater, ein höherer Mensch, dem der Ruhm unsres Hauses am Herzen liegt, respektiert Julien. Alle andern hassen ihn. Niemand aber verachtet ihn, ausgenommen die frömmelnden Freundinnen meiner Mutter.«

Graf Caylus war ein großer Pferdeliebhaber oder spielte sich wenigstens als solchen auf. Er verbrachte sein Leben im Stall und frühstückte oft sogar daselbst. Diese große Passion verlieh ihm in Verbindung mit der Gewohnheit, niemals zu lachen, hohes Ansehen unter seinen Kameraden. Er war der Löwe des kleinen Kreises.

Als man am nächsten Abend wiederum hinter Frau von La Moles Lehnstuhl versammelt saß und Julien nicht anwesend war, griff Caylus in Gemeinschaft mit Croisenois und dem Grafen Norbert die gute Meinung, die Mathilde von Julien hatte, lebhaft an, und zwar ohne besondere Veranlassung, fast in demselben Moment, als er Fräulein von La Mole erblickte. Sie durchschaute das Motiv dieses Anschlags sogleich und war entzückt darüber.

»Siehe da!« dachte sie. »Sie haben sich alle gegen einen Mann von Geist verbündet, der keine hundert Taler Vermögenszinsen hat und ihnen nur antworten darf, wenn er gefragt wird. Sie fürchten sich vor seinem schwarzen Rocke. Wie wäre es erst, wenn er Epauletten trüge?«

Niemals hatte Mathilde ihren Geist glänzender bewiesen. Schon bei den ersten Angriffen überschüttete sie Caylus und seine Verbündeten mit den witzigsten Sarkasmen. Als die Offiziere ihre Raketen verschossen hatten, sagte sie zum Grafen von Caylus: »Gesetzt den Fall, morgen erinnert sich irgendein Krautjunker aus den Bergen der Freigrafschaft, daß Julien sein natürlicher Sohn ist, und gibt ihm seinen Namen und ein paar tausend Franken Zuschuß, so wird Sorel in sechs Wochen genau so einen Schnurrbart tragen wie Sie, meine Herren. In sechs Monaten ist er Husarenoffizier wie Sie, meine Herren. Alsdann ist die Größe seines Charakters nicht mehr lächerlich. Und dann bleibt Ihnen, Herr Herzog *in spe*, nichts als die Zuflucht zu der lächerlichen alten Tradition, daß der Hofadel vor dem Landadel den Vorrang habe. Was aber bliebe Ihnen, wenn das Schicksal so boshaft wäre und Julien zum Sohne eines spanischen Granden machte, der zu Napoleons Zeiten als Kriegsgefangener in Besançon gesessen hat und ihn auf dem Totenbett reuig anerkennt?«

Solche Annahmen einer illegitimen Herkunft wurden von Caylus und Croisenois für ziemlich geschmacklos befunden. Weiter wußten sie Mathildens Vorhaltungen nichts zu entnehmen.

Wie sehr Norbert auch unter der Herrschaft seiner Schwester stand, die Worte, die sie eben geäußert, waren so unzweideutig, daß er eine würdevolle Miene aufzog, die seinem gutmütigen sonnigen Gesichte recht schlecht stand. Er wagte einige Entgegnungen zu machen.

»Ist dir nicht wohl, mein Lieber?« anwortete Mathilde mit einem Anflug von Ernst. »Dir muß wirklich etwas fehlen, daß du mir auf meine Scherze mit der Moral anrückst!

Du und Moral? Willst du dich um eine Landratsstelle bewerben?«

Mathilde vergaß die pikierte Miene des Grafen von Cay-

lus, Norberts Verstimmung und die stille Verzweiflung des
Marquis von Croisenois sehr bald. Sie mußte sich klar werden über einen verhängnisvollen Gedanken, der ihre Seele
erfüllte.

»Julien ist ziemlich aufrichtig gegen mich«, sagte sie sich.
»In seinem Alter und in seiner schlechten Lage, noch dazu,
wo ihn solch erstaunlicher Ehrgeiz quält, bedarf er einer
Freundin. Vielleicht bin ich ihm diese Freundin. Denn von
Liebe entdecke ich in ihm keine Spur. Bei der Verwegenheit
seines Charakters hätte er mir seine Liebe längst gezeigt.«

Die Ungewißheit und die Selbstprüfung, die Mathilden
von nun an unablässig beschäftigten, zumal sie bei jedem Gespräche mit Julien neue Nahrung fanden, verscheuchten jedwede Anwandlung von Langerweile, die sie ehedem häufig
heimgesucht hatte.

Als Tochter eines geistvollen Mannes, der voraussichtlich
Minister wurde und der Geistlichkeit von großem Nutzen
sein konnte, war Mathilde ehedem im Kloster Sacré-Cœur
der Gegenstand der übertriebensten Schmeicheleien. Das
war von unglückseliger Wirkung und nicht wiedergutzumachen. Man hatte ihr eingeredet, daß sie infolge ihrer hohen
Geburt, ihres großen Vermögens usw. auf ein höheres Glück
Anspruch habe als andre Menschen. Dies ist der Quell, dem
die Langeweile der Fürsten und alle ihre Torheiten entsprin-
gen.

Mathilde war ein Opfer dieser verhängnisvollen Idee. Mag
man noch so viel Geist haben, mit zehn Jahren ist man gegen
die wohlbegründet scheinenden Schmeicheleien eines ganzen
Klosters nicht gefeit.

Von dem Augenblick an, wo sie sich klar ward, daß sie
Julien liebte, langweilte sie sich nicht mehr. Tag für Tag beglückwünschte sie sich zu dem Entschluß, sich einer großen
Leidenschaft teilhaftig werden zu lassen. »Ein Zeitvertreib,
der nicht ohne Gefahr ist!« dachte sie. »Herrlich! Unvergleichlich!

Ohne große Leidenschaft bin ich in der schönsten Zeit des Lebens, im Alter von sechzehn bis zwanzig Jahren, vor Langerweile beinahe gestorben. Schon habe ich meine schönsten Jahre verloren. Mein ganzes Vergnügen bestand darin, die Freundinnen meiner Mutter Unsinn schwatzen zu hören. Im Jahre 1792 in Koblenz sollen diese Damen in Handel und Wandel nicht so würdevoll gewesen sein, wie sie es heute in ihren Worten sind.«

Während solche Ungewißheiten in Mathildens Seele kämpften, verstand Julien nicht, warum ihre Blicke so oft lange auf ihm haften blieben. Um so mehr merkte er die verdoppelte Kälte im Benehmen des Grafen Norbert und den neuerdings erhöhten Grad von Hochmut im Wesen der Herren Caylus, Luz und Croisenois. Aber an dergleichen war er gewöhnt. Schmerzlich war es ihm nur hin und wieder bei den Abendunterhaltungen, wenn er sich einmal mehr hervorgetan hatte, als es sich für seine Stellung geziemte. Ohne die besondere Bevorzugung von Mathildens Seite und ohne die Neugier, die ihm das Ganze einflößte, wäre er den eleganten jungen Offizieren niemals in den Garten gefolgt, wenn sie Fräulein von La Mole nach Tisch dorthin begleiteten.

»Ich kann mich dem unmöglich noch verschließen!« sagte sich Julien. »Fräulein von La Mole wirft mir eigentümliche Blicke zu. Aber selbst wenn ihre schönen blauen Augen mit der größten Selbstvergessenheit auf mir ruhen, erkenne ich doch tief in ihnen immer etwas Lauerndes, Kaltblütiges, Boshaftes. Kann das Liebe sein? Wie ganz anders waren Frau von Rênals Blicke!«

Einmal nach Tisch hatte Julien den Marquis in sein Arbeitszimmer begleitet, war dann aber schnell in den Garten gegangen. Als er sich der Gruppe um Mathilde unversehens näherte, fing er ein paar sehr laut gesprochene Worte auf. Mathilde hatte ein Wortgefecht mit ihrem Bruder. Deutlich hörte Julien seinen Namen zweimal fallen. Als man sein Nahen wahrnahm, entstand sofort Totenstille. Vergeblich machte man Versuche, sie zu verscheuchen. Fräulein von La Mole und ihr Bruder hatten sich allzu sehr ereifert, als daß sie sofort einen andern Gesprächsstoff gefunden hätten. Zugegen waren Caylus, Croisenois, Luz und einer ihrer Freunde. Alle kamen sie Julien eisig vor. Da entfernte er sich wieder.

KAPITEL XIII

Ein Komplott

Unzusammenhängende Äußerungen,
zufällig zustande gekommene Ereignisse
verwandeln sich in schlagkräftige Beweise
in den Augen eines phantasiebegabten
Menschen, wenn er ein einigermaßen
feuriges Herz besitzt.
Schiller

Am nächsten Tage überraschte Julien den Grafen Norbert und seine Schwester abermals, wie sie gerade von ihm sprachen. Bei seinem Erscheinen trat das nämliche Todesschweigen ein wie am Abend zuvor. Nunmehr war er grenzenlos mißtrauisch. »Sollten sich die sonst so liebenswürdigen jungen Menschen vorgenommen haben, mich lächerlich zu machen?« fragte sich Julien. »Ich muß gestehen, daß dies viel wahrscheinlicher und viel natürlicher wäre als die vermeintliche Leidenschaft des Fräuleins von La Mole für einen armen Schelm von Sekretär. Gibt es in diesen Leuten überhaupt Leidenschaften? Ist ihr Hauptvergnügen nicht vielmehr Spiel und Spott? Sie gönnen mir meine armselige theoretische Überlegenheit nicht. Eifersucht ist eine ihrer Schwächen. So erklärt sich alles. Fräulein von La Mole will mir einreden, daß sie mich gern habe, ganz einfach, um ihren Zukünftigen durch eine kleine Komödie zu belustigen.«

Dieser qualvolle Verdacht änderte Juliens inneren Zustand bis in den Grund und zerstörte mit Leichtigkeit die in seinem

Herzen keimende Liebe. Sie verdankte ihre Lebenskraft lediglich Mathildens seltener Schönheit oder, genauer gesagt, ihrem hoheitsvollen Wesen und der erlesenen Art, sich zu kleiden. Insofern war Julien Emporkömmling. Eine hübsche Dame der großen Welt macht auf einen geistvollen Mann aus dem Volke, dem sich die ersten Gesellschaftskreise erschließen, immer den größten Eindruck. Es war durchaus nicht Mathildens Charakter, der Julien bis dahin bezaubert hatte. Er war vernünftig genug, einzusehen, daß er ihren Charakter überhaupt nicht kannte. Alles, was er davon zu sehen bekam, konnte immerhin nur Schein sein.

Beispielsweise hätte Mathilde um nichts in der Welt die Sonntagsmesse versäumt. Sie begleitete ihre Mutter fast alle Tage in die Kirche. Wenn im Hause La Mole irgendein Unvorsichtiger vergaß, wo er sich befand, und sich den geringsten Scherz über die wahren oder angeblichen Interessen von Thron und Altar erlaubte, so legte Mathilde sofort ein eisiges Wesen an den Tag. Ihr sonst so prickelnder Blick nahm plötzlich ganz und gar den gefühllosen Hochmut eines alten Ahnenbildes an.

Hinwiederum hatte sich Julien vergewissert, daß sie in ihrem Zimmer stets zwei oder drei philosophische Werke von Voltaire hatte. Er selbst holte sich nämlich oft heimlich ein paar der prachtvoll gebundenen Bände der in der Bibliothek vorhandenen Luxusausgabe, wobei er die übrigen Bände etwas auseinanderrückte, so daß die Lücken nicht auffielen. Dabei merkte er, daß noch jemand anders den Voltaire las. Oft waren Bände wochenlang verschwunden.

Herr von La Mole ärgerte sich über seinen Buchhändler, der ihm alle möglichen unechten *Denkwürdigkeiten* schickte, und beauftragte Julien mit der Anschaffung aller einigermaßen pikanten Neuerscheinungen. Damit sich solches Gift aber nicht im Hause verbreitete, hatte der Sekretär Befehl, diese Bücher in einen besondern Bücherschrank zu stellen, der im Arbeitszimmer des Marquis stand. Julien hatte auch hier sehr bald die Gewißheit, daß solche Neuigkeiten, sofern sie sich gegen die Interessen von Thron und Altar richteten, unverzüglich verschwanden. Norbert las sie gewiß nicht.

Julien überschätzte die Bedeutung dieser Tatsache und bildete sich ein, Fräulein von La Mole habe die Zweizüngigkeit eines Machiavell. Gleichwohl sah er in dieser vermeintlichen Verdorbenheit einen Reiz mehr, ja fast den einzigen nicht körperlichen Reiz, den Mathilde in seinen Augen hatte. Sein Ekel vor Scheinheiligkeit und Tugendgeschwätz verführte ihn zu dieser Übertreibung.

Er erhitzte seine Einbildungskraft, ohne daß ihn wirkliche Liebe ergriff.

Erst nachdem er sich so in eine gewisse Vergötterung von Mathildens eleganter Figur, ihres ausgezeichneten Geschmacks in Dingen der Mode, ihrer weißen Hände, ihrer schönen Arme und der *Disinvoltura* aller ihrer Bewegungen hineingeträumt hatte, fühlte er sich verliebt. Um ihren Reizen die Krone aufzusetzen, hielt er sie nun für eine Katharina von Medici. Für den Charakter, den er ihr so verliehen, war nichts geheimnisvoll oder ruchlos genug. Sie war ihm das Ideal seiner Jugend, Charakter eines Maslon, eines Frilair und eines Castanède. Mit einem Worte: Sie war für ihn die ideale Pariserin.

Er ahnte nicht, daß es nichts Lächerlicheres gibt, als dem Pariser Charakter eine Tiefe zuzutrauen, die jenseits von Gut und Böse liegt.

»Es ist sehr wohl möglich, daß sich dieses Trio über mich lustig macht«, dachte Julien. Fortan begegnete er Mathildens Blicken mit finstern kalten Augen. Voll bittrer Ironie stieß er die Freundschaftsbezeigungen zurück, die sie ihm, darob verwundert, zwei- oder dreimal gönnte.

Diese plötzliche Wunderlichkeit reizte die Sinne der von Natur kalten, gelangweilten und mehr für intellektuelle Reize empfänglichen jungen Dame so stark, als es bei ihr überhaupt möglich war. Immerhin herrschte noch viel von ihrem alten Stolze in Mathildens Seele, und die in ihr glühende Verliebtheit, die ihr Glück von einem andern abhängig machte, war von dumpfem Leid durchdrungen.

Julien hatte schon genug Erfahrung, seit er in Paris weilte, um zu unterscheiden, daß diese Schwermut nicht der öde Trübsinn der Langenweile war. Statt wie sonst auf Gesellschaften, Theater und Zerstreuungen aller Art begierig zu sein, mied Mathilde alles das sichtlich.

Von französischen Sängern gesungene Musik langweilte sie in den Tod. Gleichwohl bemerkte Julien, der es sich immer noch zur Pflicht machte, dem Herauskommen der vornehmen Welt aus der Oper beizuwohnen, daß sie sich so oft wie möglich dahin führen ließ. Er glaubte wahrzunehmen, daß sie ihr ehedem in jeder Beziehung vollkommenes seelisches Gleichgewicht teilweise verloren hatte. Öfters gab sie ihren Freunden Antworten, deren scharfe Ironie verletzen mußte. Insbesondere schien es Julien, als wenn sie den Marquis von Croisenois zur Zielscheibe nähme. »Der junge Offizier muß das Geld wahnsinnig hoch schätzen, wenn er von Mathilde mitsamt ihrem Reichtum immer noch nicht abläßt!« dachte Julien. Eine solche Verhöhnung der Manneswürde empörte ihn, und so war er gegen sie von verdoppelter Kälte. Bisweilen ließ er es in seinen Antworten sogar an der nötigen Höflichkeit fehlen.

So entschlossen Julien war, sich nicht in die vermutete Falle locken zu lassen, Mathildens Gunstbeweise waren an manchen Tagen so auffällig, daß ihm allmählich die Augen aufgingen. Jetzt fand er Mathilde so verführerisch, daß er zuweilen vor ihr in Verwirrung geriet.

»Die Gewandtheit und die Ausdauer dieser weltmännischen jungen Leute wird schließlich doch über meine geringe Erfahrung triumphieren!« warnte er sich. »Ich muß verreisen und all dem ein Ende machen!« Der Marquis hatte ihm gerade die Verwaltung einer Anzahl von kleinen Gütern und

Häusern in Nieder-Languedoc überlassen. Eine Reise dahin war nötig. Ungern gab ihm der Marquis Urlaub. Abgesehen von seinen hohen politischen Plänen war ihm sein Sekretär zum andern Ich geworden.

»Schließlich haben sie mich doch nicht gefangen!« frohlockte Julien, als er sich zur Abreise rüstete. »Mag die Harlekinade, die Fräulein von La Mole ihren Kurmachern vorgeführt hat, ernst gemeint oder nur dazu bestimmt gewesen sein, mich vertrauensselig zu machen: Ich habe meinen Spaß daran gehabt.

Wenn keine Verschwörung gegen den Müllerssohn dahintersteckt, dann ist Fräulein von La Mole eine Sphinx, und zwar für den Marquis von Croisenois nicht minder wie für mich. Gestern zum Beispiel war ihre schlechte Laune durch und durch echt, und ich habe den Genuß gehabt, als Favorit einen jungen Herrn aus dem Felde zu schlagen, der ebenso vornehm und reich ist, wie ich plebejisch und arm bin. Das ist mein herrlichster Sieg! Er wird mich im Postwagen aufheitern, wenn ich durch die Einöde des Languedoc fahre.«

Er hatte seine Abreise geheimgehalten, doch Mathilde wußte so gut wie er, daß er am nächsten Morgen Paris für lange Zeit verlassen sollte. Ein heftiges Kopfweh, das in der trocknen Hitze des Salons noch schlimmer geworden wäre, kam ihr zu Hilfe. Sie wandelte fast den ganzen Tag im Garten auf und ab. Ihrem Bruder samt seinen Freunden Croisenois, Caylus, Luz und etlichen andern Mittagsgästen im Hause La Mole setzte sie so lange mit ihren bösen Scherzen zu, bis sie gingen. In diesem Moment ward Julien ein seltsamer Blick zuteil.

»Dieser Blick ist vielleicht Komödie«, dachte Julien. »Aber ihr wogender Busen und ihre sichtliche Verwirrung? Unsinn! Bin ich denn der Mann, der dies alles beurteilen kann? Hier stehe ich dem Erzraffinement der wunderbarsten aller Pariserinnen gegenüber! Die Atemnot, die mich um ein

Haar gerührt hätte, hat sie gewiß der Leontine Fay abgeguckt, für die sie so schwärmt!«

Sie waren allein. Die Unterhaltung stockte. »Nein, Julien fühlt nichts für mich!« sagte sich Mathilde, wahrhaft unglücklich.

Als er Abschied von ihr nahm, drückte sie seine Hand heftig.

»Sie werden heute abend einen Brief von mir bekommen . . .«, sagte sie in so verändertem Tone, daß Julien den Eindruck wie von einer ganz fremden Stimme hatte.

Dieser Umstand stimmte Julien urplötzlich um.

»Mein Vater«, fuhr sie fort, »ist mit Ihnen dermaßen zufrieden, daß er Ihnen nicht gleich etwas übelnimmt. Sie dürfen morgen nicht abreisen! Finden Sie einen Vorwand!«

Damit lief sie weg.

Julien schaute ihr nach. Sie sah reizend aus. Unmöglich konnte es niedlichere Füße geben. Sie eilte so graziös dahin, daß Julien entzückt war. Und doch war sein erster Gedanke, als sie verschwunden war, eine Bizarrerie. Er war gekränkt über den gebieterischen Ton, mit dem sie ihm gesagt hatte: Sie dürfen nicht! War nicht selbst König Ludwig XV. tief verletzt, als er im Sterben lag und sein Leibarzt ungeschickterweise das Wort *müssen* gebrauchte! Und Ludwig XV. war alles andre denn ein Emporkömmling!

Eine Stunde darauf brachte ihm ein Lakai einen Brief, eine regelrechte Liebeserklärung.

»Stilistisch nicht allzu geziert!« sagte Julien sich, um mit dieser literarischen Kritik die Freude zu dämpfen, die ihm die Backen kitzelte und ihn wider Willen zum Lachen zwang.

»Na, also!« rief er plötzlich aus. Seine Aufregung war zu groß, als daß er sich länger bezwingen konnte. »Da habe ich armer Plebejer die Liebeserklärung einer großen Dame!

Kein übler Erfolg!« fuhr er fort, indem er sich weitere Mühe gab, seine Freude einzudämmen. »Ich habe die Würde meiner Individualität zu wahren gewußt. Ich habe nicht angefangen, von Liebe zu reden!« Er begann die Schriftzüge zu studieren. Fräulein von La Mole hatte eine nette niedliche englische Handschrift. Julien hatte eine Beschäftigung mit Äußerlichkeiten nötig, um vor Freude nicht toll zu werden.

»Ihre Abreise zwingt mich zu sprechen . . . Es geht über meine Kraft, Sie nicht mehr zu sehen . . .«

Ein Gedanke kam ihm plötzich wie eine Offenbarung. Er ließ ab, Mathildens Brief zu studieren. Seine Freude verdoppelte sich.

»Ich siege über den Marquis von Croisenois!« rief er aus. »Ich mit meinen immer ernsten Gesprächen! Und Croisenois ist so hübsch; er trägt einen Schnurrbart und eine prächtige Uniform; er weiß im rechten Augenblick ein geistreiches feines Wort zu sagen . . .«

Julien hatte einen köstlichen Augenblick. Toll vor Glück irrte er planlos durch den Garten.

Später ging er in sein Arbeitszimmer und ließ sich beim Marquis anmelden. Glücklicherweise war Herr von La Mole nicht ausgegangen. An der Hand einiger aus der Normandie eingegangener Schriftstücke, die ein paar dort geführte Prozesse betrafen, legte er ihm ohne Mühe dar, daß er seine Reise nach dem Languedoc aufschieben müsse.

»Es freut mich, daß Sie nicht abreisen«, sagte der Marquis, als die geschäftliche Besprechung zu Ende war. »Ich habe Sie gern um mich.«

Julien ging. Die letzten Worte des Marquis bedrückten ihn.

»Und ich Schelm will seine Tochter verführen! Vielleicht ihre Heirat mit Croisenois vereiteln, die dem Marquis das Glück der Zukunft ist! Denn wenn er selber nicht Herzog wird, so will er wenigstens seine Tochter im Besitze der Herzogskrone sehen.«

Einen Augenblick dachte Julien daran, nach dem Languedoc abzureisen, trotz Mathildens Brief, trotz der dem Marquis gegebenen Erklärung. Aber bald verflackerte dieser letzte Funke von Pflichtgefühl.

»Eigentlich bin ich doch ein guter Kerl«, sagte er sich. »Ich, der Plebejer, habe Mitleid mit einer hocharistokratischen Familie! Ich, der ich in den Augen des Herzogs von Chaulnes ein Domestik bin! Der Marquis ist ein Krösus. Und wie vermehrt er sein Riesenvermögen? Wenn er im Schloß munkeln hört, daß anderntags ein Staatsstreich stattfindet, verkauft er seine Staatspapiere. Und ich, den eine stiefmütterliche Vorsehung in die niedrigste Klasse der Gesellschaft gestellt hat, ich habe ein edles Herz, aber keine tausend Franken Zinsen im Jahre. Das heißt, ich bin bettelarm, jawohl, buchstäblich bettelarm! Und da sollte ich mir ein Vergnügen versagen, das sich mir bietet? Soll vorbeigehen an einem klaren Quell, der meinen Durst stillen kann in der Glut der Wüste der Mittelmäßigkeit, durch die ich mich mühselig schleppe! Hol mich der Teufel! So dumm bin ich nicht. *Jeder für sich in dieser Wüste des Egoismus, die man das Leben nennt!*«

Er erinnerte sich gewisser verächtlicher Blicke der Marquise von La Mole und besonders ihrer Freundinnen.

Und die Freude, über den Marquis von Croisenois zu triumphieren, tat das übrige, um seiner Moralanwandlung den Todesstoß zu geben.

»Es wäre mir ein Genuß, ihn gereizt zu sehen!« dachte Julien. »Mit welcher Sicherheit würde ich ihm jetzt einen Degenstich beibringen!« Dabei machte er die Bewegung eines Sekundenstoßes. »Bisher war ich ein armseliges Schreiberlein, das sein bißchen Mut ruhmlos vergeudete! Nach diesem Briefe bin ich seinesgleichen.«

»Ja«, sagte er sich in unendlicher Wonne, wobei er jedes einzelne Wort Silbe für Silbe betonte, »meine und des Marquis Verdienste lagen auf einer Waage, und der arme Müllerssohn aus dem Jura hat den Sieg davongetragen.

Famos!« rief er aus. »Das ist ein Gedanke! In diesem Sinne werde ich die Antwort abfassen! Bilden Sie sich nicht ein, Fräulein von La Mole, daß ich mein Plebejertum je vergesse! Ich werde es Ihnen immer wieder vorhalten und fühlbar machen, daß Sie einen Nachkommen des berühmten Veit von Croisenois, der mit Ludwig dem Heiligen in den Kreuzzug ging, an den Sohn eines Sägemüllers verraten!«

Julien konnte sich in seiner Freude nicht mehr halten. Er mußte in den Garten hinuntergehen. Sein Zimmer, in das er sich eingeschlossen hatte, kam ihm zu eng vor.

»Ich, der arme Bauernjunge aus dem Jura«, wiederholte er sich unaufhörlich, »ich, der ich dazu verurteilt bin, ewig diesen traurigen schwarzen Kittel zu tragen! Ach, zwanzig Jahre früher hätte ich einen Feldrock getragen wie Croisenois und seine Kameraden. Ein Mann meines Schlages wäre vor dem Feind gefallen oder mit sechsunddreißig Jahren General geworden!« Der Brief, den er krampfhaft in der Hand hielt, gab ihm die Miene und die Haltung eines Helden. »Heutzutage freilich«, sagte er sich, »hat man in diesem schwarzen Rock im besten Falle mit vierzig Jahren ein Einkommen von hunderttausend Franken – und das blaue Ordensband wie der Herr Bischof von Beauvais.

Tritt gefaßt!« setzte er mit mephistophelischem Auflachen hinzu. »Ich habe mehr Geist als diese Landsknechte! Ich erkenne die Uniform meines Jahrhunderts!« Und er fühlte fast körperlich, wie sein Ehrgeiz und seine Liebe zum geistlichen Stand schwollen. »Wie viele Kardinäle, noch niedriger geboren als ich, haben doch regiert, mein Landsmann Granvella zum Beispiel!«

Nach und nach legte sich seine Aufregung. Die Vorsicht gewann wieder die Oberhand. Mit seinem Meister Tartüff, dessen Rolle er auswendig konnte, rief er laut aus:

»Ich darf in ihren Worten List nur sehn,
....
Und traue eher nicht dem süßen Klange,
Als bis von all der Gunst, die ich begehre,
Ein wenig mir das ganze Glück verheißt.

Tartüff, Akt 4, Szene 5

Auch Tartüff ist durch eine Frau zugrunde gegangen, obgleich er seine Sache besser verstand als mancher andre . . . Meine Antwort könnte herumgezeigt werden . . .«, fuhr er fort, wobei er Wort für Wort ruckweise ausstieß, mit verhaltener Wut. »Dagegen werden wir uns schützen, indem wir zu Anfang unsrer Antwort die lebhaftesten Wendungen aus dem Briefe der erhabenen Mathilde einfach wiederholen.

Ja, aber vier Lakaien des Marquis von Croisenois werden sich auf mich stürzen und mir das Original entreißen.

Erfolglos . . . Ich bin wohlbewaffnet und im Schießen auf Domestiken bekanntlich kein Anfänger.

Gewiß! Aber schließlich kriegt mich einer doch unter. Man hat ihm eine hohe Belohnung versprochen . . . Ich verwunde oder töte ihn . . . Das will man ja gerade! Dann komme ich mit Fug und Recht in Untersuchungshaft, vor den Richter und ins Zuchthaus . . . Dort liege ich dann unter vierhundert Lumpen aller Art . . . Und ich wollte Mitleid mit diesen Leuten haben!« Er sprang empört auf. »Mitleid! Haben sie vielleicht Mitleid mit unsereinem, wenn man in ihrer Gewalt ist?« Mit diesem Aufschrei erstarb der Rest von Dankbarkeit gegen Herrn von La Mole, die ihn gegen seinen Willen noch immer gequält hatte.

»Nicht so eilig, Ihr Herren Edelleute! Ich begreife diese kleine Betätigung des Machiavellismus. Der Abbé Maslon oder Herr Castanède vom Seminar hätten es nicht besser gemacht. Man wird mir den provozierenden Brief nicht lassen, und ich werde das gleiche Schicksal erleiden wie der Oberst Caron in Colmar.

Einen Augenblick! Zunächst will ich den fatalen Brief in Sicherheit bringen. Ich werde ihn wohlversiegelt an Pirard zur Aufbewahrung senden; das ist ein Ehrenmann, Jansenist, und deshalb erhaben über Bestechungsversuche. Wohl, aber er öffnet Briefe . . ., diesen werde ich Fouqué übergeben.«

Juliens Blick war unheimlich; sein Ausdruck abscheulich.

Er war in Verbrecherstimmung. Ein unglücklicher Mensch allein im Kampfe mit der ganzen Gesellschaft!

»Zur Attacke!« rief Julien. Und mit einem Satz sprang er die Freitreppe hinunter. Er stürzte in den Eckladen eines Kopisten, den er erschreckte. »Schreiben Sie das ab!« sagte er und gab ihm den Brief von Fräulein von La Mole.

Während der Kopist am Werk war, schrieb er selbst an Fouqué und bat ihn, ein kostbares Depot für ihn aufzuheben. »Aber . . .«, er unterbrach sich, »die Postzensur wird meinen Brief öffnen und ›Euch‹ das zurückgeben, was Ihr sucht . . . nein, meine Herren.« Er eilte zu einem prostestantischen Buchhändler, kaufte eine dicke Bibel, in deren Einband er Mathildens Brief sehr geschickt verbarg. Dann ließ er sie verpacken und schickte das Paket mit der Eilpost an einen von Fouqués Arbeitern, dessen Namen niemand in Paris kannte.

Frohgemut schlenderte er in das Palais zurück. »Jetzt kommen wir dran!« rief er aus, indem er sich in sein Zimmer einschloß und seinen Rock abwarf.

»Gnädiges Fräulein«, schrieb er an Mathilde. »Was soll das? Fräulein von La Mole schickt durch Arsen, Ihres Vaters Lakaien, einen allzu verführerischen Brief an einen armen Müllerssohn aus den Bergen, ohne Zweifel, um mit seiner Einfalt zu spielen . . .« Im weiteren wiederholte er die verfänglichsten Sätze aus ihrem Briefe.

Juliens Antwort hätte selbst der diplomatischen Vorsicht eines Chevaliers von Beauvaisis Ehre gemacht. Es war erst zehn Uhr. In seinem Glückstaumel und seinem für einen armen Teufel so ungewohnten Machtgefühl ging Julien in die Oper. Freund Geronimo sang. Noch nie hatte ihn Musik so berauscht. Er fühlte sich wie ein Gott.*

---

* Esprit per. pré. gui, 11 A. 30.

KAPITEL XIV

Gedanken eines jungen Mädchens

Welche Verlegenheiten! Wie viele schlaflos verbrachten
Nächte! Großer Gott – mache ich mich etwa verächtlich?
Er selbst wird mich verachten! Aber er reist ab,
er wird fern von mir sein.
Alfred de Musset

Mathilde hatte nicht ohne innere Kämpfe an Julien geschrieben. Welcher Art auch ihre Neigung zu ihm anfangs gewesen sein mochte, bald triumphierte sie über den Hochmut, der in ihrem Herzen die Alleinherrschaft gehabt, solange sie sich kannte. Ihre kühle stolze Seele fühlte sich zum erstenmal im Leben von einer Leidenschaft getrieben. Aber wenn diese ihren Hochmut auch bändigte, so blieb Mathilde doch den Gewohnheiten ihres Stolzes treu. Erst acht Wochen voller Seelenkämpfe und nie geahnter Empfindungen gossen ihren inneren Menschen sozusagen um.

Mathilde bildete sich ein, das Glück gefunden zu haben. Dieser Glaube ist in mutigen Herzen, wenn sich ein höherer Geist dazu gesellt, allmächtig. Er war es, der den langen Kampf mit der Dezenz und den tausend Dingen des herkömmlichen Pflichtgefühls in ihr geführt hatte. Eines Morgens war sie bereits um sieben Uhr in das Zimmer ihrer Mutter gekommen und hatte um die Erlaubnis gebeten, sich nach Villequier zurückziehen zu dürfen. Die Marquise würdigte sie keiner Antwort und gab ihr den Rat, sich wieder ins Bett zu legen. Das war die letzte starke Äußerung der gewöhnlichen Sittsamkeit und des Hanges an der hergebrachten Moral.

Die Furcht, etwas Unschickliches zu tun und die geheiligte Lebensanschauung ihres Kreises zu verletzen, hatte nur geringe Macht über ihre Seele. Menschen wie Croisenois, Caylus und Luz hielt Mathilde nicht für geschaffen, sie zu verste-

403

hen. Sie schienen ihr gut, wenn man einen Ratgeber braucht, ehe man einen Wagen oder ein Landgut kauft. Im Grunde fürchtete sie nichts, als daß Julien unzufrieden mit ihr sein könne.

Vielleicht wirkt er auch nur äußerlich wie ein überlegener Mensch?

Mangel an Charakter war ihr abscheulich. Das war das einzige, was sie gegen die eleganten und vornehmen jungen Herren ihrer Umgebung einzuwenden hatte. Je mehr sie sich in ihrer witzelnden Weise über alles lustig machten, was nicht im Geleise der Mode trottete oder davon abirrte, desto mehr verloren sie in ihren Augen.

Sie hatten Schneid. Das war aber auch alles. »Übrigens: gibt es heutzutage eigentlich noch Tapferkeit?« fragte sie sich weiter. »Beim Duell? Das Duell ist nur noch eine Zeremonie. Man weiß dabei alles im voraus, sogar was man zu sagen hat, wenn man fällt. Wenn man auf dem Rasen liegt, drückt man seine Hand aufs Herz, verzeiht großmütig seinem Gegner und schickt einen letzten Gruß an seine Dame, oft nur an eine erdachte oder an eine, die am Todestage auf den Ball geht, um jeden Verdacht abzulenken.

Und die soldatische Tapferkeit? Man reitet vor der Front einer in Stahl blinkenden Schwadron frohgemut der Todesgefahr entgegen. Aber wer will etwas zu schaffen haben mit der Gefahr, die einsam, ungewöhnlich, unvorhergesehen und im häßlichsten Gewande erscheint?«

Mathilde seufzte tief auf. »Ach, am Hofe Heinrichs III. gab es noch Männer, von Charakter groß wie von Geburt. Ja, wenn Julien bei Jarnac oder bei Moncontour gefochten hätte, wäre ich nicht mehr im Zweifel. Dazumal, in jenen Zeiten der Größe und Kraft, waren die Franzosen keine Puppen. Am Tage einer Schlacht gab es am allerwenigsten Hast und Unruhe. Damals waren die Menschen noch nicht Mumien, noch nicht alle in eine ewig gleiche Schale eingezwängt. Damals gehörte mehr Mut dazu, um elf Uhr abends aus dem Palast

Soissons, wo Katharina von Medici wohnte, hinauszugehen, als heutzutage eine Reise nach Timbuktu zu unternehmen. Damals war das Leben eines Mannes eine Kette von Zufällen. Jetzt hat die Zivilisation den Zufall verjagt. Es gibt nichts Unverhofftes mehr. In der Ideenwelt verspottet man es. Wo im wirklichen Leben Zufälle auftauchen, entstehen Paniken. Jede Feigheit, jede Torheit, angesichts eines Zufalles begangen, findet Entschuldigung. Das ist die entartete langweilige moderne Zeit! Was würde der geköpfte Bonifaz von La Mole gesagt haben, wenn er, wiederauferstanden von den Toten, hätte mitansehen können, wie sich anno 1793 siebzehn Träger seines Namens wie die Schafe gefangennehmen ließen, um auf die Guillotine geschleppt zu werden? Der Tod war ihnen sicher, aber es galt für unschicklich, sich zu wehren und wenigstens noch einen oder zwei Jakobiner niederzuschlagen. Ach, lebten wir in einer Heldenzeit, so führte Julien ein Fähnlein Reiter, und Norbert wäre Priester und regelrechter Verkünder von Sittsamkeit und Alltagsweisheit . . .«

Noch vor wenigen Monaten hatte Mathilde daran gezweifelt, je einen Menschen zu finden, der von der allgemeinen Schablone einigermaßen abwich. Es war ihr ein gewisser Genuß gewesen, den jungen Herren ihres Kreises Briefe zu schreiben. Für eine junge Dame war das eine kecke Verletzung der Schicklichkeit, deren Bekanntgabe sie in den Augen des alten Herrn von Croisenois geradezu entehrt hätte. Diese so unpassende Keckheit, so unvorsichtig von einem jungen Mädchen, konnte sie in den Augen von Herrn von Croisenois, seinem Vater, dem Herzog von Chaulnes und allen Bewohnern des Palais de Chaulnes entehren. Und die hätten, da schließlich für die abgebrochenen Heiratsverhandlungen ein Grund gefunden werden mußte, sehr eingehend alles geprüft. Damals konnte sie an den Tagen, an denen sie einen Brief abgeschickt hatte, nicht schlafen. Und doch waren das nur Antworten gewesen.

Jetzt hatte sie es gewagt, von ihrer Liebe zu schreiben! Sie hatte (entsetzlich!) zuerst an einen Menschen geschrieben, der gesellschaftlich tief unter ihr stand. Wenn das an den Tag kam, war sie auf ewig in Verruf. Keine der Damen, die mit ihrer Mutter verkehrten, würde dies entschuldigen.

Sprechen galt schon fast für unschicklich. Aber schreiben! Napoleon hat einmal gesagt (als er die Kapitulation von Baylen erfuhr): »Es gibt Dinge, die man nicht schreibt!« Und gerade diesen Ausspruch hatte Julien ihr gelegentlich erzählt, gleichsam zur Belehrung im voraus.

Aber über dies hinaus hatte Mathildens Furcht noch andre Ursachen. An die schlimmen Folgen ihrer Handlung in gesellschaftlicher Hinsicht, an die unheilbare Schande und die allgemeine Verachtung, die ihr da drohten (denn sie hatte ihre Kaste beschimpft!), dachte sie gar nicht. Sie dachte nur daran, daß sie es mit einem Ausnahmemenschen zu tun hatte.

Julien hatte einen unergründlichen, geheimnisvollen Charakter. Mit ihm in oberflächliche Beziehung zu kommen, war schon schrecklich. Und jetzt stand Mathilde im Begriffe, ihn zu ihrem Geliebten zu machen, vielleicht zu ihrem Herrn und Gebieter!

»Was wird er alles beanspruchen, wenn er alle Macht über mich hat?« fragte sie sich. »Mag es werden, wie es will! Mit Medea werde ich sagen: *Inmitten aller Gefahren habe ich immer noch mich!*«

Sie bildete sich ein, Julien habe keine Achtung vor dem Begriffe *Adel des Blutes*. Ja, sie glaubte nicht einmal, daß er sie wirklich liebe.

Gegen diesen letzten qualvollen Zweifel empörte sich ihr weiblicher Stolz. Unduldsam rief sie aus: »Im Schicksal eines Mädchens, wie ich eins bin, muß alles einzigartig und seltsam sein!« Jetzt rang der Hochmut, der ihr von frühester Kindheit anerzogen war, mit der wahren Weibestugend. So standen die Dinge, als Juliens Abreise die plötzliche Entscheidung brachte.

Spät am Abend war Julien so teuflisch, einen schweren

Koffer zum Pförtner hinunterschaffen zu lassen. Damit beauftragte er einen Diener, der mit Mathildens Kammerjungfer zarte Beziehungen hatte. »Ich weiß nicht, ob dieses Manöver Erfolg hat«, sagte sich Julien. »Aber wenn es ihn hat, so glaubt sie, ich sei abgereist.« Höchst vergnügt über diese Farce schlief er ein. Mathilde schloß die ganze Nacht kein Auge.

Am andern Morgen verließ er frühzeitig und unbemerkt das Haus. Kurz vor acht Uhr kehrte er wieder.

Kaum war er in der Bibliothek, da erschien Fräulein von La Mole in der Tür. Julien überreichte ihr seine Antwort. Er dachte, es sei seine Pflicht, auch ein paar Worte zu sagen. Zum mindesten bot sich die Gelegenheit dazu. Aber Mathilde hatte keine Lust, ihn anzuhören, und verschwand. Julien war darob hocherfreut. Er hätte ihr nichts zu sagen gewußt.

»Wenn hinter dem allem nicht ein abgekartetes Spiel zwischen ihr und Norbert steckt«, kalkulierte Julien, »so müssen meine kalten Blicke die Ursache der bizarren Verliebtheit sein, die dieses hohe Edelfräulein für mich zu verspüren geruht. Ich wäre dümmer, als es erlaubt ist, wenn ich mich jemals dazu hinreißen ließe, an dieser großen blonden Puppe Geschmack zu finden.«

Diese Überlegung machte ihn kühler und mathematischer denn je.

»In der Schlacht, die sich entwickelt«, dachte er weiter, »wird Mathildens Adelsstolz die Bedeutung einer dominierenden Höhe haben. Um diesen Punkt werden wir fechten. Es ist ein strategischer Fehler auf meiner Seite, in Paris zu verbleiben. Wenn alles nur Spiel ist, setzt mich der Aufschub der Reise in Nachteil und Gefahr. Wäre ich abgereist, was hätte ich dabei riskiert? Ich hätte mich über meine Gegner lustig gemacht, wenn sie sich über mich lustig machen. Angenommen aber, Mathildens Neigung zu mir sei keine Komödie, so hätte ich sie verhundertfacht.«

Mathildens Brief hatte ihm derart stark die Freude der Eitelkeit zuteil werden lassen, daß er vor lauter Lust nicht daran gedacht hatte, die Zweckmäßigkeit einer Reise gründlich zu erwägen.

Es war nun aber ein verhängnisvolles Element seines Charakters, daß er gegen sich selbst wegen begangener Fehler grenzenlos nachträglich war. Darum ärgerte ihn dieser Fehler dermaßen, daß er den erstaunlichen Sieg, der seiner kleinen Niederlage vorangegangen war, so gut wie gänzlich vergaß. In diesem Moment, gegen neun Uhr vormittags, erschien Fräulein von La Mole abermals auf der Schwelle der Bibliothekstüre, warf ihm einen zweiten Brief zu und entschwand wieder.

»Das wird offenbar ein Roman in Briefen!« lachte Julien und hob den eben gekommenen auf. »Der Feind macht eine Scheinbewegung. Ich werde den kalten Tugendbold markieren!«

Im Briefe ward um eine entscheidende Antwort gebeten, und zwar in einer schmerzlichen Art, die seiner Seele Heiterkeit erhöhte. Er machte sich den Spaß, die Personen, die ihn (seiner Vermutung nach) zum Narren hielten, in einer zwei Seiten langen Antwort zu mystifizieren. Am Schlusse zeigte er mit einer scherzhaften Wendung seine Abreise für den nächsten Morgen an.

Als der Brief geschrieben war, sagte er sich: »Ich kann ihn ihr im Garten geben«, und ging hinab. Er blickte nach Mathildens Fenster.

Ihr Zimmer war neben den Gemächern ihrer Mutter, im ersten Stock, unter dem sich ein Zwischenstock befand.

Als Julien, den Brief in der Hand, die Lindenallee betrat, die am Hause begann, war er von Mathildens hochgelegenem Fenster aus nicht zu sehen. Das Blätterwerk der alten sorgfältig beschnittenen Bäume vereitelte es. »Unglaublich!« sagte sich Julien ärgerlich. »Schon wieder unüberlegt! Wenn man sich einen Scherz mit mir leistet, so muß ich meinen

Feinden schon den Spaß machen, mit einem Briefe in der Hand aufzutauchen!«

Norberts Zimmer lag genau über dem seiner Schwester. Sobald Julien unter dem Deckung bietenden Laubdache der Lindenallee hervorkam, trat er in das Gesichtsfeld seiner vermutlichen Gegner, des Grafen Norbert und seiner Kameraden.

Fräulein von La Mole zeigte sich hinter den Scheiben ihres Fensters. Er ließ seinen Brief flüchtig sehen. Sie nickte. Julien ging in das Haus zurück und begegnete der schönen Mathilde wie zufällig auf der Haupttreppe. Ihre Augen lachten, als sie behend den Brief ergriff.

»Welche Leidenschaft glühte in den Augen der lieben Frau von Rênal, wenn sie einen Brief von mir in Empfang zu nehmen wagte, selbst noch, als unsre Beziehungen bereits ein halbes Jahr vertraut waren«, dachte Julien bei sich, als er in sein Zimmer hinaufging. »Ich glaube, sie hat mich kein einziges Mal mit lachenden Augen angesehen.«

Über das, was er fernerhin dachte, ward er sich nicht so klar wie hierüber. Vielleicht schämte er sich, daß kleinliche Motive darin auftauchen könnten. »Aber wie anders ist Mathilde in ihrer eleganten Morgenkleidung und in ihrem ganzen Wesen. Auf dreißig Schritt Entfernung sieht ihr jeder Kenner ihren gesellschaftlichen Rang an. Das ist ein unleugbarer Vorzug an ihr.«

Trotz all seiner Ironie war Julien vor sich selber noch nicht ganz ehrlich. Frau von Rênal hatte ihm keinen Marquis von Croisenois zu opfern gehabt. Bei ihr hatte er als Nebenbuhler nur den unnoblen Landrat Charcot, der sich »von Maugiron« nannte, dieweil die Maugirons ausgestorben sind.

Um fünf Uhr erhielt Julien einen dritten Brief. Er flog ihm durch die Tür der Bibliothek zu. »Immer wieder reißt sie aus. Die wahre Schreibwut!« lachte er. »Wie unsinnig, wenn man sich so bequem sprechen kann! Der Feind will unbedingt Briefe von mir haben, und zwar mehrere!« Er nahm sich mit dem Lesen Zeit. »Doch wieder nur mondäne Phrasen!« dachte er. Er ward aber blaß, als er las. Es waren nur acht Zeilen:

»Ich muß Sie sprechen, und zwar unbedingt heute nacht. Seien Sie im Garten, wenn es ein Uhr schlägt. Nehmen Sie die große Leiter des Gärtners, die am Brunnen liegt, legen Sie sie unter meinem Fenster an und kommen Sie zu mir herauf. Es ist Mondenschein, das tut nichts.«

KAPITEL XV

Gibt es ein Komplott?

Ach! Wie unerträglich ist die Zeit zwischen
einem großen Vorhaben und seiner
Ausführung! Welch eingebildete
Schrecknisse! Welche Unentschlossenheit!
Es geht ums Leben. – Es geht um viel
mehr: um die Ehre!
Schiller

»Die Sache wird ernst!« sagte sich Julien und wurde nachdenklich. »Aber ich falle nicht darauf hinein. Das holde Fräulein kann mich in voller Freiheit in der Bibliothek sprechen. Der Marquis kommt nie dahin, aus Angst, ich könne ihm Geschäftsbücher vorlegen. Er und Graf Norbert, die einzigen Menschen, die diesen Raum überhaupt betreten, sind fast den ganzen Tag außer dem Hause. Man kann leicht aufpassen, wann sie heimkehren. Und da verlangt die erhabene Mathilde, der ein regierender Fürst noch zu wenig wäre, ich solle die tollste Unvorsichtigkeit begehen!

Es ist klar, man will mich zum Narren halten oder ins Verderben stürzen. Erst sollten mich meine Briefe zugrunde richten. Ich war zu vorsichtig. Jetzt suchen sie mich zu einer Tat zu verleiten, die niemand mißdeuten kann. Aber diese lieben Leutchen halten mich doch für gar zu dumm oder gar zu eitel. Teufel noch einmal! Bei hellichtem Mondschein auf einer Leiter sieben Meter hoch in den ersten Stock hinaufklettern, damit mich alle Welt, sogar in den Nachbarhäusern, sieht! Das wird ein Schauspiel ohnegleichen!« Er ging auf sein Zimmer und packte, dabei pfeifend, seinen Koffer. Er war entschlossen abzureisen, ohne überhaupt zu antworten.

Aber dieser weise Entschluß brachte seinem Herzen keinen Frieden. Als sein Koffer zugemacht war, sagte er sich plötzlich: »Wenn Mathilde nun aber kein falsches Spiel treibt, dann bin ich in ihren Augen ein kompletter Feigling! Ich bin kein Aristokrat von Geburt; somit muß ich große Eigenschaften besitzen, und zwar ordentlich und ehrlich, nicht bloß auf einem geschmeichelten Bilde. Und ich muß sie durch eine drastische Tat beweisen . . .«

So grübelte er eine Viertelstunde lang. »Warum soll ich mir etwas vorlügen?« sagte er sich endlich. »Ich werde in ihren Augen ein Feigling sein. Damit verliere ich nicht nur den Stern der ersten Gesellschaft – wie man sie neulich auf dem Ballfeste des Herzogs von Retz genannt hat –, sondern auch die Götterfreude, mich dem Marquis von Croisenois vorgezogen zu sehen, dem Sohne eines Herzogs und selber künftigem Herzog. Übrigens ist er ein reizender junger Herr, der so manche Eigenschaft besitzt, die mir abgeht, wie hohe Geburt, großes Vermögen, unbedingte gesellschaftliche Gewandtheit.

Mein Leben lang wird die Reue an mir nagen, nicht Mathildens wegen! Es gibt ja Weiber die schwere Menge!

Aber es gibt nur eine Ehre!

sagt der alte Don Diego laut und deutlich, unleugbar, ich verzage vor der ersten wirklichen Gefahr, die mir in meinem Dasein entgegentritt! Denn das Duell mit Beauvaisis ist nicht der Rede wert. Hier drohen ganz andre Gefahren. Ich kann von einem Diener niedergeknallt werden. Aber selbst das ist nicht das Schlimmste. Ich kann meiner Ehre verlustig gehen!«

Er hörte nicht auf, nachzudenken, während er nervös im Zimmer auf und ab schritt und von Zeit zu Zeit haltmachte. Es stand da eine prächtige Marmorbüste Richelieus. Unwillkürlich blieb Juliens Blick auf ihr haften. Es war ihm, als sähe ihn der Kardinal streng an, als würfe er ihm Mangel an Mut vor, das heißt Mangel an dem, was jedem Franzosen angeboren sein soll. »Zu deiner Zeit hätte ich kaum gezögert, großer Mann!« rief ihm Julien zu.

Endlich sagte er sich: »Nehmen wir einmal das Schlimmste an: ich stünde hier tatsächlich vor einer Falle, so würde Fräulein von La Mole auf das unerhörteste bloßgestellt. Niemand leistet Gewähr, daß ich meinen Mund halte. Folglich müßte man mich umbringen. Derlei ließ sich anno 1574, zur Zeit des Bonifaz von La Mole, bequem machen. Heutzutage wagt das niemand. Auch keiner derer von La Mole. Die Menschen sind nicht mehr die von damals. Mathilde hat tausend Neiderinnen und Feinde. Morgen schon verkünden vierhundert Salons ihre Schande – und mit Wonne!

Die Dienerschaft klatscht sowieso schon über die mir offenkundig zuteil gewordenen Beweise ihrer Gunst. Ich weiß das. Ich habe es hören müssen . . .

Auf der anderen Seite – ihre Briefe . . . sie mögen glauben, daß ich sie bei mir trage. Wenn ich in ihrem Zimmer überrascht werde, kann man sie mir rauben.

Ich hätte es mit zwei, drei, vier Männern zu tun. Was weiß ich? Aber wo bekommen sie diese her? Wo gibt es in Paris todzuverlässige Untergebene? Man hat Angst vor der Justiz . . . Schließlich handeln sie in Person: Caylus, Croisenois und Luz! Sie wollen sich den Spaß nicht entgehen lassen, mein dummes Gesicht zu sehen, wenn sie mich überrumpeln . . . Achtung vor dem Schicksal Abälards, Herr Sekretär!

Beim Teufel, ich werde euch heimleuchten! Ich steche ins Gesicht wie Cäsars Soldaten bei Pharsalos! Und dann habe ich doch Mathildens Briefe! Ich kann sie an einen sicheren Ort bringen . . .«

Julien kopierte die beiden letzten, verbarg sie in dem schönen Voltaire der Bibliothek und brachte die Originale selbst zur Post.

Als er zurückkam, war er überrascht und erschrocken. »Das ist ja alles Wahnsinn!« sagte er sich. Er hatte eine Viertelstunde nicht an die kommende Nacht gedacht.

»Wenn ich mich um die Sache drücke, werde ich nie wieder Respekt vor mir selber haben! Mein Leben lang werde ich zweifeln, ob ich dieser Tat gewachsen war. Und wie ich mich kenne, wäre solch ein Zweifel mein gräßlichstes Unglück. Habe ich das nicht in Besançon erfahren, nach dem Vorfall mit Amandas Liebhaber? Ich bin überzeugt, eher würde ich mir ein regelrechtes Verbrechen verzeihen. Wenn ich es mir einmal vorgehalten hätte, dächte ich nie wieder daran.

Ich habe einen Rivalen mit einem der glänzendsten Namen Frankreichs, und ich räume ihm von selber das Feld? Ich gestehe ihm leichten Herzens meine Inferiorität ein? Nein, es wäre Feigheit, wenn ich nicht hinginge. Dieses Wort entscheidet alles!« Er sprang auf. »Und dann, wie hübsch ist Mathilde!

Wenn es kein Verrat ist, dann begeht sie für mich eine Tollheit. Ist es aber eine Mystifikation, bei Gott, meine Herren, dann steht es bei mir, aus Scherz Ernst zu machen. Dafür werde ich sorgen!

Aber wenn sie mir beim Hineinspringen ins Zimmer die Arme binden; sie könnten eine Falle aufgestellt haben!

Ganz wie ein Duell«, fand er lachend, »›für jeden Stoß gibt es eine Parade‹, sagt mein Fechtmeister, aber der liebe Gott, der will, daß man dem Ganzen ein Ende macht, sorgt dafür, daß einer von beiden zu parieren vergißt. Im übrigen – hier wäre eine Antwort.« Er prüfte seine beiden Taschenpistolen und setzte neue Zündhütchen auf, obwohl die alten noch brauchbar waren.

Er hatte noch viele Stunden vor sich. Um sich zu beschäftigen, schrieb Julien folgendes an Fouqué:

Lieber Freund!

Öffne die Anlage zu diesem Briefe nur im Notfalle, wenn Du erfährst, daß mir etwas Ungewöhnliches zugestoßen ist! Sodann streiche die Eigennamen im beiliegenden Manuskript aus und fertige acht Abschriften davon an, die Du an die Zeitungen von Marseille, Bordeaux, Lyon, Brüssel usw. versendest. Zehn Tage später läßt Du das Manuskript drucken und schickst das erste Exemplar an Herrn Marquis von La Mole. Nach weiteren vierzehn Tagen streust Du die übrigen Exemplare nachts in den Straßen von Ver-rières aus.

Diese in die Form einer Erzählung gekleidete Rechtferti-gungsschrift, die Fouqué nur im Notfalle öffnen sollte, war von Julien so abgefaßt, daß seine Lage unter möglichster Schonung des Fräuleins von La Mole anschaulich geschildert war.

Julien hatte das Paket gerade fertig, als es zu Tisch läutete. Julien bekam Herzklopfen. Von neuem erfüllten ihn tragi-sche Ahnungen. Schon sah er sich von Lakaien ergriffen, ge-fesselt und mit einem Knebel im Munde in den Keller ge-schleppt. Dort wurde er von einem Diener bewacht, und wenn die Ehre der adligen Familie es erforderte, daß die An-gelegenheit ein tragisches Ende nähme, wäre es ein leichtes, alles mit einem jener Gifte zu beenden, die keine Spuren hin-terlassen; man würde dann behaupten, daß er an einer Krank-heit verstorben sei, und brächte seinen Leichnam auf sein Zimmer.

Von dieser Phantasterei durchdrungen wie ein Dichter von seinem Werk, betrat er das Eßzimmer geradezu voll Grausen. Er sah den Dienern, die in großer Livree dastanden, genau in die Gesichter und studierte ihre Physiognomien. »Wer unter euch ist zu der nächtlichen Tat ausersehen?« dachte er bei sich. »In dieser Familie sind die Erinnerungen an den Hof Heinrichs III. so gegenwärtig und lebendig, daß sie, wenn sie sich entehrt fühlen, mehr Entschlußkraft besitzen als andere

Persönlichkeiten vom gleichen Rang.« Sodann schaute er Fräulein von La Mole an, um ihr die Anschläge ihrer Familie aus den Augen zu lesen. Sie sah bleich aus und hatte den Ausdruck einer Dame aus dem Quattrocento. Noch nie war sie ihm so groß, so wahrhaft schön und erhaben vorgekommen. Er war fast verliebt in sie. »*Pallida morte futura!*« sagte er sich.

Nach der Tafel ging er ungewöhnlich lange im Garten spazieren, aber vergebens, denn Fräulein von La Mole erschien nicht. Mit ihr in diesem Zustande sprechen zu können, hätte ihm eine Zentnerlast vom Herzen genommen.

»Ich will offen mit mir sein!« sagte er sich. »Ich habe Angst!« Da er fest entschlossen war, sich nicht zu drücken, überließ er sich dem Furchtgefühl ohne Scham. »Es kommt nur darauf an, im Augenblick der Tat den nötigen Mut zu haben. Was für Gefühle ich jetzt habe, ist gleichgültig.« Er begab sich an Ort und Stelle und erkundete den Ort. Dann prüfte er das Gewicht der Leiter.

»Merkwürdig!« lachte er. »Dies nützliche Instrument scheint ganz besonders meinetwegen erfunden zu sein! In Verrières hat es mir auch dienen müssen.« Er seufzte. »Aber unter welch anderen Umständen! Damals brauchte ich der, für die ich in die Gefahr ging, nicht zu mißtrauen. Und wie ganz anders war auch die Gefahr!

Wenn ich im Garten des Herrn von Rênal totgeschossen worden wäre, so hätte das meiner Ehre vor der Welt nichts geschadet. Man hätte meinen Tod leicht irgendwie harmlos erklären können. Hier aber? Was für eine schändliche Geschichte wird man in den Salons und allerorts erzählen. Ich werde der Nachwelt als Ungeheuer erscheinen . . .«

Er lachte sich selber aus. »Die Nachwelt? Wer denkt in zwei oder drei Jahren noch an mich?« Und doch drückte ihn der Gedanke daran tief darnieder. »Wo gibt es für mich eine Rechtfertigung?« fragte er sich. »Selbst wenn Fouqué die Schmähschrift, die ich hinterlasse, drucken läßt, so wird sie nur eine neue Infamie sein. Unerhört! Ich bin hier im Hause aufgenommen worden – und als Dank für die mir gewährte Gastfreundschaft und für all die Güte und Gnade, mit der man mich überhäuft, gebe ich ein Pamphlet in Druck! Greife die Ehre von Frauen an! Nein! Tausendmal lieber will ich der Genarrte sein!«

Der Abend war ihm schrecklich.

KAPITEL XVI

Ein Uhr morgens

Der Garten war sehr ausgedehnt und vor wenigen
Jahren im erlesensten Geschmack entworfen worden.
Aber die Bäume waren schon aus der Zeit
Heinrichs III., sie waren schon mehr als ein Jahrhundert
alt. Es war etwas von ländlicher
Idylle um den Ort.
Massinger

Julien war im Begriffe, seinen Brief an Fouqué zu widerrufen, da schlug es elf Uhr. Geräuschvoll schloß er seine Türe, als riegele er sich ein. Dann schlich er wie ein Fuchs hinaus, um zu erkunden, was im Hause vor sich ging, besonders im obersten Stock, wo die Dienstboten wohnten. Er fand nichts von Belang. Eine von Mathildens Jungfern gab eine kleine Gesellschaft. Man saß vergnügt beim Punsch. »Wer so lacht«, dachte Julien bei sich, »ist an keinem Anschlag für diese Nacht beteiligt. Da wäre man ernster!«

Schließlich begab er sich hinunter in den Garten und verbarg sich in einem dunklen Winkel. »Wenn meine Gegner die Sache vor den Dienstboten geheimhalten, so müssen die Leute, die mich überrumpeln sollen, über die Gartenmauer kommen!

Falls Herr von Croisenois in dieser Sache noch ein wenig Kaltblütigkeit walten läßt, muß er es für die junge Dame, die er zu heiraten beabsichtigt, weniger kompromittierend finden, wenn man mich abfängt, bevor ich in ihr Zimmer gelangt bin.«

Er lauerte wie eine Vedette auf ihrem Posten. »Meine Ehre steht auf dem Spiele!« sagte er sich. »Wenn ich eine Dummheit mache, so ist es für mich keine Entschuldigung, wenn ich mir sage: Daran hatte ich nicht gedacht!«

Die Nacht war zum Verzweifeln hell. Gegen elf Uhr war der Mond aufgegangen. Halb eins lag sein Licht voll auf der Gartenfassade des Hauses.

»Mathilde ist toll!« sagte sich Julien, als es ein Uhr schlug. Norberts Fenster waren noch erleuchtet. In seinem ganzen Leben hatte sich Julien noch nie so gefürchtet. Er sah vor sich alle Gefahren seines Vorhabens, ohne daß er die geringste Begeisterung zur Tat in sich spürte.

Er nahm die große Leiter zur Hand und wartete so fünf Minuten, um Mathilden Zeit für einen etwaigen Gegenbefehl zu lassen. Fünf Minuten nach eins legte er die Leiter unter ihrem Fenster an. Leise stieg er hinauf, eine Pistole in der Hand und höchst erstaunt, daß kein Angriff auf ihn erfolgte. Als er oben am Fenster anlangte, öffnete es sich geräuschlos.

»Da sind Sie ja, Herr Sorel!« flüsterte Mathilde, von der Seltsamkeit des Augenblicks ergriffen. »Seit einer Stunde beobachte ich Ihre Bewegungen.«

Julien war sehr verlegen. Er wußte nicht, wie er sich benehmen sollte. Er fühlte sich nicht im mindestens verliebt. In seiner Befangenheit glaubte er, dreist sein zu müssen, und so machte er den Versuch, Mathilde zu küssen.

»Pfui!« rief sie und stieß ihn zurück.

Höchlichst zufrieden, eine Abweisung bekommen zu haben, hielt er Umschau. Der Mond schien so grell, daß die Schatten in Mathildens Zimmer tiefschwarz aussahen. »Es kann da sehr wohl jemand versteckt sein, ohne daß ich es sehe!« dachte er.

»Was haben Sie da in Ihrer Rocktasche?« fragte Mathilde, froh, einen Gesprächsstoff gefunden zu haben. Es war ihr sonderbar bang zumute. Die in einem jungen Mädchen aus guter Familie starken Gefühle der Zurückhaltung und Zaghaftigkeit hatten sie wieder gepackt und bereiteten ihr Qual und Pein.

»Ich habe einen Dolch und ein paar Pistolen mitgebracht«, erwiderte Julien, nicht minder zufrieden, etwas sagen zu können.

»Die Leiter muß weg!« erklärte Mathilde.

»Sie ist riesig groß. Daß sie nur nicht die Fenster unten im Salon oder im Zwischenstock einschlägt!«

»Das läßt sich verhindern«, meinte Mathilde, die sich vergeblich Mühe gab, den gewöhnlichen Plauderton zu treffen. »Sie lassen die Leiter am besten hinunter, wenn Sie um die oberste Sprosse einen langen Strick legen. Ich habe immer derlei da.«

»Das will ein verliebtes Weib sein!« dachte Julien. »Sie wagt von Liebe zu reden, während mir ihre Kaltblütigkeit und ihre klugen Vorsichtsmaßregeln deutlich beweisen, daß ich über Croisenois nicht so triumphiere, wie ich Narr mir einbildete! Ich werde ganz einfach sein Nachfolger sein. Aber schließlich, was ficht mich das an? Liebe ich sie denn? Ich schlage den Marquis in einer Weise aus dem Felde, daß er sich wütend ärgern wird, von einem andern verdrängt und gerade von mir verdrängt worden zu sein. Wie hochmütig hat er mich gestern im Café Tortoni angeschaut, sich stellend, als erkenne er mich nicht. Und wie boshaft hat er mich anschließend gegrüßt, als er sich dazu genötigt sah!«

Julien hatte den Strick um die oberste Sprosse gewickelt und ließ die Leiter behutsam zur Erde nieder. Er lehnte sich dabei weit über das Fenstergeländer hinaus. »Wenn in Mathildens Zimmer jemand verborgen wäre, so hätte er jetzt die schönste Gelegenheit, mich hinunterzustürzen!« Aber alles ringsum verharrte im tiefsten Schweigen.

Die Leiter kam zur Erde nieder, und Julien gelang es, sie in ein Beet mit fremdländischen Blumen zu legen, das sich an der Mauer hinzog.

»Meine Mutter wird außer sich sein, wenn sie sieht, daß ihre schönen Blumen niedergetreten sind«, sagte Mathilde, und kaltblütig fügte sie hinzu: »Werfen Sie den Strick nach! Wenn man ihn vom Fenstergeländer herabhängen sieht, wäre das ein rätselhaft Ding!«

»Wie soll ich dann aber wieder hinunterkommen?« fragte Julien in scherzendem Tone, indem er die Sprechweise eines der Dienstmädchen des Hauses nachäffte, einer Kreolin aus Santo Domingo.

»Durch die Türe!« entgegnete sie belustigt.

Insgeheim dachte sie: »Dieser Mann ist meiner ganzen Liebe würdig!«

Julien warf den Strick hinab in den Garten. Da faßte ihn Mathilde am Arm. Er wähnte, es packe ihn ein Feind. Er wandte sich jäh und griff nach seinem Dolche. Mathilde hatte das Geräusch eines sich öffnenden Fensters zu hören vermeint. Unbeweglich, ohne zu atmen, horchten sie beide. Der Mondenschein lag voll auf ihnen. Alles blieb still. Die Besorgnis verflog.

Von neuem verfielen beide in Verlegenheit. Julien vergewisserte sich, daß die Tür ordentlich verriegelt war. Am liebsten hätte er unter das Bett gesehen. Er wagte es nicht. Ob da nicht ein paar Lakaien darunter steckten? Schließlich aber sah er aus Furcht, er könne sich später Selbstvorwürfe hierüber machen, doch nach.

Mathilde war die Beute der größten Zaghaftigkeit. Die Lage, in die sie sich gebracht, war ihr gräßlich.

»Was haben Sie mit meinen Briefen gemacht?« fragte sie, um irgend etwas zu sagen.

»Der erste ist in einer großen protestantischen Bibel versteckt, die die Eilpost seit gestern weit weg von hier befördert.«

Er sagte dies so laut, daß die Personen, die etwa in den beiden großen Mahagonischränken versteckt waren, es hätten hören müssen. Er wagte nicht, auch noch darin nachzusehen.

»Die beiden anderen sind auf der Post und folgen dem ersten.«

»Du mein Gott, wozu alle diese Vorsichtsmaßnahmen?« fragte Mathilde erschrocken.

»Warum soll ich lügen?« dachte er und gestand seinen Verdacht.

»Daher bist du in deinen Briefen so kalt?« rief sie laut aus, mehr im Tone toller Überschwenglichkeit denn zärtlicher Liebe.

Der kaum merkliche Unterschied entging Julien. Das Du raubte ihm allen Verstand. Zum mindesten erlosch sein Verdacht. Jetzt wagte er, seinen Respekt zu überwinden und das schöne Mädchen in seine Arme zu schließen. Er fand kaum Widerstand.

Wie damals in Besançon bei Amanda mußte ihm sein Gedächtnis aus der Verlegenheit helfen. Er sagte etliche der schönsten Stellen aus Rousseaus *Neuer Heloise* her.

Ohne viel auf seine Worte zu hören, sagte ihm Mathilde: »Du bist ein wahrer Mann! Ich wollte deinen Mut auf die Probe stellen. Ich gestehe es ein. Bei solchem Argwohn ist deine Tat noch unerschrockener, als ich glaubte.«

Es fiel ihr nicht leicht, ihn du zu nennen. Dies ihr ungewohnte Du beschäftigte offensichtlich ihre Gedanken mehr als der Sinn dessen, was sie sagte. Da dieses Du alles andre als zärtlich klang, machte es Julien keineswegs Freude. Verwundert, daß er sich nicht glücklich fühlte, und willens, es zu sein, nahm er seine Zuflucht zur Überlegung. Zweifellos durfte er sich von dieser so stolzen jungen Dame, die nie etwas ohne Einschränkung zu loben pflegte, hochgeschätzt sehen. Indem er sich dies selbst klarmachte, empfand er das Glück der Eigenliebe.

Das war freilich nicht jene überirdische Wollust, die er bisweilen bei Frau von Rênal empfunden hatte. In den Gefühlen seines jungen Sieges lebte und webte keine Zärtlichkeit. Sein Ehrgeiz war im höchsten Grade befriedigt, und ehrgeizig war Julien vor allem. Von neuem sprach er von seinem Verdacht und seinen Maßregeln, und während er redete, sann er nach, auf welche Weise er seinen Sieg ausnutzen könnte.

Mathilde war noch arg verlegen und noch ganz im Banne des eben Geschehenen. Sichtlich erfreut ging sie auf sein Gespräch ein. Und so erörterten sie, wie und auf welche Weise sie sich wiedersehen könnten. Voll Wonne ließ Julien abermals seine geistige Überlegenheit und seinen hohen Mut aus seinen Worten leuchten. Die Liebenden hatten sich vor scharfsichtigen Leuten zu hüten. Der kleine Tanbeau war sicherlich ein Verräter. Aber Mathilde und Julien waren auch nicht einfältig.

Das einfachste war schließlich, sich in der Bibliothek zu treffen und dort alles weitere zu verabreden.

»Ich kann mich in allen Räumen des Hauses blicken lassen, ohne Verdacht zu erregen«, sagte Julien, »ich glaube sogar im Schlafzimmer deiner Mutter.« Um in Mathildens Schlafgemach zu gelangen, mußte man nämlich durch das der Marquise. »Aber wenn du es lieber hast, daß ich auf der Leiter komme, so unterziehe ich mich frohgemut dieser kleinen Gefahr.«

Als ihn Mathilde dies sagen hörte, ward sie durch den triumphierenden Ton unangenehm berührt. »Ist er denn mein Gebieter?« fragte sie sich. Und schon war sie eine Beute der Reue. In voller Vernunft schauderte sie vor der unglaublichen Torheit, die sie begangen hatte. Am liebsten hätte sie in diesem Augenblick sich und Julien vernichtet. Als sie ihre Gewissensbisse mit aller Gewalt wieder bezwungen hatte, fühlte sie sich tiefunglücklich, aus Scheu und schmerzlicher Scham. Diesen qualvollen Zustand, in dem sie sich nun befand, hatte sie nicht geahnt.

»Reden muß ich aber doch mit ihm«, sagte sie sich schließlich. »Es gehört sich, daß man mit seinem Geliebten plaudert.« Nunmehr beichtete sie ihm aus Pflichtgefühl und unter Zärtlichkeiten, die allerdings mehr in den Worten als im Klange ihrer Stimme lagen, die schwankende Stimmung, in der sie in den letzten Tagen gelebt hatte.

Es sei ihr fester Entschluß gewesen, sich ihm ganz zu eigen zu geben, falls er den Mut hätte, auf der Leiter zu ihr zu kommen. Sie gestand ihm dies; aber nie sind vertraute Liebesdinge so kühl und höflich gesagt worden. Immer noch wehte um das Stelldichein Gletscherkälte, in der eher Haß als Liebe gedieh. In dieser Luft mußte die Moral über die jugendliche Unbesonnenheit siegen. Und das sollte der Lohn für eine geopferte Zukunft sein?

Mathilde kämpfte einen langen Kampf mit sich. Der Haß klopfte an die Pforte ihres Herzens. So sehr wehrt sich die Gefühlswelt eines Weibes gegen den eignen festen Willen. Aber am Ende wurde sie Juliens freudige Geliebte.

Und doch war ihre Hingabe immer noch ein wenig gewollt. Ihre Liebesleidenschaft war eine Nachahmung eines phantastischen Vorbildes, keine ganz echte Wirklichkeit.

Mathilde glaubte, sich selbst wie ihrem Geliebten gegenüber eine Pflicht erfüllen zu müssen. »Der arme Junge«, sagte sie sich, »hat sich tadellos tapfer gezeigt. Er muß beglückt werden, oder ich habe wenig Charakter!« Trotzdem wäre sie bereit gewesen, sich gegen ewiges Leid aus ihrer Zwangslage loszukaufen.

So gräßliche Gewalt sie sich auch antat: Sie blieb Herrin ihrer Worte.

Kein Ausdruck der Reue und kein Vorwurf trübte die Nacht, die Julien eher seltsam denn glücklich dünkte. »Wie anders waren die letzten vierundzwanzig Stunden in Verrières!« dachte er. »In so vollendeter Kultur erstirbt also auch die Liebe . . .«, wähnte er in seiner grenzenlosen Ungerechtigkeit zu erkennen.

Solchen Betrachtungen überließ er sich, als er in einem der beiden großen Mahagonischränke stak, wo er sich am Morgen verbergen mußte. Mathilde ging mit ihrer Mutter zur Messe.

Sobald die Kammerjungfer das Zimmer auf eine Weile verließ, gelang es Julien ohne Schwierigkeit hinauszuschlüpfen.

Er ließ sich ein Pferd geben und ritt in die einsamsten Waldwinkel, die es um Paris gibt. Er war mehr erstaunt als glücklich. Wenn er es minutenlang war, so war das Glück, das seine Seele durchzog, ähnlich dem Glücke eines jungen Leutnants, der zum Lohne für eine besondre Heldentat mit einem Sprung zum Obersten befördert worden ist. Er kam sich wie auf schwindelnder Höhe vor. Alles, was gestern noch hoch über ihm gestanden hatte, war mit einem Male seinesgleichen oder gar unter ihm. Je weiter er ritt, um so mehr wuchs langsam sein Glück.

Daß Mathildens Seele aller Zärtlichkeit ledig geblieben war, lag daran, daß sie unter der Zwangsvorstellung litt, Julien gegenüber eine Pflicht zu erfüllen. Was auch in dieser Nacht geschehen war, ihr hatte sie nichts Unvorhergesehenes gebracht, mit Ausnahme des Leids und der Scham, die sie statt der in den Romanen so viel gepriesenen Glückseligkeit gefunden hatte.

»Sollte ich mich getäuscht haben?« fragte sie sich. »Am Ende liebe ich Julien gar nicht?«

KAPITEL XVII

Ein alter Degen

I now mean to be serious; – it is time,
Since laughter now-a-days is deem'd
too serious
A jest at vice by virtue's called a crime.
Don Juan, Canto XIII

Zum Mittagessen erschien Mathilde nicht. Abends kam sie einen Augenblick in den Salon, hatte aber keine Augen für Julien. Das dünkte ihn sonderbar; doch sagte er sich: »Ich kenne die Gewohnheiten der gehobenen Kreise nur bei alltäglichen Gelegenheiten, bei denen ich alles hundertfach beobachten konnte. Sie wird mir ihr Verhalten gelegentlich erklären.« Immerhin war er äußerst neugierig und musterte ihre Miene mit prüfenden Blicken. Sie sah unverkennbar hart und bös aus. Sichtlich war sie nicht mehr das Weib, das in der vergangenen Nacht die seligsten Wonnen empfunden oder zu empfinden geheuchelt hatte. Ihre Ekstase kam ihm hinterher als zu ungeheuer vor, um wahr zu sein.

Am nächsten und am übernächsten Tage sah er sich der nämlichen Kälte gegenüber. Sie blickte ihn keinmal an und nahm von seiner Anwesenheit keine Notiz. Julien wurde von brennender Ungewißheit verzehrt. Das Siegergefühl, das ihn am ersten Tage beseelt hatte, verflog gründlich. »Sollte sie zur Tugend zurückgekehrt sein?« fragte er sich.

»Nein, die stolze Mathilde ist keine Spießbürgerin! Im Grunde ist sie nicht fromm. Sie sieht in der Kirche eine nützliche Einrichtung zur Erhaltung des Adels.

Aber könnte sie die begangene Sünde nicht einfach aus Schamgefühl bereuen?« Julien war überzeugt, ihr erster Liebhaber zu sein.

Dann wiederum sagte er sich: »Es ist nicht im geringsten Naives, Schlichtes, Zärtliches in ihrem Benehmen. Sie ist hochmütiger denn je. Verachtet sie mich? Es sollte mich nicht wundern, wenn sie voll Reue wäre, nur weil ich ein Plebejer bin.«

Er verlor sich in literarischen Reminiszenzen und in Erinnerungen an Verrières. Während er der Vision einer zärtlichen Geliebten nachhing, die von der Stunde an, da sie den Erkorenen beglückt hat, ihre eigene Existenz vergißt, grollte ihm Mathilde aus Eigenliebe.

Da sie sich seit acht Wochen kaum mehr langweilte, hatte sie auch keine Furcht mehr vor der Langeweile. Dadurch hatte Julien völlig ahnungslos seinen größten Vorteil verloren.

»Ich habe einen Herrn über mich gesetzt!« sagte sie sich in düsterster Melancholie. »Er ist zwar voll Ehrgefühl – gut! –, aber wenn ich seine Eitelkeit aufs äußerste reize, wird er aus Rache die Art unseres Verhältnisses ausplaudern . . .«

Das ist das Verhängnis unseres Jahrhunderts. Selbst ganz absurde Verwirrungen schützen nicht zuverlässig vor Langeweile. Sie hatte noch nie einen Geliebten gehabt. Aber gerade an dem Punkte des Lebens, wo selbst die dürrsten Seelen holde Illusionen hegen, war sie den qualvollsten Gedanken preisgegeben.

»Er hat Riesengewalt über mich, weil er mich durch Schreck und Angst regiert und mich furchtbar strafen kann, wenn ich ihn tödlich verletze.«

Der Gedanke reizte sie; sofort nahm sie sich vor, ihm Schimpf anzutun. Der Grundzug ihres Charakters war Tollkühnheit. Mit ihrer Existenz waghalsig zu spielen, machte sie rege und vertrieb ihr die Langeweile, die sie manchmal wieder verspürte.

Als sich Julien auch am dritten Tage keines Blickes von ihr gewürdigt sah, folgte er ihr nach der Mittagstafel in das Billardzimmer, obgleich er wohl merkte, daß sie es nicht wünschte.

Mit kaum unterdrücktem Zorn fuhr sie ihn an: »Herr Sorel, Sie bilden sich wohl ein, wunder welche Rechte über mich zu haben? Sie wollen mich sprechen, obgleich ich es Ihnen deutlich genug zeige, daß ich es nicht will. Wissen Sie, daß sich das mir gegenüber noch niemand herausgenommen hat!«

Die darauf folgende Aussprache des Liebespaares war spaßhaft anzusehen. Ohne es zu ahnen, waren sie von starkem Haß gegeneinander erfüllt. Da keines geduldigen Gemüts war, und sie beide obendrein an den herkömmlichen Gewohnheiten der guten Gesellschaft hafteten, so dauerte es nicht lange, bis sie sich klipp und klar erklärten, daß sie für immerdar miteinander gebrochen hätten.

»Ich schwöre Ihnen ewige Verschwiegenheit«, beteuerte Julien. »Am liebsten möchte ich Ihnen sogar schwören, nie wieder mit Ihnen zu sprechen. Aber ein so auffälliges verändertes Benehmen von mir müßte Sie bloßstellen.« Er verneigte sich ehrerbietig und verschwand.

Damit vollzog er ohne besondre Selbstüberwindung, was er für seine Pflicht erachtete. Er dachte nicht im geringsten daran, daß er in Mathilde verliebt sein könnte. Unzweifelhaft hatte er sie vor drei Tagen, als er im Mahagonischrank stak, nicht geliebt. Aber sein Seelenzustand änderte sich mit einem Schlage, wie er sich von Mathilde für allezeit geschieden sah.

Zu seiner Qual führte ihm sein Gedächtnis bis in die winzigsten Kleinigkeiten jene Liebesnacht wieder vor, die ihn während der Wirklichkeit so kalt gelassen hatte.

Schon in der ersten Nacht nach ihrer Entzweiung glaubte Julien verrückt zu werden. Er mußte sich eingestehen, daß er Fräulein von La Mole liebte.

Dieser Entdeckung folgten furchtbare seelische Kämpfe. Sein Innenleben war gründlichst aus dem Gleichgewicht.

Am dritten Tage konnte er sich kaum davon zurückhalten, Herrn von Croisenois unter Aufgabe allen Stolzes weinend um den Hals zu fallen.

Im weiteren Laufe seines Herzeleids fiel ein Strahl von Vernunft in seine Seele. Er entschloß sich, nach dem Languedoc zu reisen, packte seinen Koffer und ging zur Posthalterei.

Als er dort vernahm, daß ganz zufälligerweise ein Platz in der Post nach Toulouse für den nächsten Tag frei war, brach er beinahe zusammen. Er bestellte ihn und begab sich wieder nach dem Hôtel de La Mole, um dem Marquis seine Abreise zu vermelden.

Herr von La Mole war ausgegangen. Mehr tot als lebendig, begab sich Julien nach der Bibliothek, um dort zu warten. Er verlor seine Sinne, als er daselbst Mathilde fand.

Als sie ihn eintreten sah, zog sie eine niederträchtige Miene, die nicht mißzuverstehen war.

Verleitet durch sein Unglück und durch die Überraschung bestürzt, war Julien so schwach, sie im zärtlichsten, innigsten Tone zu fragen: »Sie lieben mich also nicht mehr?«

»Ich ekle mich vor mir, weil ich mich dem ersten besten hingegeben habe!« erwiderte Mathilde. In der Wut über sich selbst traten ihr Tränen in die Augen.

»Dem ersten besten!« schrie Julien und riß einen alten Degen von der Wand, der dort als mittelalterliche Antiquität hing.

Er wähnte Tränen der Scham zu sehen. Das verhundertfachte seinen Schmerz, der ihm im Augenblicke, wo er Mathilden ansprach, schon grenzenlos erschienen war. Imstande zu sein, sie zu töten, wäre ihm das höchste Erdenglück gewesen.

Der Degen ließ sich nur mit Mühe aus der Scheide ziehen. Hoheitsvoll trat Mathilde ihm entgegen. Die Neuheit des Erlebnisses entzückte sie. Ihre Tränen waren versiegt.

Mit einem Male fiel ihm ein, daß er die Tochter seines Wohltäters vor sich hatte. »Ich seine Tochter töten? Grauenhaft!« rief er sich im Geiste zu und war eben im Begriffe, den Degen in die Ecke zu werfen. »Nur keine Operettengeste! Sie würde mich auslachen!« Wieder voll bei Verstande, betrachtete er die Klinge sorgsam, als suche er Rostflecke darauf.

Dann steckte er sie in die Scheide und hängte die Waffe mit der größten Ruhe an den vergoldeten Haken an der Wand.

Die ganze, gegen Ende langsame Szene hatte keine Minute gedauert. Mathilde sah Julien erstaunt an. »Um ein Haar wäre ich also von meinem Liebhaber ermordet worden!« jubelte sie sich zu.

Der Gedanke versetzte sie in die schönsten Zeiten Karls IX. und Heinrichs III.

Unbeweglich stand sie vor Julien. Es lag nicht der geringste Haß mehr in ihrem Blicke. In diesem Augenblick sah sie verführerisch aus, ganz und gar nicht wie eine Pariser Puppe. (Das war der größte Vorwurf, den Julien den Pariserinnen machte.)

»Ich werde mich von neuem schwach gegen ihn zeigen«, befürchtete Mathilde. »Dann wird er sich erst recht für meinen Herrn und Gebieter halten.« Sie entfloh.

»Bei Gott, sie ist wunderschön!« dachte Julien, als er sie enteilen sah. »Und dieses Geschöpf hat vor noch nicht acht Tagen liebestoll in meinen Armen gelegen! Ach, diese Stunden werden niemals wiederkehren! Und ich bin selber schuld daran! Im Augenblicke eines so großen seltsamen Erlebnisses war ich dafür unempfänglich . . . Ich muß gestehen: ich bin ein unseliger Alltagsmensch!«

Der Marquis erschien. Julien beeilte sich, ihm seine Abreise zu melden.

»Wohin?« fragte Herr von La Mole.

»Nach dem Languedoc.«

»Lassen Sie das, wenn ich bitten darf! Ich habe eine andre wichtigere Mission für Sie. Wenn es so weit ist, sollen Sie nach Norden gehen. Ja, militärisch ausgedrückt, erteile ich Ihnen sogar Stubenarrest. Ich wäre Ihnen verbunden, wenn Sie das Haus nie länger als zwei bis drei Stunden verlassen wollten. Ich kann Ihrer in jedem Augenblick bedürfen.«

Julien verbeugte sich und zog sich, ohne ein Wort zu sagen, zurück. Der Marquis sah ihm verwundert nach. Julien war

428

nicht imstande zu reden. Er schloß sich in sein Zimmer ein. Dort grübelte er fassungslos über sein bitteres Schicksal nach.

»Großer Gott!« klagte er. »Nicht einmal fort kann ich. Wer weiß, wie lange ich noch hier in Paris bleiben muß. Und ich habe keinen Freund, den ich um Rat fragen könnte: Der Abbé Pirard ließe mich den ersten Satz nicht einmal vollenden, und der Graf Altamira schlüge mir vor, mich einer Verschwörung anzuschließen, um mich zu zerstreuen.

Ich werde verrückt! Ich fühle es, ich werde verrückt. Wer steht mir bei? Was soll aus mir werden?«

KAPITEL XVIII

Qualvolle Augenblicke

Und sie gesteht es mir! Sie malt bis in die
kleinsten Einzelheiten die geringsten
Umstände. Ihr schönes Auge sieht mich an
und kündet mir die Liebe, die sie für
einen andern fühlt.
Schiller

Mathilde dachte voller Entzücken an nichts als an das Glück, beinahe ermordet worden zu sein. Sie verstieg sich so weit, daß sie sich sagte: »Er ist würdig, mein Gebieter zu sein, weil er mich beinahe getötet hat! Wie viele von den glänzenden jungen Herren der Gesellschaft müßte man zusammenschweißen, um einen so leidenschaftsdurchloderten Mann zu bekommen! Ich muß gestehen, in dem Moment, wo er auf den Stuhl stieg, um den alten Degen peinlich genau wieder an seinen ihm vom Tapezierer angewiesenen malerischen Platz an der Wand zu hängen, da sah er allerliebst aus! Und trotz alledem war ich nicht toll genug, ihm um den Hals zu fallen.«

Wenn ihr in diesem Augenblick ein leidlich anständiger

429

Weg erkennbar gewesen wäre, von neuem anzuknüpfen, so hätte sie ihn mit Freuden eingeschlagen.

Julien hatte sich in seinem Zimmer eingeschlossen und rang mit der heftigsten Verzweiflung. In seinen wahnsinnigen Ideen wäre er Mathilden am liebsten zu Füßen gefallen. Wenn er, statt in seiner Klause zu grübeln, durch Haus oder Garten geirrt wäre, um die Gelegenheit dazu zu finden, so hätte sich sein düsteres Leid vielleicht rasch zu sonnigem Glück gewandelt.

Mathildens für Julien so günstige Laune hielt den ganzen Tag über an. Sie träumte sich in die flüchtigen Augenblicke zurück, in denen sie ihn geliebt hatte. Vor diesem verlockenden Traum sehnte sie sich nach ihnen zurück.

»Im Grunde«, sagte sie sich, »hat meine Leidenschaft für den armen Jungen nicht länger gedauert als von ein Uhr nachts, wo ich ihn mit seinen Pistolen in der Rocktasche auf der Leiter zu mir heraufklettern sah, bis zum andern Morgen acht Uhr. Schon eine Viertelstunde später, als ich in der Kirche Sainte-Valère die Messe hörte, fingen meine Bedenken an, er könne sich für meinen Gebieter halten und es versuchen, mich durch Schreckmittel zum Gehorsam zu zwingen. «

Nach Tisch wich sie ihm diesmal nicht aus; vielmehr redete sie ihn an und forderte ihn auf, sie in den Garten zu begleiten. Er tat es. Diese neue Prüfung hatte nur gefehlt. Ohne sich Gedanken darüber zu machen, gab Mathilde der verliebten Regung nach, die sie von neuem für Julien empfand. Es war ihr ein großes Vergnügen, an seiner Seite zu wandeln. Neugierig betrachtete sie die Hände, die am Vormittag den Degen ergriffen hatten, um sie zu töten.

Nach einer solchen Tat und nach allem, was geschehen, konnte von einer Unterhaltung im früheren Tone keine Rede sein.

Nach und nach begann Mathilde in vertraulicher Weise von ihrem Herzenszustande zu sprechen. Sie fand an dieser

Art Plauderei eine seltsame Wollust. Schließlich bekannte sie ihm sogar, daß sie für den Marquis von Croisenois und den Grafen von Caylus eine flüchtige Schwärmerei gehabt habe.

»Was? Auch für Herrn von Caylus?« unterbrach Julien ihre Erzählung. Die volle bittere Eifersucht des verlassenen Liebenden klang aus seinen Worten heraus. Mathilde fühlte sich durchaus nicht beleidigt. Sie beurteilte seine jähe Frage richtig.

Sie fuhr fort, Julien zu quälen, indem sie ihre ehemaligen Gefühle auf das anschaulichste und bis in die Einzelheiten schilderte, immer im Tone des vertraulichsten Bekenntnisses. Er fühlte, daß sie das alles vor Augen haben mußte, was sie ihm so deutlich schilderte, und zu seinem Schmerze wurde er gewahr, daß sie beim Erzählen Entdeckungen in ihrem eigenen Herzen machte.

Das war der Gipfel unglücklicher Eifersucht.

Der Argwohn, daß ein Rivale geliebt wird, ist schon grausam genug. Aber eine Liebesbeichte anhören zu müssen, in der einem die Angebetete haarklein darlegt, wie der andere auf sie wirkt, das ist das allergrößte Unglück.

Jetzt ward Julien arg dafür gestraft, daß er insgeheim über seine Nebenbuhler triumphiert hatte. Jetzt in seinem echten schweren Kummer erschien ihm Mathilde herrlicher denn je, und um so heißer verachtete er sich selber.

Sie kam ihm unvergleichlich schön vor. Seine Bewunderung hatte keine Grenzen mehr. Ihr zur Seite schreitend, liebkosten seine Blicke ihre Hände, ihre Arme, ihre ganze königliche Gestalt. Vor Liebe und Leid haltlos, war er nahe daran, ihr zu Füßen zu sinken und *Gnade!* zu schreien.

»Ach«, seufzte er, »dieses herrliche, allen überlegene Weib, einst meine Geliebte, wird gewiß bald in den Armen des Herrn von Caylus liegen!«

Julien hatte keinen Grund, an Mathildens Wahrhaftigkeit zu zweifeln. Alles, was sie sagte, klang allzu aufrichtig. Mitunter schien es ihm sogar, als müsse sie Herrn von Caylus immer noch lieben. In ihren Worten zitterte etwas wie Verliebtheit. Julien glaubte sich hierin nicht zu täuschen.

Er hätte weniger gelitten, wenn man ihm geschmolzenes Blei auf die nackte Brust gegossen hätte. Wie konnte er in seinem unsagbaren Kummer auch ahnen, daß Mathilde von La Mole nur deshalb so viel Genuß daran fand, alte Liebeleien zu beichten, weil sie mit *ihm* redete.

Juliens Herzensnot war um so qualvoller, weil er diese ausführlichen Geständnisse der Liebe zu anderen in der nämlichen Lindenallee anhören mußte, wo er wenige Tage zuvor den Schlag der Uhr erwartet hatte, der ihn in ihr Zimmer rief. Mehr Liebesschmerz kann ein Mensch nicht ertragen!

Diese quälerische Vertraulichkeit dauerte acht lange Tage. Bald schien es ihm, als suche Mathilde die Gelegenheit, mit ihm zu sprechen, bald wieder, als entziehe sie sich ihr zum mindesten nicht. Und der Gegenstand ihrer Unterhaltung, auf den beide immer wieder mit schier grausamer Wollust zurückkamen, bestand in der Beschreibung der Gefühle, die Mathilde für andere empfunden hatte. Sie erzählte ihm von den Briefen, die sie geschrieben, wobei sie sich ihres Wortlautes entsann und ganze Sätze hersagte. Ihre Miene dabei kam ihm boshaft vor. Er litt maßlos, und sie hatte sichtlich ihre Freude daran.

Sie spürte hier eine Schwäche ihres Tyrannen; also konnte sie sich erlauben, ihn zu lieben.

Julien hatte keine Lebenserfahrung; ja, er hatte nicht einmal aus Romanen gelernt. Wäre er ein wenig gewandter gewesen, so hätte er der Angebeteten, die ihm so sonderbare Bekenntnisse machte, einfach gesagt: »Gestehe nur: wenn ich auch nicht so vornehm bin wie jene Herren, so bin ich es doch, den du liebst!«

Vielleicht wäre sie glücklich gewesen, daß er sie durchschaute. Zum mindesten hätte er unter Umständen Erfolg damit gehabt, je nach der netten Art und Weise, in der er dies gesagt, und je nach dem dazu gewählten Momente. In jedem

Falle hätte er der Situation ein Ende gemacht, die Mathilden langweilig zu werden anfing. Damit hätte er einen Vorteil erreicht.

So aber, nur sein Liebesleid empfindend, fragte er sie eines Tages: »Sie lieben mich nicht mehr, mich, der ich Sie anbete!« Das war ungefähr die größte Dummheit, die er begehen konnte.

Seine Klage zerstörte mit einem Schlage das Vergnügen, das Fräulein von La Mole darin gefunden hatte, ihm von ihrem Herzenszustande zu erzählen. Nach allem, was vordem geschehen, war sie nachgerade verwundert, daß er ihre Geständnisse hinnahm, ohne sich empört zu zeigen. In dem Moment, ehe er ihr jene törichten Worte sagte, bildete sie sich sogar ein, Julien liebe sie nicht mehr. »Sicherlich hat der Stolz seine Liebe erstickt«, hatte sie sich gesagt. »Er ist nicht der Mann, der gemütlich zuschaut, wie ihm Leute wie Caylus, Luz und Croisenois vorgezogen werden, noch dazu, wo er selber gesteht, daß sie ihm weit überlegen sind. Nein! Ich werde ihn nie wieder in mich verliebt sehen . . .«

In der Tat hatte Julien in den letzten Tagen mehrfach anerkennende, ja sogar übertreibende Bemerkungen über die glänzenden Eigenschaften der genannten Herren gemacht. Es war in der Naivität seines Schmerzes geschehen. Dieses Motiv blieb Mathilden verborgen. Gerade deshalb wunderte sie sich über sein Lob. Indem er in einer Bizarrerie seines Gemütes einen Nebenbuhler, an dessen Bevorzugung er glaubte, in den Himmel hob, sympathisierte er mit dem Glücklichen.

Seine ebenso aufrichtigen wie dummen Worte änderten, wie gesagt, die ganze Lage mit einem Schlage. Mathilde, der Liebe Juliens nun sicher, verachtete ihn jetzt gründlich.

Sie ließ ihn mitten im Park stehen, und der letzte Blick, den sie ihm zuwarf, war voller Geringschätzung. Wieder im Salon, sah sie Julien den Rest des Abends nicht mehr an. Fortan stand ihr ganzes Denken und Trachten im Zeichen ihrer Verachtung. Acht Tage lang hatte es ihr so viel Freude bereitet, Julien als ihren vertrautesten Freund zu behandeln. Davon war keine Spur mehr vorhanden. Ihre Abneigung ging bis zum Widerwillen, und wenn er ihr vor die Augen kam, tat sie alles, um ihm ihre grenzenlose Verachtung kundzutun.

Von dem, was in den letzten acht Tagen in Mathildens Herzen vorgegangen war, wußte und begriff Julien nichts. Nur die Verachtung verspürte er. Er war aber verständig genug, sich ihr so selten wie nur möglich zu zeigen, und schaute sie keinmal an.

Dadurch beraubte er sich unter großem Schmerze ihrer Gegenwart. Es kam ihm vor, als vermehre er dadurch sein Leid. »Tapferer kann kein Mann sein!« rief er sich zu. Stundenlang hockte er hinter dem sorglich verschlossenen Laden eines kleinen Fensters der Mansarde und betrachtete Mathilde, wenn sie im Garten war.

Am wunderlichsten war ihm zumute, wenn er sah, wie sie von Caylus oder von einem der Herren begleitet wurde, mit denen sie einen Flirt gehabt haben wollte.

Julien hatte bis dahin keine Ahnung, welche Abgründe der Schmerz hat. Er hätte laut aufschreien mögen. Seine so standhafte Seele war nun in ihren Grundfesten erschüttert.

An etwas zu denken, was nicht mit Mathilde irgendwie zusammenhing, war ihm widerlich. Er war unfähig, die einfachsten Briefe zu schreiben.

»Sie sind nicht bei Sinnen!« tadelte ihn der Marquis.

Julien erschrak. Aus Furcht, sich zu verraten, entschuldigte er sich damit, daß er sich krank fühle. Man glaubte ihm.

Zum Glück für ihn machte Herr von La Mole einmal bei Tisch eine scherzhafte Anspielung auf seine bevorstehende Reise. Mathilde erfuhr, daß sie sehr lange dauern könne. Es war schon mehrere Tage her, daß Julien ihr auswich, und die vornehmen jungen Herren, die so ganz anders waren als das blasse düstere Wesen, das sie einst geliebt hatte, waren nicht mehr imstande, sie ihrer Traumwelt zu entreißen.

Sie sagte sich: »Ein gewöhnliches Mädchen hätte sich für einen von diesen jungen Leuten entschieden, die im Salon aller Augen auf sich ziehen. Aber es gehört zur Genialität, nicht im alten Geleise der Allgemeinheit mitzutrotten. Wenn ich die Gefährtin eines Mannes bin, dem nichts fehlt als ein großes Vermögen (und das besitze *ich* ja!), dann werde ich von aller Welt fortgesetzt beobachtet und nie unbeachtet durch das Leben schreiten. Es fällt mir nicht ein, in einem fort Angst vor einer neuen Revolution zu haben wie meine Cousinen, die aus Furcht vor dem Pöbel kaum einem Postillion, der sie schlecht fährt, grob zu werden wagen. Ich bin überzeugt, daß ich eine Rolle in der Welt spielen werde, und zwar eine große Rolle, denn der Mann, den ich mir erkoren habe, hat festen Charakter und grenzenlosen Ehrgeiz. Was fehlt ihm? Beziehungen und Geld? Das kann ich ihm geben.«

In ihren Gedanken behandelte sie Julien trotzdem als ein niedrigeres Wesen als sich selbst, als eins, von dem man sich lieben läßt, wenn es einem paßt.

KAPITEL XIX

Opera buffa

O how this spring of love resembleth
The uncertain glory of an April day;
Which now shows all the beauty of the sun
And by, and by a cloud takes all away!
Shakespeare

Verloren in Grübeleien über die Zukunft und über die Rolle, die sie zu spielen hoffte, kam der Augenblick, wo sich Mathilde nach den nüchternen erdenfernen Gesprächen zurücksehnte, die sie oft mit Julien gepflogen hatte. Bisweilen auch, vom Fluge in die Höhen ermattet, wünschte sie sich die Augenblicke des Glücks zurück, die sie bei ihm gefunden hatte.

435

Aber zu solchen Erinnerungen gesellte sich ihr stets die Reue. Mitunter litt sie arg darunter.

»Auch in ihrer schwachen Stunde«, sagte sie sich, »darf sich eine junge Dame meiner Art höchstens einem hervorragenden Manne zuliebe vergessen. Man soll nicht sagen dürfen, sein hübsches Gesicht oder seine Schneidigkeit zu Pferd hätten mich verführt. Seine klugen Gespräche über Frankreichs Entwicklung und seine Gedanken über die Ähnlichkeit der Ereignisse, die am Horizonte lauern, mit der englischen Revolution von 1688, die sind daran schuld gewesen!« Und wenn sie Gewissensbisse verspürte, so sagte sie sich: »Ich bin verführt worden als ein schwaches Weib, aber nicht wie jedes beliebige Schäfchen durch äußere Vorzüge.

Wenn wieder eine Revolution ausbricht, warum sollte Julien Sorel dann nicht die Rolle des Herrn Roland spielen und ich die der Frau Roland? Ihre Rolle wäre mir lieber als die der Frau von Staël. Amoralität im Wandel bringt einen im neunzehnten Jahrhundert in Verruf. Man soll mir gewiß keinen zweiten Fehltritt vorzuwerfen haben. Ich stürbe vor Scham.«

Zugegeben, nicht alle Träumereien Mathildes waren so ernsthaft wie die, die wir hier verzeichnet haben.

Trotz solch ernster Grübeleien schaute sie Julien oft an und fand in seinen geringsten Betätigungen köstliche Grazie.

Sie rühmte sich: »Zweifellos ist es mir gelungen, in ihm jedweden Gedanken an vermeintliche Rechte auf mich zu tilgen.

Dies beweist mir übrigens der Schmerz und die tiefe Leidenschaftlichkeit, mit der mir der arme Junge vor acht Tagen seine Liebe gestanden hat. Ich muß freilich zugeben, daß es recht wunderlich von mir war, mich über einen Ausdruck von ihm zu ärgern, in dem ebensoviel Verehrung wie Leidenschaft lag. Bin ich nicht seine Frau? Es war ganz natürlich, daß er so gesagt hat, und im Grunde auch liebenswürdig. Obgleich ich ihm hundertmal und wirklich herzlos von dem oder jenem Flirt erzählt habe, der kein andres Motiv hatte als die pure Langeweile, so liebt er mich doch noch. Er ist auf diese Herren eifersüchtig. Ach, wenn er wüßte, wie ungefährlich sie mir sind! Und wie kümmerlich sie sich neben ihm ausnehmen, alle einander gleich, einer wie der andre!«

Unter solcherlei Gedanken kritzelte sie aufs Geratewohl Linien auf ein Blatt ihres Notizbuches. Eins der entstandenen Profile überraschte und entzückte sie: Es hatte eine erstaunliche Ähnlichkeit mit Juliens Gesichtsschnitt. »Ein Wunder der Liebe!« frohlockte Mathilde. »Unbewußt habe ich sein Bildnis gezeichnet.«

Sie eilte in ihr Zimmer, schloß sich ein und versuchte nunmehr ernstlich und mit großem Eifer, Juliens Silhouette zu zeichnen, aber es gelang ihr nicht. Das durch Zufall geschaffene Profil war und blieb am meisten ähnlich. Sie war glückselig darüber. Es war ihr der klare Beweis einer großen Leidenschaft.

Sie vermochte die kleine Zeichnung erst aus der Hand zu legen, als die Marquise sie rufen ließ, um mit ihr in die Italienische Oper zu fahren. Lediglich weil sie dachte, Julien zu sehen, ging sie gern mit. Sie nahm sich vor, ihre Mutter zu veranlassen, Julien mit in ihre Loge zu nehmen.

Sie sah nur langweilige Menschen. Julien ließ sich nicht blicken. Während des ersten Aktes träumte Mathilde von dem Geliebten in bacchantischer Trunkenheit. Im zweiten Akte taten es ihr ein paar Worte der Liebe an, zu denen die Musik eben nur Cimarosa geschaffen haben konnte. Die Heldin der Oper sang:

> *Devo punirmi,*
> *Se troppo amai . . .*

Von dem Augenblick an, da sie diese sublime Arie hörte, entschwand ihr die ganze irdische Welt. Wenn man sie ansprach, gab sie keine Antwort. Ihre Mutter tadelte sie. Mit Mühe zwang sich Mathilde, sich ihr zuzuwenden. Sie war auf einem Gipfel der Verzückung angekommen, der nicht minder hoch war wie der, auf den sich Julien im Moment seiner heftigsten Leidenschaft verstiegen hatte. Die köstliche göttliche Melodie zu jenen Worten, die so wunderbar zu ihrer eigenen Lage paßten, wich ihr nicht aus der Seele, auch nicht, wenn sie Juliens nicht unmittelbar gedachte. So war es die Musik, der es Mathilde verdankte, daß sie an diesem Abend in die Stimmung kam, in der Frau von Rênal immer war, wenn sie Juliens gedachte. Die Hirnliebe ist zweifellos geistvoller als die wahre Liebe, aber begeisterte Augenblicke hat sie selten. Sie kennt sich zu gut; unaufhörlich beobachtet sie sich selber. Statt das Denken aus dem Geleise zu bringen, baut sie nur mit Gedanken.

Wieder zu Haus, behauptete Mathilde, sie habe Fieber und könne nicht schlafen. Die halbe Nacht verbrachte sie am Flügel. Immer wieder sang sie die Worte der Arie, die sie so entzückt hatte:

> *Devo punirmi,*
> *Se troppo amai* . . .

Das Ergebnis dieser närrischen Nacht war, daß sich Mathilde einbildete, ihre Liebe überwunden zu haben.

Dem unglücklichen Verfasser wird dieser Absatz in mehr als einer Weise schaden. Die Eisheiligen werden ihm Schamlosigkeit nachsagen. Den jungen Damen, die in den Pariser Salons glänzen, wird es nicht schaden, wenn man ihnen klar macht, daß auch einmal eine von ihnen – so wie die gefallene Mathilde – der Torheit verfallen kann. Ihr Charakter ist voll und ganz erfunden und so erfunden, daß er ganz außerhalb der gesellschaftlichen Bräuche liegt, die vor allem dem 19. Jahrhundert und seiner Zivilisation einen so hohen Rang verleihen.

Gerade die kluge Zurückhaltung fehlt den jungen Damen nicht, die die Bälle dieses Winters verschönt haben.

Man kann ihnen sicher auch nicht vorwerfen, daß sie ein großes Vermögen, schöne Güter, Pferde und alles, was das

Leben in dieser Gesellschaft angenehm macht, allzusehr verschmähten. Sie sehen überhaupt keinen Anlaß, sich angesichts solcher Vorzüge zu langweilen. Diese sind im Gegenteil das Ziel ihrer beständigsten Bemühungen; und wenn Leidenschaft in ihren Herzen brennt, dann gilt sie solchen Dingen.

Auch bewirkt die Liebe nicht den Erfolg junger Menschen, die, wie Julien, mit Talent begabt sind; diese pflegen sich ganz eng an eine Clique anzuschließen, und wenn die Clique ihren Weg macht, dann regnen alle guten Dinge, die die Gesellschaft bietet, auf sie herab. Unglücklich der Gelehrte, der zu keiner Clique gehört. Man gönnt ihm auch kleine, ungewisse Erfolge nicht, und der voll Angepaßte triumphiert, indem er ihn überfliegt. Ja, mein Herr, ein Roman ist ein Spiegel, der über eine Landstraße spaziert: Bald füllt er Ihre Augen mit Himmelblau, bald mit dem Schmutz der Pfützen. Und der Mann, der den Spiegel in der Kiepe trägt, wird von Ihnen unmoralisch genannt. Sein Spiegel zeigt den Schlamm, und Sie klagen den Spiegel an! Klagen Sie lieber die Straße mit ihren Pfützen und, mehr noch, den Straßenmeister an, der nichts dagegen tut, daß das faulige Wasser Pfützen bildet!

Wir sind uns also darüber einig, daß eine Gestalt wie Mathilde in unserem ebenso weisen wie tugendhaften Jahrhundert unmöglich vorkommen kann. Ich brauchte dann Ihren Unwillen nicht zu fürchten, wenn ich in der Erzählung der Torheiten dieses liebenswürdigen Mädchens fortfahre.

Den ganzen folgenden Tag über erfaßte sie jede Gelegenheit, sich den Sieg über ihre tolle Leidenschaft zu beweisen. Ihr Hauptbestreben war, Julien in jeder Hinsicht zu mißfallen. Dabei entging ihr keine seiner Bewegungen.

Julien war zu unglücklich und vor allem zu erregt, als daß er die äußere Betätigung eines so komplizierten inneren Zustandes begriffen hätte. Noch weniger erkannte er, wie günstig das Spiel für ihn stand. Er warf seinen Einsatz auf die falsche Seite. Noch nie hatte er dermaßen gelitten. Was er tat, stand in nur geringer Beziehung zu seinem Verstande. Wenn ihm irgendein nüchterner Menschenkenner gesagt hätte: »Beeilen Sie sich, aus dieser Ihnen günstigen Stimmung Vorteil zu ziehen! Bei solcher Hirnliebe, wie man sie in Paris findet, dauert ein bestimmter Zustand nie länger denn zwei Tage«, so hätte er ihn verständnislos angestarrt. Aber so exaltiert Julien auch war: sein Ehrgefühl ließ sich nicht beirren. Seine erste Pflicht war Verschwiegenheit. Davon ging er nicht ab. Sich Rat zu holen und seine Herzensnot dem ersten besten zu beichten, wäre ihm ein ebensolches Glück gewesen wie dem Pilger in der glühenden Wüste ein Tropfen frischen Wassers, vom Himmel gespendet. Julien erkannte die Gefahr. Er fürchtete, mit einem Tränenstrom zu antworten, wenn ihn jemand indiskret ausgefragt hätte. Deshalb schloß er sich in sein Zimmer ein.

Er sah Mathilden lange im Garten spazierengehen. Als sie endlich wieder in das Haus gegangen war, begab er sich hinunter und ging zu dem Rosenstrauch, an dem sie sich eine Malmaison abgebrochen hatte.

Es war Nacht geworden und stockdunkel. So konnte er sich ganz seinem Kummer überlassen, ohne zu fürchten, daß man ihn sah. Er war sich klar, daß Mathilde eine Liebelei mit einem der jungen Offiziere, mit denen sie so vergnügt geplaudert, haben müsse. »Mich hat sie geliebt, aber sie hat erkannt, daß ich nicht viel wert bin!« sagte er sich.

»Wahrlich, ich tauge nicht viel!« Das war im Moment seine vollste Überzeugung. »Alles in allem bin ich ein fader gewöhnlicher Mensch, langweilig für jedermann, mir selber unerträglich.« Alle seine guten Eigenschaften, alle Dinge, die er sonst enthusiastisch liebte, alles das war ihm in den Tod zuwider. Und mit dieser verkehrten Phantasie unterfing er sich, das Leben zu beurteilen! In solch einen Irrtum kann nur ein höherer Mensch verfallen.

Mehrmals kam ihm der Gedanke an den Selbstmord. Der

Tod dünkte ihn verlockend, wie köstliche Ruhe, ein Labsal dem Verschmachtenden in der Wüste.

»Aber wenn ich tot bin, wird sie mich erst recht verachten!« rief er aus. »Welch häßliches Andenken würde ich ihr hinterlassen!«

Ein Mensch, der in den tiefsten Abgrund des Unglücks gestürzt ist, hat als allerletzte Zuflucht nur den Mut. Julien war nicht genial genug, um sich zu sagen: »Ich muß etwas wagen!« Wie er so dastand und nach Mathildens Fenster hinaufstarrte, sah er durch die Spalten der Läden, daß sie das Licht auslöschte. Im Geiste erstand ihr entzückendes Zimmer vor ihm. Ach, einmal nur war er dort! Weiter flog seine Phantasie nicht . . .

Es schlug ein Uhr. Als er den Glockenton hörte, durchzuckte es ihn: »Ich muß hinauf zu ihr!«

Seine Seele ward erleuchtet. Im Nu begründete er diesen Gedanken tausendfach. »Kann ich noch unglücklicher werden?« sagte er sich. Er lief nach der Leiter. Der Gärtner hatte sie angekettet. Julien zersprengte ein Glied der Kette mit Hilfe des Hahnes einer seiner kleinen Pistolen. Sodann richtete er die Leiter rasch auf und lehnte sie gegen Mathildens Fenster.

»Sie wird erzürnt sein und mich mit Verachtung überschütten«, sagte er sich. »Was tut das? Ich gebe ihr einen Kuß, einen letzten Kuß, und dann gehe ich in mein Zimmer und schieße mich tot. Meine Lippen müssen ihre Wangen berühren, ehe ich sterbe!«

Er flog die Leiter hinauf und klopfte an den Fensterladen. Nach ein paar Augenblicken vernahm es Mathilde.

Sie wollte den Laden öffnen, aber die Leiter war daran gelehnt. Julien klammerte sich an den eisernen Haken, der dazu diente, den offenen Laden festzuhalten, und versetzte, in großer Gefahr, dabei abzustürzen, der Leiter einen derben Ruck, damit sie sich so weit verschob, daß Mathilde den Laden öffnen konnte.

Mehr tot als lebendig schwingt sich Julien ins Zimmer.

»Du! Du bist's!« ruft sie und wirft sich in seine Arme.

Julien war überglücklich und Mathilde fast ebensosehr. Sie klagte sich laut an und beschuldigte sich vor ihm.

»Strafe mich für meinen abscheulichen Stolz!« sagte sie und preßte ihn mit ihren Armen an sich, als wollte sie ihn ersticken. »Du bist mein Herr! Ich bin deine Sklavin! Auf den Knien muß ich dich bitten, mir zu verzeihen, daß ich mich gegen dich habe auflehnen wollen.«

Sie entwand sich seiner Umarmung und fiel vor ihm nieder. »Ja, du bist mein Herr!« flüsterte sie, trunken vor Glück und Liebe. »Herrsche immerdar über mich! Strafe deine Sklavin auf das härteste, wenn sie sich wider dich empören will!«

In einem andern Moment entriß sie sich seinen Armen, zündete eine Kerze an und ging daran, sich ihr Haar abzuschneiden. Nur mit vieler Mühe vermochte Julien dies zu verhindern.

»Ich will ein Symbol vor Augen haben, daß ich deine Magd bin!« sagte sie. »Wenn mich je wieder mein fluchwürdiger Hochmut verwirrt, dann weise auf mein Haar und sprich: ›Es handelt sich nicht mehr um Liebe oder um die Seelenregung des Augenblicks! Du hast geschworen, mir zu gehorchen. Gehorche bei deiner Ehre!‹«

Es ist wohl klüger, sich der Beschreibung eines solch hochgradigen Liebeswahns und Liebesglücks zu enthalten.

Juliens Mannestum kam seinem Glücke gleich. Als das Frührot des Tages die Ostflächen der Schornsteine jenseits des Parkes färbte, sagte Julien zu seiner Geliebten: »Ich muß auf der Leiter zurück! Ich lege mir damit ein Opfer auf, deiner würdig. Ich beraube mich einiger Stunden des höchsten Glückes, das es auf Erden gibt. Dein guter Ruf erheischt es. Wenn du mein Herz kennst, weißt du, welche Gewalt ich mir antue. Bleibe mir immer, was du in dieser Stunde bist! Die

Ehre ruft. Das genügt . . . Ich möchte dir noch sagen, daß man seit meinem ersten Hiersein Verdacht hat, nicht auf Einbrecher, sondern auf Herrn von Croisenois. Dein Vater hat einen Wächter im Garten aufgestellt. Croisenois ist von Spionen umgeben. Er ist keine Nacht unbeobachtet . . .«

Mathilde lachte laut auf. Ihre Mutter und eine der Kammerjungfern nebenan erwachten. Man redete durch die Türe. Julien schaute Mathilden ins Gesicht. Sie war blaß geworden. Die Jungfer bekam ein paar Scheltworte zu hören. Die Mutter ward keiner Antwort gewürdigt.

»Wenn nur niemand auf den Gedanken kommt, ein Fenster zu öffnen, und die Leiter erblickt!« raunte Julien.

Ein letztes Mal schloß er Mathilde in die Arme. Dann schwang er sich auf die Leiter. Er kletterte oder vielmehr er glitt hinab und war im Nu unten im Garten. Drei Sekunden später lag die Leiter in der Lindenallee, und Mathildens Ehre war außer Gefahr.

Als Julien wieder zur vollen Besinnung kam, bemerkte er, daß er blutig und halbnackt war. Er hatte sich bei seinem tollkühnen Abrutsch verletzt.

Sein hohes Glück hatte ihm die volle Tatkraft seines Charakters wiedergegeben. Wenn in diesem Augenblick ein Dutzend Männer auf ihn eingedrungen wären, so hätte er sich ihnen ganz allein entgegengestellt. Es hätte seine Seligkeit nur vermehrt. Glücklicherweise wurde seine soldatische Tüchtigkeit nicht auf die Probe gestellt.

Nachdem er die Leiter an ihren Platz gebracht und die Kette wieder angelegt hatte, unterließ er es nicht, die Spuren der Leiter unterhalb Mathildens Fenster im Beete der fremdländischen Blumen zu verwischen. Als er im Halbdunkel mit den Händen die lockere Erde breitstrich, fühlte er etwas auf seine Hand fallen. Es war eine lange Locke von Mathildens Haar. Die hatte sie sich abgeschnitten und Julien zugeworfen.

Sie stand am Fenster.

»Das schickt dir deine Magd«, rief sie ziemlich laut, »zum

Zeichen ewigen Dankes! Ich verzichte auf den Gebrauch meiner Vernunft! Sei du mein Herr!«

Julien war überwältigt und nahe daran, die Leiter wieder zu holen und abermals hinaufzustürmen. Schließlich aber trug der gesunde Menschenverstand den Sieg davon.

Todmüde war Julien bei Sonnenaufgang in tiefen Schlaf gefallen. Kaum vermochte ihn die Frühstücksglocke zu wecken.

Bald nach ihm erschien Mathilde im Frühstückszimmer. Als er eine Flut von Liebe aus den Augen dieser schönen, mit Huldigungen so überschütteten Aristokratin hervorbrechen sah, schwelgte sein Stolz einen Augenblick. Aber schon in der nächsten Sekunde erschrak sein Verstand. Mathilde hatte ihr Haar absichtlich so geordnet, daß er auf den ersten Blick erkannte, welch großes Opfer sie ihm in der vergangenen Nacht durch das Abschneiden ihres Haares gebracht hatte. Auf der ganzen einen Seite hatte sie sich einen halben Zoll von ihrem schönen aschblonden Haar abgeschnitten.

Auch im übrigen zeigte sie sich während des Frühstücks sehr unvorsichtig. Es machte Julien beinahe den Eindruck, als wolle sie ihre tolle Leidenschaft für ihn aller Welt kundtun. Zum Glück waren Herr wie Frau von La Mole eingehend damit beschäftigt, sich über das bevorstehende Ordensfest zu unterhalten, bei dem der Herzog von Chaulnes des blauen Bandes ledig bleiben sollte. Gegen Ende der Mahlzeit geschah es, daß Mathilde den Geliebten wie im Scherz: *Mein Gebieter!* nannte. Er errötete bis an die Haarwurzeln.

War es Zufall oder eine Maßregel der Frau von La Mole: Mathilde war sich an diesem Tage keinen Augenblick selbst überlassen. Gleichwohl fand sie abends, als man das Eßzimmer verließ, Gelegenheit, Julien zu sagen:

»Halten Sie es nicht für einen Vorwand meinerseits! Mutter hat mir eben mitgeteilt, daß eine ihrer Kammerfrauen nachts in meinem Appartement schlafen soll.«

Der Tag verging ihm im Fluge. Julien war auf dem Gipfel

des Glückes. Am nächsten Vormittag war er von früh sieben Uhr an in der Bibliothek. Er hoffte, Mathilde werde ihn dort suchen. Er hatte einen endlosen Brief an sie geschrieben.

Erst mehrere Stunden später, beim Frühstück, bekam er sie zu Gesicht. Sie war mit der größten Sorgfalt frisiert. Die Stelle des verschnittenen Haars war mit erstaunlicher Kunst verdeckt. Ein paarmal sah sie Julien an, mit ruhigem, artigem Blick. Sie dachte nicht daran, ihn *Mein Gebieter!* zu nennen. Julien vermochte vor Verwunderung kaum zu atmen. Offenbar bereute sie alles, was sie ihm zuliebe getan hatte.

Nach reiflicher Überlegung war sie zu dem Ergebnis gekommen, Julien sei, wenn auch keine ganz gewöhnliche Alltagsnatur, so doch zum mindesten nicht genial genug, um der seltsamen Torheiten wert zu sein, die sie für ihn gewagt. Mit einem Worte, die Liebe war ihrer Welt entflohen. Sie war liebesmüde.

Juliens Herz hingegen war wirr wie das eines Sechzehnjährigen. Während des Frühstücks, das ihn endlos dünkte, peinigten ihn durcheinander Ungewißheit, Erstaunen und Verzweiflung.

Sobald der Anstand es erlaubte, eilte oder vielmehr flog er nach dem Pferdestall. Er sattelte sich sein Pferd selbst und trabte zum Tore hinaus. Er fürchtete, sich durch irgendwelche Schwäche zu entehren. »Ich muß mein Herz durch körperliche Anstrengung töten«, sagte er zu sich, als er durch den Wald von Meudon galoppierte. »Was habe ich getan, was gesagt, daß ich solche Ungnade verdiene?«

Als er heimwärts ritt, nahm er sich vor, an diesem Tage nichts zu sagen, nichts zu tun. »Ich muß körperlich tot sein, wie ich es seelisch bin.«

In der Tat lebte Julien nicht mehr; nur sein Leichnam bewegte sich noch.

KAPITEL XX

Die japanische Vase

Sein Herz erfaßt zunächst gar nicht das ganze
Übermaß seines Unglücks. Er ist eher verwirrt
als erschüttert. Aber in dem Maße, wie seine Vernunft
zurückkehrt, fühlt er, wie tief sein Leid geht.
Alle Freuden des Lebens sind für ihn
zunichte gemacht, er spürt nichts mehr als die
spitzen Stacheln der Verzweiflung, die ihn zerreißt.
Doch was hilft's, von körperlichem Leiden zu
sprechen? Welcher Schmerz, den der Leib
allein empfindet, kann mit solchem Leid
verglichen werden?
Jean Paul

Knapp vor dem Mittagsmahl betrat er den Salon. Mathilde
bestürmte gerade ihren Bruder und den Marquis von Croisenois, den Abend nicht bei der Marschallin von Fervaques zu
verbringen.

Julien hatte die Empfindung, daß sie kaum schmeichle-
rischer und liebenswürdiger zu ihnen sein könne. Nach Tisch
stellten sich die Herren Caylus, Luz und mehrere ihrer Kameraden ein. Es sah aus, als hätte Fräulein von La Mole im
Umgange mit den brüderlichen Freunden die Förmlichkeit
eingeführt. Obgleich das Wetter an diesem Abend herrlich
war, bestand sie darauf, nicht in den Garten zu gehen, und
erlaubte auch keinem, sich aus der Nähe ihrer Mutter zu entfernen. Wie im Winter bildete das blaue Sofa den Mittelpunkt
der Gesellschaft.

Mathilde empfand eine Abneigung gegen den Garten; er
kam ihr langweilig vor. Er erinnerte sie zu stark an Julien.

Unglück verringert den Verstand. Julien beging die Ungeschicklichkeit, sich auf den niedrigen Rohrstuhl zu setzen,
der ehedem Zeuge seiner glänzenden Triumphe gewesen
war. Aber heute richtete niemand das Wort an ihn. Seine Anwesenheit blieb gleichsam unbemerkt, ja, noch schlimmer:

die Freunde Mathildens, die neben ihm am Ende des Sofas saßen, drehten ihm geflissentlich den Rücken zu; wenigstens schien es ihm so.

»Ich bin in die allerhöchste Ungnade gefallen«, dachte er bei sich und begann seine Verächter zu studieren.

Der Onkel des Herrn von Luz hatte ein hohes Amt am Hofe inne. Der elegante junge Offizier erzählte als Auftakt seiner Konversation jedem neu Hinzukommenden folgende bedeutsame Tatsache: sein Onkel sei um sieben Uhr nach Saint-Cloud gefahren, wo er über Nacht zu bleiben gedächte. So anspruchslos er dies vorbrachte, so renommierte er doch offenbar damit.

Sodann beobachtete Julien den Marquis von Croisenois. Mit seinen durch das Unglück geschärften Augen erkannte er, daß der liebenswürdige, gutmütige junge Mann die Manie hatte, allen Dingen Geheimnisse anzudichten. Dies ging so weit, daß er mißlaunig und trübsinnig wurde, wenn er ein halbwegs wichtiges Ereignis auf einer einfachen und ganz natürlichen Ursache beruhen sah. »Ein verrückter Kerl!« sagte sich Julien. Dieser Mensch ähnelt frappierend dem Kaiser Alexander, so wie ihn der Fürst Korasoff beschreibt. Im ersten Jahre seines Pariser Aufenthalts, als er eben dem Seminar entronnen war, hatten ihn diese fashionablen jungen Herren mit ihrem ihm noch ungewohnten Dandytum bezaubert. Er hatte sie maßlos bewundert. Jetzt begann sich ihm ihr wirkliches Wesen zu entschleiern.

Plötzlich durchfuhr ihn der Gedanke: »Ich spiele hier eine unwürdige Rolle.« Er nahm sich vor, seinen Rohrstuhl auf möglichst geschickte Weise zu verlassen. Eine Weile dachte er nach; aber seine Phantasie war in ganz andrer Richtung gefesselt. Es fiel ihm nichts Gescheites ein. So mußte er sich an sein Gedächtnis wenden; doch es war zu arm an derartigen Erfahrungen. Er war noch zu wenig Weltmann. Und so erhob er sich mit grober, allen in die Augen fallender Unbeholfenheit und verließ den Salon in einer Art, die sein Unbehagen nur

447

allzu deutlich veriet. Seit einer Dreiviertelstunde hatte er die Rolle eines aufdringlichen subalternen Menschen gespielt, dem zu verbergen, was man von ihm denkt, nicht der Mühe wert erscheint.

Gleichwohl ließen ihn die kritischen Betrachtungen, die er eben über seine Nebenbuhler angestellt hatte, sein Unglück nicht allzu tragisch nehmen. Auch kam seinem Stolze die Erinnerung an das zu Hilfe, was sich zwei Nächte zuvor ereignet hatte. »Mögen sie noch so vor ihr brillieren«, sagte er sich, als er einsam durch den Park schritt, »keinem von ihnen ist Mathilde je das gewesen, was sie zweimal in meinem Leben mir war!«

Weiter ging seine Weisheit nicht. Der Charakter des sonderlichen Menschenkindes, das von der Hand des Schicksals zur unumschränkten Herrin seines Glücks gemacht worden war, blieb ihm ein Brief mit sieben Siegeln.

Am folgenden Tage ritt er abermals sich und sein Pferd todmüde. Abends mied er das blaue Sofa, dem Mathilde treu blieb. Er machte die Wahrnehmung, daß Graf Norbert ihn keines Blickes würdigte, wenn er ihm im Hause begegnete. »Er muß sich sichtlich Gewalt antun«, sagte sich Julien. »Er ist gegen seine Natur unhöflich.«

Schlaf wäre eine Wohltat für ihn gewesen. Aber trotz der körperlichen Erschöpfung fingen allzu verführerische Erinnerungen an, seine Einbildung zu umfluten. Auch hatte er nicht genug Geist, um zu bedenken, daß seine langen Ritte durch die Wälder um Paris nur Wirkung auf ihn ausübten, keinesfalls aber auf Mathildens Herz und Hirn, daß er also sein Schicksal dem Zufall überließ.

Er hatte das Gefühl, daß es ein unsagbarer Trost für ihn wäre, wenn er mit Mathilde sprechen könnte. Aber was hätte er ihr sagen dürfen?

Da geschah es eines Morgens, um sieben Uhr, als er in der Bibliothek saß und gerade hierüber nachgrübelte, daß Mathilde eintrat.

»Ich weiß, Herr Sorel: Sie wünschen mich zu sprechen . . .«, begann sie.

»Allmächtiger, wer hat Ihnen das gesagt?«

»Einerlei! Ich weiß es. Wenn es sich mit Ihrer Ehre verträgt, können Sie mich zugrunde richten oder es mindestens versuchen. Aber diese Gefahr, die ich für Unsinn halte, wird mich gewiß nicht hindern, offen und ehrlich zu sein. Ich liebe Sie nicht mehr. Meine tolle Phantasie hat mich betrogen . . .«

Das war ein schrecklicher Schlag für Julien. Von seinem Liebesleid verführt, versuchte er sich zu rechtfertigen. Nichts war törichter. Gegen Abneigung hilft keine Verteidigung. Aber die Vernunft hatte ihre Gewalt über seine Handlungen verloren. Ein dunkler Trieb machte ihn blind. Er fürchtete die Entscheidung. Solange er sprach – wähnte er –, war doch noch nicht alles zu Ende! Mathilde hörte nicht auf den Inhalt seiner Worte, deren bloßer Klang sie reizte. Sie begriff nicht, daß Julien die Kühnheit gehabt hatte, sie zu unterbrechen.

Die moralischen Gewissensbisse und ihre Selbstvorwürfe aus Stolz machten sie an diesem Morgen doppelt unglücklich. Der entsetzliche Gedanke, daß sie einem kleinen Priester, einem Bauernjungen Rechte über sich gegeben hatte, vernichtete ihr Selbstbewußtsein. »Das ist nicht viel anders, als wenn ich mich an einen Lakaien weggeworfen hätte!« sagte sie in den Augenblicken, wo sie ihr Unglück übertrieb.

Bei stolzen, kühnen Naturen ist es vom Groll gegen sich selbst bis zum Jähzorn gegen andre nur ein Schritt. Wutausbrüche sind solchen Menschen ein wahres Labsal.

Fräulein von La Mole geriet urplötzlich in die höchste Wut. Sie überschüttete Julien mit Ausdrücken grenzenloser Verachtung. Klug und witzig, wie sie war, triumphierte ihr scharfgeschliffener Geist in der Kunst, die Eigenliebe ihres Opfers auf die Folter zu spannen und ihr tiefe Wunden zu schlagen.

Zum ersten Male in seinem Leben sah sich Julien der Mißhandlung eines ihm überlegenen und von wildem Haß wider ihn beseelten Menschen ausgesetzt. Er dachte nicht daran, sich in solchem Moment zu verteidigen. Er verachtete sich selbst. Niedergedrückt von so grausamen Äußerungen der Verachtung, die mit dem größten Raffinement darauf hinzielten, ihm den letzten Rest von Selbstschätzung zu entreißen, ergab er sich dem Glauben, Mathilde habe recht und sage ihm noch lange nicht genug.

Und sie, die Hochmütige, sie fand köstlichen Genuß darin, sich und ihn zu strafen für die innige Anbetung, die sie ihm vor ein paar Tagen gezollt hatte.

Dabei hatte sie es nicht nötig, erfinderisch zu sein und sich Grausamkeiten zu erdenken. Sie brauchte nur zu wiederholen, was ihr der heimliche Todfeind ihrer Liebe seit acht Tagen ins Gewissen geredet hatte.

Jedes ihrer Worte verhundertfachte Juliens Herzeleid. Er wollte fliehen. Fräulein von La Mole packte ihn wie einen Sklaven am Arm.

»Wollen Sie nicht vergessen«, mahnte Julien, »daß Sie sehr laut sprechen und daß man Sie im Nebenzimmer hören kann . . .«

»Meinetwegen!« unterbrach sie ihn hochmütig. »Wer sollte es wagen, mich merken zu lassen, daß man mich belauscht hat? Ich will Sie mit Ihrer kleinlichen Eitelkeit ein für allemal von den Hirngespinsten heilen, die Sie sich auf meine Rechnung machen.«

Als Julien die Bibliothek verlassen hatte, war er höchlichst verwundert, daß er sein Unglück nicht so stark verspürte wie vordem. »Es ist schon so!« sagte er sich, wie um sich in die neue Lage einzufinden. »Sie liebt mich nicht mehr. Offenbar hat sie mich acht bis zehn Tage lang geliebt, während ich sie mein ganzes Leben lieben werde!

Das Sonderbare dabei ist, daß sie meinem Herzen noch vor wenigen Tagen nichts, gar nichts bedeutete!«

Mathilde verlor sich in den Wonnen befriedigten Stolzes.

»So war ich doch stark genug, auf ewig zu brechen!« frohlockte sie. Daß sie eine so mächtige Leidenschaft völlig nie-
dergezwungen hatte, machte sie glückselig. »So!« sagte sie
sich immer wieder. »Jetzt wird dieser Gernegroß ein für allemal begriffen haben, daß er über mich nie und nimmer Gewalt hat!« Sie war so glücklich, daß sie in diesem Augenblicke wirklich keine Liebe mehr für Julien empfand.

Nach einem so abscheulichen, so demütigenden Auftritt
hätte ein weniger leidenschaftlicher Mensch, als Julien es
war, unmöglich noch Liebe hegen können. Ohne auch nur
einen Schritt von dem abzugehen, was sie sich selbst schuldig
zu sein einbildete, hatte ihm Fräulein von La Mole die häßlichsten Dinge gesagt, und in einer derart ausgeklügelten
Weise, daß sie sogar hinterher bei kaltblütiger Betrachtung
überzeugend wirkten.

In dieser so sonderbaren Szene sah Julien zunächst eine
Kundgebung maßlosen Hochmuts. Er war der Überzeugung, daß es zwischen ihm und ihr für immerdar zu Ende sei.
Infolgedessen benahm er sich am andern Morgen beim Frühstück ihr gegenüber linkisch und schüchtern. Das war ein
Fehler, der ihm bis dahin nicht vorzuwerfen war. Er hatte im
großen wie im kleinen bisher immer recht gut gewußt, was
er tun wollte und was er zu tun hatte, und dies immer ausge-
führt.

Nach dem Frühstück ersuchte ihn Frau von La Mole
um eine revolutionäre, doch rare Broschüre, die ihr ihr
Pfarrer bei seinem Morgenbesuche heimlich mitgebracht
hatte. Als Julien das Verlangte vom Kaminsims wegneh-
men wollte, stieß er eine überaus häßliche alte blaue Por-
zellanvase um.

Mit einem Schreckensschrei sprang die Marquise von ihrem Stuhl auf und besah sich die Scherben ihrer geliebten
Vase in der Nähe. »Es war ein altjapanisches Stück«, jammerte sie. »Es stammt von meiner Großtante, der Äbtissin
von Chelles. Es war ein Geschenk der Holländer an den Re-

genten, den Herzog von Orleans. Von ihm bekam es seine Tochter . . .«

Mathilde stellte sich neben ihre Mutter. Sie freute sich, daß die ihrer Ansicht nach mordsgarstige Vase entzwei war.

Julien blieb stumm und sah durchaus nicht erschrocken aus. Als er Mathilde dicht neben sich bemerkte, sagte er leise zu ihr:

»Die Vase ist für ewig dahin, ganz wie das Gefühl, das einst der Gebieter meines Herzens war. Ich bitte Sie um Entschuldigung für alle die Torheiten, zu denen es mich verführt hat.«

Damit ging er hinaus.

Als er fort war, sagte Frau von La Mole: »Man könnte wahrhaftig meinen, Herr Sorel sei stolz und zufrieden ob seiner Missetat!«

Die Worte trafen Mathildens Herz. »Wahrlich«, sagte sie sich, »meine Mutter sagt mehr, als sie ahnt. Stolz und zufrieden . . . das ist seine Stimmung!« Mit einem Male freute sie sich nicht mehr über die Episode am Abend vorher. »Nun ist alles aus!« sagte sie sich, ihre Ruhe mit Mühe wahrend. »Das soll mir ein warnendes Beispiel sein! Mein Irrtum war schändlich, demütigend. Bis zu meiner letzten Stunde wird er mich vor weiterer Torheit hüten!«

Julien hinwiederum grübelte bei sich: »Ach, daß ich die Wahrheit gesagt hätte! Die Liebe, die ich für diese Bacchantin gefühlt, sie quält mich noch immer!«

In der Tat war seine Leidenschaft nicht erloschen, wie er dies erhofft hatte; im Gegenteil, sie machte starke Fortschritte. »Mathilde ist toll«, sagte er sich. »Gewiß! Aber ist sie darum weniger anbetungswürdig? Sie ist schöner denn je. Was einem die erlesenste Kultur an lebendigen Freuden nur bieten kann, ist auf das herrlichste in ihr vereint!«

Die Erinnerung an das vergangene Glück ergriff ihn mit aller Macht und zerstörte ihm alsbald das ganze Werk seiner Vernunft.

Der Verstand ist waffenlos gegen solche Erinnerungen, und ernstliche Vorstöße verklären nur ihre Schönheit.

Vierundzwanzig Stunden nach dem Bruch der alten blauen Vase war Julien entschieden einer der unglücklichsten Menschen.

KAPITEL XXI

Die Geheimbotschaft

> . . . Denn alles, was ich erzähle, habe ich selbst
> gesehen, und wenn ich mich auch in
> meinen Feststellungen geirrt habe, täusche ich Sie
> keineswegs, wenn ich Ihnen Bericht erstatte.
> *Brief an den Verfasser*

Der Marquis hatte Julien rufen lassen. Er sah verjüngt aus. Seine Augen leuchteten.

»Sie sollen ein wunderbar gutes Gedächtnis haben«, sagte er zu Julien. »Sind Sie imstande, vier Seiten auswendig zu lernen und in London aufzusagen? Wortgetreu?«

Der Marquis spielte nervös mit der neuesten *Quotidienne*, wobei er sich vergeblich bemühte, seinen auffällig ernsten Gesichtsausdruck aufzuheitern. So ernst hatte ihn Julien noch nie gesehen, selbst dann nicht, wenn vom Prozeß Frilair die Rede war.

Julien, Weltmann genug, war sich sofort klar, daß er auf den Plauderton, den Herr von La Mole erkünstelte, eingehen mußte.

»Diese Nummer der *Quotidienne* ist wahrscheinlich nicht besonders amüsant, aber wenn Eure Exzellenz es gestatten, werde ich sie morgen ganz gehorsamst von Anfang bis zu Ende auswendig vortragen.«

»So? Auch die Anzeigen?«

»Zu befehlen! Es soll keine Silbe fehlen.«

»Können Sie mir darauf Ihr Wort geben?« erwiderte der Marquis, plötzlich unverhohlen ernst.

»Gewiß, Eure Exzellenz! Nichts als die Angst, mein Wort nicht zu halten, könnte mich aus dem Konzept bringen.«

»Eins habe ich gestern noch vergessen, Ihnen zu sagen«, hob der Marquis von neuem an. »Ich fordre keinen Eid von Ihnen, daß Sie niemals davon sprechen, was Sie zu hören bekommen. Ich kenne Sie allzu gut, um Sie mit derlei zu kränken. Ich habe mich für Sie verbürgt. Ich werde Sie mit in einen Saal nehmen, in dem zwölf Herren zusammenkommen. Sie sollen sich genau merken, was jeder einzelne sprechen wird.

Machen Sie sich aber keine Sorge: es wird keine regellose Unterhaltung sein, sondern es wird immer nur einer reden, wenn auch nicht in bestimmter Reihenfolge . . .« Der Marquis hatte seinen gewohnten leichten vornehmen Plauderton wiedergewonnen, der an ihm die reinste Natürlichkeit war. »Während wir beraten«, fuhr er fort, »machen Sie sich Notizen, etwa zwanzig Seiten. Hinterher kommen Sie wieder mit hierher, wo wir diese zwanzig Seiten in vier zusammenfassen. Dies werden die vier Seiten sein, die Sie mir morgen aus dem Kopfe hersagen sollen. Also nicht diese ganze *Quotidienne*! Danach werden Sie sofort abreisen, und zwar sollen Sie mit einer Extrapost fahren, wie ein junger Herr, der zu seinem Vergnügen eine Reise macht. Ihr Hauptaugenmerk muß darauf ausgehen, niemandem aufzufallen. Ich schicke Sie zu einer hohen Persönlichkeit. An Ort und Stelle müssen Sie besonders gewandt sein! Es handelt sich darum, die ganze Umgebung dieser Persönlichkeit zu täuschen, denn unter ihren Sekretären und Dienern gibt es Leute, die im Solde unsrer Gegner stehen und unsre Agenten belauern und abfangen. Sie bekommen nichts mit als einen belanglosen Empfehlungsbrief.

In dem Augenblicke, wo Seine Durchlaucht den Blick auf Sie richtet, ziehen Sie meine Taschenuhr, die ich Ihnen für die Reise mitgebe. Nehmen Sie sie gleich jetzt und geben Sie mir solange die Ihre!

Der Herzog wird die vier Seiten, die Sie auswendig gelernt haben und ihm diktieren, eigenhändig nachschreiben.

Hiernach, aber – wohlgemerkt! – nicht früher, können Sie auf Befragen Seiner Durchlaucht von der Sitzung erzählen, der Sie beiwohnen werden.

Unterwegs, auf Ihrer langen Reise, werden Sie etwas Zerstreuung insofern finden, als es zwischen Paris und dem Wohnsitze Seiner Durchlaucht Leute gibt, die Herrn Abbé Sorel am allerliebsten niederknallen. Damit wäre seine Sendung vereitelt und mir ein bedeutsamer Zeitverlust zugefügt. Wie sollte ich Ihren Tod erfahren? Bei allem Eifer können Sie mir ihn doch nicht depeschieren.

Beeilen Sie sich jetzt und kaufen Sie einen vollständigen Anzug. Kleiden Sie sich so, wie die Mode vor zwei Jahren war . . . Sie müssen heute abend schlecht angezogen gehen. Auf der Reise hingegen werden Sie sich wie gewöhnlich kleiden . . . Sie staunen? Errät es Ihr Argwohn? . . . Ja, Verehrtester, unter Umständen veranlaßt es eine der ehrbaren Persönlichkeiten, deren Meinung Sie hören werden, daß Ihnen in irgendeinem guten Gasthofe, wo Sie zur Nacht essen, zum mindesten Opium verabreicht wird . . .«

»Am besten mache ich da vielleicht einen Riesenumweg«, erlaubte sich Julien zu bemerken. »Vermutlich geht die Reise nach Rom . . .«

Herr von La Mole zog ein hochmütiges, unwilliges Gesicht, wie es Julien seit der Zeremonie zu Hohen-Bray nicht wieder an ihm zu sehen bekommen hatte.

»Das werden Sie erfahren, Herr Sorel, wenn ich es für angebracht finde, es Ihnen mitzuteilen. Ich liebe keine Fragen.«

»Es sollte keine sein«, stammelte Julien. »Das versichre ich Eurer Exzellenz. Ich habe vor Eifer laut gedacht. Meine Gedanken suchen nach dem sichersten Wege . . .«

»Ihre Gedanken waren offenbar nicht, wo sie sein sollten . . . Vergessen Sie nie, daß ein Vertrauensmann, zumal einer in Ihrem Alter, das Vertrauen stets an sich herankommen lassen muß.«

Julien war geknickt. Er hatte unrecht. Seine Eigenliebe suchte nach einer Entschuldigung, fand aber keine.

»Wissen Sie«, fügte der Marquis hinzu, »wenn man eine Dummheit gemacht hat, schickt man immer das Herz und nicht das Hirn ins Gefecht.«

Eine Stunde später stellte sich Julien in einem spießerlichen Anzug wieder im Vorzimmer des Marquis ein. Er hatte einen altmodischen Rock an und eine Krawatte von zweifelhaftem Weiß. In seiner ganzen Erscheinung lag etwas Schulmeisterliches.

Als ihn der Marquis sah, lachte er herzlich. Erst jetzt war Juliens Rechtfertigung gelungen.

»Wenn mich dieser junge Mann verrät«, dachte er bei sich, »dann kann man überhaupt niemandem mehr trauen. Und doch muß man einen Vertrauten haben, wenn man handeln will. Mein Sohn und seine vortrefflichen Freunde . . . alles derselbe Schlag: mutig wie die Löwen und unbedingt zuverlässig . . . Wenn es sein muß, lassen sie sich auf den Stufen des Thrones totschießen . . . Sie haben Geschick zu allem . . . nur nicht zu dem, was im Augenblick not tut! Der Teufel soll mich holen, wenn ich einen unter ihnen fände, der vier Seiten auswendig lernt und siebzig Meilen reist, ohne daß man seine Spur verfolgen kann! Norbert opfert sein Leben jede Stunde, wie so mancher seiner Vorfahren. Aber das kann jeder Rekrut . . .«

Der Marquis verlor sich in Grübeleien. »Und wenn es ein Gang in den Tod wäre . . .« Er seufzte auf. ». . . das kann dieser Sorel schließlich ebensogut wie mein Sohn!«

»Jetzt aber fort!« rief er. Man sah ihm an, daß er einen lästigen Gedanken verscheuchte.

»Eure Exzellenz«, sagte Julien, als beide in den Wagen stiegen, »während ich auf meinen Rock warten mußte, habe ich die erste Seite der heutigen *Quotidienne* auswendig gelernt.«

Der Marquis ergriff die Zeitung, und Julien sagte auf, ohne den geringsten Fehler dabei zu machen.

»Schön!« sagte Herr von La Mole lakonisch, wie er an diesem Abend war. Bei sich dachte er: »Beim Hersagen entgeht ihm, durch welche Straßen wir fahren.«

Sie betraten einen großen, ziemlich trübseligen Saal, der bis zur halben Höhe Holzbekleidung hatte und darüber mit grünem Stoff tapeziert war. In der Mitte des Raumes stellte ein mürrischer Lakai eben einen großen Eßtisch auf, den er alsbald in einen Arbeitstisch verwandelte, indem er ihn mit einem großen grünen Tuch bedeckte. Es war voller Tintenflecke und offenbar aus irgendeinem Ministerium geholt.

Der Herr des Hauses war ein übergroßer Mensch. Sein Name blieb ungenannt. Julien hatte den Eindruck, daß er aussah und redete wie jemand, der seine Mahlzeit verdaut.

Auf einen Wink des Marquis war Julien am untern Ende des grünen Tisches stehengeblieben. Um dieses Fernbleiben zu motivieren, begann er Federn zu schneiden. Dabei schaute er sich verstohlen um und erblickte sieben Personen, im Gespräch miteinander, aber er konnte sie nur von rückwärts sehen. Zwei von ihnen redeten augenscheinlich mit dem Marquis wie Gleichgestellte, die andern mit mehr oder weniger Respekt.

Eine neue Persönlichkeit trat ein, ohne daß eine Anmeldung erfolgte. »Sonderbar!« dachte Julien. »Hier meldet man nicht an. Ob man diese Vorsicht mir zu Ehren walten läßt?« Sämtliche Anwesende erhoben sich und gingen dem Ankömmling entgegen. Er trug denselben sehr hohen Orden wie zwei oder drei von den Herren, die schon da waren. Man sprach im Flüstertone. Julien konnte den Zuletztgekommenen nur nach seinem Gesicht und seinem Benehmen beurteilen. Er war klein und dick, hatte eine rote Hautfarbe und funkelnde Augen. Der Vergleich mit einem wilden Eber drängte sich geradezu auf.

Juliens Aufmerksamkeit ward abermals abgelenkt. Eine gänzlich andersartige Person erschien: ein großer, sehr hagerer Herr, der drei oder vier Westen übereinander trug. Er hatte einen süßlichen Blick und höfliche Manieren.

»Ganz wie der alte Bischof von Besançon«, dachte Julien. Der dicke Herr war sichtlich ein hoher Geistlicher. Obgleich er nicht viel älter als fünfzig Jahre sein mochte, höchstens fünfundfünfzig, machte er doch den allerwürdigsten Eindruck.

Jetzt trat der Bischof von Agde in den Saal. Julien merkte, wie überrascht der junge Prälat war, als er beim Mustern der Anwesenden den Sekretär erkannte. Seit der Zeremonie zu Hohen-Bray hatte er nicht wieder mit ihm gesprochen. Sein erstaunter Blick machte Julien verlegen und ärgerlich. »Wie mag es nur kommen?« fragte er sich. »Sobald ich jemanden persönlich kennengelernt habe, gereicht mir dies immer zum Nachteil. Alle die hohen Herren, die ich zum ersten Male sehe, genieren mich gar nicht. Aber der Blick dieses jungen Bischofs geht mir durch Mark und Bein. Ach, es ist nicht anders. Ich bin ein Sonderling, ein Unglückskind!«

Bald darauf kam ein kleiner, auffällig schwarzhaariger Herr geräuschvoll herein. Schon an der Tür begann er zu sprechen. Er hatte eine gelbe Gesichtsfarbe und sah ein wenig verrückt aus. Sofort bei der Ankunft dieses sichtlich berüchtigten Schwätzers bildeten sich Gruppen. Offenbar wollte man seinen langweiligen Redereien entgehen.

Die Herren entfernten sich vom Kamin und näherten sich dem unteren Ende des Tisches. Julien wußte vor Verlegenheit nicht mehr, wie er sich verhalten sollte. Er mochte tun, was er wollte: immer hörte er alles, was gesprochen wurde, und so wenig er auch die Sache im ganzen verstand, war er sich doch bewußt, daß man unverblümt von hochwichtigen Dingen redete, an deren Geheimhaltung den hohen Herren, die er offenbar vor sich hatte, alles gelegen sein mußte.

Mit möglichster Langsamkeit hatte Julien bereits einige

zwanzig Federn geschnitten. Das konnte er nicht gut weiter betreiben. Vergeblich blickte er Herrn von La Mole an, um einen Befehl zu erhaschen. Der Marquis hatte ihn vergessen.

Julien sagte sich beim Federschneiden: »Was ich hier mache, ist lächerlich, aber Menschen mit solch durchschnittlichen Zügen, die trotzdem im Auftrag von anderen oder aus eigenem Antrieb solch bedeutende Interessen vertreten, werden sehr auf der Hut sein. Mein Blick hat unglücklicherweise etwas Fragendes und Unehrerbietiges, das sie mit Sicherheit alarmieren würde. Wenn ich die Augen senke, sieht es ganz danach aus, als merkte ich mir jedes Wort, was gesprochen wird.«

Juliens Verlegenheit wuchs, je merkwürdigere Dinge er vernahm.

KAPITEL XXII

Die Diskussion

Die Republik – auf einen, der heute alles für
das öffentliche Wohl opfert, kommen Tausende und
Millionen, die nur ihren Genuß und irgendwelche
Eitelkeiten anstreben. In Paris wird man gemäß
der Kutsche, in der man vorfährt, eingestuft,
nicht gemäß der Tugend.
Napoleon, Memorial

Der Lakai kam hereingestürzt und meldete: »Seine Durchlaucht, der Herzog von ***!«

»Halt's Maul, Schafskopf!« sagte der Eintretende, und zwar so würdevoll, daß Julien unwillkürlich auf den Gedanken kam, die Hauptfähigkeit dieser erlauchten Persönlichkeit bestehe darin, Lakaien grob anzufahren. Er nahm den Ankömmling in Augenschein, sah aber sofort wieder weg. Er hatte ihn eben insgeheim so vorzüglich charakterisiert, daß er Angst bekam, seine Blicke könnten eine Indiskretion begehen.

Der Herzog war ein Fünfziger, ging geckenhaft angezogen und hatte einen hüpfenden Gang. Seine Nase war groß, das Gesicht seines langschädligen Kopfes vorspringend und auffällig schmal. Alles in allem machte er einen enorm vornehmen und enorm geistlosen Eindruck. Sein Erscheinen hatte die Eröffnung der Sitzung zur Folge.

Die Stimme des Herrn von La Mole schreckte Julien aus seiner physiognomischen Studie.

»Meine Herren, ich stelle Ihnen Herrn Abbé Sorel vor«, sagte der Marquis, »den Besitzer eines erstaunlichen Gedächtnisses. Ich habe ihn erst vor einer Stunde in Kenntnis gesetzt, mit was für einer Mission er beehrt werden soll. Um mir eine Probe seiner Fähigkeit zu bieten, hat er gleich die erste Seite der *Quotidienne* auswendig gelernt.«

»Auf der die sonderbare Neuigkeit über den armen N*** steht«, bemerkte der Hausherr und griff eifrig nach der ihm hingehaltenen Zeitungsnummer. Indem er Julien einen Blick zuwarf, der ihm imponieren sollte, aber nur lächerlich wirkte, rief er ihm zu: »Lassen Sie sich hören, Herr Abbé!«

Alle verstummten, und aller Augen richteten sich auf Julien. Er machte seine Sache so gut, daß der Herzog nach zwanzig Zeilen sagte: »Es genügt!«

Der kleine Herr mit dem Wildschweinsblick nahm Platz. Er hatte den Vorsitz, denn kaum saß er, als er auf einen Spieltisch deutete und Julien ein Zeichen gab, ihn heranzutragen. Julien setzte sich mit seinem Schreibgerät daran. Er übersah den grünen Tisch und zählte zwölf Personen.

»Herr Sorel«, begann der Herzog, »ziehen Sie sich in das Nebenzimmer zurück! Man wird Sie rufen.«

Der Hausherr wurde sichtlich unruhig. »Die Läden sind nicht geschlossen«, sagte er halblaut zu seinem Nachbarn. Laut gab er Julien die törichte Weisung: »Sie brauchen nicht gerade zum Fenster hinauszusehen.«

»Hier bin ich zum mindesten mitten in einer Verschwörung«, dachte Julien. »Zu meinem Glück ist's keine solche, die auf dem Grève-Platz endet. Und wenn die Geschichte auch etwas gefährlich wäre: ich bin dem Marquis das und noch mehr schuldig!«

Indem er dies bedachte, prägte er sich die Örtlichkeit so ein, daß er sie nie wieder vergessen konnte. Jetzt erst fiel ihm ein, daß dem Kutscher beim Einsteigen das Ziel der Fahrt nicht laut zugerufen worden war und daß der Marquis mit einer Droschke gefahren war, was er sonst nie tat.

Julien blieb geraume Zeit seinen Gedanken überlassen. Er befand sich in einem Salon mit Tapeten von rotem Samt und breiten Goldleisten. Auf dem Spiegeltisch stand ein Kruzifix aus Elfenbein, und auf dem Kaminsims lag Maistres Papstbuch, in einem Prunkeinband mit Goldschnitt. Julien nahm es zur Hand, um nicht wie ein Horcher dazustehen. Hin und wieder drangen laute Stimmen aus dem Beratungszimmer zu ihm. Endlich öffnete sich die Tür, und er ward gerufen.

»Beachten Sie, meine Herren«, sagte der Vorsitzende, »daß wir von jetzt an vor dem Herzog von *** sprechen. Dieser Herr«, dabei zeigte er auf Julien, »ist ein junger Levit, ganz unserer heiligen Sache verschrieben, und er wird – dank seines erstaunlichen Gedächtnisses – leicht über alles, was hier gesagt wird, berichten können.«

»Dieser Herr hat das Wort!« erklärte der Vorsitzende gerade, indem er auf die altväterische Persönlichkeit mit den drei oder vier Westen deutete. Julien hätte es für natürlicher erachtet, wenn der Herr mit den Westen beim Namen genannt worden wäre. Er nahm sein Papier vor und schrieb drauflos.

(Hier hätte der Verfasser eine leere Seite – mit Auslassungspünktchen – eingefügt. ›Das sieht aber schlecht aus‹, meint der Verleger, ›eine Erzählung so voller Libertinage muß wenigstens voller Sensationen sein, sonst ist sie tot.‹

›Die Politik‹, erwidert der Autor, ›ist wie ein Mühlstein, der dem Buch um den Hals gebunden wird und es in weniger als einem halben Jahr hinabzieht. Die Politik im Spiel der Einbildungskraft ist wie ein Pistolenschuß mitten in einem Konzert. Der Knall zerreißt alles und bewirkt nichts. Er entspricht in der Klangfarbe keinem Instrument. Diese politischen Einschübe sind für die Hälfte der Leser ein reines Ärgernis, und die andere Hälfte, die ihre Politik sehr konkret und ereignisreich den Morgenjournalen entnimmt, wird gelangweilt.‹ – ›Wenn Ihre Gestalten nicht von Politik besessen sind‹, entgegnete der Verleger, ›sind es keine Franzosen aus dem Jahre 1830, und Ihr Buch ist eben kein Spiegel, wie Sie behaupten . . .‹)

Im ganzen brachte er es im Laufe der Sitzung auf sechsundzwanzig Seiten. Ich gebe eine sehr blasse Zusammenfassung, denn ich habe viele lächerliche Züge unterdrückt – deren Häufung erzeugt Langeweile oder läßt das Ganze unwahrscheinlich erscheinen (siehe *Gazette des Tribunaux*).

Der Herr mit den Westen und dem altväterischen Aussehen – offenbar ein Bischof – lächelte häufig während seiner Rede. Dann nahmen seine blinzelnden Augen immer einen eigentümlichen Glanz und einen weniger unbestimmbaren Ausdruck denn sonst an. Man ließ diese Persönlichkeit vor dem Herzog (vor welchem Herzoge? fragte sich Julien) sprechen, augenscheinlich um eine Art Überblick über die verschiedenen vorhandenen Meinungen zu geben. Julien hatte die Empfindung, daß der Redner unsicher und unschlüssig sein mochte. Dies ward ihm im Laufe der Debatte dann auch vom Herzog vorgeworfen.

Nach etlichen moralisierenden und philosophierenden matten Redensarten sagte er:

»Das edle Britannien hat es sich unter der Führung eines großen Mannes, des unsterblichen Pitt, vierzig Milliarden Franken kosten lassen, um der Revolution Einhalt zu tun. Wenn mir die hier Versammelten ein freies Wort über einen betrüblichen Umstand zugestehen, so muß ich sagen: England hat nicht genügend klar erkannt, daß gegen einen Mann wie Bonaparte, zumal da man ihm lediglich eine Reihe guter Absichten entgegenzustellen hatte, nicht anders als durch Maßregeln gegen seine Person etwas Ordentliches auszurichten war . . .«

»Schon wieder ein Loblied auf den politischen Mord!« bemerkte der Hausherr nervös.

»Nur keine Sentimentalitäten!« rief der Vorsitzende mißlaunig. Sein Eberauge funkelte. »Fahren Sie fort!« gebot er dem Westenmann.

»Das edle Britannien«, begann der Redner von neuem, »ist heute total niedergebrochen, denn jeder Engländer muß, ehe er sein täglich Brot bezahlt, die Zinsen der vierzig Milliarden aufbringen, die gegen die Jakobiner verbraucht worden sind. Einen Pitt hat England nicht mehr . . .«

»Es hat den Herzog von Wellington!« sagte eine zweifellos militärische Persönlichkeit, die sich in Positur setzte.

»Bitte Ruhe, meine Herren!« rief der Vorsitzende. »Wenn wir weiter streiten wollen, brauchten wir Herrn Sorel noch nicht hereinkommen zu lassen.«

»Die Vielseitigkeit des Herrn Zwischenredners ist uns nichts Neues!« bemerkte der Herzog, indem er den Ruhestörer, einen ehemaligen napoleonischen General, pikiert ansah. Julien verstand, daß dies eine persönliche, sehr kränkende Anspielung war. Man lächelte allgemein, und der Renegat wurde rot vor Zorn.

»Es gibt keinen Pitt mehr«, wiederholte der Redner im verzweifelten Tone eines Mannes, der es aufgibt, seinen Zuhörern Verständnis beizubringen, »und erstünde auch ein neuer Pitt in England: ein zweites Mal läßt sich ein Volk mit denselben Mitteln nicht düpieren . . .«

»Aus demselben Grunde ist auch ein zweiter Bonaparte ein Unding für Frankreich!« warf der militärische Störenfried von neuem ein.

Diesmal wagten weder der Vorsitzende noch der Herzog ihren Unwillen kundzugeben, obschon Julien in ihren Augen zu lesen glaubte, daß sie große Lust dazu hegten. Sie schlugen beide die Blicke nieder, wenn auch der Herzog nicht umhin konnte, so laut zu seufzen, daß es jedermann hörte.

Der Referent nahm dies übel.

»Ich rede offenbar bereits zu lange«, bemerkte er brüsk, wobei er seine lächelnde Höflichkeit und seine gemessene Ausdrucksweise vergaß, die Julien als Charakteristika seines Wesens aufgefaßt hatte. »Man wünscht, daß ich zu Ende komme. Man honoriert kaum mein Bestreben, niemandes Ohren – von welcher Länge sie auch seien – nicht zu verletzen. Meinetwegen, meine Herren! Ich will mich kurz fassen.

In dürren Worten sage ich Ihnen also: England hat keinen roten Heller mehr übrig für die gute Sache. Selbst ein Pitt mit all seinem Genie könnte die kleinen englischen Agrarier kein zweites Mal an der Nase herumführen, dieweil sie wissen, daß ihnen der kurze Feldzug von Waterloo allein eine Milliarde Franken zu stehen gekommen ist. Da ich ohne Umschweife reden soll . . .«, der Redner ereiferte sich mehr und mehr, ». . . so erkläre ich Ihnen: Helft euch selbst! England hat kein Geld mehr für eure Interessen. Und wenn England kein Geld gibt, so können Österreich, Rußland und Preußen, die wohl Courage, aber kein Geld haben, zur Not einen oder zwei Feldzüge gegen Frankreich unternehmen, aber mehr nicht.

Wohl ist zu hoffen, daß die von den Jakobinern aufgebotenen Rekruten im ersten und vielleicht auch im zweiten Feldzug geschlagen werden. Aber im dritten – und das sage ich Ihnen auf die Gefahr hin, von Ihnen als Revolutionär gescholten zu werden –, im dritten Feldzug werden wir wiederum die Soldaten von 1794 haben, die ihr Rekrutentum von 1792 gründlich abgelegt hatten . . .«

Diesmal wurde er von drei oder vier Seiten zugleich unterbrochen.

»Herr Sorel!« rief der Vorsitzende Julien zu. »Schreiben Sie

im Nebenzimmer Ihr bisheriges Protokoll in die Reinschrift!« Ungern verließ Julien den Saal. Der Redner hatte
gerade angefangen, von Möglichkeiten zu sprechen, über die
er selber fast fortwährend nachdachte.

»Sie haben Angst, daß ich mich über sie lustig machen
könnte«, dachte er. Als man ihn wieder hereinrief, sprach
Herr von La Mole. In einem Ernst, der Julien sehr spaßig
vorkam, weil er ihn ganz anders kannte, deklamierte der
Marquis soeben:

»Ja, meine Herren, gerade in bezug auf unser Volk kann
man wie der Fabeldichter fragen: *Wird es ein Gott oder weiß der
Teufel was?* und mit dem Dichter antworten: *Ein Gott!* Nehmen Sie an, dies feine sinnreiche Wort sei an Sie gerichtet!
Beweisen wir unsre eigne Kraft, und das edle Frankreich unsrer Ahnen wird aus der Asche auferstehen. Wir werden es
sehen, wie es vor dem Tode Ludwigs XVI. war.

England, zum mindesten seine edlen Lords, verabscheut
das ignoble Jakobinertum ebenso wie wir. Ohne das englische Geld können Österreich und Preußen höchstens zwei
oder drei Schlachten schlagen. Wird das zu einer erfolgreichen Okkupation, wie es die war, die Herr von Richelieu
1817 so töricht beendete, genügen? *Ich* glaube es nicht . . .«

Hier wurde auch er unterbrochen, aber der Zwischenruf
ward durch allgemeines Zischen abgelehnt. Wiederum war
es der ehemalige kaiserliche General, der nach dem blauen
Bande strebte und sich unter den Verfassern der Geheimen
Note hervortun wollte.

»*Ich* glaube es nicht!« wiederholte Herr von La Mole,
nachdem sich der Sturm gelegt hatte, wobei er das *Ich* mit
einer Unverfrorenheit lang zog, die Julien entzückte. »Er ist
ein brillanter Komödiant!« dachte er bei sich, indem er seine
Feder mit der nämlichen Schnelligkeit über das Papier gleiten
ließ, mit der Herr von La Mole sprach. Mit dem einen tref-
fenden Worte hatte er die zwanzig Feldzüge des Überläufers
vernichtet.

465

»Es ist nicht allein das Ausland«, fuhr der Marquis in gemessenem Tone fort, »dem wir vielleicht eine abermalige Okkupation verdanken. Alle die jungen Köpfe, von denen die Brandreden im *Globe* herrühren, alle diese werden den Stamm von drei- bis viertausend jungen Kompagnieführern stellen, unter denen sich ein Kléber, ein Hoche, ein Jourdan, ein Pichegru finden kann, wenn auch mit nicht so anständiger Gesinnung . . .«

»Ehre, wem Ehre gebührt!« bemerkte der Vorsitzende.

»Es ist höchste Zeit«, hob Herr von La Mole von neuem an, »daß es in Frankreich zwei Parteien gibt, aber nicht nur dem Namen nach, sondern wirklich zwei säuberlich geschiedene Parteien. Auf der einen Seite die Zeitungsschreiber, die Wähler, die öffentliche Meinung, mit einem Worte: die Jugend und alles, was blaue Wunder von ihr erwartet. Während sie sich am Lärm ihrer eigenen hohlen Worte berauscht, haben wir den realen Vorteil, das Budget zu verzehren . . .«

Wiederum erfolgte ein Zwischenruf.

»Sie, mein Herr«, rief Herr von La Mole dem Betreffenden voll Würde und Freimut zu, »Sie verzehren nicht – nein, da Ihnen dieser Ausdruck mißfällt, nein – Sie verschlingen vierzigtausend Franken aus dem Staatsbudget und achtzigtausend von der Zivilliste!

Mein Herrr, da Sie mich dazu zwingen, will ich Sie ungescheut zum Exempel nehmen. Nach dem Vorbilde Ihrer edlen Vorfahren, die Ludwig dem Heiligen in den Kreuzzug folgten, sollten Sie uns für diese hundertundzwanzigtausend Franken ein Regiment, eine Kompagnie, ja nur eine halbe Kompagnie, ach, nur fünfzig handfeste Leute zuführen, die der guten Sache auf Leben und Tod ergeben sind. Aber Sie haben nur Lakaien, vor denen Sie im Falle eines Aufruhrs selber Angst haben . . .

Meine Herren, Thron, Altar und Adel sind stündlich dem Untergange geweiht, solange Sie nicht in jedem Regierungsbezirk einen Sturmtrupp von fünfhundert *zuverlässigen* Leuten geschaffen haben. Ich sage *zuverlässig*, das heißt nicht nur tapfer nach französischer Art, sondern auch von Ausdauer nach spanischem Vorbilde.

Diese Trupps müßten sich zur Hälfte aus unsern Söhnen und Neffen bilden, also aus echten Edelleuten. Jeder müßte einen braven, biederen, schlichten Bauernsohn zur Seite haben, keinen der schwatzhaften Kleinbürger, die immer bereit sind, die Trikolore aufzupflanzen, wenn sich die Situation von 1815 wiederholt. Ritter und Bauer müssen denselben Glauben haben! Am besten wächst er mit ihm zusammen auf. Zur Gründung und Erhaltung dieser Trupps sollte jeder von uns den fünften Teil seines Einkommens opfern. Dann können Sie auf eine ausländische Okkupation rechnen. Andernfalls fällt es keiner fremden Armee ein, auch nur bis Dijon vorzurücken.

Die Monarchen andrer Mächte werden auf Ihren Ruf nur hören, wenn Sie sich für zwanzigtausend Edelleute verbürgen können, die bereit sind, die Waffen zu ergreifen und Frankreichs Tore zu öffnen. Das ist eine mühselige Sache! werden Sie einwenden. Gewiß, meine Herren, aber es handelt sich um unsre Existenz. Zwischen der Preßfreiheit und dem Fortbestand der Aristokratie herrscht Krieg bis aufs Messer. Werden Sie Kleinbauern oder Fabrikarbeiter – oder greifen Sie zum Gewehr! Seien Sie Memmen, wenn Sie das wollen, aber seien Sie keine Dummköpfe! Öffnen Sie die Augen!

Stellt eure Bataillone! rufe ich Ihnen mit dem Jakobinerlied zu. Dann wird sich schon ein Gustav Adolf finden, der die ungeheuerliche Gefahr erkennt, die der monarchischen Weltanschauung droht, und ein paar hundert Meilen weit aus seinem Lande hereilt und für uns tut, was vor Zeiten der Wasa für die protestantischen Fürsten getan hat. Wollen Sie aber weiterhin immer bloß reden und nie handeln, so wird Europa in einem Jahrhundert nur noch republikanische Präsidenten und keinen einzigen König mehr haben. Und mit der Monarchie werden die Religion und der Adel schwinden. Schon sehe ich nur noch Abgeordnete mit schmutzigen Privatgelüsten.

Wenden Sie nicht ein, Frankreich habe im Augenblick keinen bewährten Feldherrn, den jedermann kennt und schätzt! Sagen Sie nicht, zum Schutze von Thron und Altar sei doch die Armee da! Gewiß! Aber warum hat man alle Veteranen entlassen, während jedes preußische und österreichische Regiment ein halbes Hundert Unteroffiziere besitzt, die im Feuer gewesen sind?

Und wissen Sie nicht, daß es im Mittelstande zweihunderttausend junge Leute gibt, die sich nach dem Kriege sehnen . . .«

»Genug der unliebsamen Wahrheiten!« rief eine gewichtige Persönlichkeit in süffisantem Tone dazwischen, jedenfalls ein sehr hoher Geistlicher, denn Herr von La Mole lächelte verbindlichst, statt sich über ihn zu ärgern – was Julien sehr bedeutsam fand.

»Genug der unliebsamen Wahrheiten!« fuhr der Marquis fort: »Fassen wir uns kurz, meine Herren! Wenn einem ein Bein abgenommen werden muß, weil es der Brand ergriffen hat, so nützt es nichts, wenn man dem Chirurgen hoch und heilig versichert: Mein Bein ist kerngesund! Gestatten Sie mir den Vergleich, meine Herren! Unser Chirurg ist der edle Herzog von ***!«

»Endlich ist das große Wort gefallen!« dachte Julien. »Also zum Herzog von *** werde ich heute nacht eilen.«

KAPITEL XXIII

Der geistliche Stand, die Wälder, die Freiheit

> Das erste Gesetz jedes Wesens ist die
> Notwendigkeit des Lebens, der
> Selbsterhaltung. Sie säen Schierling und
> hoffen, Ähren reifen zu sehen.
> *Machiavelli*

Die gewichtige Persönlichkeit ergriff nun das Wort. Man merkte, daß sie gut unterrichtet war. Mit maßvoller milder Beredsamkeit, die Julien außerordentlich zusagte, erläuterte sie folgende Hauptpunkte:

»Erstens hat England kein Geld für unsre Sache. Es herrscht Sparsamkeit. Hume ist Mode. Selbst die *Heiligen* werden uns nichts geben, und Mister Brougham wird sich über uns lustig machen.

Zweitens ist es unmöglich, ohne englisches Geld von den europäischen Monarchen mehr denn zwei Feldzüge zu erwarten. Und zwei Feldzüge richten gegen die kleinbürgerlichen Massen nichts aus.

Drittens ist es notwendig, eine bewaffnete royalistische Partei in Frankreich zu bilden. Denn ohne eine solche wird sich überhaupt niemand in unser Land wagen.

Die vierte These, die ich mir erlaube, Ihnen ganz besonders hell zu beleuchten, ist die:

Man kann in Frankreich unmöglich eine schlagfertige Partei aufstellen ohne die Geistlichkeit. Das sage ich Ihnen rücksichtslos ins Gesicht, denn ich kann es beweisen. Wir müssen dem Klerus große Zugeständnisse machen:

Einmal, weil er Tag und Nacht auf den Beinen ist, geleitet von genialen Köpfen, die fern unsrer Landesgrenze und fern den politischen Stürmen . . .«

»Rom! Rom!« rief der Herr des Hauses.

»Gewiß, meine Herren: Rom!« fuhr der Kardinal voll

Stolz fort. »Was für mehr oder minder geistreiche Witze auch in Ihren Jugendtagen im Schwange gewesen sein mögen: heute, im Jahre 1830, darf man sagen, daß nur noch die Geistlichkeit unter Führung des Vatikans beim kleinen Volke etwas auszurichten imstande ist.

Fünfzigtausend Priester wiederholen Tag für Tag auf höheren Befehl die nämlichen Worte, und das Volk, das doch schließlich unsre Soldaten stellt, wird durch die Stimme seiner Priester mächtiger beeinflußt als durch alles andre Gerede . . .« Hier entstand allgemeines Murren.

Mit erhobener Stimme fuhr der Prälat fort: »Die Geistlichkeit ist Ihnen geistig überlegen. Was bisher im Hauptpunkte zuwege gebracht worden ist, hinsichtlich einer *schlagfertigen Partei*, das ist lediglich durch uns geschehen. Hier sprechen Tatsachen. Wer hat denn die vierundzwanzigtausend Gewehre in der Vendée aufgebracht?

Aber solange die Geistlichkeit nicht ihr Auskommen hat, kann sie auch nichts Ordentliches leisten. *Im Grunde ist der Franzose ungläubig und kriegsliebend. Wer dem Lande den Krieg bringt, wird immer populär sein.* Denn Kriegführen heißt, um mich volkstümlich auszudrücken, die Jesuiten aushungern. Kriegführen heißt, uns Franzosen, uns Ungeheuern *in puncto* Stolz, die fremden Mächte vom Leibe halten.«

Die Rede des Kardinals fand Beifall.

»Herr von Nerval«, fügte er hinzu, »Sie müßten aus dem Ministerium scheiden! Ihr Name erregt unnützes Mißfallen.«

Bei dieser Äußerung sprang alles auf und redete laut durcheinander.

»Man wird mich noch fortschicken«, dachte Julien, aber selbst der vorsichtige Vorsitzende hatte Sorels Existenz und Anwesenheit offenbar vergessen.

Aller Augen fielen auf einen Herrn, den Julien mit einem Male wiedererkannte. Es war Herr von Nerval, der Premierminister, den er auf dem Ballfest des Herzogs von Retz gesehen hatte.

Erst nach einer reichlichen Viertelstunde trat etwas Ruhe ein. Nunmehr erhob sich Herr von Nerval und sagte mit eigentümlicher Stimme und im Tone eines Apostels: »Ich denke nicht daran, Ihnen zu versichern, mir läge nichts an meinem Posten.

Ich weiß sehr wohl, meine Herren, daß mein bloßer Name die Kräfte der Jakobiner verdoppelt, da er viele Gemäßigte in ihre Reihen treibt. Aus diesem Grunde würde ich ja gern zurücktreten, aber des Herrn Wege sind nur wenigen sichtbar . . .« Hierbei sah er den Kardinal scharf an. »Ich habe eine Mission zu erfüllen. Der Himmel hat mir gesagt: Du wirst deinen Kopf aufs Schafott tragen oder die Monarchie in Frankreich von neuem aufrichten und die Kammern wieder zu dem machen, was das Parlament unter Ludwig XV. war. Das, meine Herren, werde ich vollbringen!«

Damit war er zu Ende und setzte sich wieder. Tiefe Stille trat ein.

»Ein guter Schauspieler!« dachte Julien. Aber er irrte sich wie gewöhnlich, weil er den Leuten zu viel Geist zutraute. Angeregt durch die Debatte eines so lebhaften Abends und vor allem durch die Offenherzigkeit der Erörterungen, glaubte Herr von Nerval in diesem Augenblick tatsächlich an seine Mission. Er war ein sehr mutiger Mann, aber kein Genie.

Während der Stille nach dem schönen Worte: »Das werde ich vollbringen!« – schlug es Mitternacht. Im Klang der Standuhr lag etwas Erhabenes, Unheimliches. Julien war bewegt.

Alsbald fing die Debatte mit vermehrter Heftigkeit und geradezu unglaublicher Harmlosigkeit von neuem an. Bisweilen hatte Julien den Gedanken: »Diese Leute müßten mich eigentlich umbringen! Wie können sie solche Dinge vor einem Plebejer erörtern?«

Es schlug zwei Uhr, und man redete immer noch. Der Hausherr war längst eingenickt. Der Marquis von La Mole mußte klingeln und den Befehl geben, die Kerzen zu erneuern. Um drei Viertel zwei Uhr war der Minister von Nerval gegangen, nicht ohne sich Juliens Gesicht in einem der hohen Spiegel gründlich eingeprägt zu haben. Als er ging, atmeten alle andern sichtlich auf.

Während neue Kerzen eingesetzt wurden, raunte der Westenmann seinem Nachbarn leise zu: »Weiß der Teufel, was der Mensch Seiner Majestät hinterbringen wird. Er ist imstande, uns lächerlich zu machen und uns Steine in den Weg zu legen.«

»Das muß man sagen«, meinte der andre. »So unverschämt, so dreist ist nicht gleich wieder einer. Sich hier zu zeigen! Ehe er das Ministerium bekam, da war er hier völlig am Platze. Aber das Portefeuille ändert alles. Als Minister bekommt man ganz andre Interessen. So viel Takt müßte er eigentlich haben.«

Kaum war der Minister hinaus, da fielen dem napoleonischen General die Augen zu. Er begann von seiner Gesundheit und seinen Verwundungen zu reden, sah nach der Taschenuhr und ging ebenfalls.

»Ich möchte wetten«, sagte der Westenmann, »er rennt dem Minister nach. Er wird sich entschuldigen, hier gewesen zu sein, und doch so tun, als sei er der Haupthahn.«

Als die verschlafenen Diener die Kerzen erneuert hatten, forderte der Vorsitzende auf: »Kommen wir endlich zu einem Beschluß, meine Herren! Versuchen wir nicht länger, einander zu überzeugen. Überlegen wir uns den Wortlaut der Note, die in achtundvierzig Stunden unsern auswärtigen Freunden vorliegen soll. Man hat die Minister erwähnt. Jetzt, wo Herr von Nerval nicht mehr anwesend ist, können wir es aussprechen. Was gehen uns die Minister an? Wir werden ihnen unsern Willen aufzwingen.«

Der Kardinal stimmte verschmitzt lächelnd zu.

»Nichts ist meiner Ansicht nach leichter, als unsre Lage in ein paar Worte zu fassen«, sagte der junge Bischof von Agde voll verhaltener Glut des höchsten Fanatismus. Er hatte bisher stumm dagesessen. Julien hatte ihn beobachtet. Sein anfangs friedliches und sanftes Auge war im Laufe der Debatte immer feuriger geworden. Jetzt floß seine Seele über wie die Lava des Vesuvs.

»Von 1806 bis 1814«, sagte er, »hat England einen großen Fehler begangen. Ich meine, es hat es an unmittelbaren und persönlichen Maßregeln gegen Napoleon fehlen lassen. Nachdem dieser Mensch Herzöge und Kammerherrn ernannt, nachdem er die Monarchie wieder eingerichtet hatte, war die ihm von Gott anvertraute Sendung erfüllt. Alsdann mußte er geopfert werden. Die Heilige Schrift zeigt uns an mehr denn einer Stelle, wie man einen Usurpator beseitigt . . .« Es folgten etliche Zitate aus der Vulgata.

»Meine Herren, heute handelt es sich nicht mehr darum, einen einzigen zu opfern. Ganz Paris muß geopfert werden! Was Paris tut, macht das übrige Frankreich nach. Wozu erst in jedem Regierungsbezirk fünfhundert Mann bewaffnen? Eine riskante Sache, die zu gar nichts führt. Wozu das ganze Land in etwas hineinziehen, was lediglich Paris angeht? Paris allein mit seinen Zeitungen und Salons ist der Schuldige. Möge das neue Babylon zugrunde gehn!

Es heißt, sich endgültig entscheiden zwischen Kirche oder Paris! Ein Staatsstreich entspricht sogar den rein weltlichen Interessen des Thrones. Warum hat Paris unter Bonaparte kaum zu atmen gewagt? Fragen Sie die Kanonen von Saint-Roch!« – – –

Es war drei Uhr morgens, als Julien zusammen mit Herrn von La Mole ging. Der Marquis war kleinlaut und müde.

In den Worten, die er an seinen Begleiter richtete, lag zum ersten Male ein bittender Ton. Er nahm ihm das Ehrenwort ab, niemals von diesen *Exzessen des Eifers* zu sprechen, deren Zeuge er zufällig geworden sei. »Erwähnen Sie dies nur dann vor unserm auswärtigen Freunde, wenn er ernstlich darauf besteht, unsre jungen Heißsporne kennenzulernen. Was tut es ihnen, wenn der Staat über den Haufen geworfen wird? Sie flüchten nach Rom und leben dort als Kardinäle. Wir aber, in unsern Schlössern, wir werden von den Bauern massakriert.«

Die geheime Note, die der Marquis aus dem sechsundzwanzig Seiten langen Protokoll Juliens aufstellte, war erst um drei Viertel fünf Uhr fertig.

»Ich bin todmüde«, sagte Herr von La Mole. »Das merkt man meinem Berichte auch an. Gegen den Schluß verliert er seine Klarheit. Ich bin damit unzufriedener als mit sonst was je in meinem Leben . . . So, mein Lieber«, setzte er hinzu. »Jetzt ruhen Sie sich ein paar Stunden aus, und damit man Sie nicht entführt, werde ich selbst Sie in Ihrem Zimmer einschließen.«

Am andern Morgen fuhr der Marquis mit Julien nach einem entlegenen Schlosse ziemlich weit weg von Paris. Die Besitzer machten einen sonderbaren Eindruck. Julien hielt sie für Geistliche. Er bekam einen Paß, auf dem ein falscher Name stand. Aus ihm erfuhr er endlich das Ziel seiner Reise, das er insgeheim längst geahnt hatte. In den Wagen stieg außer ihm niemand.

Der Marquis hatte sich die geheime Note mehrmals aufsagen lassen. Er verließ sich fest auf Juliens Gedächtnis. Nur fürchtete er, man könne ihn unterwegs abfangen.

Als sich Julien von ihm empfahl, sagte er freundschaftlich zu ihm: »Vor allen Dingen benehmen Sie sich wie ein Idiot, der eine Reise macht, um die Zeit totzuschlagen. Wer weiß, ob gestern nicht mehr als ein Judas in der Versammlung war.«

Die Reise ging rasch vonstatten, aber es war eine trübselige Fahrt. Kaum aus der Sehweite des Marquis, hatte Julien den Geheimbericht und seine Mission schon vergessen. Er dachte nur noch daran, daß Mathilde ihn verächtlich behandelt hatte.

In einem Dorfe eine Meile hinter Metz erklärte der Posthalter, es seien keine Pferde da. Es war zehn Uhr abends. Sehr ärgerlich bestellte Julien etwas zu essen. Sodann spazierte er vor dem Tor auf und ab und schlüpfte unversehens in den Hof. Er fand kein einziges Pferd in den Ställen.

»Der Posthalter kommt mir verdächtig vor«, dachte er ungläubig bei sich. »Er hat mich mit gemeinem Ausdruck angeglotzt.« Er hatte es sich längst abgewöhnt, alles, was man ihm sagte, aufs Wort zu glauben, und so nahm er sich vor, nach dem Abendessen im Dorfe Erkundigungen einzuziehen. Als er in die Küche trat, um sich am Herd zu wärmen, traf er zu seiner großen Freude Signore Geronimo, den berühmten Sänger.

Der Neapolitaner saß gemütlich in einem Lehnstuhl, den er sich ans Feuer hatte rücken lassen. Er jammerte und stöhnte und sprach für sich allein mehr als der Schwarm deutscher Bauern, der um ihn stand und ihn angaffte.

»Ich bin ruiniert!« rief er Julien zu. »Ich bin verpflichtet, morgen in Mainz zu singen. Sieben regierende Fürsten sind versammelt, um mich zu hören . . . Aber kommen Sie! Wir wollen ein bißchen an die frische Luft!« setzte er augenzwinkernd hinzu.

Als sie hundert Schritte die Straße hingegangen waren und nicht mehr gehört werden konnten, sagte Geronimo:

»Wissen Sie, wie sich die Sache verhält? Der Posthalter ist ein Spitzbube. Als ich vorhin durchs Dorf ging, habe ich einem Gassenbengel fünf Groschen gegeben. Da hat er mir die ganze Geschichte verraten. Am andern Dorfende, in irgendeinem Bauernstall, stehen zwölf Gäule. Offenbar will man irgendeinen Kurier nicht weiterlassen.«

»So, so!« meinte Julien und tat, als wüßte er nichts.

Mit der Entdeckung der Schwindelei war aber noch nichts erreicht. Es kam darauf an, weiterzureisen. Dies aber wollte Geronimo und Julien nicht gelingen. Schließlich meinte der Sänger: »Warten wir bis morgen! Man mißtraut uns. Vielleicht hat man es auf einen von uns beiden abgesehen. Wissen

Sie, morgen früh bestellen wir uns ein gutes Frühstück. Während man es bereitet, machen wir einen Spaziergang, mieten uns Pferde und reiten nach der nächsten Poststation . . .« .

»Und Ihr Gepäck?« fragte Julien. Es kam ihm in den Sinn, daß man am Ende gar Geronimo damit betraut habe, ihn abzufangen. Es war Zeit zum Abendessen. Darnach gingen sie zur Ruhe. Julien lag noch im ersten Schlafe, als er auf einmal durch Stimmengeflüster aufgeweckt wurde. Es waren zwei Personen in seinem Zimmer, die ziemlich ungeniert miteinander sprachen.

Er erkannte den Postmeister, der eine Blendlaterne in den Händen hielt. Der Lichtschein fiel auf den Reisekoffer, den Julien ins Zimmer hatte bringen lassen. Neben dem Posthalter stand ein Mann, der den offenen Koffer in aller Ruhe durchsuchte. Julien vermochte nur die engen Ärmel seines schwarzen Rockes zu erkennen.

»Das ist eine Soutane«, sagte er sich, indem er behutsam nach den Taschenpistolen tastete, die er unter dem Kopfkissen hatte.

»Haben Sie keine Angst, Herr Pfarrer!« beteuerte der Postmeister. »Er wacht nicht auf. Ich hab ihm das Zeug in den Wein gegossen, das Sie mir gegeben haben.«

»Ich finde keine Spur von Papieren«, sagte der Geistliche. »Eine Menge Wäsche, Parfüm, Kopfwasser und allerhand Krimskrams. Das ist ein junger Lebemann, der nichts als sein Vergnügen im Kopfe hat. Der Bote wird eher der andere sein, der angebliche Italiener!«

Die beiden Personen näherten sich Juliens Bett, um die Taschen seines Reiseanzuges zu durchsuchen. Er war in großer Versuchung, auf sie zu schießen wie auf Einbrecher. Aber das hätte die gefährlichsten Folgen gehabt. Er spürte die größte Lust dazu.

»Unsinn!« sagte er sich. »Ich wäre ein Narr! Ich setzte meine Mission aufs Spiel.«

Der Priester hatte Rock und Hosen durchschnüffelt und

meinte: »Das ist kein Diplomat!« Damit entfernte er sich vom Bette Juliens – zu seinem Glücke.

»Wenn er mich anrührt, dann soll er was erleben!« schwur sich Julien. »Ich lasse mich nicht so einfach erdolchen . . .«

Der Priester wandte den Kopf. Julien öffnete ein wenig die Augen. Es war der Abbé Castanède! Die eine der beiden Stimmen war Julien von Anfang an bekannt vorgekommen. Julien hatte maßlose Lust, die Welt von einem der gemeinsten Schurken zu befreien. Aber er sagte sich:

»Ich habe meine Mission zu erfüllen!«

Schließlich verließen die beiden Spione das Zimmer. Eine Viertelstunde später tat Julien, als sei er eben aufgewacht, und alarmierte das ganze Haus.

»Man hat mir Gift gegeben!« rief er laut. »Ich habe schreckliche Schmerzen!«

Er wollte einen Vorwand haben, um Geronimo zu Hilfe eilen zu können. Er fand ihn halbtot von dem Opium im Weine.

Julien war auf derartige Scherze gefaßt gewesen. Deshalb hatte er seinen Wein nicht getrunken. Es gelang ihm nicht, den Sänger munter zu bekommen. Vom Weiterreisen wollte der gleich gar nichts wissen.

»Und wenn man mir das ganze Königreich Neapel böte«, erklärte Geronimo, »ich verzichtete nicht auf meinen himmlischen Schlummer.«

»Und die sieben regierenden Fürsten?« mahnte Julien.

»Die können warten!«

Julien fuhr allein ab und gelangte ohne weitere Zwischenfälle zu der hohen Persönlichkeit. Ein ganzer Vormittag ging ihm verloren, ohne daß er Audienz erlangen konnte. Glücklicherweise machte der Herzog gegen vier Uhr einen kleinen Spaziergang. Julien sah ihn zu Fuß weggehen und beeilte sich, ihn wie ein Bittsteller anzusprechen. Als er sich dem hohen Herrn auf zwei Schritte genähert hatte, zog er die Uhr des Marquis von La Mole und hielt sie so, daß dieser sie sehen

477

mußte. »Folgen Sie mir von weitem!« sagte der Fürst, ohne ihn anzusehen.

Nach einer Viertelstunde betrat der Herzog ein kleines Restaurant. In einem Stübchen dieses armseligen Lokals hatte Julien die Ehre, Seiner Durchlaucht die vier Seiten aufzusagen. Als er damit fertig war, sagte der Herzog: »Bitte, noch einmal und langsamer!«

Der Fürst machte sich Notizen.

»Gehen Sie zu Fuß zur nächsten Poststation. Lassen Sie Ihre Sachen und Ihren Wagen hier. Reisen Sie auf einem beliebigen Wege nach Straßburg, und am 22. dieses Monats (man schrieb den 10.) finden Sie sich um halb ein Uhr wieder hier in diesem Restaurant ein. Gehen Sie erst in einer halben Stunde, und seien Sie schweigsam!«

Mehr bekam Julien nicht zu hören. Es genügte, um Julien mit der höchsten Bewunderung zu erfüllen. »Also so«, sagte er sich, »so wickeln sich Staatsaktionen ab! Was hätte der große Staatsmann wohl gesagt, wenn er die leidenschaftlichen Schwätzer von vorvorgestern mit angehört hätte?«

Julien brauchte zwei Tage, um nach Straßburg zu gelangen. Er machte einen Umweg. Er hatte ja Zeit.

Der Abbé Castanède, das Oberhaupt der Ordenspolizei an der Nordgrenze, hatte Julien zu seinem Glücke nicht erkannt. In Straßburg dachten die Jesuiten trotz ihres heiligen Eifers nicht daran, Julien zu beobachten. Er sah in seinem blauen Rocke mit der Ordensrosette ganz aus wie ein junger Offizier in Zivil, der sich nur mit sich selbst beschäftigte.

KAPITEL XXIV

Straßburg

Bezauberung! Du hast der Liebe ganze Kraft,
ihre ganze Macht, Leiden zu erdulden. Ihre zauberhaften
Wonnen, ihre süßen Freuden walten allein jenseits
deines Reiches. Als ich sie schlummernd sah,
konnte ich nicht sagen: Sie ist ganz mein mit ihrer
engelgleichen Schönheit und ihrer sanften
Schwachheit. Nun ist sie in meiner
Gewalt, so, wie der Himmel sie in seinem
Erbarmen schuf, ein Mannesherz zu
bezaubern.
Ode von Schiller

Gezwungen, acht Tage in Straßburg zu verweilen, suchte sich Julien in ruhmreiche kriegsgeschichtliche und vaterländische Erinnerungen zu vertiefen. War er eigentlich verliebt? Er wußte es nicht, aber das fühlte er in seiner Seelennot, daß Mathilde die Alleinherrscherin über seine Gemütsstimmung wie über seine Gedankenwelt war. Er hatte alle seine Willenskraft nötig, um sich vor der Verzweiflung zu bewahren. An etwas zu denken, das in keiner Beziehung zu Fräulein von La Mole stand, war er nicht imstande. Ehedem, bei Frau von Rênal, hatten ihn seine ehrsüchtigen Träumereien und kleinen Eitelkeitserfolge dem reinen Zustand der Verliebtheit entzogen; Mathilde ließ nichts neben sich aufkommen. Wenn er in die Zukunft schaute, sah er immer nur sie.

Und allerwegen in dieser Zukunft erblickte er Erfolglosigkeit. Er, der in Verrières so voller Überhebung und voller Hochmut gewesen, war der lächerlichsten Bescheidenheit verfallen.

Noch vor drei Tagen hätte er den spionierenden Pfaffen am liebsten ermordet. Jetzt in Straßburg hätte er jedem Kinde recht gegeben, das in Streit mit ihm geraten wäre. Wenn er an die Widersacher und Feinde zurückdachte, die er im Laufe

479

seines Lebens gehabt hatte, war es ihm, als hätte er – Julien –
immer unrecht gehabt.

An diesem Wandel seiner Selbstbeurteilung war einzig und
allein der Umstand schuld, daß seine zügellose Einbildungskraft, die ihm bisher glänzende Zukunftsbilder vorgegaukelt
hatte, mit einem Male zu seiner unversöhnlichen Feindin
geworden war.

Die völlige Einsamkeit des Reiselebens machte seine ver-
düsterte Phantasie noch dunkler. Einen Freund bei sich zu
haben, wäre ihm ein Labsal gewesen. So aber sagte er sich:
»Wo auf der Welt schlägt für mich ein Herz? Und selbst wenn
ich einen Freund hätte, müßte ich als Ehrenmann schweigsam sein wie ein Grab.«

In seiner Melancholie machte er Spazierritte in die Umgegend von Kehl, einem Orte, der durch Desaix und Gouvion
Saint-Cyr auf immerdar berühmt geworden ist. Ein deutscher Bauer zeigte ihm die Rheininseln und das Gelände, wo
sich die Bravour jener großen Generale betätigt hatte. Die
Zügel in der Linken, hielt Julien in der Rechten die vortreff-
liche Karte, die des Marschalls Saint-Cyr Denkwürdigkeiten
schmückt. Plötzlich hörte er ein freudiges »Hallo!« und
blickte auf.

Es war Fürst Korasoff, sein Londoner Freund, der ihn vor
Monaten in die Anfangsgründe des höheren Dandytums eingeweiht hatte. Ganz im Sinne dieser erhabenen Kunst begann
Korasoff, der seit gestern in Straßburg und seit einer Stunde
in Kehl war und nie im Leben eine Zeile über die Belagerung
von 1796 gelesen hatte, einen längeren Vortrag über dieses
Ereignis zu halten. Der deutsche Bauer sah ihn verdutzt an,
denn er verstand genug Französisch, um zu merken, daß der
fremde Herr argen Unsinn vorbrachte. Julien freilich dachte
himmelweit anders. Er betrachtete die Schönheit des jungen
Mannes und bewunderte seine reiterliche Grazie.

»Welch ein Sonntagskind!« dachte er bei sich. »Wie tadellos seine Breeches sitzen, und wie elegant sein Haarschnitt ist!

Wenn ich so ausgesehen hätte, wäre Mathilde meiner Liebe nicht bereits nach drei Tagen überdrüssig geworden.«

Als der Fürst seinen Vortrag beendet hatte, sagte er zu Julien: »Sie sehen aus wie ein Trappist. Sie übertreiben den Grundsatz von der Würde, den ich Ihnen in London doziert habe. Eine trübsinnige Miene ist gegen den guten Ton. Man muß gelangweilt aussehen. Wenn man traurig aussieht, zeigt man damit, daß einem etwas fehlt, daß einem irgend etwas mißglückt ist.

Das heißt: man zeigt sich inferior. Sehen Sie hingegen gelangweilt aus, so ist jeder, der vergeblich sucht, Sie für sich einzunehmen, der Inferiore. Begreifen Sie, wie stark Geringschätzung imponiert!«

Julien warf dem Bauern, der Mund und Ohren aufsperrte, einen Taler zu.

»Jetzt gefallen Sie mir schon wieder besser«, bemerkte der Fürst und setzte sein Pferd in Galopp. Julien folgte ihm in sinnloser Bewunderung. »Wenn ich so wäre wie Korasoff, dann hätte Mathilde nicht an Croisenois mehr Gefallen gefunden als an mir«, seufzte er. Aber wenn sein gesunder Menschenverstand auch Anstoß an den Albernheiten des Fürsten nahm, so verachtete er sich selber doch noch um so mehr, dieweil er ihn bewunderte und sich unglücklich fühlte, nicht auch so zu sein. Sein Widerwillen vor sich selbst war grenzenlos.

Dem Fürsten fiel Juliens großer Trübsinn abermals auf. Als sie in Straßburg ankamen, fragte er ihn: »Verehrtester, haben Sie all Ihr Geld verloren, oder sind Sie in irgendeine kleine Schauspielerin verliebt?«

Die Russen ahmen die Sitten der Franzosen nach, sind ihnen dabei aber immer um fünfzig Jahre zurück. Im Jahre 1830 waren sie bei dem Zeitalter Ludwigs XV. angelangt.

Julien hätte beinahe geweint. Plötzlich kam ihm der Gedanke: »Warum sollte ich diesen liebenswürdigen Menschen nicht um Rat fragen?«

»Sie haben leider recht, lieber Korasoff«, entgegnete er ihm. »Sie sehen mich hier in Straßburg nicht nur verliebt, sondern obendrein verlassen. Eine entzückende Frau in einer Stadt der Nachbarschaft hat mir nach drei Tagen der Leidenschaft den Laufpaß gegeben. Ich vermag mich nicht darein zu schicken. Ich gehe daran zugrunde.«

Er schilderte ihm Mathildens Charakter und Handlungsweise. Nur nannte er einen falschen Namen.

»Erzählen Sie nicht weiter!« sagte Korasoff. »Damit Sie Vertrauen zu Ihrem Arzt gewinnen, will *ich* Ihre Beichte ergänzen. Der Ehemann der jungen Frau erfreut sich eines enormen Vermögens . . . oder noch wahrscheinlicher: sie gehört zum Hochadel. Auf irgend etwas ist sie offenbar außerordentlich stolz.«

Julien nickte stumm mit dem Kopfe. Sein Mut, sich auszusprechen, war dahin. Der Fürst fuhr fort: »Zunächst müssen Sie unverzüglich drei bittere Pillen schlucken. Nummer eins: Sie müssen die Dame – wie hieß sie doch gleich? – alle Tage aufsuchen . . .«

»Frau von Dubois.«

»Ein scheußlicher Name!« meinte Korasoff lachend. »Aber, pardon, für Sie natürlich der herrlichste der Welt . . . Es ist also unbedingt nötig, daß Sie Frau von Dubois Tag für Tag sehen. Dabei müssen Sie sich hüten, sich ihr kalt oder voller Groll zu zeigen. Nehmen Sie dies als Leitmotiv: Immer das Gegenteil von dem sein, was der Gegner erwartet! Benehmen Sie sich genau so wie acht Tage bevor Ihnen die Gunst Ihrer Dame zuteil ward!«

»Ach, damals war ich im vollen Gleichgewichte!« rief Julien trostlos. »Ich bildete mir ein, Mitleid mit ihr zu haben . . .«

»Der Schmetterling verbrennt sich am Licht die Flügel«, fuhr Korasoff fort. »Dies Gleichnis ist so alt wie die Menschheit.

Also, Nummer eins: Sie müssen sie alle Tage sehen.

Nummer zwei: Sie müssen einer andern aus demselben Gesellschaftskreise den Hof machen, aber wohlgemerkt, ohne dabei Leidenschaft an den Tag zu legen. Ich verhehle Ihnen nicht, daß Ihre Rolle nicht leicht ist. Sie spielen Komödie. Aber sobald man durchschaut, daß Sie nur ein Spiel treiben, haben Sie verloren.«

»Sie ist ungemein klug, und ich gar nicht«, seufzte Julien.

»Durchaus nicht. Nur sind Sie verliebter, als ich dachte. Frau von Dubois beschäftigt sich ungeheuerlich viel mit sich selbst, wie so viele Frauen, denen ein Übermaß von Reichtum oder Vornehmheit zuteil geworden ist. Auch in ihrer Beziehung zu Ihnen achtet sie nur auf sich, nicht auf Sie, den sie infolgedessen gar nicht kennt. Während der zwei, drei Anfälle von Verliebtheit, in denen sie sich unter vollem Aufgebot ihrer Phantasie Ihnen geschenkt hat, hat sie in Ihnen den Helden ihrer Träume gesehen, nicht den, der Sie in Wirklichkeit sind . . .«

Er unterbrach sich selbst. »Aber zum Donnerwetter, das ist ja das Einmaleins, mein lieber Sorel! Sind Sie denn gänzlich Anfänger?

Beim Teufel, kommen Sie mit in diesen Laden! Da hängt eine reizende schwarze Krawatte. Beinahe wie von John Anderson in der Burlington Street. Machen Sie mir die Freude, lassen Sie sich das Ding von mir dedizieren und werfen Sie den schändlichen schwarzen Strick, den Sie da um den Hals haben, weit weg!«

Als sie aus dem Laden des ersten Straßburger Modenhändlers wieder herauskamen, fuhr der Fürst fort: »Mit welchen Damen verkehrt Frau von Dubois näher? Du mein Gott, dieser Name! Seien Sie mir nicht bös, lieber Sorel! Er gefällt mir nun einmal nicht . . . Wem wollen Sie den Hof machen?«

»Einer ganz Unnahbaren. Der Tochter eines enorm reichen Strumpffabrikanten. Sie hat die schönsten Augen der Welt, die mir riesig gefallen. Sie ist hochangesehen, aber trotz alledem schämt sie sich, ja, sie verliert ihre Fassung, wenn das

483

Gespräch auf Handel und Industrie kommt. Und unglücklicherweise war ihr Vater einer der bekanntesten Kaufleute in Straßburg.«

»Eine göttliche Lächerlichkeit! Für Sie aber recht nützlich. Das wird Sie davor bewahren, allzusehr in den Bann ihrer schönen Augen zu geraten. Um so sicherer ist der erwünschte Erfolg.«

Julien hatte die schöne Marschallin von Fervaques im Sinne, eine Ausländerin, die viel im Hause La Mole verkehrte. Sie hatte den Marschall ein Jahr vor seinem Tode geheiratet. Ihr ganzes Leben hatte kaum einen andern Zweck als den, die Tatsache in Vergessenheit zu bringen, daß sie die Tochter eines Industriellen war. Um eine Rolle zu spielen, hatte sie sich an die Spitze aller Tugendsamen gestellt.

Julien betete den Fürsten förmlich an. Was hätte er nicht darum gegeben, seine schwachen Seiten zu besitzen.

Die Unterhaltung der beiden Freunde fand kein Ende. Korasoff war entzückt. Noch nie hatte ihm ein Franzose so lange zugehört. »Jetzt hab ich es endlich erreicht!« frohlockte er im stillen. »Man hört auf mich, wenn ich meinen Schulmeistern Unterricht gebe!«

»Wir verstehen uns also!« wiederholte er Julien zum zehnten Male. »Um Gottes willen nicht die geringste Leidenschaftlichkeit, wenn Sie in Gegenwart von Frau Dubois mit der schönen Strumpffabrikantentochter sprechen! In Ihren Briefen aber müssen Sie Feuer und Flamme sein! Eine schöne Liebesepistel zu lesen, ist für die Allerprüdeste ein Hochgenuß, eine Art Erholung. Sie spielt dann einmal keine Komödie. Sie läßt ihr Herz lauschen. Schreiben Sie ihr getrost täglich zwei Briefe!«

»Kann ich nicht. Unmöglich!« stöhnte Julien mutlos. »Lieber lasse ich mich lebendig begraben, als daß ich dummes Geschwätz zu Papier bringe. Ich bin so schon halb tot. Geben Sie sich keine Mühe mehr mit mir. Lassen Sie mich am Wege sterben!«

»Aber wer verlangt denn von Ihnen, daß Sie dummes Geschwätz zu Papier bringen sollen? Ich habe in meiner Reise-
tasche sechs Bände geschriebener Liebesbriefe für alle möglichen Frauencharaktere, selbst für ganz Tugendsame. Hat
nicht Kalisky, der mit solchen Briefen in Richemond-la-Ter-
rasse – wie Sie wissen, drei Meilen von London – der schönsten Quäkerin von ganz England den Hof gemacht?«

Als Julien seinen Freund nachts um zwei Uhr verließ, war
er nicht mehr ganz so unglücklich.

Am andern Morgen ließ der Fürst einen Schreiber kommen, und zwei Tage darauf besaß Julien dreiundfünfzig sorglich numerierte Liebesbriefe, ausgewählt für einen melancholischen Tugendengel. Sie waren ursprünglich an die
niedlichste Quäkerin von ganz England gerichtet.

»Mehr sind es nicht«, bemerkte der Fürst, »denn nach Nu-
mero 53 bekam der Absender einen Korb. Aber was tut es
Ihnen, wenn die Strumpffabrikantentochter Sie schlecht behandelt. Sie wollen ja nur auf das Herz der Madame Dubois
wirken!«

Sie ritten täglich aus. Korasoff war in Julien vernarrt. Da
ihm kein andrer Beweis seiner impulsiven Freundschaft einfiel, bot er ihm schließlich die Hand einer seiner Cousinen an,
einer steinreichen Erbin in Moskau. »Sind Sie erst verheiratet«, setzte er hinzu, »so bringen Sie es durch meinen Einfluß
und durch Ihr Kreuz da in zwei Jahren zum Oberst!«

»Aber das Kreuz ist mir nicht von Napoleon verliehen. Da
hätte ich mehr leisten müssen!«

»Das schadet nichts!« sagte der Fürst. »Er hat es gestiftet.
Es ist immer noch weitaus das höchste Ehrenzeichen in Europa!«

Julien war nahe daran, das Angebot anzunehmen; aber die
Pflicht rief ihn zuvörderst zum Herzog zurück. Er verließ
Korasoff mit dem Versprechen, ihm zu schreiben. Er empfing die Antwort auf den geheimen Bericht, den er über-
bracht hatte. Damit eilte er wieder nach Paris. Kaum war er

485

zwei Tage sich selbst überlassen, so wäre er lieber gestorben, als daß er Mathilde und Frankreich verlassen hätte. Er sagte sich: »Ich werde Korasoffs Millionen nicht heiraten, seinen Rat aber befolgen.

Die Verführungskunst ist sein Metier. Seit mehr denn fünfzehn Jahren betreibt er es. Er ist dreißig Jahre alt. Daß er ein dummer Mensch wäre, kann man nicht sagen. Er ist mit allen Wassern gewaschen. Romantik und Schwärmerei sind ihm fremd. Ein Grund mehr, daß er klar sieht.

Zweifellos, ich muß der Marschallin den Hof machen.

Vielleicht ist dies eine etwas langweilige Sache. Ich werde mich am Anblick ihrer schönen Augen schadlos halten. Sie sind denen ähnlich, die mir ehedem so viel Liebe verrieten.

Übrigens ist sie Ausländerin. Ich habe also etwas Neues zu studieren . . .

Ach, ich bin toll. Ich richte mich zugrunde. Ich soll die Ratschläge eines Freundes befolgen, vermag aber nicht an den Erfolg zu glauben.«

KAPITEL XXV

Im Dienst der Tugendhaften

Wenn ich dieses Vergnügen mit soviel
Klugheit und Umsicht genieße, wird es für
mich kein Vergnügen mehr sein.
Lope de Vega

Kaum war unser Held wieder in Paris, als er – nach einem kurzen Aufenthalt im Arbeitszimmer des Marquis von La Mole, der über die ihm vorgelegten Aktenstücke sichtlich in Bestürzung geriet – zum Grafen Altamira eilte. Dieser zum Tod verurteilte schöne Fremde hatte zusätzlich die Vorzüge eines würdigen Betragens und einer natürlichen Frömmigkeit; diese beiden Verdienste und vor allem die vornehme Herkunft des Grafen wurden von Frau von Fervaques sehr geschätzt, und sie sah ihn häufig bei sich.

Julien gestand ihm feierlich, daß er sie von Herzen liebe.

»Sie ist die Verkörperung einer reinen und hohen Tugend«, erwiderte Altamira, »nur ein wenig jesuitisch und emphatisch. Es gibt Tage, an denen ich sie aufs Wort verstehe, aber ihre Sätze nicht begreife. Oft läßt sie mich daran zweifeln, ob ich das Französische wirklich so gut verstehe, wie man es von mir sagt. Die Bekanntschaft mit ihr wird Ihrem Namen Glanz und Ihnen selbst Gewicht in der Gesellschaft geben. Doch gehen wir zu Bustos«, sagte der Graf Altamira, der die Dinge geradewegs anzupacken pflegte, »der macht der Marschallin den Hof. «

Don Diego Bustos ließ sich die Sachlage genau darlegen und äußerte sich nicht dazu – er glich einem Advokaten in seiner Kanzlei. Er hatte ein grobschlächtiges Mönchsgesicht, einen schwarzen Schnurrbart und eine unvergleichliche Würde, im übrigen war er ein guter Karbonaro.

»Ich verstehe«, sagte er schließlich zu Julien. »Hat die Marschallin von Fervaques Liebhaber gehabt oder nicht? Die Antwort auf diese Frage entscheidet darüber, ob Sie irgendeine Hoffnung auf Erfolg haben. Ich muß Ihnen gestehen, daß ich meinerseits gescheitert bin. Jetzt, da die Wunde nicht mehr schmerzt, tröste ich mich mit folgender Überlegung: Sie ist oft launisch und – wie ich Ihnen gleich zeigen werde – ziemlich rachsüchtig.

Ich finde bei ihr nicht das cholerische Temperament, das das Genie auszeichnet und allen Handlungen einen Hauch von Leidenschaftlichkeit gibt; vielmehr erhält ihr ein phlegmatisches und ruhiges, gleichsam holländisches Temperament ihre herausragende Schönheit und ihren frischen Teint. «

Julien wurde angesichts des unerschütterlichen Phlegmas und der Bedächtigkeit des Spaniers ungeduldig; von Zeit zu Zeit entfuhren ihm unterdrückte Ausrufe.

487

»Wollen Sie mir wohl zuhören?« sagte Don Diego Bustos gravitätisch.

»Vergeben Sie mir meine *furia francese,* ich bin ganz Ohr«, sagte Julien.

»Die Marschallin von Fervaques neigt also sehr stark zum Haß; unerbittlich verfolgt sie Menschen, die sie nie gesehen hat, Advokaten, arme Teufel, Literaten – wenn sie etwa dichten wie Collé, Sie wissen doch:

> *Ich habe die Marotte,*
> *zu lieben die Marote, etc.*

Julien mußte alle Strophen anhören. Dem Spanier machte es Spaß, auf französisch zu singen.

Das herrliche Lied traf nie auf ungeduldigere Ohren. Als das vorüber war, fuhr Don Bustos fort: »Die Marschallin hat den Verfasser des folgenden Lieds um Amt und Brot gebracht:

> *Einst zeigt' sich die Liebste in der Schänke . . .«*

Julien zitterte davor, daß er das auch noch singen würde, aber er analysierte das Werklein nur – es war tatsächlich lästerlich und indezent.

»Als die Marschallin sich über dieses Liedchen ereiferte«, sagte Don Diego, »erlaubte ich mir zu bemerken, daß eine Dame ihres Ranges nicht jeden Blödsinn, der gedruckt würde, zur Kenntnis nehmen sollte. Wie auch immer Frömmigkeit und Würde bei uns fortgeschritten sind, die Kabarettchansons würde es in Frankreich immer geben. Als die Marschallin den Verfasser, einen armen Teufel mit Wartegeld, um seine achtzehnhundert Franken jährlich gebracht hatte, sagte ich zu ihr: Nehmen Sie sich in acht! Sie haben diesen Reimeschmied mit Ihren Waffen bekämpft – er kann mit seinen Versen zurückschlagen: er wird ein Chanson über die Tugend schreiben. Die besseren Häuser stehen natürlich zu Ihnen, aber wer gerne lacht, zitiert seine Epigramme. Wissen Sie, mein Herr, was die Marschallin mir antwortete? –

›Im Dienste Gottes schritte ich vor ganz Paris zum Martyrium, das wäre neu in Frankreich. Die Menschen würden lernen, Charakterqualitäten zu achten. Es wäre der schönste
Tag meines Lebens.‹ Ihre Augen waren dabei schön wie nie
zuvor.«

»Und sie sind wundervoll«, rief Julien.

»Ich sehe, daß Sie verliebt sind . . . Also«, fuhr Don Diego
Bustos ernsthaft fort, »ein cholerisches Temperament reißt
sie nicht zur Rache fort. Wenn sie trotzdem gerne Schaden
stiftet, kommt's daher, daß sie unglücklich ist, ich diagnosti-
ziere da: inneres Leid. Vielleicht ist da eine Prüde ihres
Handelns überdrüssig.« Der Spanier schaute ihn lange
schweigend an.

»Hier liegt das Problem«, fügte er ernst hinzu, »und hier-
aus könnten Sie eine geringe Hoffnung schöpfen. Ich habe in
den zwei Jahren, in denen ich ihr zu Füßen lag, darüber weid-
lich nachgedacht. Ihre ganze Zukunft, mein Herr Liebender,
hängt von der Antwort auf diese Frage ab: Ist sie eine Prüde,
die ihres Wandels müde ist – und ist sie boshaft, weil sie sich
unglücklich fühlt?«

»Oder«, sagte Altamira mitten aus seinem tiefen Schweigen heraus, »ist es, wie ich's dir zwanzigmal sagte, einfach
der französische Stolz, der angedenk des Vaters, des bekannten Tuchhändlers, das ganze Leid dieses von Natur
aus trübsinnigen und kalten Charakters bewirkt. Nur eine
Glückschance gäb's für sie: in Toledo wohnen, täglich
durch einen Beichtvater gequält werden, der ihr die Hölle
offen zeigte.«

Als Julien sich empfahl, sagte Don Diego – und wurde dabei immer ernster: »Altamira gibt mir zu verstehen, daß Sie
einer der Unsrigen seien. Eines Tages werden Sie uns helfen,
unsere Freiheit wiederzugewinnen – und ich werde Ihnen bei
Ihrem kleinen Spielchen helfen. Sie müssen unbedingt den
Briefstil der Marschallin kennenlernen. Hier sind vier Briefe
von ihrer Hand.«

»Ich werde sie kopieren und Ihnen zurückbringen!« rief Julien.

»Und nie wird jemand von dem, was hier gesagt wurde, etwas erfahren?«

»Nie, auf Ehre!« rief Julien aus.

»So möge Gott Ihnen helfen!« fügte der Spanier hinzu, und schweigend begleitete er Julien und Altamira bis zur Treppe.

Diese Szene heiterte unseren Helden ein wenig auf; beinahe hätte er gelächelt.

Während der langen würdigen Unterredung mit Don Diego Bustos hatte Julien auf die Stundenschläge der Turmuhr des Palais d'Aligre geachtet.

Als die Stunde des Diners heranrückte und damit das Wiedersehen mit Mathilde, kleidete sich Julien auf das sorgfältigste an. Als er dann aber die Treppe hinunterging, sagte er sich: »Nein! Das wäre gleich eine Dummheit! Ich muß mich buchstäblich an die Vorschriften des Fürsten halten.«

Er stieg wieder hinauf und zog einen einfachen Straßenanzug an.

»Jetzt kommt es auf meine Miene an«, dachte er.

Um sechs Uhr wurde gegessen. Es war erst halb sechs. Da kam er auf den Gedanken, in den Salon zu gehen. Er fand ihn leer. Beim Anblick des blauen Sofas ward er zu Tränen gerührt. Die Wangen fingen ihm an zu glühen. »Ich muß meine törichte Empfindsamkeit überwinden; sie kann mich verraten!« meinte er ingrimmig und lief ins Lesezimmer, wo er eine Zeitung zur Hand nahm, um wieder zur Selbstbeherrschung zu kommen. Drei-, viermal ging er vom Salon in den Garten.

Im Schutze einer alten Eiche wagte er nach Mathildens Fenster hinaufzublicken. Er zitterte dabei. Die Vorhänge waren dicht zugezogen. Julien wäre beinahe umgesunken. Lange blieb er an die Eiche gelehnt stehen. Dann ging er schwankenden Schritts an die Stelle, wo die Leiter des Gärtners lag. Die Kette, die er – ach, unter so ganz andern Um-

ständen! – aufgesprengt hatte, war noch nicht wiederhergestellt. In einer Anwandlung von Wahnsinn drückte er sie an
seine Lippen.

Gräßlich müde, irrte er durch den Garten. »Gut, daß ich
müde bin!« sagte er sich. »Meine Augen werden matt sein
und mich nicht verraten!« Im Salon fand er eine Anzahl
Tischgäste vor. Jedesmal, wenn sich die Tür öffnete, zuckte
ihm tödlicher Schreck durch das Herz.

Man setzte sich zu Tisch. Endlich erschien auch Fräulein
von La Mole, die wie immer auf sich hatte warten lassen. Als
sie Julien erblickte, errötete sie tief. Man hatte ihr seine Rückkehr nicht gemeldet. Einer Anweisung Korasoffs gemäß beobachtete Julien ihre Hände. Sie zitterten. Unsagbar verwirrt
über seine Wahrnehmung, war er froh darüber, daß sie ihm
nicht dies, sondern nur seine Müdigkeit anmerken konnte.
Das dünkte ihm ein erster Erfolg zu sein.

Der Marquis sprach ihm seine Anerkennung aus. Gleich
darauf richtete die Marquise das Wort an ihn und sagte ihm in
ein paar verbindlichen Worten, er sei sichtlich angegriffen.
Julien wiederholte sich immer wieder: »Ich darf Mathilde
nicht zu viel ansehen, aber meine Blicke dürfen den ihren
auch nicht ausweichen. Ich muß als der erscheinen, der ich
acht Tage vor meinem Unglück wirklich war.« Er konnte
mit seinem Erfolge zufrieden sein und verblieb im Salon.
Zum ersten Male war er aufmerksam gegen die Herrin des
Hauses. Auch gab er sich die größte Mühe, die anwesenden
Herren gesprächig zu machen und die Unterhaltung im Fluß
zu erhalten.

Seine Höflichkeit ward belohnt. Gegen acht Uhr meldete
man die Marschallin von Fervaques. Julien verschwand unauffällig und erschien bald darauf wieder im sorgfältigsten
Gesellschaftsanzug. Für diese Respektsbezeigung war ihm
Frau von La Mole sehr dankbar. Um ihre Zufriedenheit zu
bekunden, erzählte sie der Marschallin von Juliens Mission.
Er nahm neben Frau von Fervaques Platz, und zwar so, daß

491

Mathilde seine Augen nicht sehen konnte. Nach allen Regeln der Kunst placiert, begann er Frau von Fervaques anzuschwärmen. Der erste der dreiundfünfzig Briefe des Fürsten fing nämlich mit einer Tirade in diesem Genre an.

Die Marschallin brach auf, um in die *Komische Oper* zu gehen. Julien eilte gleichfalls hin. Im Vestibül traf er den Chevalier von Beauvaisis, der ihn mit in eine Loge nahm, die den Edelleuten der Kammer gehörte. Sie lag just neben der Loge der Frau von Fervaques. Julien blickte unablässig zu ihr hin. Beim Nachhausegehen nahm er sich vor: »Ich muß ein Tagebuch über meine Belagerung führen. Sonst führe ich die einzelnen Angriffe nicht richtig durch.« So zwang er sich, zwei, drei Seiten über diesen ihm im Grunde gleichgültigen Gegenstand niederzuschreiben, und vergaß dabei zu seiner Verwunderung fast die Geliebte.

Mathilde hatte während seiner Reise beinahe nicht an ihn gedacht. »Er ist doch nur ein gewöhnlicher Mensch«, sagte sie sich. »Allerdings wird mich sein Name immerdar an die größte Torheit meines Lebens erinnern. Man muß wohl oder übel zu der vulgären Handhabung von Tugend und Ehre zurückkehren. Ein Weib, das sich über diese Dinge hinwegsetzt, verliert den Boden unter seinen Füßen.« Und so benahm sie sich dem Marquis von Croisenois gegenüber mehr entgegenkommend denn bisher. Er war toll vor Freude. Freilich wäre er arg verblüfft gewesen, wenn ihm jemand verraten hätte, daß das, was ihn so stolz machte, im Grunde nichts war als Mathildens Resignation.

Alle ihre Gedanken änderten sich mit einem Schlage, als sie Julien wiedersah. Jetzt sagte sie sich: »Er und kein andrer ist mein wahrer Gatte. Wenn meine Bekehrung zur Sittlichkeit ehrlich ist, muß ich ohne Frage ihn heiraten.«

Sie hatte von Juliens Seite Aufdringlichkeiten und Unglücksmienen erwartet und sich ihre Antworten zurechtgelegt, falls er nach der Tafel den Versuch machen würde, einige Worte an sie zu richten. Darauf war sie gefaßt. Statt dessen blieb er gelassen im Salon. Ja, er wandte seinen Blick keinmal nach dem Garten, so schwer ihm dies fiel. »Am besten erfolgt die unabwendbare Auseinandersetzung sofort«, dachte Fräulein von La Mole und ging allein in den Garten. Julien kam nicht. Sie wandelte vor den Glastüren des Salons auf und ab. Dabei sah sie, wie er drinnen angelegentlich beschäftigt war, der Marschallin von den verfallenen Burgen am Rhein zu erzählen, die über den Hängen thronen und dem Stromtale seinen eigenartigen Charakter verleihen. Er verfiel in einen gefühlsseligen romantischen Wortschwall, der in manchem Salon für geistvoll gilt.

Fürst Korasoff wäre stolz auf seinen Schüler gewesen, hätte er alles das beobachten können. Der Abend verlief nach seiner Voraussage. Ebenso hätte er Juliens Verhalten in den nächsten Tagen gebilligt.

Auf Anregung der geheimen Regierung war ein Ordensregen zu erwarten. Die Marschallin von Fervaques hatte das Verlangen, ihrem Großonkel das Großkreuz des Heiligen-Geist-Ordens zu erwirken. Dasselbe wollte der Marquis für seinen Schwiegervater. Beide vereinigten ihre Bemühungen, und infolgedessen erschien Frau von Fervaques fast täglich im Hause La Mole. Von ihr erfuhr Julien, daß der Marquis sichere Anwartschaft auf einen Ministerposten hatte. Die Kamarilla stand mit ihm in einem wahrhaft genialen Komplott, demgemäß sich die jetzige Staatsverfassung ohne Schwertstreich binnen dreier Jahre in eine absolute Monarchie zurückverwandeln sollte.

Wenn der Marquis Minister wurde, konnte Julien auf ein Bistum rechnen. Aber vor seinen Augen lagen alle diese Machenschaften wie in einem Nebel. Seine Phantasie sah sie verschwommen in weiter Ferne. Er war ein Besessener vor Qual und Kummer. Er beurteilte die Welt und das Leben nur noch in Beziehung zu seinen Erfolgen Mathilden gegenüber. Er rechnete mit Jahren, ehe er sich wieder von ihr geliebt sah.

Sein sonst so kühler Kopf war in einen Zustand völliger

Unvernunft geraten. Von allen Eigenschaften, die ehedem seine Stärke waren, verblieb ihm nur ein Rest von Festigkeit. In seinem äußeren Benehmen hielt er sich streng an Korasoffs Vorschriften. Allabendlich setzte er sich neben den Sessel der Marschallin. Freilich brachte er es nicht fertig, ihr etwas zu sagen.

Die Gewalt, die er sich antat, um in Mathildens Augen als geheilt zu erscheinen, nahm alle seine Seelenkräfte in Anspruch. Halb bewußtlos saß er neben Frau von Fervaques. Wie bei einem schweren körperlichen Leiden hatten seine Augen ihr ganzes Feuer verloren.

Frau von La Moles Ansichten und Meinung waren stets nur ein Echo der Anschauungen ihres Mannes. Er war es, der ihr den ersehnten Titel Herzogin verschaffen konnte. Seit einiger Zeit hob sie Juliens Verdienste in den Himmel.

KAPITEL XXVI

Eine moralisch hochstehende Liebe

> There also was of course in Adeline
> That calm patrician polish in the address,
> Which ne'er can pass the equinoctial line
> Of any thing which Nature would express:
> Just as a Mandarin finds nothing fine,
> As least his manner suffers not to guess
> That any thing he views can greatly please.
> *Don Juan, Canto XIII, stanza 84*

»Die ganze Familie ist geistig nicht normal«, dachte die Marschallin. »Wie könnten diese Leute sonst so eingenommen sein von ihrem jungen Abbé, der nichts kann als stumm zuhören, allerdings mit recht hübschen Augen.«

Julien seinerseits erblickte in der Art und Weise der Marschallin geradezu ein Musterbeispiel der souveränen Gemessenheit, die sich in tadelloser Höflichkeit und mehr noch

durch völlige Verhüllung des Innenlebens ausspricht. Unerwartete Bewegungen, Mangel an Selbstbeherrschung, Sich-
etwas-vergeben vor Leuten von geringerem Stande waren
ihr entsetzliche Dinge. Das leiseste Zeichen von Rührung
hätte sie als *moralische Trunkenheit* verdammt und als unstan-
desgemäß bezeichnet. Ihr größtes Glück war, von der letzten
Jagd Seiner Majestät zu sprechen. Ihr Lieblingsbuch waren
die *Denkwürdigkeiten* des Herzogs von Saint-Simon, besonders wegen der genealogischen Nachrichten darin.

Julien wußte, an welchem Platz die Beleuchtung am vor-
teilhaftesten für die schöne Marschallin war. Dort fand er
sich immer vor ihr ein; stets aber war er sorglich bedacht, sich
selbst so zu setzen, daß er Mathilde nicht sehen konnte. Erstaunt über sein beständiges Ausweichen, setzte sie sich eines
Abends mit ihrer Handarbeit nicht wie sonst auf das blaue
Sofa, sondern an ein Tischchen neben den Lehnstuhl der
Marschallin. Julien hatte sie unter dem Hute der Frau von
Fervaques in seinem Sehkreise. Zunächst erschreckten ihn
die Augen, in denen sein Schicksal lag, förmlich, bald aber
weckten sie ihn mit Gewalt aus seiner gewohnten Apathie.
Er begann zu plaudern, und zwar vorzüglich.

Seine Worte waren an die Marschallin gerichtet; ihr einziger Zweck aber war, auf Mathildens Seele zu wirken.
Schließlich wurde er so enthusiastisch, daß Frau von Fervaques nicht mehr verstand, was er sagte.

Er begann Eindruck auf sie zu machen. Wäre er auf den
Gedanken geraten, noch ein paar Tiraden in deutsch-mysti-
schem Stil oder etwas Jesuiterei in sein Gerede zu mischen, so
hätte ihn die Marschallin unter die *höheren Menschen* einge-
reiht, die berufen sind, das neunzehnte Jahrhundert zu erneuern.

»In einem fort begeistert mit der Marschallin zu sprechen,
finde ich ziemlich geschmacklos«, sagte sich Mathilde. »Ich
werde nicht mehr darauf hören.« Den Rest des Abends hielt
sie ihr Wort, wenn es ihr auch schwerfiel.

Als sie um Mitternacht, den Leuchter in der Hand, ihre Mutter in deren Zimmer begleitete, blieb diese auf der Treppe stehen und hielt eine wahre Lobrede auf Julien. Mathildens üble Laune steigerte sich noch. Sie fand keinen Schlaf. Nur ein Gedanke beruhigte sie ein wenig: »Dinge, die mir verächtlich sind, haben also in den Augen der Marschallin hohen Wert!«

Julien fühlte sich weniger unglücklich, weil er eine *Tat* vollbracht hatte. Von ungefähr fiel sein Blick auf die juchtenlederne Brieftasche, die ihm Fürst Korasoff mit den dreiundfünfzig Liebesbriefen geschenkt hatte. Auf dem ersten stand die Bemerkung: »Nummer eins, acht Tage nach Beginn der Belagerung abzusenden!«

»Ich bin im Rückstand«, rief Julien. »Ich widme mich der Marschallin schon viel länger.« Sofort machte er sich daran, die erste Epistel abzuschreiben, sterbenslangweiliges Geschwätz mit tugendsamen Floskeln. Bei der zweiten Seite schlief er buchstäblich ein.

Ein paar Stunden später weckte ihn die Morgensonne. Er hatte über den Tisch gelehnt geschlafen. Das allmorgige Erwachen war ihm immer ein qualvoller Moment: zugleich erwachte sein Unglück. Er beendete die Abschrift des Briefes. Das brachte ihn beinahe in heitere Stimmung. »Sollte das wirklich ein junger Mann verfaßt haben?« fragte er sich. Manche Sätze waren neun Zeilen lang. Am untern Rande der letzten Seite stand eine Bleistiftnotiz:

Man überbringe jeden Brief persönlich, zu Pferd, in blauem Rock und schwarzer Krawatte. Man händige ihn dem Pförtner aus, mit düsterer Miene und ganz melancholischen Augen. Bemerkt man die Kammerjungfer, so wische man sich verstohlen die Augen und spreche ein paar Worte mit ihr.

Alles das führte er vorschriftsmäßig aus.

»Was ich da beginne, ist tollkühn«, dachte er bei sich, als er langsam vom Hause Fervaques wieder wegritt. »Aber Korasoff hat die Verantwortung. Einer allgemein als unnahbar

verschrienen Frau einen Liebesbrief zu schreiben! Ich werde
mit der tiefsten Verachtung gestraft werden, und dann habe
ich gar kein Vergnügen mehr. Mich selber zum Harlekin machen ist schließlich das einzige, was mir noch Spaß bereitet.
Das verhaßte Individuum, das ich selber bin, verhöhnen, ist
mein Amüsement! Ich glaube, ich könnte ein Verbrechen
begehen, nur um mich zu zerstreuen.«

Der Moment, wo er sein Pferd in den Stall führte, war
herrlich wie seit vier Wochen keiner. Korasoff hatte ihm ausdrücklich verboten, unter keinerlei Vorwand die treulose Geliebte anzuschauen. Aber die Tritte des Pferdes, das Mathilde
sehr gut kannte, und die Art, wie Julien mit dem Reitstock an
die Stalltüre klopfte, um einen der Reitdiener zu rufen, lock-
ten sie bisweilen an die Fenstergardine. Der Musselin war so
dünn, daß Julien sie sah. Unter dem Rande seines Hutes
konnte er Mathildens Gestalt sehen, aber nicht den Kopf.
»Folglich sieht sie meine Augen auch nicht«, sagte er sich.
»Ich blicke sie also nicht an.«

Am Abend benahm sich Frau von Fervaques ihm gegenüber genau so, als hätte sie die philosophisch-religiös-mysti-
sche Abhandlung gar nicht erhalten, die Julien am Morgen
mit schwermütigster Miene an ihrem Hause abgegeben
hatte. Am Abend vorher hatte ihn der Zufall das Mittel gelehrt, in Redseligkeit zu geraten. Es hieß: Mathildens Augen.
Er setzte sich also so, daß er sie sehen konnte. Einen Augenblick nach dem Erscheinen der Marschallin verließ Fräulein
von La Mole das blaue Sofa. Sie mied somit ihre gewohnte
Gesellschaft. Croisenois war über diese neue Launenhaftig-
keit sichtlich betroffen. Sein unverkennbarer Schmerz milderte die Bitternis in Juliens Herzeleid.

Das Unerwartete machte ihn beredt wie einen jungen
Gott. Die Eitelkeit aber schleicht sich selbst in die Tempel der
erhabensten Tugend. Als die Marschallin in ihren Wagen
stieg, sagte sie sich: »Die Marquise hat recht. Der junge Priester hat etwas Vornehmes. Wahrscheinlich hat ihn meine Ge-

genwart anfangs schüchtern gemacht. Natürlich, denn was einem in diesem Hause begegnet, ist recht leichtfertig. Tugend gibt es hier nur im Gefolge des Altersgrauen. Offenbar hat der junge Mann den Unterschied gemerkt. Sein Stil ist gut. Nur fürchte ich, er ist über sein Gefühl im Irrtum, da er von mir Erleichterung erbittet.

Aber schließlich, manche Bekehrung hat so angefangen! Seine Art und Weise zu schreiben spricht für ihn. Sie ist wesentlich anders als die der jungen Leute, die ich kennengelernt habe. In der Prosa dieses jungen Leviten liegt unverkennbar Weihe, tiefer Ernst und feste Überzeugung. Gewiß besitzt er die milde Tugend Massillons. «

KAPITEL XXVII

Die besten Plätze, die die Kirche
vergeben kann

Diensterfüllung? – Begabung? – Verdienste? –
Nichts da! Einer Clique mußt
Du angehören!
Télémaque

So wurden erstmals die Überlegungen zur Besetzung eines bischöflichen Amtes mit der Person Juliens im Kopf einer Frau in Verbindung gebracht, die früher oder später die besten Stellen in der Kirche Frankreichs verteilen würde. Diese gute Gelegenheit berührte Julien kaum; zur Zeit gingen seine Gedanken über sein gegenwärtiges Unglück nicht hinaus: alles mögliche verstärkte dieses Gefühl. So war ihm zum Beispiel der Anblick seines Zimmers unerträglich geworden. Wenn er abends mit dem Kerzenleuchter eintrat, schien jedes Möbelstück, jedes Ornament eine Stimme zu bekommen und ihm schneidend einen neuen Aspekt seines Unglücks vorzuhalten.

»Heute geht's wieder an die Zwangsarbeit«, sagte er sich, als er heimkam, und fuhr fort mit einer Lebhaftigkeit, wie er sie lange nicht mehr gespürt hatte: »Hoffen wir, daß der zweite Brief ebenso fad wie der erste sein wird.«

Das war der Fall. Was er da abschrieb, schien ihm so absurd, daß er schließlich Zeile um Zeile hinmalte, ohne an den Sinn zu denken.

»Das ist ja noch pathetischer als die amtlichen Stücke aus der Zeit des Westfälischen Friedens, die mich mein Professor für Diplomatie in London abschreiben ließ.«

Erst da erinnerte er sich an die Briefe der Frau von Fervaques, deren Originale er immer noch nicht dem würdigen Spanier Don Diego Bustos zurückgegeben hatte. Er suchte sie heraus. Sie waren fast ebenso vollgestopft mit Allegorien wie die des jungen russischen Edelmanns. Alles hielt sich im Unbestimmten und besagte alles oder auch nichts. Eine stilistische Äolsharfe, dachte Julien. Mitten unter erhabenen Gedanken über das Nichts, den Tod und die Unendlichkeit erblicke ich als Wirklichkeit nur eine entsetzliche Angst vor der Lächerlichkeit.

Dieser Monolog, den wir gekürzt haben, wiederholte sich zwei Wochen lang täglich. Nacht um Nacht schlief Julien beim Abschreiben einer Epistel ein, die leicht ein Kommentar zur Apokalypse des Johannes hätte sein können.

Regelmäßig gab er am folgenden Morgen den Brief mit melancholischer Miene ab und führte dann sein Pferd zum Stall, in der Hoffnung, Mathildens Silhouette zu erspähen. Er erledigte seine Arbeiten, und wenn die Marschallin nicht im Hause La Mole erschien, ging er abends in die Oper. Das waren die einförmigen Ereignisse seines jetzigen Lebens. Am unterhaltsamsten war es, wenn Frau von Fervaques zur Marquise kam. Dann konnte er unter ihrem Hut hinweg Mathildens Augen sehen. Dann löste sich seine Zunge. Seine romantische gefühlsselige Redeweise gewann allmählich Anmut und Eigenart.

Wohl fühlte er, daß der Inhalt von dem, was er sagte, Mathilden töricht erscheinen mußte. Es sollte ihr wenigstens durch die Grazie der Form gefallen. »Um so unechter das ist, was ich sage, desto verführerischer muß es klingen«, schrieb er sich vor. Dabei verstieg er sich in die unerträglichste Manieriertheit. Übrigens hatte er erkannt, daß er, der Marschallin wegen, einfache und vernünftige Ideen meiden mußte. Sonst hätte sie ihn für einen Alltagsmenschen gehalten. Je nachdem er aus den Augen der einen oder der andern Grandedame Erfolg oder Mißerfolg las, steigerte oder mäßigte er das Gaukelspiel seiner Reden.

Alles in allem war sein Innenleben jetzt weniger qualvoll als damals, wo seine Tage in Untätigkeit hinschlichen.

Eines Abends rekapitulierte er: »Da sitze ich nun und schreibe die fünfzehnte dieser abscheulichen Dissertationen ab. Die Nummern eins bis vierzehn hat die Marschallin vorschriftsmäßig durch ihren Torwart eingehändigt bekommen. Ich werde die Ehre haben, alle Schubfächer ihres Schreibtisches zu füllen. Und immer noch behandelt sie mich, als schriebe ich ihr gar nicht. Wohin soll das führen? Langweilt sie sich über diese Episteln vielleicht genau so wie ich mich? Korasoffs Freund, der Liebhaber der schönen Quäkerin von Richmond, ist unbedingt ein gräßlicher Kerl gewesen! Langweiliger als er kann man kaum sein! . . .«

Wie alle mittelmäßigen Köpfe, die der Zufall den strategischen Operationen eines großen Heerführers beiwohnen läßt, verstand Julien nichts von der Angriffstaktik des jungen Russen gegen das Herz der schönen Engländerin. Die ersten vierzig Briefe waren zu nichts anderm geschrieben, als die Kühnheit verzeihlich zu machen, daß man überhaupt schrieb. Es war zunächst darauf angekommen, das träumerische junge Mädchen, das sich wahrscheinlich unendlich langweilte, daran zu gewöhnen, Briefe zu empfangen, die wohl immer noch weniger öde waren als ihr tagtägliches Dasein.

Eines Morgens erhielt Julien einen Brief. Er erkannte das Wappen der Frau von Fervaques und erbrach das Siegel mit einer Lebhaftigkeit, die ihn selber überraschte. Der Brief enthielt nichts als eine Einladung zum Diner.

Sofort zog er die Instruktion des Fürsten Korasoff zu Rate. Leider war der Russe gerade da, wo er hätte einfach und klar sein sollen, frivol im Stile Dorats, und so blieb sich Julien über sein Verhalten beim Diner der Marschallin im unsichern.

Das Empfangszimmer war höchst prunkvoll, goldstrotzend wie die Diana-Galerie in den Tuilerien und mit großen Ölgemälden geschmückt. Julien nahm eigentümliche Flecke auf den Bildern wahr. Später erfuhr er, die Darstellungen wären der Hausherrin nicht dezent genug gewesen. Sie hatte sie anständig machen lassen. »Jahrhundert der Prüderie!« dachte Julien.

Er bemerkte drei Persönlichkeiten, die seinerzeit bei der Abfassung der geheimen Note zugegen gewesen waren. Einer von ihnen, der Bischof von ***, der Onkel der Marschallin, hatte die Pfründenverleihung. Man munkelte, er könne seiner Nichte keinen Wunsch abschlagen. »Ich habe in meiner Karriere einen Riesenschritt vorwärts getan«, sagte sich Julien mit wehmütigem Lächeln. »Und doch ist mir das unsagbar gleichgültig. Schon bin ich der Tischgenosse des einflußreichen Bischofs von ***. «

Das Mahl war mäßig, die Unterhaltung unausstehlich. »So eine Tischgesellschaft ist wie ein schlechtes Buch«, dachte Julien. »Alle großen Probleme der Menschheit werden keck angeschnitten. Hört man aber nur drei Minuten zu, so weiß man nicht, was mehr zum Himmel schreit: die Emphase des Schwätzers oder seine greuliche Unwissenheit. «

Der Leser wird zweifellos Tanbeau, den kleinen Literaten, vergessen haben, den Neffen des Akademikers und zukünftigen Professor, der durch seine üblen Verleumdungen dazu bestimmt schien, den Salon des Palais de La Mole in eine

Giftküche zu verwandeln. Durch diesen kleinen Menschen kam Julien zum erstenmal auf den Gedanken, daß Frau von Fervaques – wenn sie auch seine Briefe nicht beantwortete – das Gefühl, das sie inspirierte, gar nicht ungern sah. Die schwarze Seele des Herrn Tanbeau wurde bei dem Gedanken an Juliens Erfolg von Eifersucht zerrissen; aber da andererseits ein Mann von Verdienst – ebensowenig wie ein Schwachkopf – an zwei Stellen zugleich sein kann, sagte sich der zukünftige Professor: »Wenn Sorel der Liebhaber der großen Marschallin wird, wird sie ihn irgendwie günstig bei der Kirche unterbringen, und ich hab ihn im Palais de La Mole nicht mehr auf dem Hals.«

Gelegentlich bekam Julien eine lange Strafpredigt vom Pfarrer Pirard zu hören, ob seiner Erfolge im Hause Fervaques. Es herrschte nämlich ein gewisser *Sektenneid* zwischen den strengen Jansenisten und dem jesuitisch-monarchisch-reaktionären Salon der tugendsamen Marschallin.

KAPITEL XXVIII

Manon Lescaut

> Als er aber einmal von der Dummheit und
> Eselhaftigkeit des Priors überzeugt war, erreichte
> er fast immer, was er wollte, indem er schwarz
> nannte, was weiß war, und weiß,
> was schwarz war.
> *Lichtenberg*

Die russischen Vorschriften verboten ausdrücklich, der Dame, an die man schrieb, je zu widersprechen. Die Rolle des blinden Schwärmers sollte unbedingt eingehalten werden. Das war die Voraussetzung der Briefe.

Eines Abends in der Oper, in der Loge der Marschallin, lobte Julien das Ballett *Manon Lescaut* über die Maßen, und zwar einzig und allein, weil er es unbedeutend fand.

Frau von Fervaques hingegen meinte, das Ballett stehe tief unter dem gleichnamigen Roman des Abbé Prévost.

Erstaunt und belustigt zugleich sagte sich Julien: »Merkwürdig! Auf einmal preist dies hochmoralische Menschenkind einen Roman!« Die Marschallin pflegte nämlich mindestens alle drei Tage ihrer gründlichen Verachtung der Romanschreiber Ausdruck zu verleihen, indem sie behauptete, ihre öden Machwerke hätten weiter keinen Zweck, als die dem Blendwerk der Sinne sowieso leicht geneigte Jugend gänzlich zu verderben.

»Unter den unmoralischen Romanen soll die *Manon Lescaut* der allergefährlichste sein«, fuhr sie fort. »Die Schwächen und die wohlverdienten Qualen eines sündigen Herzens sollen darin mit meisterlicher Naturtreue geschildert sein, was übrigens Ihren Bonaparte nicht gehindert hat, auf Sankt Helena zu verkünden, das sei ein Roman für Lakaien.«

Das Wort *Bonaparte* versetzte Juliens Seele in Kampfbereitschaft. »Aha«, sagte er sich, »man hat den Versuch gemacht, mich bei meiner Gönnerin anzuschwärzen! Man hat ihr meine Napoleonschwärmerei verraten. Das hat sie dermaßen verschnupft, daß sie der Versuchung, es mich merken zu lassen, nicht widerstehen kann.« Diese Entdeckung amüsierte ihn den ganzen Abend. Er war ihm nicht mehr langweilig. Als er sich im Vestibül der Oper von der Marschallin verabschiedete, sagte sie zu ihm: »Herr Sorel, ich will Ihnen eins sagen: Wer mich liebt, darf den Bonaparte nicht lieben! Man darf diesen Mann höchstens als eine von der Vorsehung auferlegte Notwendigkeit hinnehmen. Im übrigen war seine Seele nicht anpassungsfähig genug, um die Meisterwerke der Kunst in sich aufzunehmen.«

»Wer mich liebt . . .«, wiederholte sich Julien, »das sagt alles und nichts! Das sind Sprachgeheimnisse für uns Provinzler.« Während er einen endlosen Brief an die Marschallin schrieb, mußte er viel an Frau von Rênal denken. –

»Was soll das heißen?« fragte sie ihn am andern Abend mit

sichtlich schlecht gespielter Gleichgültigkeit. »In Ihrem Briefe, den Sie doch wohl gestern abend nach der Oper geschrieben haben, sprechen Sie von London und Richmond?«

Julien ward sehr verlegen. Er hatte mechanisch Wort für Wort abgeschrieben und dabei vergessen, »London« und »Richmond« durch »Paris« und »Saint-Cloud« zu ersetzen. Er stotterte ein paar Worte her, ohne daß es ein vernünftiger Satz wurde, nahe daran, in ein tolles Gelächter auszubrechen. Endlich fand er folgende Ausrede: »Als ich Ihnen schrieb, gnädige Frau, stand ich noch ganz im Nachhall unsres erdenfernen Gesprächs. Ich war gewissermaßen zerstreut . . .«

»Ich mache Eindruck«, dachte er bei sich. »Somit kann ich mir heute die weitere Langeweile schenken.« Mehr laufend als gehend verließ er das Haus Fervaques. In seiner Stube las er das Original des tags zuvor abgeschriebenen Briefes noch einmal durch. Sofort fand er die falsche Stelle, wo von London und Richmond die Rede war. Zu seiner Überraschung entdeckte er auch, daß der Brief recht zärtlich war.

Der Gegensatz zwischen der zur Schau getragenen Oberflächlichkeit von Juliens mündlichen Äußerungen und der wunderbaren, geradezu apokalyptischen Tiefe seiner Briefe war es, der Eindruck auf Frau von Fervaques machte. Besonders gefiel ihr die Länge der Sätze. »Das ist etwas ganz andres als der sprunghafte Stil, den dieser unmoralische Mensch, der Voltaire, in die Mode gebracht hat!« dachte sie. Obwohl Julien sich Mühe gab, in dem, was er sagte, jede Spur von gesundem Menschenverstand zu tilgen, so hatten seine Worte doch immer noch einen antimonarchischen und unfrommen Anflug, was der Marschallin nicht entging. Umgeben von lauter streng moralischen Leuten, die oft den ganzen Abend keinen einzigen Gedanken bekundeten, war die Marschallin sehr empfänglich für Ideen, die ihr neu vorkamen. Aus Pflichtgefühl machte sie sich alsbald darüber Vorwürfe. »Die sündhafte Zeit färbt ab!« pflegte sie zur Entschuldigung ihrer Schwäche zu sagen.

Aber in solchen Salons ist man eigentlich nur am Platz, wenn man ein Anliegen vertritt. Der Leser wird die ganze Mühsal eines Lebens ohne wirkliche Inhalte, das Julien da führte, teilen. Auf unserem Wege sind das Wüstenstrecken.

Während all der Zeit, in der sich die Episode Fervaques in Juliens Leben abspielte, erwehrte sich Fräulein von La Mole nur mit Mühe des fortwährenden Denkens an den Geliebten. In ihrem Innern tobten heftige Kämpfe. Zuweilen schmeichelte sie sich, den grüblerischen jungen Mann zu verachten, aber immer wieder, mochte sie wollen oder nicht, lauschte sie voll Anteil seinem Gespräch. Besonders erstaunt war sie über seine vollendete Falschheit. Jedes Wort, das er der Marschallin sagte, war Lüge, zum mindesten abscheuliche Verschleierung seiner wahren Welt- und Lebensanschauung, die Mathilde genau kannte. Dieser Machiavellismus verwunderte sie. »Es ist Geist darin«, meinte sie bei sich. »Welch Unterschied zwischen ihm und den geistlosen Scharlatanen und gemeinen Schelmen, die ebenso salbadern; Tanbeau zum Beispiel!«

Leicht fiel Julien seine Rolle keineswegs. Es war eine harte Pflicht, die er erfüllte, indem er Tag für Tag im Salon der Marschallin erschien. Die Mühe, die ihm diese Komödie verursachte, raubte seiner Seele alle Spannkraft. Oft, wenn er nachts den weiten Hof des Hauses Fervaques durchschritt, mußte er seine ganze Willens- und Verstandeskraft zusammennehmen, um nicht innerlich zusammenzubrechen.

Dann sagte er sich: »Ich habe im Seminar die Verzweiflung überwunden, trotzdem ich damals in eine grauenhafte Zukunft sah. Entweder baute ich mir eine Laufbahn, oder ich verscherzte sie mir. In beiden Fällen mußte ich damit rechnen, mein Leben lang in engster Gemeinschaft mit dem Verächtlichsten und Widerwärtigsten zu verbringen, was es in der Welt gibt. Kaum elf Monate später, im Frühjahr, war ich vielleicht der glücklichste meiner Altersgenossen.«

Aber recht häufig waren solche Vernunftpredigten ohnmächtig angesichts der schrecklichen Wirklichkeit. Er sah Fräulein von La Mole Tag um Tag beim Frühstück und beim Mittagsmahl. Aus verschiedenen Briefen, die ihm der Marquis diktierte, erfuhr er, daß Mathildens Heirat mit Herrn von Croisenois nahe bevorstand. Der liebenswürdige junge Mann stellte sich bereits täglich zweimal im Hause La Mole ein. Keiner dieser Besuche entging den eifersüchtigen Augen des verlassenen Geliebten.

Wenn er sich einbildete, beobachtet zu haben, daß Fräulein von La Mole ihren Bräutigam gnädig behandelt hatte, konnte er sich hinterher in seinem Zimmer nicht davor bewahren, mit seiner Pistole zu liebäugeln.

»Ach, wäre es nicht das beste«, seufzte er, »wenn ich aus meiner Wäsche die Monogramme entfernte und in einen einsamen Wald ginge, drei Meilen vor Paris, um meinem nichtswürdigen Dasein ein Ende zu machen? Niemand könnte mich rekognoszieren, und vierzehn Tage nach meinem Verschwinden dächte kein Mensch mehr an mich.«

Dagegen war nichts einzuwenden. Doch am andern Morgen genügte ein Blick auf das Stück von Mathildens Arm, das zwischen Ärmel und Handschuh zu sehen war, um dem jungen Philosophen qualvolle Erinnerungen heraufzubeschwören. Sie ketteten ihn an das Leben. »Meinetwegen«, sagte er sich ergeben, »ich will die russische Politik weiterverfolgen. Wie wird das enden?

Was die Marschallin betrifft, so soll die Abschrift des dreiundfünfzigsten Briefes das letzte sein, was ich ihr schreibe.

Aber Mathilde? Wird diese sechs Wochen lange gräßliche Komödie an ihrem Groll abprallen? Oder verschafft sie mir eine flüchtige Versöhnung. Ich stürbe vor Glückseligkeit!« Es war ihm unmöglich, den Gedanken weiterzuspinnen.

Als er nach vager Träumerei wieder die Vernunft zu Worte kommen ließ, sagte er sich: »Ich werde vielleicht einen Tag lang glücklich sein. Aber dann beginnt ihre Grausamkeit von neuem. Es muß so kommen. Denn ich bin nicht fähig, ihr auf die Dauer zu gefallen. Es winkt mir also keine Rettung. Ich gehe zugrunde. Rettungslos . . .

Welche Gewähr kann sie mir bei ihrem Charakter bieten? Ach, ich bin ihr nicht elegant genug. Ich bin in meinen Reden zu plump und eintönig. Du mein Gott: warum bin ich so und nicht anders?«

KAPITEL XXIX

Der Überdruß

Ganz in seinen Leidenschaften aufgehen:
das mag angehen. Aber in Leidenschaften aufgehen,
die gar nicht die eigenen sind?
O du trauriges neunzehntes Jahrhundert!
Girodet

Nachdem die Marschallin Juliens lange Briefe zunächst ohne Vergnügen gelesen hatte, fand sie allmählich an ihnen Gefallen. Nur etwas bekümmerte sie. »Wie schade«, dachte sie, »daß Herr Sorel nicht richtiger Priester ist. Dann könnte ich ihn einer Art Seelenfreundschaft würdigen. So aber sieht er gar nicht aus wie ein Geistlicher und trägt sogar einen Orden, und man ist allerlei unangenehmen Fragen ausgesetzt. Was soll man immer antworten? Schließlich gilt er gar für einen Verwandten meines Vaters aus kleinen Verhältnissen.«

Bis zu dem Augenblick, wo sie Julien kennen gelernt hatte, war es ihr größtes Vergnügen gewesen, das Wort *Marschallin* vor ihrem Namen zu hören. Jetzt geriet ihre krankhafte und so leicht empfindliche Emporkömmlings-Eitelkeit in einen Kampf mit ihrer aufkeimenden Neigung.

»Es wäre mir ein leichtes, ihn zum Generalvikar in einer Diözese bei Paris zu machen. Wenn er nur nicht bloß Herr Sorel wäre und dazu Sekretär des Herrn von La Mole! Das ist trostlos.«

Zum erstenmal in ihrem Leben wurde ihre überängstliche

Seele von einem Gefühl ergriffen, das mit ihrer Sucht nach Rang und gesellschaftlicher Macht nichts zu tun hatte.

Ihr alter Torwart bemerkte, daß der unzufriedene und zerstreute Ausdruck, den die Marschallin geflissentlich annahm, wenn einer ihrer Leute kam, jedesmal schwand, wenn er einen Brief von dem schönen jungen Manne brachte, der immer so traurig aussah.

Ihre Lebensweise, deren Erfolge ihr im Grunde keine rechte Freude bereiteten, war lediglich auf Wirkung in der Gesellschaft berechnet. Mit der Zeit war sie griesgrämig und unleidlich geworden. Seit sie aber an Julien dachte, genügte eine mit dem sonderlichen jungen Mann verbrachte Abendstunde, und ihre Kammerjungfern hatten den ganzen folgenden Tag nicht wie sonst Quälereien zu erdulden. Juliens wachsender Einfluß wurde nicht einmal durch heimtückische anonyme Briefe erschüttert. Umsonst versah Tanbeau die Herren Luz, Croisenois und Caylus mit geschickten Verleumdungen, die von ihnen mit großem Vergnügen weiterverbreitet wurden, ohne daß man sich über die Wahrheit der Anschuldigungen Gedanken machte. Die Marschallin, an und für sich nicht stark genug, solche groben Machenschaften einfach zu übersehen, holte sich in ihrem Zweifel Rat bei Mathilde, von der sie immer wieder getröstet wurde.

Eines Tages entschloß sich die Marschallin plötzlich, nachdem sie dreimal gefragt hatte, ob Briefe gekommen wären, Julien zu antworten. Das war ein Sieg der Langeweile. Als sie es das zweite Mal tat, stockte sie mitten im Briefe. So unpassend erschien es ihr plötzlich, mit eigner Hand eine so gewöhnliche Adresse zu schreiben: »An Herrn Sorel, bei Herrn Marquis von La Mole.«

Am Abend sagte sie trocknen Tones zu Julien: »Sie müssen mir Briefumschläge mit Ihrer Adresse bringen!«

»Somit bin ich zum galanten Kammerdiener befördert«, dachte er und verneigte sich, wobei er ein Gesicht schnitt wie Arsen, der alte Kammerdiener des Marquis.

508

Noch am selben Abend brachte er ihr die Briefumschläge, und früh am andern Morgen hatte er einen dritten Brief. Er las die fünf, sechs Anfangszeilen und zwei bis drei am Schluß. Es waren im ganzen vier eng und klein geschriebene Seiten.

Nach und nach nahm Frau von Fervaques die ihr angenehme Gewohnheit an, ihm täglich zu schreiben. Julien antwortete durch getreue Abschriften der russischen Briefe, ohne daß sich die Marschallin über den geringen Zusammenhang der Antworten mit ihren Briefen irgendwie wunderte. Ein schwülstiger Stil hat also seine Vorteile.

Wie arg wäre ihr Stolz gekränkt gewesen, wenn ihr ein Spion erzählt hätte, daß alle ihre weiteren Briefe uneröffnet und ungeordnet in Juliens Schublade lagen?

Eines Morgens brachte ihm der Pförtner einen Brief der Marschallin in die Bibliothek. Mathilde begegnete dem Manne und bemerkte den Brief mit der von Juliens Hand geschriebenen Adresse. Als der Mann wieder herauskam, trat sie in die Bibliothek. Der Brief lag noch auf dem Tischrande. Julien, der eifrig schrieb, hatte ihn noch nicht in sein Schubfach geworfen.

»Das kann ich nicht dulden!« rief Mathilde und riß den Brief an sich. »Sie vergessen mich ganz und gar, mich, Ihre Frau! Ihr Benehmen ist abscheulich!«

Vor Stolz versagte ihr die Sprache. Entsetzt über die maßlose Ungeschicklichkeit ihres Benehmens, brach sie in Tränen aus. Es schien Julien, als höre sie auf zu atmen.

Überrascht und verwirrt, erkannte er nicht sofort, wie wundervoll und glückverheißend dieser Auftritt für ihn war. Er half Mathilden auf das Sofa, wobei sie ihn beinahe an sich drückte.

Als er dies wahrnahm, war seine Freude im ersten Augenblick überschwenglich. Der zweite Gedanke aber galt Korasoff. »Durch ein einziges Wort kann ich alles wieder verderben!« warnte er sich.

Seine Arme wurden schlaff, wenngleich ihm die durch

seine Politik vorgeschriebene Selbstbeherrschung unendlich
schwer und schmerzlich war. »Ich darf mir nicht einmal erlauben, ihren schmiegsamen wonnigen Leib an mein Herz zu
drücken. Entweder verachtet oder quält sie mich! Welch
schreckliches Wesen!«

Aber so sehr er Mathildens Charakter schmähte: er liebte
sie nur um so mehr. Es war ihm, als hielte er eine Königin in
den Armen.

Juliens kalte Starrheit vermehrte den Schmerz in Mathildens zerrissener stolzer Seele. Himmelweit davon entfernt,
die nötige Kaltblütigkeit zu besitzen, um in seinen Augen
seine wirklichen Gefühle in diesem Augenblick zu erschauen,
konnte sie sich nicht entschließen, ihn anzusehen. Ihr bangte
davor, einem Blick der Verachtung zu begegnen.

So saß sie regungslos auf dem Diwan der Bibliothek, den
Kopf von Julien abgewandt und dem tiefsten Leid preisgegeben, das Stolz und Liebe einem menschlichen Herzen zu bereiten vermögen. In welch entsetzliche Irre war sie geraten!

»So weit sollte es also mit mir Unglückseligen kommen!
Ich mache den schamlosesten Antrag und werde so zurückgewiesen! Und von wem?« Sie ward vor beleidigtem Stolz
beinahe wahnsinnig. »Von einem Diener meines Vaters!«

»Nein, das dulde ich nicht!« rief sie laut aus.

Rasend fuhr sie auf, riß die Schublade von Juliens Tisch
heraus. Wie versteinert vor Entsetzen erblickte sie darin ein
Dutzend uneröffnete Briefe, die genau so aussahen wie der,
den der Pförtner vorhin gebracht hatte. Auf allen Umschlä-
gen erkannte sie Juliens kaum verstellte Handschrift.

»Unerhört!« rief sie außer sich. »Sie stehen mit der Marschallin nicht nur auf vertrautem Fuße, Sie verachten sie auch
noch! Sie Mensch ohne Namen, Sie verachten die Marschallin von Fervaques! . . . Ach nein . . . verzeihe mir, Geliebtester!« Damit warf sie sich vor ihm auf die Knie. »Verachte
mich, wenn du willst, aber liebe mich! Ich kann nicht mehr
leben ohne deine Liebe.«

Sie fiel ohnmächtig hin.

»Da liegt sie, die Stolze, zu meinen Füßen!« murmelte Julien.

KAPITEL XXX

Eine Loge in der Opera buffa

As the blackest sky
Foretells the heaviest tempest
Don Juan, Canto 1, Stanza 73

Der eben erlebte Sturm der Leidenschaft setzte Julien mehr in Verwunderung, als daß er ihn beglückte. Die Beleidigungen, die ihm Mathilde ins Gesicht geschleudert hatte, waren ihm ein Beweis, wie gut die russische Politik war. »Wenig reden, wenig handeln, das ist meine einzige Rettung!«

Er hob Mathilde auf und setzte sie, ohne ein Wort zu sagen, auf den Diwan. Nach einer Weile traten ihr die Tränen in die Augen. Um sich Haltung zu geben, nahm sie die Briefe der Marschallin in die Hand und öffnete langsam einen nach dem andern. Es durchzuckte sie, als sie die Handschrift der Frau von Fervaques erblickte. Sie wandte die Blätter um, ohne sie zu lesen. Fast alle Briefe waren sechs Seiten lang.

»Antworten Sie mir wenigstens!« sagte sie schließlich in flehentlichem Tone, ohne daß sie den Mut hatte, Julien anzusehen. »Sie wissen, ich bin stolz. Daran ist meine gesellschaftliche Stellung schuld und wohl auch mein Charakter. Sei es, wie es sei! Also hat mir Frau von Fervaques Ihr Herz geraubt? Hat sie Ihnen das nämliche Opfer gebracht, zu dem mich meine verhängnisvolle Liebe getrieben hat?«

Düsteres Schweigen war Juliens ganze Antwort. »Mit welchem Recht«, dachte er, »verlangt sie von mir eine Indiskretion, die eines Ehrenmannes unwürdig ist?«

Mathilde versuchte in den Briefen zu lesen, aber sie konnte nichts sehen vor Tränen.

Seit vier Wochen war sie unglücklich, aber ihre stolze Seele war weit entfernt davon, sich ihre Leidenschaft einzugestehen. Allein der Zufall hatte den Ausbruch hervorgerufen. Einen Augenblick hatten Eifersucht und Liebe über ihren Hochmut gesiegt. Sie saß ganz dicht neben Julien auf dem Diwan. Er sah ihr Haar und ihren Alabasterhals. Einen kurzen Augenblick lang vergaß er alles, was er sich schuldig war, legte den Arm um ihren Leib und drückte sie fest an seine Brust.

Sie wandte ihm langsam den Kopf zu. Da erstaunte er über den ungeheuren Schmerz, der sich in ihren Augen spiegelte. Sie war fast nicht wiederzuerkennen.

Julien fühlte seine Kräfte schwinden; so unendlich schwer ward ihm die Kälte, die er sich anbefohlen hatte.

»Diese Augen werden alsbald nur noch kalte Verachtung aussprechen«, sagte er sich, »wenn ich mich im Glück der Liebe verliere.« Da bat sie ihn mit erloschener Stimme und in Worten, zu denen sie kaum die Kraft fand, wiederholt um Verzeihung für das Benehmen, zu dem sie sich in ihrem Stolze hatte hinreißen lassen.

»Ich habe auch meinen Stolz!« sagte Julien tonlos. Seine Züge verrieten ein Übermaß körperlicher Ermattung.

Mathilde wandte sich rasch nach ihm um. Seine Stimme zu hören, war ihr ein Glück, dem sie beinahe schon entsagt hatte. In diesem Augenblick verfluchte sie ihren Hochmut. Am liebsten hätte sie etwas Ungewöhnliches, Unerhörtes getan, ihm zu beweisen, wie sehr sie ihn anbetete und sich selber haßte.

Währenddem fuhr Julien fort: »Wahrscheinlich haben Sie mich einen Augenblick ausgezeichnet, weil ich stolz war. Und sicher achten Sie mich jetzt, weil ich Mut und Festigkeit habe, wie sie einem Mann ziemt. Die Marschallin könnte meine Geliebte sein . . .«

Mathilde zitterte. Ihre Augen nahmen einen seltsamen Ausdruck an. Jetzt sollte sie ihr Urteil vernehmen. Dieser innere Vorgang entging Julien nicht. Er fühlte seinen Mut schwinden.

»Ach«, dachte er im Echo der leeren Worte, die sein eigener Mund redete und die ihm wie fremdes Geräusch verklangen, »könnte ich deine blassen Wangen küssen ohne Ende, ohne daß du es fühltest!«

»Frau von Fervaques könnte meine Geliebte sein«, wiederholte er mit schwächerer Stimme. »Vielleicht! Noch aber habe ich keine entscheidenden Beweise ihrer Zuneigung . . .«

Mathilde sah ihn fest an. Er hielt den Blick aus; zum mindesten hoffte er, daß sein Gesicht ihn nicht verrate. Er fühlte sich bis in den tiefsten Grund seines Herzens von Liebe erfüllt. Niemals hatte er Mathilde dermaßen angebetet. Er war fast ebenso toll wie sie. Wenn sie genug Kaltblütigkeit und Wagemut gehabt hätte, auf ihn einzugehen, so wäre er ihr zu Füßen gefallen und hätte seine ganze eitle Komödie abgeschworen. Er bekam wieder Kraft genug, um weiterzusprechen. »Hätte ich Korasoff hier!« dachte er bei sich, »ich bedarf einer Anweisung über mein weiteres Verhalten!« Laut sagte er:

»Selbst wenn mich kein andres Gefühl an die Marschallin fesselt, muß ich ihr mindestens Dankbarkeit zollen. Sie hat mich mit Nachsicht behandelt und mich getröstet, als mich eine andre verachtete . . . Ich vermag an das Augenscheinlichste nicht zu glauben. Weiß ich, ob es nicht ein Trugbild ist, ebenso flüchtig wie verführerisch?«

»Ach, Allmächtiger!« stöhnte Mathilde.

»Sagen Sie, welche Bürgschaft geben Sie mir?« fuhr Julien lebhaft und in festem Tone fort. Man hätte meinen können, er vergesse einen Augenblick die Vorsicht der Diplomatie. »Welche Gewähr habe ich, daß der Rang, den Sie mir heute gnädigst einräumen, Ihnen länger als zwei Tage genehm sein wird?«

»Meine maßlose Liebe, und meinen grenzenlosen Kummer über deine Lieblosigkeit!« rief sie, indem sie seine Hände ergriff und ihm in die Augen sah.

Die heftige Bewegung, die sie dabei machte, verschob ihre Boa ein wenig. Julien sah ihre entzückenden Schultern, und ihr etwas wirr gewordenes Haar erweckte ihm eine süße Erinnerung.

Er war nahe daran, nachzugeben. »Ein unbedachtes Wort«, sagte er sich, »und die lange Reihe verzweifelter Tage fängt wieder von vorn an. Frau von Rênal tat, was ihr das Herz eingab. Sie grübelte hinterher nach den Gründen. Diese junge Weltdame aber gibt ihr Herz erst frei, wenn sie sich durch gute Gründe überzeugt hat, daß es gerührt sein muß.«

Diese Wahrheit durchleuchtete ihn wie ein Blitz, und im Augenblick hatte er auch seinen Mut wieder.

Er wand seine Hände aus denen Mathildens und rückte in ehrerbietige Entfernung. Mehr Mut kann ein Mann nicht haben. Dann hob er alle die auf dem Diwan verstreuten Briefe der Frau von Fervaques auf und sagte mit ausgesuchter Höflichkeit, die in diesem Moment geradezu grausam war: »Das gnädige Fräulein wird mir gütigst gestatten, über dies alles nachzudenken.«

Er empfahl sich und verließ rasch die Bibliothek. Mathilde hörte, wie er draußen eine Türe nach der andern schloß.

»Das Scheusal ist nicht einmal erregt«, dachte sie bei sich. »Ach, was sage ich? Scheusal! Er ist vernünftig, klug, gut. Ich aber, ich habe mir das denkbar Tollste vorzuwerfen!«

Ihre Stimmung hielt an. An diesem Tage war Mathilde fast glücklich, denn sie war ganz Liebe. Man hätte meinen können, daß ihre Seele nie vom Hochmut beherrscht gewesen sei. Und wie hochmütig war sie!

Sie zitterte vor Entsetzen, als abends im Salon ein Diener Frau von Fervaques meldete. Der Klang der Stimme dieses Menschen kam ihr unheimlich vor. Sie vermochte den Anblick der Marschallin nicht zu ertragen; sie ward starr wie Stein. Julien blieb aus Furcht, sich durch seine Augen zu verraten, der Mittagstafel im Hause La Mole fern. Stolz auf seinen schwer errungenen Sieg war er nicht gerade.

Mit der Entfernung vom Kampfplatze wuchsen seine Liebe und sein Glück. Schon fing er an, sich Vorwürfe zu machen. »Wie konnte ich ihr widerstehen!« sagte er sich. »Wenn sie mich nun nicht mehr liebt? Ein einziger Augenblick kann bei einer so stolzen Seele den Ausschlag geben. Ich muß zugeben, daß ich sie abscheulich behandelt habe.«

Am Abend sagte er sich, daß er wohl oder übel in der Theaterloge der Marschallin erscheinen müsse. Sie hatte ihn ausdrücklich eingeladen, und Mathilde würde jedenfalls seine Anwesenheit oder unhöfliche Abwesenheit erfahren. Trotzdem ihm dies einleuchtete, hatte er zunächst nicht die Kraft, sich in Gesellschaft zu zeigen. Sobald er mit andern redete, verlor er die Hälfte seines Glückes.

Es schlug zehn Uhr. Er mußte sich durchaus zeigen.

Zum Glück fand er die Loge der Marschallin voller Damen. Er blieb hinten an der Tür und ward durch die Hüte ganz verdeckt. Dieser Platz rettete ihn vor dem Sich-lächerlich-machen. Die Götterlaute der Verzweiflung Karolinens in Cimarosas *Heimlicher Ehe* rührten ihn zu Tränen. Frau von Fervaques bemerkte diese Tränen. Sie standen in so seltsamem Gegensatz zu der sonst männlichen Festigkeit seines Gesichtes, daß die große Dame, die seit langem ihres an ihr fressenden Parvenüstolzes müde war, ergriffen wurde. Der Rest von Fraulichkeit, den sie noch hatte, drängte sie zum Sprechen. Sie sehnte sich nach seiner Stimme.

»Haben Sie die Damen von La Mole gesehen?« fragte sie Julien. »Sie sitzen da im dritten Range.«

Sofort beugte er sich ziemlich unhöflich über die Brüstung der Loge und blickte in die bezeichnete Richtung. Er sah Mathilde. Ihre Augen schimmerten vor Tränen.

»Heute ist gar nicht ihr Opernabend«, dachte er. »Und doch ist sie da!«

Mathilde hatte ihre Mutter bestimmt, in das Theater zu

gehen, obschon ihr der dritte Rang, in dem ihnen eine der Schmeichlerinnen des Hauses eine Loge zur Verfügung gestellt hatte, eigentlich nicht standesgemäß erschien. Aber sie wollte sehen, ob Julien diesen Abend um die Marschallin wäre.

KAPITEL XXXI

Ihr angst machen

Das ist also euer großartiges Wunder
der Zivilisation! Aus der Liebe habt Ihr ein ganz
gewöhnliches Geschäft gemacht.
Barnave

Julien eilte in die Loge der Damen von La Mole. Das erste, was seinem Blicke begegnete, waren Mathildens tränenerfüllte Augen. Sie weinte fassungslos. Es waren nur untergeordnete Persönlichkeiten mit in der Loge: die Freundin, die die Loge zur Verfügung gestellt hatte, und einige Herren aus deren Bekanntschaft. Mathilde legte ihre Hand auf Juliens Hand. Offenbar hatte sie jede Scheu vor ihrer Mutter verloren. Vor Tränen fast erstickend, sagte sie nur das eine Wort: »Bürgschaft!«

»Daß ich nur nicht mit ihr spreche!« nahm sich Julien vor. Er war selber sehr bewegt und verbarg seine Augen, so gut es ging, indem er die Hand vor sie hielt, als ob der Kronleuchter ihn blendete. »Wenn ich spreche, kann ihr meine maßlose Erregung kaum entgehen. Der Ton meiner Stimme muß mich verraten. Noch kann alles verloren werden.«

Seine Kämpfe waren jetzt noch qualvoller als am Morgen, denn seine Seele hatte Zeit gehabt, in Sturm zu geraten. Er fürchtete, Mathilde könne abermals von ihrer Ehrsucht befallen werden. So gewann er es trotz seiner Liebestrunkenheit über sich, zu schweigen.

Das ist nach meinem Dafürhalten einer seiner schönsten Charakterzüge. Jemand, der sich in einem so hohen Grad beherrschen kann, wird weit kommen – *si fata sinant.* (Wenn das Glück sich nicht verweigert.)

Fräulein von La Mole setzte es durch, daß Julien im Wagen mit nach Hause genommen wurde. Glücklicherweise regnete es stark. Die Marquise bot ihm den Platz ihr gegenüber an und sprach beständig mit ihm, so daß er kein Wort mit ihrer Tochter reden konnte. Es war, als ob die Marquise Juliens Glück fördern wollte. Als er nicht mehr fürchtete, durch seine übergroße Erregung alles zu verderben, gab er sich seinem Überschwange hin.

In seinem Zimmer fiel er in die Knie und bedeckte die Liebesbriefe, die ihm der Fürst Korasoff gegeben hatte, mit Küssen.

»Genialer Mann, wie danke ich dir!« rief er in seinem Wahnsinn aus.

Nach und nach wurde er ruhiger. Er verglich sich mit einem Heerführer, der eben eine große Schlacht gewonnen hat. »Der Vorteil ist sicher und gewaltig!« sagte er sich. »Aber was wird morgen werden? Ein Augenblick kann alles verderben.«

Leidenschaftlich griff er nach den *Denkwürdigkeiten,* die Napoleon auf Sankt Helena diktiert hat, und zwang sich, zwei Stunden lang darin zu lesen. Aber nur seine Augen lasen. Gleichwohl ließ er nicht ab. Während dieser seltsamen Lektüre arbeiteten sein Kopf und sein Herz im Hochlande des Menschentums, ohne daß er sich dessen bewußt war. »Mathildens Herz ist ganz anders geartet als das der Frau von Rênal«, sagte er sich. Aber weiter kam er nicht.

»Ich muß sie in der Furcht lassen!« rief er plötzlich und warf das Buch fort. »Der Feind wird sich mir nur unterwerfen, wenn ich ihm Furcht einflöße. Dann wagt er nicht mich zu verachten.«

Freudetrunken ging er in seinem Stübchen auf und ab. In

Wahrheit bestand dies Glück mehr aus Hoffart denn aus Liebe.

»Ich muß sie in der Furcht erhalten«, wiederholte er voller Stolz. In der Tat hatte er Grund, stolz zu sein. »Selbst in den seligsten Augenblicken zweifelte Frau von Rênal immer daran, ob meine Liebe der ihren gliche. Hier ist ein Dämon zu unterjochen. Also ins Joch mit diesem Dämon!«

Er wußte, daß Mathilde am nächsten Morgen um acht Uhr in der Bibliothek war, aber er selber erschien dort erst um neun. Er loderte vor Liebe, aber sein Hirn beherrschte sein Herz. Nicht eine einzige Minute verging, in der er sich nicht wiederholte: »Ich muß sie allezeit in dem großen Zweifel erhalten: Liebt er mich? Ihre glänzende Stellung und die Schmeicheleien ihrer ganzen Umgebung kühlen sie zu rasch ab.«

Er fand sie blaß und still auf dem Diwan sitzend, ganz offenbar außerstande, irgendwelche Bewegung zu machen. Sie reichte ihm die Hand.

»Mein Lieber, ich habe dich beleidigt. Gewiß. Du hast ein Recht, mir böse zu sein . . .«, sagte sie zu ihm.

Einen so einfachen Ton hatte Julien nicht erwartet. Beinahe verriet er sich.

»Sie wollen eine Bürgschaft, mein Lieber«, fuhr sie nach einer Weile Stillschweigen fort, nachdem sie vergeblich gehofft hatte, daß Julien etwas sage. »Das ist gerechtfertigt. Entführen Sie mich! Wir wollen zusammen nach London reisen. Ich bin dann für immer verloren und entehrt . . .« Sie hatte den Mut, Julien ihre Hand zu entziehen und ihr Gesicht zu bedecken. Alle Gefühle der Zurückhaltung und Weibestugend hatten ihre Seele von neuem erfüllt. »Entehren Sie mich!« fuhr sie schließlich mit einem Seufzer fort. »Dann haben Sie eine Bürgschaft!«

»Gestern war ich glücklich, weil ich gegen mich streng war«, dachte Julien. Nach einer kleinen Pause hatte er so viel Gewalt über sein Herz, um in eisigem Tone zu erwidern:

»Und wenn wir auf dem Wege nach London sind und wenn Sie entehrt sind, um mich Ihres Ausdruckes zu bedienen: wer steht mir dafür, daß Sie mich lieben, daß meine Anwesenheit Ihnen nicht schon in der Post lästig ist. Ich bin kein Ungeheuer. Sie um Ihren guten Namen gebracht zu haben, das wäre für mich nur ein Unglück mehr. Nicht Ihre Stellung in der Welt bildet das Hindernis, sondern unglücklicherweise Ihr Charakter. Können Sie sich vor sich selber verbürgen, daß Sie mich acht Tage lang lieben?«

»Ach, daß sie mich acht Tage liebte, nur acht Tage!« seufzte Julien im stillen. »Ich stürbe vor Glück. Was geht mich die Zukunft an? Was liegt mir am Leben? Und dies göttliche Glück könnte jetzt in dieser Sekunde anfangen, wenn ich wollte. Es hängt nur von mir ab!«

Mathilde betrachtete ihn in seinen Gedanken.

»Ich bin Ihrer also ganz unwürdig?« sagte sie und ergriff seine Hand.

Julien küßte sie. Aber sofort packte die eiserne Faust der Pflicht sein Herz. »Wenn sie merkt, wie ich sie anbete, verliere ich sie.« Und noch ehe er sie aus seinen Armen ließ, war er wieder im Vollbesitz seiner Manneswürde.

An diesem Tage und an den folgenden brachte er es zuwege, seine übergroße Glückseligkeit zu verbergen. Es gab Augenblicke, wo er sich sogar die Wonne versagte, die Geliebte in seine Arme zu schließen.

Dann aber siegte wiederum der tollste Glückstaumel über alle Warnungen der Vernunft.

Im Garten gab es eine Laube von Jelängerjelieber. Dort hatte er oft gestanden, hinaufgeschaut nach Mathildens Fenster und geweint über ihre Unbeständigkeit. Eine dicke Eiche hatte ihn vor unberufenen Blicken verborgen.

Wenn er mit Mathilde an diesem Orte vorbeikam, dem Zeugen seines maßlosen Herzeleids, dann überwältigte ihn der Gegensatz der überstandenen Verzweiflung und seines gegenwärtigen Glückszustandes. In Tränen ausbrechend, nahm er die Hand der Geliebten, preßte sie an seine Lippen und beichtete ihr: »Hier habe ich gestanden und deiner gedacht. Hier hab ich nach deinem Fenster gespäht und stundenlang auf den seligen Augenblick gewartet, da diese Hand den Laden öffnete.«

Seine Schwäche war grenzenlos. In den Farben der Wahrheit, die niemand erlügen kann, schilderte er Mathilden seine damalige ungeheure Verzweiflung. Dazwischen jubilierte sein jetziges Glück in kurzen Aufschreien, daß jene gräßliche Qual vorüber war.

Plötzlich kam er zu sich. »Großer Gott, was tue ich!« rief er sich zu. »Ich verderbe mir all mein Glück!«

Sein Schreck war derart stark, daß er sich bereits einbildete, in Mathildens Augen das Verflackern der Liebe zu erschauen. Er täuschte sich. Aber sein Gesicht veränderte sich. Er ward totenblaß. Seine Augen verloren im Augenblick ihr Feuer. Hatten sie eben noch von wahrster, sich selbst vergessender Liebe geredet, so sprachen sie mit einem Male von Hochmut, fast von Bosheit.

»Was hast du, Liebster?« fragte Mathilde in zärtlicher Besorgnis.

»Ich lüge dir etwas vor!« erwiderte er voll Grimm und Groll. »Ich will es nicht mehr tun! Bei Gott, ich achte dich allzusehr, um dich belügen zu können. Du liebst mich! Du opferst dich auf für mich! Du bist mit mir zufrieden! Was brauche ich dir da etwas vorzumachen?«

»Allmächtiger!« rief sie aus. »Alle die köstlichen Worte, die du mir in der letzten Viertelstunde gesagt, alles das ist Komödie?«

»Zu meinem lebhaften Bedauern muß ich mir diesen Vorwurf machen, verehrteste Freundin. Ich habe mir das alles einmal ausgedacht, für eine Frau, die mich ebenso liebte wie langweilte. Das ist ein Fehler meiner Natur. Ich will ihn vor dir nicht beschönigen. Verzeihe mir!«

Bittere Tränen flossen über Mathildens Wangen.

Julien fuhr fort: »Immer wenn mich irgendwas verletzt, gerate ich, ohne es zu wollen, in einen traumartigen Zustand. Dann kommt mein abscheuliches Gedächtnis, das ich in diesem Augenblick verfluche, und reizt mich noch mehr. Und ich höre auf diesen Unfug!«

»Sollte ich unwissentlich etwas getan haben, was dir mißfallen hat?« fragte ihn Mathilde in entzückender Harmlosigkeit.

»Es kam mir eben in den Sinn«, log Julien, »daß du einmal an dieser Jelängerjelieber-Laube vorbeigegangen bist. Du pflücktest eine der Blüten. Herr von Luz griff darnach, und du ließest sie ihm. Ich stand keine drei Schritte davon . . .«

»Herr von Luz? Unmöglich!« beteuerte Fräulein von La Mole in ihrem natürlichen Stolze. »Solche Manieren habe ich nicht.«

»Und doch war es wirklich so!« versicherte Julien lebhaft.

»Dann muß es also so gewesen sein, mein Lieber«, gab sie zu und blickte traurig zu Boden. Sie wußte bestimmt, daß sie Herrn von Luz seit vielen Monaten etwas Derartiges nicht erlaubt hatte.

Julien schaute sie voll unsagbarer Sehnsucht an. »Ich bin überzeugt«, sagte er sich, »sie liebt mich nach wie vor!«

Am Abend neckte ihn Mathilde mit seiner Vorliebe für die Marschallin. »Ein Bürgerlicher verehrt eine Emporkömmlingin! Ich glaube, diese Sorte Herzen sind die einzigen, die mein Julien nicht verrückt machen kann. Aber ein vollendeter Dandy bist du ihretwegen geworden!« Dies sagend, spielte sie mit seinem Haar.

In der Tat war Julien in der Zeit, da er sich von Mathilden verachtet wähnte, einer der bestgekleideten jungen Männer geworden. Dabei hatte er etwas vor allen Stutzern voraus: Wenn seine Toilette beendet war, dachte er nicht mehr daran.

Eins verdroß Mathilden. Julien hörte nicht auf, der Marschallin Briefe zu schreiben. Die russischen Briefe waren noch nicht zu Ende.

KAPITEL XXXII

Der Tiger

Ach, warum dieses und nichts anderes?
Beaumarchais

Ein englischer Reisender erzählt von einer engen Freundschaft, die ihn mit einem Tiger verband; er hatte ihn aufgezogen und liebkoste ihn, aber stets lag auf seinem Tisch eine entsicherte Pistole.

Julien überließ sich seinem Glücke nur in solchen Momenten bis ins Maßlose, wo ihm Mathilde seinen inneren Zustand nicht aus den Augen ablesen konnte. Gewissenhaft erfüllte er die Pflicht, ihr von Zeit zu Zeit ein hartes Wort zu sagen.

Wenn er Mathilde zu seinem Erstaunen demütig und weich sah, wenn ihm ihre grenzenlose Hingabe die Macht über sich selber zu nehmen drohte, dann hatte er den Mut, sie brüsk zu verlassen.

Mathilde liebte zum ersten Male.

Das Leben, das ihr bis dahin träg dahingeschlichen war, entfloh ihr jetzt mit Windeseile.

Gleichwohl erheischte ihr Stolz irgendwelche Bestätigung, und so setzte sie sich kühn allen den Gefahren aus, die mit ihrer Liebschaft verknüpft waren. Julien war der Vorsichtige. Nur wo Gefahr im Spiele war, unterwarf sie sich nicht seinem Willen. So fügsam und ergeben sie gegen ihn war, um so hochmütiger benahm sie sich gegen jedermann, der im Hause mit ihr in Berührung kam, gegen ihre Eltern wie gegen die Dienerschaft.

Abends im Salon, wenn oft an die sechzig Personen zugegen waren, rief sie Julien heran und unterhielt sich allein und lange mit ihm.

Eines Tages setzte sich der kleine Tanbeau neben sie. Sofort bekam er von ihr den Auftrag, ihr aus der Bibliothek den

522

Band Smollett zu bringen, in dem die Revolution von 1688 geschildert ist. Als er zögerte, fügte sie ihrem Befehl in kränkendem Tone, der für Juliens Seele Nektar und Ambrosia war, die Worte hinzu: »Nehmen Sie sich nur ordentlich Zeit!«

Als er fort war, sagte Julien: »Haben Sie den Blick dieses kleinen Scheusals bemerkt?

Sein Onkel hat ein Dutzend Jahre unserm Hause Dienste geleistet. Sonst würde ich ihn augenblicklich vor die Tür setzen lassen.«

Ihr Betragen gegen Croisenois, Luz und die andern Herren war zwar äußerlich tadellos höflich, aber im Grunde nicht minder herausfordernd. Sie machte sich starke Vorwürfe ob all der Geständnisse, die sie Julien gemacht hatte, um so mehr, weil sie ihm nicht zu bekennen wagte, daß sie die harmlosen Gunstbeweise, die sie ihren Freunden gegönnt, ihm übertrieben geschildert hatte.

Trotz der schönsten Vorsätze hinderte sie ihr Frauenstolz immer wieder, zu Julien zu sagen: »Gerade weil ich mit dir sprach, machte es mir Vergnügen, dir zu bekennen, daß ich die Schwäche gehabt habe, meine Hand nicht zurückzuziehen, wenn Croisenois die seine auf einen Marmortisch legte und meine Hand ein wenig berührte.«

Wenn jetzt einer der Herren ein Gespräch mit ihr begann, hatte sie nach wenigen Minuten eine Frage an Julien, damit er in ihrer Nähe blieb.

Sie fühlte sich Mutter werden und teilte diese Entdeckung voller Freude dem Geliebten mit.

»Zweifeln Sie noch an mir?« fragte sie ihn. »Ist das keine Bürgschaft? Ich bin nun für immerdar Ihre Frau!«

Diese Mitteilung überraschte und erschütterte Julien. Er war nahe daran, das Leitmotiv seines Verhaltens zu vergessen. »Was hat es für Zweck, absichtlich kalt und böse gegen ein armes Mädchen zu sein, das sich für mich unglücklich macht?« An Tagen, wo Mathilde ein wenig leidend aussah, selbst wenn der Verstand seine Schreckensstimme noch so laut erhob, hatte er nicht mehr den Mut, eines jener grausamen Worte an sie zu richten, die seiner Erfahrung nach unerläßlich waren, um sich ihre Liebe zu erhalten.

Eines Tages erklärte sie ihm: »Ich will meinem Vater schreiben. Er ist mir mehr als bloß Vater. Er ist mein Freund. Darum wäre es meiner und deiner unwürdig, ihn täuschen zu wollen, und wäre es auch nur für den Augenblick.«

»Allmächtiger!« rief Julien erschrocken. »Was willst du tun?«

»Meine Pflicht!« erwiderte sie mit strahlenden Augen.

Sie war ungleich hochherziger als ihr Geliebter.

»Er wird mich mit Schimpf und Schande von dannen jagen«, sagte Julien.

»Das ist sein Recht. Wir müssen es achten. Ich werde dir den Arm reichen und mit dir zusammen zum Tore hinausgehen am hellichten Tage.«

Verwirrt bat er, ihr Geständnis noch eine Woche hinauszuschieben.

»Das kann ich nicht!« sagte sie. »Meine Ehre erheischt es. Nachdem ich erkannt habe, was meine Pflicht ist, muß ich sie erfüllen, und zwar sofort.«

»Dann befehle ich dir, es aufzuschieben!« rief er schließlich. »Deine Ehre ist außer Gefahr. Ich bin dein Gatte. Ein so entscheidender Schritt ändert deine wie meine Lage vollständig. Ich habe auch Rechte. Heute ist Dienstag. Heute in acht Tagen ist der Empfangstag beim Herzog von Retz. Abends, wenn dein Herr Vater heimkommt, soll ihm der Pförtner den Schicksalsbrief überreichen. Bedenke, wie unglücklich er sein wird! Sein Lieblingsgedanke ist deine Erhöhung zur Herzogin.«

»Willst du damit sagen: Bedenke seine Rache?« fragte sie.

»Mein Wohltäter tut mir in der Seele leid. Ich bin betrübt, daß ich ihm Schaden zufüge. Aber Furcht habe ich nie. Vor niemandem!«

Mathilde gab nach.

Seit sie ihm ihren Zustand mitgeteilt hatte, war dies das erste Mal, daß er herrisch vor ihr auftrat. Julien stand auf dem Gipfel seiner Liebe. Ihre Mutterschaft rührte an die zärtlichsten Saiten seines Herzens. Zu seinem Glück hatte er darin einen Vorwand, der ihn seiner Grausamkeit gegen Mathilde entband. Daß der Marquis alles erfahren sollte, beunruhigte ihn maßlos. »Werde ich von Mathilde getrennt werden?« fragte er sich tausendmal. »Und wenn sie noch so schmerzensvoll mich scheiden sieht: wird sie vier Wochen später noch meiner gedenken?«

Ebenso schauderte ihn vor den berechtigten Vorwürfen, die er vom Marquis zu erwarten hatte.

Abends gestand ihr Julien seinen doppelten Kummer, erst in dieser und dann, von seiner Liebe hingerissen, auch in jener Hinsicht.

Mathilde verlor alle Farbe.

»Ist es Wahrheit?« fragte sie. »Ein halbes Jahr Trennung von mir wäre ein Unglück für dich?«

»Ein unsagbares! Das einzige auf Erden, wovor mir graut!«

Mathilde war überglücklich. Julien hatte seine Komödie so genau auf ihren Charakter zugeschnitten, daß es ihm wirklich gelungen war, ihr einzureden, sie sei es, die von beiden am meisten liebte.

Der verhängnisvolle Dienstag war gekommen.

Als der Marquis um Mitternacht nach Hause kam, fand er auf seinem Schreibtisch einen Brief, auf dem geschrieben stand: »Persönlich und nur zu öffnen, wenn niemand zugegen ist!«

Der Brief begann wie folgt:

Mein lieber Vater!

Zwischen uns sind alle Bande der Gesellschaft zerrissen. Es verbleiben nur die der Natur. Nächst meinem Gatten bist Du mir heute wie immerdar der Liebste auf Erden. Meine Augen

525

füllen sich mit Tränen. Ich denke an den Kummer, den ich Dir zufüge. Noch kennt niemand meine Schande. Du sollst Zeit zum Überlegen und zu den nötigen Maßregeln haben. Deshalb darf ich das Geständnis, das ich Dir schulde, nicht länger aufschieben. Wenn mir Deine Güte, die, wie ich weiß, zu mir immer grenzenlos gewesen ist, ein kleines Jahresgeld gewährt, so werde ich mich mit meinem Manne irgendwo, wo Du willst, etwa in der Schweiz, niederlassen. Sein Name ist derartig obskur, daß kein Mensch in einer einfachen Frau Sorel, der Schwiegertochter des Zimmermanns von Ver-rières, Deine Tochter vermuten wird. Damit habe ich Dir den Namen gebeichtet, den mir hinzuschreiben unsagbar schwer geworden ist. Dein Zorn ist ohne Frage berechtigt. Juliens wegen bangt mir davor. Ich werde nun keine Herzo-gin. Dies habe ich gewußt, seit ich ihn liebe. Ich bin es, die zuerst geliebt hat. Ich bin seine Verführerin. Von Dir habe ich meine allzu hochfliegende Seele geerbt. Es ist mir unmög-lich, mich mit Alltäglichem abzugeben. Um Dir zu gefallen, habe ich mir Mühe gegeben, Herrn von Croisenois ins Auge zu fassen. Vergeblich. Du selbst hast mich gelehrt, Juliens Wert zu erkennen. Als ich von Hyères wieder heimkam, hast Du zu mir gesagt: Der junge Sorel ist der einzige Mensch, an dem ich Freude habe. Der arme Junge ist über den Kummer, den Dir mein Brief bereitet, ebenso untröstlich wie ich. Daß Du als Vater zornig auf mich bist, kann ich nicht verhindern. Aber als Freund mußt Du voll Liebe zu mir sein.

Julien hat vor mir immer den Abstand gewahrt. Wenn er hin und wieder mit mir sprach, so geschah dies nur voll auf-richtiger Dankbarkeit gegen Dich. Er ist eine durch und durch vornehme Natur. Vor jedwedem, der über ihm steht, hält er auf die gehörige Form. Er hat ein feines natürliches Gefühl für soziale Unterschiede. Voll Scham gestehe ich Dir, meinem besten Freunde, was ich keinem andern Menschen nochmals bekennen werde: Ich bin es gewesen, ich, die eines Tages im Garten seine Hand gedrückt hat.

Zürne ihm nicht lange! Was hätte es für Sinn? Mein Fehltritt ist nicht wieder gutzumachen. Wenn Du es forderst, so will ich es übernehmen, Dir die Versicherung seiner tiefsten Ehrfurcht zu übermitteln, zugleich mit der Beteuerung, daß es ihm unsagbar schmerzlich ist, Dir Kummer zu bereiten. Du wirst ihn nicht wiedersehen wollen. Aber seine Wege werden immerdar meine Wege sein. Das zu verlangen ist sein Recht und dies zu tun meine Pflicht, denn er ist der Vater meines Kindes. Wenn Du die Güte hast, uns jährlich sechstausend Franken zum Lebensunterhalt auszusetzen, so werde ich dies dankbar annehmen. Andernfalls will sich Julien als Lehrer für Latein und Literatur in Besançon niederlassen. Wie tief unten er auch anfangen mag, so bin ich doch sicher, daß er sich emporarbeitet. Mit ihm fürchte ich mich nicht vor der Niedrigkeit. Sollte es eine Revolution geben, so wird er sicher eine der ersten Rollen spielen. Könntest Du ein Gleiches von irgendeinem der andern sagen, die sich um meine Hand beworben haben? Sie besitzen schöne Landgüter. Ich kann in diesem Argument allein keinen Grund finden, sie zu bewundern. Julien würde selbst unter der gegenwärtigen Regierung eine hohe Stellung erreichen, wenn er eine Million und die Fürsprache meines Vaters besäße . . .

Der Brief war absichtlich acht Seiten lang. Mathilde wußte genau, daß ihr Vater unter dem ersten Eindrucke ihres Briefes handelte.

Um die Zeit, da der Marquis den Brief lesen mußte, fragte sich Julien: »Was wird nun? Worin besteht: erstens meine Pflicht, zweitens mein Vorteil? Was ich dem Marquis verdanke, ist unberechenbar. Ohne ihn wäre ich immer noch ein subalterner Schelm, und doch nicht Schelm genug, um mich vor dem Hasse und der Verfolgung der andern zu bewahren. Durch den Marquis bin ich ein Mann von Welt geworden. Wenn ich fernerhin Schelmereien begehen muß, so geschieht dies nur hin und wieder und nicht in plumper Art. Das ist mehr wert, als wenn er mir eine Million geschenkt hätte.

527

Ich verdanke ihm meinen Orden und die Manieren eines Diplomaten. Das wird mich mancher Verlegenheit entheben . . .

Was würde er wohl schreiben, wenn er mir mein Verhalten vorschreiben könnte?«

Plötzlich wurde er von dem alten Kammerdiener des Marquis unterbrochen: »Der Herr Marquis wünscht Sie sofort zu sprechen, gleichgültig in welchem Anzuge.« Flüsternd setzte er hinzu: »Exzellenz ist maßlos in Wut. Nehmen Sie sich in acht!«

KAPITEL XXXIII

Die Hölle der inneren Schwäche

Ein ungeschickter Steinschneider hat beim Schleifen
dieses Diamanten ihm einige seiner schönsten
Reflexe genommen. Im Mittelalter, was sag' ich, noch
unter Richelieu hatte der Franzose
uneingeschränkte Willenskraft.
Mirabeau

Es war in der Tat so. Vielleicht zum ersten Male in seinem ganzen Leben war dieser Grandseigneur gemein. Er überhäufte Julien mit allen möglichen Schimpfworten, die ihm gerade in den Sinn kamen. Julien war erstaunt und beunruhigt, aber seine Dankbarkeit wankte nicht. Er mußte sich sagen: »Diesem armen Manne brechen mit einem Male hohe langgehegte Pläne zusammen. Ich schulde ihm Rede und Antwort. Wenn ich stumm bleibe, steigert sich nur sein Zorn.« Ein klassisches Zitat aus Molières *Tartüff* fiel ihm ein. Und so sagte er:

»*Ich bin ein Mensch.* Ich habe Euer Exzellenz untertänigst gedient. Ich bin generös bezahlt worden. Ich bin voll aufrichtiger Dankbarkeit. Aber ich bin zweiundzwanzig Jahre alt. Hier im Hause hat mich niemand verstanden, nur Euer Exzellenz und dieses holdselige Wesen . . .«

»Bestie!« brüllte der Marquis. »Holdselig, holdselig! An dem Tage, da Ihnen meine Tochter holdselig erschien, hatten Sie sich zum Teufel zu scheren!«

»Ich habe den Versuch gemacht. Es war damals, als ich bat, nach dem Languedoc gehen zu dürfen.«

Müde des Hin- und Herrasens und überwältigt von seinem Schmerze, sank der Marquis in einen Lehnstuhl. Julien hörte, wie er halblaut vor sich hinsagte: »Ein böser Mensch ist er nicht!«

»Nein! Gegen Eure Exzellenz bin ich es nicht!« rief Julien, indem er vor dem Marquis in die Knie sank. Aber alsbald schämte er sich seiner Rührung und sprang schnell wieder auf.

Der Marquis hatte sich in vage Gedanken verloren. Juliens Kniefall brachte ihn wieder zu sich. Von neuem überschüttete er ihn mit den ärgsten Schmähungen, im Tone eines Droschkenkutschers. Gegen seine sonstige Art so zu schimpfen, war ihm offenbar eine Erleichterung.

»So! Meine Tochter soll eine simple Frau Sorel werden und keine Herzogin?« Dieser Zwillingsgedanke, der ihm immer wieder klar zum Bewußtsein kam, verursachte immer neue Wutanfälle, die ihn jedweder Selbstbeherrschung beraubten. Julien fürchtete mißhandelt zu werden.

In den lichten Zwischenzuständen, in denen der Marquis anfing, sich in sein Unglück zu schicken, klangen seine Vorwürfe bereits ziemlich vernünftig.

»Sie hätten fliehen müssen, Herr Sorel!« sagte er. »Es war Ihre Pflicht, mein Haus zu verlassen . . . Sie sind der verworfenste Mensch . . .«

Julien trat an den Schreibtisch und kritzelte auf eine Karte:

Seit langem des Daseins überdrüssig, mache ich ihm ein Ende. Eure Exzellenz bitte ich ganz gehorsamst unter der Versicherung meiner unbegrenzbaren Dankbarkeit um gütige Nachsicht, wenn mein Tod einige Unannehmlichkeiten im Hause verursachen sollte.

Dem Marquis das Geschriebene reichend, erklärte er:

»Wollen Eure Exzellenz die Güte haben, diese Karte zu lesen. Schießen Sie mich nieder oder lassen Sie dies durch Ihren Kammerdiener tun! Es ist ein Uhr nachts. Ich werde im Park an der Hintermauer auf und ab gehen . . .«

Damit schritt er nach der Tür.

»Scheren Sie sich zum Teufel!« rief ihm der Marquis nach.

»Ich verstehe«, dachte Julien bei sich. »Es würde ihm nicht unangenehm sein, wenn ich mir selber eine Kugel vor den Kopf schösse . . . Nein! Er soll es tun! Ich biete ihm diese Genugtuung . . . Aber, Gott verdamm mich, ich liebe das Leben! Ich bin es meinem Sohne schuldig!«

Jetzt erst trat ihm der Gedanke daran klar vor die Seele. Er dachte an nichts andres mehr, nachdem er in den ersten Augenblicken dem Gefühle der Gefahr Raum gegeben hatte.

Dieses völlig neue Ziel stimmte ihn besonnen. »Ich bedarf eines guten Ratgebers, wenn ich mit diesem jähzornigen Manne fertig werden will. Er hat den Kopf verloren und ist zu allem fähig. Fouqué ist zu weit fort. Abgesehen davon ist es ihm unmöglich, ein Herz wie das des Marquis zu verstehen . . .

Graf Altamira? Bin ich aber seiner ewigen Verschwiegenheit sicher? Ich darf mich nicht noch tiefer ins Unglück reiten . . . Ach, es bleibt mir niemand übrig als der trübselige Pfarrer Pirard . . . Der Jansenismus hat seinen Gesichtskreis verengt . . . Ein verschlagener Jesuit, der die Welt kennt, könnte mir hier besser helfen . . . Pirard ist imstande, mich zu schlagen, wenn er nur den Namen meines Verbrechens hört . . .«

Der Geist Tartüffs kam Julien zu Hilfe. »Die Sache ist ganz einfach! Ich gehe zu ihm zur Beichte!« Dies war das Endergebnis seines Hin- und Herüberlegens, nachdem er zwei Stunden lang im Garten auf und ab gegangen war. Daran, daß er erschossen werden könnte, dachte er nicht mehr. Todmüde suchte er sein Zimmer auf.

Am andern Tage war er in der Morgenfrühe bereits mehrere Wegstunden zu Pferd vor Paris. Als er vor dem gestrengen Jansenisten stand, bemerkte er erstaunt, daß dieser durch sein Geständnis nicht besonders überrascht war.

Eher bekümmert als erzürnt, meinte der Pfarrer: »Ich bin wohl selbst mit an der Sache schuld. Ich habe das so kommen sehen; aber aus Freundschaft für Sie Unglückskind habe ich es nicht über mich gebracht, den Vater zu warnen . . .«

»Was wird er tun?« fragte Julien lebhaft.

In diesem Augenblicke liebte er den Abbé. Eine heftige Auseinandersetzung wäre ihm schmerzlich gewesen.

»Ich sehe drei Möglichkeiten«, fuhr er fort. »Erstens: der Marquis kann mich aus der Welt schaffen lassen . . .« Er erzählte von seinem Selbstmordbriefe, den er Herrn von La Mole zurückgelassen hatte. »Zweitens: mich durch Graf Norbert zum Duell fordern . . .«

»Würden Sie die Forderung annehmen?« unterbrach ihn Pirard, zornig aufstehend.

»Lassen Sie mich ausreden, Herr Pfarrer! Selbstverständlich werde ich niemals auf den Sohn meines Wohltäters schießen . . .

Und drittens: kann er mich entfernen. Wenn er mir sagt: ›Gehen Sie nach New York!‹, so gehorche ich. Dann kann man den Zustand von Fräulein von La Mole geheimhalten. Niemals aber werde ich zugeben, daß man meinen Sohn beseitigt.«

»Zweifellos wird das zunächst die Absicht des skrupellosen Mannes sein.«

Währenddem befand sich Mathilde in Verzweiflung. Um sieben Uhr früh war sie bei ihrem Vater gewesen. Er hatte ihr Juliens Zettel gezeigt. Sie war voller Bange, der Geliebte könne aus Edelmut Selbstmord begehen. »Und ohne meine Einwilligung!« Aus ihrem Schmerz sprach Zorn.

»Wenn er tot ist, werde ich auch sterben!« erklärte sie ihrem Vater. »Du wärest an seinem Tode schuld. Und hättest wohl gar deine Freude daran. Aber das schwöre ich dir bei seinen Manen: ich werde Trauerkleider tragen und mich vor aller Welt als verwitwete Frau Sorel bekennen. Ich werde Todesanzeigen verschicken. Des kannst du sicher sein. Du sollst mich nicht kleinmütig noch feige sehen!«

Ihre Liebe grenzte an Wahnsinn. Herr von La Mole war sprachlos.

Aber allmählich sah er die Dinge kaltblütiger an. Als sich Mathilde beim Frühstück nicht blicken ließ, fiel ihm ein Stein vom Herzen. Angenehm berührte ihn die Entdeckung, daß sie ihrer Mutter nichts von alledem gesagt hatte.

Als Julien von seinem Ritte heimkam, ließ ihn Mathilde zu sich rufen. Nahezu in Gegenwart ihrer Kammerjungfer fiel sie ihm um den Hals. Er war über diesen Freudenausbruch gar nicht sehr erbaut. Die lange Unterredung mit dem Abbé Pirard hatte ihn zum Diplomaten gemacht. Die kühle Berechnung der Möglichkeiten hatte seine Phantasie ertötet. Tränen in den Augen, berichtete ihm Mathilde, daß sie seinen Selbstmordbrief gelesen hatte.

»Mein Vater könnte sich wieder anders besinnen«, sagte sie zu ihm. »Tu mir den Gefallen und reite sofort nach Villequier! Verlaß das Haus! Sei im Sattel, ehe man vom Tisch aufsteht!«

Als Julien seine starre kalte Miene nicht verlor, brach Mathilde in Tränen aus.

»Laß mich unsre Sache in die Hand nehmen!« rief sie leidenschaftlich und umarmte ihn. »Du weißt, daß ich mich nur im äußersten Notfalle von dir trenne. Schreibe mir unter dem Namen meiner Kammerjungfer, die Anschrift von fremder Hand! Ich werde dir Bände antworten. Lebe wohl! Fliehe!«

Dieses letzte Wort verletzte Julien, aber er fügte sich. »Mein Verhängnis!« sagte er bei sich. »Dieser Menschenschlag bringt es selbst in seinen guten Stunden zuwege, mich zu kränken.«

Mathilde blieb allen *verständigen* Vorschlägen ihres Vaters gegenüber fest. Sie war entschlossen, sich mit keinem Abkommen zufriedenzugeben, das nicht darauf fußte, daß sie als Frau Sorel zusammen mit ihrem Manne leben könne, und zwar entweder als arme Leute in der Schweiz oder bei ihrem Vater in Paris. Den Vorschlag einer heimlichen Entbindung wies sie weit von sich. »Das wäre der Anfang von Schimpf und Schande!« rief sie aus. »Acht Wochen nach unsrer Hochzeit gehe ich mit meinem Manne auf Reisen. Es wird uns nicht schwerfallen, den Leuten beizubringen, mein Kind sei zur richtigen Zeit geboren.«

Der Marquis nahm die feste Art seiner Tochter zuerst mit Zornesausbrüchen auf. Schließlich aber stimmte sie ihn nachdenklich.

In einem weichen Augenblick sagte er zu ihr: »Hier ist eine Verschreibung auf jährlich zehntausend Franken Rente. Schicke sie deinem Julien! Er soll das Seine tun, damit ich sie nicht wieder in die Hand bekomme!«

Aus Gehorsam gegen Mathilde, deren herrischen Sinn er allzu gut kannte, hatte Julien den Distanzritt nach Villequier umsonst gemacht. Er entledigte sich daselbst seiner Geschäfte mit den Pächtern und ritt auf die Nachricht von der Schenkung des Marquis nach Paris zurück. Beim Pfarrer Pirard blieb er eine Nacht. Der war inzwischen Mathildens bester Verbündeter geworden. Als ihn der Marquis um seinen Rat fragte, legte er ihm ausführlich dar, daß jedweder andre Ausweg als die regelrechte Heirat vor Gott eine Sünde sei.

»Zum Glück«, fügte er hinzu, »stimmen hier Weltlichkeit und Religion überein. Bei dem heftigen Temperament des gnädigen Fräuleins könnte man nicht lange auf Wahrung des Geheimnisses rechnen, denn sie selber hält es nicht dafür. Wird der mutige Schritt nicht getan, so wird sich die Gesellschaft mit dieser seltsamen Mesalliance viel länger beschäftigen. Es ist das beste, alles mit einem Schlage bekannt zu machen, ohne jedwede Geheimniskrämerei.«

»Allerdings«, gab der Marquis nachdenklich zu. »Auf diese Weise wird es bereits nach drei Tagen für geschmacklos gelten, der Heirat noch Erwähnung zu tun. Gelegentlich irgendwelcher antijakobinischen Maßregel der Regierung wird die Sache unauffällig mit durchschlüpfen.«

Zwei oder drei Freunde des Marquis waren der nämlichen Meinung wie der Abbé Pirard. Man war allgemein der Ansicht, daß der entschiedene Charakter des Fräuleins von La Mole eine andre Lösung der Frage unmöglich mache. Trotz alledem fiel es dem Marquis unendlich schwer, sich an den Gedanken zu gewöhnen, seine Tochter auf die Krone einer Herzogin verzichten zu sehen.

Seine Erinnerung und seine Phantasie ließen ihn an allerhand ränkevolle und gewalttätige Auswege denken, wie sie noch in seiner Jugendzeit möglich waren. Sich dem Zwange zu fügen und die Gesetze zu respektieren, erschien ihm lächerlich, gleichsam gegen seinen Rang und seine Ehre. Die goldnen Zukunftsträume, die er seit zehn Jahren für seine Lieblingstochter geschmiedet hatte, mußte er jetzt teuer bezahlen.

»Wer hätte das erwartet!« sagte er sich. »Von einem so hochmütigen, so klugen und gescheiten jungen Mädchen, das stolzer ist als ich auf den Namen, den wir tragen! Von einem Mädchen, um dessen Hand sich die Edelsten des Landes bewerben!

Man darf nicht mehr mit der Vernunft rechnen. Die moderne Zeit wirft alles durcheinander. Wir gehen der Anarchie entgegen.«

KAPITEL XXXIV

Ein Mann von Geist

Beim Reiten sagte sich der Regierungspräsident:
Warum sollte ich nicht Minister, Ratspräsident,
Herzog werden? So würde ich
kämpfen . . . So würde ich alle Neuerer
in Eisen legen lassen.
Le Globe

Kein Argument kann gegen Wunschvorstellungen ankommen, die man zehn Jahre lang gehegt hat. Der Marquis hielt es nicht für vernünftig zu grollen, konnte sich aber auch nicht entschließen zu verzeihen. Manchmal seufzte er: »Wenn diesem Sorel doch ein tödlicher Unfall zustieße!« Seine trauernde Phantasie fand Trost darin, den törichsten Hirngespinsten nachzuhängen. Sie vernichteten die Wirkung der klugen Ratschläge des Pfarrers Pirard. So verstrichen vier volle Wochen, ohne daß die Angelegenheit auch nur einen Schritt vorwärts gekommen wäre.

Es ging dem Marquis in dieser Familienangelegenheit wie in seiner Politik: er hatte glänzende Einfälle, die ihn drei Tage lang in Feuer und Flamme setzten. Dann aber mißfiel ihm sein Vorsatz wieder, und zwar weil die an und für sich trefflichen Gründe, auf die er sich stützte, seine Lieblingsidee nicht förderten. Voll Eifer und schöpferischer Begeisterung hatte er drei Tage lang daran gearbeitet, die Dinge bis zu einem gewissen Punkte zu bringen. Am vierten Tage dachte er nicht mehr daran.

Julien war anfangs über die Saumseligkeit des Marquis verstimmt, bis er nach einigen Wochen erkannte, daß der Marquis überhaupt keinen festen Plan hatte.

Frau von La Mole und das ganze Haus glaubten, Julien weile in Güterangelegenheiten in der Provinz. In Wirklichkeit hielt er sich im Pfarrhause des Abbé Pirard verborgen und traf fast jeden Tag mit Mathilde zusammen. Sie verbrachte jeden Vormittag eine Stunde in der Gesellschaft ihres Vaters, aber sie sprachen wochenlang nicht von der Sache, die sie doch beide so stark beschäftigte.

Eines Tages sagte der Marquis zu ihr: »Ich will nicht wissen, wo sich der Mann aufhält. Schicke ihm diesen Brief!«

Mathilde las:

Meine Besitzungen im Languedoc haben 20600 Franken Jahresertrag. Davon sollen 10600 Franken meiner Tochter und 10000 Franken Herrn Julien Sorel zukommen. Die Besitzungen selbst schenke ich beiden. Teilen Sie dem Notar mit, daß er zwei getrennte Schenkungsurkunden hierüber aufsetzen und mir alsbald vorlegen soll. Damit hören alle Beziehungen zwischen uns auf. Ah, mein Herr, konnte ich dergleichen von Ihnen erwarten?

Marquis von La Mole.

Erfreut sagte Mathilde: »Ich danke dir tausendmal. Wir werden uns im Schloß Aiguillon seßhaft machen. Die Gegend soll so schön sein wie die Lombardei.«

Julien war ob dieser Schenkung über die Maßen überrascht. Mit einem Male hatten er und seine künftige Frau ein Jahreseinkommen von 30000 Franken. Seine herbe kalte Männlichkeit gewann Wärme. Das Schicksal seines Sohnes, der noch gar nicht auf der Welt war, erfüllte ihn mit Träumen. Das unerwartete, für einen bis dahin armen Menschen recht bedeutende Vermögen erweckte seinen Ehrgeiz. Mathilde ging gänzlich auf in der Anbetung ihres Mannes; so nannte sie jetzt Julien voll Stolz. Ihr einziges hohes Ziel war die öffentliche Anerkennung ihrer Ehe. Daß ihr Schicksal sie an das eines höheren Menschen geknüpft hatte, erschien ihr als kluge große Tat. Zur Zeit hatte sie Vorliebe für das persönliche Verdienst.

Juliens fast beständiges Fernsein, ihre verworrene Lage, die immer nur flüchtigen Augenblicke ihrer Liebesgespräche, alles das vervollständigte die Wirkung der klugen Politik, die Julien vordem geübt hatte. Schließlich wurde Mathilde ungeduldig, daß sie den Mann, den sie nunmehr wahrhaft liebte, so selten bei sich hatte. In einer schlechtlaunigen Stunde schrieb sie abermals an ihren Vater und begann ihren Brief wie Othello:

Daß ich Julien den gesellschaftlichen Annehmlichkeiten vorgezogen habe, die der Tochter eines Marquis von La Mole gebühren, verleiht meiner Wahl genügend Gewicht. Die Freuden des Standes und der Eitelkeit sind für mich gleich Null. Es sind jetzt beinahe sechs Wochen her, daß ich von meinem Manne getrennt lebe. Damit habe ich Dir meine kindliche Ehrfurcht genugsam bewiesen. Nun verlasse ich das Elternhaus, und zwar noch vor dem nächsten Donnerstag. Deine Großmut hat uns reich gemacht. Mein Geheimnis kennt niemand mit Ausnahme des ehrwürdigen Pfarrers Pirard. Zu ihm gehe ich. Er wird uns trauen. Eine Stunde nach der Zeremonie werden wir auf dem Wege nach dem Languedoc sein und erst auf Deinen Befehl wieder in Paris erscheinen. Eins macht mir das Herz schwer. Das Geschehene wird allerhand bösen Klatsch gegen mich und gegen Dich entfesseln. Am Ende bringt der öffentliche Spott irgendeiner törichten Person unsern lieben Norbert in Differenzen mit Julien. Meine Macht über meinen Mann hätte dann ihre Grenzen. Dann kommen der Plebejer und der Rebell in ihm zum Vorschein. Mein lieber Vater, ich flehe Dich auf den Knien an, komme zu meiner Trauung in die Kirche des Pfarrers Pirard am nächsten Donnerstag! Dadurch wird dem Klatsch böser Mäuler die Spitze abgebrochen und die Zukunft Deines Enkelkindes klargestellt . . .

Der Marquis geriet durch diesen Brief in die sonderbarste Verlegenheit. Er mußte sich endlich in bestimmter Richtung entschließen. Keine seiner kleinen Gewohnheiten, keiner seiner bisherigen Freunde, nichts stand ihm jetzt bei.

In so seltsamer Lebenslage gewannen die starken Elemente seines Charakters, die er den Erlebnissen seiner Jugend verdankte, von neuem die Oberhand. Im Elend der Emigrationszeit war er ein ganzer Mann geworden. Zwei Jahre war er im Genuß eines ungeheuren Vermögens und aller höfischen Auszeichnungen gewesen: da kam das Jahr 1790, das ihn zum bettelarmen Landesflüchtigen machte. Die harte Schule des Exils wandelte seine zweiundzwanzigjährige Seele bis in den Grund. Seine jetzigen Reichtümer waren ihm nichts als Milieu; sie beherrschten ihn nicht. Aber die nämliche Einbildungskraft, die seine Seele vor der Gier nach Gold bewahrt hatte, war der Quell einer tollen Leidenschaft in ihm, nämlich der, seine Tochter mit einem hohen Titel geschmückt zu sehen.

In den letzten sechs Wochen hatte der Marquis die Laune gehabt, Julien zum reichen Manne zu machen. Seine Tochter konnte unmöglich einen armen Gatten haben. Das kam ihm nicht wohlanständig, ja unvornehm vor. Dies war der Grund seiner verschwenderischen Schenkungen. Am Tage darauf schwenkte seine Phantasie bereits in eine neue Richtung. Er meinte, Julien müsse die stumme Sprache dieser Freigebigkeit dahin verstehen: sich unter falschem Namen nach Amerika einschiffen und Mathilden mitteilen, er sei gestorben für sie. Sofort bildete sich der Marquis ein, ein solcher Brief sei unterwegs. Er stellte sich den Eindruck auf seine Tochter vor . . .

Am Tage, da er Mathildens wirklichen Brief erhielt, träumte Herr von La Mole zur Abwechslung davon, Julien morden oder verschwinden zu lassen. Dann kam er auf den Gedanken, ihm eine glänzende Zukunft zu bereiten. In Gedanken verlieh er ihm den Namen eines seiner Güter. Warum sollte er ihm nicht seine Pairswürde überlassen? Hatte der Herzog von Chaulnes, sein Schwiegervater, seitdem sein einziger Sohn in Spanien gefallen war, nicht mehrfach davon gesprochen, seinen Herzogstitel auf den Grafen Norbert übertragen zu wollen?

Der Marquis sprach mit sich selbst: »Man kann Julien eine einzigartige Geschicklichkeit in Geschäften, Wagemut, ja

Elan nicht absprechen. Aber es ist mir, als lauere in der Tiefe seines Charakters etwas Fürchterliches. Diesen Eindruck macht er allgemein. Es muß also an dem sein . . .« Je schwieriger ihn die Ergründung dieses Geheimnisses dünkte, um so mehr graute ihm, dem Phantasten, davor.

»Meine Tochter hat neulich die sehr gescheite Bemerkung gemacht, Julien habe sich keinem Salon und keiner Clique angeschlossen. Er hat sich mir gegenüber keines Rückhalts versichert. Wenn ich ihn im Stich lasse, steht ihm nicht die geringste Hilfe zu Gebote. Soll ich das als Unkenntnis der Gesellschaft von heute deuten? Ich habe ihm zwei- oder dreimal gesagt: Es gibt keine sicherere und erfolgreichere Kandidatur als die des Salons . . .

Nein. Gewandter, umsichtiger Advokatengeist, der keine Minute, keine Gelegenheit unbenutzt vorübergehen läßt, der fehlt ihm durchaus! Er ist kein Charakter wie Ludwig XI. Und doch sehe ich andrerseits, daß in seiner Weltanschauung unedle Elemente ihr Wesen treiben. Hier ist meine Menschenkenntnis zu Ende. Sollte er sich dieses Gift eingeimpft haben, um seinen Enthusiasmus zu neutralisieren?

Übrigens, eines ist sonnenklar: Verachtung erträgt er nicht. Daran halte ich mich.

Vor hoher Geburt beugt er sich nicht. Er respektiert unsereinen nicht aus Instinkt. Daran ist nichts zu ändern. Leider. Eigentlich sollte seinesgleichen nur zweierlei nicht ertragen können: Mangel an Geld und an Genuß! Er ist aus der Art geschlagen. Um keinen Preis erduldet er Verachtung.«

Der Brief seiner Tochter erheischte einen Entschluß. »Die große Frage ist die«, fuhr er in seinem Selbstgespräch fort. »War dieser Julien so vermessen, meiner Tochter den Kopf zu verdrehen, weil er weiß, daß ich sie über alles liebe und daß ich zwölffacher Millionär bin? Mathilde behauptet das Gegenteil . . . Mein verehrter Herr Sorel, das ist ein Punkt, in dem ich mir nichts vormachen lasse! Handelt es sich hier wirklich um wahre blinde Liebe oder um gemeine Gier, in eine gute Lage zu kommen? Mathilde hat mich richtig beurteilt. Von Anfang an hat sie gewußt: ein solcher Verdacht macht mich steinhart. Daher ihr Geständnis, sie sei die Verführerin . . .

Sollte sich eine junge Dame von so stolzem Charakter so weit vergessen haben, ihm grobe Avancen zu machen? Ihm abends im Garten den Arm zu drücken? Pfui Teufel! Als ob sie nicht hundert anständigere Mittel gehabt hätte, ihm ihre Gunst anzudeuten!

Wer sich entschuldigt, klagt sich an! Ich traue Mathilden nicht . . .« In seiner weiteren Grübelei kam er zu einem bestimmteren Ergebnis denn sonst. Ganz aber überwand er seine Gewohnheit nicht. Er beschloß, Zeit zu gewinnen und seiner Tochter zu schreiben.

So schrieben sie sich innerhalb des Hauses. Der Marquis wagte nicht mit seiner Tochter zu reden, Auge in Auge. Er fürchtete, durch impulsive Nachgiebigkeit alles zu verderben.

Er schrieb ihr:

Begehe vor allen Dingen keine neuen Torheiten! Hier hast Du ein Kavallerie-Oberleutnantspatent für Herrn Chevalier Julien Sorel von La Vernaye. Du siehst, daß ich alles mögliche für ihn tue. Arbeite mir nicht entgegen! Verhalte Dich still und stumm! Julien soll binnen vierundzwanzig Stunden abreisen und sich in Straßburg bei seinem Regiment melden. Anbei einen Scheck auf meinen Bankier. Ich verlange Gehorsam.

Die Freude der Liebenden war grenzenlos. Um den Sieg auszunutzen, antwortete sie auf der Stelle:

Herr von La Vernaye würde Dir vor Dankbarkeit zu Füßen fallen, wenn er alles das wüßte, was Du gnädigst für ihn getan hast. Aber bei aller Großmut hat mein Vater mich vergessen. Die Ehre seiner Tochter steht auf dem Spiel. Kompromittiert, verfalle ich ewiger Schande, die keine noch so hohe Jahresrente wieder gutmachen kann. Ich werde das Patent nur an Herrn von La Vernaye weiterschicken, wenn Du mir Dein Wort gibst, daß meine Hochzeit im Laufe der nächsten vier Wochen öffentlich in Villequier gefeiert wird. Es ist die höchste Zeit. Bald wird Deine Tochter nur noch als Frau von La Vernaye öffentlich erscheinen dürfen. Herzlichst danke ich Dir, daß Du mich vor dem Namen Sorel gerettet hast . . .

Es kam die unerwartete Antwort:

Gehorche, oder ich mache alles rückgängig! Büße nur Deine Torheit in Hangen und Bangen! Noch kenne ich Deinen Julien nicht und Du erst recht nicht. Er soll nach Straßburg gehen und sich dort gut führen. In vierzehn Tagen erfährst Du meine weiteren Absichten.

Dieser energische Brief setzte Mathilde in Erstaunen.

»Noch kenne ich Julien nicht!« Dieser Satz machte sie nachdenklich. Schließlich aber verlor sie sich in den holdesten Träumereien, die sie mit der Wirklichkeit verwechselte. »Mein genialer Julien paßt nicht in die armselige Uniform der guten Gesellschaft. Mein Vater glaubt an seine Überlegenheit nicht, und zwar gerade in Hinsicht auf Dinge, die sie beweisen . . .

Allerdings: füge ich mich dieser Anwandlung von Energie nicht, so kann es zu einem öffentlichen Skandal kommen. Ein Bruch mit meinem Vater verringert mein gesellschaftliches Ansehen und macht mich am Ende auch Julien weniger begehrenswert. Dazu die Armut! Nein, die Torheit, einen Mann seiner Persönlichkeit wegen zu wählen, ist nur im Reichtum nicht lächerlich. Sobald ich fern von meinem Vater lebe, vergißt er mich wahrscheinlich. Er ist betagt. Norbert wird eine liebenswürdige und gewandte Frau heiraten. Wurde Ludwig XIV. in seinem Alter nicht von der Herzogin von Burgund berückt?«

Sie entschloß sich zum Gehorsam, jedoch hütete sie sich, den väterlichen Brief Julien mitzuteilen. Bei seiner heftigen Natur konnte er leicht etwas Unbedachtes begehen.

541

Als sie ihm am Abend die Nachricht überbrachte, er sei Husarenleutnant, kannte seine Freude keine Grenzen. Sein Ehrgeiz frohlockte. Die Namensänderung kam ihm ganz unerwartet.

»Alles in allem«, sagte er sich, »ist mein Roman nun zu Ende. Ich habe meine Sache vorzüglich gemacht. Ich habe es fertiggebracht, vom hochmütigsten aller Wesen geliebt zu werden. Der Marquis kann ohne sie nicht leben, und Mathilde nicht ohne mich.«

KAPITEL XXXV

Ein Gewittersturm

Lieber Gott, gewähre
mir die Mittelmäßigkeit!
Mirabeau

Seine Seele flog in die Weite. Kaum erwiderte er Mathildens Liebkosungen. Still und versonnen saß er da. Aber niemals zuvor war er ihr so anbetungswürdig, so groß und genial erschienen. Nur bangte ihr, sein Stolz könne durch irgendwelchen Mißklang verletzt werden. Sie hatte Angst vor einem Zwischenfall, der mit einem Schlage alles wieder veränderte.

Fast alle Vormittage sah sie den Pfarrer Pirard ins Haus kommen. Sollte Julien durch ihn nicht über die Absichten ihres Vaters einigermaßen unterrichtet sein? Konnte ihm der Marquis schließlich nicht selber geschrieben haben? Wie sollte sich Mathilde Juliens ernste Miene nach einem so großen Glücke sonst erklären? Sie wagte nicht zu fragen.

Sie wagte es nicht! Sie, Mathilde von La Mole! Von Stund an war ihre Liebe zu Julien, ihr ganzes Gefühlsleben durchzittert von etwas Vagem, Bangem, Grauenhaftem. Die Leidenschaft, deren eine inmitten der Überkultur einer Weltstadt großgewordene kühle Seele überhaupt fähig ist, hatte ihren Höhepunkt erreicht.

Am andern Morgen in der Frühe fand sich Julien im Pirardschen Pfarrhause ein. Alsbald fuhr eine in der nächsten Posthalterei gemietete alte wackelige Postkutsche in den Hof ein.

»Es ist zum letzten Male, daß Sie in solch einem Wagen fahren. Das schickt sich nicht mehr für Sie«, bemerkte der Abbé mürrisch. »Hier sind zwanzigtausend Franken, die Ihnen Herr von La Mole zur Verfügung stellt, unter der Bedingung, daß Sie diese Summe im Laufe eines Jahres ausgeben, ohne sich dabei allzu lächerlich zu machen . . .«

Eine so hohe Summe in der Hand eines jungen Mannes dünkte den Pfarrer eine ungeheuerliche Verführung zur Sünde.

»Ich habe den Marquis endlich dazu gebracht«, fuhr Pirard fort, »sich mit dem Abbé von Frilair, dem Erzjesuiten, zu versöhnen. Er ist uns zu mächtig. Eine stillschweigende Bedingung dieses Vergleichs wird die Anerkennung Ihrer adligen Herkunft durch diesen Mann sein, der in Besançon regiert.«

Julien konnte seine innige Freude nicht verbergen. Jetzt war er anerkannt! Er fiel dem Pfarrer um den Hals.

»Pfui!« rief Pirard und stieß ihn von sich. »Was soll diese weltliche Eitelkeit?« Geschäftlichen Tones fuhr er fort: »Es ist der Wunsch des Herrn Marquis, daß Herr von La Vernaye es für angebracht erachtet, seinem Pflegevater, dem Herrn Sägemüller Sorel zu Verrières, ein Geschenk zu machen. Besser aber werde ich dies statt Ihrer tun. Ich werde Herrn Sorel und seinen beiden Söhnen jedem ein Jahresgeld von fünfhundert Franken aussetzen, das gezahlt werden soll, solange ich mit ihnen zufrieden bin.«

Julien hatte seinen kühlen Hochmut wiedergewonnen. Er sprach seinen Dank aus, aber in allgemein gehaltenen Worten, die zu nichts verpflichteten. Bei sich dachte er: »Ob ich nicht doch der natürliche Sohn eines der großen Herren bin, die der schreckliche Napoleon in unsre Berge verbannt hat?« Allmählich kam ihm diese Vermutung immer weniger unmöglich vor. »Ein Beweis dafür wäre schließlich auch mein Haß gegen meinen Vater. Dann wäre ich kein Ungeheuer mehr!« –

Einige Tage nach diesem Selbstgespräch exerzierte das 15. Husarenregiment, eines der glänzendsten der französischen Armee, auf dem Exerzierplatze von Straßburg. Der Chevalier von La Vernaye ritt das schönste Pferd im ganzen Elsaß. Es hatte ihn sechstausend Franken gekostet. Er war als Oberleutnant eingestellt, ohne je mehr als auf dem Papier Leutnant in einem andern Regiment gewesen zu sein, von dem er keine Ahnung hatte.

Sein blasiertes Aussehen, seine ernsten, fast bösen Augen und seine unwandelbare Kaltblütigkeit sicherten ihm vom ersten Tage an Respekt und Ansehen. Dazu kamen seine vollendete gemessene Höflichkeit und seine ohne Prahlerei zutage tretende Fertigkeit im Schießen und Fechten. Von vornherein verstummte jede Widerrede. Nach ein paar Tagen hatte er die öffentliche Meinung des Regiments auf seiner Seite. Ein Witzbold unter den älteren Offizieren bemerkte: »Dem jungen Manne fehlt nichts, nur die Jugend!«

Von Straßburg aus schrieb Julien an Chélan, den hochbetagten Pfarrer von Verrières, unter anderm:

»Gewiß haben Sie zu Ihrer Freude vernommen, daß sich meine Familie veranlaßt gesehen hat, mich wohlhabend zu machen. Anbei sind fünfhundert Franken, die ich Sie bitte, unauffällig und ohne Nennung meines Namens unter die Armen zu verteilen, zu denen ich ehedem selber gehörte. Gewiß helfen Sie andern noch immer so gern wie einst mir.«

Julien war trunken vor Ehrgeiz, nicht vor Eitelkeit. Allerdings verwendete er auf sein Äußeres große Sorgfalt. Seine Pferde, seine Uniformen, die Livree seiner Diener, alles das war derart tadellos, daß sich damit kein englischer Lord hätte zu schämen brauchen. Kaum war er Offizier – freilich nur durch Protektion –, als er sich bereits ausrechnete, daß er mit seinen dreiundzwanzig Jahren eigentlich mehr sein müßte als bloß Oberleutnant, wenn er wie alle großen Heerführer mit dreißig Jahren General sein wollte. Er dachte an nichts andres als an eine glänzende Karriere und an seinen Sohn.

Aus diesem Überschwange zügellosen Ehrgeizes wurde er eines Morgens durch einen jungen Diener des Hauses von La Mole herausgerissen. Er brachte einen Brief von Mathilde:

Alles verloren! Komme so rasch als möglich her. Laß alles im Stich. Desertiere, wenn es sein muß. Sobald Du da bist, erwarte mich in einer Droschke an der kleinen Gartentür. Vielleicht kann ich Dich mit in den Garten nehmen. Wir haben viel zu besprechen. Es ist alles verloren, ich fürchte, unwiderruflich. Aber verlaß Dich auf mich! Ich bleibe Dir treu auch im Unglück.

In Liebe
Deine Mathilde.

Wenige Minuten später hatte Julien Urlaub von seinem Oberst. In wilder Hast ritt er von Straßburg ab. Aber die qualvolle Unruhe, die in ihm wühlte, machte ihm die Reise zu Pferd bereits hinter Metz unerträglich. Er warf sich in eine Extrapost und erreichte in schier unglaublicher Eile den bezeichneten Ort, die kleine Pforte hinten im Garten des Hauses La Mole. Die Tür öffnete sich, und im selben Augenblick lag Mathilde bereits in seinen Armen. Sie nahm auf nichts Rücksicht. Zum Glück war es fünf Uhr früh und die Straße noch menschenleer.

»Es ist alles verloren!« rief sie. »Mein Vater ist aus Furcht vor meinen Tränen in der Nacht auf Donnerstag verreist. Niemand weiß, wohin. Er hat mir diesen Brief hinterlassen. Lies ihn selber!«

Sie stieg zu ihm in die Droschke.

Der Brief des Marquis lautete:

*Alles könnte ich verzeihen, nur nicht, daß Du planmäßig ver-
führt worden, weil Du reich bist. Mein unglückliches Kind, das
ist die schändliche Wahrheit! Ich gebe Dir mein Ehrenwort, daß
ich Dir niemals erlaube, diesen Menschen zu heiraten. Ich setze
ihm ein Jahresgeld von zehntausend Franken aus, wenn er sich
bereit erklärt, weit fort, außerhalb von Frankreichs Grenzen, am
besten in Amerika, Aufenthalt zu nehmen. Lies beiliegenden
Brief! Ich habe ihn als Antwort auf eine Erkundigung erhalten.
Der Schamlose hat mich selbst veranlaßt, an Frau von Rênal zu
schreiben. Ich werde auch nicht eine Zeile Deiner Hand lesen,
die auf diesen Menschen Bezug hat. Ich hasse Paris und will
Dich nicht sehen. Ich rechne fest darauf, daß Du das Unvermeidliche sorgfältig geheimhältst. Entsage dem Schurken freiwillig,
und ich bin wieder*

Dein Vater.

»Wo ist der Brief von Frau von Rênal?« fragte Julien kalt.

»Hier! Ich wollte ihn dir erst zeigen, wenn du darauf vorbereitet wärest.«

Frau von Rênal schrieb:

Sehr geehrter Herr Marquis!
*Religion und Moral verpflichten mich zu dem peinlichen
Schritt, den ich hiermit Ihnen gegenüber tue. Ich kann nicht anders; ich muß einen Mitmenschen schädigen, um dadurch ein noch
größeres Ärgernis zu vereiteln. Mein Schmerz hierüber weicht
meinem Pflichtgefühl. Es ist allzu wahr: die Person, über die Sie
genaue Auskunft haben wollen, hat es verstanden, ihr Betragen
anständig, zum mindesten nicht klar beurteilbar erscheinen zu
lassen. Aus Rücksicht auf die Schicklichkeit hat man die Wahrheit verdeckt und versteckt. Das war ein Gebot der Klugheit. In
Wirklichkeit jedoch war die sittliche Führung dieses Menschen im
höchsten Grade verdammenswert. Mehr kann ich nicht sagen.
Arm und habgierig, dabei der ärgste Heuchler, hat er eine schwache unglückliche Frau verführt, um vorwärtszukommen und*

etwas zu werden. Meine Pflicht zwingt mich zu meinem Bedauern hinzuzufügen, daß ich Herrn J. S. für einen Menschen ohne religiöse Grundsätze halte. Aus Gewissenhaftigkeit muß ich bekennen, daß ich glaube, eins seiner Mittel, um in einer Familie festen Fuß zu fassen, liegt darin, die angesehenste Dame des Hauses zu verführen. Hinter der Maske der Uneigennützigkeit und mit Romanphrasen im Munde hat er kein andres Ziel, als den Herrn des Hauses und dessen Vermögen in seine Macht zu bekommen. Unglück und ewige Reue läßt er hinter sich zurück . . .

Der Brief war sehr lang und stellenweise von Tränen halb verwischt. Frau von Rênal hatte ihn mit besonderer Sorgfalt geschrieben.

Als er zu Ende gelesen hatte, sagte Julien: »Ich kann Herrn von La Mole keinen Vorwurf machen. Er hat klug und recht gehandelt. Welcher Vater gibt seine Lieblingstochter einem solchen Subjekt! Lebe wohl!«

Damit sprang er aus der Droschke und lief nach seinem Postwagen, der am Eingang der Straße hielt. Mathilde, die offenbar für ihn nicht mehr da war, wollte ihm nacheilen. Aber die Krämer, die in ihren Ladentüren standen, waren stutzig geworden. So sah sie sich gezwungen, in ihren Garten zurückzueilen.

Juliens Ziel war Verrières. Auf dieser hastigen Fahrt wollte er an Mathilde schreiben, aber er war nicht dazu imstande. Was er auf das Papier warf, war unleserlich.

Es war Sonntag vormittags, als er in Verrières anlangte. Sein erster Gang war zum Waffenhändler, der ihn mit Glückwünschen überhäufte. Die ganze Gegend sprach ja von seinem neuerlichen Glück.

Er kaufte ein Paar Pistolen und ließ sie sich sogleich laden.

Als er aus dem Geschäft heraustrat, ertönte der Dreischlag. In den französischen Dörfern ist dies nach mehrfachem Läuten das bekannte Zeichen des baldigen Beginnes der Messe.

Julien betrat die neue Kirche von Verrières. Die sämtlichen hohen Fenster des Schiffes waren mit scharlachroten Vorhängen bedeckt. Ein paar Schritte hinter dem Sitz von Frau von Rênal blieb er stehen. Er sah, wie sie inbrünstig betete. Als er diese Frau, die er so heiß geliebt hatte, erblickte, zitterten ihm die Hände, so daß er sein Vorhaben zunächst nicht auszuführen vermochte.

»Ich kann es nicht!« sagte er zu sich selbst. »Mein Körper versagt mir den Gehorsam.« In diesem Augenblick klingelte der Chorknabe, der bei der Messe ministrierte, zur Erhebung der Monstranz. Frau von Rênal senkte den Kopf. Fast sah Julien ihr Gesicht nicht mehr. Die Falten ihres Schals verdeckten es.

Jetzt schoß er auf sie, aber er traf nicht. Er schoß nochmals. Frau von Rênal sank um.

KAPITEL XXXVI

Traurige Einzelheiten

Erwarte von mir keinerlei Schwäche.
Ich habe mich gerächt. Ich habe den
Tod verdient, hier stehe ich.
Bete für meine Seele.
Schiller

Julien blieb unbeweglich stehen. Er sah nichts mehr. Als er wieder zu sich kam, bemerkte er, daß alle Andächtigen aus der Kirche flohen. Der Priester hatte den Altar verlassen. Langsam schritt Julien hinter ein paar Weibern her, die kreischend davonliefen. Eine der Frauen, die rascher laufen wollte als die andern, prallte heftig an ihn an. Dadurch geriet er aus dem Gleichgewicht und stolperte über einen von der Menge umgerissenen Stuhl. Als er wieder aufstehen wollte, fühlte er sich am Kragen gepackt. Ein Schutzmann in voller

Uniform nahm ihn fest. Unwillkürlich griff Julien nach seinen Pistolen, aber ein zweiter Gendarm fiel ihm in den Arm.

Man führte ihn ins Gefängnis ab, steckte ihn in eine Zelle und legte ihm Ketten an. Dann verließ man ihn, und die Tür ward fest verschlossen. Alles das geschah in rascher Folge, und er merkte es kaum.

Unempfindlich ließ er alles geschehen. Als er zur klaren Besinnung kam, sagte er sich: »Ja, ja, nun ist alles aus! In vierzehn Tagen stehe ich vor der Guillotine . . . wenn ich mich bis dahin nicht selber umgebracht habe . . .«

Mehr vermochte er nicht zu denken. Es war ihm, als würde ihm der Kopf mit aller Gewalt zusammengepreßt. Er blickte um sich. Er hatte die Empfindung, als habe ihn jemand angefaßt. Nach einer Weile schlief er fest ein.

Frau von Rênal war nicht tödlich verwundet. Die erste Kugel hatte ihren Hut durchbohrt. Gerade als sie sich umwandte, war der zweite Schuß losgegangen. Die Kugel war bis auf das Schulterblatt eingedrungen, hatte den Knochen zerschmettert, war dabei aber zurückgeprallt und gegen eine der gotischen Säulen geflogen, aus der ein Stück Stein abgesprengt ward.

Als ihr der Wundarzt, ein ernster Mann, nach schmerzhafter Umständlichkeit einen Verband angelegt hatte, erklärte er: »Ich stehe Ihnen für Ihr Leben wie für das meine!« Da ward sie tieftraurig.

Seit langem hegte sie aufrichtige Todessehnsucht. Der Brief an Herrn von La Mole, den ihr jetziger Beichtvater ihr abgezwungen hatte, versetzte ihrem durch beständiges Herzeleid zerrütteten Gemüt den letzten Stoß. Dies Herzeleid hatte seinen Grund in der Trennung von Julien. Sie nannte es freilich Reue. Ihr Seelsorger, ein tugendhafter junger Eiferer, der erst kürzlich aus Dijon hergekommen war, täuschte sich über ihren Zustand nicht.

»Solch ein Tod, nicht durch eigne Hand, wäre keine Sünde«, dachte Frau von Rênal bei sich. »Gott vergibt mir wohl, daß ich mich über meinen Tod freue.« Sie wagte nicht hinzuzusetzen: »Und von Juliens Hand zu sterben, wäre mir die höchste Glückseligkeit.«

Kaum war sie der Gegenwart des Arztes und der in Menge herbeigeströmten guten Bekannten enthoben, da ließ sie ihre Jungfer Elise kommen.

»Der Kerkermeister ist ein Menschenschinder«, sagte sie voll Scham. »Ohne Zweifel wird er den Attentäter mißhandeln, im Glauben, mir damit einen Gefallen zu tun. Der Gedanke daran ist mir unerträglich. Könntest du nicht, gleichsam aus freien Stücken, zu diesem Menschen gehen und ihm dieses Päckchen bringen? Es sind ein paar Goldstücke drin. Du müßtest ihm sagen, es wäre wider Gottes Gebot, einen Gefangenen zu quälen. Selbstverständlich darf er ihm nichts von dem Gelde sagen.«

Diesem Umstande verdankte Julien, daß ihn der Kerkermeister menschlich behandelte. Es war noch immer Noiroud, jene echte Beamtenkreatur, den damals der Besuch des Herrn Appert in tausend Ängste versetzt hatte.

Der Untersuchungsrichter erschien in der Zelle.

»Ich habe den Mord mit Vorbedacht begangen«, erklärte ihm Julien. »Die Pistolen habe ich kurz vorher beim hiesigen Waffenhändler gekauft und mir von ihm laden lassen. Nach dem Strafgesetzbuche verdiene ich den Tod und erwarte ihn.«

Der Richter war über diese Antwort erstaunt. Er versuchte noch mehr Fragen zu stellen, damit sich der Angeklagte in Widersprüche verwickele.

Julien erwiderte lächelnd: »Sehen Sie nicht, daß ich das Schlimmste eingestehe? Größere Strafbarkeit können Sie nicht begehren. Gehen Sie, Herr Richter! Die Beute, nach der Sie jagen, ist Ihnen sicher. Sie werden das Vergnügen haben, mich verurteilen zu können. Ersparen Sie mir Ihre weitere Gegenwart!«

Mathilde fiel ihm ein.

»Jetzt verbleibt mir die verdrießliche Pflicht, an Fräulein von La Mole schreiben zu müssen.«

Der Brief erhielt folgende Fassung:

Ich habe mich gerächt. Bedauerlicherweise wird mein Name durch alle Zeitungen laufen, und so ist es mir nicht vergönnt, namenlos aus dieser Welt zu scheiden. In acht Wochen bin ich tot.

Meine Rache ist so gräßlich wie mein Schmerz über meine Trennung von Dir. Von diesem Augenblick an untersage ich mir, Deinen Namen noch einmal hinzuschreiben oder auszusprechen. Rede nie von mir, auch später nicht zu unserm Sohne. Schweigen ist die einzige Möglichkeit, mich zu ehren. Für die große Herde der Menschen bin ich ein gemeiner Mörder. Darf ich offen und ehrlich sein? Du wirst mich vergessen! Die große Katastrophe, von der Du gut tun wirst, nie mit einem Sterblichen zu sprechen, wird alle Deine Romantik und Freude am Abenteuerlichen auf Jahre hinaus stillen. Du hättest zur Gefährtin eines Helden des Mittelalters getaugt. Beweise Deinen Renaissance-Charakter! Das Unvermeidliche muß heimlich erfolgen, ohne daß Du Dich vor der banalen Welt bloßstellst. Vertraue Dich niemandem an! Verbirg Dich irgendwo unter einem falschen Namen. Wenn Du aber durchaus der Hilfe eines Freundes bedarfst, so vermache ich Dir als solchen den Pfarrer Pirard.

Sprich Dich vor keinem Menschen aus, zumal nicht vor Leuten Deiner Gesellschaftsklasse wie Luz und Caylus. Ein Jahr nach meinem Tode heiratest Du Herrn von Croisenois. Ich bitte Dich darum, ja, ich befehle es Dir als Dein Mann.

Schreibe mir nicht! Ich würde nicht antworten. Weniger schlecht als Jago, sage ich mit ihm: Von dieser Stund' an red ich nicht ein Wort!

Niemand soll mich mehr schreiben sehen noch reden hören. Dir gelten meine letzten Worte und zugleich meine letzte Liebe.

J.S.

Erst nachdem dieser Brief abgegangen war, kam Julien einigermaßen zur Besinnung. Jetzt fühlte er sich grenzenlos unglücklich. Jene großen Worte: In acht Wochen bin ich tot! rissen ihm seine ehrgeizigen Hoffnungen mit Stumpf und Stiel aus dem Herzen. Der Tod an und für sich war ihm nichts Schreckliches. Sein ganzes Leben war ein Gang nach Golgatha gewesen, und nie hatte er im einzelnen Leid das Endziel des Lebens vergessen.

»Was soll das?« rief er sich zu. »Wenn ich in acht Wochen ein Duell mit einem berüchtigten Fechter hätte, wäre ich dann so schwach, in einem fort daran zu denken und Angst zu haben?«

Er brauchte mehr als eine Stunde dazu, um sich in dieser Hinsicht genau kennenzulernen.

Als er sich schließlich über seinen Seelenzustand völlig klar war, als er die Wahrheit genau so deutlich vor sich sah wie die Pfeiler seiner Gefängniszelle, da fragte er sich: »Bereue ich?

Warum sollte ich Reue empfinden? Man hat mich auf das grausamste verletzt. Ich bin zum Mörder geworden. Ich verdiene den Tod. Das ist alles in Ordnung. Ich schließe meine Rechnung mit der Menschheit ab und sterbe. Ich hinterlasse keine unerfüllte Pflicht. Ich schulde niemandem etwas. Mein Tod ist nur durch seine Art eine Schande. In den Augen der Spießbürger von Verrières allerdings eine Riesenschande. Was gehen mich aber die Spießbürger an? Übrigens hätte ich ein Mittel, ihnen zu imponieren. Ich brauchte bloß beim Gange zum Hochgericht Goldstücke unter das Volk zu werfen. Durch die Verbindung mit dem Begriffe Geld bekäme mein Andenken eine ewige Gloriole . . .«

Dann wiederholte er sich: »Ich habe also auf Erden nichts mehr zu tun«, und schlief fest ein.

Abends gegen neun Uhr weckte ihn der Kerkermeister und brachte ihm das Abendessen.

»Was redet man in der Stadt?«

»Herr Sorel, an dem Tage, wo ich hier meine Stelle antrat,

habe ich im Rathause vor dem Kruzifix einen Eid geleistet, der mich zum Stillschweigen verpflichtet.«

Weiter sagte er nichts, verblieb aber. Seine gemeine Heuchelei belustigte Julien.

»Ich muß ihn recht lange nach dem Taler zappeln lassen, den er von mir erwartet, um mir seine ewige Seligkeit zu verschachern!«

Als der Kerkermeister sah, daß die Mahlzeit zu Ende ging, ohne daß ein Bestechungsversuch stattfand, sagte er in verlogener Zutraulichkeit: »Die Freundschaft, die ich für Sie hege, zwingt mich zu reden, obgleich man behauptet, das sei gegen das Interesse der Justiz, weil Sie sich darnach Ihre Verteidigung zurechtlegen könnten . . . Sie sind ein guter Kerl! Es wird Sie freuen zu hören, daß es der Frau Bürgermeister bessergeht . . .«

»Was!« schrie Julien außer sich; »sie ist nicht tot?«

»Wußten Sie das denn nicht?« fragte der Kerkermeister, während seine stumpfsinnige Miene mehr und mehr den Ausdruck vergnügter Habgier verriet. »Eigentlich sollte Herr Sorel dem Doktor ein kleines Douceur zukommen lassen, denn von Rechts wegen darf er nichts verlauten lassen. Um Ihnen einen Gefallen zu tun, bin ich nämlich zu ihm gegangen und habe mich erkundigt. Er hat mir alles erzählt . . .«

»Also ist die Wunde nicht tödlich?« unterbrach ihn Julien voll Ungeduld. »Der Teufel soll Sie holen, wenn Sie lügen!«

Noiroud, ein baumlanger Mensch, bekam Angst und wich nach der Tür zurück. Julien sah ein, daß er auf diesem Wege schwerlich die Wahrheit erführe. Er setzte sich nieder und warf dem Gefängniswärter ein Goldstück hin.

Der weitere Bericht des Mannes überzeugte ihn, daß Frau von Rênal nicht tödlich getroffen war. Er fühlte sich dem Weinen nahe.

»Gehen Sie!« herrschte er ihn an.

Der Kerkermeister gehorchte.

Kaum war er hinaus, da rief Julien aus: »Allmächtiger, sie ist nicht tot!«

Er sank in die Knie und vergoß heiße Tränen. Im Augenblicke seiner Erregung war er gläubig. Als er sich dessen bewußt ward, sagte er sich: »Was geht mich die Komödie der Pfaffen an? Sie haben mit der erhabenen Wahrheit des Gottesgedankens nichts zu schaffen!«

Nun erst begann er die begangene Untat zu bereuen. Er wäre der wildesten Verzweiflung verfallen, wenn nicht gleichzeitig durch einen merkwürdigen Zusammenhang die körperliche Überreizung und die seelische Halbverrücktheit von ihm gewichen wären, die ihn seit seiner Abreise von Paris in ihrem Bann gehabt hatten.

Die Tränen, die er vergoß, hatten eine edle Quelle. Er zweifelte nicht daran, daß er dem Tode geweiht war.

»So bleibt sie am Leben!« flüsterte er vor sich hin. »Sie wird leben . . . mir verzeihen . . . mich lieben!«

Am nächsten Morgen weckte ihn der Kerkermeister sehr spät.

»Sie müssen Nerven aus Eisen haben!« meinte er. »Ich bin schon zweimal dagewesen, wollte Sie aber nicht wecken. Hier sind zwei Flaschen Wein bester Sorte. Unser Pfarrer, Herr Maslon, schickt sie Ihnen . . .«

»Was? Der Spitzbube ist noch immer im Ort?« unterbrach ihn Julien.

»Freilich, Herr Sorel!« erwiderte Noiroud mit verhaltener Stimme. »Sprechen Sie nur nicht so laut! Es könnte Ihnen schaden.«

Julien lachte herzlich.

»Ab dem Punkte, wo ich angelangt bin, mein Verehrtester«, sagte er, »könnten nur Sie mir schaden, indem Sie aufhörten, freundlich und menschlich mit mir zu sein . . .« Sich schnell verbessernd, setzte er in herrischem Tone hinzu, der durch die Gabe eines Goldstückes sanktioniert wurde: »Sie sollen auch gut belohnt werden!«

Noiroud berichtete abermals bis in alle Einzelheiten, was er über Frau von Rênals Zustand gehört hatte, nur verheimlichte er, daß Jungfer Elise bei ihm gewesen war.

Eine ordinärere Knechtsnatur gab es nicht so leicht. Einen Moment hatte Julien den Gedanken: »Der Prolet hat keine drei- bis vierhundert Franken Jahreseinkommen. Und viel benutzt ist das Gefängnis nicht . . . Wenn ich ihm zehntausend Franken zusichere, brennt er mit mir nach der Schweiz durch . . . Das einzig Schwierige dabei wäre, ihn zu überzeugen, daß ich mein Versprechen auch halte . . .« Aber die Vorstellung, mit dem Kerl lange reden zu müssen, war ihm widerlich. Er dachte an etwas andres.

Am Abend war es bereits zu spät. Um Mitternacht wurde er durch einen Postwagen abgeholt. Die Gendarmen, die ihn geleiteten, benahmen sich zu Juliens voller Zufriedenheit. Als er frühmorgens im Stadtgefängnis von Besançon ankam, wurde er zu seiner Freude im obersten Stock eines gotischen Turmes untergebracht. Julien schätzte die Bauweise des vierzehnten Jahrhunderts und bewunderte ihre Anmut und Leichtigkeit. Durch eine Scharte hatte er über einen tiefen Hof hinweg die wunderbarste Fernsicht.

Am nächsten Vormittag fand ein Verhör statt. Alsdann ließ man ihn ein paar Tage unbehelligt. Sein Gemütszustand war ruhig. Die Lage dünkte ihn ureinfach: »Ich habe töten wollen: also werde ich getötet!«

Weiter gingen seine Gedanken nicht. Die Hauptverhandlung, das Erscheinen vor der Öffentlichkeit, die Verteidigung, das Urteil, alles das erachtete er für belanglose Belästigungen und ärgerliche Formalitäten, an die vorher zu denken keinen Sinn hatte. Ebensowenig beschäftigte ihn der Augenblick der Hinrichtung. »Das hat Zeit bis nach meiner Verurteilung!« sagte er sich. Das Leben kam ihm durchaus nicht langweilig vor. Er sah alles wie mit neuen Augen an. Sein Ehrgeiz war dahin. Selten nur dachte er an Mathilde. Seine Reue nahm ihn ganz in Anspruch. Sie führte ihm häufig die

Gestalt der Frau von Rênal vor das Auge, besonders in der Stille der Nächte, die in dem hochgelegenen Turmzimmer nur durch den Schrei eines Adlers unterbrochen wurde.

Er dankte dem Himmel dafür, daß er sie nicht zu Tode getroffen hatte. »Eins ist wunderbar«, dachte er bei sich. »Erst glaubte ich, mein künftiges Glück sei durch den Brief an den Marquis auf immerdar zerstört. Und jetzt, nach kaum vierzehn Tagen, denke ich schon nicht mehr an das, was mir damals nicht aus dem Sinn kam! Wenn ich noch einen Wunsch haben dürfte, so wäre es der: mit zwei-, dreitausend Franken im Jahre still in einem Gebirgsdorfe wie Vergy zu leben. Damals war ich glücklich! Ach, ich kannte mein Glück nicht!«

In andern Augenblicken sprang er plötzlich vom Stuhl auf. »Wenn ich Frau von Rênal tödlich getroffen hätte, so hätte ich Selbstmord begangen. Ich muß diese Überzeugung ganz fest haben. Sonst müßte ich mich selber verachten.«

»Selbstmord! Wäre er nicht auch so angebracht? Das will wohl überlegt sein. Was hat es für Zweck, erst vor die Richter zu treten, diese Paragraphenknechte, die auch den besten Bürger an den Galgen bringen, wenn sie einen Orden dafür bekommen! Ich kann mich ihrer Macht entziehen, den Schikanen ihrer miserablen Juristensprache, die man in den Amtsblättern forensische Beredsamkeit nennt . . .«

»Fünf bis sechs Wochen länger leben oder nicht?« sagte er sich ein paar Tage später. »Beim Teufel, ich bleibe leben! Napoleon hat auch weitergelebt.

Übrigens ist mein Dasein angenehm. Ich habe einen friedsamen Wohnort. Langeweile habe ich auch nicht.«

Er lachte und schrieb ein paar Bücher auf, die ihm in Paris besorgt werden sollten.

KAPITEL XXXVII

Ein gotischer Wohnturm

Das Grab eines Freundes
Sterne

Draußen auf dem Gange machte sich großer Lärm vernehmbar. Es war nicht die Stunde, in der man sonst in seine Zelle hinaufkam. Der Adler flatterte schreiend davon. Die Tür ging auf, und der ehrwürdige greise Pfarrer Chélan warf sich zitternd, den Stock noch in der Hand, in Juliens Arme.

»O mein Gott! Wie ist es möglich! Mein Sohn . . . Unmensch wollte ich sagen . . .«

Der gute alte Mann vermochte kein Wort weiter zu reden. Julien fürchtete, er könne umfallen. Er mußte ihn nach einem Stuhle geleiten. Das Alter lastete schwer auf dem einst so willensstarken Manne. Er kam Julien nur noch wie der Schatten seiner einstmaligen Erscheinung vor.

Als er wieder zu Atem gekommen war, sagte er: »Erst vorgestern habe ich Ihren Brief aus Straßburg mit den fünfhundert Franken für die Armen von Verrières erhalten. Man hat ihn mir ins Gebirge nachgesandt, nach Liveru, wo ich mich bei meinem Neffen Hans zur Ruhe gesetzt habe. Gestern erfahre ich den schrecklichen Vorfall . . . Allmächtiger, wie ist das möglich?« Der Greis hatte aufgehört zu weinen. Sichtlich keines klaren Gedankens mehr fähig, setzte er mechanisch hinzu: »Sie werden Ihre fünfhundert Franken nötig haben. Ich bringe sie Ihnen wieder.«

»Nötig habe ich nichts als Euer Hochwürden!« entgegnete Julien gerührt. »Geld habe ich vollauf.«

Er bekam nichts Vernünftiges mehr aus dem alten Manne heraus. Von Zeit zu Zeit traten einzelne Tränen in Chélans Augen, die er schweigend über seine Wangen hinabrollen ließ. Dann schaute er Julien an und sah wie geistesabwesend zu, daß Julien seine Hände nahm und an seine Lippen führte.

Bald darauf erschien ein Bauernbursche, um den Alten abzuholen. »Man darf nicht mehr viel von ihm verlangen«, sagte er zu Julien. Es war offenbar der Neffe. Als die beiden fort waren, versank Julien in schmerzliche tränenlose Grübelei. Alles erschien ihm trüb und trostlos. Es war ihm zumute, als höre sein Herz auf zu klopfen.

Das war das grausamste Erlebnis, das ihm seit seiner Freveltat widerfuhr. Jetzt sah er den Tod vor sich in aller seiner Häßlichkeit. Alle seine Illusionen von Seelengröße und Heldentum waren zerstoben wie Wolken vor dem Sturm.

Diese qualvolle Stimmung währte mehrere Stunden. Gegen solche Seelenvergiftung gibt es physische Heilmittel, zum Beispiel Champagner. Aber Julien hielt es für feig, seine Zuflucht dazu zu nehmen. Als der Schreckenstag, an dem er in einem fort in seinem engen Turmgelaß hin und her gewandelt war, endlich zur Rüste ging, rief Julien aus: »Was bin ich für ein Narr! Wenn ich sterben müßte wie andere, dürfte mich der Anblick dieses armen alten Mannes in diese schreckliche Traurigkeit versetzen. So aber winkt mir ein rascher Tod in der Blüte meines Daseins, der mich vor so trübseligem menschlichen Verfall bewahrt . . .«

Aber welche Gründe er auch hervorsuchte, er blieb doch infolge dieses Besuches niedergedrückt. Er schalt sich rührselig und kleinmütig.

Es war nichts Herbes und Großartiges mehr in ihm, kein römisches Mannestum. Der Tod stand vor ihm wie ein Riese, wie ein Despot, so gar nicht mehr als etwas Leichtes und Schönes.

»Der Stimmungsmesser meiner Seele!« scherzte er. »Heute abend stehe ich zehn Grad unter dem Mute, den ich auf meinem Gange zur Guillotine brauche. Heute früh war ich auf Normalnull. Aber was tut's? Wenn das Barometer nur im rechten Augenblicke steigt.« Das Gleichnis machte ihm Spaß und lenkte ihn ab.

Als er am andern Morgen aufwachte, schämte er sich des

vergangenen Tages. »Mein Glück hängt von meiner Ruhe ab«, sagte er sich. Er war nahe daran, an den Gefängnisdirektor zu schreiben und ihn zu bitten, niemanden mehr zuzulassen. »Und Fouqué?« fiel ihm ein. »Wenn er es über sich gewinnt, nach Besançon zu kommen: wie sehr würde es ihn betrüben, mich nicht zu sehen!«

Seit etwa acht Wochen hatte er nicht mehr an seinen Freund gedacht. »Was für ein großer Tor war ich in Straßburg!« sagte er sich. »Meine Gedanken klebten am Kragen meiner Attila.« Die Erinnerung an Fouqué beschäftigte ihn stark und stimmte ihn von neuem weich. Erregt ging er hin und her. »Jetzt stehe ich entschieden zwanzig Grad unter dem Gleichmut zum Tode! Wenn diese Sentimentalität noch schlimmer wird, wäre es am besten, ich bringe mich selber um. Wie hämisch würden sich Maslon, Valenod und Genossen freuen, wenn ich als Memme stürbe!«

Fouqué kam in der Tat. Der schlichte biedere Mensch war außer sich vor Schmerz. Soweit er überhaupt imstande war, einen Gedanken zu fassen, war es der: all sein Hab und Gut zu verkaufen, den Gefängniswärter zu bestechen und den Freund zu retten. Er unterhielt sich mit Julien auf das ausführlichste über die Flucht des Grafen von Lavalette.

»Du tust mir weh«, sagte Julien. »Lavalette war unschuldig. Ich aber bin schuldig. Ohne daß du es willst, bringst du mir den Unterschied zum Bewußtsein . . .

Übrigens sage mir: Ist es wahr, daß du all dein Hab und Gut verkaufen könntest?«

Er war mit einem Male mißtrauisch und lauerig geworden.

Fouqué war hocherfreut, daß sein Freund endlich auf den Hauptpunkt seiner Gedanken einging. Auf Heller und Pfennig rechnete er ihm vor, wieviel er aus seinen verschiedenen Liegenschaften herausschlagen könne.

»Edelmütiger kann ein Mann seines Schlages nicht sein!« dachte Julien bei sich. »Er will mir alles opfern, was er, bis zur Knickrigkeit sparsam, bis zur Schäbigkeit schachernd, zusammengescharrt hat. Ich habe mich oft für ihn geschämt, wenn ich ihm so zusah. Die feinen Kulturmenschen im Umkreise des Hauses La Mole haben derartige Lächerlichkeiten nicht an sich; sie haben Chateaubriands *René* gelesen. Aber wer von ihnen, außer denen, die noch ganz jung sind und geerbt haben und den Wert des Geldes nicht kennen, wäre eines solchen Opfers fähig?«

Fouqués Ungebildetheit und schlechte Manieren vergessend, fiel ihm Julien um den Hals. Voller Entzücken hielt der Biedermann das Feuer, das im Moment in des Freundes Augen leuchtete, für Einwilligung zur Flucht.

Angesichts solcher Opferfreudigkeit gewann Julien alle die Kraft wieder, die ihm Chélans Erscheinen genommen hatte. Er war noch sehr jung, immerhin doch wohl Edelgewächs. Bei den meisten Menschen schlägt Zärtlichkeit in Verschlagenheit um. Seine Entwicklung hätte einen andern Gang genommen; je älter er geworden wäre, um so mehr hätte sein Herz gesprochen, und sein tolles Mißtrauen hätte sich gelegt. Aber wozu diese leeren Prognosen?

Er wurde immer häufiger verhört, trotzdem er sich Mühe gab, das Verfahren durch klare Antwort auf jegliche Frage abzukürzen. Jedesmal wiederholte er: »Ich habe einen Mord begangen, zum mindesten mit Vorsatz begehen wollen.« Aber der Untersuchungsrichter war ein Buchstabenmensch. Für ihn gab es keine Abkürzungen. Im Gegenteil, er fühlte sich in seiner Juristeneitelkeit gekränkt und wurde nun erst recht umständlich. Julien erfuhr nicht, daß man ihn in ein abscheuliches Verlies hatte bringen wollen und daß es nur Fouqués Bemühungen zu danken war, wenn man ihn in seinem freundlichen Turmgemach ließ.

Zu den einflußreichen Leuten, die ihr Holz von Fouqué bezogen, gehörte auch der Generalvikar von Frilair. Es gelang dem braven Holzhändler, sich bei diesem allmächtigen Manne Gehör zu verschaffen. Sein Jubel war grenzenlos, als ihm Frilair erklärte, da er Juliens frühere Leistungen im Seminar und seine guten Eigenschaften hochschätze, werde er ihn dem Wohlwollen der Richter bestens empfehlen. Fouqué faßte Hoffnung, seinen Freund zu retten. Als er vom Generalvikar ging, bat er ihn unter einem tiefen Kratzfuß, für hundert Taler Messen lesen zu lassen, um vom Himmel den Freispruch des Angeklagten zu erflehen.

Fouqué irrte sich stark. Frilair war kein Valenod. Er lehnte ab und versuchte dem Biedermanne aus den Bergen sogar beizubringen, daß er sein Geld besser verwenden könne. Als er aber die Unmöglichkeit einsah, sich verständlich zu machen, ohne sich bloßzustellen, gab er den Rat, das Geld den armen Gefangenen zu stiften, denen es in der Tat am Nötigsten fehlte.

»Dieser Julien ist ein sonderbarer Kauz«, dachte Frilair bei sich. »Seine Tat ist mir unerklärlich. Und doch sollte es für mich nichts Unerklärliches geben . . . Könnte ich nicht aus ihm einen Märtyrer machen? Auf jeden Fall muß ich hinter das Geheimnis der ganzen Geschichte kommen und ein Mittel finden, dieser Frau von Rênal, die uns nicht schätzt und mich im Grunde verachtet, angst zu machen. Vielleicht läßt sich die Sache benutzen, um mich mit Herrn von La Mole in vorteilhafter Weise auszusöhnen. Er hat ein Faible für das Bürschchen.«

Der Vergleich in seinem Prozesse mit dem Marquis war vor wenigen Wochen unterzeichnet worden, und der Abbé Pirard hatte Besançon nicht verlassen, ohne eine Bemerkung über Juliens geheimnisvolle Herkunft fallenzulassen. Zufällig war das an dem Tage, an dem der Unglückliche sein Attentat auf Frau von Rênal in der Kirche von Verrières verübte.

Zwischen sich und dem Tode sah Julien nur noch ein unangenehmes Ereignis: den Besuch seines Vaters. Er fragte Fouqué, wie er über ein Gesuch an den Gerichtspräsidenten dächte. Er wolle bitten, von jedwedem Besuche verschont zu bleiben. Solcher Widerwille vor dem Angesicht eines Vaters,

561

zumal unter Umständen wie hier, wirkte auf das brave Spießbürgergemüt des ehrsamen Holzhändlers wie ein kalter Wasserstrahl.

Er bildete sich ein zu begreifen, warum sein Freund von so vielen Leuten glühend gehaßt wurde. Aber aus Rücksicht auf sein Unglück verhehlte er ihm seine Empfindungen.

Kühl gab er ihm zur Antwort: »Die Genehmigung eines derartigen Gesuches würde sich nicht auf deinen Vater erstrecken.«

KAPITEL XXXVIII

Ein einflußreicher Mann

Aber es ist so viel Geheimnisvolles in ihrer
Art zu schreiten, und so viel Anmut in ihrem Wuchs!
Wer mag sie nur sein?
Schiller

Am andern Morgen öffnete sich die Tür des Turmzimmers sehr früh. Julien fuhr aus seinem Schlafe auf. »O Gott!« dachte er. »Jetzt kommt mein Vater. Welch unangenehmer Auftritt!«

Im selben Augenblick fiel ihm eine Frau in Bauerntracht um den Hals. Er erkannte sie kaum. Es war Mathilde.

»Du Böser! Erst durch deinen Brief habe ich Kenntnis, wo du warst! Was du dein Verbrechen nennst, ist edle Rache, die mir deine Hochherzigkeit offenbart. Ich habe in Verrières erfahren . . .«

Trotz seines Vorurteils gegen Fräulein von La Mole, das er sich übrigens nicht recht eingestand, gefiel sie ihm ungemein. Aus ihrer Art zu handeln und zu sprechen erkannte er ihre edle uneigennützige Absicht, die turmhoch über allem stand, was eine kleine Alltagsseele gewagt hätte. Wieder hatte er das Gefühl, eine Königin zu lieben, und nach etlichen Augenblicken sagte er, erlesen in Ausdruck und Sinn:

»Ich schaue deutlich in die Zukunft. Nach meinem Tode heiratest du Herrn von Croisenois, sozusagen als Witwe. Das edle, nur etwas romantische Gemüt dieser reizenden Witwe ist durch ein seltsames großes tragisches Erlebnis entthront und zur Weltanschauung des Durchschnitts bekehrt. Du geruhst die tatsächlichen Vorzüge des jungen Marquis zu würdigen. Du schickst dich in das, was die andern Glück nennen, in Ansehen, Reichtum, gesellschaftlich hohen Rang. Liebe Mathilde, daß du nun aber hier in Besançon erschienen bist, das wäre, falls es ruchbar wird, ein neuer schwerer Schlag für deinen Vater. Das könnte er dir niemals verzeihen. Ich habe ihm schon so sehr viel Kummer bereitet. Er hat eine Schlange an seinem Busen genährt, wie es im Stile der Akademiker heißt . . .«

Nicht ohne Groll unterbrach ihn Mathilde. »Ich gestehe, auf so kühle Besonnenheit, auf so viel Sorge um die Zukunft war ich nicht gefaßt. Meine Kammerfrau, auch so umsichtig wie du, hat sich einen Paß verschafft, und so bin ich als Frau Michelet mit der Post hergeeilt . . .«

»Und Frau Michelet hat es im Spiel fertigbekommen, bis zu mir vorzudringen?«

»Ja! Du bist immerdar der höhere Mensch! Ihm gilt meine Gunst. Zunächst habe ich dem Gerichtsbeamten, der behauptete, ich dürfe auf keinen Fall in deine Zelle, hundert Franken geboten. Der Ehrenmann steckte das Geld ein, vertröstete mich, machte Ausflüchte. Mit einem Worte, ich sah, daß er mich nur plündern wollte . . .«

»Und dann?« fragte Julien.

»Geduld, mein lieber Junge!« sagte Mathilde und küßte ihn. »Ich mußte dem Gerichtsmenschen meinen Namen sagen. Er hielt mich für eine verliebte kleine Pariser Modistin. Tatsächlich, so drückte er sich aus. Ich schwur ihm, ich sei deine Frau. Daraufhin werde ich die Erlaubnis bekommen, dich täglich besuchen zu dürfen.«

»Das heißt die Torheit auf die Spitze treiben«, sagte sich

Julien. »Dies zu verhindern, stand nicht in meiner Macht. Schließlich ist Herr von La Mole ein sehr hoher Herr, so daß die öffentliche Meinung schon eine Entschuldigung finden wird, wenn ein junger Oberst diese reizende Witwe heiratet. Nach meinem Tode wird über alles Gras wachsen.«

Berauscht gab er sich Mathildens Liebe hin. Tollheit, Seelengröße, das Allerseltsamste, was es gibt, lag darin. Im vollen Ernst machte Mathilde den Vorschlag, zusammen zu sterben.

Nach dem ersten Gefühlsüberschwang, als sie sich an dem Glücke, Julien wiederzuhaben, gesättigt hatte, ward sie mit einem Male von der lebhaftesten Neugier erfaßt. Sie forschte den Geliebten aus und fand, er sei doch viel hochherziger, als sie es erwartet hatte. Es kam ihr vor, Bonifaz von La Mole sei auferstanden, heldenhafter, als er es je in Wirklichkeit gewesen war.

Mathilde suchte den besten Rechtsanwalt der Stadt auf. Da sie ihm allzu unverblümt Geld bot, tat er verletzt, nahm aber schließlich die Summe. Sehr bald hatte sie die Gewißheit, daß zu Besançon bei wichtigen, in ihrem Ausgange zweifelhaften Fällen die Entscheidung einzig und allein vom Generalvikar von Frilair abhing.

Unter dem unscheinbaren Namen einer Frau Michelet hatte sie schier unüberwindliche Schwierigkeiten zu bewältigen, ehe sie bis zu dem allmächtigen Jesuiten vordrang. Inzwischen verbreitete sich das Gerücht von der schönen jungen Modistin, die in ihrer Liebestollheit von Paris nach Besançon gekommen sei, um den jungen Abbé Julien Sorel zu trösten, in der ganzen Stadt.

Mathilde eilte zu Fuß und ohne Begleitung durch die Straßen. Sie bildete sich ein, kein Mensch wüßte, wer sie wäre. Zum mindesten glaubte sie, es könne ihrer Sache nicht schaden, wenn sie Aufsehen erregte. Ja, in ihrem Wahne meinte sie, sie könne das Volk in Aufruhr bringen, um ihn auf seinem Todesgange zu retten. Sie hielt sich für einfach gekleidet, wie es sich für eine Frau in Leid schickt; gleichwohl zog sie aller Blicke auf sich.

So war sie längst der Gegenstand allgemeiner Aufmerksamkeit, als sie es endlich, nach acht Tagen, fertigbrachte, Audienz beim Herrn von Frilair zu erlangen.

Ihr Mut war groß, aber die Vorstellung, die sie sich von dem einflußreichen Kongregationsoberhaupte gemacht hatte, war mit dem Begriffe verbrecherischer Erzschlauheit derart eng verknüpft, daß sie zitterte, als sie am Tore des bischöflichen Palastes klingelte. Ihre Füße trugen sie kaum, als sie die Treppe hinaufstieg, die zum Empfangszimmer des ersten Generalvikars führte. Die Totenstille, die im Hause herrschte, kam ihr unheimlich vor. »Gesetzt den Fall, ich ließe mich in einen dieser Fauteuils nieder und dieser umklammerte mechanisch meine Arme, dann wäre ich der Welt verloren. Von wem könnte mich meine Zofe zurückfordern? Der Polizeihauptmann wird sich hüten einzugreifen . . . In dieser großen Stadt bin ich allein. «

Der erste Blick in das Zimmer, das ihr ein Diener in schmucker Livree öffnete, beruhigte Mathilde. Der Salon, in dem sie warten mußte, offenbarte prunklose Vornehmheit, wie man sie auch in Paris nur in den besten Häusern findet. Als Mathilde den Generalvikar erblickte, der mit väterlicher Miene auf sie zukam, schwand ihr jeder Gedanke an Gefahr und Bosheit. In dem schönen Gesicht des Prälaten entdeckte sie nicht einmal die Kennzeichen jener gewissen Halbbarbarei, die der Pariser Gesellschaft den Willensmenschen so unsympathisch macht. Das leise Lächeln, das die Züge des Besançoner Machthabers beherrschte, zeigte, daß der Kirchenfürst Weltmann, Gelehrter und Diplomat war. Mathilde glaubte in Paris zu sein.

Frilair brachte Mathilde in wenigen Minuten zu dem Geständnisse, daß sie die Tochter seines mächtigen Gegners, des Marquis von La Mole, war.

»In der Tat, ich bin nicht Frau Michelet«, sagte sie, indem

sie ihre hoheitsvolle Haltung wieder annahm. »Und dies gestehe ich um so lieber, als ich gekommen bin, Ihren gütigen Rat einzuholen. Gibt es keine Möglichkeit, Herrn Leutnant von La Vernaye entkommen zu lassen? Erstens ist er lediglich einer im Affekt begangenen Tat schuldig. Der Frau, auf die er geschossen hat, geht es vorzüglich. Zweitens bin ich in der Lage, zu den nötigen Bestechungen sofort fünfzigtausend Franken aufzubringen und weitere hunderttausend Franken zu garantieren. Drittens wäre mir und meiner Familie aus Dankbarkeit für den Retter des Herrn von La Vernaye nichts unmöglich.«

Frilair war beim Hören dieses Namens sichtlich erstaunt. Mathilde legte ihm mehrere Dienstbriefe des Kriegsministers vor, die an Herrn Leutnant Julien Sorel von La Vernaye gerichtet waren.

»Sie sehen, Hochwürden, mein Vater hat für seine Karriere gesorgt. Wir haben uns im geheimen geheiratet. Aber mein Vater wünscht, daß unser für eine La Mole ein wenig seltsamer Bund nicht eher veröffentlicht werden soll, als bis mein Mann Stabsoffizier ist.«

Mathilde bemerkte, daß der Ausdruck der Güte und milden Heiterkeit aus dem Gesicht des Generalvikars mehr und mehr schwand, als er eine wichtige Entdeckung nach der andern machte. Dafür lugten Hinterlist und Falschheit hervor.

Der Abbé äußerte Zweifel. Er studierte die dienstlichen Schriftstücke zum zweiten Male.

»Welchen Nutzen kann ich aus diesen eigenartigen Eröffnungen ziehen?« fragte er sich im stillen. »Mit einem Schlage bin ich in nahe Beziehung zu einer Freundin der berühmten Marschallin von Fervaques gekommen, der allmächtigen Nichte des Bischofs von ***, der in Frankreich die Bischöfe ernennt.

Was ich in ungewisser Zukunft wähnte, bietet sich mir unversehens. Das kann mich an das Ziel aller meiner Wünsche bringen.«

Anfangs war Mathilde arg erschrocken über den jähen Wechsel im Gesichtsausdrucke des ihr so wichtigen Mannes, mit dem sie sich allein in einem entlegenen Gemach befand. »Unsinn!« ermutigte sie sich. »Wäre es nicht ein viel schlimmeres Zeichen, wenn ich gar keinen Eindruck auf die kalte Selbstsucht eines von Macht und Genuß gesättigten Pfaffen machte?«

Geblendet von dem unverhofften Ausblick, der sich seinen nach einem Bistum ausspähenden Augen urplötzlich eröffnete, und verblüfft ob der ihn genial dünkenden Diplomatie der jungen Dame, vergaß der Generalvikar einen Augenblick seine gewohnte Vorsicht. Es fehlte nicht viel, so hätte Mathilde den vor Ehrsucht zitternden Mann zu ihren Füßen gesehen.

»Es kommt Klarheit in die Sache«, sagte sie sich. »Als Freundin der Marschallin wird mir hier nichts unmöglich sein.« Das leise Gefühl der Eifersucht, das sie immer noch hegte, nicht achtend, erklärte sie dem Prälaten, Julien sei ein vertrauter Freund der Marschallin. Er sei in ihrem Hause beinahe täglich mit dem Bischof von *** zusammengekommen.

»Von den sechsunddreißig Geschworenen, die durch das Los aus den angesehensten Leuten des Regierungsbezirks bestimmt werden«, sagte der Generalvikar mit dem gierigen Blick der Ehrsucht und in bedeutungsvollem Tone, »sind acht bis zehn der Intelligentesten unter allen Umständen meine Freunde. Dadurch bin ich der Majorität so gut wie sicher, zumal in hochnotpeinlicher Angelegenheit. Und so kann ich mit der größten Leichtigkeit einen Freispruch erzielen . . .«

Der Prälat hielt plötzlich inne, als erschrecke ihn der Klang seiner eigenen Worte. Er hatte eben frank und frei von Dingen gesprochen, über die ein Geistlicher niemals mit einem Laien redet.

Nicht minder bestürzt war Mathilde, als ihr der Generalvikar erzählte, aus welchem Grunde ganz Besançon Juliens seltsames Abenteuer mit besonderer Neugier und Teilnahme verfolgte. Man wisse von der großen Leidenschaft, die er dereinst in Frau von Rênal erregt und eine Zeitlang geteilt habe. Frilair entging es nicht, welche Bestürzung seine Bemerkung hervorrief.

»Jetzt revanchiere ich mich!« dachte er. »Endlich habe ich das Rezept, dieses entschlossene Geschöpf doch nach meinem Willen zu leiten. Schon hatte ich Angst, sie nicht in mein Garn zu bekommen.« Ihr vornehmes, schwer zugängliches Wesen erhöhte in seinen Augen die Reize der schönen Bittgängerin. Er gewann seine volle Kaltblütigkeit wieder und zögerte nicht, ihr nun den Dolch tief ins Herz zu bohren. In leichtem Plaudertone sagte er zu ihr: »Ich würde ganz und gar nicht erstaunt sein, wenn wir im Laufe des Prozesses zu hören bekämen, daß Herr Sorel aus purer Eifersucht auf die ehedem so heißverehrte Frau geschossen hat. Sie scheint nicht ohne Reize zu sein, und seit unlanger Zeit kommt sie viel mit einem gewissen Abbé Marquinot aus Dijon zusammen, einem Jansenisten, einem sittenlosen Menschen, wie diese Sorte immer ist . . .«

Mit behaglicher Wollust folterte Frilair das Herz des hübschen jungen Weibes, dessen schwache Seite er entdeckt hatte.

Indem er seine heißen Blicke auf Mathilde ruhen ließ, stellte er die Frage auf: »Wozu hat Herr Sorel gerade die Kirche gewählt, in der sein Rival zur selben Stunde die Messe las? Niemand zweifelt an den hohen geistigen Fähigkeiten und besonders an der großen Überlegsamkeit des Glücklichen, den Sie protegieren. Wäre es nicht praktischer gewesen, wenn er sich in dem ihm so wohlbekannten Rênalschen Garten versteckt hätte? Dort hätte er so gut wie sicher sein können, weder gesehen noch gefaßt zu werden, ja nicht einmal in Verdacht zu kommen, wenn er die Frau aus Eifersucht morden wollte.«

Diese scheinbar richtige Schlußfolgerung brachte Mathilde außer sich. Diese hochfahrende Seele, die doch auch mit jener kalten Klugheit durchtränkt war, welche in der großen Welt als Wesensbestandteil des menschlichen Herzens gilt, war nicht dazu geschaffen, das Glücksgefühl rasch zu verstehen, das darin liegen kann, jegliche Vorsicht außer acht zu lassen, ein Glücksgefühl, das ein Herz in Flammen so unmittelbar empfinden kann. In den Oberklassen der Gesellschaft, in denen Mathilde sich bewegt hatte, kann die Leidenschaft nur sehr selten der Klugheit entbehren; man geht zum Beispiel erst einmal in den fünften Stock hinauf, wenn man sich aus dem Fenster stürzen will.

Der Generalvikar war seiner Herrschaft über sie sicher. Er ließ durchblicken, daß er den Staatsanwalt, der die Anklage wider Julien vertrat, völlig in seiner Hand habe. Es war eine Lüge.

Nachdem das Los die sechsunddreißig Geschworenen für die Schwurgerichtssitzung bestimmt haben würde, wollte er – wenigstens bei den Geschworenen – einen persönlichen und gezielten Vorstoß unternehmen.

Wenn Mathilde dem Herrn von Frilair nicht so hübsch erschienen wäre, hätte er erst bei der fünften oder sechsten Begegnung so offen zu ihr gesprochen.

KAPITEL XXXIX

Die Intrige

Castres, 1676 – ein Bruder hat die Schwester
in einem Nachbarhaus umgebracht; der adlige
Täter hatte schon einen Mord begangen.
Sein Vater hat ihm das Leben gerettet, indem
er im geheimen fünfhundert Ecus
unter den Gerichtsräten
verteilen ließ.
Locke, Voyage en France

Als Mathilde den Bischofspalast verlassen hatte, schickte sie
unverzüglich einen Kurier an die Marschallin von Fervaques.
Die Furcht, sich bloßzustellen, ließ sie auch nicht einen Augenblick zögern. Sie beschwor ihre Rivalin, einen eigenhändigen Brief des Bischofs von *** an den Generalvikar von
Frilair zu erwirken. Ja, sie ging so weit, sie zu bitten, persönlich nach Besançon zu kommen. Für die eifersüchtige und
stolze Mathilde war das eine Heldentat.

Einem Rat Fouqués zufolge gebrauchte sie die Vorsicht,
Julien alles das zu verheimlichen. Ihre Anwesenheit beunruhigte den Gefangenen sowieso schon. Angesichts des nahen
Todes war er ein edlerer Mensch als je in seinem Leben. Er
empfand nicht nur tiefe Reue des Marquis von La Mole wegen, sondern auch Mathilden gegenüber.

»Ach!« klagte er bei sich. »Wenn Mathilde bei mir weilt,
bin ich oft zerstreut, mitunter sogar mißlaunig. Sie richtet
sich mir zuliebe zugrunde. Und so vergelte ich ihr das! Ich
bin doch ein schlechter Mensch.« Solange er ehrsüchtig war,
hatte es ihn wenig gekümmert, ob er ein schlechter Mensch
sei. Ehedem hatte er keine andere Schande vor Augen als die
der Erfolglosigkeit.

Sein seelisches Unbehagen in Mathildens Gegenwart bekam um so mehr Gewicht, als er jetzt die seltsamste und tollste Leidenschaft in ihr erregte. Sie redete von nichts als von

570

den wunderlichsten Opfern, die sie zu seiner Rettung bringen wollte.

Im Überschwange ihrer Liebe, auf die sie stolz war und vor der sich all ihr Hochmut demütigte, hätte sie am liebsten in jedem Augenblicke ihres Lebens irgendeine heroische Tat für Julien begangen. In stundenlangen Unterhaltungen mit ihm spann sie die abenteuerlichsten und gefahrvollsten Pläne aus. Die mit hohen Summen bestochenen Gefängniswärter ließen sie im Turme schalten und walten. Daß sie ihren guten Ruf dabei preisgab, war ihr das wenigste. Es war ihr gänzlich gleichgültig, ob alle Welt ihre Liebesgeschichte erführe. Sich vor die galoppierenden Pferde des königlichen Wagens zu werfen, um Gnade für Julien zu erflehen; die Aufmerksamkeit des Fürsten auf sich zu lenken, mit der Gefahr, zermalmt zu werden, war noch eine der mindersten Extravaganzen, mit der sich diese exaltierte und tollkühne Seele beschäftigte. Sie konnte übrigens damit rechnen, durch die Vermittlung ihrer bei Hof tätigen Freunde, in die abgesperrten Teile des Parks von Saint-Cloud eingelassen zu werden.

Julien fühlte sich solcher Opferfreudigkeit wenig würdig. Er war heldenmütiger Dinge müde. Für etwas wäre er empfänglich gewesen: für schlichte, naive, scheue Zärtlichkeit. Im Gegensatz dazu bedurfte Mathildens hochfliegende Seele immer der Vorstellung, als handle sie vor den andern, vor der ganzen Welt.

Bei all ihrer Angst und Sorge um das Leben ihres Geliebten, den sie entschlossen war nicht zu überleben, hatte sie den geheimen Drang, die Öffentlichkeit durch das Übermaß ihrer Liebe und die Großartigkeit ihrer Taten zu verblüffen.

Julien war über sich selbst verstimmt, dieweil ihn alles das so gar nicht rührte. Dabei wußte er nicht einmal, mit was für tollkühnen Plänen Mathilde seinen treuen, aber maßlos beschränkten und nüchternen Freund Fouqué bestürmte.

Nicht daß dieser ihre grenzenlose Hingabe tadelnswert ge-

571

funden hätte (er war ja selber bereit, sein Hab und Gut und sein Leben für Julien in die Schanze zu schlagen): was ihn verwunderte, war Mathildens Geldverschwendung. Als echter Spießbürger hegte er riesige Hochachtung vor dem Gelde.

Nach und nach gewahrte er auch, daß Mathildens Pläne in einem fort wechselten. Es war ihm geradezu eine Erleichterung, einen Fehler an ihrem ihm unbequemen Charakter zu finden. Er hielt Mathilde für *wetterwendisch,* was im Hinterlande beinahe dasselbe ist wie *Phantast sein,* das allerschlimmste.

»Merkwürdig!« sagte sich Julien eines Tages, als Mathilde eben seine Zelle verlassen hatte. »Eine so lebhafte Leidenschaft, die mir gilt, läßt mich völlig kalt! Und noch vor acht Wochen betete ich Mathilde an. Ich habe irgendwo gelesen, die Nähe des Todes mache den Menschen teilnahmslos. Ach, es ist schrecklich, sich undankbar zu fühlen und sich doch nicht ändern zu können! Bin ich denn ein Egoist?« Er machte sich hierüber die demütigendsten Vorwürfe.

In seinem Herzen war der Ehrgeiz tot. Eine andere Leidenschaft war aus der Asche erstanden. Julien nannte sie die Reue, Frau von Rênal ermordet zu haben.

In Wahrheit war er toll in sie verliebt. Wenn er allein war und nicht fürchtete, gestört zu werden, fand er ein köstliches Glück darin, sich in den Erinnerungen an die herrlichen Tage von Verrières und Vergy zu verlieren. Die geringfügigsten Erlebnisse jener allzu rasch vergangenen Zeit standen wunderbar frisch und wonnesam vor ihm. An seine Pariser Errungenschaften dachte er nicht zurück. Er war ihrer überdrüssig.

Diese Stimmung, die von Tag zu Tag stärker wurde, blieb der eifersüchtigen Mathilde nicht ganz verborgen. Sie merkte deutlich, daß Juliens Hang zu einsamer Träumerei etwas ihr Feindseliges war. Gelegentlich erwähnte sie Frau von Rênals Namen. Dann sah sie, wie der Geliebte erschrak.

Fortan kannte ihre Leidenschaft kein Maß, keine Grenze mehr.

»Wenn er stirbt, folge ich ihm in den Tod«, gelobte sie sich. »Was wird man in den Pariser Salons wohl sagen, wenn man erfährt, daß eine junge Dame meines Ranges einen zum Tode Verurteilten so namenlos liebt und vergöttert? Um solche Gefühle zu finden, muß man in die Ritterzeit zurückgehen. Solche Leidenschaft ließ die Herzen im Jahrhundert Karls IX. und Heinrichs III. höher schlagen.«

In ihrer Ekstase, wenn sie Juliens Kopf an ihren Busen drückte, sagte sie sich, zusammenschauernd: »Ach, dieses holde Haupt muß fallen!« Und von Heldengefühl und bizarrer Glückseligkeit ergriffen, fuhr sie fort: »Sei es! Vierundzwanzig Stunden später sind auch meine Lippen, die dies schöne Haar küssen, kalt und starr.«

Der Nachhall solch grausiger Wollust wich nicht von ihr. Der verführerische Gedanke an den Selbstmord, der ihrer Natur bisher gänzlich fern gewesen war, umgarnte ihre hochmütige Seele schließlich vollständig. Stolz sagte sie sich: »Das Blut meiner Vorfahren ist nicht schal bis zu mir gekommen!«

Einmal sagte der Geliebte zu ihr: »Ich habe eine Bitte an dich. Gib unser Kind nach Verrières in Pflege! Frau von Rênal wird die Amme überwachen.«

»Du verlangst Grausames von mir!« erwiderte Mathilde erbleichend.

»Du hast recht!« rief Julien, aus seinem Traumleben erwachend und sie in seine Arme schließend. »Ich bitte dich tausendmal um Verzeihung.«

Als er ihr die Tränen getrocknet hatte, kam er auf seine Idee zurück, wenn auch mit mehr Geschicklichkeit. Er hing der Unterhaltung das Gewand philosophischer Schwermut um. Er sprach von der Zukunft, die für ihn so nahe Grenzen hatte. »Liebste, Beste, es ist so: die Leidenschaft ist das größte Leid des Lebens. Aber es sucht nur die höheren Seelen heim. Der

573

Tod unsres Kindes wäre für deine stolze Familie ein Glück. Und das werden treue Diener erraten. Vernachlässigung wird das Los dieses unglücklichen Kindes der Schande sein . . . Ich hoffe, du wirst zu einer Zeit, die ich nicht näher bezeichnen will, der ich aber mutig entgegensehe, meinem letzten Willen gehorchen und den Marquis von Croisenois heiraten. «

»Ich, eine Entehrte?«

»Ein Name vom Klange des deinen kann nicht entehrt werden. Du bist eine Witwe. Die Witwe eines Narren. Was ist das weiter? Und dann – meine Untat hatte ihren Beweggrund nicht im Gelde. Folglich war sie nicht ehrlos. Und die Todesstrafe? Die Zeit wird kommen, wo ein philosophischer Gesetzgeber die ererbte Anschauung seiner Zeitgenossen überwindet und die Todesstrafe abschafft. Dann ist auch das nicht mehr ehrlos. Dann wird eine Freundesstimme von mir als einem Märtyrer sprechen: Nehmen wir nur einmal den ersten Mann des Fräuleins von La Mole: er war ein Narr, aber kein böser Mensch, kein Schurke. Es war absurd, ihn hinzurichten. Dann wird mein Andenken – zumindest nach einer gewissen Zeit – nicht mehr befleckt sein . . . Deine Stellung in der Welt, dein Vermögen, und – erlaube mir, das einmal auszusprechen, dein Genie werden Herrn Croisenois – der dann dein Gatte sein wird – eine Rolle spielen lassen, die er für sich allein nie erreicht hätte. Er besitzt nur die hohe Geburt und persönlichen Mut, und diese Eigenschaften allein, die 1729 einen Mann *comme il faut* aus ihm gemacht hätten, sind hundert Jahre später ein Anachronismus und verführen nur zu übersteigerten Erwartungen. Man muß andere Eigenschaften haben, wenn man sich an die Spitze der französischen Jugend stellen will!

Du bringst die Kraft eines festen und unternehmenden Charakters in die Partei mit ein, in die du deinen Gatten lancierst. Du wirst dann eine würdige Nachfolgerin der Damen Chevreuse und Longueville aus den Zeiten der Fronde sein.

Alles wandelt sich. Und auch das himmlische Feuer, das dich in dieser Stunde durchflammt, wird verglühen.

In fünfzehn Jahren erscheint dir die Liebe, die du für mich gefühlt hast, als entschuldbare Torheit, aber immerhin als Torheit . . .«

Er hielt plötzlich inne und fiel in seine Versonnenheit zurück. Von neuem kam ihm der Mathilden so feindselige Gedanke: »In fünfzehn Jahren wird Frau von Rênal meinen Sohn vergöttern, und du hast ihn vergessen!«

KAPITEL XL

Stille

> Gerade weil ich früher töricht war,
> bin ich heute klug. O Weltweiser, der du
> nur den Augenblick siehst, wie kurzsichtig
> bist du! Dein Auge ist nicht geschaffen,
> der unterirdischen Arbeit der
> Leidenschaften zu folgen.
> *Frau Goethe*

Die Unterhaltung ward unterbrochen. Julien wurde verhört. Darnach fand eine Besprechung mit seinem Verteidiger statt. Dies waren die einzigen wirklich unangenehmen Augenblicke in einem Dasein voller Sorglosigkeit und holder Träumerei.

Sowohl dem Untersuchungsrichter wie seinem Anwalt erklärte er: »Es war Mord, vorsätzlicher, mit Überlegung ausgeführter Mord!« Und lächelnd setzte er hinzu: »Es tut mir leid, meine Herren, wenn dieses Geständnis Ihre Arbeit beträchtlich vermindert.«

Als er sich von den beiden Kreaturen wieder befreit sah, sagte er zu sich: »Mich dünkt, ich bin doch tapfer, zweifellos tapferer als diese beiden Leutchen. Sie halten mein Duell mit dem Schicksal, bei dem ich auf dem Platze verbleiben werde,

575

das ich aber erst am betreffenden Tage ernst nehme, für ein Kapitalunglück.«

Er philosophierte weiter: »Ich habe größeres Leid erfahren. Als ich das erste Mal nach Straßburg reiste und mich von Mathilde verlassen wähnte, da habe ich tausendmal mehr gelitten . . .« Er verlor sich in Grübeleien. »Damals sehnte ich mich toll darnach, Mathilde ganz mein eigen zu nennen. Und heute läßt sie mich unsagbar kalt. Wahrlich, ich bin viel glücklicher, wenn ich allein bin, als wenn dies schöne Weib meine Einsamkeit teilt!«

Der Anwalt, ein Pedant und Formelmensch, hielt Julien für verrückt. Er nahm an – und dies war die allgemeine Meinung –, daß ihm die Eifersucht die Pistole in die Hand gedrückt habe. Eines Tages erlaubte er sich anzudeuten, daß diese Motivierung der Tat, gleichviel ob falsch oder wahr, ein ausgezeichnetes Verteidigungsmittel sei. Aber der Angeklagte regte sich ob dieser Zumutung ungeheuer auf.

Ganz außer sich rief er aus: »Herr Anwalt, wenn Ihnen Ihr Leben lieb ist, so unterstehen Sie sich ja nicht, eine solch abscheuliche Lüge vorzubringen!« Im Moment hatte der kluge Advokat Angst, erdrosselt zu werden.

Es war übrigens die höchste Zeit, daß er die Verteidigung ausarbeitete, denn die Hauptverhandlung stand nahe bevor. Besançon und der ganze Kreis sprachen von nichts als von diesem Sensationsprozeß. Julien wußte nichts davon. Er hatte darum gebeten, ihn mit Einzelheiten zu verschonen.

Als ihm Fouqué und Mathilde gewisse merkwürdige Gerüchte mitteilen wollten, die ihrer Ansicht nach zu Hoffnungen berechtigten, ließ er sie gar nicht ausreden.

»Laßt mir mein *Leben in der Idee*!« sagte er zu ihnen. »Eure Maulwurfsinteressen, der Kleinkram des wirklichen Lebens sind mir mehr oder weniger widerlich. Das zerrt mich aus meinem Himmel. Jeder stirbt so gut er kann. Ich habe meine eigene Anschauung vom Tode. Was geht mich die *der anderen* an? Habe ich doch mit *den anderen* urplötzlich nichts mehr zu tun. Tut mir den Gefallen und redet mir nicht mehr von den Leuten! Ich habe gerade genug, wenn ich den Richter und den Rechtsanwalt sehe.«

Bei sich selbst meinte er: »Eigentlich müßte ich meinen letzten Gang in Träumerei versunken gehen. Ein obskures Individuum wie ich, das die Gewißheit hat, binnen vierzehn Tagen gänzlich vergessen zu sein, ist zweifellos ein Narr, wenn es noch immer Komödie spielt . . .

Seltsam, daß ich die Kunst des Lebensgenusses erst jetzt begreife, wo so bald alles aus ist!«

Er verbrachte seine letzten Tage damit, im engen Dachhofe des Turmes spazierenzugehen und die ausgezeichneten Zigarren zu rauchen, die Mathilde durch einen Kurier hatte aus Holland kommen lassen. Dabei ahnte er nicht, daß sein Erscheinen tagtäglich von sämtlichen Fernrohren und Opernguckern der Stadt erwartet wurde. Seine Gedanken waren in Vergy. Aber niemals erwähnte er im Gespräche mit Fouqué Frau von Rênal. Ein paarmal vermeldete ihm sein Freund, daß sich der Zustand der Verwundeten rasch bessere. Solche Mitteilungen ließen Juliens Herz höher schlagen.

Während seine Seele fast immer im Traumlande weilte, befaßte sich Mathilde, als Aristokratin, nur mit Tatsachen, mit der Wirklichkeit. Sie hatte es zwar zuwege gebracht, daß der Briefwechsel zwischen Frau von Fervaques und Herrn von Frilair derart vertraulich ward, daß bereits das Schlagwort *Bistum* gefallen war.

Der ehrwürdige Prälat, dem die Pfründen oblagen, hatte auf eine der Bittschriften seiner Nichte die Randbemerkung gemacht: »Der arme Sorel hat kopflos gehandelt. Ich hoffe, er bleibt uns erhalten.«

Beim Anblick dieser Zeilen war Frilair schier zu Tränen gerührt. Er zweifelte nicht mehr an der Rettung Juliens.

Am Tage, ehe die sechsunddreißig Geschworenen durch das Los bestimmt wurden, äußerte er sich zu Mathilde: »Wenn wir das Jakobinergesetz nicht hätten, das die Aufstellung endloser Geschworenenlisten vorschreibt und keinen andern Zweck hat, als den Leuten aus den guten Familien jeden Einfluß zu entziehen, so würde ich mich für den Ausfall des Urteils verbürgen. Ich habe seinerzeit den Pfarrer N *** auch freibekommen.«

Zu seiner Freude erfuhr Frilair am nächsten Abend, daß sich unter den Gewählten fünf Besançoner Mitglieder der Kongregation befanden. Von auswärtigen Anhängern waren Valenod, Moirod und Cholin darunter. »Für diese acht Geschworenen stehe ich zunächst«, sagte er zu Mathilde. »Die fünf ersten sind Drahtpuppen. Valenod ist mein Agent. Moirod verdankt mir alles. Und Cholin ist ein Feigling ohnegleichen.«

Durch die Zeitung erfuhr Frau von Rênal die Namen der Geschworenen. Zum unbeschreiblichen Schrecken ihres Mannes wollte sie sofort nach Besançon reisen. Herr von Rênal erreichte schließlich, daß sie im Bett verblieb, um der Unannehmlichkeit zu entgehen, vor dem Schwurgericht als Zeugin zu erscheinen. »Du verstehst meine Lage nicht«, stellte ihr der ehemalige Bürgermeister vor. »Ich gelte zur Zeit allgemein als verbitterter Überläufer zu den Liberalen. Somit liegt es auf der Hand, daß mir dieser Lump, der Valenod, und ebenso Frilair, beim Staatsanwalt und bei den Richtern alle nur möglichen Mißhelligkeiten bereiten.«

Frau von Rênal fügte sich ohne Widerrede dem Ratschlage ihres Mannes. Sie sagte sich: »Wenn ich im Gerichtssaal erscheine, so sieht das am Ende aus, als sei ich rachgierig.«

Trotz ihres Versprechens und Vorsatzes schrieb sie eigenhändig an jeden der sechsunddreißig Geschworenen einen langen Brief, in dem unter anderm stand:

»Ich werde zur Hauptverhandlung nicht erscheinen, weil meine Anwesenheit auf Herrn Sorels Sache ungünstig wirken könnte. Ich hege keinen andern wirklichen Wunsch hienieden als den, Herrn Sorel gerettet zu sehen. Seien Sie überzeugt, der entsetzliche Gedanke, daß meinetwegen ein

Schuldloser zum Tode verurteilt worden sei, würde mein ganzes ferneres Leben vergiften und meinen eigenen Tod zweifellos beschleunigen. Sie können ihn nicht in den Tod schicken, da ich am Leben geblieben bin. Menschen haben überhaupt kein Recht, einem Mitmenschen das Leben zu nehmen, noch dazu einem Wesen wie Sorel. Es ist ja in Verrières allgemein bekannt, daß er zuweilen Zustände geistiger Verwirrung hat. Der arme junge Mann hat mächtige Feinde, aber selbst unter seinen zahlreichen Widersachern zweifelt kaum einer an seinen bewundernswerten Fähigkeiten und seinen gründlichen Kenntnissen. Sie haben über keinen Durchschnittsmenschen zu richten. Anderthalb Jahre haben wir ihn alle fromm, klug und fleißig gesehen. Allerdings hat er zwei- bis dreimal im Jahre Anfälle tiefen Schwermuts gehabt, die bis zum Wahnsinn gegangen sind. Die ganze Stadt Verrières, alle unsre Nachbarn in Vergy, wo wir mit unserm ganzen Haushalt die Sommermonate zu verbringen pflegen, auch der Herr Landrat, alle werden Herrn Sorels musterhafte Frömmigkeit anerkennen. Er kann die ganze Bibel auswendig. Würde sich ein Gottloser der jahrelangen Arbeit widmen, die Heilige Schrift auswendig zu lernen?

Meine Söhne werden die Ehre haben, Ihnen diesen Brief zu überbringen. Es sind Kinder. Wollen Sie sie gütigst befragen. Sie werden Ihnen über ihren unglücklichen ehemaligen Hauslehrer genügend Einzelheiten berichten, um Sie davon zu überzeugen, daß es unmenschlich wäre, wenn man ihn verurteilte. Statt mir eine Sühne zu verschaffen, brächte mir das vielmehr den Tod.

Was können seine Feinde gegen diese Tatsachen vorbringen? Meine Verwundung? Die ist mir in momentaner Geistesgestörtheit beigebracht! Sie ist so belanglos, daß ich, kaum acht Wochen darauf, bereits wieder imstande wäre, mit der Post von Verrières nach Besançon zu reisen. Wenn ich erführe, mein Herr, daß Sie im geringsten zögern, einen so grundunschuldigen Menschen der Barbarei der Gesetze zu entziehen, spränge ich von meinem Lager, wo mich einzig der Wunsch meines Mannes noch hält, und würfe mich Ihnen zu Füßen.

Erklären Sie im Urteil, mein Herr, daß Planung und Vorsatz für die Zeit des Verbrechens nicht nachweisbar sind, und Sie werden sich nicht vorwerfen müssen, das Blut eines Unschuldigen vergossen zu haben«, etc. etc.

KAPITEL XLI

Das Urteil

> Die Nation wird noch lange dieses berühmten
> Falles gedenken. Die Unterstützung für den Ange-
> klagten grenzte an Demagogie: sein Verbrechen sei
> zwar erstaunlich, deswegen aber keineswegs
> ungeheuerlich. Und selbst wenn es das
> gewesen wäre: der junge Mann
> war so schön! Sein hoher Flug, der so bald
> geendet hatte, vermehrte die Rührung.
> Werden sie ihn verurteilen? fragten die Frauen
> ihre Bekannten, und man sah sie unter
> Erbleichen die Antwort erwarten.
> *Sainte-Beuve*

Endlich brach der von Frau von Rênal und Mathilde so gefürchtete Tag der Hauptverhandlung wider Julien Sorel an.

Die sichtliche Erregtheit der Stadt verdoppelte ihre Schrekkensangst und ließ selbst Fouqués starkes Herz nicht unbewegt. Aus der weitesten Umgegend strömten die Leute in Scharen nach Besançon herein, um dem Urteil über das romantische Verbrechen beizuwohnen.

In den Gasthöfen war schon seit mehreren Tagen keine Unterkunft mehr zu finden. Der Vorsitzende des Schwurgerichts wurde mit Gesuchen um Zutrittskarten bestürmt. Besonders bettelten die Besançoner Damen darum. In den Straßen wurde Juliens Bild feilgeboten.

Mathilde hatte als *ultima ratio* ein Handschreiben des Bischofs von *** in die Waagschale geworfen. Der Kirchenfürst, der den Klerus von Frankreich in seiner Gewalt hatte, geruhte Juliens Freisprechung zu befürworten. Am Tag zuvor hatte Mathilde dieses Schriftstück dem einflußreichen Generalvikar von Frilair übergeben. Als sie sich am Ende ihrer Unterredung unter Tränen von ihm verabschiedete, sagte Frilair, endlich aus seiner diplomatischen Zurückhaltung heraustretend und selber beinahe gerührt, zu ihr: »Ich verbürge mich für das Urteil des Schwurgerichts. Unter den zwölf Mitgliedern, denen es obliegt festzustellen, ob die Tat Ihres Schützlings erwiesen und vor allem, ob sie mit Vorbedacht geschehen ist, zähle ich sechs zuverlässige Freunde, denen ich zu verstehen gegeben habe, daß es jetzt von ihnen abhängt, ob ich je Bischof werde. Weiterhin verfügt der Baron Valenod, der durch mich Bürgermeister von Verrières geworden ist, todsicher über zwei seiner Untergebenen, die Herren von Moirod und von Cholin. Dafür hat uns das Los zwei sehr üble Geschworene beschert. Aber, wenngleich sie radikal-liberal sind, so sind sie doch in wichtigen Dingen auf meiner Seite. Ich habe sie bitten lassen, sich Herrn von Valenods Stimme anzuschließen. Wie ich ferner in Erfahrung gebracht habe, trachtet einer der übrigen Geschworenen, der Fabrikbesitzer N ***, ein schwerreicher Mann, ein liberaler Schwätzer, insgeheim danach, Lieferungen für das Kriegsministerium zu bekommen. Mein Mißfallen wird er sich auf keinen Fall zuziehen wollen. Auch ihm habe ich sagen lassen, er solle sich nach Herrn von Valenod richten.«

»Wer ist eigentlich dieser Herr Valenod?« fragte Mathilde beunruhigt.

»Wenn Sie ihn kennten, würden Sie am guten Ausgange der Sache nicht zweifeln. Das ist ein frecher, rücksichtsloser, grober Scharlatan, wie geschaffen dazu, eine Hammelherde zu leiten. Er ist mit dem Jahre 1814 hochgekommen. Ich werde ihm zum Landrat weiterhelfen. Er ist imstande, jeden seiner Mitgeschworenen zu verhauen, wenn er nicht so stimmt, wie er es will.«

Mathilde beruhigte sich ein wenig.

Am Abend hatte sie eine Unterredung mit Julien. Um eine ihm widerliche Groteske, deren Ausgang für ihn feststand, nicht noch in die Länge zu ziehen, war er entschlossen, das Wort zu seiner Verteidigung nicht zu ergreifen.

»Mein Anwalt wird reden«, erklärte er Mathilde. »Ich werde schon allzu lange den Blicken meiner Feinde ausgesetzt sein. Die Kleinstädter gönnen mir die rasche Karriere nicht, die ich durch euch gemacht habe. Es ist auch nicht einer darunter, dem meine Verurteilung keine Genugtuung bereitete. Hinterher freilich, wenn ich zum Tode geführt werde, heulen sie alle miteinander wie die alten Weiber.«

»Sie wollen dich gedemütigt sehen. Das ist nicht zu leugnen«, meinte Mathilde. »Aber trotzdem glaube ich nicht, daß sie Unmenschen sind. Meine Anwesenheit hier in Besançon und der Anblick meines Leids hat alle Frauen mit Teilnahme erfüllt. Dein hübsches Gesicht tut das übrige. Wenn du dich vor dem Schwurgericht selber verteidigst, hast du die ganze Hörerschaft auf deiner Seite . . .«

Als Julien früh um neun Uhr das Gefängnis verließ, um nach dem Hauptsaal des Justizpalastes zu gehen, vermochten die Schutzleute die ungeheure, sich im Hofe drängende Menge der Neugierigen kaum im Zaum zu halten. Julien hatte gut geschlafen. Er war völlig ruhig und hatte sich philosophisch damit abgefunden, daß all seine Widersacher, ohne gerade unmenschlich zu sein, sein Todesurteil doch mit Befriedigung hören würden. So war er ziemlich überrascht, als er die Wahrnehmung machte, daß sein Erscheinen Mitleid unter den Gaffern erregte. Er hörte keine einzige häßliche Äußerung. »Die Spießbürger sind gar nicht so bösartig, wie ich glaubte!« dachte er bei sich.

Als er den Verhandlungssaal betrat, fiel ihm die Schönheit des Innenschmucks auf. Der Raum war im gotischen Stil erbaut, mit einer Menge zierlicher, sorgfältig gearbeiteter steinerner kleiner Pfeiler. Er kam sich wie in England vor.

Bald aber richtete sich sein Augenmerk auf ein Dutzend hübscher Damen, die den Balkon über den Richtern und Geschworenen, gegenüber der Anklagebank, innehatten. Als er sich nach der Zuschauertribüne umwandte, die er im Rücken hatte, bemerkte er, daß sie fast nur von Frauen gefüllt war. Die meisten waren jung und, wie es schien, recht hübsch. Ihre Augen leuchteten vor Mitgefühl. Weiter hinten drängte sich der große Haufe. Man prügelte sich an den Eingängen. Die Schutzleute konnten den Lärm nicht unterdrücken.

Aller Blicke galten Julien. Als man sah, wie er den etwas erhöhten Platz für den Angeklagten einnahm, wurde er durch ein Gemurmel des Staunens und der rührseligen Teilnahme begrüßt.

Man hätte an diesem Tage behaupten können, er sei keine zwanzig Jahre alt. Er war sehr schlicht, aber mit erlesenem Geschmack gekleidet. Das zurückgestrichene Haar ließ seine edle Stirn hervortreten. Mathilde hatte seine Toilette persönlich überwacht. Er sah auffällig blaß aus. Kaum hatte er sich auf der Anklagebank niedergesetzt, so hörte er von allen Seiten die Ausrufe: »Gott, wie jung er ist!« – »Noch das richtige Kind!« – »Er ist viel hübscher als auf den Bildern!«

»Mein Herr Angeklagter«, bemerkte der Gendarm zu seiner Rechten, »sehen Sie die sechs Damen dort auf dem Balkon?« Der Gendarm deutete auf eine kleine vorspringende Tribüne oberhalb des Amphitheaters, wo die Geschworenen sitzen. »Da ist die Frau Landrat«, fuhr der Gendarm fort, »daneben Frau Marquise von M ***, die Sie sehr gern hat; ich habe gehört, wie sie sich mit dem Untersuchungsrichter unterhalten hat. Dann ist da noch Frau Derville . . . .«

»Frau Derville!« durchfuhr es ihn, wobei er über und über rot wurde. »Nach der Verhandlung wird sie schleunigst an ihre Freundin schreiben.« Daß auch Frau von Rênal nach Besançon gekommen war, ahnte er nicht.

Die Zeugen wurden ziemlich rasch vernommen. Bei Beginn der Worte, die der Staatsanwalt hierauf sprach, brachen zwei Damen auf dem Balkon Julien gegenüber in Tränen aus. Er sagte sich: »Frau Derville wird alles andre denn gerührt sein.« Es entging ihm jedoch nicht, daß sie ein aufgeregtes Gesicht hatte.

Der Staatsanwalt hielt eine pathetische Rede in der üblichen schlechten Ausdrucksweise der Juristen. Er brandmarkte die Roheit des vorliegenden Verbrechens. Julien bemerkte, daß die Nachbarinnen von Frau Derville Gebärden des lebhaften Mißfallens machten. Dies bereitete ihm eine angenehme Empfindung. Verschiedene unter den Geschworenen, anscheinend Bekannte dieser Damen, sprachen mit ihnen und schienen ihnen Mut zuzusprechen. Das sieht nicht schlecht aus, dachte Julien.

Bis dahin hatte er für alle Anwesenden ungemischte Verachtung gehegt. Der geistlose Wortschwall des Staatsanwalts hatte dieses Gefühl des Ekels noch vermehrt. Jetzt, angesichts der Zeichen von menschlicher Teilnahme, begann Juliens Apathie langsam zu schwinden.

Die sichere Haltung seines Verteidigers befriedigte ihn. »Nur keine Phrasen!« rief er ihm leise zu, als er sich zu reden anschickte.

»Die hat man, nicht zu Ihrem Schaden, eben zur Genüge auf der andern Seite gehört«, gab der Anwalt zurück. Kaum hatte er fünf Minuten gesprochen, als fast alle Frauen ihre Taschentücher in der Hand hatten. Hierdurch ermutigt, setzte er den Geschworenen tüchtig zu. Julien fieberte. Mit Mühe hielt er die Tränen zurück. »Himmel, was würden meine Feinde sagen!« dachte er.

Er wäre der in ihm aufwallenden Rührung beinahe erlegen, wenn er zu seinem Glücke nicht gerade einen unverschämten Blick Valenods aufgefangen hätte.

»Wie die Augen dieses Fuchses funkeln!« sagte er sich. »Seine Dreckseele triumphiert! Wenn meine Tat weiter nichts

im Gefolge hätte als dies, dann müßte ich sie verfluchen . . .
Wer weiß, was er Frau von Rênal an Winterabenden über
mich berichten wird.«

Er begann darüber nachzugrübeln. Da rissen ihn die Bei-
fallsbezeigungen des Publikums in die Wirklichkeit zurück.
Der Verteidiger hatte eben seine Rede beendet. Julien erinnerte sich daran, daß es Sitte sei, dem Verteidiger die Hand zu
drücken. Die Zeit war ihm mit Windeseile entflohen.

Man brachte dem Anwalt und dem Angeklagten einen Imbiß. Es fiel Julien auf, daß keine der Damen die entstehende
Pause benutzte, um sich zum Essen wegzubegeben.

»Donnerwetter, ich bin halb verhungert!« meinte der Anwalt. »Und Sie?«

»Ich auch!« gab Julien zur Antwort.

Der Anwalt zeigte nach dem Balkon. »Da sehen Sie, die
Frau Landrätin läßt sich auch etwas zu essen bringen! Nur
Mut! Die Sache steht ausgezeichnet!«

Die Sitzung begann von neuem. Als der Vorsitzende sein
Resümee vortrug, schlug es Mitternacht. Er mußte seine
Rede unterbrechen. In der bangen Stille, die im ganzen Saale
herrschte, bekamen die Glockenschläge einen unheimlichen
Klang.

»Mein jüngster Tag bricht an!« dachte Julien. Und der Gedanke an seine Pflicht durchloderte ihn. Bis jetzt hatte er jedwede Ergriffenheit gemeistert und seinen Vorsatz, nicht reden zu wollen, aufrechterhalten. Als ihn der Vorsitzende aber
fragte, ob er noch etwas vorzubringen habe, da erhob er sich.
Sein Blick fiel in die Augen von Frau Derville. Es war ihm,
als leuchtete es in ihnen. »Sollte sie weinen?« fragte er sich
und begann:

»Sehr geehrte Herren Geschworenen! Ich möchte mich
nicht allgemein verabscheut sehen, obgleich ich angesichts
des Todes auch dem trotzen zu können vermeine. Deshalb
drängt es mich, das Wort zu ergreifen. Meine Herren, ich
habe nicht die Ehre, Ihrer Gesellschaftsklasse anzugehören.

Ich stehe vor Ihnen als ein Kind des Volkes, das sich gegen die Niedrigkeit seines Schicksals aufgelehnt hat . . .«

Festeren Tones fuhr er fort: »Ich bitte Sie nicht um Gnade. Ich mache mir durchaus keine Hoffnung. Der Tod harrt meiner, und dies von Rechts wegen. Ich habe mich am Leben einer Dame vergriffen, die der allgemeinen Hochachtung und Verehrung würdig ist. Frau von Rênal hat mich wie eine Mutter behandelt. Mein Verbrechen ist abscheulich. Es ist mit Vorbedacht geschehen. Somit habe ich den Tod verdient. Aber wenn meine Schuld auch nicht so groß wäre, so bin ich doch überzeugt, daß Sie, meine Herren Geschworenen, in meiner Jugend keinen mildernden Grund erblicken und mir nachsichtslos gegenüberstehen, weil Sie in meiner Person eine gewisse Kategorie von jungen Männern bestrafen und abschrecken wollen, die, in Niedrigkeit geboren und durch die Not niedergedrückt, das Glück oder Unglück haben, sich eine gute Bildung anzueignen, und die Kühnheit besitzen, sich in die Kreise zu wagen, die der Wohlhabende selbstgefällig *die gute Gesellschaft* zu nennen pflegt.

Meine Herren, das ist mein Verbrechen! Es wird um so härter bestraft werden, als ich nicht von meinesgleichen gerichtet werde. Ich sehe auf den Geschworenenbänken keinen einzigen reich gewordenen Bauern, lediglich entrüstete Bürger.«

In diesem Stile sprach er etwa zwanzig Minuten. Er sagte alles, was er auf dem Herzen hatte. Der Staatsanwalt, ein Katzbuckler um die Gunst der herrschenden Klassen, rückte aufgeregt in seinem Lehnstuhle hin und her. Die Frauen aber zerflossen in Tränen, trotz der theoretisierenden Ausdrucksweise, deren sich Julien absichtlich bediente. Sogar Frau Derville hielt ihr Taschentuch vor die Augen. Zu Ende seiner Rede kam er nochmals auf die Vorsätzlichkeit seiner Tat zu sprechen, auf die Hochachtung und die grenzenlose kindliche Verehrung, die er in glücklicheren Tagen für Frau von Rênal gehegt habe, und schließlich auf seine Reue.

Bei dieser Stelle stieß Frau Derville einen Schrei aus und fiel in Ohnmacht.

Es schlug ein Uhr, als sich die Richter und die Geschworenen zur Beratung zurückzogen. Keine der Damen war vom Platze gewichen. Mehrere Männer hatten tränenfeuchte Augen. Man unterhielt sich, anfangs sehr heftig. Allmählich aber, als die Entscheidung der Richter auf sich warten ließ, begann die allgemeine Ermüdung Ruhe in die Versammlung zu bringen. Es wurde feierlich im Saal. Die Lichter verloren ihre Leuchtkraft. Julien war erschöpft. Er hörte rings um sich die Frage erörtern, ob die auffällige Länge der Beratung ein gutes oder ein schlimmes Zeichen sei. Zu seiner Freude erkannte er, daß man ihm allgemein Gutes wünschte. Immer noch nicht erschienen die Richter, aber keine der Frauen verließ den Saal.

Als es zwei Uhr schlug, entstand eine Bewegung. Die kleine Tür des Beratungszimmers tat sich auf. Der Baron Valenod, der Obmann, trat gravitätisch ein, die gesamten Geschworenen hinter ihm. Er hüstelte. Darauf verkündete er im Namen des Königs, das Schwurgericht habe nach bestem Wissen und Gewissen einstimmig entschieden, daß Julien Sorel des vorsätzlichen Mordes schuldig sei. Darauf stand die Todesstrafe. Diese wurde einen Augenblick nachher verkündet. Julien sah auf seine Uhr. Der Graf von Lavalette fiel ihm ein. Es war ein Viertel drei Uhr. »Heute ist Freitag«, sagte er bei sich.

»Für Valenod, der mich verurteilt hat, ein Glückstag! Ich werde zu gut bewacht, als daß mich Mathilde retten könnte, wie es Frau von Lavalette gemacht hat . . . Also in drei Tagen um diese Zeit werde ich wissen, was an dem *Großen Vielleicht* ist.«

In diesem Augenblick hörte er einen Schrei, der ihn in die Wirklichkeit zurückversetzte. Die Frauen um ihn herum schluchzten. Er sah, daß sich aller Gesichter nach einer Ecke des großen Zuschauerraumes hingewandt hatten. Später erfuhr er, daß Mathilde, vor ihm versteckt, dort gesessen hatte. Da sich der Schrei nicht wiederholte, blickte alles alsbald wieder nach Julien, den die Schutzleute durch die Menge aus dem Saal führten.

»Ich muß mich bemühen, diesem Schurken, dem Valenod, keinen Anlaß zum Lachen zu geben«, sagte sich Julien. »Mit welch süßlicher, Betrübnis heuchelnder Miene hat er das Urteil verkündet! Dem Vorsitzenden haben die Tränen in den Augen gestanden, obgleich er berufsmäßig und seit Jahren Richter ist. Wie mag Valenod triumphieren, daß er sich jetzt ob unsrer alten Rivalität bei Frau von Rênal gerächt hat! . . . Frau von Rênal . . . Ich werde sie also niemals wiedersehen . . . Das war einmal! . . . Von einander Abschied nehmen, eine Unmöglichkeit . . . ich weiß es . . . aber ich wäre glücklich, wenn ich ihr sagen könnte, daß ich meine Tat über alles verächtlich finde . . . Ich möchte ihr nichts sagen als die Worte: Ich werde mit Recht in den Tod geschickt!«

KAPITEL XLII

Bei der Rückkehr aus dem Verhandlungssaale hatte man Julien in die Zelle gebracht, die für die zum Tode Verurteilten bestimmt war. Er, der sonst die geringste Kleinigkeit wahrnahm, bemerkte gar nicht, daß er nicht in seinen Turm hinaufgeführt wurde. Er träumte sich aus, was er Frau von Rênal sagen wollte, wenn er vor seinem letzten Stündlein das Glück hätte, sie noch einmal zu sehen. Er dachte, daß sie ihn unterbrechen würde, und wollte deshalb gleich beim ersten Wort ihr seine ganze Reue bekennen. »Wie kann ich sie nach einer solchen Tat überzeugen, daß ich sie und keine andre liebe?« fragte er sich. »Habe ich sie doch morden wollen aus Ehrgeiz oder gar aus Liebe zu Mathilde.«

Als er sich ins Bett legte, verspürte er die grobe Leinwand. Das brachte ihn wieder zu sich. »Ach so, ich bin ja im Ge-

588

fängnis . . .«, murmelte er, »als ein zum Tode Verurteilter! Und mit Recht . . .

Graf Altamira hat mir einmal erzählt, Danton hätte am Tage seiner Hinrichtung mit seiner Polterstimme gesagt: ›Spaßig! Das Zeitwort *köpfen* läßt sich nicht durchkonjugieren. Man kann wohl sagen: Ich werde geköpft! Du wirst geköpft! Aber man kann nicht sagen: Ich bin geköpft worden!‹

Oder vielleicht doch? Wenn es ein Jenseits gäbe? Lieber nicht! Wenn ich da drüben den Christengott fände, wäre ich verloren! Das ist ein Despot. Ein Dämon der Rache. Seine Bibel spricht von nichts als von schrecklichen Strafen. Ich habe ihn nie geliebt. Habe nicht einmal glauben können, daß ihn jemand aufrichtig lieben könne. Er kennt kein Erbarmen . . .« Hierbei fielen ihm etliche Bibelstellen ein. »Er würde mich gräßlich strafen . . .

Aber wenn ich nun den Gott Fénelons fände? Der würde vielleicht zu mir sagen: ›Du hast viel geliebt. Dir soll viel verziehen werden!‹

Habe ich viel geliebt? Allerdings, Frau von Rênal habe ich geliebt, aber ich habe sie nicht darnach behandelt. Wie überall im Leben: das Schlichte, Bescheidene, Gütige wird verlassen eines schönen Trugbilds wegen . . .

Was wäre ich wohl geworden? Husarenoberst im Kriege. Im Frieden: Gesandtschaftsattaché, später Gesandter . . . Denn mein Geschäft hätte ich sehr bald famos verstanden. Und selbst wenn ich ein Schafskopf gewesen wäre: Welchen Nebenbuhler hätte der Schwiegersohn des Marquis von La Mole zu fürchten gehabt? Man hätte mir jede Dummheit nachgesehen, ja, als Riesenschlauheit ausgelegt. Als verdienstvoller Mann in der höchsten Stellung in Wien oder London . . . Halt, Herr Sorel! In drei Tagen werden Sie geköpft!«

Er mußte über diesen Gedankensprung herzlich lachen. »Wahrhaftig«, scherzte er, »der Mensch hat zwei Seelen in seiner Brust. Wer zum Teufel hätte mich sonst auf diesen boshaften Einwand gebracht?

Meinetwegen! In drei Tagen werde ich also geköpft. Cholin wird sich zusammen mit dem Abbé Maslon ein Fenster mieten. Ich möchte nur eins wissen: Welcher von den beiden Ehrenmännern sich um die Bezahlung drücken wird!«

Jene Stelle aus dem »Venceslas« von Jean Rotrou kam ihm plötzlich in den Sinn:

Ladislas: Bereit ist meine Seele!

Der König (Ladislas' Vater): Der Richtblock auch! Leg drauf dein Haupt!

»Die beste Antwort!« dachte Julien und schlief ein.

Am andern Morgen weckte ihn jemand auf, der ihn fest umschlang. Verstört öffnete Julien die Augen.

»Schon!« rief er. Er bildete sich ein, es wären des Henkers Hände.

Es war Mathilde.

»Zum Glück hat sie mich nicht verstanden.« Diese Gewißheit gab ihm seine ganze Kaltblütigkeit wieder.

Mathilde kam ihm verändert vor, als ob sie lange krank gewesen wäre. In der Tat war sie kaum wiederzuerkennen.

»Der infame Frilair hat mich zum Narren gehalten!« rief sie, die Hände ringend. Vor Wut vermochte sie nicht zu weinen.

»Habe ich gestern nicht vorzüglich ausgesehen, als ich meine Rede hielt?« fragte Julien. »Ich habe aus dem Stegreif gesprochen, zum ersten Male in meinem Leben, allerdings wohl auch zum letzten Male.«

In diesem Augenblick spielte er auf Mathildens Seele wie ein kühler Virtuos auf seiner Klaviatur. »Zwar besitze ich den Vorzug einer hohen Geburt nicht«, fuhr er fort, »indessen hat Mathildens große Seele ihren Geliebten zu sich emporgehoben. Glaubst du, Bonifaz von La Mole habe seine Rolle vor seinen Richtern besser gespielt?«

An diesem Tage war Mathildens Zärtlichkeit so echt und

natürlich wie die eines armen kleinen Mädchens fünf Treppen hoch, aber es gelang ihr nicht, Julien zu schlichter Rede zu bringen. Ohne es zu wollen, zahlte er ihr jetzt die Qualen heim, die sie ihn so oft hatte leiden lassen.

»Niemand kennt die Quellen des Nil«, sagte sich Julien; »es ist dem menschlichen Auge verwehrt, den König der Flüsse als einfachen Bach zu erblicken.

Keines Menschen Auge soll mich schwach sehen!« sagte er zu sich. »Ich bin nicht schwach. Nur ist mein Herz rührselig. Die albernste Sentimentalität, geschickt vorgetragen, macht meine Stimme zitterig und entlockt mir Tränen. Wie oft haben mich harte Gemüter wegen dieser Schwäche verachtet! Sie bildeten sich ein, ich sei eine Memme. Das darf ich nicht dulden . . .

Man berichtet, der Gedanke an seine Frau habe Danton vor dem Schafott windelweich gestimmt. Dafür hat Danton ein ganzes Volk von Hanswürsten zu Taten aufgerappelt und den Feind von Paris ferngehalten . . . Ich ganz allein weiß, zu was ich imstande gewesen wäre. Für die andern bin ich im besten Falle eine problematische Natur.

Wäre Frau von Rênal hier in meiner Zelle und nicht Mathilde, wer weiß, ob ich meiner sicher bliebe? Das Übermaß meiner Verzweiflung und meiner Reue wäre in den Augen der Valenod und aller Patrizier des Gebietes als gemeine Todesfurcht ausgelegt worden; sie sind so stolz, diese schwachen Herzen, die ihre finanzielle Lage allen Versuchungen enthebt. Die Herren Moirod und Cholin, die gerade den Schuldspruch über mich verhängt haben, würden sagen: ›Da sieht man, was es heißt, ein Zimmermannssohn zu sein!‹

Alles kann man sich aneignen, Wissen, Gewandtheit, nur den Mut nicht. Mut kann man nicht lernen. Selbst neben Mathilde nicht, die jetzt weint oder vielmehr bereits nicht mehr weinen kann.« Er sah ihr in die geröteten Augen – und schloß sie in seine Arme. Im Anblick ihres aufrichtigen Schmerzes vergaß er seine Vernünftelei. »Vielleicht hat sie die ganze

Nacht geweint«, dachte er bei sich, »aber eines Tages wird sie sich der Erinnerung daran schämen. Sie wird sich vorwerfen, als junges Mädchen von der niedrigen Denkart eines Plebejers angesteckt worden zu sein . . .

Croisenois, der Schwächling, wird sie heiraten. Warum auch nicht? Es ist nur zu seinem Vorteil. Mathilde wird ihm eine Rolle zu spielen geben, denn: *Der starke Geist beherrscht die Alltagsseelen* . . .

Merkwürdig, angesichts des Todes fallen mir alle Verse wieder ein, die sich mir im Laufe des Lebens eingeprägt haben! Das ist wohl ein Zeichen des Verfalls?«

Bereits zum zweiten Male sagte Mathilde zu ihm mit erstickter Stimme: »Er wartet nebenan!« Endlich schenkte Julien ihren Worten Gehör. »Ihre Stimme ist schwach«, stellte er bei sich fest, »aber im Klang verrät sich ihre Herrennatur doch. Sie dämpft die Stimme, um nicht in Zorn auszubrechen . . .«

»Wer wartet?« fragte er in sanftem Tone.

»Dein Anwalt! Er möchte, daß du die Berufung unterschreibst.«

»Ich verzichte darauf«, erklärte Julien.

»Was? Du verzichtest auf die Berufung?« rief sie. Ihre Augen funkelten vor Zorn. »Und darf ich fragen, aus welchem Grunde?«

»Weil ich mich zur Zeit mutig fühle zu sterben, ohne Anlaß zu geben, daß sich die andern über mich lustig machen. Wer steht mir dafür, daß ich nach acht langen Wochen in diesem feuchten Loche noch in so guter Verfassung bin? Schon sehe ich im Geiste, wie die Pfaffen kommen, mein Vater und wer weiß wer noch . . . Nichts in der Welt wäre mir widerlicher. Ich will sterben.«

Juliens unerwarteter Widerstand erweckte Mathildens ganzen Hochmut von neuem. Sie hatte den Generalvikar von Frilair so früh nicht aufsuchen können. So ward Julien die erste Beute ihrer Wut. Sie vergötterte ihn. Aber in dieser Stunde verwünschte sie seinen Charakter und bedauerte, ihn geliebt zu haben. Das war so recht wieder das hochmütige Wesen, das ihn damals in der Bibliothek des Hauses La Mole mit Schmähungen überschüttet hatte!

»Zum Ruhme deiner Familie hätte dich das Schicksal als Mann auf die Welt kommen lassen müssen!« sagte er.

Bei sich dachte er: »Ich wäre schön dumm, wenn ich acht weitere Wochen an diesem greulichen Ort verbliebe, als Opfer der niederträchtigen Demütigungen der besitzenden Klasse . . .* Dazu als einzige Zerstreuung die Vorwürfe dieser Närrin. Fällt mir nicht ein! Übermorgen trete ich zum Duell an mit dem Manne, der ob seiner Kaltblütigkeit und seiner Riesengeschicklichkeit berühmt ist . . .« Mephisto sprach in ihm. ». . . Ja, hochberühmt . . ., mit dem Manne, der nie danebenhaut. Und dabei bleibt es!«

Mathilde entwickelte alle ihre Beredsamkeit.

»Himmel und Hölle!« schwor er bei sich. »Ich lege keine Berufung ein!«

Nach diesem Entschluß verlor er sich in Träumerei. »Früh um sechs wird der Briefträger wie alle Tage die Zeitung bringen, und um acht Uhr, wenn Herr von Rênal fertig mit Lesen ist, wird Jungfer Elise auf den Fußspitzen in ihr Zimmer kommen und ihr das Blatt aufs Bett legen. Nach einer Weile wird sie erwachen und beim Lesen totenblaß werden. Und sie wird lesen bis zu den Worten: *Um zehn Uhr und soundso viel Minuten war es um ihn geschehen . . .*

Da wird sie heiße Tränen vergießen. Ich kenne sie. Wenn ich sie auch habe ermorden wollen: alles wird vergeben und vergessen sein! Und der Mensch, dem ich das Leben rauben wollte, der wird der einzige sein, der meinen Tod aufrichtig beweint . . . Welch ein Widerspruch!«

Während Mathilde in einem fort weiterredete, träumte Julien eine volle Viertelstunde immer nur von Frau von Rênal. Willenlos und trotzdem er Mathilden hin und wieder auf ihre

---

* Hier spricht der Jakobiner.

Worte mechanisch antwortete, vermochte er seine Gedanken nicht aus dem Schlafzimmer der Frau von Rênal zu Verrières zurückzurufen. Deutlich sah er die Besançoner Zeitung auf der orangegelben seidnen Steppdecke liegen. Er sah, wie die weißen Hände das Blatt krampfhaft zerknitterten. Er sah, wie Frau von Rênal weinte. Er sah Träne um Träne langsam über ihr schönes Gesicht hinabrinnen . . .

Als sich Mathilde klar ward, daß sie nichts erreichen konnte, ließ sie den Anwalt eintreten.

Glücklicherweise war das ein ehemaliger Hauptmann der napoleonischen Armee, die 1796 in Italien kämpfte, und ein Waffengefährte Manuels. Aus rein äußerlichen Gründen versuchte er den Entschluß des Angeklagten rückgängig zu machen. Julien, der ihn achtungsvoll behandeln wollte, setzte ihm seinen Standpunkt genau auseinander.

»Mein Gott«, sagte der Anwalt schließlich, »ich kann Ihnen das nachfühlen. Aber Sie haben ja drei volle Tage Zeit mit der Berufung. Ich werde nicht versäumen, täglich wiederzukommen. Wer weiß, was in acht Wochen alles passiert. Schließlich können Sie bis dahin auch an einer Krankheit gestorben sein.«

Julien drückte ihm die Hand. »Ich danke Ihnen«, sagte er. »Sie sind ein wackerer Mann! Ich werde mir's überlegen.«

Als dann Mathilde zusammen mit dem Anwalt hinausging, empfand er erheblich mehr Freundschaft zu ihm als zu ihr.

KAPITEL XLIII

Eine Stunde später, als er von neuem fest eingeschlafen war, wurde er durch Tränen geweckt, die ihm über die Hand rannen. »Schon wieder Mathilde!« dachte er, noch halb im Schlafe. »Sie will mich durch Sentimentalitäten kirre machen . . .« Verdrießlich über die Aussicht auf eine neue Szene im pathetischen Stile, hielt er seine Augen geschlossen. Die

Verse aus Belphegor auf der Flucht vor seiner Frau kamen ihm in den Sinn. Da hörte er ein eigentümliches Seufzen.

Er schlug die Augen auf und erblickte Frau von Rênal.

Im Augenblick lag er ihr zu Füßen.

»Oh! Sehe ich dich noch einmal, ehe ich sterbe!« rief er. »Oder ist es ein Traumbild?«

Ganz wach werdend, fügte er hinzu: »Verzeihung, gnädige Frau. Für Sie bin ich nur ein Mörder!«

»Herr Julien«, sagte sie in schlichtem Tone, »ich komme, Sie zu beschwören: legen Sie Berufung ein! Ich weiß, Sie wollen es nicht . . .«

Vor Schluchzen konnte sie nicht weitersprechen.

»Ich flehe Sie an, vergeben Sie mir!«

Sie warf sich in seine Arme.

»Wenn du willst, daß ich dir verzeihe, dann mußt du sofort Berufung gegen das Todesurteil einlegen!«

Julien hörte nicht auf, sie zu küssen.

»Willst du mich bis zur Entscheidung alle Tage besuchen?« fragte er. »Es wird acht Wochen dauern.«

»Ich schwöre es dir. Ich will alle Tage kommen, wenn es mir mein Mann nicht verwehrt.«

»Gut! Ich unterschreibe«, erklärte Julien. »Verzeihst du mir wirklich? Ist dies möglich?«

Er drückte sie fest an sich, ganz von Sinnen. Sie stieß einen leisen Schrei aus.

»Was hast du?«

»Nichts. Du hast mir ein wenig weh getan.«

Julien brach in Tränen aus, gab sie frei und bedeckte ihre Hand mit heißen Küssen.

»Wer hätte das gedacht, als ich dich zum letzten Male in deinem Zimmer in Verrières küßte!«

»Und wer hätte mir damals gesagt, daß ich einen so infamen Brief an Herrn von La Mole schreiben würde . . .«

»Glaube mir: immer nur habe ich *dich* geliebt, immer nur *dich* und keine andre!«

»Ist dies möglich?« rief Frau von Rênal glückselig.

Sie legte ihren Kopf an Juliens Schulter, während er vor ihr kniete. Lange weinten sie beide wortlos. Nie in seinem ganzen Leben hatte er einen ähnlichen Augenblick gehabt.

Nach einer langen Weile, als sie wieder zu sprechen vermochte, fragte Frau von Rênal: »In welchen Beziehungen stehst du zu der jungen Frau . . . dem Fräulein von La Mole? Ich bin nahe daran, an den seltsamen Roman zu glauben.«

»Der Schein trügt«, entgegnete Julien. »Sie ist meine Frau, aber nicht meine Geliebte . . .«

Indem sie sich hundertmal unterbrachen, gelang es ihnen schließlich, sich gegenseitig über das zu unterrichten, was sie voneinander nicht gewußt hatten. Den Brief an den Marquis hatte der junge Priester aufgesetzt, der seit einiger Zeit Frau von Rênals Beichtvater war. Sie hatte ihn nur abgeschrieben.

»Zu welch schauderhafter Tat hat mich der Glaube gezwungen!« klagte sie. »Dabei habe ich die gräßlichsten Stellen noch gemildert!«

Juliens Glücksrausch bewies ihr zur Genüge, daß er ihr verzieh. Nie war er so liebestoll gewesen.

»Ich halte mich trotzdem für fromm«, sagte Frau von Rênal im Laufe des Gesprächs. »Ich glaube aufrichtig an Gott. Ebenso glaube ich . . . und darüber gibt es wohl keinen Zweifel . . . daß ich eine abscheuliche Sünde begehe . . . und doch, jetzt, wo ich bei dir bin . . . trotzdem du zweimal auf mich geschossen hast . . .« Ohne daß sie es wollte, verstummte sie unter Juliens Küssen.

»Laß mich!« bat sie. »Ich will vernünftig mit dir sprechen . . . Jetzt, wo ich bei dir bin, entschwinden mir alle meine Pflichten. Ich bin nichts als Liebe zu dir . . . Ach, das Wort *Liebe* ist viel zu schwach . . . Ich fühle für dich, was ich einzig und allein für Gott fühlen dürfte: ein Gemisch von Anbetung, Inbrunst und Selbstvergessenheit . . . Ach, was weiß ich, zu was sonst noch du mich begeisterst? Wenn du mir sagtest, ich solle den Gefängniswärter erdolchen: ehe es mir voll bewußt würde, wäre die schreckliche Tat geschehn. Kannst du mir nicht erklären, was das ist? Ehe ich von dir gehe, möchte ich mein eignes Herz kennen. In acht Wochen müssen wir voneinander scheiden . . . Sag, werden wir wirklich voneinandergehn?«

Sie lächelte bei den letzten Worten.

»Ich nehme mein Wort zurück!« rief Julien aufspringend. »Ich lege keine Berufung gegen das Todesurteil ein, wenn du etwa vorhast, durch Gift, durch eine Kugel, durch ein Messer, durch Kohlengas oder sonstwie deinem Leben ein Ende zu setzen!«

Frau von Rênals Gesichtsausdruck änderte sich mit einem Male. An Stelle inniger Zärtlichkeit trat tiefe Versonnenheit.

»Wollen wir nicht zusammen in *dieser* Stunde sterben?« fragte sie leise.

»Wer weiß, was wir im Jenseits finden!« erwiderte Julien. »Vielleicht Qualen, vielleicht nichts. Wollen wir da nicht lieber noch zwei köstliche Monate miteinander verleben? Acht Wochen, das ist eine lange Frist! Es soll die glücklichste Zeit meines Lebens werden!«

»Die glücklichste Zeit deines Lebens?«

»Gewiß! Ich spreche zu dir wie zu mir selbst, offen und ehrlich, ohne Übertreibung.«

»Das heißt, du verlangst von mir, daß ich ebenso spreche«, sagte sie, scheu und trübsinnig lächelnd.

»Ja! Schwöre bei deiner Liebe zu mir, daß du dir weder mittelbar noch unmittelbar ein Leid antun wirst! Du mußt leben! Schon um meines Sohnes willen! Mathilde wird ihn den Dienstboten überlassen, sobald sie Frau von Croisenois ist . . .«

»Ich schwöre es«, sagte sie tonlos. »Aber ich will deine Berufung von dir unterzeichnet mitnehmen. Ich werde sie dem Oberstaatsanwalt persönlich überreichen . . .«

»Nimm dich in acht! Du kompromittierst dich!«

»Nachdem ich so weit gegangen bin, dich in deiner Gefängniszelle zu besuchen, bin ich für die ganze Freigrafschaft mein Leben lang eine Romanheldin . . .« Und schmerzlich bewegt fuhr sie fort: »Ich habe meinen guten Ruf verloren . . . ich bin ein ehrvergessenes Weib . . . gewiß, aber dir zuliebe!«

Der Klang ihrer Worte war so traurig, daß ihr Julien im Gefühl eines völlig neuen Glückes um den Hals fiel. Es war nicht mehr Liebesrausch, sondern innige Dankbarkeit. Zum ersten Male ward ihm das Opfer, das sie ihm gebracht, in seiner vollen Größe klar.

Höchstwahrscheinlich fand sich eine barmherzige Seele, die Herrn von Rênal von den langen Besuchen seiner Frau im Gefängnis unterrichtete; denn drei Tage später schickte er ihr seinen Wagen mit dem ausdrücklichen Befehl, sofort nach Verrières zurückzukommen.

Mit dieser grausamen Trennung hatte der Tag für Julien übel begonnen. Zwei, drei Stunden später teilte man ihm mit, ein Geistlicher warte seit frühmorgens vor dem Gefängnistor auf der Straße. Es war ein stadtbekannter Ränkeschmied, der es trotz aller Bemühung unter den Jesuiten von Besançon zu nichts gebracht hatte. Es regnete tüchtig, und der Mann benützte die Gelegenheit, sich zum Märtyrer aufzuspielen. Julien, der sowieso verstimmt war, ärgerte sich über diesen Unfug maßlos. Bereits am Morgen hatte er den Besuch des Narren abgewiesen; der aber hatte es sich in den Kopf gesetzt, Julien die Beichte abzunehmen, um sich dann unter den Betschwestern der Stadt mit angeblichen Geständnissen brüsten zu können.

Er erklärte, er werde Tag und Nacht vor dem Tore des Gefängnisses verbleiben. »Gott schickt mich«, rief er mit lärmiger Stimme, »ich soll das Herz dieses Abtrünnigen erweichen!« Schon begann sich das gemeine Volk, wie immer begierig nach Auftritten, anzusammeln.

»Ja, geliebte Brüder«, predigte er, »hier werde ich den Tag

und die Nacht und alle folgenden Tage und Nächte warten. Der Heilige Geist hat zu mir gesprochen. Ich bin vom Himmel auserkoren. Es ist meine Sendung, die Seele des jungen Sorel zu retten. Betet allesamt mit mir!«

Julien hatte Abscheu vor einem Skandal, überhaupt vor allem, was die öffentliche Aufmerksamkeit auf ihn ziehen konnte. Schon dachte er daran, im rechten Augenblick unbemerkt dieser Welt zu entschlüpfen; aber noch hegte er Hoffnung, Frau von Rênal wiederzusehen, nach der er sich maßlos sehnte.

Das Tor des Gefängnisses ging nach einer der belebtesten Straßen. Der Gedanke, daß der dreckige Pfaffe die Menge anlockte und Ärgernis verursachte, quälte Juliens Seele. »Zweifellos schreit er immerfort meinen Namen aus!« sagte er sich. Die Unruhe darüber war ihm qualvoller als der Tod.

Wiederholt, von Stunde zu Stunde, rief er einen ihm ergebenen Wärter und ließ ihn nachsehen, ob der Priester noch immer vor dem Tore stehe.

»Herr Sorel«, lautete immer wieder der Bescheid, »er liegt auf den Knien und betet mit lauter Stimme für Ihr Seelenheil.« »Der Unverschämte!« dachte Julien. Da hörte er tatsächlich dumpfes Gemurmel. Es war das Volk, das die Litanei mitleierte. Sein Ekel steigerte sich, als er sah, daß auch der Wächter seine Lippen bewegte und die lateinischen Worte nachschwatzte. »Die Leute meinen längst, Sie müßten ein ganz verstocktes Herz haben, daß Sie den Zuspruch dieses heiligen Mannes von sich weisen!« sagte der Wärter.

»Frankreich!« rief Julien zornestrunken aus. »Was für ein Land der Barbarei bist du noch!« Die Anwesenheit des Wächters vergessend, redete er ganz laut weiter.

»Der Kerl will, daß die Zeitungen von ihm berichten, und das wird ihm gewiß gelingen. Diese gottverdammte Kleinstadt! In Paris wäre ich solchen und ähnlichen Belästigungen nicht ausgesetzt. Dort hat selbst Humbug Kultur.«

599

»Lassen Sie den heiligen Mann herein!« befahl er schließlich dem Wärter. Der Schweiß rann ihm in Strömen über die Stirn.

Der Wächter schlug ein Kreuz und verschwand vergnügt. Der alsbald eintretende Pfaffe sah schrecklich häßlich aus. Er war noch schmutziger denn am Morgen. Der Regendunst, den er verbreitete, vermehrte die Feuchtigkeit des dunklen Verlieses. Der Priester wollte Julien um den Hals fallen. Je mehr er redete, um so rührseliger wurde er. Seine erbärmliche Heuchelei war unverkennbar. Sein Leben lang war Julien nicht so empört gewesen.

Nach einer Viertelstunde war Julien gebrochen. Zum ersten Male graute ihm vor dem Tode. Er gedachte des Zustandes der Verwesung, in dem sich sein Körper zwei Tage nach der Hinrichtung befinden werde.

Es fehlte nicht viel, so hätte sich Juliens Schwäche verraten, oder er hätte sich auf den Pfaffen gestürzt und hätte ihn mit seiner Kette erwürgt. Da kam ihm der Einfall, ihn zu ersuchen, eine anständige Messe für vierzig Franken noch am nämlichen Tage für ihn zu lesen.

Es schlug zwölf; da zog der Mann Gottes ab.

KAPITEL XLIV

Als er weg war, weinte Julien heftig. Er weinte, weil er sterben mußte. Mehr und mehr ward ihm klar, daß er Frau von Rênal seine Schwäche beichten möchte. Aber sie war nicht da . . .

In dem Augenblick, wo er am stärksten bedauerte, daß er sie nicht bei sich hatte, vernahm er Mathildens Schritte.

»Das allerschlimmste Unglück eines Gefangenen liegt darin, daß er niemanden abweisen kann«, dachte er.

Alles, was ihm Mathilde sagte, reizte und erregte ihn. Sie erzählte, Valenod habe am Tage des Schwurgerichts seine Er nennung zum Landrat bereits in der Tasche gehabt und es deshalb gewagt, dem Generalvikar von Frilair einen Streich zu spielen, indem er sich das Vergnügen machte, Juliens Verurteilung zum Tode zu bewirken.

»Herr von Frilair hat zu mir gesagt: ›Wie konnte es Ihrem Freunde nur einfallen, die kleinliche Eitelkeit der herrschenden Spießbürger herauszufordern und anzugreifen? Wozu erwähnte er den Klassenunterschied? Damit zeigte er ihnen den Weg, den ihr sozialer Egoismus zu gehen hatte. Die Schafsköpfe dachten zunächst gar nicht daran. Am liebsten hätten sie rührselig geheult. Erst der Parteigeist hat ihnen über die Scheu vor einem Todesurteil hinweggeholfen. Man muß sagen, daß Herr Sorel in derartigen Dingen wirklich unerfahren ist. Wenn es uns nicht gelingt, ihn auf dem Gnadenwege zu retten, dann ist sein Tod sozusagen Selbstmord . . .‹«

Etwas konnte ihm Mathilde nicht sagen, da sie es selber noch nicht ahnte: daß nämlich der Abbé von Frilair, seit er Julien für verloren hielt, aus Ehrgeiz und Eigennutz danach trachtete, sein Nachfolger zu werden.

Julien war vor ohnmächtigem Zorn und Ekel fast außer sich. »Geh, ich bitte dich!« sagte er zu Mathilde. »Laß mir einen Augenblick Ruhe und Frieden!« Wegen der Besuche Frau von Rênals sowieso schon stark eifersüchtig, hatte sie soeben von ihrer unfreiwilligen Abreise erfahren. Indem sie darin die Ursache von Juliens schlechter Laune erkannte, brach sie in Tränen aus.

Ihr Schmerz war echt. Julien sah es, wurde aber dadurch nur noch mehr gereizt. Er hatte ein unsagbares Bedürfnis nach Einsamkeit. Wie sollte er sie sich schaffen?

Endlich ließ ihn Mathilde allein, nachdem sie alles aufgeboten hatte, ihn zu erweichen. Aber beinahe im nämlichen Augenblick trat Fouqué ein.

»Ich habe das Bedürfnis, allein zu sein«, sagte Julien zu seinem treuen Freunde, und als er ihn trotzdem zaudern sah, fügte er hinzu: »Ich bin bei der Abfassung meines Begnadigungsgesuches. Übrigens . . . tu mir den Gefallen und sprich mir nicht vom Tode! Wenn ich am betreffenden Tage noch irgendeines besonderen Dienstes bedürfen sollte, werde ich von selber davon anfangen.«

Als Julien endlich die Einsamkeit errungen hatte, gelangte er zu der Erkenntnis, daß er verzagter und feiger war als je zuvor. Der Rest von Kraft, der seiner geschwächten Seele verblieben war, hatte sich bei der Bemühung erschöpft, seinen wahren Zustand vor Mathilde und Fouqué zu verbergen.

Gegen Abend kam ihm ein tröstlicher Gedanke: »Hätte man mich heute morgen in dem Augenblicke, da mir der Tod so häßlich erschien, den letzten Gang gehen lassen, so wären mir die Blicke der gaffenden Menge ein Ansporn zum Heldentum gewesen. Meine Haltung hätte vielleicht etwas Steifes gehabt, ähnlich der eines schüchternen Dandys, der einen Salon betritt. Scharfe Augen, wenn es die unter solchen Kleinstädtern gibt, hätten meine heimliche Schwachheit vielleicht erraten können. Aber wirklich erkannt hätte sie keiner!«

Eine Last sank von seiner Seele. »Zur Stunde bin ich eine Memme; aber kein Mensch soll es erfahren.«

Ein ihm fast noch widerlicheres Ereignis erwartete ihn am nächsten Morgen. Bereits seit langem hatte ihm sein Vater einen Besuch angekündigt. Frühzeitig erschien der alte weißhaarige Sägemüller in Juliens Zelle, noch ehe dieser wach war.

Julien fühlte alle Kräfte schwinden und machte sich auf die unangenehmsten Vorwürfe gefaßt. Zur Verschlimmerung seiner peinlichen Lage empfand er urplötzlich lebhafte Reue darüber, daß er seinen Vater nicht liebte.

»Der Zufall hat uns nebeneinander in die Welt gesetzt«, sagte er sich. »Wir haben einander so ziemlich alles Üble zugefügt. Angesichts meines Todes kommt er, mir den letzten Hieb zu versetzen.«

Als der Wärter, der die Zelle etwas in Ordnung gebracht

hatte, hinaus war, begannen die heftigen Vorwürfe des alten Mannes.

Julien hatte nicht die Kraft, seine Tränen zurückzuhalten. »Welch würdelose Schwäche!« tadelte er sich wütend. »Er wird aller Welt ausposaunen, ich hätte keinen Mut gehabt. Wie wird dann Valenod triumphieren und alle die albernen Heuchler, die in Verrières regieren. Sie und ihre Genossen bilden die Hauptpartei im Lande. Sie haben alle sozialen Vorteile in den Händen. Bisher konnte ich mir wenigstens sagen: sie haben zwar das Geld, und alle Ehren häufen sich auf sie, aber ich habe den Adel des Herzens.

Nun aber tritt ein Zeuge auf, dem sie alle glauben werden, der vor ganz Verrières schwört, ich sei vor dem Tode schwach geworden. Ich stehe als Memme da . . .«

Julien war der Verzweiflung nahe. Er wußte nicht, wie er sich seines Vaters entledigen sollte. Dermaßen zu heucheln, daß er den scharfäugigen Alten täuschte, dies ging in diesem Augenblick weit über seine Kraft.

Sein Geist durchlief rasch alle Möglichkeiten.

»Ich habe Ersparnisse!« rief er plötzlich.

Dieser geniale Einfall änderte den Gesichtsausdruck des alten Mannes und die Situation beider mit einem Schlage.

»In welcher Weise soll ich über sie verfügen?« fuhr Julien, ruhig geworden, fort. Der Eindruck, den seine Worte gemacht, hatte ihn jeglicher Schwäche enthoben.

Den alten Sägemüller gelüstete es, seines Sohnes gesamte Hinterlassenschaft an sich zu reißen. Offenbar wollte Julien einen Teil seinen Brüdern zukommen lassen. Als er seinen Vater hierüber eifrig und lange reden sah, erwachte wieder der Spötter in ihm.

»Meinetwegen«, sagte er. »Gott der Herr leuchtet mir zu meinem Testament. Ich vermache meinen beiden Brüdern je tausend Franken und den Rest dir!«

»Gut! Dieser Rest kommt mir zu!« meinte der Alte. »Denn da der liebe Gott in seiner Gnade dein Herz gerührt hat, so

603

gehört es sich auch für dich, der du als guter Christ sterben willst, daß du deine Schulden bezahlst. Ich meine da die Kosten für deine Erziehung und Ernährung, die ich dir vorgestreckt habe. Daran hast du nicht gedacht . . .«

»Wahrlich, das ist väterliche Liebe!« sagte sich Julien immer wieder, als er endlich allein war. Das Herz tat ihm weh.

Alsbald erschien der Kerkermeister.

»Herr Sorel«, sagte er, »nach Familienbesuch pflege ich meinen Gästen eine gute Flasche Champagner zu kredenzen. Er ist zwar ein bißchen teuer. Zwei Taler die Flasche. Aber er bringt wieder Mumm in die Knochen.«

»Bringen Sie drei Gläser!« sagte Julien, vergnügt wie ein Kind. »Und bitten Sie die beiden Sträflinge zu mir, die ich draußen im Gange lustwandeln höre!«

Der Kerkermeister brachte sie herein. Es waren zwei rückfällige Verbrecher, die demnächst wieder ins Zuchthaus kommen sollten, urfidele Kerle, richtige Kapazitäten hinsichtlich Verschlagenheit, Mut und Kaltblütigkeit.

»Wenn Sie mir einen Goldfuchs geben«, sagte der eine von ihnen zu Julien, »so erzähle ich meine Lebensgeschichte *en detail*. So was gibt's nicht wieder!«

»Sie wollen mir etwas vorschwindeln?« meinte Julien.

»Gott bewahre!« beteuerte der Spitzbube. »Hier, mein Freund, der gönnt mir den Goldfuchs natürlich nicht. Sobald ich flunkere, denunziert er mich.«

Was er erzählte, war grauenhaft. Julien tat einen Blick in ein verwegenes Herz, das nur von einer Leidenschaft erfüllt war: der Geldgier.

Als die Sträflinge wieder hinaus waren, kam sich Julien wie verwandelt vor. Sein Groll gegen sich selber war verraucht, und der wilde Schmerz, dessen Beute er seit seinem Abschied von Frau von Rênal gewesen war und den seine Verzagtheit noch verbittert hatte, war in Wehmut zerflossen.

»Ich habe mich durch den Schein narren lassen«, sagte er sich. »Sonst hätte ich erkennen müssen, daß es in der sogenannten guten Gesellschaft von Biedermännern vom Genre meines Vaters und von gerissenen Halunken vom Schlage der beiden Zuchthäusler wimmelt. Je mehr sie zu essen und zu trinken haben, um so mehr protzen sie mit ihrer anständigen Gesinnung und ihrer Ehrlichkeit. Und wenn sie Geschworene sind, so verurteilen sie von oben herab einen armen Schlucker, der einen silbernen Löffel genommen hat, um nicht zu verhungern.

Gilt es aber, ein Ministerportefeuille zu verlieren oder zu gewinnen, dann fallen diese Ehrenmänner des Salons in genau die nämlichen Verbrechen wie jene Zuchthäusler.

Es gibt kein *natürliches Recht*. Das ist veralteter Blödsinn, albernes Gerede von Staatsanwälten, deren Vorfahren selber Gauner waren. Es gibt nur ein Recht: die Macht, die die oder jene Handlung unter Strafandrohung verbietet. *Natürlich* ist nichts als die Kraft des Löwen oder das Bedürfnis, das der verspürt, der Hunger hat oder friert. Die Leute, die man zu ehren pflegt, sind nichts weiter als Halunken, die das Glück gehabt haben, nicht *in flagranti* ertappt zu werden. Der Staatsanwalt, den die Gesellschaft auf mich hetzt, ist durch eine Infamie reich geworden. Ich habe einen Mord begangen und bin rechtmäßig verurteilt worden. Aber von der Tat an sich abgesehen, ist ein Valenod, der als Geschworener den Stab über mich bricht, hundertmal gemeingefährlicher als ich . . .«

Trübsinnig, aber leidenschaftslos fuhr er fort: »Trotz seiner Habsucht ist mein Vater noch lange nicht der Schlechteste. Er hat mich niemals geliebt, und ich schände ihm zuletzt durch meinen ehrlosen Tod gar noch seinen Namen. Er verdient den unvergleichlichen Trost, den ihm die sechs- bis achttausend Franken gewähren, die ich ihm hinterlasse. Vielleicht beneidet man ihn dieses Geldes wegen um den geköpften Sohn . . .«

Solche Betrachtungen – sie mochten richtig sein – erfüllten Julien mit Todessehnsucht. So schlichen fünf lange Tage hin.

Wenn Mathilde kam, die voll glühender Eifersucht war, was ihm nicht entging, empfing er sie höflich und gütig. Eines Abends ging er ernstlich mit Selbstmordgedanken um. Das tiefe Leid, in das ihn die Trennung von Frau von Rênal geworfen, hatte ihm die Schwingen gebrochen. Er fand an nichts mehr Freude, weder in der Wirklichkeit noch in seiner Phantasie. Dazu begann der Mangel an körperlicher Bewegung seine Gesundheit zu untergraben. Er bekam Anfälle von Schwärmerei und Schwäche, wie sie deutsche Studenten haben. Jener hohe Mannessinn schwand, der mit kräftigem Fluche gewisse unziemliche Gedanken abwehrt, die auf die Seele Unglücklicher einstürmen.

»Ich habe die Wahrheit geliebt. Wo ist sie? Überall Heuchelei oder Scharlatanerie, selbst in den Besten, selbst in den Größten!« Er lachte verächtlich auf. »Wahrlich, kein Mensch darf einem Menschen trauen! Frau von ***, die für ihre armen Waisenkinder sammelte, sagte mir, irgendein Fürst hätte zehn Goldstücke gegeben – und das war eine Lüge.« Napoleon fiel ihm ein. »Napoleon auf Sankt Helena . . .«, rief er aus, »ein Komödiant, dem Könige von Rom zuliebe . . .

Allmächtiger! Wenn sich solch ein Gigant, noch dazu im Unglück, das ihn ernstlich an seine Mannespflicht ermahnte, zum Scharlatan erniedrigte, was kann man dann von den andern erwarten?

Wo ist Wahrheit?

In der Religion?« Bittres Lächeln umspielte seine Lippen. »Im Munde eines Maslon, eines Frilair, eines Castanède? Nein. Vielleicht im echten Christentum, dessen Priester ebensowenig bezahlt werden wie zu Zeiten der ersten Apostel? Nein. Paulus ward bezahlt durch sein Vergnügen am Befehlen, am Reden, am Sich-in-Szene-setzen . . .

In der innigsten Religiosität? Tor, der ich bin! Ich stehe in einem alten gotischen Dome mit feierlich leuchtenden hohen Fenstern . . . und mein armes Herz erträumt sich den Priester dazu . . . Meine Seele verlangt nach ihm, erschaut ihn in

Sehnsucht . . . und es erscheint ein Trottel mit schmierigen Haaren . . .

Aber es gibt auch wahre Geistliche . . . Massillon . . . Fénelon . . . Aber Massillon hat Dubois die Weihe gegeben, und Fénelon ist mir durch die *Denkwürdigkeiten* des Herzogs von Saint-Simon verleidet! Und wenn es einen idealen Priester gäbe . . . eine Zuflucht der feinfühligen Seelen auf Erden . . . einen Hort in all unsrer Einsamkeit und Verlassenheit . . . von welchem Gotte würde uns dieser gute Hirte predigen? Nicht von dem der Bibel, diesem kleinlichen, grausamen, rachgierigen Tyrannen . . . sondern vom Gotte Voltaires, einem gütigen, gerechten, unendlichen Gotte . . .«

Allerlei Erinnerungen an die auswendig gelernte Bibel wurden in ihm lebendig. »Bei dem schrecklichen Mißbrauch, den die Priester mit dem großen Begriffe *Gott* treiben, wo gibt es da noch einen Glauben, der auch nur drei Menschen einte? Ein jeder ist allein . . .

Allein! Welche Hölle!«

Julien schlug sich an die Stirn. »Ich werde verrückt und ungerecht! Ich sitze einsam und verlassen in meiner Zelle. *Aber ich bin nicht einsam über die Erde gewandelt. In mir lebte und webte die mächtige Idee der Pflicht.* Die Pflicht, die ich mir selber gesetzt, mit Recht oder mit Unrecht, war mir der feste Stamm eines Baumes, an den ich mich stützte im Sturm. Ich habe geschwankt. Wind und Wetter haben mich geschüttelt. Ich war ja nur ein Mensch. Aber ich habe mich nicht zu Boden werfen lassen!

Nur die dumpfe feuchte Kellerluft meiner Zelle hat mir vorgelogen, ich sei ein Einsamer . . .

Doch warum soll ich noch Heuchler sein, ich, der ich die Heuchelei verfluche? Es ist nicht der nahe Tod, nicht das Gefängnis, nicht die Kerkerluft, die mich niederwirft. Es ist die Trennung von Luise Rênal! Hätte ich mich beklagt, wenn ich in Verrières oder Vergy, um bei ihr zu sein, wochenlang im Keller ihres Hauses hätte leben müssen?«

Bitter auflachend rief er laut aus: »Der Einfluß meiner Zeitgenossen verführt mich. Im Selbstgespräch, drei Schritt vor dem Tore des Todes, bin ich noch ein Heuchler! Pfui, neunzehntes Jahrhundert!

Ein Jäger schießt im Walde ein Tier. Seine Beute fällt. Er stürzt auf sie. Dabei stößt sein Stiefel gegen einen großen Ameisenhaufen. Der Bau wird zerstört, und Ameisen und Eier liegen verstreut am Boden . . . Die Philosophen unter den Ameisen werden nie begreifen können, was für ein riesiges, schwarzes, fürchterliches Ding das war: dieser Jagdstiefel, der urplötzlich mit unglaublicher Geschwindigkeit in ihre Welt eindrang, nachdem ein schrecklicher Knall und eine rötliche Feuergarbe erfolgt war . . .

Ganz ähnlich wären Leben, Tod und Ewigkeit die einfachsten Dinge für jemanden, der die Organe hätte, sie zu begreifen . . .

Eine Eintagsfliege kriecht am frühen Morgen eines Hochsommertages aus und stirbt, wenn die Sonne untergeht. Wie kann sie begreifen, was *Nacht* ist? Gebt ihr fünf Stunden länger zu leben, und sie erlebt und weiß, was Nacht ist.

So ist es auch mit mir. Ich sterbe mit dreiundzwanzig Jahren. Gebt mir fünf Jahre Leben mit Luise . . .«

Er lachte wie Mephisto. »Welche Narrheit, an diese hohen Probleme zu rühren!

Erstens heuchle ich, als ob ich einen Zuschauer hätte . . . Zweitens vergesse ich zu leben und zu lieben, wo mir nur noch eine so kurze Frist zum Leben verbleibt . . . Ach, Frau von Rênal ist fern. Wahrscheinlich duldet ihr Mann nicht, daß sie noch einmal nach Besançon kommt und sich noch mehr entehrt . . .

Das ist's was mich einsam macht! Keineswegs der Mangel eines Gottes, der gerecht, gut und allmächtig ist und nicht böse und rachgierig . . .

Ach, wenn es solch einen Gott gäbe, ich fiele ihm zu Füßen. Ich habe den Tod verdient, würde ich ihm sagen, aber, großer Gott, gütiger Gott, nachsichtiger Gott, gib mir noch einmal die Geliebte!«

Es war späte Nacht geworden. Nach ein paar Stunden friedlichen Schlummers kam Fouqué.

Julien erwachte, stark und entschlossen, als ein Mann, dessen inneres Auge klar sah.

KAPITEL XLV

»Ich möchte dem armen Abbé Chas-Bernard nicht den Streich spielen, ihn zu rufen, dem würde das drei Tage lang den Appetit verschlagen«, sagte er zu Fouqué. »Aber finde mir doch einen Jansenisten, einen Freund von Herrn Pirard, der keine Neigung zum Intrigieren hat.«

Auf diese Eröffnung hatte Fouqué mit Ungeduld gewartet. Julien erfüllte mit Anstand alles, was sich nach Meinung der Allgemeinheit gehörte. Trotz dieser schlechten Wahl stand er, dank Herrn von Frilair, noch immer unter dem Schutze der Jesuiten. Hätte er sich nur einigermaßen klug benommen, so hätte er entkommen können. Aber unter der Wirkung der dumpfen Kerkerluft war sein Verstand gelähmt.

Um so glücklicher war er, als sich Frau von Rênal wieder einstellte.

»Meine höchste Pflicht gilt dir!« sagte sie, indem sie ihn umarmte. »Ich bin aus Verrières entflohen.«

Ihr gegenüber hatte Julien keine kleinliche Eigenliebe. Er erzählte ihr alle die Anwandlungen von Schwäche. Sie war voll Liebe und Güte gegen ihn.

Kaum hatte sie am Abend das Gefängnis verlassen, ließ sie den Priester, der sich um Julien wie um eine Jagdbeute kümmerte, zu ihrer Tante kommen; da ihm ja nur daran lag, sich bei den jungen Damen der besseren Gesellschaft von Besançon lieb Kind zu machen, war es Frau von Rênal ein leichtes,

ihn zu bewegen, in der Abtei Sankt Bray-le-Haut eine No-
vene abzuhalten.

Juliens Überschwang und Liebestrunkenheit waren maßlos.

Es gelang Frau von Rênal, durch Bestechung und durch
Mißbrauch des Ansehens ihrer alten reichen Tante, der
Frömmlerin, Julien zweimal täglich besuchen zu dürfen.

Als Mathilde dies erfuhr, wurde sie vor Eifersucht halb
wahnsinnig. Frilair hatte ihr erklärt, seine Macht reiche nicht
so weit. Er könne es nicht riskieren, ihr die Erlaubnis zu verschaffen, ihren Freund mehr als einmal täglich besuchen zu
dürfen. Der vielerfahrene Intrigant ließ übrigens nichts un-
versucht, um ihr zu beweisen, Julien sei ihrer unwürdig.

Sie liebte ihn unter tausend Qualen nur um so mehr und
bereitete ihm fast jeden Tag eine entsetzliche Szene.

Julien gab sich die größte Mühe, die junge Dame, die er auf
so sonderbare Weise in ihrer Ehre gefährdete, bis zu Ende
ritterlich zu behandeln. Sie tat ihm leid. Aber immer von
neuem warf seine schrankenlose Liebe zu Frau von Rênal seinen Vorsatz nieder. Wenn es seinen lahmen Ausflüchten nicht
gelang, Mathilde zu überzeugen, daß die Besuche ihrer Rivalin harmlos seien, dann sagte er sich: »Nun muß das Ende der
Tragikomödie schon sehr nahe sein. Das ist die einzige Entschuldigung meiner stümperhaften Heuchelei.«

Fräulein von La Mole erhielt die Nachricht, der Marquis
von Croisenois sei ihretwegen im Duell gefallen. Herr von
Thaler, der Pariser Krösus, hatte sich eine abfällige Bemerkung über Mathildens Verschwinden erlaubt. Herr von
Croisenois forderte ihn zum Widerruf auf. Herr von Thaler
zeigte ihm anonyme Briefe, die er erhalten hatte und die so
viele Details so gut miteinander verknüpften, daß es dem armen Marquis unmöglich wurde, die Wahrheit weiter zu ver-
leugnen. Herr von Thaler erlaubte sich grobe Späße. Fast
wahnsinnig vor Wut und Schmerz, forderte Herr von Croisenois so harte Satisfaktionen, daß der Millionär ein Duell vor-

zog. Die Gemeinheit war Sieger geblieben und hatte einen liebenswürdigen jungen Mann als Opfer dahingerafft.

Diese Nachricht machte auf Juliens müde Seele einen sonderbaren, krankhaften Eindruck.

»Der arme Croisenois«, sagte er zu Mathilde, »hat sich dir und mir gegenüber sehr ritterlich und sehr verständig benommen. Unvorsichtig, wie du warst, hätte er mich hassen und Händel mit mir suchen müssen, denn der Haß, der auf die Verachtung folgt, ist üblicherweise unbezähmbar.«

Der Tod des Herrn von Croisenois warf Juliens Pläne für die Zukunft Mathildens über den Haufen. Mehrere Tage hindurch wollte er ihr klarmachen, daß sie die Hand des Herrn von Luz annehmen müsse. Er sagte: »Das ist ein schüchterner Mensch, nicht übermäßig intrigant, der zweifellos die Beförderungsleiter hochsteigen wird. Sein Ehrgeiz ist finsterer und unerschütterlicher als der des armen Croisenois, und da bei ihm keine Herzogswürde in der Familie eine Rolle spielt, wird er keine Schwierigkeiten machen, die Witwe Julien Sorels zu ehelichen.«

»Und zwar eine Witwe, die die großen Leidenschaften verachtet«, erwiderte Mathilde kalt; denn sie mußte es erleben, daß nach sechs Monaten der Liebhaber ihr eine andere vorzog, und zwar die Frau, die der Ursprung all ihres Unglücks war.

»Du bist ungerecht«, entgegnete ihr Julien. »Der Pariser Rechtsanwalt, der meine Berufung führt, wird Frau von Rênals Besuche unter den schönsten Phrasen schildern. Der Mörder wird von seinem Opfer gehegt und gepflegt. Das muß doch Eindruck machen. Vielleicht siehst du mich noch eines Tages als Held in einem Melodrama . . .«

Mathilde verfiel in dumpfe Niedergeschlagenheit, vor Schmerz und Scham, daß sie ihren treulosen Geliebten mehr denn je liebte. Ihre rasende Eifersucht sann vergeblich auf Rache. Sie ersah kein Ende ihres Unglücks. Wie sollte sie Juliens Herz wiedergewinnen, selbst wenn er gerettet würde?

Weder die Betulichkeit Herrn von Frilairs noch der rauhe Freimut Fouqués konnten sie aus dieser Stimmung reißen.

Außer in den Augenblicken, da ihn Mathildens Gegenwart ablenkte, lebte Julien gänzlich seiner Liebe. Jede große und ungeheuchelte Leidenschaft hat seltsame Wirkungen. So kam es, daß Frau von Rênal die Sorglosigkeit und friedsame Heiterkeit ihres Geliebten allmählich teilte.

»Weißt du«, sagte Julien zu ihr, »damals auf unsern gemeinsamen Spaziergängen in den Wäldern von Vergy, da hätte ich so glücklich sein müssen wie jetzt. Aber ein ungestümer Ehrgeiz entführte meine Seele gewaltsam in ein Traumland. Statt deinen holden Leib, der meinen Lippen so nahe war, an mein Herz zu drücken, ließ ich mir die Gegenwart durch Gedanken an die Zukunft rauben. Ich malte mir tausend Kämpfe aus, die ich bestehen zu müssen wähnte, ehe sich mir ein ungeheures Glück erschlösse . . .

Genug! Ich wäre gestorben, ohne das echte Glück zu erfahren, wenn du nicht zu mir in mein Gefängnis gekommen wärst!«

Zwei Ereignisse sollten Juliens ruhiges Leben noch stören. Sein Beichtvater, wenngleich durch und durch Jansenist, fiel dennoch in das Netz der Jesuitenintrige und ward unwissentlich ihr Werkzeug.

Eines Tages sagte er zu Julien, er müsse, um sich vor der Todsünde des Selbstmords zu bewahren, alles tun, um begnadigt zu werden. Da die Pariser Geistlichkeit viel Einfluß auf den Justizminister hätte, gäbe es ein einfaches Mittel. Er müsse auffällig fromm werden.

»Auffällig?« wiederholte Julien. »Jetzt durchschaue ich Sie! Also auch Sie spielen Komödie!«

Der Jansenist verlor seine Würde nicht. »Ihre Jugend«, sagte er, »Ihr interessantes Gesicht (ein Geschenk der Vorsehung!), sogar der unerklärliche Anlaß Ihrer Untat, die hochherzigen Bemühungen des Fräuleins von La Mole zu Ihren Gunsten und schließlich die erstaunliche Freundschaft Ihres

Opfers für Sie – alles das hat dazu beigetragen, daß Sie der Held der jungen Frauen von Besançon geworden sind. Man hört nichts reden als von Ihnen. Wenn Sie nun mit einem Male ein Heiliger würden, so machte dies auf tausend Frauenherzen den tiefsten Eindruck. An Ihnen liegt es, der Sache des Glaubens einen großen Dienst zu erweisen, und ich würde auch nicht zögern, weil die Jesuiten in einem ähnlichen Fall ähnlich handelten! Selbst in diesem besonderen Fall, in dem sie nichts vermögen, schaden sie der guten Sache noch. Aber so darf es nicht sein. Die Tränen, die über Ihre Bekehrung fließen werden, machen den verderblichen Einfluß von zehn Auflagen der Werke Voltaires zunichte. «

Kalt entgegnete Julien: »Und was habe ich davon, wenn ich mich zu guter Letzt verachten muß? Ich bin ehrgeizig gewesen. Deshalb tadle ich mich nicht. Darin war ich ein Kind meiner Zeit. Jetzt lebe ich in den Tag hinein. Es fällt mir nicht ein, mich zu einer solchen Niederträchtigkeit herzugeben . . . «

Der andre Zwischenfall, der Julien ungleich näherging, hatte seinen Ursprung in Frau von Rênals Naivität. Es war irgendeiner intriganten Freundin gelungen, ihr einzureden, es sei ihre Pflicht, nach Saint-Cloud zu fahren und sich König Karl dem Zehnten zu Füßen zu werfen.

Ehedem wäre sie lieber gestorben, als daß sie sich derart vor aller Welt bloßgestellt hätte; aber jetzt nach der Trennung von Julien und andern großen Opfern war ihr dies gänzlich gleichgültig.

»Ich will zum Könige gehen und laut eingestehen, daß du mein Geliebter bist. Das Leben eines Menschen, zumal eines Menschen wie du, läßt jedwedes Bedenken verstummen. Ich werde sagen, du habest mir aus Eifersucht nach dem Leben getrachtet. Es gibt zahllose Beispiele, daß arme junge Leute in solchem Falle durch die Menschlichkeit der Richter oder durch die Gnade des Königs gerettet worden sind . . . «

»Ich will dich nicht mehr sehen«, unterbrach Julien ihre

Worte, »ich lasse mein Gefängnis vor dir verschließen, und ich nehme mir bestimmt tags darauf aus Verzweiflung das Leben, wenn du mir nicht schwörst, keinerlei Schritte zu unternehmen, die uns beide vor aller Welt lächerlich machen! Der Gedanke, zum Könige zu gehen, stammt nicht von dir. Nenne mir den Namen des Intriganten, der ihn dir eingeflüstert hat!

Laß uns die wenigen Tage dieses kurzen Lebens hindurch glücklich sein!

Fräulein von La Mole hat großen Einfluß in Paris. Sei überzeugt, daß sie alles tut, was menschenmöglich ist. Laß uns den kleinen Seelen keinen Anlaß geben, sich über uns lustig zu machen! Laß uns glücklich sein! Das Leben ist so kurz. Wir wollen in der Verborgenheit bleiben, soweit uns das noch vergönnt ist! Hier in der Provinz sind alle reichen und angesehenen Leute gegen mich – dein Schritt würde diese reichen und mittelmäßigen Menschen, für die das Leben so leicht ist, reizen. Geben wir uns vor den Maslon und Valenod und vor tausend anderen, edleren nicht der Lächerlichkeit preis!«

Die ungesunde Luft des Gefängnisses hielt Julien kaum noch aus. Glücklicherweise war an dem Tage, da er seinen letzten Gang antreten mußte, der schönste Sonnenschein. So war er in mutiger Stimmung. Die frische Luft war ihm ein köstlicher Genuß, just wie dem Seemann nach langer Meerfahrt ein Spaziergang auf dem Festlande. »Vorwärts!« rief er sich zu. »Welch ein Glück! Ich habe Mut!«

Nie war sein Kopf so voller Poesie gewesen wie im Augenblick, ehe er fallen sollte. Die holden Stunden, die er einst in den Wäldern von Vergy erlebt hatte, tauchten ihm in der Erinnerung auf, greifbar, klar und deutlich, in reicher Fülle.

Alles ging in einfacher mannhafter Weise vor sich. An seinem Verhalten war nichts Geziertes.

Zwei Tage vorher hatte er zu Fouqué gesagt: »Ich kann mich nicht verbürgen, daß ich Erregung verrate. Das häßliche feuchte Kerkerloch verursacht mir bisweilen Fieberanfälle, in denen ich mich selber nicht wiedererkenne. Furcht jedoch . . . nein, man soll mich nicht erblassen sehen!«

Er hatte die nötigen Anordnungen getroffen, daß Fouqué sowohl Mathilde wie Frau von Rênal am Morgen des letzten Tages fortbrachte. Dabei hatte er ihm gesagt: »Bringe sie im selben Wagen fort. Sieh zu, daß die Postpferde ständig im Galopp bleiben. Sie werden einander in die Arme fallen oder sich tödlich hassen. In jedem Fall werden sie von ihrem schrecklichen Schmerz etwas abgelenkt werden.«

Frau von Rênal hatte ihm nochmals schwören müssen, am Leben zu bleiben, um Mathildes Sohn aufzuziehen.

»Wer weiß«, sagte er zu Fouqué, »ob wir nach dem Tode nicht doch Empfindungen haben. Ich möchte gern in der kleinen Grotte ruhen – ja, ruhen ist das rechte Wort dafür – hoch in den Bergen über Verrières. Ich habe dir wohl erzählt, daß ich dort in der Grotte mehrmals die Nacht verbracht habe. Meine Blicke schweiften weithin über die reichen Gefilde Frankreichs, während mir der Ehrgeiz die Seele durchloderte. Der Ehrgeiz, das war damals meine Leidenschaft! Mit einem Wort, diese wunderbar gelegene Grotte ist mir lieb und wert, und man kann nicht leugnen, daß sie so gelegen ist, daß sich die Seele eines Philosophen dahin sehnen würde. Denke daran! Die braven Besançoner schlagen aus allem Geld. Wenn du es schlau anfängst, werden sie dir meine irdische Hülle verschachern.«

Der traurige Handel gelang Fouqué. Als er in der Nacht in seinem Zimmer allein bei dem Leichnam des Freundes wachte, sah er zu seiner größten Überraschung Mathilde eintreten. Er hatte sie vor wenigen Stunden sieben Meilen hinter Besançon verlassen. Ihre Blicke irrten durch den Raum.

»Ich will ihn sehen!« sagte sie.

Fouqué hatte weder den Mut zu reden noch aufzustehen. Stumm wies er mit der Hand auf einen großen blauen Mantel, der dalag. Er deckte Juliens irdische Reste.

Mathilde sank in die Knie. Die Erinnerung an Bonifaz von

La Mole und Margarete von Navarra verlieh ihr übermenschliche Kraft. Mit zitternden Händen schlug sie den Mantel zurück. Fouqué wandte seine Blicke ab.

Er hörte, wie Mathilde durch das Zimmer schritt. Sie zündete mehrere Kerzen an. Als es Fouqué über sich gewann hinzusehen, hatte sie Juliens Haupt vor sich auf einen kleinen Marmortisch gestellt und küßte es auf die Stirn.

Mathilde folgte ihrem Geliebten nach der Grabstätte, die er sich gewünscht hatte. Eine große Anzahl von Priestern begleitete die Bahre. Ohne daß es einer unter ihnen wußte, hielt sie in dem verhängten Wagen, in dem sie fuhr, den Kopf des Mannes, den sie so sehr geliebt hatte, auf ihrem Schoße.

So, in tiefer Nacht, gelangte der Zug auf einen der Gipfel der Juraberge und vor die von zahllosen Kerzen prächtig erleuchtete kleine Grotte. Vierundzwanzig Priester zelebrierten die Totenmesse. Eine Menge Einwohner der kleinen Gebirgsdörfer, durch die der Zug gekommen war, hatten sich ihm angeschlossen, verlockt durch die Seltsamkeit der nächtlichen Feier.

Mitten unter ihnen stand Mathilde in langem Trauerkleid und ließ nach Beendigung des Requiems mehrere tausend Silbertaler unter die Leute werfen.

Als sie dann allein mit Fouqué war, begrub sie eigenhändig das Haupt des Toten. Der Freund sah zu, halb wahnsinnig vor Schmerz.

Auf Mathildens Veranlassung wurde die Grotte mit Marmorskulpturen ausgeschmückt, die unter großen Kosten aus Italien herbeigeschafft worden waren.

Frau von Rênal blieb ihrem Gelübde treu. Sie suchte den Tod nicht, aber drei Tage nach Juliens Ende verschied sie in den Armen ihrer Kinder.

To the happy few

*

Der Nachteil der öffentlichen Meinung, die übrigens der Freiheit den Weg bahnt, besteht darin, daß sie sich in Angelegenheiten einmischt, mit denen sie eigentlich nichts zu tun hat: beispielsweise in das Privatleben. Daher rührt die Trostlosigkeit Amerikas und Englands. Um jede Berührung mit dem Privatleben zu vermeiden, hat der Autor eine Kleinstadt, Verrières, erfunden, und als ihm ein Bischof, Geschworene und ein Gerichtshof notwendig erschienen, hat er sie in Besançon angesiedelt, wo er selbst nie hingekommen ist.

ZU DIESER AUSGABE

insel taschenbuch 3506: Stendhal, *Rot und Schwarz*. Der Text folgt dem insel taschenbuch 1210, das auf der Ausgabe basiert: Stendhal, *Rot und Schwarz. Zeitbild von 1830*. Übertragen von Arthur Schurig. Insel-Verlag, Wiesbaden 1947. Die Übersetzung war erstmalig 1913 in der »Bibliothek der Romane« erschienen und wurde von Arthur Schurig für die 1921 vorgenommene Auflage überarbeitet. Hugo Beyer hat die Übersetzung für die Taschenbuch-Ausgabe durchgesehen und vervollständigt. Die Kapiteleinteilung, die Gliederung der Absätze und die Motti entsprechen der französischen Originalausgabe. Titel der französischen Originalausgabe: *Le Rouge et le Noir. Chronique de 1830*. Erstveröffentlichung: 1830. Umschlagabbildung: Jean Auguste-Dominique Ingres, Joseph Vialètes de Mortarieu, 1805. Norton Simon Museum, Pasadena.

Klassiker der Weltliteratur
des 19. Jahrhunderts im Insel Verlag
Eine Auswahl

Werkausgaben

Hans Christian Andersen. Märchen, Briefe, Geschichten. Ausgewählt und kommentiert von Johan de Mylius. Übersetzt von Ulrich Sonnenberg. 432 Seiten. Gebunden

Honoré de Balzac. Die Menschliche Komödie. Die großen Romane und Erzählungen. Herausgegeben von Eberhard Wesemann. 20 Bände in Kassette. it 1901-1920. 7312 Seiten

Arthur Rimbaud. Sämtliche Werke. Französisch und deutsch. Übertragen von Sigmar Löffler und Dieter Tauchmann. Mit Erläuterungen zum Werk und einer Chronologie zum Leben Arthur Rimbauds, neu durchgesehen von Thomas Keck. it 1398. 478 Seiten

Oscar Wilde. Sämtliche Werke in sieben Bänden. Herausgegeben von Norbert Kohl. it 2644 und Leinen. 1888 Seiten

Einzelausgaben

Elizabeth von Arnim
- Christine. Übersetzt von Angelika Beck. it 2211. 223 Seiten
- Elizabeth und ihr Garten. Übersetzt von Adelheid Dormagen. it 1293. 131 Seiten
- Jasminhof. Übersetzt von Helga Herborth. it 2292. 402 Seiten
- Die Reisegesellschaft. Übersetzt von Angelika Beck. it 1763. 372 Seiten
- Vera. Übersetzt von Angelika Beck. it 1808. 335 Seiten

- Verzauberter April. Übersetzt von Adelheid Dormagen.
  it 1538. 274 Seiten

Charles Dickens
- David Copperfield. Mit Illustrationen von Phiz.
  it 468. 1245 Seiten
- Nikolaus Nickleby. Mit Illustrationen von Phiz.
  it 1304. 1022 Seiten
- Oliver Twist. Übersetzt von Reinhard Kilbel. Mit einem
  Nachwort von Rudolf Marx und 24 Illustrationen von
  George Cruikshank. it 242. 607 Seiten
- Die Pickwickier. Mit Illustrationen von Robert Seymour,
  Robert William Buss und Phiz. it 896. 1006 Seiten

Fjodor Michailowitsch Dostojewski
- Aufzeichnungen aus einem Totenhause. it 966. 415 Seiten
- Der Spieler. Aus den Aufzeichnungen eines jungen Mannes.
  it 968. 198 Seiten
- Der Idiot. Roman. it 970. 951 Seiten
- Die Brüder Karamasow. Dritter und vierter Teil.
  Zwei Bände. it 974. 1324 Seiten

Gustave Flaubert
- Bouvard und Pécuchet. it 1861. 448 Seiten
- Lehrjahre des Gefühls. Geschichte eines jungen Mannes.
  Übertragen von Maria Dessauer. it 2776. 627 Seiten
- Madame Bovary. Übersetzt von Maria Dessauer.
  it 2861. 464 Seiten und Leinen. 415 Seiten
- Salammbô. Herausgegeben und mit einem Nachwort
  versehen von Monika Bosse und André Stoll. Übersetzt
  von Georg Brustgi. it 342. 448 Seiten

Nikolai Wassiljewitsch Gogol
- Aufzeichnungen eines Wahnsinnigen. Erzählungen.
  it 1513. 183 Seiten

- Der Mantel. Und andere Erzählungen. Übersetzt von Ruth
  Fritze-Hanschmann. Mit einem Nachwort von Eugen
  Häusler und Frank Häusler. Mit Illustrationen von András
  Karakas. it 241. 359 Seiten
- Die Nacht vor Weihnachten. Mit Illustrationen von
  Monika Wurmdobler. it 584. 93 Seiten
- Die toten Seelen. Übersetzt von Hermann Röhl.
  it 987. 527 Seiten

Victor Hugo
- Der Glöckner von Notre-Dame. Übersetzt von Else von
  Schorn. Mit zeitgenössischen Illustrationen.
  it 1781. 554 Seiten

Edgar Allan Poe
- Der Bericht des Arthur Gordon Pym. Erzählungen. Über-
  tragen von Ruprecht Willnow. it 1449. 270 Seiten
- Grube und Pendel. Schaurige Erzählungen. Übersetzt von
  Erica Gröger und Heide Steiner. Großdruck.
  it 2351. 188 Seiten
- Der Untergang des Hauses Usher. Meistererzählungen.
  Übertragen von Barbara Cramer-Nauhaus, Erika Gröger
  und Heide Steiner. it 1373. 182 Seiten
- Sämtliche Erzählungen. Vier Bände in Kassette. Im insel
  taschenbuch. 1544 Seiten

Alexander Puschkin
- Der eherne Reiter. Petersburger Erzählungen. Ausgewählt
  und mit einem Nachwort versehen von Rolf-Dietrich Keil.
  Mit Illustrationen. it 2872. 200 Seiten
- Erotische Gedichte. Ausgewählt und übersetzt von Michael
  Engelhard. it 2526. 120 Seiten